KB124309

아홉 켤레의
구두로 남은
사내

책임 편집 손정수

서울대학교 공법학과를 졸업하고 같은 대학원에서 국어국문학 박사학위를 받았다.
1998년 『조선일보』 신춘문예 평론 부문에 당선되면서 비평 활동을 시작했다. 평론집으
로 『미와 이데올로기』 『뒤돌아보지 않는 오르페우스』 『비평, 혹은 소설적 증상에 대한
분석』 『텍스트와 콘텍스트, 혹은 한국 소설의 현상과 맥락』 『소설 속의 그와 소설 밖의
나』 등이 있다. 현재 계명대학교 문예창작학과 교수로 재직 중이다.

문지작가선 5 | 중단편선
아홉 켤레의 구두로 남은 사내

초판 1쇄 발행 2019년 9월 20일
초판 6쇄 발행 2024년 11월 12일
지은이 윤흥길
책임 편집 손정수
펴낸이 이광호
주간 이근혜
편집 김필균 이민희 조은혜 박선우
펴낸곳 ㈜문학과지성사
등록번호 제1993-000098호
주소 04034 서울 마포구 잔다리로7길 18(서교동 377-20)
전화 02)338-7224
팩스 02)323-4180(편집) 02)338-7221(영업)
전자우편 moonji@moonji.com
홈페이지 www.moonji.com

ⓒ 윤흥길, 2019. Printed in Seoul, Korea

ISBN 978-89-320-3571-0 03810

문지작가선 5

아홉 켤레의 구두로 남은 사내

윤흥길 중단편선

문학과지성사

황혼의 집

우리가 마악 길을 건너려는 순간에 모퉁이 저쪽 보이지 않는
곳에서 경적 소리가 요란하게 울려왔으므로 나는 얼른 계집애
의 손을 놓아버렸다. 볏단을 잔뜩 싣고 느릿느릿 구르던 달구지
한 대가 길옆에 가까스로 비켜설 만큼의 여유를 두고 노랗게 쌍
불을 켠 트럭의 행렬이 질주해 왔다. 달구지를 뒤따르며 길바닥
에 흘린 나락을 쪼아먹고 있던 한 떼의 병아리가 날개를 파드락
거리면서 사방으로 흩어져 달아났다. 내장산 일대의 공비들과
전투를 끝내고 돌아오는 길의 토벌대였다.

　우리는 곧 구름 같은 먼지 속에 휩싸였다. 먼지를 몰아 씌우
는 회오리바람과 티끌 속에서 나는 실눈을 뜨고 트럭 위의 군
인들을 향하여 손을 높이 흔들었다. 그러나 그들은 미처 잠에
서 덜 깬 듯이 흐리멍덩한 시선을 짧게 던질 뿐, 나의 환영에 아
무런 내색도 보이지 않았다. 철모와 어깨 위에 아직도 나뭇가지
위장을 그대로 달고 있는 그들 모두의 얼굴엔 한 꺼풀의 먼지가

누렇게 덮여 있었다. 붕대로 이마를 친친 동인 얼굴 하나가 얼핏 눈에 들어왔다. 나를 보더니, 그는 눈살을 찌푸리며 별안간 입을 실룩거리기 시작했다. 그의 괴상야릇한 표정이 나에 대한 답례의 안간힘이었음을 나는 뒤늦게야 알아차렸다. 떫은 웃음을 태운 그 트럭은 이미 먼지에 가려 안 보이고, 다음 트럭이 우리 앞을 통과하는 중이었다. 나는 손을 흔들다 말고 문득 옆을 돌아다보았다. 계집애는 손을 흔들고 있지 않았다. 그 애는 지루해 죽겠다는 표정으로 트럭의 행렬이 끝나기만을 기다리고 있었다. 때 묻은 손으로 꿀이 가득 담긴 자그만 병을 소중스레 감싸 안은 채로였다. 그것은 조금 전에 내가 부엌 찬장 속에서 어머니 모르게 가지고 나온 것이었다. 당장 군인들을 향하여 경주가 손을 흔들지 않는 것은 어느 정도 그 꿀병 탓이기도 했다. 그러나 두 손이 다 쉬고 있을 경우에도 계집애가 제무시(트럭을 우리는 이런 이름으로 불렀다)를 향하여 손을 흔드는 걸 나는 한 번도 본 적이 없다. 이윽고 제무시의 행렬이 끝나, 모든 것이 먼지 속에서 본래의 제 모습으로 되살아나고, 길가에서 쉬던 달구지가 덜그럭덜그럭 소리를 내며 기우뚱거리기 시작하자, 우리는 다시 손을 잡고 길을 건넜다.

병아리 한 마리가 땅바닥에 나자빠져 있었다. 털빛의 하얀 바탕을 가로지르고 지나간 자동차의 육중한 바퀴 자국이 아직도 선명하고, 납작 짓눌린 뱃속에서는 일부러 도려낸 듯이 내장이 고스란히 흘러나와 있었다. 계집애는 걸음을 멈추고 그 위에다 침을 탁 뱉었다.

간선도로를 사이에 두고 우리 집과 엇비슷이 마주 선 그 벽돌집은 담쟁이의 마른 덩굴에 덮여 있어서 어떻게 보면 꼭 낡은 그물을 씌워놓은 것처럼 생각되었다. 우리는 오후 시간의 대부분을 그 집에서 보내곤 했다. 우리의 주된 놀이터는 무쇠를 달구기 위해 만들어진 거대한 화덕이었다. 그 위에 올라서서 고개를 들면 물건을 끌어올리는 녹슨 도르래와 서너 겹의 쇠사슬을 무겁게 늘어뜨린 튼튼한 대들보가, 그리고 그보다 더 위로는 거미줄이 어지럽게 엉켜 있는 커다란 고깔 모양의 천장이 까마득히 올려다보였다. 지붕의 복판을 뚫어 만든 유리창에서는 한 줄기의 네모진 광선이 마치 어둠 속에 우뚝 선 찬란한 기둥처럼 쏟아져 내려와 공중에 떠다니는 무수한 먼지알 하나하나를 밝게 비추었다. 화덕의 맨 가장자리에 위태롭게 걸터앉아서 계집애는 헐고 진물이 나는 양쪽 입아귀에 연방 꿀을 찍어 바르고 있었다. 나는 바로 곁에서 점점 줄어드는 병 속의 꿀을 조마조마한 마음으로 지켜보았다. 그것은 어머니 모르게 병째로 들고 나온 것이었다. 처음에는 계집애도 그 점을 다소 생각해주는 듯했으나 한번 맛을 본 뒤로는 나의 염려를 아주 무시해버렸다. 약으로 바르는 꿀을 그렇게 빨아 먹으면 상처가 낫지 않는다고 넌지시 일렀지만, 계집애는 병이 절반이나 빈 뒤에야 돌려주었다.

　"저기 저 큰 기둥 나무 보이지?"

　계집애는 기다란 회초리를 들어 위를 가리켰다.

　"저기서 우리 큰언니가 목매달고 죽었단다."

　계집애는 회초리를 휘둘러 머리 위의 쇠사슬을 힘껏 후려갈겼다. 계집애가 가진 좋지 않은 버릇 중의 하나였다. 그래서 나는 계집애가 들려주는 음산한 얘기와 우리 머리 위를 시계추처럼 천천히 왔다 갔다 하면서 쇠사슬들이 서로 맞부딪쳐 내는 날카로운 쇳소리를 함께 듣는 때가 많았고, 그럴 때면 꼭 살구라도 씹은 듯이 벌레 먹은 어금니가 시려서 얌전히 앉아 있질 못했다.

"엄마랑 밤새껏 싸우다가 집을 나갔단다. 그런데 아침에 보니까 저기 저 기둥 나무에 매달려 있잖아. 혓바닥을 이렇게 빼물고는 대롱대롱……"

계집애는 내 팔꿈치를 꼬집으며 키득키득 웃어댔다. 그 얘기를 잠자코 들어주는 일이 내게는 굉장한 고역이었다. 어쩌자고 이 애는 만날 죽은 제 언니의 얘기만 지껄이는 것일까. 언짢은 그 얘기를 이미 여러 차례 들려줘놓고도 경주는 처음 만난 사람에게 마치 방금 들어온 소문을 전하기나 하는 투로 종알거리며 혼자서 시시덕거리는 것이었다. 그런 일이 있고 나서의 몇 밤 동안은 가위눌리는 꿈에 자주 시달리면서 내 머리가 꼭 있어야 할 자리에 탈 없이 붙어 있는가를 손으로 만져 확인해봐야만 했다. 사람이 스스로 제 숨통을 조른다는 건 당시의 나로서는 전혀 상상조차 할 수 없는 일이었다. 질긴 끄나풀이 꽉 졸라맬 때 경주네 언니의 목은 얼마나 아팠을까. 나는 누구에게나, 제발 부드러운 끈을 사용하라고 충고하고 싶은 심정이었다. 그런데 밉광스럽게도 경주는 큰언니의 죽음을 더욱 자세히 설명하면서, 보통 때의 갑절이나 되게 생똥을 갈겨놨더라는 말까지 서슴지 않고 덧붙이는 것이었다. 나는 그것이 오늘 처음 듣는 얘기가 아님을 상기시켜주기로 마음을 굳게 가졌다. 그러자 계집애는 다시 쇠사슬을 휘둘러갔다. 겨우 좀 잦아들던 쇳소리가 무섭게 되살아나 쩔그렁거리기 시작했고, 나는 왼쪽 볼을 불룩하게 만들어 혀끝으로 충치를 누르며 진득이 참아내는 도리밖에 없었다.

"난리가 났었단다. 정말 굉장했어. 사람들이 뛰어와서 언니가 죽었다고 소릴 지르고, 징을 치면서 동네를 돌아다니고…… 그런데도 울 엄만 무서워서 밖에 나가질 못했어. 꼼짝 못 하고 방 안에만 있다가 사람들이 언닐 산에다 묻고 내려오니까 그때서야 엉엉 우는 거야. 날을 새면서 울고, 다음 날 저녁때까지 울고……"

제발 그만하라고 말하는 대신 나는 침을 꿀걱 삼켰다.

"쌍둥이 아저씨가 말야, 아 참, 넌 그게 누군지 모르겠구나. 그 아저씬 말이지, 네가 이리로 이사 오기 전까지 여기서……"

철공소를 경영하던 사람인데, 경주가 말하는 건 동생 쌍둥이였다. 한 번도 만나본 적은 없지만 경주한테 이미 여러 차례 들어서 나는 그를 아주 잘 알고 있었다. 형과 동생이 함께 대장장이 일을 하다가 형은 일찍 군대에 들어가 전사하고, 나중엔 동생 혼자서 망치질을 했다. 그는 매일 경주네 주막에서 술을 마셨는데, 그날도 너무 취해서 경주네 언니가 화덕 위에 올라가는 것도 모르고 쿨쿨 잠만 잤고, 공동묘지에서 산역山役을 거들 때까지도 몸에서 술 냄새를 펑펑 풍겼고, 경주네 언니가 목을 매단 지 얼마 안 되어 도끼머리를 다듬다가 쇠망치로 자기 복숭아뼈를 잘못 때려서 발 병신이 되었고, 또 얼마 안 되어 철공소에 불이 나서 재산이 거의 다 타버리자 어디론지 멀리 떠나버렸고……그래서 그 벽돌집은 아직도 빈 채로 남아 있었던 것이다.

"이 집엔 마가 붙었대. 쌍둥이 아저씨가 그렇게 말했어. 너, 마가 뭔 줄 알아? 모르지?"

내가 고개를 모로 흔드는 걸 보고 계집애는 한층 신명이 났다.

"그건 말이야, 마라는 건 말이지, 변소에서 쓰는 빗자루에 사람 피가 묻어서 된 도깨비야."

말을 마치고 계집애는 기운 좋게 회초리를 휘둘렀다. 쇠사슬이 시계추처럼 흔들리면서 아픈 비명을 올렸다. 나는 경주의 나쁜 기억력을 상기시켜주는 기회를 또 놓치고 말았다.

"큰언니가 불쌍해 죽겠어. 어른들이 그러는데, 언니는 엄마 때문에 죽었대. 엄마가 죽인 거나 다름없대. 날마다 술만 먹고 울기만 하니까 큰언니는 엄마를 죽이려 했어. 하지만 엄마를 죽일 수 없으니까 언니가 먼저 죽은 거야. 나도 어떤 때는 엄마를 죽여버리고 싶단다. 가끔 그래. 어느 땐가 나는 엄마를 죽이고 말 거야."

그늘 속에서 빛나는 경주의 두 눈알은 나를 두려움에 떨게 만들었다. 나는 경주가 제 엄마를 죽일 수 있다는 걸 조금도 의심하지 않았다. 그 애는 능히 그런 일을 저지를 수 있는 아이였다. 언젠가 그 애는 생쥐를 사로잡아서 등에 석유를 끼얹고 불을 붙인 적이 있었다. 그때 생쥐는 불덩이가 되어 이리 뛰고 저리 뛰다가 입을 쩍 벌리며 금방 죽고 말았지만, 경주는 눈을 홉뜨고 생쥐가 살려고 몸부림치는 짧은 순간을 지켜보다가 이렇게 고함질렀다.

"겨우 한 걸음밖에 못 갔어! 난 적어도 다섯 걸음은 갈 줄 알았는데."

뿐만이 아니었다. 산 채로 참새의 털을 뜯기도 했다. 경주는 발가숭이가 된 참새의 한쪽 날개와 두 다리를 뚝뚝 부러뜨려 놓아주고는, 바보같이 도망칠 줄도 모른다고 발을 구르며 화를 냈다.

"또 입이 아파."

한참을 지껄이고 나서 경주는 입을 앙다물었다. 그리고 내가 가진 꿀병을 흘끔흘끔 곁눈질하면서 이맛살을 찡그리는 것이었다.

"약을 발라야겠어."

계집애는 나보다 세 살 위였다. 나는 하는 수 없이 나머지 꿀 전부를 내주고 말았다.

우리가 정읍井邑으로 이사를 간 것은 사건이 지난 지 이미 오래인데도 많은 사람이 경주네 집에 얽힌 일과 새로운 소문을 놓고 왕배덕배 떠들며 한창 열을 올리던 때였다. 동네 아낙들이 집에 놀러 와서 어머니와 사귀는 데 경주네 이야기를 효과적으로 이용했기 때문에 우리는 모든 사정을 단번에 알 수 있었다. 우리는 유리창이 많고 지붕의 경사가 급한 일본식 구조의 기와집에서 살게 되었다. 단출한 식구 수에 비하면 집이 너무 크고 정원과 뒤란이 넓었다. 그 집에서 시작된 정읍에서의 새로운 생활 중 나에게 시비를 걸어온 최초의 적은 손톱이 긴 악마였다. 나이는 위였지만 키는 나보다 조금 작았고, 옷차림이 항상 추저분했다. 계집애는 울타리 사이나 전봇대 뒤에 숨어서 문밖을 나서는 나를 불시에 습격했고, 어딜 가나 짓궂게 따라다니며 마구 할퀴려 들었다. 그리고 욕설을 퍼부어대는 것이었다. 살쾡이처럼 몸이 빠르고, 못생긴 얼굴에서 번쩍이는 두 눈은 그 애가 나를 얼마나 증오하고 있는가를 잘 말해주고 있었다.

"도둑놈, 도둑놈 자식! 뒈져라, 뒈져라, 도둑놈 자식!"

끈덕지게 쫓아다니며 외는 이 불명예스러운 욕설로 나는 깊은 충격을 받고 자초지종을 어머니에게 이야기했다. 아낙네들의 설명을 듣고 우리는 곧 계집애가 그처럼 나를 적대시하는 이유를 알게 되었으나 한번 어두워진 어머니의 표정은 좀처럼 풀리지 않았다.

"그 애하고는 가까이도 말고 상대하지도 마라……"

우리가 산 그 집은 원래 경주네 소유였다. 그러나 해방이 되자 어떤 낯선 사람이 나타나 부당한 방법으로 경주네를 내쫓고 집을 차지해버렸다. 철공소 옆에 오두막을 짓고 경주네 어머니가 술장사를 시작한 뒤로 그 집은 여러 번 주인이 바뀌었다. 그런데 세상 물정에 너무 어두운 경주네 어머니는 주인이 바뀌는 것에 상관없이 그 집에 들어 사는 사람이면 누구나 다 똑같은 사람으로 알고 끝없는 저주를 퍼붓는다. 어머니와 아낙네들 사이에 오가는, 대개 이런 내용의 이야기를 귀담아들으며 나는 기회를 봐서 경주의 오해를 풀어줄 결심을 했다. 어느 날, 나는 궁지에 몰리면서도 달아나지 않았다. 경주의 팔이 미치지 못할 멀찍한 거리에서 나는 되도록 빠른 말씨로 설명을 시작했다. 우리는 결코 나쁜 사람이 아니며, 정당한 값을 치르고 집을 샀다는 말을 알기 쉽게 전하려고 재주를 다해서 혀를 놀렸다. 그러나 열 개의 손가락을 오그려 갈퀴처럼 만들고 기회만 노리는 경주의 면전에서 나는 갈수록 말을 더듬었고, 결국 쉽게는커녕 자신이 지금 무슨 말을 하고 있는지조차 아리송하게 되어버렸다. 경주는 말을 다 마치도록 나를 내버려두지 않았다. 계집애는 불같이 화를 내면서 갈퀴를 휘둘렀다. 그러나 살점을 뜯기 전에 무슨 생각을 했는지 갑자기 손을 거두더니, 피식 웃는 것이었다. 그러고는 어리둥절하리만큼 관대한 표정을 지었다. 경주는 내 말을 이해했을까? 아마 이해했을 거라고 나는 믿고 싶었다. 그러나 우리가 선량한 사람인 줄을 그때야 비로소 알았다면, 그것은 나의 서툰 설득 덕분이 아니라 더듬고 허둥대며 땀 흘리는 나의 우스꽝스러운 노력이 그 애의 눈에 너무도 가상스럽게 보였기 때문일 것이다. 아무튼 우리는 이런 일이 있고 나서 아주 친해졌고, 경주는 나의 친절과 복종에 대한 신뢰의 표시로 가끔 붉은색이 도는 빳빳한 채권債券을 한 장씩 훔쳐다 주게 되었다.

경주네 큰언니의 죽음을 기억에서 지울 수만 있다면, 불에 그을어 거의 폐허가 된 철공소의 내부는 그런대로 재미있는 곳이었다. 거기에는 여러 가지 쇠붙이가 재 속에 묻혀 있어서 그럴 마음만 있다면 동생 쌍둥이가 망치질을 하다 만 그대로 날이 덜

다듬어진 도끼머리를 찾아낼 수 있고, 발로 헤집기만 하면 크고 작은 저울추들이나 암수 쌍이 맞는 돌쩌귀, 끝이 뭉뚝한 왜낫이 며 식칼 그리고 말굽쇠 같은 것들을 얼마든지 얻을 수 있었고, 일단 찾아낸 그것들을 우리는 대개 다음날을 위하여 전과는 다 른 장소에 각각 묻어두는 또 하나의 재미를 즐겼다. 화덕의 아 궁이 앞에는 질긴 쇠가죽을 대어 만든 커다란 풀무가 내박쳐져 있었다. 그것은 몸체를 이루는 송판이 삭고 가죽에 불구멍이 생 겨서 손잡이를 밀면 바람 대신 노인의 한숨처럼 들리는 괴상한 소리가 나는, 아주 고물단지였다. 반쯤 불에 탄 고무래가 있어서 우리는 그것으로 산처럼 재를 긁어모으다가 흔히 깜장이가 되 곤 했다. 지나가던 바람이 깨진 유리창을 흔들며 들어와 한동안 잊고 있던 눅진한 곰팡내를 어렴풋이 느끼게 했고, 시간이 지남 에 따라 기둥 모양의 네모진 광선은 눈에 띄지 않게 조금씩 우 리 발밑으로 뻗어 와서 어둡고 습기에 찬 내부를 비스듬히 꿰뚫 어 비추었다. 마침내 해가 기울어, 들에서 돌아온 참새 떼가 철 공소 지붕 위를 날며 서로 쫓고 쫓기는 소리, 연약한 부리로 처 마 밑에 달린 홈통을 콕콕 쪼아대는 소리가 환히 들렸다. 그것 들은 날개를 치면서 담쟁이덩굴을 타고 벽을 오르내리기도 했 다. 여름에도 그랬지만, 가을이 되자 낡은 그물을 씌운 듯한 담 쟁이덩굴은 더욱 앙상해 보였다. 전에는 무성한 잎으로 벽돌집 을 온통 푸르게 감쌌었다는데, 불이 났을 때 타 죽어버렸는지 봄이 와도 잎사귀가 돋지 않는다고들 이야기했다.

　언제나 해질녘—그것은 몹시 두려우면서도 끈적거리는 흥분과 호기심에 싸여 기다려지는 시간이었다. 때때로 나는 저녁놀에 붉게 타는 경주네 주막집 유리창을 바라보면서 점점 헤어날수 없는 기괴한 환상에 잠기곤 하였다. 어떤 근거에서 그랬는지꼬집어 말할 수는 없다. 그러나 나는 처음 보는 순간부터 그 집주위에 감도는, 뭔가 음습하고 특이한 냄새의 분위기를 대뜸 느꼈던 것이고, 아낙네들의 귀띔에 의하여 나의 이렇듯 막연한 헤아림이 확인된 뒤로는, 내 몸뚱이를 둘둘 말아 올리는 듯한 어떤 신비한 기운의 부축을 받으며 내 두뇌로는 도저히 풀 수 없는 어떤 엽기적인 사건이 다시 한번 그 속에서 일어나기를 은연중에 기대하는 버릇이 생겼다. 철공소 벽에 잇대어 흙벽돌과 함석으로 지은 허술한 집 모양에 비하면 놀빛에 빛나는 경주네 유리창은 너무 동떨어지게 호사스러워 보였다. 그걸 바라볼 때마다 나는 벽돌집 벽에 퀭하니 흔적만 남아 있는 창틀 자리와 연관하여 경주네한테는 무척 미안한 상상을 했는데, 훗날 경주의입을 통하여 내 추측이 옳았음을 확인할 수 있었다. 어른들 키가 무사히 들어가자면 허리를 잔뜩 꺾어야 되는 출입구의 위쪽절반을 까맣게 손때가 묻은 광목천의 포렴布簾이 옹색하게 차지했고, 거기에 막걸리나 약주, 그리고 두어 종류의 변변찮은 음식 이름이 퍽 조잡한 필체로 적혀 있었다. 언제 보아도 주막은한산한 편이었고, 장날 먼 데서 온 장꾼이나 그 집 속내를 모르는 타관 사람들이 어쩌다 잠깐씩 들를 뿐, 읍내의 모주꾼들은거의가 경주네 술을 마시지 않고도 얼마든지 잘들 취했다. 손님이 있을 때면 경주네 주막에서는 부꾸미와 빈대떡 부치는 구수한 냄새가 하얀 김과 함께 포렴 사이로 새어 나왔다. 그러나 유달리 손님이 안 오는 한적한 저녁이면 유리창 안쪽에서 멀거니 바깥 하늘만 쳐다보는 경주네 엄마의 희끄무레한 모습이 자주 눈에 띄었다. 그것은 곧 울음소리가 시작될 거라는 전조였다. 경주네 엄마는 어머니라기보다 차라리 할머니라고 해야 어울릴 정도로 흰머리가 많고 쪼글쪼글 시든 얼굴이었다. 또, 사람들은 실제로 그녀를 할멈이라고 불렀다. 할멈의 우는 시간은 딱 정해져 있었다. 사흘 아니면 나흘 만에, 어떤 때는 하루도 거르지 않고 며칠을 계속해서, 언제나 집채를 사를 듯한 붉은 햇살이 주막 창문에 번득이기 시작하면 할멈은 하늘을 올려다보며 처참한 소리로 울부짖었다. 여우의 목청마냥 길고 날카로운 부르짖음으로 시작하여 밑도 끝도 없이 계속되는 그 울음은 누구의 도움을 받을 욕심으로 일부러 그처럼 엄살을 피우는 것같이 들렸고, 누구의 잘못을 호되게 나무람하는 것 같기도 했고, 어떤 참을 수 없는 아픔을 아무에게나 호소할 때 사람의 입에서 당연히 흘러나오는 그런 무시무시한 비명으로 생각되기도 했다. 그 울음소리가 들리면 나는 벌레 먹은 어금니 하나가 쑤셔서 견딜 수가 없었다. 처음 얼마 동안 나는 할멈의 얼굴이 항상 붉은 이유가 늘 마시는 술 때문인 줄로 알았었다. 그러나 차차로 그것은 기우는 햇살과 유리창에 번득이는 저녁놀이 얼굴에 묻어 지워지지 않는 탓이라고 믿게 되었다.

"또 시작이구먼, 쯧쯧……"

울음소리를 듣고 어머니는 혀를 찼다. 아낙네들로부터 우는 이유를 들을 때도 어머니는 혀를 찼었다. 경주네와 관계되는 모든 일에 그처럼 혀를 차는 것이었다, 쯧쯧…… 들은 얘기에 의하면, 할멈은 산山사람이 되어 돌아오지 않는 아들 때문에 그렇게 울었고, 어머니의 외아들에 대한 분별없는 사랑이 자식을 빨갱이로 만들었다. 또한 큰딸은 그놈의 울음소리 때문에 어머니를 죽도록 미워했고, 그녀가 목을 매단 것은 동생 때문이라는 것이었다. 그런 단편적인 이야기들 사이에 서로 어떤 맥락과 당위성이 개재해 있는지 그 점은 바로 깨닫지 못했으나, 경주네 큰언니가 그럴 수밖에 없었던 근본적인 이유에 대한 설명을 나는 퍽 의미심장하게 들었다. 큰딸은 산사람이 된 동생에게 자수의 길을 터주려고 힘이 될 만한 사람을 찾아다니다가 그만 어떤 협잡꾼한테 걸려 속옷을 안 입은 채 피투성이가 되어 돌아왔다. 그러고는 다음 날 새벽에 화덕 위에 올라섰다.

큰딸이 죽기 전후의 이렇듯 복잡한 경주네 집안 사정은 내 머릿속에 오랫동안 어려운 숙제로 남아 있었다. 경주는 집안일에 관해서 항상 많은 것을 지껄이면서도 어찌 된 셈인지 오빠에 대한 이야기만은 한마디도 입을 열려고 하지 않았다. 그러나 나는, 빨치산 한 명이 어둠을 타서 가족을 만나보려고 읍내로 잠입하다가 경찰에 발각되어 다리에 총을 맞고 다시 산으로 달아난 적이 있었는데, 그가 바로 경주네 오빠였다는 소문까지도 알고 있었다.

경주는 또 작은언니 경옥이에 대해서도 좀처럼 입을 열지 않았다. 서양 사람처럼 키가 훌쭉하고 얼굴 생김이나 몸맵두리가 고운 여자였다. 그녀는 집안일이야 어떻게 되든 조금도 상관 않고 날마다 남자와 어울려 외출이 심했다. 말하자면 그녀는 여름 내내 노래만 부르는 베짱이였다. 그녀의 기름이라도 친 듯한 맑고 매끄러운 웃음은 많은 사람의 비위를 상하게 만들었다. 그녀 자신도 그걸 잘 알고 있는 듯했다. 그러나 그녀는 늘 자신만만한 표정이었다. 동네 사람들이 자기를 슬금슬금 엿보며 쑤군거리면 그녀는 마치 숨을 고르려고 물속에 잠긴 머리를 솟구치듯 고개를 한껏 위로 향하고 살찐 궁둥이를 더욱 팽팽하게 흔들었다. 함께 어울려 다니는 남자의 얼굴은 거의 매일같이 바뀌었다. 경주네 작은언니를 가리켜 아낙네들은 은근짜라고 불렀다. 뒤꼭지에 대고, 암캐 같은 잡년이라고 손가락질도 했다. 어머니는 슬그머니 외면하면서 쯧쯧, 하고 혀를 찼다. 그녀가 남자와 헤어지는 장소는 대개 우리 집 측백나무 울타리 그늘이었다. 한밤중에도 울타리 너머에서 들리는 웃음소리에 잠을 깰 만큼 나는 잠귀가 밝았다. 무척 드문 예이긴 하지만, 경주네 작은언니는 밤길을 혼자서 돌아오는 때도 있었다. 그럴 때는 으레 취해서 약간 비틀거리는 걸음이었다. 호젓한 거리를 혼자 걸어오면서 그녀는 낮은 목소리로 콧노래를 흥얼거렸다. 무슨 노래인지는 몰라도 별다른 높낮이의 변화 없이 긴 호흡으로 이어지는 담담한 곡조였다. 길을 걷다가 나와 마주치면 그녀는 손가락으로 양 볼에 연지곤지를 찍거나 긴 혀를 날름 내밀어 보였다. 한 번도 말을 주고받은 적은 없지만 우리는 우리만의 독특하고 비밀스러운 방법으로 접촉하고 야합하면서 인사를 나누었다. 특히 혼자서 돌아오는 날, 문턱 위에 서 있는 나를 보면 그녀는 손바닥에 입을 맞추어 울타리 너머로 휙 뿌리는 시늉을 하면서 깔깔 웃었다. 어느 날 밤 꿈속에서 나는 경주네 작은언니를 보았다. 그녀는 어떤 아이의 머리를 쓰다듬으며 자장가를 불러주고 있었다. 꿈에서 깨었을 때 나는 그 아이가 바로 나 자신임을 깨달았고, 꿈속의 그 아이가 경주네 작은언니를 누나라고 부르던 일이 생각나서 혼자 얼굴을 붉히기까지 하였다.

추석을 하루 앞두고 경주네 작은언니 경옥이는 집을 나가버렸다.

주막은 문을 닫았다. 경주는 추석날 아침을 우리 집에서 먹었다. 명절인데도 경주네는 밥을 안 했던 것이다. 나는 어머니의 심부름으로 떡과 밥이 담긴 이바지를 경주네 어머니한테 갖다주어야 했다. 아침나절만 해도 동네 아낙들은 경주네 집에 무슨 일이 생겼는지 알지 못했다. 점심때 두번째 이바지를 나르는 나를 보지 못했더라면 그네들은 다음다음 날까지도 모르고 있었을 것이다. 아무래도 좀 심상찮은 기미를 채고 아낙네들은 차츰 궁금해하기 시작했다. 경주를 붙잡고 웬일이냐고 묻는 것이었다. 입을 꾹 다물고만 있는 경주 앞에 먹음직스러운 한 접시의 송편이 미끼로 던져졌다. 경주가 망설인 시간은 극히 짧았다. 계집애는 하치않은 유혹에 쉽게 손을 들었다. 궁금증을 푼 아낙네들은 의당 그렇게 되었어야 옳을 그 일을 그때까지 전혀 눈치채지 못했던 자신들의 불찰에 대하여 서로 이야기를 주고받기 시작했다. 진작부터 그럴 줄 알았다느니, 그녀이 그예 얼굴값을 했다느니, 하고 집을 나간 여자를 재판하는 동안 계집애는 집안의 비밀과 맞바꾼 차진 송편을 걸신들린 듯 더금더금 집어 먹고 있었다.

경주네 어머니는 두 끼를 내리 굶었다. 내가 점심을 넣어주려고 방문을 열었을 때, 아침에 갖다 놓은 이바지 상이 보자기에 덮인 채 처음 놓았던 자리에 그대로 있었다. 얼마 후에 다시 가보니까 두 무더기의 이바지가 그대로 놓여 있었다. 나는 할멈이 벽 쪽을 향하고 아랫목에 죽은 듯이 누워 있는 걸 보면서 경주가 무슨 말이든지 한마디 해주기를 기다렸다. 그러나 경주는 심통 사납게도 방문을 꽝 닫아버렸다. 안에서 할멈이 몸을 뒤척이는 소리가 났다.

"경옥이냐?"

오후였다. 어디서 구했는지 경주는 큼직한 화경火鏡을 들고 나와서 개미를 태워 죽이는 장난을 즐겼다. 잡초가 우북한 철공소 부근 빈터에 가을볕이 제법 쨍쨍 비치고 있었다. 별로 하는 일도 없으면서 몹시 바쁜 체를 하며 시든 풀잎 사이를 분주히 돌아다니던 개미들은 경주의 겨냥에 걸려 한 마리씩 한 마리씩 타 죽어갔다. 죽은 개미의 수가 자꾸 불어날 때마다 경주의 입가에는 잔미운 미소가 떠올랐다. 나는 새로운 장난에 끼어들기를 처음엔 무척 꺼렸다. 그러나 불행한 개미들이 끈덕지게 뒤쫓는 화경의 초점을 벗어나려고 허겁지겁 풀잎 사이로 숨고 정신없이 내빼다가 끝내는 잘쏙한 허리를 배배 꼬고 몸을 동그랗게 말아 붙이며 우습게 죽고 마는 그 모양에 차츰 어떤 쾌감을 느끼기 시작했다. 화경 속에 확대되어 비칠 때 개미는 배추벌레만큼 커 보였고, 기름기가 흐르는 흑갈색의 통통한 배는 물로 씻어낸 듯이 싱싱해 보였고, 배보다 작은 가슴은 부드러운 잔털에 싸여 있었다. 화경을 들이대면 주위가 갑자기 환해지고, 그러면 개미는 어리둥절해서 제자리에 서버린다. 헤싱헤싱하게 퍼져 있던 빛무리가 점점 오므라들어 쌀알만 해지면 그놈은 화닥닥 놀라 혼쭐이 빠지게 달아난다. 침착하게, 아주 침착하게 경주는 한번 모은 초점이 흩어지지 않도록 화경의 높이를 일정하게 유지하면서 슬슬 몰고 다닌다. 어느덧 나는 공범자가 되어 있었다. 나는 내 쪽에서 자진하여 협조를 아끼지 않았다. 먼저 경주가 살생의 대상을 지적해주면 나는 그 둘레에 얼른 쟁반만 한 원을 그렸다. 원 밖으로 빠져나가면 목숨을 살려준다는 조건이지만, 여간해서 경주는 실수를 하지 않았다. 거만한 눈으로 다음 대상을 물색하는 동안 나는 죽은 개미를 집어내어 한군데다 모았다. 경주의 콧잔등엔 어느새 송골송골 땀방울이 맺혔고, 나 역시 소맷부리로 이마의 땀을 훔쳤다. 우리는 개미굴을 찾아내어 그것을 짓부수기도 했다. 곰실곰실 기어 나오는 그것들을 마음대로 농락하면서 나는 마치 하느님이라도 된 듯 우쭐한 기분을 맛보았다. 모양이 다 똑같은 여러 마리의 개미 가운데서 특별히 미운 놈을 골라내기란 어렵고 귀찮은 노릇이었다. 그래서 우리의 희생물은 그때그때의 기분에 따라 즉흥적으로 골라졌다. 우리 눈에 한번 정해진 희생물은 아무리 바둥거려도 여지없이 죽고 말았다. 햇살이 기울어 초점을 맞추기 어려울 때까지 우리는 죽이고 또 죽였다. 이때 만약 경주네 어머니의 울음소리가 들리지 않았더라면 우리는 아마 하느님 노릇을 더 길게 하기 위하여 화경이 아닌 다른 방법까지 썼을지도 모른다.

벌써 해질녘이었다. 할멈의 찢어지는 듯한 울음소리는 시간 가는 줄 모르고 즐기던 우리에게 어느새 하루가 다 갔음을, 그리고 낮과는 다른 또 하나의 어둡고 끈적끈적한 세계가 바야흐로 열리고 있음을 퍼뜩 일깨워주었다. 길 건너 맞은바라기에 있는 우리 집 지붕 위로 붉게 물든 한 덩어리의 구름이 서서히 미끄러져 가는 모양을 나는 물끄러미 바라보았다. 경주가 별안간 화경을 팽개쳤다.

"죽여버려야지, 죽여버려야지……" 하고 뇌면서 경주는 쏜살같이 내닫기 시작했다.

덩달아 나도 뛰었다. 뛰면서 생각해보니 경주는 맨손이었다. 나는 불안한 마음으로 경주의 눈치를 살폈다. 그때까지 나는 경주가 제 어머니를 죽일 수 있다는 걸 조금도 의심하지 않았다. 그 애는 능히 그럴 수 있는 아이니까. 하지만 경주네 어머니는 어른이다. 늙었다곤 해도 맨손 가지고는 아무래도 좀 어려울 것 같았다. 그 점이 불안해서 나는 속으로 안달을 했다. 끈나풀! 나는 줄곧 부드러운 끈만을 생각하면서 헐떡헐떡 뛰었다. 아버지가 쓰던 헌 명주 넥타이라면 아주 안성맞춤이리라. 거의 주막 앞에까지 왔을 때 나는 더 이상 참을 수가 없어 경주를 불러 세웠다. 나의 숨 가쁜 설명을 듣고 경주는 잠시 얼빠진 표정을 지었다. 그러나 다음 순간, 칼날 같은 손톱이 나의 눈두덩을 할퀴고 쥐어뜯었다. 먼저 나부터 죽일 작정으로 계집애는 눈을 희번덕이며 길길이 뛰는 것이었다. 천만뜻밖이었다. 계집애가 그렇게 나올 줄은 정말 상상도 못 했기 때문에 나는 아연해질 수밖에 없었다. 그러자 오후 내내 경주와 나 사이를 그토록 밀착시켜준 나의 공범 의식 속에는 뭔가 분명히 잘못된 점이 있다는 생각이 희미하게 들었다.

문턱을 밟고 측백나무 울타리 너머로 보면 경주네 주막집 유리창이 환히 보였다. 까치발을 디디면 경주의 자그만 몸뚱이가 길 쪽으로 난 그 유리창을 닫아버리려고 끄응끙 기를 쓰는 광경이 더욱 잘 보였다. 할멈의 앙상한 팔 하나가 벽과 창문 사이 좁은 틈바귀에 꽉 물려 추욱 늘어져 있었다. 경주는 그 팔이 차지한 공간마저 아주 지워버리려고 허리를 꾸부정히 하고서는 있는 힘을 다하여 창문을 밀어붙이는 것이었고, 그동안에도 울음소리는 그치지 않았다. 유리창에 반사되는 햇빛에 눈이 부셔서 할멈의 모습은 전연 안 보였다. 내가 있는 곳에서는 이미 해를 볼 수가 없었다. 그러나 주막집 유리창 속에는 다른 또 하나의 태양이 아직도 남아 삽시에 집채를 불사를 듯이 세찬 빛살을 사방에 함부로 번득이고 있었다.

"죽어버려! 죽어버려!"라고 째지는 소리를 지르며 경주는 더욱 힘주어 밀어붙였다.

그러나 담쟁이덩굴처럼 앙상한 팔뚝을 악착같이 물고 흔드는 악마의 주둥이 같은 시커먼 공간은 한 치도 더 좁아지지 않았고, 높고 길고 날카롭게 울리는 무시무시한 울음소리도 여전했다. 그걸 듣고 있노라면 나는 마치 살구라도 씹은 듯이 벌레 먹은 어금니가 시려서 견딜 수가 없지만, 그렇다고 귀를 막을 생각은 조금도 없었다.

"죽일 테야, 죽일 테야, 죽일 테야, 죽일 테야, 죽일 테야아!"

저녁놀이 완전히 사라지고, 모든 것이 어둠에 녹아 까맣게 사라질 때까지 두 모녀의 실랑이는 그치지 않았다. 할멈의 울음은 긴 여운을 끌며 깜깜한 하늘로 끝없이 퍼져나갔다. 드디어는 경주도 제 분을 못 이겨 땅바닥에 퍼질러 앉으며 할멈과 비슷한 소리로 울음보를 터뜨렸다. 그 광경을 지켜보면서 점점 나는 뭐가 뭔지 알 수 없게 돼버렸다. 대체 어떻게 된 영문일까. 처음은 경주네 어머니가 하늘이 붉게 물드는 게 슬퍼서 큰 소리로 우는 것으로 시작된다. 창문이 닫히고 경주네 어머니의 모습이 유리창 저편에 가려진 뒤로는 덩굴의 한 부분 같은 팔뚝 하나가 틈바귀에 남아서 아프다고 소리쳐 운다. 얼마 후면 놀빛에 번쩍이는 유리창이 깨지는 소리로 울고, 나중에는 두 마리의 짐승이 서로 상처를 핥아줘가며 사람보다 훨씬 크고 긴 목청을 어둡도록 뽑는다. 이쯤 되면 그 소리는 조금도 서럽지 않게 들리는 것이었다. 그것은 일정한 가락과 장단에 맞추어 주기적으로 즐기는 기쁨의 노래같이도 생각되었다.

졸음에 못 이겨 얼핏 잠이 들었나 보다. 새벽녘에 눈을 뜨자마자 나는 주막집 동정부터 살폈다. 잠잠했다. 날이 밝기를 기다려 나는 곧장 주막으로 달렸다. 안개가 자욱했다. 주막은 무덤처

럼 조용했다. 밤사이에 몰려온 안개가 경주네 주막을 칙칙하게
감싸고 있었다. 어쩐지 으스스한 풍경이었다. 나는 떨리는 손으
로 바깥문을 살며시 밀었다. 술내가 코를 찔렀다. 차츰 높아지는
심장의 고동을 뚜렷이 느끼면서 살림방 쪽에 귀를 기울여보았
다. 그러나 닫힌 방 안에서 들리는 소리 역시 쿵쿵 울리는 내 심
장의 고동 소리뿐이었다. 나는 좁디좁은 술청을 돌아 발소리를
죽이며 방 쪽으로 살금살금 다가갔다. 그러자 발밑에서 요란한
소리가 났다. 내 발부리에 챈 주전자가 빙그르르 굴러갔다. 술청
바닥에는 깨진 그릇과 사기 조각들이 어지럽게 흩어져 있었다.

"경옥이냐?"

방 안에서 목쉰 소리가 나직이 새어 나왔다. 그리고 방문이
삐걱 열렸다. 그 순간, 나는 엉겁결에 외마디 소리를 질렀다. 할
멈은 철사처럼 뻣뻣한 흰머리를 아무렇게나 풀어 헤뜨린 채 비
틀거리는 몸을 간신히 문설주에 의지하고 서 있었다. 나는 할멈
의 추악한 몰골에 질려 몸서리를 쳤다. 고름이 떨어져 달아나
뻐끔히 벌어진 저고리 섶 새로 쪼글쪼글 말라비틀어진 유방이
보였고, 흰지 검은지 모를 치마는 형편없이 구겨져 있었다. 얼굴
은 백지장처럼 하얀데 여기저기 할퀸 자국이 끔찍했고, 눈두덩
은 퉁퉁 부어 있고, 눈곱에 싸인 빨간 눈알은 말라붙은 눈물의
흔적 위에 새롭게 비어져 나오는 눈물로 입안에서 녹아버린 사
탕처럼 질척거렸다. 그런 눈으로 나를 한참이나 바라보더니 할
멈은 별안간 히죽히죽 웃기 시작했다.

"아아, 돌아왔구나!" 하고 외치면서 할멈은 양팔을 벌려 나를

반갑게 맞아들일 자세를 취했다. "네가 정말 돌아왔구나. 고맙다, 경옥아. 어서 들어오너라. 에미가 잘못했다. 자아, 어서 들어와."

할멈이 팔을 벌린 채 술청으로 내려서는 걸 보고 나는 슬금슬금 뒷걸음질을 했다. 할멈은 연방 히죽히죽 웃어가며 아첨하는 목소리로 떠들었다. 입에서 시큼한 술내가 물씬 풍겼다.

"그동안 에미가 잘못했다. 인제 다시는 안 울게. 제발 나가지마. 경옥아, 제발 이 에미를 용서해라."

어둠침침한 방 안에서 경주가 총알같이 튀어나왔다. 경주는 어머니를 밀치고 밖으로 빠져나오려 했다. 그때까지 비틀거리며 걸음조차 제대로 못 하던 할멈이 갑자기 믿어지지 않을 만큼 날랜 동작으로 딸의 머리채를 낚아챘다. 그리고 역시 믿어지지 않는 무서운 힘으로 딸의 몸뚱이를 번쩍 안아 올려 방구석에 처박았다. 경주는 재차 튀어나왔다. 그러나 다시 붙잡혔다. 내가 보고 있는 동안 경주는 네 차례 튀어나왔고, 모두 네 차례 방구석에 던져졌다. 나는 재빨리 문밖으로 나와 죽을힘을 다하여 집으로 도망쳐 왔다. 할멈의 찢어지는 듯한 고함이 등 뒤에서 따라오고 있었다.

"어딜 가! 에미를 놔두고 어딜 가, 이년!"

이튿날 오후 늦게부터 날씨가 흐려지기 시작했다. 찌푸린 하늘을 올려다보며 아버지는 잔뜩 화가 난 목소리로 농사일을 걱정했다. 가을장마가 닥치면 일껏 베어놓은 나락을 거둬들이는데 지장이 많다는 것이었다. 그러나 우리는 한 뼘의 농사도 짓지 않았으므로 아버지의 때 이른 장마 걱정은 자연히 심각한 얼굴에 조금도 어울리지 않게 들렸다. 공연한 얘기 끝에 아버지와 어머니는 다시 경주네 주막 쪽으로 눈길을 돌렸다. 조금 전까지 두 분은 경주네 모녀에 대해 얘길 나누고 있었다. 두 손을 맞잡고 싹싹 비비대며 아버지는, 어떻게 무슨 수를 써야 될 텐데, 하고 딱한 목소리로 중얼거렸다. 어머니는 말끝마다 그저 혀만 쯧쯧 차고 있었다. 경주네 집 근처엔 얼씬도 말라고 어머니는 내게 신신부탁을 했다.

날씨가 흐린 탓으로 주막집 유리창을 불태우던 빨간 햇살을 볼 수가 없었다. 그 때문인지, 할멈의 울음소리도 안 들렸다. 경주네 굴뚝은 벌써 사흘째나 연기를 비치지 않았다. 그리고 할멈과 경주는 사흘 동안이나 방에만 틀어박혀 있었다. 나는 아무 소리도 안 들리는 주막집을 바라보며, 그 속에서 할멈과 경주가 지금 서로 상대방을 잡아먹고 있을 거라는 끔찍스러운 상상을 했고, 끝내는 이 터무니없는 상상에 이끌려 어머니의 당부를 어기고 말았다.

사람이 들어온 걸 알고 방문을 열어보기 전에 할멈은 또 "경옥이냐?"라고 물었다. 그러나 이번에는 바로 나를 알아보았다. "기와집 자식, 기와집 자식……" 하고 중얼거리며 할멈이 나를 차갑게 쏘아보았다. 얼른 되돌아 나오고 싶었지만 경주가 궁금해서 나는 머뭇거렸다. 경주가 안 보였다. 내가 방 안을 기웃거리는 걸 보더니 갑자기 할멈의 태도가 달라졌다.

"들어와서 같이 놀아라. 경주는 병이 나서 누워 있단다."

내가 들어갈 수 있도록 문에서 비켜서며 일부러 꾸며낸 달콤한 소리로 할멈이 속삭였다. 잠시 어리둥절해 있는 사이에 할멈은 내 손을 꽉 붙잡아버렸다. 나는 경주가 누워 있는 아랫목까지 질질 끌려갔다. 호롱불이 어수선한 방 안 풍경을 흐릿하게 비추고 있었다. 할멈이 호롱의 심지를 돋우자 방 안이 환해졌다. 경주는 이불도 덮지 않은 채 눈을 감고 누워 있었다. 나는 한때 유리창에서 사라진 놀빛을 경주의 두 뺨에서 보았다. 경주의 얼굴엔 발갛게 꽃물이 배어 있고, 바싹 마른 입술엔 검게 검게 딱지가 들러붙어 있었다. 숨을 내쉴 때마다 입에서는 간장을 달이는 냄새가 풍겼다. 나는 별안간 무서운 생각이 치받쳐 벌떡 일어나고 말았다.

"왜, 벌써 갈라고?"

딸그락, 하고 문고리를 걸어 잠그는 소리가 들렸다. 할멈의 움푹 들어간 두 눈이 내 앞에서 교활하게 웃고 있었다.

"천천히 놀다 가거라" 하면서 할멈이 내 머리를 쓰다듬었다.

나는 비죽비죽 울기 시작했다. 잠시 후에 나는 할멈의 놀랍도록 억센 힘에 의하여 경주 머리맡에 다시 주저앉혀졌다. 할멈은 낡은 장롱을 뒤져 깊숙이 감추어둔 문갑文匣을 꺼내었다. 꽃무늬의 자개가 박힌 예쁜 상자였다. 그 속에는 채권 뭉치가 가득 들어 있었다. 할멈은 매우 아깝다는 표정으로 한참을 망설인 다음 그 가운데서 한 장을 집어 주었다.

"돈이다. 받아라."

그것이 꼭 돈인 줄만 알고 있던 때가 있었다. 경주한테서 처음으로 채권을 받았을 때였다. 그러나 어머니가 일러주었다, 그건 돈이 아니라고, 일본 사람들이 있을 때는 제법 돈 구실도 할 수 있었지만 지금은 아무짝에도 쓸모없는 물건이라고. 그래서 휴지나 매일반임을 잘 알기 때문에 나는 받지 않았다. 더욱 아깝다는 표정을 지으며 할멈은 두 장을 쥐여주었다.

"뭐든지 살 수 있단다. 이건 정말 돈이다. 자아, 어서 받아라."

나는 받지 않았다. 할멈은 신경질을 부렸다. 내 앞에 쌓인 채권이 한 장 한 장 불어났다. 나는 좀더 울었다. 할멈은 아까운 줄 모르고 듬뿍듬뿍 집어 주기 시작했다. 나중에는 문갑 속에 든 채권 전부가 내 손에 쥐어졌다.

언제부터인지 빗방울이 후드득후드득 함석지붕을 때리고 있었다. 나는 채권에 만족하지 않았다. 할멈은 다시 장롱을 뒤져 갖가지 물건들을 내 앞에 늘어놓았다. 그중엔 사진첩도 있었다. 누렇게 색이 바랜 가족사진 속의 남자를 가리키며 할멈이 일러주었다, 그게 경주네 아버지라고. 그는 긴 칼을 옆구리에 차고 콧수염을 기르고 이상한 옷차림을 하고 있었다. 나는 젊고 예뻐 보이는 어떤 여자의 사진을 짚었다. 그러자 할멈이 자기 가슴을 주먹으로 툭 치며 흐흐 웃었다.

"그게 바로 나란다."

할멈은 다른 사진을 꺼내어 그보다 더 젊은 여자를 보여주었다.

"잘 봐둬라. 이것도 내 사진이다."

그러고는 천장을 올려다보며 귀부인처럼 우아한 미소를 흉내

내었다.

경주네 큰언니의 사진과 얼굴이 거의 비슷했다. 나는 할멈의 주름투성이 얼굴과 사진 속의 여자를 번갈아 비교해보았다. 어쩐지 할멈이 거짓말을 하는 것만 같았다. 한 번도 만난 적이 없는 경주네 오빠의 얼굴을 나는 사진으로 볼 수 있었다. 그는 세일러복 차림의 조그마한 소년이었고, 그때의 경주는 거의 젖먹이였다.

빗소리가 더욱 요란해졌다. 함석지붕이 마치 질화로에 얹은 마른 콩 냄비처럼 심하게 복대기 치고 있었다. 피 묻은 빗자루가 붙어 있는 빈 철공소의 창문과 홈통이 바람에 흔들리는 소리를 나는 똑똑히 들을 수 있었다. 그동안 경주는 한 번도 눈을 뜨지 않았다. 내가 와 있는 줄도 모르는 듯했다. 나는 집에 가고 싶어서 소리 내어 울기 시작했다. 이제 방 안에서 나의 환심을 살 만한 물건은 아무것도 없었다. 그러나 할멈은 어떡하든 나를 붙잡아 두려고 안절부절못했다. 갑자기 문을 열고 밖으로 나가더니 할멈은 술독 밑바닥을 닥닥 긁어 막걸리를 대접에 가득 담아 왔다.

"마셔, 마셔, 마셔!"

나는 입을 꽉 다물고 머리를 이리저리 돌려 대접을 피하면서 한사코 마시지 않으려 했으나 할멈이 코를 틀어쥐는 바람에 그만 입을 벌리고 말았다. 할멈은 한 대접을 같은 방법으로 또 들이부었다. 올챙이처럼 배가 불러 숨이 벅차고 온몸이 단박 불처럼 달아올랐다. 지붕을 뚫고 하늘 높이 올랐다가 땅속으로 쑤욱

꺼져들고 다시 솟구치기를 거듭하면서 보이지 않는 거대한 그네를 타는 듯한 기분이었다.

"창가를 불러, 창가를 불러!"하고 할멈이 꽥꽥 소리쳤다.

경주가 눈을 뜨고 방 안을 두리번거리자 할멈은 더욱 기세를 올렸다.

"창가를, 경주가 잠이 깨게 창가를 불러! 경주가 웃게 창가를 불러! 불러!"

그날 밤 난생처음 모주망태가 되어 나는 별의별 추태를 다 벌였다. 할멈의 명령에 따라 학교에서 배운 노래를 생각나는 대로 죄 불렀고, 자진하여 덩실덩실 춤까지 추었고, 마지막엔 할멈의 부축을 받으며 요강에다 왝왝 토물을 쏟았다. 다음 일은 전혀 기억에 없다. 나는 아버지가 방문을 때려 부수고 들어와서 할멈과 싸우는 것도 모르고 쿨쿨 곯아떨어져버렸다.

이른 새벽이었다. 나는 잠에서 깨어 내 곁에 누워 있는 경주를 보았다. 어머니가 경주의 이마에 찬 물수건을 갈아 올리고 있었다. 경주는 몸이 불덩이 같았고, 끙끙 앓는 소리를 할 때면 간장을 달이는 냄새가 났다. 밖은 아직도 어둑했다. 빗소리가 들리고, 그 소리에 섞여 목쉰 외침이 간간이 들려왔다. 아마 대문 밖일 것이었다.

"내놔! 내놔! 내놔!"

그 소리에 애써 무관심한 표정을 지으며 아버지는 담배를 뻑뻑 빨고 있었다. 그러나 실상은 몹시 화가 난 태도였고, 밤새 한 잠도 못 잔 듯 눈이 부석부석했다. 어머니도 매한가지였다. 어머니가 나를 꾸짖는 눈초리로 내려다보았다. 나는 일의 대강을 짐작했다. 그것은 할멈이, 도둑질해 간 자기 딸을 내놓으라고 밤새도록 외치는 소리였다. 밖에서는 여전히 더하지도 덜하지도 않게 고만한 기세를 유지해가며 가을비가 추적추적 내리고 있었다.

경주는 아침에 의사가 다녀간 뒤로 미음을 몇 모금 넘겼다. 아직 마음을 놓을 정도는 아니지만, 그래도 간밤에 비하면 많이 좋아진 편이었다. 아낙네들이 와서 아버지가 경주를 데려온 데 대해 입을 모아 치하를 했다. 매우 잘한 처사라는 것이었다. 그제야 어머니의 표정이 밝아졌다. 날이 밝기 전에 할멈이 어디론지 사라져버렸으므로 마을은 조용했다.

그러나 얼마 후에 할멈의 모습이 다시 나타나자 우리 집 대문 앞은 모여드는 구경꾼들로 장을 이루었다. 할멈은 사람이 달라져 있었다. 썩은 새끼로 똬리를 틀어 머리에 얹고는 깨진 손거울에 얼굴을 비춰 보며 까닭 없이 실쭉벌쭉 웃었다. 옷은 깨끗한 걸로 갈아입어 제법 단정해 보였으나 흰 머리칼은 비에 흠씬 젖어 엉망이었고, 더욱이 맨발이었다. 할멈은 허연 눈알을 굴려 사람들을 노려보며 뭐라고 쉴 새 없이 중얼거리기도 했다. 동네 조무래기들이 주위를 뱅뱅 돌면서 장난을 쳤다. 할멈의 품 안에서 빳빳한 채권 한 장이 나왔다. 할멈은 춤이라도 추듯이 맵시 있는 손놀림으로 그것을 공중에 휙 날렸다. 아이들이 서로 줍겠다고 밀고 다투었다. 할멈은 깔깔 웃으며 또 한 장을 날렸다. 계속 내리는 비에도 아랑곳없이 사람들은 함께 웃어가며 구경을 했다. 요란스럽게 경적을 울리며 '제무시'의 행렬이 나타났다. '제무시'에 탄 군인들이 고개를 빼고 할멈의 거동을 바라보았다. 사람들이 비켜서자 가득가득 군인을 태운 '제무시'들이 내장산 쪽을 향하여 차례로 지나갔다. 할멈은 벌 떼같이 달라붙는 아이들에게 한 장 한 장 맵시 있게 채권을 뿌려주고 나서 손뼉을 치며 웃었다. 마을의 유명한 개구쟁이가 할멈의 품속에 손을 넣었다. 인기라는 아이였다. 그 애가 채권 뭉치를 빼내려 하자 방 안에 누워 있는 줄만 알았던 경주가 별안간 사람들 틈에서 튀어나왔다. 경주는 대뜸 인기를 껴안고 땅바닥에 나뒹굴었다. 그 바람에 할멈의 품에서 쏟아져 나온 채권들이 사방으로 흩날리고 경주와 인기도 삽시에 진흙 감태기가 되어 채권이 깔린 땅바닥을 이리저리 뒹굴면서 서로 할퀴고 때리고 물어뜯었다. 구경꾼들 뒷전에서 어머니가 비명을 질렀다. 가만 놔두면 저 애는 죽고 만다고 어머니가 소릴 질렀지만 사람들은 아무도 말리려 하지 않았다. 할멈은 싸우는 두 아이의 몸뚱이 위에 남아 있는 채권을 마저 뿌리면서 허리를 잡고 웃었다. 아픈 몸으로 경주가 평상시 같으면 상대도 안 될 인기를 이기는 데는 좀 시간이 걸렸다. 그러나 경주는 이겨놓고도 일어나지 못했다. 어떤 사람이 쓰러져 있는 경주를 멀뚱멀뚱 내려다보고만 있는 할멈에게, 당신 딸이라고 큰 소리로 일러주었다. 그러자 할멈이 훌쩍훌쩍 울면서 경주를 안아 올렸다. 사람들이 하나둘 흩어지기 시작했다. 누군가가 가랑비에 흠뻑 젖은 옷을 털면서 하늘을 보고 투덜거렸다. 모두들 비에 젖어 있었다.

내가 경주와 할멈을 마지막으로 본 그날 저녁은 쿵쿵 울리는 대포 소리와 함께 저물었다. 가까운 산에서 전투가 벌어졌기 때문에 이따금 어둠을 찢는 팽팽한 굉음을 지르며 유탄이 날아들었고, 우리는 등화관제 속에서 온밤을 뜬눈으로 보내지 않으면 안 되었다. 한밤중에 나는 이불 속에서 무엇이 한꺼번에 무너앉는 요란한 소리를 들었다. 아침에 보니까 경주네 주막집이 폭삭 내려앉아 있었다. 마을 사람들이 삽과 곡괭이를 들고 나와 무너진 집터를 파고 정리하는 동안, 나는 방 안에 갇혀 꼼짝을 못 했다. 어린애는 보면 안 된다면서 어머니가 문을 열어주지 않았던 것이다. 그 후로 나는 경주와 할멈의 모습을 한 번도 보지 못했다. 어머니는 그들 두 사람이 어떤 청년을 따라 아주 먼 곳으로 떠나가버렸다고 일러주었다. 그날 밤 할멈의 아들을 동네 어귀에서 본 사람이 있다는 얘기가 들리고, 그에게 담뱃불을 빌려준 사람까지 있다는 소문이 나돌았기 때문에 나는 섭섭한 대로 어머니가 일러준 주막집 모녀의 행방을 믿는 수밖에 없었다.

이젠 주막집 유리창에 번득이던 저녁놀을 영영 볼 수 없게 되었다. 그러나 그 대신 이듬해 봄이 되자 불에 타 죽은 줄 알았던 담쟁이덩굴이 한 해 동안의 긴 몸살에서 일어나 나를 놀라게 하였다. 벽돌집 전체가 무성한 잎에 싸여 온통 푸르게 보이던 어느 날, 나는 어머니의 성화에 못 이겨 오래도록 사사건건 말썽을 부려온 왼쪽 충치를 뽑아버렸고, 그것을 지붕 위에 던졌다. 그 뒤로도 마을 아낙네들은 우리 집에 자주 놀러 왔으나 새삼스럽게 경주네 이야기를 꺼내는 사람은 아무도 없었다. 내가 새

이를, 까치가 물어다 줄 건강한 이를 기다리는 동안, 어머니와
아낙네들은 어느새 이웃에 새로 이사 온 어떤 새댁의 나쁜 행실
에 관해서 열심히들 수군거리고 있었다.

(1970)

집

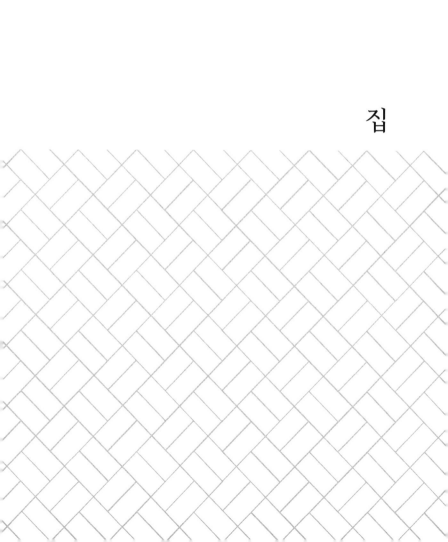

아버지의 진면목이 가장 여실히 드러나기는 아무래도, 도시계획에 저촉된다 하여 우리 집이 강제로 철거당하던 그때가 아니었나 생각된다. 물론 전에도 가족들이 차마 낯을 못 들 정도의 해괴한 짓을 사람들 앞에서 아무렇지도 않게 해낸 적이 한두 차례가 아니었다. 그러나 힘센 시청 인부들이 무지막지스럽게 휘두르는 갈고리와 해머질에 의하여 그래도 내 집이라고 정을 붙여 살던 그 판잣집이 장작더미처럼 폭삭 주저앉아버리는 비극의 날을 맞아 아버지가 남긴 유명한 공무집행방해의 일화에 비하면 그따위 것들은 한낱 애교에 불과했던 셈이다. 우리는 창피해서 정말 얼굴을 가리고 다녀야 할 판이었다. 사람들이 우리 형제만 보면 손가락질을 해대며 아버지에 관해서 이러쿵저러쿵 출처 불명의 소문까지 덤으로 붙여 쑤군거리는 것이었고, 이와 같은 상태는 후로도 몇 달이나 계속되었다. 형이 아버지를 터놓고 비난하기 시작한 것은 정확히 말해서 그날부터였다. 우리는, 특히 형은, 나이는 어리지만, 아버지가 얼마나 무능한 사람인가를 익히 알고 있었다. 집이 무너앉던 그날, 아버지는 과연 이제까지의 당신답게 무척이나 근엄하고 신중한 자세로 사태에 임했다. 그러고는 이야기도 안 될 거대한 적과 장시간 대치하여 보기 좋게 패배했던 것이다. 아버지는 홀랑 벗고 네거리 한복판에 선 듯한 꼴로 자기 인생의 절정을 장식함으로써 우리를 두고 두고 슬프게 만들었다.

아버지 입에서 그 집을 사자고 처음 이야기가 나왔을 때, 어머니는 달갑잖은 표정이었다. 직접 가서 집을 둘러볼 때도 마찬가지 표정이었고, 형 역시 못마땅한 내색을 감추지 않았다. 그러나 우리는 모두 지쳐 있었다. 여러 해를 여기저기 잠깐씩 남의 집만 전전하며 살아왔기 때문이다. 전에 우리가 살던, 크고 좋은 집은 아버지 친구 되는 사람한테 어처구니없이 빼앗겨버렸다. 굉장히 똑똑한 사람이라고 소문난, 아버지의 고향 친구 심 씨였다. 아버지가 사업에 실패하여 한창 빚쟁이들한테 몰리고 있을 때 그 심 씨가 나타나서 묘책을 일러주었다. 친구의 권고에 따라 아버지는 집문서와 인감도장을 내주었다. 집을 심 씨의 소유로 위장하여 그거라도 건져보자는 속셈이었다. 곤경에 빠졌을 때 찾아와서 위로하고 충고해주는 고향 친구가 아버지한테는 친형제만큼이나 살가웠을 것이다. 도장을 넘겨주면서 아버지는 심 씨의 손을 붙잡고 고맙다는 인사를 수없이 했다. 심 씨는 일주일 후에 다시 찾아왔다. 찾아와서 대뜸 하는 말이, 집을 비워달라는 것이었다. 처음에는 괜히 한번 그래보는 줄 알았던 모양이다. 아버지는, 농담이 너무 지나치다면서 그냥 실실 웃어넘기려 했다. 그런데 심 씨의 얼굴에서는 끝내 웃음을 찾을 수 없었다. 나중엔 화를 버럭 내면서, 집달리를 데려온다고 으름장을 놓았다. 어머니는 방바닥을 치면서 대번에 울음을 터뜨렸고, 형은 몸집이 큰 심 씨의 아랫도리에 찰거머리처럼 들러붙어 도나캐나 주먹을 놀리기 시작했다. 이삿짐을 꾸리느라고 온통 수라장이 된 집 안을 둘러보며 넋 나간 표정을 짓던 아버지의 옆모습을 잊을 수가 없다. 고향 친구한테 사기를 당한 후로 셋방을 찾아 자주 이사를 다니면서 아버지의 그런 표정은 줄곧 눈에 띄었다. 우리가 주인집 아이들이라도 때려 말썽이 생겼을 경우에는 더욱 그러했다. 우리는 우리대로, 그리고 어른들은 어른들대로 셋방살이에 아주 넌덜머리가 나 있었으므로 이것저것 따질 겨를이 없었다. 집이 좀 차해도 아무러면 내 집인데 셋방보다야 못할까— 이런 생각이 지배적이어서 우리는 쉽게 아버지의 의사에 굽혀 그 집을 사는 데 동의했던 것이다. 어머니는 이제 마음대로 빨래를 널 수 있고, 물을 얼마든지 많이 길어다 먹어도 괜찮게 되었다. 술이 잔뜩 취해서 좀 늦게 돌아와도 누가 시비할 사람이 없으니까 아버지는 안심하고 대문을 꽝꽝 두들길 수 있게 되었다. 우리는 방 안에만 틀어박혀 소란을 피운다고 날궂은 날 밖으로 쫓겨날 이유가 없어졌으며, 무엇보다도 다행인 것은 동네 아이들 아무하고나 대등한 위치에서 맞붙어 실력으로 승부를 가릴 수 있게 된 그 점이었다. 허약하게 생긴 녀석이 공연한 트집을 잡아 텃세하고 코앞에서 쥐새끼처럼 용용거리는데도 상대가 주인집 아들이기 때문에 꾹 참지 않으면 안 되는 셋방 신세의 아이들은 얼마나 불행한가. 정말 오랜만에 온채를 차지하고 살게 되어 판잣집의 허술한 외양과는 조금도 상관없이 우리는 꽤나 들뜬 상태에 있었고, 더부살이 신세를 동정하는 여유마저도 생겼다.

　그러나 몇 발짝 뒤로 물러나 약간만 공정한 눈으로 볼라치면 그것은 분명히 집이 아니었다. 집 축에 끼려면 적어도 사면 벽을 굳건히 세운 바탕 위에 지붕을 씌워야 할 텐데, 우선 그것조차도 제대로 되어 있지 않았다. 판자 쪽을 얼기설기 이어 붙인 삼면은 그런대로 눈감아준다 해도 뒷면은 전화건설국 자재 창고의 옆구리에 의지하여 가까스로 내부를 가린 형편이었다. 건설국 창고로 쓰이는 세 채의 기다란 건물이 신작로 가에 줄지어 있는데, 우리 집은 창고와 창고 사이 빈터에 납작하게 자리 잡고 있었다. 이를테면 현관에 해당되는 유일한 출입문 위에 '리발소'라 쓰인 붉은 글씨의 간판이 걸려 있었다. 이사를 끝내자마자 형이 맨 먼저 착수한 일은 커다란 쇠지레를 사용하여 끙끙기를 써가며 그것을 떼는 작업이었다. 하지만 유리 위에 역시 붉은 페인트로 쓰인 '첩방공반'만은 미처 손을 대지 못한 채 꽤 오래 원형 그대로 남아 시선을 끌었다. 관공서 아니면 접객업소 어디에나 다 붙어 있는 구호였다. 그걸 보고 우리 집을 관공서의 하나로 생각한 사람은 아무도 없었을 것이다. 그런데 그것이 아직도 손님을 부르는 역할을 했는지 이따금 빈민가 사람들이 문을 밀치고 들어와 머리를 깎아달라고 소리치는 바람에 아버지의 입장이 난처했다. 그럴 때마다 형이 요령 있게 핀잔까지 주어가며 재빨리 쫓아내는 일을 떠맡고 나서긴 했지만. 어느 날 형은 한나절 틈을 내어 '첩방공반'을 비롯한 이발소 흔적 전부를 말끔히 제거해버렸다. 오만한 성격의 형은 우리 집이 막벌이 노동자나 땟국이 잘잘 흐르는 코흘리개들을 상대로 하는 싸구려 이발소로 오인받는 걸 굉장한 모욕으로 여기는 눈치였다. 그러면서도 형은 마루를 깔아 대청 모양으로 개조한 옛날의 이발소 자리를 자기 전용의 공부방으로 독차지하려고 어머니와 꼬박 하루를 다투었다. 어머니 생각은 집이 워낙 비좁으니까 식구들이 모여 자는 단 하나뿐인 온돌방을 다소나마 넓혀볼 요량으로 그리 요긴하지 않은 세간은 모조리 대청 안에 쟁여 넣고 쇠를 채우자는 것이었다. 아버지 역시 어머니와 동감으로, 제 몸뚱이 하나만을 위하는가 해서 형을 섭섭하게 여기는 기색이었다. 그러나 종내는 형의 고집이 이겨, 어머니는 아무리 추운 날씨에도 혼자 대청에서 기거한다는, 거의 보복에 가까운 다짐을 받고는 형한테 양보를 했다. 반에서 항상 수석을 다투는 형이니까 그렇지, 다른 사람 같으면 어림도 없는 얘기였다. 형은 학교 성적을 집 안에까지 끌고 들어와 일찍부터 가족들 앞에서 세도를 부리고 무리한 요구를 관철시키는 데 적당히 이용할 줄 알았다. 대청을 차지하고 나서 형은 완전히 자기만의 세계를 갖게 되었다. 판자벽에 뚫린 알량한 창문을 통하여 창고와 창고 사이 공지를 오가는 가난한 이웃들을 내다보며 까닭 없이 불유쾌한 표정을 짓고 있거나 차가운 마룻바닥에 모로 누워서 벽에다 깨알

같은 낙서를 적고 있거나, 아니면 집 모퉁이에 와서 소변을 보는 주정뱅이를 붙잡고 꼬치꼬치 시비를 가리는 잠깐잠깐을 제외한 방과 후 시간의 대부분을 독서와 공상으로 보냈다. 책상다리를 한 형이 소반 위에 위인전 같은 걸 펴 놓고 오랫동안 생각에 잠겨 있는 모습을 자주 볼 수 있게 되었다. 그러는 형이 너무도 대견해서 아버지는 밤이 이슥해지면 형의 방에 꼭 간식을 넣도록 어머니에게 일렀다. 살림이 자꾸 기우는 형편인데도 형의 청이라면 웬만한 것은 아버지가 다 들어주었다. 내세울 만한 벌이가 없는 아버지보다는 화장품 행상을 하는 어머니의 발언권이 더 센 편이지만, 아들의 장래 문제에서는 촌보도 양보가 없는 아버지였다. 형에 대한 아버지의 기대는 사뭇 거창한 것이어서 누가 들을까 봐 겁이 날 정도였다. 아버지는 장차 큰아들 이름이 이 세상의 어둠을 밝히는 태양과 같은 존재로 만인의 가슴속에 아로새겨질 날이 오리란 걸 굳게 믿고 있었다. 아버지가 우려하는 건 다만 두 가지 경우뿐이었다. 첫째, 아들이 훌륭해지기 전에 당신이 너무 일찍 죽을지도 모른다. 둘째, 절대로 그럴 리가 없긴 하지만, 태양이 된 다음에 아들 녀석이 만일 옛날 아비의 은공을 까맣게 잊기라도 하면 어쩌나. 그러면서 아들이 정치 방면에 뜻을 두기를 희망했다. 이와 같은 발상은 어쩌면 당신의 제일 모자라는 점이, 그리고 여태까지의 모든 실패의 원인이 바로 그놈의 정치 쪽에 있다고 믿는 데에서 왔는지도 모른다. 아버지가 가진 몽환적인 욕심과는 퍽 거리가 있는 얘기지만, 어쨌거나 형한테는 기대를 걸게 만드는 싹수 같은 게 보여서 그를 아는 거개의 사람들이, 저놈은 틀림없이 보통 인물은 벗을 테니 어디 두고 보라며 칭찬을 했다.

동네 아이들과의 관계에서도 형은 언제나 유별난 존재였다. 아이스케키 장수나 구두닦이로 나가야 되기 때문에 적령이 훨씬 지나고 나서도 학교에 가지 않는 애들이 많았다. 그네들은 형이 도저히 따를 수 없을 만큼 계산속이 빠르고 세상 물정에 밝았다. 그네들은 매우 사납고 교활했다. 어떤 면에서 그네들은 이미 어른이 된 거나 마찬가지였다. 형은 그런 애들을 의식적으로 피했다. 학교에 다니는 애들은 한 손아귀에 넣고 흔드는 형이면서도 그 애들만은 어쩔 수 없는 모양이었다. 그러나 상대방을 두려워하는 건 그네들도 매일반이어서 형만은 섣불리 건들지 못했다. 그네들은 학교에 다니는 애들과 담을 쌓아 공연히 적대시하고 저주하면서 일부러 자기네 세계의 은어와 욕지거리만을 일상 언어로 사용했다. 그네들은 여럿이 돌려가며 담배를 뻑뻑 빨아대고 입에서 나오는 연기로 예쁜 동그라미를 만들어 공중에 날릴 줄 알았고, 여자가 지나가면 입안에 손가락을 넣어 극장에서 필름이 끊어졌을 때처럼 획획 휘파람을 불었다. 더욱이 그들은 아무 데서나 아랫도리를 까고 앉아 대변을 누는 것이었고, 그러면서도 부끄러움을 느낄 줄 몰랐다. 동네 안에서 마당과 변소와 우물을 완전히 갖추고 사는 집은 흑설탕을 녹여 가짜 꿀을 만드는 이북 사람 강 씨네뿐이었다. 거의 모든 사람이 변소와 우물을 공동으로 이용하는데, 두번째 창고 앞 빈터에 외양간 비슷하게 네 군데로 칸막이를 해서 지은 우스꽝스러운 건물이 마을의 유일한 공동변소였다. 가짜 꿀을 전혀 만들 줄 모르는 그 수많은 사람이 하나뿐인 변소를 이용하자니 자연 혼란이 따르게 마련이었다. 먼동이 트기 무섭게 사람들은 휴지를 말아 쥐고 두번째 창고 앞으로 달린다. 조반을 먹기 전이 되면 변소 앞에는 어느덧 네 가닥의 기다란 줄이 생긴다. 한 발짝이라도 앞에 서려고 밀치락달치락하고, 새치기를 막으려고 서로 아우성치며 싸우고, 한쪽에서는 빨리 나오지 않는다고 야단법석들이다. 줄 속에 섞여 있는 동안엔 그런 걸 모르지만 용무를 끝내고 나오면서 보는, 사람들의 그 초조한 표정이라니, 참으로 가관이 아닐 수 없다. 차례를 기다리는 일, 누가 알아줄 만한 무엇도 아니고 단지 잠깐 앉아서 괴로운 짐을 더는 순번을 타기 위하여 다급함을 참아가며 잘 아는 사람끼리 얼굴을 붉히고 싸워가며 그토록 오래 기다려야 하는 것처럼 심란스러운 일은 세상에 또 없을 것이다. 아이들이 겪는 수난에 비하면 어른들은 그래도 괜찮은 편이었다. 겨우 차례를 당해서 들어가 아직 허리끈도 풀지 않았는데 밖에서는 빨리 나오라고, 하마 변소 귀신이 됐겠다고 생야단을 치면서 문을 열어젖힌다. 하긴 형편이 이 모양이니 부끄러움을 모른다고 누구를 탓할 수도 없는 일이겠다. 여드름이 난 계집애가 사람들 앞에서 엉거주춤 쭈그려 앉는 꼴도 여러 번 보았다. 그런데 병적일 만큼 자존심이 강한 우리 형은 사람들 새에 끼어 줄을 서는 걸 아주 질색으로 알았다. 그리고 아무 데서나 아랫도리를 내리는 애들을 사람 이하로 취급해버렸다. 용무가 생기면 형은 운동선수 비슷한 차림을 하고 멀리 교회가 보이는 언덕을 향하여 냅다 뜀질을 시작하는 것이었다. 요모조모 봐도, 변소에 가는구나, 하고 눈치채는 사람이 아무도 없게끔 태도에 여유가 있고 동작이 신중했다. 만일 어떤 아이가 교회 변소를 이용하고 싶다면 그 애는 반드시 형한테서 허락을 받아야만 했다. 왜냐하면 교회와 형은 불가분의 관계에 있다고 믿어 형의 허락 없이 교회 울타리의 탱자 하나라도 딸 수 없다고 생각하는 애들이 태반이기 때문이었다. 아닌 게 아니라 어렸을 때부터 형은 교회와 깊은 관련을 맺어왔다. 다른 동네에 살적에도 일요일마다 그 교회에 나가 주일학교 찬양대원으로 활동했고, 성경 암송 대회에서 해마다 일등을 차지하여 반사님들로부터 인정을 받고 있었다. 교회라는 데를 무척 어렵고 복잡한 곳으로 아는 동네 아이들 앞에서는 그 정도면 충분히 주인 행세도 할 만했고, 또 신앙 외의 목적으로 교회를 잠시 이용했다 해서 누구한테 크게 죄 될 것도 없었다고 본다.

이사를 와서 첫번째 여름을 보내기까지 우리에겐 이렇다 할 곤란이 없었다. 가지각색의 깡통 조각으로 이은 지붕이 여름 장마를 견디지 못해 줄줄 새는 소동을 한 차례 겪었다. 가소롭게 보고 그냥 넘기려 들었다가는 된코 다칠 것 같아서 아버지가 함석을 사다가 지붕을 아예 새것으로 단장해놓았다. 덕분에 돈은 좀 들었지만 집 모양에 한결 볼품이 생겨 오히려 다행이었다. 이렇게 근방에서는 보기 드물 만큼 주제꼴이 일신됐음에도 불구하고 형은 집이 빈민가 한복판에 있다는 이유로 여름방학을 이용한 담임선생의 의례적인 가정방문을 한사코 거부해버렸

다. 결국 형은 판잣집을 구경시키고 당하는 창피 대신 개학하자
마자 학부형과 함께 학교로 호출을 당하여 호되게 꾸중을 듣는
쪽을 택함으로써 아버지를 또 한번 섭섭하게 만들었다. 그러나
이런 정도의 일들은 실상 아무것도 아니었다. 이보다 더 괴로운
일들이 우리에겐 얼마든지 있었다.

　이웃과의 빈번한 충돌이 우리가 당하는 가장 참기 어려운 곤
란이었다. 마을엔 어른 아이 가릴 것 없이 똑같은 표정을 지
닌 사람이 너무 많이 살았다. 어느 놈 하나 잘못 걸리기만 해봐
라 — 이런 식의 위협이 눈초리 속에 항상 번뜩이고, 그들의 호
전성과 신경질은 아주 사소한 이해관계에서 거의 습관적으로
폭발되곤 했다. 그리고 크건 작건 동네에서 한바탕 싸움이라도
있고 난 저녁이면 비로소 사람들 얼굴에 화색이 도는 듯이 보였
다. 술에 취해서 기분 좋게 떠드는 사람들이 더욱 많이 눈에 띄
고, 공동 우물 근처나 누구네 집 처마 밑에 모인 아낙네들의 웃
고 쑥덕거리는 시간이 부쩍 길어지는 것이었다. 이렇게 다부지
고 성깔이 사나운 이웃과의 충돌에서 손해 보는 쪽은 어김없이
우리였다. 워낙 뒤가 무른 양반이라서 아버지는 누가 눈만 부릅
떠 보이면 잘잘못을 따질 겨를도 없이 지레 사과해버리는 성미
였다. 더구나 남의 싸움에 객쩍게 뛰어들어 아무도 안 알아주는
중재 역할을 떠맡고 나서는 것이 탈이었다. 아버지가 싸운 당사
자들을 주막집으로 불러 자기 돈으로 화햇술을 내고 돌아온 날
은 으레 밤늦게까지 어머니의 신세타령이 쏟아져 나왔다. 오래
지 않아 형의 얼굴에도 예의 그, 어느 놈 하나 잘못 걸리기를 바

라는 표정이 보이기 시작했다. 어머니 역시 마을 분위기에 차츰 익숙해져 우물 근처에서 아낙네들의 쑥덕공론이 벌어지는 날이면 거기에 한몫 끼어들어 맞장구도 칠 수 있게끔 되었다. 물론 우리 집안에 대한 험담이 아닐 경우에 한해서였지만. 아버지 입장에서 볼 때 가족들의 이와 같은 변모는 상당히 가슴 아픈 일이었을 것이다. 그러나 돌이켜보면 셋방을 전전하던 시절에 비해 상태가 두드러지게 악화된 것도 아니었다. 엄살을 떨 생각이 아닌 바에야 우리가 겪은 곤란이 어느 정도였고 어떠했다고 함부로 입 밖에 내지 않는 게 이롭겠다. 주위 환경이 마음에 안 들고 비좁긴 해도 그것은 우리 집이었다. 담임선생을 모시고 와서 보여주고 싶도록 훌륭한 집은 아닐지라도 그것이 우리 집인 것만은 분명했다. 우리 집이니까 누가 감히 나가라는 말 한마디 하는 사람이 없다. 얼마 전에 지붕을 새로 이어 고쳐놓았고, 아직은 벽이 무너지거나 구들장이 내려앉을 기미가 조금도 안 보인다. 정말이지 우리는 판잣집에 이사 오기를 백번 잘했다고 생각은 했어도 후회한 적은 한 번도 없다. 벌써 여름이더니 벌써 가을이었다. 실로 몇 년 만에 가져보는 생활의 안정 속에서 세월조차도 굉장히 방정맞게 지나가는 느낌이었다.

찬바람이 불기 시작했고, 그러자 우리는 언제 닥칠지 모르는 치명적인 위협에 대비하지 않으면 안 되었다. 한 가지 검은 소문이 어느 입을 통해서인지 온 마을에 마치 악성 돌림병처럼 번지고 있었다. 말마디나 한다는 몇몇 마을 어른이 우리 집을 뻔질나게 드나들었다. 그들은 밤이 깊도록 아버지와 머리를 맞대고 상의를 하고 또 상의를 했다. 그들의 입에서는 말끝마다 긴 한숨이 터져 나왔다. 그럴 때마다 아버지는, 아마 잘될 거라고, 그 사람들이 약속을 그렇게 헌 고무신처럼 벗어던지지는 않을 테니 너무 상심 말라고 부드러운 말로 위로하는 것이었다. 그러면 어른들은 유행성 이하선염에 걸린 듯이 턱을 잔뜩 감싸 쥔 채 비통한 표정으로 돌아가곤 했다. 아직은 그렇게 될 것이 거의 틀림없을 정도의 확실한 소문이 아니었다. 소문은 그저 소문일 뿐, 맨 처음 발설한 사람이 누구인지조차 분명치 않았다. 이런 판국인데 일이 앞으로 어떻게 진전될 것인지를 누가 장담하겠는가. 그렇다고 한가하게 앉아서 사람들이나 위로해주는 아버지의 여유작작한 모습은 옆에서 봐도 얄미워 죽을 지경이었다. 아버지는 될 수 있는 한 우리가 눈치채지 못하도록 쉬쉬하면서 다른 어른들에게도 낮은 소리로 얘기할 것을 충고했다. 그러나 우리는 이미 알고 있었다. 우리는 신경통을 앓는 수족으로 하루나 이틀 후의 일기쯤 앞당겨 예감하는 늙은이들처럼 몸의 어느 부분이, 예를 들어 심장이 울렁거리고 자꾸 오줌이 마려워지는 긴장을 견디며 비극을 치를 만반의 준비를 갖추었다. 신변에 접근해오는 위협을 반사적으로 알아차려 재빨리 촉각을 곤두세우는 어떤 하등동물의 생리처럼 우리는 몸을 사리면서 조심스럽게 대기하고 있었다. 어른들의 지혜가 미치지 못하는 으늑한 구석 자리에 엎드려 숨을 할딱이며 우리는 그날이 오기를 끈덕지게 기다렸다. 우리가 기다리고 있다는 사실이 어른들 앞에 탄로 날까 봐 형은 간간이 딴전을 부려 보임으로써 눈가림하는 연기를 아주 멋지게 해냈다. 기왕에 오래 살 바엔 온 돌방을 옆으로 하나 더 달아 내고 벽도 아주 공구리(콘크리트)로 튼튼하게 발라 모양을 내자고 어머니를 자꾸만 졸라대는 식으로 말이다. 그 말에 아무런 대꾸가 없는 어머니를 대신하여 한 푼 벌이도 못 하는 아버지가 제꺽 고개를 끄덕였다. 내년 안으로 꼭 그렇게 만들어주마고 약속은 흔연히 하면서도 매우 자신 없어 하는 그 표정이 어쩐지 우스웠다. 아버지가 아직도 형을 어린애로 취급하고 있다는 건 크나큰 실책이었다. 만일 형의 속셈이 어떤 것인지를 아버지가 일찍 알아차렸다면 아마 당장에 기절이라도 했을 것이다. 기가 막히게 예쁜 꽃구슬 한 개를 대청 마룻바닥의 솔옹이 구멍 속에 떨어뜨려 잃은 뒤로 형은 늘 그걸 아쉬워해왔다. 집이 헐리게 되면 누구보다도 먼저 달려가서 대청 밑바닥을 뒤져 기어코 꽃구슬을 찾아낼 판이라고 형은 미리부터 기대에 부풀어 있었다. 집이 헐린다. 빈집이 아니라 엄연히 사람이 살고 있는 집이 남의 손에 의하여 헐린다. 그것도 멀쩡한 대낮에, 벼락이나 사태가 아닌 사람의 힘으로 와그르르 허물어져 내린다. 그것은 좀처럼 믿어지지 않는 일이었다. 믿을 수 없기 때문에 전혀 실감이 오지 않았고, 그래서 우리는 본능이 요구하는 만큼의 흥분에 도달하지 못해 안달이 날 지경이었다. 불길에 휩싸여 훨훨 타는 광경은 여러 번 목격했어도 두 눈을 뜬 채 지켜보는 앞에서 집채가 폭삭 주저앉는 꼴은 여태껏 구경을 못 했다. 삽시간에 기둥이 나자빠지고 벽이 사방으로 떨어져 나가고 그 위에 지붕이 털썩 올라타는 장면은 상상만으로 장관이 아닐 수 없었다. 손아귀에 쥐듯 그걸 더 좀 생생히 느끼기 위해서 우리는 오밤중에 살그머니 이부자리를 빠져나와 집 둘레를 샅샅이 돌아보기도 했다. 형은 주먹으로 기둥을 탁탁 쳤다 어루만졌다 하면서 어떤 쪽에서 타격을 가해야만 그것이 가장 쉽게 넘어질 것인가를 궁리하고, 어느 방향으로 쓰러질 것이 틀림없다고 예언하면서, 내기를 걸어도 좋다고 장담을 했다. 함석지붕이 아래로 내려앉아 왕창 쭈그러들면서 내는 소리는 얼마만큼 클 것인지, 집 한 채를 고스란히 부수는 데 과연 얼마나 시간이 걸릴 것인지, 우리에겐 모든 것이 궁금거리투성이였다. 얼핏 땔감 때문에 고충이 많았던 우리의 처지를 상기했음인지 형은 집을 헐어 나오는 가연성 물질 전체로 몇 날이나 밥을 지을 수 있나를 알아보기 위해 열심히 수학적인 머리를 동원하는 엉뚱함도 보였다. 이렇듯 우리는 사람들이 떼뭉쳐 와 우리 집을 꽝꽝 두들겨 부숴주기를 간절한 마음으로 기다리며 이제나저제나 하는 긴장 속에서 하루하루를 살았다. 우리가 찬물을 뒤집어쓴 듯이 갑자기 이성을 되찾고, 아버지와 어머니 편에 서서 사태를 비로소 현실적인 눈으로 바라보기 시작한 것은 소문이 동네를 휩쓸고 나서도 얼마가 지난 후였다. 동사무소와 시청에서 파견된 직원들이 가가호호를 방문하는 걸 우리 눈으로 직접 보고야 말았던 것이다.

후일담이다. 판잣집을 헌다는 소문이 처음 나돈 것은 우리가 이사 오기 전인 겨울철이었다고 한다. 소문이 도는 동안에 봄이 오고, 때마침 선거기간이 다가왔으므로 마을 대표들이 요로에 진정하여 절대로 마을이 다치지 않겠다는 확약을 받았다는 것이다. 그때 자유당 공천을 받아 국회의원에 입후보한 사람이 우범지대인 판자촌 마을에 보안등을 가설하고 길에 자갈을 깔아주는 등으로 선심을 쓰는 걸 우리도 보았다. 선거에서 그가 아슬아슬한 표차로 야당 후보를 누르고 당선된 다음 마을 골목길은 도로 깜깜해졌다. 사람들이 보안등을 달았던 전봇대가 트럭에 실려 다시 나가는 걸 지켜보며, 예상보다 표가 훨씬 적게 나온 데 대한 보복이라고 얘기하던 기억이 난다. 그러니까 우리는 그런 소문이 있었던 줄을 전연 모르고 싸구려 이발사한테서 그 집을 산 셈이며, 아버지가 지붕을 고치기로 결심한 것은 자유당 후보의 언질을 곧이곧대로 믿고 나서의 일이었다.

최고장催告狀이 우리에게 판잣집의 자진 철거를 종용하고 있었다. 동사무소 직원이 나눠 주고 간 그 종이쪽지에 그런 내용의 글발이 적혀 있었다. 거기에다 철거 이유를 '무허가'와 '도시계획 저촉' 두 가지로 구분해놓고 해당 사항을 동그라미로 친절하게 표시해주었다. 그런데 우리 집은 양쪽에 다 걸린 것으로 되어 있었다. 그걸 보고 아버지가 혜식은 농담을 했다. 잘못하다 간 집이 두 번씩이나 철거당할 것 같다는 것이었다. 이어서 최고장은, 자진 철거를 거부할 경우 부득이 행정력을 동원하여 강제로 철거를 단행할 작정임을 명백히 하고 철거 기간도 시한부로 못박아놓았다. 가짜 꿀을 만드는 강 씨네와 몇몇 집을 제외하고는, 도시계획에 저촉되든 무허가 건물이든 간에 동네에서 안 걸린 집이 별로 없었다. 최고장을 물끄러미 내려다보며 어머니는 많이 참고 있었다. 그러다가 아버지가 농담을 하는 대목에 와서 분이 폭발해버렸다. 어머니는 형편이 이 지경에 이르렀는데도 여전히 헐렁이로 구는 아버지를 무섭게 몰아세우기 시작했다. 그저 만사태평의 무골호인으로 책임감도 수치심도 없는 등신한테 자기를 시집보낸 친정이나 원망할 뿐이라면서 어머니는 오래전에 작고한 우리 외조부모까지 들먹이고 나섰다. 그리고 아버지를 더욱 효과적으로 공박하기 위하여 우리 집을 몽땅 사기해 먹은 심 씨가 얼마나 변변한 인물인가를 침이 마르도록 설명하는 것이었다. 아버지는 허허 웃기만 했다. 그러자 어머니는 머리칼을 한 움큼씩 쥐어뜯어가며 흙벽에 이마를 퍽퍽 부딪기 시작했다. 우리는 똑똑히 보았다. 철거를 알리는 정식 통고가 어머니에게 준 충격이 어느 정도인가를 알았다. 난생처음의 무시무시한 히스테리를 보고서야 우리는 사태의 심각함을 절실히 느낄 수 있었다. 느닷없이 형이, 어떤 놈이 집을 헐으려 덤비면 불을 지르겠다고 선언하고는 밖으로 뛰어나가버렸다.

어머니의 슬픔이 고스란히 형에게로 옮은 탓이리라. 어머니의 발작을 보고 나서 형은 숫제 말을 잃었다. 바깥으로만 빙빙 돌면서 끼니때가 되어도 집에 들어오려 하지 않았다. 그러면서 형은 아무 데나 그으면 켜지는 딱성냥을 구해가지고 실제로 호주머니 속에 지니고 다녔다. 생각해보니 채 1년도 못 되는 짧디짧은 평화였다. 온채를 차지한 뒤로 우리가 누리던 어설픈 행복은 그렇게 해서 간단히 결딴나버리고, 언젠가는 터지게 마련인, 이보다 훨씬 고약한 사건들이 어둠 저편에서부터 줄지어 포복해 오고 있는 것만 같아서 서서히 땅거미가 지는 문밖을 더없는 두려움으로 바라보지 않을 수 없게 되었다. 그야말로 속수무책이었다. 이런 경우에 아버지를 돕고 어머니를 위로할 좋은 방법은 없을까. 방법이 전혀 없는 건 아니었다. 비록 어리긴 할망정 부모 된 입장을 충분히 이해하고 있으며 힘이 되어드리지 못해 대단히 죄송스럽다는 표시로 한술 더 떠 어른보다 침통한 표정을 짓고 있노라면 집이 무너지기 바라며 철따구니 없이 덤벙거린 어제의 죄과가 다소 탕감되는 기분을 맛볼 수 있었다. 그 나이에 어른들을 돕는 방법이란 그 정도가 고작이었다.

일요일이 왔다. 답답한 집 안을 빠져나와 교회에서 마음껏 뛰놀 수 있는 구실이 생기기 때문에 우리는 일요일이 오기를 명절 기다리듯 하던 참이었다. 뜨는 둥 마는 둥 조반을 마치더니 형은 지체하지 않고 교회로 달려갔다. 주일학교 성가대 연습에서 빠지기 위해 멀쩡한 목을 매만지며 아프다고 핑계를 대는 점으로 미루어 형은 교회에 나오긴 했어도 여느 때처럼 가뿐한 기분이 안 되는 모양이었다. 시간이 되자 다섯째로 태어난 딸애 이름을 '딸고만이'로 지었다 해서 항상 우리의 놀림을 받는 교회 사찰이 초종을 울리기 시작했다. 아이들이 한둘씩 종루 근처로 모여들었다. 형도 그들 중에 끼어 딸고만이 아빠가 종을 치는 모습을 열심히 지켜보았다.

솜구름이 하얗게 떠가는 가을 하늘을 배경으로 까마득한 높이에 달린 커다란 놋종이 지척지척 양쪽으로 기울다가 드디어 첫번째 소리가 탕 울리자 아이들이 환성을 지르며 고무신을 벗어 들었다. 길게 여운을 끌며 달아나려는 종소리를 아이들은 재빨리 고무신 속에 가둬가지고 양쪽 귀에 붙였다 떼는 동작을 거듭하면서 시시덕거렸다. 딸고만이 아빠의 깡똥한 몸집이 줄에 매달려 위아래로 오르내릴 때마다 댕그랑댕그랑 종이 울렸다. 그리고 잉잉거리는 소리가 귓바퀴를 돌면서 우리에게 간지럼을 먹였다. 그때까지 애들 뒷전에 서서 시무룩한 표정이던 형의 얼굴에도 슬그머니 웃음기가 비치기 시작했다.

주일학교 동화 시간에 종에 얽힌 재미있는 얘기를 들은 다음부터 사찰 아저씨는 아이들한테 인기가 아주 대단했다. 종치기가 끝날 무렵이 되면 그는 꼭 자기를 둘러싼 아이들 가운데서 한 사람을 선정하여 딱 한 차례만 줄을 잡아당기게 하는 버릇이 있었다. 종을 치는 영광스러운 일에 선발되는 건 대개 그를 가리켜 딸고만이네 아버지라고 놀린 적이 거의 없거나, 아니면 종 치는 사람을 세상에서 가장 부러워하는 눈초리로 쳐다보는 애들인데, 유감스럽게도 우리 형제는 그가 베푸는 특혜를 아직 한 번도 받아보지 못했다.

형이 존경하는 사람 중의 하나로 말대가리란 별명이 붙은 주일학교 반사가 있었다. 그가 주일마다 들려주는 동화 가운데 종을 치는 늙은 말에 관한 재미있는 얘기가 있었다. 그는 배우처럼 표정이 풍부하고 혀 하나로 오만 가지 소리를 흉내 내는 재주를 가진 사람이었다. 그가 입을 여는 그 순간부터 시간은 갑자기 거슬러 흐르고 우리 시야엔 미지의 끝없는 세계가 전개되어 웃음이 터지고 소름이 돋고 눈물이 찔끔 나고, 그러다 보면 다음 주일에 또, 하고 웃는 말상의 추남이 강도상 앞에 우뚝 서 있어 아이들은 모두 어리둥절해지곤 했다. 우리는 그가 하는 손짓 발짓을 보면서 갈기를 흩날리며 피비린내 물씬거리는 들판을 치닫는 백마의 위용과 그 위에 버티고 앉아 창검을 번뜩이는 철갑의 기사를 동시에 볼 수 있었다. 기사를 도와 큰 공을 세우고 개선한 그 백마가 전쟁 당시의 상처 때문에 병이 악화되어 금방 죽어가는 이야기를 듣는 동안 우리는 백마와 한편이 되어 망아지처럼 발을 동동 구르며 슬픔을 나누었다. 적군을 무찌른 공으로 성주한테서 후한 상을 받아 부자가 됐으면서도 자기 말을 돌보지 않고 굶주리게 내버려두는 기사 녀석을 우리는 잠시 말대가리 선생과 혼동하여 앞에 대고 삿대질하며 죽일 놈이라고 욕까지 퍼부었다. 그러나 백성을 인자하게 다스리는 성주님이 누구든지 억울한 일을 당했을 때 종을 쳐 호소할 수 있도록 성문 앞에 높은 종탑을 세워놓았음을 알게 되자 시종侍從 제복을 입고 그 종탑을 지키는 딸고만이 아빠의 깡똥한 모습이 얼핏 보였다. 결국 마구간을 빠져나온 우리의 백마가 이리저리 헤매던 끝에 성문 앞까지 이르게 되고, 배고픔에 못 이겨 종탑을 감고 올라간 칡넝쿨을 뜯어 먹다가 줄을 건드려 종이 울리게 되고, 그러자 성주님이 친히 나와 사정을 자세히 알아본 다음 말을 학대한 기사에게 큰 벌을 내린다는 이야기였다.

아버지 손으로 작성된 탄원서 초안은 첫머리부터 말미에 이르기까지 한문투성이였다. 집에 모인 동네 사람들 앞에서 아버지가 그걸 큰 소리로 낭독해 보였다. 방 안은 온통 숙연한 분위기에 잠겨 기침 소리, 바스락거리는 소리 하나 들리지 않았다. 마이크 앞에 처음 선 시골 학생처럼 덜덜 떨리는 아버지의 음성에 사람들은 깊은 감명을 받은 듯했다. 짐작조차 전혀 안 가게끔 어려운 한자 용어들을 한없이 쏟아놓다가 아버지는 마침내 맨 마지막 구절을 길게 뽑았다.

— 절대절명의 위기에 선 오등의 참경을 재삼 통촉하시와 부데 자애의 조처 하회하여주시기 쌍수 합장 절원하나이다.

양면괘지를 내려놓으며 아버지는 자못 비장한 낯빛이었고, 아버지의 떨리는 음성에 틀림없이 간장이 녹았을 다른 어른들은 연신 고개를 끄덕이는 것으로 대충은 알아들었다는 표시를 했다. 글이 매우 훌륭하다는 중론에 이견을 다는 사람은 아무도 없었다. 다만, 원체 어려워놔서 시장 어른이 과연 그 뜻을 곱게 삭일 수 있을지 걱정하는 사람은 더러 있었다. 그러나 아버지의 설명을 듣고 나더니 그들도 아주 흡족해하였다. 판자촌에도 이렇게 유식한 사람이 있는 줄 알게 될 테니 앞으로는 그렇게 괄시하지 못할 것이라면서 모두들 아버지한테 치하를 했다. 탄원서는 별다른 수정 작업을 거치지 않은 채 국회의원과 시장 앞으로 각각 한 통씩 보내어졌다.

그것만으로는 아무래도 미심쩍었던 모양이다. 잡도리를 튼튼히 해야 된다면서 전에 사업할 때 알고 지낸 시내 유지급 인사나 동창 친구들을 부지런히 찾아다녔다. 굶어 죽어도 남의 신세는 안 진다는 주의로, 잘사는 친구들을 멀리하던 아버지가 그처럼 동분서주하는 걸 보니 어딘지 미더운 구석이 보이기도 했다.

그런데 탄원 사항을 재고할 여지가 없다는 회답이 며칠 후에 왔다. 애쓴 보람도 없이 사태는 거의 절망적이었다. 그러는 동안에 시청에서 정해준 자진 철거 기간이 뿌적뿌적 다가왔다.

형이 아버지를 그래도 아버지로 대접한 것은 실낱같은 희망이나마 남아 있는 동안이었다. 최고장의 시한이 임박하자 아버지는 최후 수단으로 마을 대표들을 이끌고 가서 시 당국과 양자 협상을 벌여 웬만큼 성과를 얻긴 했다. 계절이 적합지 않으니까 철거를 당분간 연기하여 현재 상태로 겨울을 넘긴다. 그 안에 자발적으로 철거하는 사람에 대해서는 철거를 완료한 그 날짜에 일시불로 보상금을 지급한다. 무허가 건물일 경우에는 절대로 피해를 보상할 수 없다. 그 대신 다른 데로 이사갈 때까지 철거민들을 빈 자재 창고에 수용할 수 있도록 전화건설국 측과 타협해보겠다. 그리고 이제껏 이북 피난민한테만 혜택을 주던 구호양곡을 철거민 전체에 배급해준다. 이런 것들이 협상에서 얻어진 소득의 전부였다. 그만하면 아버지 힘으로는 최선을 다한셈이며, 시청 쪽에서도 어지간히 양보를 했다고 본다. 우선 내년 봄까지는 한시름 놓을 수 있어 불행 중 다행이었다. 앞으로 몇달간 말미를 얻은 것만도 고맙고 대견해서 어머니는 아버지의 수완을 새삼스럽게 평가해주는 눈치였다. 하지만 형은 달랐다. 형은 그런 것쯤은 안중에도 두지 않았다. 형이 생각하기에, 그것은 당장 맞을 매를 가까스로 피했다뿐이지 언제라도 집이 헐리기는 매일반이었다. 집이 헐리는 걸 보는 고통, 그것은 형에게 목숨을 끊는 아픔에 비길 만했다. 겉으로야 동네가 어떻고 집이 어쩌네, 하고 가정방문 온 담임선생을 피해 다니며 얼마든지 고집을 부렸으나 실상은 마음속으로 자부심이 대단했다. 에이브러햄 링컨도 어린 시절엔 이층이나 벽돌집 같은 데서 살지 않았다. 다 그럴 만한 이유가 있으니까 자기 전용의 공부방으로 몫지어진 알량한 대청을 그토록 사랑했던 것이다. 형은 철거 문제를 다루면서 아버지가 보인 행동을 대여섯 조목으로 나누어 철저히 비판했다. 특히나 형은 유식한 문자로 점철된 아버지의 탄원서에 비난의 초점을 모았다. 그런 식으로 싹싹 빌고 애원해서는 어림도 없다는 것이었다. 우리한테 아무런 잘못이 없고, 잘못이 있다면 그건 되레 시청 쪽인데 뭣 때문에 아버지가 먼저 굽히고 들어가야 된단 말인가. 형은 애당초 시청에서 철거 문제를 꺼낸 것부터가 말도 안 되는 소리라고 생각했다. 그러니까 시청 사람들이, 하마터면 큰일을 저지를 뻔했다고 뉘우치게 만들려면 자기네들의 잘못을 조리 있게 지적해주는 수밖에 없다. 그래서 형은 자기 나름의 주장을 자기 나름대로 조리 있게 적은, 말하자면 시청의 잘못을 짭짤히 훈계하는 내용의 글을 시장한테 우송했던 것이다. 모르긴 몰라도 형은 비슷한 글을 이승만 박사에게까지 보내려고 단단히 벼르는 것 같았다. 나중에 절충안이 나와 시 당국과 어느 정도 타협이 이루어졌을 때도 형은 그것을 전부 자신의 승리로 철석같이 믿고 있었다. 자기가 보낸 글이 너무도 옳음을 늦게야 깨달아 그만큼이라도 시장이 양보를 했다는 것이다.

아버지의 탄원서가 무시당한 이래 형이 집안에서 실권을 거지반 장악하다시피 했다. 아버지나 어머니는 집에 대한 형의 애착이 얼마나 대단한 것인가를 잘 알고 있었다. 그리고 그 집이 헐리게 되어 얼마나 상심해 있는가도 잘 알기 때문에 거의 패륜에 가까운 극성을 부려도 형을 그냥 너그럽게 보아 넘기고 있었다. 그렇게 되니까 집안 꼴은 자연히 말이 아니었다. 무슨 일이 생길 때마다 아버지는 형의 눈치를 슬금슬금 살폈다. 어머니와 무릎을 맞대고 얘기하면서 아버지는 터무니없이 큰 소리로 묻는다. 밀수 화장품 단속이 심해졌다는데 그대로 행상을 계속해도 괜찮겠느냐. 여기에 지지 않게 어머니도 큰 소리로 말을 받는다. 단속이 풀릴 때까지 다른 걸 해보려고 생각 중인데 자본 없이 장사하려니 마땅한 게 없어 걱정이다. 이렇게 말하고는 두 분이서 대청 쪽의 반응을 숨죽여 기다린다. 그러면 형은 책을 탁 덮어 놓으며 벽을 사이에 두고 이래라저래라 훈수를 시작한다. 매사가 다 그런 모양이었다.

이북에서 피난 온 사람들이 하나둘 자기 손으로 집을 허물고 마을을 뜨기 시작했다. 가을이 다 가고 겨울철로 접어들자 마을에서는 이북 사투리를 좀처럼 들을 수 없게 되었다. 아직도 갈 곳을 정하지 못한 사람들만이 마을에 남아 먼저 떠난 사람들을 부러워하면서 구정을 맞고 우수, 경칩을 넘겼다. 다가서는 봄이 겨울보다 더 춥고 두렵게 느껴지기는 그때가 처음이었다.

철거일을 하루 앞두고 우리는 세간을 전부 꺼내어 전화건설국 빈 창고 한쪽 구석에다 옮겨놓았다. 말할 나위도 없이 형의 반대를 무릅써가면서였다. 형은 그것이 틀림없는 우리 집이기 때문에 어느 누구도 손을 댈 수 없고, 또 손을 대서도 안 된다는 자기 생각을 끝끝내 고집하고 있었다. 내일이면 집이 헐린다는 사실을 형은 아직도 믿지 않고 있었다. 아니, 절대로 믿으려 하지 않았다. 그 고집을 꺾을 사람이 아무도 없어 그날 밤 형 혼자 텅 빈 대청에서 꼬박 새우는 걸 막지 못했다.

철거일의 아침이 천천히 밝았다. 집이 헐리는 날인데도 여느 때와 같이 둥근 해가 뜨고 우물에서는 여전히 맑은 물이 솟는 게 참으로 불가사의하게 느껴지는 아침이었다. 모든 사람이 슬픔에 짓눌려 넋을 잃고 있는데도 여느 아침이나 다름없이 배가 고프고 변소에 가고 싶어지는 게 도대체 창피스럽고 미안해서 죄인처럼 잠자코 견디어야 하는 답답한 하루였다.

정오 무렵이 되자 판자촌으로 들어오는 골목길 어귀에 두 대의 화물 트럭이 서더니 바로 우리 집 앞 공지에다 인부들을 까맣게 풀어놓았다. 머리에 수건을 동인 시청 인부들이 집을 부수는 도구들을 끄집어 내리는 동안 사람들이 모여들어 트럭 둘레를 여러 겹으로 에워쌌다. 이윽고 작업을 지휘하는 사람과 동네 어른들 사이에 말다툼이 벌어졌다. 우리처럼 무허가 건물을 가진 사람들이 보상금을 탈 욕심으로 끝까지 저항을 벌이는 것이었다. 자기네를 거들어 무슨 말이라도 해주기를 고대하며 그들은 아버지 얼굴을 애타게 바라보고 있었다. 형도 마찬가지였다. 형은 아까부터 자기 눈앞에서 어떤 기적 같은 게 일어나기를 갈망하는 표정으로 오직 아버지 행동 하나만을 주목하고 있었다. 난처한 입장에 빠진 아버지는 그 판국에 시장을 다시 만나야겠다는 핑계를 대면서 슬금슬금 꽁무니를 빼버렸다. 그러나 뒤돌아서면서도 아버지는 배신자한테나 던지는 저 살벌한 눈초리를 뒤통수로 충분히 느꼈을 것이다. 더욱이 기대가 실망으로, 그리고 분노로 순식간에 변하는 형의 표정을 못 읽었을 리 없다. 마침내 형이 소용돌이 속에 뛰어들었다. 형은 대뜸 작업 지휘자를 붙잡고, 자기가 허락하기 전엔 그 누구도 집을 부술 수 없다고 선언했다. 그는 어린애를 상대하고 있을 만큼 한가한 사람이 아니었다. 그러나 형이 찰거머리처럼 달라붙어 길을 막는 데야 그로서도 어쩔 도리가 없는 듯했다. 큰 권한을 쥔 어른과 거기에 맞선 어린애 사이에 곧 열띤 논쟁이 벌어졌다. 당신이 무엇이기에 남의 집을 함부로 헐려 하느냐고 형이 물었다. 나라의 명령이라서 자기도 어쩔 수 없이 하는 일이라고 책임자가 대답했다. 곁에서 보면 반쯤은 농담으로 들리는 대화가 한동안 계속되었는데, 서로 상대방을 이해시키기 위해서 당사자들은 그럴 수 없게 진지했다. 나라에서는 왜 당신네들 집은 가만 놔두고 우리 동네에 있는 집만 부수라고 명령했는지 어디 한번 설명해봐라. 그건 이 동네에 있는 집들이 대개 나라의 허가를 받지 않고 지어졌기 때문이다. 그렇다고 집을 부수는 건 잘못이다. 허가를 받지 않았다면 처음부터 집을 못 짓게 하든가 서로 사고팔지 못하게 미리 막을 일이지, 이제 와서 그런 말을 하면 어떻게 되는가. 네가 몰라서 하는 말이다. 나라에서는 진작부터 그런 일을 못 하게 해왔다. 말도 안 되는 소리 하지도 마라. 그렇게 해왔으면 어째서 여기에 집이 서 있고 어떻게 우리가 이 집을 샀겠느냐.

시간이 없다. 그런 문제라면 나보다 높은 사람한테 가서 따져라. 나는 다만 위에서 하라는 대로 움직일 뿐이다. 자기들이 높으면 얼마나 높으냐. 이담에 커서 위대한 정치가가 되는 날이면 나는 제일 먼저 그 사람의 집부터 부수라고 명령을 내리겠다. 그러니 당신도 조심해라. 네가 커서 제발 그렇게 되기를 빌어주겠다.

논쟁은 끝났다. 손을 번쩍 들어 작업 책임자는 마을 초입에 있는 우리 집을 첫번째로 가리켰다. 저마다 기다란 쇠사슬과 갈고리, 해머 같은 걸 하나씩 움켜쥔 인부들이 우리 집으로 우우 몰려갔다. 그들을 앞질러 형이 먼저 달려가서는 기둥에다 딱성냥을 드윽 그어 들며 불을 지르겠다고 날뛰었다. 그 꼴을 보다 못한 어머니가, 차라리 우리 손으로 태워버리는 게 낫겠다고, 어서 집에 불을 댕기라고 고래고래 소래기를 질렀다. 그러자 형이 별안간 얌전해졌다. 형은 뜨거움을 전혀 느끼지 못하는 사람 같았다. 성냥불이 손끝까지 타들어 가는데도 형은 그걸 그냥 손에 쥔 채 어머니 얼굴만 멀거니 쳐다보고 있었다.

형의 입에서 느닷없는 울음이 터져 나오기 시작했다. 때를 같이하여 인부들도 집을 부수기 시작했다. 작업을 지켜보며 어머니는 자꾸만 이상한 몸짓을 보였다. 인부들이 해머로 벽을 꽝꽝 때리면 어머니는 손으로 옆구리를 만지면서 에구구, 하고 비명을 올렸다. 어떤 인부가 갈고리를 들어 지붕을 찍는 걸 보고 어머니는 머리를 감싸 안은 채 눈을 꼭 감아버렸다. 집채를 자기 몸의 일부로, 아니, 자기 몸을 집채의 일부분으로 착각하고 있는 듯했다. 인부들은 벽마다 구멍을 뚫어 집채를 좌우로 관통시키려 하고 있었다. 이때 비어 있는 줄만 알았던 우리 집 속에서 사람의 고함 소리가 들려 작업이 중단되었다. 주위가 갑자기 조용해진 가운데 우리는 고함 소리를 다시 똑똑히 들을 수 있었다. 그것은 잔뜩 취했을 때의 우리 아버지 음성이었다. 작업 책임자와 어머니가 동시에 달려 들어가 안방 문을 열어보려 했으나 안에서 문고리가 잠겨 있었다. 아버지는 집과 함께 깔려 죽을 테니 염려 말고 어서 기둥을 넘어뜨리라고 소리쳤다. 빨리 나오지 않으면 위험하다고 어머니가 울먹이는 소리로 사정을 했다. 작업 책임자도, 이젠 다 소용없는 일이니 어서 문이나 열라고 거듭 타일렀다. 그러나 아버지는 문고리를 걸어 잠근 채로 오후 한나절을 꼬박 버티는 놀라운 인내력을 보였다. 누구든지 안에 들어오기만 하면 자살해버리겠다고 틈틈이 위협하는 것으로 아버지는 방문이나 벽을 부수려는 인부들을 멀찌막이 물리칠 수 있었다. 작업 책임자는 마지막 수단으로 좀 유치한 속임수를 썼다. 그는, 열을 셀 때까지 나오지 않으면 당신이야 죽든 말든 작업을 다시 시작하겠다고 말했다. 아홉까지 센 다음 그는 옆에 있는 인부한테서 커다란 쇠망치를 받아 들었다. 그리고 열을 셈과 동시에 기둥을 한 번 꽝 때렸다. 그러자 방문이 화닥닥 열리면서 아버지가 헐레벌떡 뛰어나왔다. 아버지는 뒷주머니에 소주병을 꿰차고 있었다.

쉬고 있던 인부들이 떼로 덤벼들어 밀린 작업을 서둘렀다. 그들은 사람이 드나들 만한 구멍을 양쪽 벽에 뚫었다. 그 구멍 속으로 기다란 쇠사슬을 넣어 집채를 완전히 꿰어가지고는 트럭 뒤에 붙잡아 매었다. 트럭이 천천히 전진을 시작하자 쇠사슬이 팽팽히 당겨졌다. 삐거덕거리는 소리, 우지끈 부러지고 쪼개지는 소리가 요란하게 들리더니 집채는 이내 부옇게 피어오르는 흙먼지 속에 파묻혀버렸다. 아주 간단했다. 우리한테는 이제 허물어진 집터를 정리하는 일만 남아 있었다. 트럭에 실려 인부들이 되돌아가고 구경하던 많은 사람도 사방으로 흩어졌다.

아버지는 밤중까지 계속해서 술을 마셨다. 아버지는 만나는 사람마다 붙잡고 자기가 구사일생으로 살아난 이야기를 장황하게 늘어놓았다. 피도 눈물도 없는 그런 냉혈동물은 생전 처음 봤다면서 작업 책임자와 인부들을 실컷 욕하고 다녔다. 그러면서 아버지는, 설마 제놈들이 그렇게까지 심하게 나올 줄은 몰랐다고, 기회를 잘 잡아 뛰어나왔기에 망정이지 만일 한발만 늦었더라면 자기는 집채 밑에 깔려 영락없는 오징어포 신세가 됐을 거라고 허풍을 떨었다.

건설국 창고 안에서는 호롱불을 가운데 두고 마을 아낙네들이 끼리끼리 둘러앉아 앞으로 살아갈 일을 땅이 꺼지게 걱정하고 있었다. 무슨 설움, 무슨 설움 해도 집 없는 설움이 으뜸이라며, 창고마저 비워야 될 날이 언제일지 누가 아느냐며 아낙네들은 밤이 깊은 줄도 모르고 푸념을 깔았다. 호롱불이 위로 비쳐 광대뼈와 콧잔등만이 우뚝 솟아 보이는 음산한 얼굴들이었다. 강당만큼이나 넓고 높은 창고 안 벽과 천장을 이리저리 옮아 다니며 너울너울 춤추는 그림자 유령들의 회합을 호롱불이 꺼지는 그 시간까지 주욱 지켜볼 수 있었다.

형이 한밤중에 교회로 달려가서 미친 듯이 종을 치며 소동을
벌인 것은 집을 잃은 바로 그날 밤의 일이었다. 딸고만이 아버
지가 비추는 플래시라이트 속에서 형은 눈자위를 하얗게 뒤집
어 깐 채 대롱대롱 줄에 매달려 종을 치고 있었다. 딸고만이 아
버지한테 아무리 얻어맞고 걷어채고 떼밀려도 형의 몸뚱이는
줄의 일부인 양 들러붙어 떨어지지 않았고, 미친 듯이 울리는
종소리는 어두운 밤하늘 가장자리를 찾아 언제까지고 퍼져나
갔다.
　뎅그렁 뎅그렁 뎅그렁 뎅그렁……

(1972)

엄동

거의 퇴근 무렵이 다 되어 근무처인 출판사로 전화가 걸려왔다. 잡지사에 근무하는 김한테서였다. 부부 싸움 때마다 늘, 쌍꺼풀도 안 진 것이 까분다고 윽박질러 마누라쟁이를 옴쭉 못 하게 단속하는 것으로 알려진 친구였다.

"다름이 아니고, 만난 지도 꽤 오래됐고…… 그리고 함께 모여서들 긴급히 무릎을 맞출 껀도 좀 생겼고 해서……"

'무릎맞춤'이란 말이 훨씬 돋들리도록 김의 음성은 무덤 위로 부는 겨울바람처럼 을씨년스럽게 들렸다. 언제 어느 때부터 누가 먼저 그런 식으로 부르기 시작했는지 모른다. 김이 말하는 무릎맞춤은 친구들끼리 술자리에서 흥허물없이 나누는 대화의 가리킴이었다.

"거 좋지, 좋구말구."

술을 마신다는 것, 더구나 이렇게 추운 날씨엔 소주 서너 잔 정도 끼었고 제법 해낙낙한 기분으로 귀가하는 것도 그리 나쁜 일은 아니다.

"좋아. 다 좋은데……"

그러나 박은 목구멍이 따끔 아리는 그 절실한 유혹을 서둘러 물리쳤다.

"웬만큼 긴한 일이 아니고는 당분간 자네들 무릎 어쩌고 하는 자리엔 절대로 가담하지 않기루 결심했어."

"왜, 만년필이라도 새나?"

"뭐 그런 건 아니지만 하여튼……"

테이블 건너 경리 아가씨의 얼굴에 깔린 무수한 주근깨를 염치 불고하고 내려다보며 박은 말꼬리를 흐렸다. 아가씨는 쌍꺼풀눈이 아니었다. 편집부 사원들한테 전화가 걸려올 적마다 사장실 복도를 거쳐 편집실까지 걸어야 되는 수고를 엉덩이도 들썩 않은 채 고개만 핼끔 돌려 마치 러시아워의 여차장 같은 음성으로, 아무개 씨 전화 받으세요, 하는 외침 한마디로 덜어버리는 여자였다. 그래서 전화를 받으러 사장실 앞을 지나다니는 일이 좀 미안스러운 게 아니었다.

"것두 아니라면 불참할 이유가 하나도 없잖나."

김은 별로 서두르는 기색도 없이 여전히 음산한 목소리로 조르고 있었다.

"하여튼 그래. 그런 줄만 알아."

"슬픈 일이군. 이렇게 함박눈이 내리는데도 아무런 감흥도 못 느낄 정도로 어느새 우리는 파철이 되었단 말인가?"

아아, 하고 박은 속으로 감탄했다. 이 친구는 시방 눈에 관해서 이야기하고 있다. 그것도 그냥 눈이 아니라 함박눈에 관해서 말이다. 비로소 박은 고개를 돌려 창문 저쪽을 바라보았다. 그러자 시야 속을 비집고 들어온 것은 무수한 주근깨였다. 정말 눈이 내리고 있었다. 그것도 보통 눈이 아니라 크리스마스트리에 붙이는 솜덩어리 같은 크고 푸짐스러운 함박눈이 펑펑 쏟아지고 있었다. 박은 또 한번 속으로 감탄을 했다. 이럴 수가 있는가.

아침에 출근할 당시만 해도 하늘이 멀쩡했었다. 점심 먹으러 잠시 밖에 나갔다 돌아올 때도 겨울 햇볕치고는 상당히 따스하다고 느껴지던 날씨였다. 그런데 오자 집어내기와 탈자 찾기에 문자 그대로 혈안이 되어 있는 오후 동안에 꼭 밤새 일제히 등귀해버린 생필품 가격 모양 감쪽같이 눈이 내리고 있었던 것이다. 하기야 함박눈이 내릴 때도 되긴 했다. 벌써 12월 22일, 크리스마스를 사흘 앞둔 날이었다.

"미안해. 아무래도 난 안 되겠어."

눈을 보고 나니까 한잔 들이켜고 싶은 생각이 더욱 간절해졌다. 하지만 날씨가 이럴수록 일찍 귀가해야 하는 이유도 분명해지는 셈이었다. 김의 말마따나 나이 30 겨우 넘어 벌써 파철인지 파쇠인지가 되어간다는 유력한 증거인지도 모르겠다. 쓸데없는 일로 통화만 괜히 길어지고 있었다. 이쪽을 올려다보는 주근깨 미스 최의 눈초리가 조금 전에 비해 많이 올곧잖아진 듯싶었다. 그러잖아도 서둘러 통화를 끝내려던 참이었다.

"오늘은 그만두기로 하고, 신정 연휴 무렵쯤 해서 내 한번 연락하기로 하지. 그럼 잘들 어울려봐."

"죽음하고 맞바꾸기 전엔 우리 조직에서 탈퇴할 수 없다는 걸 벌써 잊은 건 아니겠지? 배신자……"

전화선의 어느 한끝을 붙잡고 말의 높낮이도 없이 음산하게 중얼거리는 소리가 기나긴 통로를 타고 이쪽까지 건너오는 동안에 그 음산함이 배가되어 듣는 사람을 갑자기 황폐하게 만드는 듯한 기분이었고, 따라서 김의 그 상투적으로 쓰는 음울한 농담은 그것이 그저 단순히 농담에만 그치는 게 아니라 어떤 갱 조직의 두목이 던지는 진짜 보복의 선언인 듯한 착각마저 일 지경이었다. 그러나 그것으로 그만이었다. 이쪽에서 수화기를 놓기 전에 저쪽에서 먼저 찰칵 소리가 났다.

요즘 들어 박은 친구들과 어울리는 일에 상당한 부담감을 느끼고 있었다. 단골집 구석방에 들어박혀 기껏 소주잔이나 홀짝이는 데 돈이야 얼마 들까만, 항상 얼큰히 취하고 난 그다음이 문제였다. 밤늦게 무릎맞춤의 자리가 파해서 성남城南행 막차에 올라 겪는 피곤이 사람을 절반은 잡아놓는 꼴이었다. 막차를 주로 이용하는 사람들 가운데는 유별나게도 주정꾼이 많았고, 버스 요금 때문에 자기 딸뻘밖에 안 되는 차장 애와 욕지거리를 주고받으며 아등바등 시비하는 사람이 많았다. 차가 출발하기 전부터 목적지에 도착할 때까지 크고 작은 소란이 그칠 새가 없었다. 내 몸뚱이 하나 간수하기 힘든 판에 밟고 떼민다고 소리치고, 복잡한 차 안에서 좀 그럴 수도 있잖냐고, 차가 떼밀지 어디 사람이 떼미는 거냐고, 그게 싫으면 택시를 타면 될 게 아니냐고 맞받고, 어려운 처지끼리 우리 서로 이해하며 살아야지 그러면 쓰느냐고 타이르고, 감히 누구한테 술주정이냐고, 술은 주둥이로 마셨지 똥구멍으로 마셨느냐고 호통을 치고, 똥구멍으로 먹어도 내 돈 주고 먹었는데 무슨 참견이냐고, 언제부터 네 꼬다이 맨 놈 앞에서는 술 먹은 티도 못 내는 세상이 됐느냐고 딸꾹질까지 섞어가며 대거리하고, 술 먹은 개라니 탓할 게 뭐 있느냐고, 이제 조금만 더 가면 되니까 참고 조용히 하자고 떼어 말리고…… 이렇게들 와자하니 떠들어쌓는데 다른 한편에서는 죽은 듯이 잠자코 있는 무리도 있었다. 피곤에 겨워 고단한 잠에 떨어진 노동자 복색의 사람들이었다. 그들이 한데 어우러져 이루는 막차 특유의 땀내 가득한 분위기에 한 시간 남짓 섞이다 보면 박은 말할 수 없이 겁나게 초조해지는 것이었다. 하루빨리 이놈의 성남이란 데를 벗어나 서울로 들어가야 할 텐데, 하면서 저도 모르게 조바심이 쳐지는 것이었다. 그게 싫었다. 턱없이 실정을 앞지르는 성급한 소망 ― 바로 그게 싫었던 것이다.

뼘이 넘도록 길을 덮은 적설이 상점가의 불빛을 물먹은 솜처럼 질펀히 흡수하고 있었다. 상점 진열장에 전시된 크리스마스 트리와 카드, 그리고 주위의 설경이 알맞게 조화를 이루어 성탄절 기분을 사흘씩이나 앞당겨놓았다. 그러나 동네 개구쟁이들이 만들어놓은 보도의 빙판 위로 계속 내리는 함박눈이 쌓여 거리는 흡사히 위장이 잘된 부비트랩처럼 위태로웠다. 박은 종로서부터 걷기 시작하여 청계천 횡단보도를 조심스럽게 건넜다. 서울에서 성남, 성남에서 서울 사이를 왕복하는 노선버스의 시발점이자 종점인 을지로 5가 정류장을 향해 저녁나절의 붐비는 인파 틈바귀를 헤집고 내쳐 걸었다. 구획이 정연한 팔달 대로의 품격을 깎아내릴 작정으로 붙은 한 개의 혹인 양 아직도 도시계획으로 정리되지 않은 어떤 건물의 담벼락 때문에 방산시장 맞은편 보도는 팽팽히 시위를 먹인 활 모양으로 언제 보나 굽어 있었다. 멀쩡하게 걷던 사람조차 그 담벼락을 보면 배설의 충동이 느껴질 만큼 그곳은 어둠침침하고 불결하고 악취가 풍겼다. 시멘트 담벼락을 타고 흘러내린 오줌 줄기들이 보도의 적설을 석이며 흐르다 얼어붙었고, 얼어붙은 그 흔적을 나중에 내린 눈이 어설프게 가리기 시작했고, 어설프게나마 가린 그 자리에 서서 누군가가 또 바지 단추를 끄르고 있었다. 성남행 입석 정류장과 좌석 정류장 바로 중간 지점에서였다.

여느 날보다 차를 타려는 사람이 더 많은 듯싶었다. 입석이나 좌석이나 정류장마다 장사진을 이루기는 매일반이었다. 박은 습관에 따라 좌석 쪽을 택하고 까마득하게 뻗친 줄의 맨 꽁무니에 가 섰다. 한참 서 있으려니 발이 장작개비처럼 얼어 굳고 귀와 코끝이 남의 것인 듯 무감각해졌다. 어느새 코트와 머리 위에 눈이 수북이 쌓였는데 장사진을 이룬 줄은 좀처럼 줄어들 기미가 안 보였다.

시간이 상당히 지났다. 여느 날보다 버스의 운행 횟수가 눈에 보이게 뜸했다. 거리를 지나는 각종 차량들이 체인을 감고도 엉금엉금 기다시피 서행을 하고 있었다. 갑자기 쏟아지기 시작한 폭설 때문에 넷인가 다섯인가나 되는 험한 고갯길을 타기가 힘에 겨워 늦어지거니 짐작은 되었다. 사람들이 한창 퇴근해 나오는 시간이라서 잠깐 사이에 박의 뒤에도 기다란 꼬리가 붙었다.

더욱 오래 지체될 경우에 대비해서 박은 정류장 바로 옆 곰장어집에 들어가 소주를 낱잔으로 거푸 셋이나 켜고 나왔다. 전신에 퍼지는 술기운으로 몸뚱이는 다소간 데워진 기분이지만 마음은 여전히 지랄 같았다. 다른 좋은 일이라면 또 모른다. 이를테면 좋아하는 연극 구경이라든지 관광 여행이라든지 혹은 당첨된 복권을 현금과 교환하기 위한 기다림 같은 거 말이다. 그런데 그게 아니라 고작 귀가하는 순서를 기다리기 위해, 다시 말해서 밖으로 벌이 나온 가장이 처자식 기다리는 집구석을 찾아가는, 너무도 당연한 그 절차를 치르려고 그토록 장시간 눈바탕의 겨울 밤거리에 선 채 꽁꽁 얼어야 한다는 건 참으로 바람직하지 못한 노릇이 아닐 수 없었다.

그새 여덟 시가 다 되었다. 벌써 시간 반 동안은 좋이 떨고 섰는 셈이었다. 처음부터 이럴 줄 알았더라면 차라리 친구들의 무릎맞춤 자리에나 가담해서 실컷 노닥거리다 느지감치 나타나느니만 못했다. 여태껏 성남에서 서울로, 그리고 서울에서 다시 성남으로 왕복하는 진자振子 운동을 수없이 거듭해 나왔지만 이처럼 애달아보기는 생판 처음 일이었다. 느림보 소걸음 속력이나마 서울 시내 다른 노선버스는 뻔질나게 지나다니는데 성남행만은 여전히 코빼기조차 안 보이는 것이었다. 박은 부앗김에 자기 자신을 상대로 다시 한번 이렇게 속다짐을 두었다 ─ 하루속히 이놈의 성남이란 바닥을 떠야지.

박이 그곳에 터를 잡은 것은 광주단지 또는 광주대단지로 출발하여 성남단지 또는 성남대단지란 이름을 거쳐 오늘날의 성남시로 위격이 고정되기 불과 얼마 전의 일이었다. 고향에 있는 은사의 소개로 어떻게 애면글면 연줄이 닿아 그곳 신설 학교에 국어 선생 자리를 얻게 되었던 것이다. 그러나 힘들여 얻은 그 자리는 결국 누가 들으면 뺨 주고 병신 사기 똑 알맞은 이유로 짤막하게 끝내고 말았지만, 하여튼지 선생으로 있는 동안은 내내 집에서 걸어서만 출퇴근했기 때문에 서울까지의 교통편이 그처럼 복잡한 줄은 미처 실감을 못 했었다. 더구나 그로서는 그곳에 이사한 후 타향에서 맞는 첫번째 겨울이었다. 그리고 구태여 더 인연을 둘러맞춘다면 그것은 성남에 와서 맞는 첫번째의 폭설인 셈이었다. 그렇지만 않다면야 일찌거니 무슨 대책이라도 세울 수 있었을 것이다. 갑작스러운 폭설이 먼 거리를 가야 하는 많은 사람에게, 적어도 성남 사는 자가용 못 가진 사람들에게 얼마나 무자비한 것인가를 미리 알고 마음으로라도 자기방어의 태세를 취할 수 있었으리라.

"여태꺼정 여기밖에 못 왔어요?"

웬 모르는 아가씨가 슬그머니 옆으로 붙어 서면서 아주 자연스러운 태도로 말을 걸어왔다. 박은 아가씨가 설마 자기한테 말을 걸리라곤 꿈에도 생각 못 해서 얼른 그 말뜻을 헤아릴 수가 없었다. 그런데 그 아가씨의 눈은 분명히 박, 자기를 향해 웃고 있었다. 쌍꺼풀눈이 아닌 아가씨였다.

"네. 여태껏 여깁니다."

박은 얼김에 이렇게 대꾸해버렸다.

"정말 큰일이네요. 늦어도 적당히 늦어야지 이렇게 두 시간이 넘게 기다린대서야 어디……" 하고 말하면서 아가씨는 역시 자연스러운 태도로 박과 박의 앞사람 사이를 비집고 줄 속에 끼어들었다. "어디 맘 놓고 서울 나다니겠어요?"

그제야 박은 아가씨의 맘보를 알아차렸다. 새치기하기 위해 자기와 동행인 듯 꾸미려는 수작일시 분명했다. 뻔뻔스러움에 가까운 그 용기가 괘씸하다기보다 외려 대견스럽고 신통해 보였다.

차가 안 오기 때문에 청계천과 을지로 중간 지점서부터 을지로 끝 쪽까지 한없이 뻗은 사람의 행렬은 사실 아무짝에도 쓸모없는 것이었다. 하지만 나중 일이 어떻게 될지 알 수 없어 박은, 방금 자기 바로 앞사람이 된 아가씨에게 자리를 봐달라고 부탁했다. 그러고는 알코올에 아주 인이 박여버린 고참 술꾼처럼 어슬렁거리며 한 차례 더 곰장어집을 찾아갔다. 먼젓번보다 술꾼의 수효가 훨씬 늘어 걸상을 차지할 수가 없었다. 박은 선 채로 깡소주 석 잔을 내리 들이켰다. 원래 잘하는 술이 못 되었다. 다만 한데서 오래 견디기엔 무엇보다 강술이 효과적이란 걸 경험으로 알 뿐이었다. 머릿속이 대번에 어찔어찔해지는 게 빈속에 좀 과한 모양이었다.

곰장어집을 다녀와보니 을지로 끝 쪽까지 뻗었던 줄은 상당히 줄어들어 있었고, 아가씨에게 부탁해놓았던 자기 자리도 앞부분으로 많이 당겨져 있었다. 그 대신 줄에서 벗어나 초조한 발걸음으로 근처를 서성이는 사람들이 정류장 일대를 까맣게 덮어버렸다. 그 사람들이 빠져나간 자리만큼만 줄이 줄어든 꼴이었다.

줄이 시작되는 저 앞쪽에서 허름한 잠바 차림의 중년 사내가 사람들에게 큰 소리로 뭔가를 열심히 설명하고 있었다. 그러자 설명을 듣는 사람들 사이에 작은 동요가 일기 시작했다. 그리고 그 동요는 점차 뒤쪽으로 전달되어 빠른 속도로 건너왔다.

"저 사람 지금 뭐라구 떠드는 거죠?"

뒤로 돌아서면서 아가씨가 이렇게 물었다.

"글쎄요…… 아직은 잘 모르겠지만 반가운 소식이 아닌 것만은 분명한 것 같군요. 좀더 두고 들어봅시다."

사내의 모습이 가까워지면서 말소리도 분명해졌다.

"죄송합니다. 손님 여러분, 대단히 죄송합니다. 방금 회사에서 연락이 도착했는데……"

잠바 차림의 중년 사내는 심하게 한 차례 재채기를 하더니 잠시 호흡을 가누고 나서 다시 사무적인 투로 이렇게 외쳤다.

"여러분께서도 아시다시피 눈 때문에 도로 사정이 좋질 않아서 더 이상 정규 운행을 할 수가 없게 됐답니다. 저희 회사 차를 믿지 마시고 각자 다른 방도를 차려 수단껏 귀가해주시기 바랍니다."

사내는 연방 똑같은 말을 골백번이나 되풀이해가며 옆을 지나쳤다.

"저희 회사를 애용해주시는 손님 여러분, 죄송합니다. 대단히 죄송합니다……"

사내의 모습이 줄을 따라 뒤쪽으로 멀어지자 아니나 다를까, 박의 주변에서도 사람들이 술렁이기 시작했다. 바로 등 뒤에 선 장발의 청년이 투덜거렸다.

"독점 노선에서 다른 방도를 차리라니, 도대체 어떻게 하라는 거야! 우리더러 축지법이래도 쓰라는 거야 뭐야, 니미랄 새끼들!"

"연락을 해주려면 진작에 해줄 일이지 사람을 동태로 맨들어 놓구 이제 와서 우리더러 무슨 재주로 귀가하라는 거예요!"

뒤쪽 먼 곳도 마찬가지 분위기여서 물어뜯듯 따지는 앙칼진 소리가 앞쪽까지 훤히 들렸다. 그럴 때마다 낡은 축음기판을 돌리는 것 같은 사내의 목소리가 겨울밤의 냉기를 공허하게 흔들었다.

"……대단히 죄송합니다. 대단히 대단히 죄송합니다…… 도로 사정 때문에…… 수단 방법을 다해서…… 대단히 죄송합니다…… 죄송합니다……"

"씨부랄 것, 죄송하다면 다야!"

"어떻게 되는 거죠?"

아가씨가 잔뜩 겁을 먹은 소리로 안달을 했다.

"진짜로 차가 끊겼다면 우린 어떻게 되는 거예요?"

자기 자신을 안심시키기 위해서라도 우선 아가씨를 안심시킬 필요가 있었다. 그래서 박은 무턱대고 염려 말라고 흰소리부터 먼저 했다. 이 많은 사람이 설마 서울 한복판에서 단체로 동사할 리 있겠느냐고, 그러기 전에 당국에서 뭔가 틀림없이 대책을 강구해줄 거라고 시퍼렇게 장담을 해놓았다. 그러면서도 박은 제 입으로 쏟은 그 말이 전혀 미덥지가 못해서 합승 택시가 있는 곳을 열심히 기웃거려보았다. 그러나 어림도 없는 일이었다. 걷잡을 수 없는 혼란이 그쪽에서 벌어지고 있었다. 택시만 나났다 하면 순서고 나발이고 다 때려치우고 장정들이 벌 떼처럼 엉겨 붙어 황소 같은 힘으로 밀어붙이는 바람에 자기 같은 약골은 근처도 가기 전에 오징어포 꼴이 되기 십상이었다. 원체 깡다구로 배기는 일엔 도통 자신을 못 갖는 그로서는 요행수로 한자리 얻어 탈 궁리를 일찌감치 포기하는 수밖에 없었다. 에라 모르겠다, 하고 픽석 주저앉는 심정으로 박은 시간의 흐름 속에 자신을 송두리째 내맡겨버렸다.

어느덧 열 시가 넘은 시각이었다. 어디선가 멀찌막이 떨어진 전축 가게에서 헤프게 풀어놓는 방송 소리가 스피커를 타고 바람결에 묻어 왔다. 사랑의 종소리와 함께 청소년 여러분에게 악에 물들기 쉬운 밤거리의 해독을 친절히 깨우쳐주고 일찍 귀가할 것을 종용하는 여자 아나운서의 잔잔한 음성이 들려왔다. 그동안에 차가 전혀 안 나타난 것은 아니었다. 거의 잊을 만하면 어쩌다 한두 대씩 나타나서 사람들만 감질나게 만들었다. 빙판길을 설설 기면서 농담처럼 혹은 잘나가다 저지른 하나의 실수처럼 낯익은 번호의 버스가 다가온다. 그러면 수백의 인파가 한꺼번에 달라붙는 소동이 벌어지고 혼란은 삽시간에 극에 달한다. 곳곳에서 시비와 주먹다짐이 오가고, 넘어진 사람을 밟고 타넘고, 차창을 뚫고 기어오르는 수라장이 된다. 착실히 줄을 선 사람들은 또 그들대로 고함과 욕설을 퍼부으면서 눈덩이를 뭉쳐 버스 쪽 인파를 향해 무차별 사격을 가한다. 이런 식이었다. 인근 파출소에서 파견 나온 경찰관들이 더러 눈에 띄었으나 고작 서넛 정도에 불과한 그 인원 가지고는 2, 3천을 헤아리는 흥분한 집단을 어떻게 수습할 도리가 없었다. 그러다가 심심하면 한두 대씩 나타나던 버스마저도 아예 뚝 끊어져버렸다. 그리고 어린애 장난 같은 어른들의 그 때아닌 눈싸움도 자연 흐지부지 되고 말았다.

아가씨한테 또 자리를 부탁하고 박은 가까운 다방에 들어가 잠시 몸을 녹이다 나왔다. 아가씨 역시 박에게 자리를 부탁하고 짧은 볼일을 마친 다음 양 볼에 홍조를 띤 채 자기 자리로 돌아왔다. 모르긴 몰라도 참고 참다 그예 화장실에 다녀오는 눈치였다. 혈기 넘치는 젊은이들 가운데는 더러 버스 회사 직원의 충고대로 수단 방법을 다해 귀가하기 위해 몇 명씩 편짝을 지어 고성방가를 하며 입대 장정같이 떠나는 모습도 보였다. 다른 시내버스를 이용하여 잠실대교 너머나 말죽거리 근처까지 가고, 거기서부터 사뭇 걸으면 통금 무렵엔 성남에 도착할 수 있을 거라는 계산에서였다. 그러나 거개의 사람들은 눈이 정강이를 묻는 밤길을 그 먼 데까지 두어 시간 템이나 걸어야 하는 수고가 너무도 끔찍스러운지, 혹은 구원의 손길이 뻗어 올지도 모른다는 기대를 버리기엔 아직 이른 시간이라고 믿고 있는지 쉽게 자리를 뜰 기미를 안 보이면서 젊은이들의 무모한 혈기를 근심기 담긴 눈으로 전송하고 있었다. 집에까지 태워다 줄 차편을 제공하겠다는 확실한 보장이 아무 데서도 발견되지 않는 지금, 순서의 먼저와 나중을 가리는 단순 목적에나 소용이 닿는 줄은 사실상 이제 무용지물이었다. 그런데도 차후에 구원의 손길이 어딘가에서 뻗칠 경우 자기네가 그때 누릴 우선권을 믿는 소수의 고지식한 사람들만이 대다수의 방황하는 군중 틈서리에서 시종여일하게 선착순의 줄을 지키고 있었다. 박도 그들 사이에 낀 한 사람이었다. 너무 오래 떨고 서 있어서 턱이 아프고 어깻죽지가 결렸다. 그러지 않으려 해도 자꾸만 윗니와 아랫니가 딱딱 마주쳐 청승스러운 가락을 잡았다. 코트 안쪽에서 몸뚱이는 고치 속의 번데기처럼 형편없이 움츠러들었다. 언제인지 모르게 눈발은 그쳐 있었으나 대신 몽근 밀가루 같은 건설乾雪을 불어 날려 허공에 흩뿌리는 바람 끝이 실성한 고슴도치 떼의 폭주처럼 노출된 피부를 저며내듯 훑으며 지나갔다. 마실 당시는 좀 과하지 않나 싶던 술기운도 강추위 앞에서는 맥을 못 추고 겨우 눈언저리와 혀끝 부근에만 짤막하게 머물다 가버렸다. 이런 곤욕의 하루를 예비하면서 간밤의 꿈자리는 마냥 한가롭고 엉뚱했던 걸 불현듯 상기하다가 박은 어이없이 웃고 말았다.

"여관비 없는 아가씨 날 따라오세용."

밤이 깊어지자 청바지 차림에 장발의 젊은 녀석들이 아가씨들 앞을 비틀걸음으로 왔다 갔다 하면서 마음껏 희영수를 붙이고 다녔다. 녀석들이 일깨워주는 그대로 이젠 정말 누구나 한번씩들 집에 아주 못 들어갈 경우에 대한 대비책을 생각해봐야

할 똥줄 당기는 시간이었다. 사태는 거의 절망적인 것 같았다.

"호박도 좋고 메주고 좋고, 치마만 둘렀으면 무조건 오케입니다. 아가씨, 여관비가 없으신 모양인데 그렇게 체면 차릴 것 뭐 있습니까. 누님 좋고 매형 좋고 다 좋은 게 좋은 것 아닙니까……"

길모퉁이 으슥한 구석에서 앳되어 보이는 아가씨들 네댓이 덩어리로 뭉쳐 발을 동동 굴러가며 쫄쫄 눈물을 쥐어짜고 있었다. 보아하니 서울에 하룻밤 신세질 만한 연고자를 못 가졌거나 수중에 숙박료를 치를 만큼의 여유가 없는 처녀들이 분명한데, 술 취한 젊은 녀석들이 떼 지어 주위를 돌면서 대고 집적거리는 것이었다.

"저 좀 보세요, 선생님."

바로 앞자리에 서 있던 예의 그 아가씨가 똑똑 소리 나게 노크를 하듯 발음도 또렷한 말씨로 박의 시선을 바로잡고 나섰다.

"만일 말예요, 만일 오늘 밤 댁으루 들어가실 수 없게 된다면 선생님은 어떡하실 작정이세요?"

"글쎄요. 지금 같아서는 뭐라고 얘기하기가……"

박이 좀 머뭇거리는 사이에 아가씨는 마치 스프링보드 위에 선 다이버처럼 무겁게 심호흡을 했다. 그러고는 풀 속에 뛰어드는 동작 대신 이렇게 재차 묻는 것이었다.

"혹시 여관 같은 데서 주무실 작정 아니세요? 그렇죠? 그렇죠?"

"그렇게 될는지도 모르죠."

한바탕 자맥질을 마치고 물 위로 머리를 솟구쳐 숨을 고르듯 아가씨는 자세를 바루었다.

"그렇다면 천만다행이군요. 부탁드리겠어요, 저두 같이 좀 데려가주세요."

박의 대답이 똑 부러진 것이 아닌데도 아가씨는 제멋대로 그럴 작정인 것으로 해석해버리고는 엄청난 소리를 쏟았다. 부탁의 내용에 걸맞지 않게 터무니없이 목청이 컸다. 호기심에 주린 주위 사람들 앞에 광고를 돌린 거나 매한가지 결과였다. 장소가 다르고 분위기가 달랐다면 제대로 사내 구실을 할 줄 아는 남자로서 이게 웬 떡이냐, 하고 슬금슬금 분홍빛의 하룻밤을 공상해볼 법도 한 제안이었다. 그러나 무안을 느낀 건 되레 그런 제안을 받은 쪽이어서 박은 어디다 시선을 두어야 좋을지 실로 난감했다.

"절대루 귀찮게 굴진 않을래요. 한쪽 구석 자리에서 그저 하룻밤 새우잠만 재워주시면 돼요. 신세는 꼭 갚아드리겠어요. 절대루 은혜는 안 잊겠어요. 부탁해요, 선생님."

기왕 내친걸음이란 듯이 아가씨는 아주 따그랭이를 떼고 달라붙는 것이었다. 박은 집에 돌아갈 걱정도 잠시 잊게끔 어기차고 대담하게 나오는 그 아가씨를 그제야 처음 발견한 기분으로 새삼 주의 깊게 관찰하기 시작했다. 아무리 여자 키라곤 해도 표준에서 훨씬 밑도는 작다란 체구였다. 그리고 아마도 스물 이쪽 아니면 저쪽일 한창 나이치고는 너무 야위어 보이는 가느다란 몸매를 꼭 빌려 입은 듯한 인상의 헐거운 외투가 투박스럽게 감싸고 있어 얼핏 병아리 우장 쓴다는 말이 떠올랐다. 이렇다 할 특징도 없고 화장한 흔적 같은 것도 없으나 꽤 생길 만큼 생긴 축에 드는 얼굴이었다. 하지만 그녀가 지닌 본래의 미를 제치고 깃발처럼 솟은 궁꿉의 찌꺼기가 한창 나이의 얼굴에 짙은 음영을 드리우고 있었다. 마치 이화명충에 시달릴 대로 시달려 성숙 이전에 생장을 정지당해버린 초본식물과도 같은 인상이 들었다. 또한 궁꿉의 계속이 한 여자의 아름다움을 한쪽서부터 차근차근 먹어들어 음충스러운 노파로 급속히 변모시켜가는 일관작업의 과정을 도해圖解까지 곁들여 열람하고 있는 기분이어서, 저게 바로 타인의 형식을 빌려 나타난 자화상이 아닌가 하고 박은 섬뜩한 느낌마저 드는 것이었다. 만약 자기가 한때나마 오입이란 걸 염두에 두었더라면 지금쯤 아마 지독한 후회와 죄책감에 빠져 허덕이고 있을 시간이었다.

"그런데 어떻게 나 같은 사람한테 그런 부탁을……"

물론 거절한다는 뜻은 아니었다. 수중에 하룻밤 여관비 정도는 늘 비상금으로 지니고 있었다. 자기 몫의 잠 값에 한 사람 몫만 약간 덧붙이면 될 것이었다. 경우에 따라서는 방을 각각 따로 잡아 재워줄 용의도 있었다. 그가 한 말은 다만 쎄고 쎈 사람 가운데서 어찌 하필 자기를 골라 그런 부탁을, 그것도 처녀의 몸으로 그처럼 대담하게 털어놓을 수 있었느냐는, 말하자면 일종의 찬탄이었다.

"이날 이때껏 남의 눈치만 살피며 살아온 셈예요. 그래서 나이에 비해 사람을 제법 알아볼 줄 알거든요. 첫눈에 척 봤을 때

전 벌써 선생님 같은 분이면 절대루 거절 못 하실 거라고 확신했어요."

요것 봐라……

박의 입가에 저도 모르게 미소가 번졌다. 묘령의 아가씨로부터 자진해서 여관으로 데려가달라는 부탁을 받고 모르는 척할 사내가 과연 몇이나 될까. 모르긴 모르되 아무리 적게 잡아도 아마 열은 훨씬 웃돌 것이었다. 공치사하려는 의도가 아니라면 아가씨의 말은 커다란 위험이 도사린 모험에 일단은 안심해도 무방할 듯한 상대를 운 좋게 잘 고른 셈이란 뜻이리라. 그렇다면 병신이거나 성인군자가 아닌 다음에야 자기를 위험하지 않은 상대로 첫눈에 알아봤다는 아가씨의 말은 도대체 칭찬인가 업신여김인가.

아가씨는 박의 말을 승낙의 뜻으로, 전번처럼 역시 제멋대로 해석해서 받아들이고 한시름 덜었다는 듯 어린애처럼 좋아서 뛰었다. 박은 주위의 환시에도 불구하고 거침없이 재잘거리는 아가씨의 입을 재삼 신기한 눈으로 바라보았다. 그녀의 젊음을 입증하는 유일한 것은 바로 그 목소리였다. 가늘면서도 궁그는 듯한 여운의 맑은 음색이 참 듣기 좋았다. 언뜻 생각할 때 반지빨라 보이고 그러면서 어딘지 모르게 약아빠진 계집애다운 인상도 사실은 전반적으로 꾀죄죄한 윤곽과는 동떨어지게 생기를 머금은 그 음성에서 비롯되는 것이었다. 그녀는 연신 웃어대고 연신 지껄이고 있었다. 그러나 사실은 그녀 특유의 고집과 강인성이 그녀로 하여금 덜덜 떨리는 빈약한 체구를 그처럼 웃음으로 얼버무리도록 강제하는 현상에 지나지 않는 것이리라. 자기와 마찬가지로 그녀 역시 여태껏 저녁 식전인지 모른다. 정류장에 묶인 발이 쉬이 풀릴 기미는 아직 안 보였다. 그는 주위 사람들이 자기를 노련한 오입쟁이로 보든지 말든지 상관없이 아가씨를 더불고 팥 바구니 쥐 드나들듯 다시 다방으로 향했다.

"참 이놈의 세상 한번 희한하게 변하는군. 글쎄 처녀가 사내 보고 동침허자고 자청허고 덤비다니, 원!"

아니나 다를까, 우려했던 그대로 뒤에서 끌끌 혀를 차는 소리가 돌부리처럼 발에 걸렸다.

"어떤 놈은 재수가 좋아서 오늘 저녁 소복하게 생겼는걸!"

제발 그 소리가 아가씨의 귓전에 도달되기 전에 추위에 꽁꽁 얼어붙어 허공에 머물러주기를 박은 간절히 바랐다. 그러나 엄연히 두 귀가 달렸는데 아가씨라고 그 소리를 못 들었을 리 없었다.

"뭘 드시겠어요?"

아가씨는 잠시 망설거리는 기색이다가 먼저 주문을 했다. 커피였다. 박은 홍차에 와인을 듬뿍 치도록 부탁을 했다. 그리고 반숙 두 개를 덤으로 주문했다.

"나가세요, 나가요!"

다방 안은 호남선 야간 완행만큼이나 초만원 상태였다.

"다방이 뭐 역전 대합실인 줄 알아요? 어서들 나가라니깐요!"

천장서부터 채워 내려오는 자우룩한 담배 연기와 잡담, 그리고 그 잡담 위에 군림하는 전축 음향의 소용돌이 속을 앉을 자리는 고사하고 마땅한 설 자리도 없이 통로에서 서성대는 사람들로 다방 안은 한없이 북적이고 있었다. 그런 속에서 비록 합석이긴 해도 방금 일어선 사람들 뒷자리를 곧바로 물려받을 수 있었다는 건 그만큼 운이 좋은 증거였다. 유류 파동 덕분에 다방 영업 시간이 많이 단축되었지만 집에 못 가는 성남 사람들을 위해서 밤늦은 시각까지 문을 개방하고 있었다.

"차를 먹으믄 될 게 아녀, 차를. 나도 여그 요렇게 돈이 있단 말이여."

늙수그레한 두 남녀와 레지 사이에 콩이야 팥이야 오가는 다툼질이었다. 행색이나 태도로 미루어 그들 두 남녀는 평소에 다방 출입이 거의 없었던 게 분명했고, 차를 마시러 왔다기보다 추위를 피해서 쫓기는 새 떼처럼 아무 데로나 무작정 뛰어든 것임을 쉽게 짐작할 수 있었다. 그들은 다소 겁먹은 눈초리로 레지 아가씨와 주위의 손님들 눈치를 살피며 슬금슬금 난로 곁으로 자리를 옮겨 다녔다. 그 북새 속에서도 레지는 차를 마실 손님인지 아닌지를 약삭빨리 가려 밖으로 쫓아내려고 여기저기서 세찬 아귀다툼을 벌이고 다녔다.

"말로만 그러지 말고 빨리 주문을 하세요! 뭘 들래요?"

"허어, 공구리 바닥에 서서나 차를 먹으란 말인고? 이따가 자리가 나걸랑 앉어서 조께 숨이나 돌리다가 차를 먹든지 비향기를 먹든지 혀야제."

"당신네들 그 속셈을 누가 모를 줄 알구요? 글쎄 차 안 팔아도 좋으니까 빨리들 나가기나 하란 말예요!"

"우리덜이 머 얻어먹는 비렁뱅인지 아나, 용천배긴지 아나. 사람 괄세가 워째 요리 우심허디야!"

"이렇게 통로를 막고 불만 쬐고 있으면 우린 무슨 재주로 영업하라는 거예요! 잔소리 말고 나가라면 나가요!"

"얼래래, 워쩌자고 이 시악씨가 사람을 밀고 땡기고 야단이랴. 시악씨는 우리 같은 애비 에미도 없능가!"

서슬이 퍼런 레지의 호령에 바깥노인은 아무 눈치코치도 모른다는 식의 능청으로 맞서고 있었다. 쌍꺼풀도 안 진 것이 소갈머리 사납기는 꼭 풍천 자가사리 같다. 얼굴이 온통 벌개져가지고 노인들에게 몰풍스럽게 구는 레지 아가씨를 쳐다보며 박은 슬며시 웃었다. 그러자 옆자리에 다소곳이 앉아 차를 기다리던 아가씨의 표정이 별안간 이상스럽게 일그러졌다.

"신세는 꼭 갚겠어요."

그녀는 아주 단호한 어조로 말했다.

"갚는다고 아까 분명히 말씀드렸잖아요. 저 그런 사람 아녜요. 아주 막되게 굴러먹은 여자로 보셨다면 정말 섭섭해요."

"아, 아닙니다. 그런 게 아니고……"

"고백하겠는데요, 진짜는 아까 저 아주 혼났어요. 그런 일에 아주 능숙한 여자같이 그런 염치없는 부탁이 술술 흘러나오는 것처럼 보였을 테지만, 진짜는 젖 먹던 힘까지 다 짜내서 겨우겨우 말씀드린 거예요."

"아무래도 내 웃음이 크게 오해를 산 모양인데…… 사실은 이렇습니다. 내 친구 중에 김이라는 사람이 있는데……"

박은 쌍꺼풀 운운하는 김의 부부 싸움에 관해서 설명을 했다. 아울러 레지 아가씨의 눈도 쌍꺼풀이 아님을 상기시켜주었다.

"선생님도 결혼하셨나요?"

마누라와 돌 지난 아들이 각각 한 명씩 있는데, 자기 마누라 역시 쌍꺼풀이 없다고, 하지만 부부 싸움을 해도 친구처럼은 하지 않는다고 대꾸했다. 그제야 아가씨는 기분 좋게 깔깔거리며 웃고 나서 이제 막 다툼을 끝내고 카운터 쪽으로 가는 레지한테 시선을 옮겼다. 쫓아내는 일을 포기한 모양이었다. 결국 다툼은 노인네의 승리로 돌아가고 말았다.

"머네 머네 혀도 추울 때는 뜨신 것이 질이여. 늙은 것들이 근천 떤다고 딸년 같은 사람한티 조깨 낮은 소리 듣긴 혔어도 한디서 고드름똥 싸는 것보담은 휘긴 낫지."

"암먼요, 영감."

나이답잖게 수줍음을 떨면서 여태껏 아무 말 못 하고 있던 안 노인이 영감의 말을 받아 제꺽 맞장구를 놓았다. 영감의 얼굴은 힘에 겨운 적을 물리쳤을 때의 승리감으로 자랑스럽게 빛났고, 그걸 지켜보는 할멈의 눈엔 믿음직스러운 영감에 대한 전폭적인 신뢰가 밖으로 넘쳐흐를 듯이 보였다.

같은 박스 맞은편 좌석에 앉은 한 쌍의 젊은 남녀가 아까부터 잔뜩 경계하는 눈빛으로 신참자들의 동정에 신경을 곤두세우고 있었다. 그네들의 얼굴엔 은밀한 순간을 방해당한 불만이 가득했고, 지금까지 뺏긴 분량 이외에 앞으로 더 뺏길 우려가 있는 자기네의 행복을 몸으로 방어하겠다는 결의를 나타내는 듯한 앉음새로 목소리들을 한결 낮추고 있었다. 주문했던 차가 배달되어 왔다. 레지가 가짓수 복잡한 찻잔들을 다탁 위에 배설하는 동안 옆자리의 아가씨는 가방을 들어 자기 무릎 위로 옮기는 동작을 했다. 결코 액세서리만으로는 볼 수 없는 책가방 겸용의 큼직한 다목적 핸드백이었다.

"학생이신가요?"

박이 물었다. 묻고 나서 그는 자기 목소리가 마치, 제발 학생이 아니길 바란다는 투로 들리지나 않았나 해서 아가씨의 표정에 무척 신경이 쓰였다. 그러나 아가씨의 대답 속엔 조금의 그늘도 안 끼어 있었다.

"학생이냐구요? 네, 그래요. 하루에 딱 두 차례씩만 학생 신분예요. 오고 가는 교통비 20원씩이 매일 절약되거든요."

그게 뭐 그리 큰 흉이 될 게 있느냐는 투로 아가씨는 해죽 웃었다. 무릎 위의 핸드백과 그 위에 얹은 한 권의 책, 그리고 또 그 위에 얹은 베이지색 털실의 벙어리장갑 한 켤레─단발 비슷한 짧은 머리, 그리고 남루에 가까운 질박한 옷매무시, 그러면서도 누구한테 조금도 꿀리는 구석을 보이지 않으려는 그 분방한 말씨와 몸가짐─가슴에 배지는 안 달았어도 학생으로 보이도록 노력한 흔적이 암암리에 엿보이는 차림차림이었다. 따끈한 커피를 훌훌 마시는 그 사이사이에 아가씨는 별로 힘도 안 들이고 부분적이나마 자신의 정체를 밝혔다. 박은 커피 한 잔을 그토록 감식甘食하는 사람을 이제까지 상대한 적이 없었다. 양손으로 찻잔을 꼬옥 감싸 쥔 채 한 모금 한 모금 음미하듯 아껴 마시면서 세상 모든 사람에게 두루 감사하는 듯한 표정을 짓는 그녀를 곁에서 지켜보는 것이 무척 재미가 났다. 박은 연장자답게 시종 미소와 부드러운 말로 그녀를 대해주었다. 말하자면 그것은 곧 우월감의 표시였다. 좌석 버스에 앉은 사람이 입석 버스에 선 사람을 볼 때 갖는 그런 종류 그런 정도의 우월감이었다. 그리고 그것은 당장 손아랫사람에게 작으나마 어떤 도움을 줄수 있었대서가 아니라 그가 평소부터 거개의 성남 주민을 상대로 느껴온 정신적 우위의 재확인 행위인 셈이었다. 아가씨가 물었다.

"선생님 근무처가 서울인 모양이죠?"

"그래요. 조그만 출판사에 나가고 있습니다."

전에 성남에서 선생으로 있었다는 얘기 따위는 아예 입 밖에 내비치지도 않았다. 아가씨가 만일 다른 성남 사람들과 똑같이 선생이란 직업을 아주 대단한 것으로 여기고 있다면 그걸 그만둔 이유까지 구구히 설명하지 않으면 안 된다. 그런데 그 이유란 것이 그녀한테는 영락없는 불가사의로 받아들여질 것만 같았던 것이다. 실제가 그러했다. 마냥 화이트칼라 생활을 동경하는 그들에게 사학 경영주의 횡포가 밸이 꼴려 그만두었노라고 얘기해봤자 배부른 자의 잠꼬대쯤으로 들릴 건 그야말로 뻔할 뻔 자였다.

"성남에 오신 지는 얼마나 되세요?"

"아직 채 1년도 안 지냈습니다. 전에 사건이 났을 때 신문을 보고야 비로소 거기가 어떤 데란 걸 알았어요. 그런데 내가 거기하고 인연을 맺게 되리라곤 꿈에조차 생각 못 하고 있었지요. 허지만 사람이 살다 보니 우연이란 것이……"

"선생님 나빠요!"

"네?"

"제가 듣기엔 방금 선생님은 마치 성남에 사시는 걸 몹시 부끄러워하시는 것처럼 말씀하셨어요."

하지 않아도 좋을 말을 장황하게 덧붙이다가 아가씨한테 정통으로 급소를 얻어맞은 꼴이었다. 박은 나어린 아가씨 앞에서 느끼는 알짜 부끄러움을 웃음으로 실실 엉너리를 쳤다.

"아가씨 얘긴 성남 사는 게 매우 자랑스럽다는 듯이 들리는군요."

"그래요, 전 자랑스러워요. 누구한테나 제가 성남 사람이란 걸 떳떳이 내세울 수 있어요. 지금까지 저희 집안은 오랫동안 여기저기 떠돌아다니면서 고향도 없이 살아왔어요. 그랬는데 인젠 제게두 고향이란 게 생긴 셈예요. 그 고향이 어떻게 해서 생긴 것이든, 또 누가 만들어준 것이든 저는 상관 안 해요. 그저 유행가 가사 말마따나 아무 데나 정들면 고향이라구 믿구 싶어요. 그래서 아마 남보담 더 성남 땅을 소중스럽게 아나 봐요."

"……"

"참, 깜빡 잊을 뻔했네요. 제 이름은 영순이에요. 정영순…… 아주 흔해빠진 이름이죠."

"아, 그래요. 난 박이라고 합니다."

"되도록이면 박 선생님 같은 분들이 성남에 많이 와서 사시길 바래요."

"그건 또 왜요?"

"그래야 우리 성남시도 더욱 점잖아지구 수준이 높아질 게 아 네요?"

박은 크게 소리 내어 웃었다. 맞은편 좌석의 젊은 남녀도 덩 달아 웃음을 터뜨렸다. 그들은 안 듣는 척하면서 사실은 이쪽 얘기를 죄다 엿듣고 있었다. 뒤늦게 인사를 나누고 수선을 떠는 두 사람의 관계를 매우 수상쩍게 여기는 눈치였다. 미스 정은 약간 골이 난 표정을 했다.

"웃을 일이 아니란 말예요. 사람들한테 알려지지 않아서 그렇 지 실은 유명한 사람두 많이 살아요. 이대엽 씨도 있구 또……"

"영화배우 이대엽이 말입니까?"

"맞았어요. 이대엽 씨뿐만 아니라 다른 영화배우들이랑 인기 가수랑 티브이 탤런트랑……"

퍽이나 보기 드문 예였다. 성남으로 이주한 후 박은 여태까지 많은 사람과 직간접으로 대면해왔다. 하지만 자기 거주지에 대 해 그처럼 애착을 가진 사람을 만나기는 미스 정이 처음이었다. 마치 성남시 대변인이라도 된 듯한 기세로 그녀는 성남의 발전 상을 낱낱이 소개하는 것이었다.

그러나 박의 경우는 그녀와 전연 딴판이었다. 어느 좌석에서 든 거주지 얘기가 나오는 걸 무척 꺼리고 싫어하는 편이었다. 어쩌다 그런 이름난 곳에 자릴 잡게 되었는가고 사람들은 그를 비상한 호기심으로 대하는 눈치가 완연했다. 아니다. 그 자신 어떤 내면의 찔림에 영향되어 지레 그렇게 겁먹은 생각을 갖게 되었을는지도 모른다. 그래서 그렇게 언제나 서둘러 알리바이를 내세우는 버릇이 생겼을 것이다. 하여튼 그는 거주지 말이 나올 적마다 자기가 문제의 땅으로 이주한 것은 극히 최근의 일임을 짬짬이 강조하곤 했다. 자신의 그와 같은 언동에 일말의 염오를 느끼면서도 어느덧 고질이 돼버린 그 버릇은 쉽사리 고쳐지지 않았다. 그것은 비단 박의 경우뿐만이 아니었다. 과거를 되기억해내는 과정에서 어쩌지 못할 아픔을 안겨다 주는 저 사건의 그림자가 배후에 도사려 지금도 그처럼 사람들을 뒤사리게 만드는 탓일까. 그것은, 그곳에 이주한 시기가 언제인가, 하는 문제는 많은 사람에게 중요성으로 받아들여지고 있었다. 그곳 토박이들은 원주민 또는 원주민촌이란 말을 미개와 낙후를 상징하는 데 쓰지 않고 긍지를 나타내는 번쩍번쩍 도금된 어휘로 즐겨 사용한다. 그들은 수적으로 단연 우세한 철거민들 세계에서 조상 대대로 붙박고 살아온 경기도 양반으로서 족보 있음과 뼈대 굳음과 핏줄 연연함 위에 시방도 전답 마지기깨나 지니고 있음을 언필칭 과시하려 한다. 그들만은 못하나 그래도 신참자들 역시 철거 이주민들과 구별되기를 바라는 점에서는 도토리 키 재기로 매일반이었다.

"어떻게 해서든 살아남으려구 발버둥질 치는 사람은 하느님도 못 나무래신대요."

이젠 웬만큼 친숙해졌다고 믿는지 미스 정은 묻지도 않은 자기 신상 얘기까지 천연덕스럽게 늘어놓기 시작했다. 음울해 보이던 첫인상의 겉보기와는 달리 그녀는 매우 다변스럽게 굴었다. 그리고 많은 이야기를 지겹지 않게 옮길 줄 아는 숨은 재주를 지니고 있었다. 그러나 이쪽에서 지겹지 않게 들을 수 있었던 것은 오로지 그녀가 지닌 개인적 능력 덕택일 뿐, 정작 이야기의 알맹이는 귀만 갖다 대면 성남 어디서나 흔하디흔하게 들리는 천편일률적인 것으로서 하나도 새로울 게 없었다. 이를테면 그녀의 집안은 철거민 가족의 한 전형이요 표본이었다. 불운이 덮치고 실패가 따르고 거기에 상당량의 눈물이 섞여들고, 그리고 입으로는 새로 얻어진 고향에 자랑을 느낀다고 말하면서도 속새로는 해소되지 않은 몇 가지 불만족과 좀처럼 이루지 못할 소망이 서리로 응집되어 이야기 마디마디를 비집으며 차갑게 빛을 발하는 것이었다.

"지금은 학원에 다니면서 일본어를 배우는 중예요."

그러고 보니 무릎에서 다시 다탁 위로 올려진 핸드백 위에 얹힌 책은 중급 정도의 일어 독본이었다.

"재작년 여고를 중퇴하고 곧장 직업전선에 뛰어들었어요. 직업전선—이렇게 말해놓고 보니 어쩐지 좀 기성복 냄새가 나는 것 같군요. 하는 수 없죠. 아무튼 여자로서 할 수 있는 일이라면 뭐든지 다 손대봤어요. 가발, 봉제완구, 미싱 자수, 뭐든지 다…… 하지만 어느 거나 피곤만 했지 손에 쥐어지는 건 늘 쥐꼬리보다 작아요. 어느 날 제본 용지 귀퉁이에다 볼펜으로 계산을 해봤죠. 그랬더니 놀랍게두 18년이 나오는 거예요. 제 소원을 풀으려면 안 입구 안 바르구 해도 앞으로 18년 이상을 더 그런 짓을 계속해야 된다는 결론이에요. 선생님두 생각 좀 해보세요. 앞으로도 18년 —— 그때는 제 나이 이미 서른일곱예요. 전 그만 눈앞이 콱 맥히구 너무너무 분하구 억울해서 막 울었어요. 한바탕 서럽게 울고는 그길루 공장을 뛰어나와버렸어요. 그다음 들어간 게 바로 일본어 학원이죠."

여관에 데려가달라고 소리칠 때와 마찬가지로 음성이 너무 높아 삑적지근한 주위의 잡음 속을 뚫고 마냥 위로 치솟아서 사람들의 시선이 일제히 이쪽으로 쏠렸다. 앞자리의 남녀도 어느 틈에 방어의 자세를 완전히 풀고는 흥미롭게 경청하고 있었다. 주위에서 던지는 호기심의 포위망 안에 덤으로 갇힌 것이 몹시 부담스러웠으나 그렇다고 한번 발동이 걸려버린 말의 바퀴를 임의로 정지시킬 수는 없는 노릇이었다. 그녀는 주위의 시선을 전혀 의식하지 못하는 듯, 아니면 알고도 부러 깔아뭉개는 듯 사양하는 구석이라곤 조금치도 없이 신이야 넋이야 하면서 지껄여대고 있었다.

"그렇게 절 이상한 눈으루 바라보시면 곤란해요. 쪽발이 말을 배우는 여자라고 다 타락하란 법은 없잖아요. 호랑이한테 열두 번 물려 가두 정신만 차리면 산대요. 꼭 떼돈을 번다고 장담할 수야 물론 없겠죠. 하지만 그 사람들이 돈 보따리를 지구 떼뭉쳐 건너와서 일을 많이 벌여놓구 있으니까 열심히 뚫으면 한 구멍쯤 수가 터질 것 같기두 해요. 이제 한 달간만 더 다니면 수료증을 따게 돼요. 수료증만 따고 나면 바로 관광 가이드 시험을 칠래요."

꾀죄죄한 외양을 한 꺼풀 벗었을 때 만좌중에 드러난 그녀의
내부에서는 분명히 건강한 동물성 같은 게 숨 쉬고 있었다. 상
대가 뭐가 됐든 그녀에게는 능히 멱줄을 물어뜯고 할퀴기에 충
분한 날카로운 송곳니와 발톱이 아직도 퇴화되지 않은 채 신품
처럼 번쩍이는 성능으로 고스란히 살아 은밀한 곳에 비장되어
있었다. 그리고 원하는 한 가지를 손에 넣기 위하여 지니고 있
던 다른 아홉 가지를 벌써 포기해버린 사람들만이 갖는 저 신지
핀 집념과 억척이 곁들여 있었다. 아무나 쉽게 획득할 수 없는
그녀의 그것들은 분명히 축복받은 값진 자산이었다.

다방 종업원들이야 눈치하거나 말거나 난로 곁에 진득이 눌
러앉아 꽁꽁 언 몸을 어지간히 달구고 나니까 이번엔 흠씬 뭇매
를 맞고 난 뒤끝인 양 걷잡을 수 없는 피곤과 나태감이 한꺼번
에 엄습해 왔다. 실내의 온도는 그야말로 쾌적한 상태였다. 바
깥과 안 사이는 소리도 빛도 못 넘볼 완벽한 격자格子로 무결하
게 차폐되어 있는 것 같았다. 그렇기 때문에 추위는 물론 여태
껏 정류장에 발을 묶인 사람들이 저지르는 소란도 거기까지는
감히 근접을 못 하는 성싶었다. 그리고 바깥의 그 소란은 자기
와는 아무런 상관도 없는 것이며, 자기는 시방 별세계에 앉아서
그네들이 겪는 고통을 마치 원시 부족의 축제라도 구경하듯 유
유자적하며 즐기는 기분이 들었다. 위장 속에 괴어만 있던 술기
도 늦게야 몸 구석구석으로 확산되기 시작하는지 알맞게 취한
상태가 지속되면서 전신이 다 화끈거렸다. 그 점은 그녀도 마찬

가지였다. 아니, 외려 그보다 더했다. 음주는 안 했지만 그녀는 소주 여섯 잔을 마신 박의 경우보다 정도가 더 심해서 정녕코 여섯 잔 이상의 취기를 전신으로 내뿜고 있는 것이었다. 가슴속에 차곡차곡 개켜두었던 말들을 여지없이 방출해버리고 난 다음 정영순이란 여자의 얼굴은 화기에 넘쳤다. 얼굴 가득히 거의 병적이리만큼 짙게 피어오르는 도화색 홍조가 혼자만 구경하기 아깝게 무척 아름다워 보였다. 아직 혼전인 하나의 여자로서 비로소 그녀는 성숙한 면모를 갖추어가고 있었다.

그러나 한동안의 침묵을 견디고 나더니 미스 정은 어찌 된 셈인지 급속도로 무너져 내리기 시작했다. 두 볼의 홍조는 이내 말끔히 가셔지고 그 자리엔 청회색 슬픔의 너울이 대신 차지해버렸다. 어느새 그녀는 성숙 이전에 생장을 정지당해버린 식물 같던 처음의 인상을 되찾아 온몸을 무섭게 떨고 있었다. 참으로 안타까운 일이 아닐 수 없었다. 마치 생애를 통하여 단 한 차례 피었다 스러지면 그것으로 영영 그만인 어떤 선인장 종류의 꽃망울이 열리고 닫히는 그 짧은 과정을 앉은자리에서 다 목격하고 난 느낌이었다. "박 선생님" 하고 부르는 그 목소리조차 생기에 넘치던 소녀의 그것이 아니라 해수병을 앓는 노파처럼 잔망스럽고 걸걸하게 들렸다.

"고백하겠어요. 저 지금까지 거짓말을 했어요."

몸의 떨림에 따라 목소리도 가늘게 떨려 나왔다.

"성남을 사랑한다는 건 다 거짓말예요. 그리고 조금도 자랑스럽지 않아요. 고향도 뭣도 아녜요. 그저 언제까지나 제겐 타향

일 뿐예요. 우리 아빠 지금도 늘 서울이란 데가 자기를 망치고 끝내 자기를 버렸다고 믿고 있어요. 돌격조 갈쿠리에 찍혀서 집이 헐리던 날의 기억을 아무래도 잊을 수가 없는 거예요. 그래서 아빠는 지금도 늘 개선장군처럼 다시 서울로 돌아가서 보아란 듯이 살게 될 날만을 꿈꾸고 있어요. 그렇다고 우리 아빠만을 탓할 순 없어요. 탓하기가 다 뭐예요. 가능하다면 힘껏 도와드리고 싶어요. 무슨 짓이든 가리지 않고 뛰어들 작정예요. 돈을 벌어서 꼭 우리 아빠 소원을 풀어드릴래요. 아빠가 다시 서울특별시민이 되는 건 아빠의 소원이자 바로 제 소원이기도 해요. 하기야 이런 생각을 먹는 사람은 저 혼자만이 아니겠죠. 다른 사람들도 많이 그럴 거예요. 아까 밖에서 들으니까 사람들 얘기가 뭐 관상대 잘못이다, 버스 업자들이 너무 자기 잇속만 차리고 공익성을 무시한다, 도로 행정이 엉망이고 교통 행정도 엉망이다, 어쩌고 하면서 떠들던데요. 따지고 보면 다 자기 못난 탓예요. 정 억울하면 내일이라도 당장 살기 편한 곳으로 이사 가는 거예요. 문안에만 살아보세요. 눈이 길 아니라 굴뚝을 덮어도 집에 돌아갈 걱정 땜에 이렇게 늦게까지 남아서 안달하고 있진 않을 거 아녜요."

그 순간 박이 느낀 것은 천길 높은 벼랑을 떼떼굴 굴러떨어지는 듯한 감정이었다. 다른 한편으로 그것은 거센 배반감이기도 했다. 가슴속에서는 분노 같은 게 원인도 모르게 부글부글 끓어오르기 시작했다. 그리고 그것은 눈 깜짝할 새 아주 조포粗暴하기 짝이 없는 성욕으로 바뀌었다. 정영순이란 이름의 한 여자를 겨냥했다기보다 그것은 수없이 밟히고 밟혀도 여전히 꿈틀거리는 한 모진 목숨을 보았을 때 느끼는, 거기에 마지막 일격을 가해주고 싶은 충동이나 매한가지 욕구였다. 자기 자신이 느끼기에도 참말 어처구니없고 느닷없는 변화였다. 그러면서도 더 이상 그럴 수 없이 아주 절실한 기분이어서 당장 어쩌지 않으면 속에서 꼭 탈이 날 것만 같았다. 마침내 그는 그녀를 범하기로 결심을 굳혀버렸다.

"그만 일어납시다!"

누가 들어도 의아하게 생각될 만큼 박의 어조는 터무니없이 강경했다. 영문을 몰라 자세가 엉거주춤 흐트러지는 미스 정의 손목을 거지반 납치하다시피 그러쥐고 박은 조급한 발걸음으로 다방 문을 나섰다. 그러기 전에 두 사람분 찻값은 물론 그가 계산했다.

바깥 추위는 여전했다. 아니, 오히려 불을 쬐기 전보다 훨씬 더 심했다. 그래서 그런지 동정이 갈 정도로 앙상한 미스 정의 손목은 사뭇 떨리고 있었다. 틀림없이 좁쌀을 달팍 부어놓은 듯 무섭게 돋아 있을 살갗의 소름이 사이에 낀 두꺼운 메리야스 천이 있음에도 불구하고 곧이곧 매만져지는 듯 붙잡고 있는 손목의 감촉은 몹시 꺼끌꺼끌했다. 죄책감 같은 건 조금도 느껴지지 않았다. 다만 사내들의 그와 같은 행동에 항용 따르게 마련인 소위 그 책임 문제에 관해서 어렴풋이 의식하면서 동시에 빠져나갈 구멍을 파고 있었다. 미스 정을 이끌고 거리로 나서면서 마음속으로 그는 수없이 뇌고 있었다. 이건 결코 내 잘못이 아니다, 빈속에 과하게 마신 술이 유죄다, 그리고 예고 없이 내린 폭설 때문이다, 누군가가 꼭 책임을 져야 된다면 그건 하늘이 알아서 할 일이다……

"선생님, 들려요?"

가쁜 숨을 쉬면서 미스 정이 기진맥진한 소리로 이렇게 물었다.

"듣고 있어요."

크리스마스캐럴이 바람결에 묻어 오고 있었다. 정각 열 시에 사랑의 종소리를 내보내던 그 전축 가게가 주는 선물일 것이었다.

"아기 예수의 탄생을 축하하고 있군요."

"아아, 할렐루야!"

"먼젓번 것은 「루돌프 사슴 코」였어요."

"사슴 코면 어떻고 사자 코면 또 어떻습니까. 그것보다는 생각난 김에 미리 성탄이나 축하해둡시다. 좀 때 이른 감이 없지 않지만, 미스 정, 메리 크리스마스!"

"선생님도 메리 크리스마스!"

그러면서 미스 정은 가까스로 웃음을 지어 보였다.

정류장 일대의 혼란은 더욱 가중되어 있었다. 귀소본능을 무참히 제지당한 2, 3천의 군중이 엄동의 밤거리에서 방황을 계속하고 있었다. 트럭에 실려 출동한 상당수의 기동경찰이 사람들 틈서리를 누비고 다니며 질서 유지에 안간힘을 다하는 모습도 보였다. 전에 비해 또 달라진 게 있다면 그것은 사람들이 느끼는 엄청난 슬픔과 외로움 위에 드디어 비치기 시작한 외부로부터의 조명이었다. 신문사의 보도 차량들이 속속 나타나 보닛 위에 우뚝 올라선 기자가 사진을 찍어댔다. 플래시가 펑펑 터질 적마다 사람들은 자신의 존재를 알리려는 안타까운 노력으로 양손을 일제히 치켜올리며 함성을 올렸다. 혹 모르는 사람이 봤다가는 그들 나름으로 주어진 한때의 여가를 즐기는 중이라고 착각할지도 모를 희극적인 정경이기도 했다.

"추운 데서 떨면서 더 기다려봤자 소용없어요. 이젠 다 틀린 일이니까 뜨뜻한 여관방에 들어가서 잠이나 청합시다."

박은 난폭한 솜씨로 미스 정의 팔을 잡아끌며 여전히 조급하게 굴었다. 사태를 관망하느라고 좀 망설이는 기색이긴 하지만 그래도 잘만 요령을 부리면 꼼짝없이 끌려올 듯도 싶었다. 그런데 이때 생각지도 않던 방해물이 등장했다. 결정적인 순간에 나타난 그 방해물 때문에 결국 박의 엉큼한 속셈은 무산되고 말았다. 경찰 패트롤 카가 확성기로 아나운스를 하고 다니기 시작했다.

"친애하는 성남 시민 여러분, 그간 추위에 얼마나 고생이 많으셨습니까. 너무 오랫동안 기다리시게 해서 대단히 죄송합니다. 그러나 이젠 안심허십쇼. 조금만 더 참고 계시면 시영 버스가 나와가지고 여러분을 댁에까지 안전하게 모셔다 드리도록 지시가 내렸습니다. 많이 지치고 피곤하실 줄 압니다만 민주 시민의 긍지를 살려 질서 유지에 적극 협조해주시기 바랍니다. 이젠 마음 푹 놓고 잠시만 더 기다려주십쇼, 여러분."

시영 버스는 자정이 넘어서야 열대여섯 대가 한꺼번에 줄지어 몰려왔다. 또 한바탕 북새가 일고 서로들 먼저 오르겠다고 밀고 밀리는 그 수라장 속에서도 어디서 갑자기 그런 힘이 솟는 건지 미스 정은 매우 민첩하게 움직였다.

"먼저 올라가서 자릴 잡아놓을게요!"

친절에 보답할 좋은 기회라고 생각한 것일까. 그녀는 큰 소리로 외치고 나서 수많은 군중이 펼치는 무시무시한 원색의 날뜀 속으로 겁도 없이 곧장 투신해 들어갔다. 붙잡고 말릴 겨를도 없었다. 거대한 인간의 소용돌이가 아무래도 미덥지 못하던 그녀의 뒷모습을 제꺽 삼켜버렸다. 곧이어 밤공기를 째는 처절한 울부짖음이 몇 차례 들리더니 버스가 서 있는 쪽을 향하고 사람들이 차례로 휩쓸려 넘어지기 시작했다. 참으로 순식간에 벌어진 불상사였다. 경찰들이 달려들어 길을 트고 넘어진 사람들을 붙잡아 일으켰다. 박도 정신없이 다가서서 미스 정을 부축해 세웠다. 그러나 그녀는 부축의 손길이 좀 느슨해지자마자 도로 풀썩 고꾸라져버렸다. 완전히 인사불성이었다.

"미스 정, 정신 차려요, 정신!"

박은 미스 정의 어깨를 두어 번 잡아 흔들어보았다. 아무런 반응도 없었다.

"아주 많이 상한 모양입니다. 병원에 데려가야 될 것 같습니다."

옆에서 허허벌판 같은 민숭민숭한 억양의 말을 하는 사람이 있었다. 그가 물었다.

"아는 사입니까?"

박은 무심코 고개를 옆으로 돌렸다. 제모를 쓴 젊은 얼굴 하나가 얼핏 시야에 들어왔다. 상대방이 경찰관임을 깨닫자 박은 별안간 냉수를 뒤집어쓴 듯 정신이 퍼뜩 들었다. 그리고 자신이 지금 어떤 상황에 처해 있는가도 넉넉히 깨달을 수 있었다. 만약 아는 사이라고 대답했을 경우에 자신이 치르게 될 절차와 역할 같은 여러 가지 것이 한꺼번에 뇌리를 스쳤다. 박은 순간적으로 아주 실제적인 인간이 되었다.

"나 말입니까?"

박은 허리를 펴고 몸을 일으키면서 자다가 깨는 소리를 했다.

"아, 아닙니다. 전혀 모르는 사입니다. 조금 전에 내 앞에 서 있던 여잔데, 참 안됐군요, 안됐습니다."

이렇게 허둥지둥 발뺌을 하면서 박은 둥글게 에워싼 구경꾼들 사이를 빠져 뒷전 멀찍한 곳으로 피신을 했다.

미스 정 한 사람 때문에 버스의 출발이 늦어지고 있었다. 넘어진 사람이 여럿이지만 다들 경상이어서 부축을 받으며 버스 안으로 들어갔다. 그런데 유독 미스 정 혼자만이 아직도 일어날 줄을 몰랐다. 그렇게 북적거리던 사람들 거의가 차에 오른 뒤라서 정류장 일대는 허전하기 한량없어 보였다. 다만 남의 일에 관심이 많은 구경꾼들 몇몇이 끝까지 뒤에 남아 다 채우지 못한 호기심을 마저 채우는 중이었다. 구경꾼들 뒷전에서 한참을 머뭇거리고 난 박은 눈치례로 아무 버스나 하나 골라잡아 그쪽으로 천천히 발길을 돌리기 시작했다. 그러자 등 뒤에서 흐느끼는 소리가 났다. 미스 정이 혼절에서 깨어난 모양이었다.

"싫어요. 병원에 가잔 말은 제발 말아주세요. 치료빈 둘째치고 제가 없으면 우리 집안은 엉망이 된단 말예요. 안 돼요, 제발 이러지 좀 말아요……"

잠시 더 지체한 다음에 줄지어 선 버스의 행렬은 선두서부터 차례로 출발하기 시작했다. 드디어 고생은 끝난 셈이었다. 달리는 차중에서 사람들은 약속이나 한 듯이 서서 졸고 앉아서 졸고 모두들 조는 빛투성이였다. 그런 속에서 박은 조금도 졸리지가 않았다. 미스 정의 뒷일이 궁금하지 않은 건 아니었다. 그러나 그녀와의 사이에 있었던 일체의 일을 애당초 없었던 일처럼 머릿속에서 깨끗이 지워버리려고 박은 무진장 애를 썼다. 미스 정이 예수가 아닌 것과 마찬가지 확률로 자기는 분명히 베드로가 아니었다. 아무려면 좀 모르는 사이라고 대답했다 해서 닭이 울기 전에 예수를 세 번씩이나 부인한 베드로와 같은 심정일 수는 없는 노릇이었다.

성남시 입구인 경찰서 앞에서 차들이 섰다. 한 시간가량 졸다 깬 탓인지 땅을 내디디면서 "어머, 눈이 소복이 내렸네요!"라고 뚱딴지같은 소리를 지르는 부인이 있었다. 거기에 대꾸라도 하듯 박은 심하게 재채기를 해댔다. 긴장이 풀리자마자 고뿔이 드는 모양이었다. 박은 잽싼 동작으로 앞선 사람을 추월하면서 고자누룩이 잠든 거리를 걷기 시작했다. 이때였다.

"박 선생님!"

부르는 소리가 들렸다. 뜻밖이었다. 박은 덜미라도 잡힌 기분으로 빙그르르 돌아섰다. 미스 정이 저만큼 뒤쪽에 서서 안간힘을 다해 미소를 만들어 보이고 있었다. 저도 모르게 얼른 다가 가면서 박은 그녀의 눈빛을 읽었다. 원망의 빛도 비난의 빛도 없이 그녀의 눈은 괴어 있는 물처럼 잔잔히 가라앉아 있었다.

"오늘 커피 고마웠어요, 그리고 반숙도."

"다친 데는 좀 어때요?"

"괜찮아요. 여기서 헤어져야 되겠군요. 전 이쪽 길로 들어가요."

"내가 집에까지 바래다드리죠."

"저 혼자서도 충분히 걸을 수 있어요. 그럼 선생님, 사요나라!"

또다시 안간힘을 다해 미소를 만들어 보이고 나서 미스 정은 하얀 눈 바탕 위에 비뚤배뚤 불규칙한 발자국을 남기며 희부연 백야白夜 속으로 느릿느릿 멀어져 갔다. 미스 정의 등 뒤에 대고 박은 맥 풀린 소리로 이렇게 중얼거렸다.

"잘 가요, 영순이……"

미스 정의 모습이 시야에서 완전히 사라져 보이지 않을 때까지 박은 길가 수은등 아래 외돌토리로 우두커니 서 있었다. 서울보다도 많이 내린 듯한 눈이 성남 시가지 전체를 순백의 갑주甲冑처럼 두툼하게 덮고 있었다. 오물과 폐수가 뒤섞여 흐르던 탄천炭川의 지류도, 굴곡이 심한 언덕바지에 염병 후에 돋은 발진처럼 덕지덕지 엉겨붙은 무수한 가옥도, 그리고 그 속에서 한창 세상모르고 곯아떨어져 있을 모든 지아비와 지어미와 그들의 새끼들도 두루두루 다 하얗게 백야를 이룬 한차례의 혹심한 눈사태 속에서 순결한 피로 다시금 새롭게 태어나는 것 같은 밤이었다. 세상을 온통 휘덮은 그 순백의 색채를 마주하고 있는 동안 박은 이렇다 할 대상도 없으면서 그저 주위의 모든 것에 부끄럽고 또 부끄러워 더 이상 고개를 바루고 꼿꼿이 서 있기가 차마 무엇했다.

(1975)

아홉 켤레의 구두로 남은 사내

워낙 개시부터가 기대했던 바와는 달리 어긋져 나갔다. 많이 무리를 해서 성남에다 집채를 장만한 후 다소나마 그 무리를 봉창해볼 작정으로 셋방을 내놓기로 결정했을 때, 우리 내외는 세상에서 그 쌔고 쌘 집주인네 가운데서도 우리가 가장 질이 좋은 부류에 속할 것으로 자부하는 한편, 우리 집에 세 들게 되는 사람은 틀림없이 용꿈을 꾸었을 것으로 단정해버렸고, 이와 같은 이유로 문간방 사람들도 최소한 우리만큼은 질이 좋기를 당연히 요구했던 것이다. 그런데 우리의 기대는 어쩐지 처음부터 자꾸만 빗나가는 느낌이었다. 특히 사복 차림으로 학교까지 찾아온 이 순경이 주민등록부에 우리의 동거인으로 기재되어 있는 안동 권 씨에 관해 얘길 꺼냈을 때 느낀 배반감은 절정에 달했다.

"……조금도 부담감 같은 걸 가질 필요는 없습니다. 매일매일 무슨 보고 형식을 취할 것을 의무적으로 요구하는 건 아니니까요. 약간 특별한 동태가 보일 때, 가령 멀리 여행을 떠나게 되었다든가 좀 이상한 손님이 찾아왔다든가 쌀이나 연탄이 떨어져서 굶는다든가 갑자기 많은 돈이 생겨서……"

부담감이란 것에 대해 이 순경은 매우 그릇된 견해를 가지고 있음이 분명했다. 적어도 내가 알기로 그것은 갖고 싶다고 가져지고 갖기 싫다고 안 가져지는 그런 임의의 선택물이 아니었다. 더구나 그것은 스스로 원해서 어떡하든 가져보려고 안달할 정도의 그런 기호물은 절대 아니었다.

"나더러 이제부터 당신 밀대 노릇을 하라는 얘깁니까?"

"무슨 그런 거북한 말씀을!"

우리 학교 담당인 학사 출신의 이 순경은 한바탕 너털웃음을 한 다음 곧장 진지한 표정이 되었다. 그는 이렇게 말했다.

"오 선생님 앞에서 한 사람의 시민으로서의 의무를 강조할 생각은 없습니다. 다만 친절한 이웃이 돼주십사고 부탁드리는 겁니다."

"권 씨의 동태를 일일이 사직 당국에 고자질해야만 권 씨의 친절한 이웃이 되는군요."

"그렇다마다요."

이 순경은 다시 너털웃음을 터뜨렸다.

"밀대니 고자질이니 하는 말은 우리 쑥 빼기로 합시다. 두고 보면 오 선생님도 알게 됩니다. 권 씨에 관계되는 한 그런 말들이 얼마나 적절치 못한 표현인가를 말입니다. 오 선생님한테 권 씨네가 지나치게 폐를 끼치는 건 아닙니까? 혹시 그 사람을 미

위하는 건 아닙니까?"

"뭐 벌써부터 미워할 것까지야 있을까마는……"

"쌀이 떨어졌는지 연탄이 떨어졌는지도 살펴보고 말입니다, 힘닿는 대로 그 사람을 도와주시기 바랍니다. 도무지 제가 표면에 나설 수가 없는 입장입니다. 물론 권 씨를 고용하는 기업주 쪽 탓도 있죠. 사찰 대상자를 즐겨 고용하는 기업은 없을 테니까요. 허지만 그것보다는 권 씨 자신이 더 큰 문젭니다. 자신이 법에 따라서 내사당하고 있다는 사실을 다른 누구보다도 유별나게 못 견디는 체질입니다. 내 전임 담당자 때는 여러 번 그런 일이 있었어요. 내사당하고 있다는 걸 일단 눈치만 채고 나면 직장도, 생활도, 심지어는 처자식까지도 다 포기해버리는 성미죠. 숫제 드러누워서 며칠씩이고 굶고, 밥 대신 허구헌 날 깡술만 들이켠다거나 짐승처럼 난폭해져가지고 발광 그 직전까지 갑니다. 그렇게 착하고 양순한 사람이 말입니다. 이제 제 말뜻을 이해하셨을 줄 믿습니다. 제 임무를 감쪽같이 수행할 수 있도록 저를 도와만 주신다면 오 선생님은 어김없는 친절한 이웃이 될 수 있습니다. 솔직히 말씀드려서 전 경찰관 입장을 떠나서 한 사람의 인간으로서 권 씨를 사랑합니다. 가능하다면 그를 돕고 싶은 심정입니다. 아마 불원간에 오 선생님도 그렇게 되고 말 겁니다. 부디 친절한 이웃이 돼주십사고 다시 한번 간곡히 부탁드리는 바입니다."

내가 권 씨를 사랑하게 되다니, 생각만 해도 끔찍한 일이었다. 차라리 듬뿍 사례금을 얹어서 다른 누구로 하여금 나 대신

그를 사랑하도록 만드는 편이 훨씬 나았다. 애당초 우리 내외가
방을 내놓기로 결심하게 된 동기는 인정보다는 현금이 그리워
서였다.

권 씨네가 우리 집 문간방으로 이사 오던 날은 그 풍경이 가
관이다 못해 장관이었다. 마침 일요일이었다. 그래서 모처럼 게
으른 아침을 먹는 중인데 댕동 소리가 났다. 아내가 나가서 대
문을 열어보더니 무척이나 놀라는 기척이 안방에까지 들렸다.
무슨 일인가 하고 나가보고 나서 나는 아내의 호들갑을 이해했
다. 나 역시 어지간히 놀랐던 것이다. 웬 아낙네 하나가 자기 몸
무게만큼은 나갈 커다란 보퉁이를 머리에 인 채 땀을 뻘뻘 흘리
면서 숨이 턱에 닿아 있었다. 그리고 대문에서 약간 떨어진 곳
에 아홉 살쯤 먹어 보이는 계집애 하나가, 다시 그 계집애로부
터 몇 걸음 떨어져 세 살가량의 사내애의 모습이 얼핏 보였다.
일가의 가장은 가파른 언덕길 저 아래에다 보퉁이를 내려놓은
채 숨을 돌리면서 마악 담배를 꺼내 무는 참이었다. 나를 보더
니 사내는 일껏 입에 물었던 담배를 도로 호주머니에 쑤셔 넣은
다음 픽이나 힘에 겨운 동작으로 보퉁이를 들어 어깨에 메는 것
이었다. 그런 다음 짐 무게에 압도되어 중심을 못 잡고 이리저
리 휩쓸리면서 근근이 언덕빼기를 올라오고 있는 그 사내가 우
리 집에 세 들기로 된 권 씨임에 틀림없다면, 그는 예정보다 나
흘이나 앞당겨 사전에 주인인 우리의 양해도 구함이 없이 일방
적이며 기습적으로 이사를 단행하는 셈이었다. 사내가 금방이
라도 짐에 눌려 쓰러질 것만 같았으므로 나는 빼앗다시피 보퉁

이를 받아 들었다. 생각했던 것보다 짐은 아주 가벼웠다. 북데기만 요란했지 실은 느슨하게 묶인 이불 보따리였다. 다소 겁을 먹은 눈으로 애들이 나를 깊숙이 올려다보고 있었다. 그 애들은 배가 불룩한 비닐 가방 따위를 양손에 나눠 든 채 무척 힘든 표정이면서도 잠자코 잘들 견디고 있었다. 아내는 아직도 놀라움이 가시지 않은 얼굴로 힘을 거들어 보퉁이를 받아 내릴 생심도 못 하면서 저울질하듯이 언제까지고 권 씨 부인을 위아래로 찬찬히 훑어보고 있었다. 권 씨는 키가 작았다. 보통 키 정도밖에 안 되는 나지만 그래도 권 씨에 비기면 거인이나 다름없었다. 슬리퍼를 걸치고 나온 내 발만을 유심히 들여다보면서 권 씨는 침묵을 지켰기 때문에 내가 먼저 입을 열지 않으면 안 되었다.

"이삿짐은 차로 옵니까?"

"아닙니다."

그는 피로에 지친 눈을 들어 자기 아내의 머리에서 시작하여 아이들 손을 거쳐 이제 방금 내가 대문간에 부려놓은 보퉁이에 이르는 기다란 활을 그렸다.

"이게 전부 답니다."

멋쩍은 듯이 그는 어설프디 어설프게 웃었다. 보자기 바깥으로 비죽비죽 내민 것으로 보아 권 씨의 아내가 이고 온 짐은 취사도구일 것이었다. 그게 농담이 아니고 진담이었다면 결국 쌀을 익히고 빨래하고 그리고 깔고 덮는 데 쓰는 몇 점 세간이 이삿짐의 전부인 셈이었다. 아무리 셋방으로 나도는 살림이라지만 그쯤 되고 보면 해도 너무했다. 내가 어안이 벙벙해 있는 동안에 사내는 슬그머니 한쪽 발을 들더니 다른 쪽 다리 바지 자락에다 구두코를 쓰윽 문질렀다. 이어서 이번엔 발을 바꾸어 같은 동작을 반복했다. 먼지가 닦여 반짝반짝 광이 나는 구두를 내려다보면서 비로소 그는 자기 구두코만큼이나 해맑은 표정이 되었다. 아마 모르긴 몰라도 틀림없이 재고 정리 바겐세일 바람에 하나 주워 걸쳤을, 지그재그 무늬의, 때 이르고 유행 지난, 후줄근한 여름옷과는 영 안 어울리게 그의 구두는 제법 신품이었고 알맞게 길이 난 호사품이었다.

"아무래두 약속이 틀려요."

내외 둘만이 되었을 때 아내가 내 귀에 대고 속삭였다.

"먼젓번 살던 방을 오늘 꼭 비워야만 할 형편이었다잖아. 약속이 틀려도 별수 없지. 그리고 어차피 안 쓰는 방이니까 나흘쯤 앞당겨 들어왔대서 뭐……"

"그게 아녜요."

"걱정 마. 수일 내로 마저 다 챙기겠다고 약속했어. 자기네도 사람인데 설마 절반만 내고 입 싹 씻진 않을 테지."

"계약금 받을 때만 해도 그렇게 안 봤는데 사람들이 여간 뻔뻔하지 않아요. 20만 원이면 시세보다 훨씬 싸게 내놓은 줄 자기네도 눈이 있고 귀가 있으니까 잘 알 거예요. 그런데 단돈 10만 원만 쥐고 한마디 상의도 없이 불쑥 쳐들어오다니, 생각할수록 괘씸하다니까요. 그런 기본적인 약속마저 어기는 사람들이라면 이담엔 무슨 약속인들 못 어기겠어요. 당신이 그러라고 했으니까 나머지 전셋돈 받아내는 거 당신이 책임지세요."

"무슨 소리야? 기본적인 약속마저 안 지키는 그런 사람을 고른 건 바로 당신이잖아?"

"겉 다르고 속 다른 사람인 줄 누가 알았나요. 감쪽같이 속이려구 덤비는 데야 도리 있어요? 인제 두구 보세요. 우릴 속인 게 한 가지 더 드러날 거예요."

"건 또 무슨 뜻이지?"

"여자가 애를 가졌어요. 다 속여두 내 눈만은 못 속여요. 5, 6개월은 될 거예요. 어쩌면 6, 7개월인지두 몰라요. 접때까진 한복을 입어서 몰랐는데 오늘 보니 대뜸 알겠어요."

"픽도 일찍 알아차렸군."

며느리 늙은 것이 시어미라던가, 아내는 어느새 집주인 행세를 쫀쫀히 하려 들었다. 우리가 셋방에서 셋방으로 전전하며 다리 오그리고 지내던 시절을 아내가 벌써 잊었을 리 없다. 그러나 아내는 벌써 깡그리 잊어먹은 척 행동했다. 적어도 겉으로는 그랬다. 그리 오래지도 않은 과거를 얘기하면서 꿈만 같다는 말로 시간의 단위를 한없이 늘퀴 잡는 버릇이 생겼으며, 말끝마다 "이게 어떻게 장만한 집인데……"하면서 혀를 차곤 했다.

하긴 그렇다. 도대체 이게 어떻게 장만한 집인가. 나보다는 아내 쪽에서 대답할 때의 자세가 훨씬 당당해질 법한 물음이었다.

시청 뒷산 '은행주택'으로 이사 오기 전까지 우리는 단대리 시장 근처에서 살았다. 숨통을 죄듯이 다닥다닥 엉겨 붙은 20평균일의 천변 부락이었다. 집주인은 자칭 한의사였다. 간판도 없이 영업 행위를 하는데, 드문드문 찾아오는 환자들의 외모로 봐서 피부병이 전문인 듯했고, 그 효험이 매우 의심스러운 자가 조제의 연고만 팔아가지고는 생활이 어려울 성싶었다. 자칭 한의사 김 씨의 낮 시간은 거의 낮잠이 일과였다. 그리고 해가 설핏할 무렵부터 마시기 시작하는 술이 통금을 예사로 넘겨 늘 새벽녘까지 동네가 들썩이도록 주사를 떨게 만들었다.

우리가 이사를 들던 날도 김 씨는 나우 취해 있었다. 그는 녹슨 기계처럼 톱니바퀴가 잘 물리지 않는 소리로 초면의 나에게 수인사를 청한 다음 곧장 내 겨드랑이를 끼더니 자기네 안방 아랫목까지 납치하다시피 나를 질질 끌고 갔다. 그는 내 아내가 문간방에서 듣기엔, 거의 협박조의 말투로 밤이 이슥할 때까지 자기가 현재 살고 있는 그 집을 불과 한 주일 동안에 지은 걸 자랑했으며, 역시 내 아내가 마당가 펌프 우물 곁을 애가 타서 서성거리며 듣기엔, 신음 혹은 비명을 지르다시피 "핵교 선상님 내외분을 문깐빵에다 뫼셔서 즈이는 인자 아모 근심 걱정 없쇠다"라고 반가워했다. 마지막으로 그는 "집 안에 혹 옴이나 뾰루지나 등창, 아구창, 연주창 같은 걸루다 고생허시는 분 기시면 모다 저한테 맫겨줍시오" 하는 말과 함께 나를 불안에 떠는 내 아내 곁으로 돌려보내주는 것이었다.

이렇게 해서 집주인 김 씨와의 첫 대면은 무사히 지났다. 그러나 우리가 대지 20평, 건평 15평 시멘트 블록 와가의, 김 씨 혼자 힘으로 꼬박 일주일 걸려 거짓말처럼 완공했다는 그 날림 중의 날림집에 보증금 3만 원, 월세 3천 원으로 문간방 하나를 세듦으로써 어째서 김 씨의 근심 걱정이 없어지는 건지는 여전히 의문이었다. 그 말뜻을 제대로 이해하기엔 다소 시일이 걸렸다.

당장 그 이튿날부터 김 씨는 자기네 문간방에 세 든 사람이 다른 누구도 아닌 바로 선생 내외(그렇다, 선생 내외였다)라는 사실을 일삼아 동네방네 외고 다녔다. 성남시 전체를 통틀어 불과 얼마 안 되는 선생에 비해 집들은 부지기수인데 바로 그 선생 중의 하나가 자기 집에 사글세를 들었다는 것이었다. 그리고 그는 매월 봉급날 저녁만 되면 우리가 당연히 지불해야 할 제반 사용료 외에 금방 앉았다 일어나면서 갚는다는 조건으로 소홀찮은 돈을 꾸어가곤 했다. 봉급날뿐만이 아니라 길거리에서건 집 안에서건 얼굴을 마주치기만 하면 번번이 손을 내밀어 여러 푼돈을 강탈하다시피 알겨냈다. 누구보다 못 할 노릇이기는 아내 쪽이었다. 김 씨가 나한테서 돈을 꾼 다음이면 꼭 그의 부인이 방을 건너와서 한나절씩이나 징징 울다 간다는 것이었다. 제 여편네 속곳마저 술로 바꾸어 마실 인간이라면서, 무슨 수로 받아내려고 그렇게 덥석덥석 꾸어준다냐고 원망이라는 것이었다.

처음엔 제법 들척지근하게 받아들이던 '선생 부인'에 아내는 쉬이 넌덜머리를 내기 시작했다. 단순히 선생 부인이라는 그 이유만으로 이웃 아낙네와 조무래기 들이 아내를 잠시도 마음 편히 거처하도록 내버려두지 않았다. 단대리 시장 근처 20평 부락에서 우리는 완연한 별종의 인간으로 취급당했다. 김 씨가 열심히 나발 불어준 덕분이었다. 선생네가 먹는 저녁 밥상 위에 무슨 반찬이 오르나를 확인하려고 아낙네들은 우리 부엌문 앞을 떠날 생각을 안 했고, 선생 마누라가 얼굴에 뭣뭣을 찍어 바르는지 구경하려고 별로 어려워하는 기색도 없이 불시에 방 안을 기웃거렸다. 그리고 선생 아들은 주로 무엇을 간식으로 먹나 보려고 때꼽재기 아이들이 눈을 화등잔만 하게 해가지고는 문간방 안팎을 연락부절로 오락가락했다. 심지어는 빨래만 해도 그랬다. 펌프 우물에서 아내가 옷가지를 내다 빨고 있을라치면, 동네 아낙들이 떼로 모여들어 합성세제를 물에 풀었을 때 거품이 이는 그 초보적이고도 너무 당연한 화학작용을 무슨 요술이나 되는 듯이 신기한 눈으로 지켜보았다.

"아무래도 여길 떠야 할까 봐요."

보충수업까지 마치고 좀 늦게 퇴근한 나에게 어느 날 아내가 심각한 표정을 했다.

"왜 또 무슨 일이 있었어?"

"무슨 일이 있는 건 아니지만 어쩐지 이 바닥 사람들이 무서워요. 꼭 무슨 일을 저지를 것만 같은 눈빛들예요."

"고물 장수 여편네 얘긴가?"

"그래요. 오늘두 시장까지 뒤를 밟아 왔어요."

아내한테 가장 두려운 상대는 골목길 맞은편 천막 반 흙벽돌 반의 오두막에 사는 고물 장수 마누라였다. 골목이 시끄러워서 슬그머니 들창을 열고 내다보면 틀림없이 그 여자가 누군가를 상대로 대판 싸움을 벌이고 있었다. 대개는 동네 사람들하고서였고 더러는 자기 남편이거나 아니면 여섯 살배기 자기 아들과였다. 상대가 자기 식구건 동네 사람이건 어느 경우를 막론하고 여자의 입에서는 개와 도야지가 끊일 새 없었으며 이와 손톱을 동시에 사용하면서 웬만한 작두 푼수는 되는 어마어마한 고물 장수 가위로 인체의 어느 특정 부위를 싹둑 잘라버리겠다고 말 끝마다 씹어뱉곤 했다.

고물 장수 마누라가 내 가족에게 직접적인 위해를 가한 적은 아직 한 번도 없었다. 다만 궁둥이 근처에 대롱대롱 매달리게 딸애를 들쳐 업고 나와서는 일정한 거리를 두고 내 가족을 잠자코 뚫어지게 쏘아볼 뿐이었다. 그러나 아내의 기를 팍 죽이기엔 그런 정도만으로도 충분했다.

어느 일요일 오후에 찬거리를 사겠다고 시장바구니를 들고 나갔던 아내가 예상보다 너무 빨리 돌아왔다. 아내는 고무신 한 짝을 대문간에, 그리고 나머지 한 짝은 펌프 우물 옆에 아무렇게 나 벗어 팽개치면서 헐레벌떡 뛰어 들어오더니만 멀쩡한 대낮 인데 방문을 꼭꼭 걸어 닫는 법석을 떨었다. 바구니가 비어 있었다. 아내는 하얗게 질린 얼굴에 가슴마저 할딱거리고 있었다.

"고물 장수 여편네가 막 따라왔어요."

훅훅 단내가 치미는 입김을 아내가 내 귓전에 쏟았다.

"그래서?"

하도 어이가 없어 나는 웃을 수밖에 없었다.

"기분 나쁘게 빈정대지 말아요! 시장까지, 시장에서 집에까지 쫓아다녔다니깐요. 푸줏간에 들러서 돼지고길 살까 쇠고길 살까 생각하는 참인데 왠지 모르게 뒤쪽이 이상해서 얼핏 돌아다봤더니, 아 글쎄, 저만치에 여편네가 서 있질 않겠어요. 앨 둘러업구 그 우묵한 눈으로 뚫어지게 쏴보는 거예요. 내가 집을 나설 때 분명히 골목 안쪽에 있었는데 어느새 예꺼정 뒤밟아 왔나 싶어서 갑자기 섬뜩한 생각이 들더군요."

"당신 시장바구니 보고 생각난 김에 그 여자도 돼지고긴지 쇠고긴지 사고 싶었던 게지. 고물 장수라고 반드시 팔다 남은 강냉이튀밥이나 별식으로 먹으란 법은 없을 테니까."

"그게 아니래두요! 어찌나 가슴이 발랑거리던지 집어삼킬 것 같이 노려보는 그 시선 앞에선 차마 고길 살 수가 없었어요. 그래 푸줏간을 그냥 나오고 말았죠. 생선전으로 들어서려니까 여편네가 또 소리 없이 뒤를 밟잖아요. 무서워서 아무것도 살 수가 없었어요. 곧장 집으로 종종걸음을 쳤지요. 이만하면 이젠 안 따라오겠지 하고 뒤를 돌아보니까 꼭 고만한 간격을 유지하면서 계속 따라붙어요. 그래서 마구 뛰었어요. 뛸 수밖에요. 뛰면서 뒤돌아봤더니 여편네두 같이 뛰어요. 애를 업었는데두 나보담 뜀질을 잘하는 것 같애요. 애가 놀래가지고 울어 보채는데두 대문 앞꺼정 이를 악물구 뒤쫓아왔어요."

나는 살그머니 일어나 들창을 연 다음 고개를 빼고 대문이 있는 골목 쪽을 살펴보았다. 고물 장수 마누라가 딸애를 궁둥이에 매단 채로 골목길 한복판에 버티고 서 있었다. 나하고 시선이 딱 마주쳤다. 여자는 내 눈을 피하지 않았다. 오히려 한 외간 남자의 시선을 처억하니 받아넘기면서 아무 때라도 이쪽에서 물러설 때까지는 눈싸움을 계속할 작정임이 분명했다. 나는 엉겁결에 내밀었던 고개를 잽싸게 수습한 다음 들창을 닫아버렸다.

"도대체 이유가 뭐죠? 무슨 생각으로 그럴까요?"

아내가 나한테 따지는 기세로 물었다.

"아마 당신하고 친해지고 싶은 거겠지."

나는 이렇게 대꾸했다.

"모르긴 몰라도 선생 부인하고 친하게 지내고 싶어서 그럴 거야."

두번째 때도 나는 이렇게 얘기할 수밖에 없었다.

"선생 마누라, 선생 부인, 선생 사모님…… 인젠 말만 들어두 신물이 나요. 어쩌다 내 꼴이 선생 부인이 되었는지! 오나 가나 원!"

넨장맞을, 이건 뭐 얼어 죽고 데어 죽는 꼬락서니였다. 고향을 벗어나 타관살이를 하면서 한때 좀 잠잠해지는가 싶던 아내의 고질병이 어느새 또 도지려 하고 있었다. 그것은 또한 나 자신의 고질병이기도 했다. 아내가 선생한테 시집온 팔자를 그리 자랑스럽게 여기지 않는 이유는 전적으로 여학교 시절의 에델바이스 클럽 회원들 거개가 선생보다는 훨씬 수입이 좋은 직업의 남자와 결혼한 데 있었다. 아내는 학교 때 성적이나 얼굴이 자기보다 훨씬 처지던 계집애들이 서로 음모라도 꾸민 것처럼 집안 좋고 학벌 좋고 직장 좋은, 이를테면 삼박자가 척척 맞는 배필로만 달칵달칵 물어 가는 그 점을 아무래도 이해할 수 없었고, 이해할 수 없기 때문에 용서할 수도 없었고, 박봉에서 오는 생활의 불편이나 어려움보다는 영원토록 변치 말자면서 지금도 1년에 두 차례씩 만나는 에델바이스들의 동정 섞인 우정 때문에 정기적으로 자존심을 상하곤 했다.

나 역시 그랬다. 젊은 나이에 이미 출세했거나 적어도 머잖은 장래에 출세할 조짐이 농후하거나 아니면 치부를 한 동창들을 접할 적마다 속이 뒤숭숭해서 견딜 수가 없었다. 기껏해야 교육위원회 장학사나 교감 교장인데, 그걸 바라고 3, 40년씩 근속하기엔 너무 억울하다는 느낌을 어쩔 수가 없었다. 적어도 내게는 여러모로 미루어 많이 불공평한 세상에서 어쩌다 잘못 얻어걸려 하는 직업이 바로 선생이었다.

그런데 그 선생을 대단하게 알고 별종으로 취급하는 사람들이 다른 한편에는 또 있는 것이다. 동그라미를 그릴 생각이었는데 네모가 되었대서 세모가 되지 않은 것만을 다행으로 여길 수는 없다. 나를 대단한 인물로 보아주는 단대리 사람들 앞에서 나는 한 번도 큰기침을 한 적이 없음은 물론 그들을 쓰다듬어주고 싶지도 않았다.

이 순경한테서 들은 안동 권 씨의 과거에 관해서 나는 아내에게 아무런 귀띔도 해주지 않았다. 은경이와 영기 사이가 여섯 살이나 터울이 지기까지 그 아비 되는 권기용 씨가 어디서 뭘 했는지 나는 얘기하지 않았다. 권 씨가 싫고 좋은 걸 떠나 앞으로도 나는 계속 비밀을 지킬 작정이었다. 그렇잖아도 벌써 아내의 눈 밖에 난 사람들인데, 만약 권 씨가 전과자란 걸 알게 된다면 아내는 필경 까무러치고 말 것이었다. 더구나 다른 것도 아니고 사회의 안녕과 질서를 파괴했다는 죄로 여러 해를 복역하고 나와서는 시방도 경찰의 감시를 받고 있는 위험인물임을 알아차리게 된다면 단 하루도 한 지붕 밑에서 살지 않으려 할 것이었다.

아내 말마따나 권 씨네가 시초부터 어기고 들어온 약속 외에 전세 입주자로서 상식적으로 지켜야 할 제반 의무를 번번이 이행하지 않는 건 사실이었다. 하지만 그런 따위 자지레한 이유들로 당장 권 씨네를 쫓아낼 수는 없는 노릇이었다. 그들이 결정적인 실수를 범할 때까지 당분간은 더 두고 보는 수밖에.

그리 오래지도 않아 아내의 짐작은 사실로 드러나기 시작했다. 마침내 아내는 권 씨 부인으로부터 임신 6개월째라는 자백을 받기에 이르렀다. 아내한테는 어느덧 장독대 밑 광 속에 쌓인 연탄 수를 아침저녁으로 점검해야만 직성이 풀리는 버릇이 생겼다. 그리고 무엇보다도 아이들 문제가 항상 말썽이었다. 애들은 왜 제 부모의 입장 같은 건 조금도 생각해주지 않는 것일까. 우리 집 동준이 녀석만 해도 그랬다. 우리가 셋방으로 돌 적엔 녀석이 늘 주인집 아이를 때려 나나 아내가 행세를 못 하도록 만들곤 했다. 그랬는데 지금은 녀석이 권 씨의 오뉘로부터 늘 손찌검을 당함으로써 우리를 속상하게 만들고 또 권 씨 내외를 난처한 입장에 빠뜨리는 것이었다.

동준이가 마당에서 커다란 풍선을 가지고 뛰어놀고 있었다. 같이 놀고 싶어서 권 씨네 애들이 치근치근 따리를 붙이는 기색이었다. 아무리 따리를 붙여봐도 반응이 없으니까 애들은 동준이를 한 대 쥐어박았는지 할퀴었는지 해서 울리고는 문간방에 들어가더니 제 어미를 조르는 눈치였다. 이때부터 아내는 벌써 속이 뒤집혀 있었다. 잠시 후에 동준이가 헐레벌떡 뛰어 들어와서는 떼를 쓰기 시작했다. 들이당장 막무가내로 영기네 것하고 똑같은 풍선만 사내라는 것이었다. 녀석은 기어코 제 어미의 손을 이끌고 마당으로 나갔다. 밖에 나갔던 아내가 얼굴이 벌개져 가지고 들어오더니만 이번엔 내 손을 답삭 움켜쥐고는 마당으로 끌고 나갔다. 나는 보았다. 권 씨네 애들이 손에손에 여러 개의 풍선을 나눠 들고 마냥 희희낙락해 있었다. 셋방살이 아이들이 즐거워하는 걸 탓하고 싶지는 않았다. 다만 문제는 바로 그 풍선의 정체였다. 커다란 오이처럼 생긴 해괴한 모양의 풍선들이었다. 무엇이 재료로 쓰여졌는지 나는 한눈에 알아볼 수 있었다. 그것은 의심의 여지없는 콘돔이었다. 아내는 말할 수 없이 분개했다. 아이의 가정교육을 위해서 도저히 묵과할 수 없는 중대사라는 것이었다. 일요일이긴 하지만 다행히도 권 씨가 출근해서 집에 없는 줄 알기 때문에 나는 안심하고 애들 가정교육 문제를 아내에게 일임해버렸다. 벼르고 별러온 끝이라서 아내는 당장에 권 씨 부인에게 달려가 이성을 가진 어른으로서 품위를 지켜줄 것을 강경히 요구했다.

참담한 고생 끝에 성남에서는 기중 고급 주택가로 알려진 시청 뒷산 은행주택을 산 다음 자그마치 백 평 대지 위에 세운 슬래브 집의 안주인으로서 아내가 전세 입주자에게 내세운 조건은 사실 그리 까다로운 게 아니었다. 첫째, 자녀가 둘 이하라야 한다. 둘째, 집 안에서는 언제나 정숙을 유지해야 한다. 이상 두 가지 조건만 지켜준다면 여타의 일, 예컨대 전열기의 사용이나 담요의 물빨래 같은 것에 야박하게 굴지 않을 것이며 오물 수거

료나 야경비 따위 제반 공과금 지불에 억울하지 않게끔 선처할 생각이었다. 자녀가 반드시 둘을 넘어서는 안 될 이유는 무엇인가. 아내가 복덕방 영감을 앞세우고 셋방을 구하러 다니면서 귀에 못이 박이도록 들어온 소리였고, 때문에 그 소리가 가슴에 사무쳐서 아내는 변변한 집주인이라면 당연히 그런 조건은 내세우는 것이려니 믿고 있었다. 집 안에선 왜 정숙을 유지해야만 하는가. 그것은 돈을 못 버는 이유가 순전히 공부에 있고 공부는 평생을 계속해야만 하는 것으로 폼을 잡아온 자칭 선비 남편을 의식한 조처였다. 아내는 꿈에 그리던 내 집을 장만했는데도 여전히 남의 식구를 둘 수밖에 없는 현실을 슬퍼했다. 하지만 그것은 남의 식구를 둠으로써 주인의 권리를 행사할 수 있는 기쁨을 다분히 염두에 둔 그런 슬픔임이 분명했다. 그리고 더욱 분명한 것은 20평 부락에 사는 사람과 백 평 부락에 사는 사람과의 차이였다. 그것은 바로 20평의 마음과 백 평의 마음의 격차였던 것이다. 시청 뒤로 이사한 그 이후부터 아내에겐 누구하고 현주소에 관한 얘길 나누는 기회마다 언필칭 우리가 은행주택에 살고 있음을 힘주어 말하는 버릇이 생겼다.

이른 아침이었다. 문간방 툇마루에 앉아서 권 씨가 구두를 닦고 있었다. 누구나 그렇듯이 그가 솔로 먼지나 터는 정도의 일을 하고 있었다면 나는 그냥 지나쳤을지도 모른다. 바탕과 빛깔이 다르고 디자인이 다른 갖가지 구두를 대여섯 켤레나 툇마루에 늘어놓은 채 그는 털고 바르고 닦는 데 여념이 없었다.

"그거 팔 겁니까?"

아침 인사 겸 농담 삼아 나는 그에게 말을 걸었다.

"팔 거냐구요?"

갑자기 일손을 멈추더니 그는 내 발을 내려다보았다. 아니, 내가 신고 있는 구두를 유심히 쏘아보는 것이었다. 이윽고 내 바짓가랑이와 저고리 앞섶을 타고 꼬물꼬물 기어 올라오는 그의 시선이 마침내 내 시선과 맞부딪치면서 차갑게 빛났다. 그는 얼굴이 시뻘겋게 달아오르는가 싶더니 어느새 입가에 냉소를 머금고 있었다.

"어떻게 보고 하시는 말씀인지는 모르지만……"

"제가 이거 실례했나 봅니다. 달리 무슨 뜻이 있어서가 아니고…… 다만 구두가 하두 여러 켤레라서…… 전 그저 많다는 의미루다……"

입을 꾹 다물고는 권 씨가 더 이상 나를 상대하지 않으려는 의사를 분명히 했으므로 내겐 아무 할 말이 없어져버렸다. 그는 손질을 마친 구두를 자기 오른편에 얌전히 모시고는 왼편에서 다른 구두를 집어 무릎 새에 끼더니만 헌 칫솔로 마치 양치질하듯 신중하게 고무창과 가죽 틈에 묻은 흙고물을 제거하기 시작함으로써 내게서 사과할 기회를 아주 앗아가버렸다. 나는 주번 교사를 맡아 다른 날보다 일찍 출근하려던 것도 까맣게 잊은 채로 권 씨 앞에서 오래 뭉그적거렸다. 그러나 권 씨를 향한 그 찜찜한 마음 덕분에 비로소 권 씨를 자세히 관찰할 기회를 얻었다. 여러 날 함께 살면서도 피차 밖으로 나돌며 빡빡하게 지내다 보니 이사 오던 그날 이후로 변변히 대면조차 할 기회가 없었던 것이다.

보아하니 권 씨의 구두 닦기 실력은 보통에서 훨씬 벗어나 있었다. 사용하는 도구들도 전문 직업인 못잖이 구색을 맞춰 일습을 갖추고 있었다. 그리고 무릎 위엔 앞치마 대용으로 헌 내의를 펼쳐 단벌 외출복의 오손에 대비하고 있었다. 흙과 먼지를 죄 털어낸 다음 그는 손가락에 감긴 헝겊에 약을 묻혀 퉤퉤 침을 뱉어가며 칠했다. 비잉 둘러가며 구두 전체에 약을 한 벌 올리고 나서 가볍게 솔질을 가하여 웬만큼 윤이 나자 이번엔 우단 조각으로 싹싹 문질러 결정적으로 광을 내었다. 내 보기엔 그런 정도만으로도 훌륭한 것 같은데 권 씨는 거기에 만족하지 않고 계속해서 같은 동작을 반복했다. 그만한 일에도 무척 힘이 드는지 권 씨는 땀을 흘렸다. 숨을 헉헉거렸다. 침을 퉤퉤 뱉었다. 실상 그것은 침이 아니었다. 구두를 구두 아닌 무엇으로, 구두 이상의 다른 어떤 것으로, 다시 말해서 인간이 발에다 꿰차는 물건이 아니라, 얼굴 같은 데를 장식하는 것으로 바꿔놓으려는 엉뚱한 의지의 소산이면서 동시에 신들린 마음에서 솟는 끈끈한 분비물이었다. 권 씨의 손이 방추紡錘처럼 기민하게 좌우로 쉴 새 없이 움직이고 있었다. 마침내 도금을 올린 금속제인 양 구두가 번쩍번쩍 빛이 나게 되자 권 씨의 시선이 내 발을 거쳐 얼굴로 올라왔다. 그는 활짝 웃고 있었다. 그의 눈이 자기 구두코만큼이나 요란하게 빛을 뿜었다. 사실 그의 이목구비 가운데 가장 높이 사줄 만한 데가 바로 그 눈이었다. 그는 조로한 편이었다. 피부는 거칠고 수염은 듬성듬성하고 주름이 많았다. 이마가 나오고 광대뼈가 솟은 편이며 짙은 눈썹에 유난히 미간이 좁은 데다가 기형적으로 덜렁한 코가 신통찮은 권투 선수의 그것처럼 중동이 휘었고, 입은 내가 근무하는 학교의 '썰면' 선생과 맞먹을 만했다(입술이 하 두툼해 썰면 한 접시는 되겠대서 학생들이 붙인 별명이었다). 오직 눈 하나로 그는 구제받고 있었다. 보기 좋게 큰 눈이 사악하다거나 난폭한 구석은 전혀 찾아볼 수 없게 맑고 섬세했다.

이 순경이 또 찾아왔다. 지나는 길에 잠깐 들렀다지만 반드시 그런 것 같지만도 않은 것이, 대뜸 책망 비슷한 투로 나왔다.

"그러면 못써요, 못써."

"뭐 보고드릴 게 있어야 전화라도 걸든지 하죠."

"보고가 아니고 협조겠죠. 그건 그렇고, 협조할 만한 게 없었다구요?"

"전혀!"

"이거 보세요, 오 선생. 권 씨가 닷새 전에 직장을 그만뒀는데두요?"

"직장을 그만두다니, 그럼 또 실직했다는 얘깁니까?"

"출판살 때려치웠어요. 전번하곤 사정이 좀 달라요. 책을 만드는데 저자들 요구대로 고분고분 따르는 게 아니라 틀린 걸 지적하고 저잘 자꾸만 가르치려 드니깐 사장이 불러다가 만좌중에 주의를 주었대요. 네가 저자냐고, 네가 뭔데 감히 고명하신 저자님 앞에서 대거리질이냐고 말이죠. 그랬더니 그담 날부터 출근을 않더라나요."

"오늘 아침만 해도 정상적으로 출근하는 것 같았는데…… 어제도 그랬고……"

"그러니까 주의 깊게 잘 좀 살펴봐달라는 거 아닙니까."

"이 순경이 그렇게 앉아서 구만린데 내가 구태여 협조할 필요가 있을까요?"

그러자 학사 출신 이 순경이 빙긋 웃었다.

"권 씨가 드디어 실직했다는 그 점이 중요합니다. 이제부터 슬슬 오 선생이 맡아야 할 역할이 무엇인지 분명해질 성부릅니다. 권 씨가 다시 다른 직장을 붙잡을 때까진 저나 오 선생이나 맘을 놔선 안 됩니다."

내가 꼭 권 씨를 감시하고 보호해야 할 이유가 없음을 주장하기에 나는 벌써 지쳐 있었다. 죄가 있다면 셋방을 잘못 내준 죄밖에 없는 줄 누구보다도 이 순경이 잘 알고 있기 때문이었다. 이런저런 이야기 끝에 화제가 다시 권 씨에 미쳤다.

"사건 당시 권 씨는 주모자 급이었습니까?"

"제가 경찰관이 되기 전 일이니까 자세한 건 몰라요. 하지만 권 씨가 주모자라기보다 주동자였던 것만은 분명합니다. 거의 완벽할 만큼 증거를 남겼으니까요. 경찰 백차를 뒤엎고 불을 지르고 투석을 하고 시내버스를 탈취해가지고 시가를 질주하는 사람들 사진 속에서 권 씨는 항상 선두를 서고 있었습니다."

"도무지 믿을 수가 없군요. 이불 보따리 하나 제대로 못 메는 사람이 그런 엄청난 일에 선봉을 서다니!"

"하지만 일단 실직만 했다 하면 굶기를 밥 먹듯 한다는 사실만은 믿어도 좋습니다."

"굶지 않을 능력이 있으면서도 굶는 사람은 아마 굶어도 배고
프지 않을 겁니다."

"오 선생님, 너무 그렇게 뻣뻣한 척 마십쇼. 접때두 내 얘기했
잖아요, 틀림없이 오 선생도 권 씰 사랑하게 될 거라구요."

누가 누구를 사랑한다는 일이 얼마나 어렵고 피곤한 것인가
를 전혀 모르는 사람처럼 이 순경은 자신만만하게 웃으면서 갔
다. 사랑 중에서도 특히 근린애近隣愛가 주머니 속에 든 동전이
라도 꺼내듯이 그렇게 손쉬운 것인 줄 아는 모양이었다. 나 역
시 한동안은 혼자 있을 때 공중으로부터 울리는 무거운 음성을
들은 적이 있었다. 네 이웃을 사랑하라, 단대리 사람을 사랑하
라, 20평 부락 주민을 사랑하라……

내가 단대리를 떠나기로 결심한 것은 그 사건이 있은 직후였
다. 맞다. 그것은 내게 분명히 하나의 충격적인 사건이었다.

퇴근해서 집으로 돌아가는 길이었다. 집 근처에 이르러 나는
한 떼의 아이들이 천변에서 놀고 있는 걸 보았다. 왁자하게 떠
드는 조무래기들 틈에 동준이 녀석도 끼어 있었다. 녀석이 어느
새 저렇게 커서 이웃에 친구까지 사귀었나 싶어 나는 먼발치에
서 대견스럽게 지켜보았다. 내 아이만 유난히 얼굴이 희었다. 다
른 애들이 지나치게 까만 탓인지도 모른다. 특히 그중에서도 고
물 장수 아들은 방금 굴뚝 속에서 기어 나온 꼴이었다. 동준이
가 고물 장수의 아들에게 뭐라고 소리쳤다. 그러자 깜장이 그
아이가 땅바닥에 양팔을 짚고 개구리처럼 폴짝폴짝 뛰기 시작

했다. 동준이가 그 애 앞에다 뭘 던졌다. 그러고 보니 동준이 녀석은 쿠킨지 뭔지 하는 과자 상자를 가슴에 끌어안고 있었다. 고물 장수 아들이 땅에 떨어진 과자를 입으로 물어 올리더니 흙도 안 털고는 그대로 아삭아삭 씹어 먹었다. 먹는 일이 끝나자 고물 장수 아들은 하얗게 이를 드러내며 웃고는 다시 스타팅 블록에 들어선 것 같은 자세를 취했다. 동준이가 뭐라고 또 소리 쳤다. 깜장이가 이번엔 한쪽 팔로 땅을 짚고 그 팔과 가슴 사이로 다른 팔을 넣어 꺾어 올려서 코를 틀어쥔 다음 열나게 뺑뺑이를 돌기 시작했다. 그 애는 대여섯 바퀴도 못 돌아 픽 고꾸라졌다. 일어나서 다시 돌다가는 또 고꾸라졌다. 몇 차례고 반복해서 기어코 지시받은 횟수를 다 채우는 모양이었다. 몇 바퀴나 돌았는지 아이는 다 돌고 나서도 어지러워서 바로 서지를 못했다. 동준이가 과자에다 침을 퉤 뱉어서 땅바닥에 던졌다. 동준이는 삥잉 둘러서서 구경하는 다른 애들한테도 똑같은 방식으로 놀이에 가담할 것을 종용하는 눈치였으나 갈수록 가혹해지는 녀석의 요구 조건에 기가 질려 엄두를 못 내고 군침만 삼키는 듯했다. 동준이가 과자를 쥔 오른팔을 높이 올려 개울 쪽을 겨냥하고 힘껏 팔매질을 했다. 그러자 조금의 주저도 없이 고물 장수 아들이 석축을 타고 제방 아래로 뽀르르 달려 내려갔다. 나는 그 개울에 관해서 일찍부터 잘 알고 있었다. 그것은 공장에서 흘러나오는 폐수와 집집마다 버리는 오수를 한데 모아 탄천炭川으로 실어 나르는 거대한 하수도였다.

　내가 뒷전에 서서 구경하기 전에는 그와 같은 놀이가 얼마나 길었는지 모른다. 그러나 내가 목격한 것은 그것이 전부였다. 나는 동준이 녀석으로부터 과자 상자를 빼앗아 개울 속에 집어 던졌다. 그러고는 녀석의 따귀를 마구 갈겼다. 마음 같아서는 고물 장수 아들을 흠씬 두들겨주고 싶었는데 손이 자꾸만 내 자식놈 쪽으로 빗나갔다. 동준이 녀석을 한참 때리다가 퍼뜩 생각이 미쳐 뒤를 돌아다보니 고물 장수 아들은 칙칙한 개울물을 따라 천방지축 과자 상자를 쫓아가는 중이었다.

무슨 수를 써서든 이놈의 단대리를 빠져나가자고 아내에게 소리치던 그날 밤엔 영 잠이 오질 않았다. 줄담배질로 밤늦도록 이리 뒤척 저리 뒤척 하면서 내가 생각한 것은 찰스 램과 찰스 디킨스였다. 나하고는 전혀 인연이 안 닿는 땅에서 동떨어진 시대를 살았던 두 사람이 갈마들며 나를 깨어 있도록 강제하는 것이었다.

똑같은 이름을 가진 점 말고도 그들 두 사람은 공통점이 많은 것으로 알려져 있다. 우선 불우한 유년 시절을 보낸 점이 그렇고, 문학작품을 통해서 빈민가의 사람들에 대한 동정과 연민을 쏟은 점이 그런 모양이었다. 하지만 그들의 성姓이 각각이듯이 작품을 떠난 실생활에서의 그들은 성격이 딴판이었다 한다. 램이 정신분열증으로 자기 친모를 살해한 누이를 돌보면서 평생을 독신으로 지내는 동안 글과 인간이 일치된 삶을 산 반면에, 어린 나이에 구두약 공장에서 노동하면서 독학으로 성장한 디킨스는 훗날 문명을 떨치고 유족한 생활을 하게 되자 동전을 구걸하는 빈민가의 어린이들을 지팡이로 쫓아버리곤 했다는 것이다. 램이 옳다면 디킨스가 그른 것이고, 디킨스가 옳다면 램이 그르게 된다. 가급적이면 나는 램의 편에 서고 싶었다. 그러나 디킨스의 궁둥이를 걷어찰 만큼 나는 떳떳한 기분일 수가 없었다.

나도 그랬다. 내 친구들도 그랬다. 부자는 경멸해도 괜찮은 것이지만 빈자는 절대로 미워해서는 안 되는 대상이었다. 당연히 그래야만 옳은 것으로 알았다. 저 친구는 휴머니스트라고 남들이 나를 불러주는 건 결코 우정에 금이 가는 대접이 아니었다. 우리는 우리 정부가 베푸는 제반 시혜가 사회의 밑바닥에까지 고루 미치지 못함을 안타까워했다. 우리는 거리에서 다방에서 또는 신문지상에서 이미 갈 데까지 다 가버린 막다른 인생을 만날 적마다 수단 방법을 안 가리고 긁어모으느라고 지금쯤 빨갛게 돈독이 올라 있을 재벌들의 눈을 후벼 파는 말들로써 저들의 딱한 사정을 상쇄해버리려 했다. 저들의 어려움을 마음으로 외면하지 않는 그것이 바로 배운 우리의 의무이자 과제였다.

그러나 그것은 어디까지나 이론에 불과한 것이었다. 자기 자신을 상대로 사기를 치고 있는 것임을 나는 솔직히 자백하지 않을 수 없다. 우리의 분노란 대개 신문이나 방송에서 발단된 것이며 다방이나 술집 탁자 위에서 들먹이다 끝내는 정도였다. 나도 그랬다. 내 친구들도 그랬다. 껌팔이 아이들을 물리치는 한 방법으로 주머니 속에 비상용 껌 한두 개를 휴대하고 다니기도 하고, 학생복 차림으로 볼펜이나 신문을 파는 아이들을 한목에 싸잡아 가짜 고학생이라고 간단히 단정해버리기도 했다. 우리는 소주를 마시면서 양주를 마실 날을 꿈꾸고, 수십 통의 껌값을 팁으로 던지기도 하고, 버스를 타면서 택시 합승을, 합승을 하면서는 자가용을 굴릴 날을 기약했다. 램의 가슴을 배반하는 디킨스의 머리는 매우 완강한 것이었다. 우리의 눈과 귀와, 우리의 입과 손발 사이에 가로놓인 엄청난 괴리는 우리로서는 사실 어쩔 수 없는 것이어서 도리어 나는 그날 밤새껏 램의 궁둥이를 걷어차면서 잠을 온전히 설치고 말았다.

이 순경이 재차 다녀간 날 밤에 우리 집 문간방에서는 이상하게도 세 살짜리 아이의 칭얼거림이 그치지 않았다. 전에는 없던 일로 영기가 자주 잠을 깨는 눈치였고 이부자리에 지도를 그렸다고 야단을 맞는 모양이었다. 영기의 울음소리가 웬만큼 높아질 때까지는 가만 내버려두다가 안방에까지 훤히 들릴 정도가 되면 권 씨의 위협적인 목소리가 제꺼덕 천장을 타고 내 귀에까지 건너왔다. 그러면 그럴수록 영기 녀석은 울음 속에 세 살답지 않은 보복 의지 같은 걸 담아 비수처럼 휘둘러대는 것이었다. 급기야는 아내를 비롯한 우리 가족 전부가 잠을 깰 지경이 되었다. 저렇게 처마 끝을 들고 서는 애를 달랠 생각도 않는다고 아내가 졸음 겨운 소리로 투덜거렸다. 아닌 게 아니라 권 씨 부인은 한마디 말이 없었다. 권 씨네가 이사 온 이후로 나는 지금까지 권 씨 부인이 하다못해 아야 소리 한마디 하는 걸 듣지 못했다.

"나가버릴까 부다. 차라리 아빠가 멀리 나가버리고 말까 봐!"

부르짖음에 가까운 권 씨의 비통한 소리가 들렸다. 그러자 어린것의 귀에도 그 말만은 놀라운 효험을 보인 모양이었다. 자지러지던 울음이 갑자기 뚝 그쳤다. 그래도 여전히 빨랫줄처럼 뻗으려는 울음의 꼬리를 아이는 도막도막 잘라 숨 돌릴 겨를 없이 삼키느라고 잦추 사례가 들렸다.

아침이 되어 보니 권 씨는 또 구두를 닦고 있었다. 구두 닦기에 권 씨는 여느 날보다도 유난히 더 열심이었다.

"간밤엔 죄송했습니다."

권 씨가 슬리퍼를 신은 내 발을 상대로 정중히 사과를 했다. 이상한 일이었다. 권 씨의 새삼스러운 사과가 내 귀엔 어쩐지, 간밤의 내 솜씨가 과연 어떻더냐고 묻는 성싶게만 들려 두고두고 떨떠름했다.

학교에서 실시하는 가정방문 주간이 이틀째로 접어드는 날이었다. 학생 하나를 향도로 세워 '별나라' 부락에 거주하는 학부형들을 차례로 찾아다니는 중이었다. 나는 때마침 어느 학교 신축 공사장 근처를 지나가고 있었다. 콘크리트 골조를 비잉 둘러 얼키설키 엮어 지른 비계가 머리 위로 높다랗게 보였고, 시멘트 벽돌을 등에 진 사내들이 흔들거리는 널다리를 줄지어 오르내리고 있었다. 모두들 걷어붙이고 벗어젖힌 몸들이 무척이나 탐스럽고 강인해 보였는데, 그중에서 유독 한 사내가 내 눈길을 끌었다. 그는 흡사히 널벅지들 틈에 낀 간장종지로 왜소해가지고는 후들거리는 다리를 간신히 옮기는 것이었으며, 그토록 험한 일을 하면서 놀랍게도 완연한 사무원 복장이었다. 비계 바투 밑까지 접근해서 사내의 얼굴을 재삼 확인한 다음 나는 이렇게 외쳤다.

"권 선생, 거기 있는 게 권 선생 아니우?"

그 순간 벽돌장 하나가 똑바로 내 머리를 겨냥하고 무서운 속도로 낙하해 왔다. 잽싸게 몸을 피했기 때문에 다치지는 않았다. 서둘러 널다리를 내려온 권 씨가 내 앞에 섰다. 정말 권 씨였다. 그의 얼굴에 석고처럼 굳게 새겨진 경악을 보고 나는 그가 나를 죽일 작정으로 그러지 않았음을 알았다. 그는 전신이 땀과 먼지 범벅이었다. 가까이서 보니 베이지색 와이셔츠 위에 받쳐 입은 춘추용 해군기지 잠바는 작업에서 얻은 오손과 주름으로 말씀이 아니었다. 그러나 구두만은 여전해서 칠피 가죽에 공들여 올린 초콜릿 빛 광택이 권 씨의 가장 권 씨다움을 외롭게 지켜주고 있었다.

"내가 여기 있는 줄 어떻게 알았죠?"

마치 내가 자기 행방을 일부러 수소문해서 찾아오기라도 했다는 듯이 그는 물었다.

"학생들 가정방문을 다니다 지나는 길에 우연히……"

그는 가득 의심을 담은 눈으로 나와 내 반 학생을 번갈아 노려보았다. 증거까지 손에 쥐여주는데도 그의 의심이 쉬이 풀릴 기색이 아니었으므로 나는 서둘러 신축 공사장을 뒤로해버렸다.

밤이 꽤 늦어 권 씨는 귀가했다. 그는 문간방을 거치지 않은 채 내가 들어 있는 안방으로 직행해 와서 두 홉들이 소주병 하나를 푹 꽂는 기세로 방바닥에 내려놓았다. 이미 어지간히 취해 있었다.

"이래 봬도 나 안동 권 씨요!"

피곤에 짓눌렸던 몸뚱이가 이번엔 술에 흠씬 젖어 갱신 못 할 지경인데도 목소리만은 제법 또렷했다.

"물론 잘 아시리라 믿지만 안동 권 씨 허면 어딜 가도 그렇게 괄신 안 받지요. 오 선생은 본이 해주인가요?"

내 구두가 자기 구두보다 항상 추저분하고 또 단벌임을 매번 확인하듯이 이참에는 성씨로써 일종의 길고 짧음을 대볼 작정인 듯했다. 나는 그저 웃어 보였다. 웃으면서도 사람 좋게 보이려는 내 노력이 취중을 뚫고 그의 흔들리는 뇌수 깊이에까지 제대로 전달되기를 바랐다.

"권 선생, 많이 취하신 모양인데 얘긴 우리 나중에 하기로 하고 들어가서 쉬시죠."

팔짱을 낀 채 문간방 너머 마루에 잔뜩 부어터진 얼굴로 서 있는 아내를 흘끔흘끔 곁눈질하면서 나는 권 씨를 편히 쉬게 하려는 생각이 순전히 자발적이며 선의에 찬 것임을 행동으로 강조해 보였다. 권 씨가 내 선의를 홱 뿌리쳤다. 그는 반쯤 강제로 일으켜졌던 엉덩이를 도로 털썩 주저앉히더니 병뚜껑을 이로 물어 단숨에 깠다.

"전과자허군 벗하기 싫다 이겁니까? 허지만 어림두 없어요. 오늘은 내 기필코 헐 말 다 허고 물러가리다."

"전꽈자라구요?"

눈이 벌어진 입만큼이나 되어가지고 거의 이성을 잃을 정도로 냉큼 뛰어 들어왔으므로 아내의 음성은 자연히 깜짝 반기는 투와 구별할 수 없게 되었다. 그러나 결코 반기는 투가 아님이 다음 말로써 곧 분명해졌다.

"원 세상에, 세상에나! 방금 전짜자라구 하셨죠? 지끔 두 분이서 누구 얘길 하시는 거예요? 세상에, 세상에나……"

"아주머닌 모르고 계셨습니까? 오 선생이 얘기하지 않던가요? 바루 제 얘깁니다. 왜요, 제 눈빛이 어쩐지 이상해 보입니까? 아주머니 문짜대로 전짜자허고 사람—그렇지, 사람이지—사람허고 이렇게 가차이 앉은 게 신기합니까?"

뛰어들 때와 똑같은 기세로 아내는 냉큼 몇 발짝 물러섰다. 빤히 올려다보는 권 씨 앞에서 아내는 새파랗게 질려가지고 단박 고분고분해졌다. 권 씨가 앉으라면 앉고 들으라면 듣는 자세를 취했다.

"모기 앞정갱이 하나 뿌지를 힘도 없는 놈입니다. 뭐 조금도 겁내실 거 없습니다. 편안한 맘으로 내외분이서 제 얘기 들어주십시오. 잠깐이면 됩니다."

그때까지도 나는 적당히 권 씨를 구슬려 문간방으로 돌려보낼 기회만을 노리고 있었다. 그러나 그의 입에서 모기 앞정강이 부러뜨릴 힘도 없다는 고백이 나오고부터는 생각이 달라지지 않을 수 없었다. 그가 하는 말을 듣다 보면 모기 앞정강이 하나 어찌지 못하는 주제에 감히 사회의 안녕과 질서를 뚝뚝 부러뜨린 그 불가사의가 다소 풀릴 것도 같았다.

"아마 프로이트가 한 말일 겁니다."

그는 병째 기울여 소주를 꿀꺽꿀꺽 들이켰다.

"성자와 악인은 종이 한 장 차이랍니다. 악인이 욕망을 행동으로 표현하는 대신에 성자는 그것을 꿈으로 대신하는 것에 불과하답니다."

그가 또 소주병을 기울이려 했으므로 나는 병을 빼앗은 다음 아내를 시켜 간단한 술상을 보아오게 했다.

"내 입장을 그럴듯하게 꾸미기 위해서 성현을 깎아내릴 생각은 없습니다. 그렇지만 프로이트한테 커다란 위로를 받고 있는 건 사실입니다. 내가 전과자가 될 줄 미리 알구서 일찍이 그런 위로의 말을 준비해둔 성싶거든요."

술상이 들어왔다. 저녁에 먹다 남긴 돼지찌개 재탕에다 끼니 때마다 보는 밑반찬 두어 가지가 전부였다. 우리는 일차로 주거니 받거니 했다. 그는 말했다.

"물독에 빠진 생쥐처럼 잔뜩 비를 맞던 저 화요일이 있기 전까지 나 역시 오 선생 이상으로 선량한 시민이었지요. 물론 내 안사람도 아주머니만큼이나 착하고 선량했을 겁니다. 불만이 있고 억울한 일이 있어도 기껏 꿈속에서나 해결할 뿐이지 행동으로 나타낼 줄은 몰랐으니까요."

아내더러 술을 더 사 오도록 했다. 술이 들어갈수록 그는 더욱 창백해졌으며, 너름새가 좋아졌다. 술이 그를 지껄이도록 시키고 있음이 분명했다. 그는 말했다.

"모든 게 무리였지요. 우선 나 같은 인간이 태어난 그 자체가 무리였고, 장질부사나 복막염 같은 걸로 죽을 기회 다 놓치고는

아등바등 살아나서 처자식까지 거느린 게 무리였고, 광주단지
에다 집을 마련한 게 무리였고, 이래저래 무리 아닌 일이 하나
도 없었습니다.”

지상낙원이 들어선다는 소문이 특히 없이 사는 사람들 사이
에 굉장한 설득력을 지닌 채 퍼지고 있었다. 꼭 그걸 믿어서가
아니었다. 외려 그는 처음부터 낙원이란 게 별게 아님을 믿는
편이었다. 다만 차제에 내 집을 마련할 수 있다는 유혹의 손에
덜미를 잡혀 서울에서 통근 거리 안에 든다는 그 이점을 너무
과대평가했던 과오는 인정하지 않는 바 아니다. 결국 그는 당시
형편으로는 거금에 해당하는 20만 원을 변통해서 복덕방 영감
쟁이를 통하여 철거민의 입주 권리를 손에 넣었다.

“난생처음 20평짜리 땅덩어리가 내 소유로 떨어진 겁니다.
내 차지가 된 그 20평이 너무도 대견해서 아침저녁으로 한 뼘
한 뼘 애무하다시피 재고 밟고 하느라고 나는 사실은 나 이상으
로 불행한 어느 철거민의 소유였어야 할 그것이 협잡으로 나한
테 굴러떨어진 줄을 전혀 잊고 지낼 정도였습니다. 당시의 나한
테는 이 세상 전체가 끽해야 20평에서 그렇게 많이 벗어나게 커
보이지는 않았습니다.”

가까스로 대지는 마련되었으나 그 위에 기둥을 세우고 비바
람을 가릴 여유는 아직 없어 땅을 묵히다가 또 간신히 낡은 텐
트 하나를 구해서 버티기를 몇 달이나 했다. 선거철이었다. 지
상낙원 건설의 청사진에 갖가지 공약들이 한 획 한 획 첨가되
었다. 곳곳에서 기공식들이 화려하게 벌어지고 건설 붐이 일었

다. 당장 막벌이 날품팔이들의 천국이 눈앞의 현실로 바싹 당겨졌다. 갈수록 선거 열풍이 거세짐과 더불어 지가가 열나게 뛰고 사람값이 종종걸음을 치고 하는 그 사이를 부동산 투기업자들이 훨훨 날아다녔다. 그는 생각하기를, 이와 같은 움직임 모두가 자기하고는 하등 상관이 없는 것이려니 했다. 그런 생각이 얼마나 잘못되었나를 그는 선거가 끝났을 때 20촉짜리 전등 밑에서 벼락이 머리에 닿듯이 아찔하게 확인했다.

"국회의원 선거가 끝난 바로 그다음 날이었습니다. 이틀만 지났어도 두말 않겠어요. 어제 끝났으면 오늘 그런 겁니다."

한 장의 통지서가 배부되어 왔다. 6월 10일까지 전매 소유한 땅에다 집을 짓지 않으면 불하를 취소하겠다는 내용이었다. 보름 후면 6월 10일이었다. 보름 안에 집을 지으라는 얘기였다. 자기가 날품팔이가 아니래서, 자기 생계의 근원이 여전히 서울이래서 대단지의 부산스러운 움직임과는 무관한 것처럼 처신해온 그는 뒤늦게 사타귀에서 방울 소리가 나도록 뛰어다니지 않으면 안 되었다. 우선 며칠씩 출판사를 무단결근하면서 닥치는 대로 돈을 변통하기에 급급했다. 돈이 되는 대로 시멘트와 블록과 각목을 사서 마누라와 함께 한 단 한 단 쌓아올리기 시작했다. '저나 내나' 건축엔 눈곱만큼의 지식도 없었지만 그저 본능이 시키는 대로, 이렇게 하면 최소한 넘어지지는 않겠거니 하는 어림 하나로 소위 집을 짓는 엄청난 일을 겁 없이 감행했다. 지상낙원이란 구호에 합당할 그럴듯한 가옥을 당국에서 요구하지 않는 것이 무엇보다 다행이었고 고마운 일이었다. 건자재가 떨어지면 작업을 중단하고 뛰어나가 비럭질하다시피 돈을 꾸어다 재료 대기를 몇 차례나 거듭하는 사이에 어느덧 사면 벽이 세워지고 지붕이 씌워졌다. 채 보름도 걸리지 않았다. 외양이나 실질이야 아무렇든 자기가 원하고 당국에서 요구한 그 집이 드디어 완성된 것이다.

"서둘러서 집을 짓도록 명령한 당국에다 외려 감사해야 할 판이었어요. 우리는 한 달 남짓 고대광실에라도 든 기분으로 둥둥 떠서 지냈습니다. 그 한 달 내내 마누라는 은경이 년을 끌어안고 쫄쫄 쥐어짜기만 했지요."

겨우 한숨 돌리려는 참인데 또 통지서가 왔다. 전매 입주자는 분양 전 토지 20평을 평당 8천 원 내지 1만 6천 원으로 계산하여 7월 말까지 일시불로 납부하는 조건으로 불하받으라는 것이었다. 만일 기한 내 납부치 않으면 해약은 물론 법에 의해 6개월 이하의 징역이나 30만 원 이하의 벌금을 과하도록 하겠다는 단서가 붙어 있었다.

"이번 역시 보름 기한이었어요. 보름 되게 좋아합니다. 걸핏하면 보름 안으로 해내라는 거예요."

엎친 데 덮쳐 경기도에서는 토지취득세 부과 통지서를 발부했다. 관할과 소속이 각기 다른 서울시와 경기도가 이렇게 쌍나발을 부는 바람에 주민들은 거의 초주검 꼴이 되었다. 광주대단지토지불하가격시정대책위원회라는 유례없이 긴 이름의 임의 단체가 조직되었다. 대책위원회는 곧 투쟁위원회로 개칭되었다. 속에 식자깨나 든 것으로 알려져 그는 같은 배를 탄 전매 입주자들에 의해서 대책위원과 투쟁위원을 고루 역임하게 되었다.

"그게 만약 감투 축에 든다면, 나한텐 정말 분에 넘치는 감투였어요."

겸손의 말이 아니었다. 그런 일을 감당할 만한 능력도 없을뿐더러 자기는 여전히 광주단지 사람이 아니며 어디까지나 서울 사람이라는 생각 때문에 맡고 싶지도 않았고, 그래서 뻔질나게 열리는 회의에 한 번도 참석지 않았다. 해결의 실마리라곤 전혀 보이지 않는 가운데 팽팽한 긴장 속에서 7월 말 시한을 넘기고 8월 10일을 맞았다. 투쟁위원회에서 최후 결단의 날로 정한 바로 그날이었다.

공기가 흉흉했다. 그 흉흉한 공기가 저기압을 불러왔음 직했다. 비가 내렸다. 이른 아침부터 거리에 전단이 살포되고 벽보가 나붙었다. 시간이 되면 가슴에 달기로 한 노란 리본이 나누어졌다. 그는 방 안에서 꼼짝도 않으면서 밖에서 벌어지는 움직임에 잔뜩 신경을 곤두세우고 있었다. 꼭 무슨 일이 일어나고야 말 것을 예감케 하는 분위기였다. 그게 두려웠다. 무슨 일이 일어난다는 건 그에게 일어나지 않느니만 못했다. 비는 간헐적으로 내렸다. 11시가 지났다. 11시에 나와서 위원회 대표들과 면담하기로 약속한 사람이 나타나지 않자 사람들은 기다리는 일을 포기해버렸다. 모두들 거리로 뛰쳐나오라고 외치는 소리가 골목을 누볐다. 맨주먹으로 있지 말고 무엇이든 되는대로 손에 잡으라고 그 소리는 덧붙이고 다녔다. 누군지 빈지문이 떨어져 나가게

두들기는 사람이 있었다.

"권 선생! 권 선생! 집에 기슈?"

가슴이 덜컥 내려앉는 소리였다. 그는 마누라를 시켜 벌써 출
근했다고 거짓말을 하게 했다. 누군지 모를 사내를 따돌리고 나
서 그제야 생각해보니 화요일이 아닌가. 일요일도 아닌데 여태
껏 출근하지 않고 빈둥거린 그 이유는 또 뭔가. 별안간 그는 깜
짝 놀랐다. 그것은 의타심이었다. 자기도 깊이 관련된 일에 정작
자기는 뛰어들 의사가 없으면서도 남들의 힘으로 그 일이 성취
되는 순간이 오기를 기다리는 기회주의의 자세였다. 그것은 여
지없이 하나의 자각이면서 동시에 부끄러움의 확인이었다. 그
는 후닥닥 일어나 밖으로 나갔다. 그는 길을 가득 메운 채 손에
몽둥이와 각종 연장 따위를 들고 출장소 쪽으로 구호를 외치며
달려가는 사람들을 보았다. 그들과 마주쳤을 때 그는 낮도둑처
럼 얼른 샛길로 몸을 피했다. 부끄럽게 자신을 깨달은 뒤끝이니
까 한 번쯤 발길이 그들 쪽으로 향할 법도 하건만 그의 눈은 완
강하게 서울로 가는 버스만 찾고 있었다. 그러나 헛수고였다. 외
부로 통하는 교통수단은 이미 두절되어 있었다. 차를 찾는 잠깐
사이에도 전신이 비에 흠뻑 젖었다. 바람을 받으며 엇비슥이 때
리는 끈덕진 비로 거리에 나온 사람들은 저마다 후줄근히들 젖
어 있었다. 그는 차 잡기를 포기하고 인적이 뜸한 골목만 골라
걷기 시작했다. 생전 처음 걷는 생소한 길을 서울로 통하는 길
이거니 하면서 무작정 걷다가 자기와 비슷한 처지의 동무를 만
나게 되었다. 몽둥이와 돌멩이를 든 군중을 피해서 요리조리 골

목을 누비며 오는 택시였다. 그는 재빨리 골목길 한복판을 결사적으로 막아섰다. 요금은 암만이라도 좋았다. 택시 안에 일행으로 보이는 신사분 셋이 선승해 있었다. 그들을 태운 택시가 어쩔 수 없이 통과하지 않으면 안 되는 광주단지의 관문에 다다랐을 때 검문에 걸렸다. 원시 무기로 무장한 일단의 청년들이 살기등등해가지고 무조건 차에서 내릴 것을 명령했다.

"아하, 투쟁위원님이 타구 계셨군요. 단신으로 서울까지 쳐들어가서 투쟁하시긴 아무래도 무립니다. 어서 내리십쇼."

웬 청년이 다가오더니 허리를 굽실하고 빙싯빙싯 웃으며 친절히 말했다. 청년은 용케도 그를 알아보는 모양이나 이쪽에서는 상대방이 누군지 전혀 기억에 없었다. 잠시 그가 어물쩍거리자 곁에 있던 다른 청년이 잡담 제하고 몽둥이를 휘둘러 단박에 차창을 박살내버렸다.

"개새끼들아, 늬들 목숨만 목숨이냐?"

"다른 사람들은 몇 끼씩 굶고 악을 쓰는 판인데 택시나 타고 앉았다니, 늘어진 개팔자로군."

"굶어도 같이 굶고 먹어도 같이 먹어! 죽어도 같이 죽고 살어도 같이 살잔 말야!"

각목이나 자전거 체인 따위를 코앞에 들이대면서 청년들이 가뜩이나 쉰 목청을 한껏 드높이고 있었다. 물론 그러기 전에 차에 탔던 승객들은 차창이 부서져 나가는 순간 밖으로 뛰어나와 이미 절반쯤은 죽어 있었다.

"권 선생님, 저쪽으로 가실까요."

처음 알은체하던 예의 그 청년이 그에게 귀엣말을 했다. 그가 가장 두렵게 느끼는 건 몽둥이가 아니었다. 친절이었다. 청년은 웃음으로 그를 묶어 도로변 잡초 더미까지 손쉽게 연행해 갔다. 그러고는 거기에서 일장의 설교를 늘어놓기 시작했다. "물론 잘 아시겠지만……"이라고 말끝마다 전제하면서 청년은 주로, 지금 이 시간에도 먹고 마시고 춤추고 침대에서 뒹굴고 있을 서울의 유한계급과 대단지 안의 처참한 생활상을 침이 마르도록 대비시킴으로써 아직도 잠자고 있는 그의 사회적 지각知覺을 새 나라의 어린이처럼 벌떡 일어나게 하려는 수작인 줄은 짐작이 되는데, 한마디도 귀에 들어오지 않았다. 대체 사람이 얼마나 잔인하면 이런 판국에서도 저토록 친절할 수 있을까만을 그는 생각하고 있었다. 자신의 설교가 웬만큼 먹혀들었다고 판단했던지 청년은 그를 이끌고 가파른 산등성이를 질러 단지 중심부로 들어갔다.

"바루 저기 저 부근이었어요."

그는 우리 방 들창 쪽을 손으로 가리켰다. 그러나 유감스럽게도 안방 아랫목에 앉아서는 그가 가리키는 저기가 어디쯤인지 가늠키 어려웠다. 우리 내외의 얼굴이 실감한 사람답잖게 맨송맨송한 걸 알아차린 그는 갑자기 벌떡 일어서는가 싶더니 어느새 마루로 뛰어나가고 있었다. 덩달아 내가 뛰어나간 것은 순전히 그를 붙잡기 위해서였다. 언제 들어왔는지 마루 끝 현관 부근에 권 씨의 일가족이 오보록이 몰려 차례로 뛰어나오는 우리를 빤히 올려다보고 있었다. 아비를 보자마자 새끼들 입에서 대번에 울음이 터져 나왔다. 잔뜩 부른 배를 금방이라도 마루에 내려놓을 듯한 자세를 취한 채 권 씨 부인은 홍당무가 된 자기 남편을 그저 멀뚱히 쳐다볼 따름이었다.

"울 것 없다. 느이 애비 아직 안 죽었다."

가장으로서의 체통 같은 걸 다분히 의식하는 목소리로 그가 낮게 말했다. 그는 내친걸음에 아들딸들 울음의 틈서리를 뚫고 마당에까지 진출했다. 말은 똑바로 하면서도 걸음은 비틀거리는 것이 아마 평형을 잃지 않으려는 그의 의지가 혀 아래까지는 미치지 못하는 모양이었다.

"저기 저쯤이었지요."

방 안에서보다 훨씬 자신이 붙은 소리로 그가 재차 설명했다. 언덕 아래 한참 거리에 달꽉 쏟아부은 듯한 불빛의 무리가 그의 가리키는 손끝에서 놀고 있었다. 어른들끼리 시방 서로 싸우느라고 그러는 것이 아닌 줄을 벌써 알아차렸을 텐데도 아이들은 봇물 터지듯 나오는 울음을 조금도 누그러뜨리려 하지 않았다.

"저것 좀 보라고 청년이 갑자기 소리칩디다. 그러잖아도 난 이미 보고 있었는데요. 빗속에서 사람들이 경찰하고 한창 대결하는 중이었죠. 최루탄에 투석으로 맞서고 있었어요. 청년은 그것이 마치 자기 조홧속으로 그려진 그림이나 되는 것같이 기고만장입디다만, 솔직히 얘기해서 난 비에 젖은 사람들이 똑같이 비에 젖은 사람들을 상대로 싸우는 그 장면에 그렇게 감동하지 않았어요. 그것보다는 다른 걱정이 앞섰으니까요. 이 친구가 여기까지 끌고 와서 끝내 날 어쩔 작정인가 하고 말입니다. 그런데 잠시 지켜보고 있는 사이에 장면이 휘까닥 바뀌져버립디다. 삼륜차 한 대가 어쩌다 길을 잘못 들어가지고는 그만 소용돌이 속에 파묻힌 거예요. 데몰 피해서 빠져나갈 방도를 찾느라고 요리조리 함부로 대가리를 디밀다가 그만 뒤집혀서 벌렁 나자빠져버렸어요. 누렇게 익은 참외가 와그르르 쏟아지더니 길바닥으로 구릅디다. 경찰을 상대하던 군중이 돌멩이질을 딱 멈추더니 참외 쪽으로 벌 떼처럼 달라붙습디다. 한 차분이나 되는 참외가 눈 깜짝할 새 동이 나버립디다. 진흙탕에 떨어진 것까지 주워서는 어적어적 깨물어 먹는 거예요. 먹는 그 자체는 결코 아름다운 장면이 못 되었어요. 다만 그런 속에서도 그걸 다투어 주워 먹도록 밑에서 떠받치는 그 무엇이 그저 무시무시하게 절실할 뿐이었죠. 이건 정말 나체화구나 하는 느낌이 처음으로 가슴에 팍 부딪쳐옵디다. 나체를 확인한 이상 그 사람들하곤 종류가 다르다고 주장해 나온 근거가 별안간 흐려지는 기분이 듭디다. 내가 맑은 정신으로 나를 의식할 수 있었던 것은 거기까지가 전부였습니다."

그가 더 이상 이야기를 계속할 눈치가 아니었으므로 나는 비로소 그에게 말을 걸 기회를 얻었다.

"그 뒤 권 선생이 어떻게 되셨는지 물어봐도 괜찮겠습니까?"

"벌써 물어놓고는 뭘 양해를 구하십니까. 사흘 후에 형사가 출판사로 찾아와서 수갑을 채우더군요. 경찰에서 증거로 제시하는 사진들을 보고 놀랐습니다. 사진 속에서 난 뻐스 꼭대기에도 올라가 있고 석유 깡통을 들고 있고 각목을 휘둘러대고 있기도 했습니다. 어느 것이나 내 얼굴이 분명하긴 한데 나로서는 전혀 기억에 없는 일들이었으니까요."

이제 그 이야기에 관해서는 들을 만큼 다 들은 셈이었다. 느닷없이 소주병을 꿰차고 들어와서 여태껏 잠자코 입을 봉하고 있던 그 이야기를 새삼스럽게 길게 늘어놓은 이유도 능히 짐작할 수 있었다. 하지만 내겐 아직도 궁금한 구석이 공연한 부담감과 함께 남아 있었다. 차제에 그걸 풀 수만 있다면 피차를 위해서 오히려 잘된 일일 것이었다.

"내가 이 순경을 만나는 줄 진작부터 알고 계셨습니까?"

권 씨가 소리 없이 웃었다.

"정확히 말해서 이 순경이 오 선생을 만나는 거겠죠. 어느 한 부분이 장해를 받으면 다른 한 부분이 비상하게 예민해지는 법입니다. 내 경우 그것은 제육감입니다."

"설마 이 순경한테 고자질했다고 생각하진 않으시겠죠? 이 순경은 그걸 협조라는 말로 표현했습니다만……"

그는 또 소리 없이 웃었다.

"방금 얘기했잖습니까, 경우에 따라서 사람은 자기가 전혀 원치 않던 일을 자기도 모르는 사이에 할 수도 있다고 말입니다. 오 선생도 아마 거기서 예외는 아닐 겁니다. 지금까진 하진 않았지만 앞으로도 협조하지 않는다고 장담하실 필요는 없습니다."

그날 밤 잠자리에 들면서 아내가 내 귀에 속삭였다.

"권 씨 그 사람 꼴로 볼 게 아니네요. 어리숙한 줄 알았더니 여간내기 아니에요."

"앉으라면 앉고 서라면 서고, 당신 꼼짝없이 당하더구만."

"아이 분해라!"

불을 끈 다음에 아내가 다시 소곤거려 왔다.

"당신두 보셨죠? 오늘사 말고 영기 엄마 배가 유난히 더 불러 보였어요. 혹시 쌍둥이나 아닌가 싶어서 남의 일 같지 않아요. 여덟 달밖에 안 된 배가 그렇게 만삭이니 원……"

"당신더러 대신 낳으라고 떠맡기진 않을 거야. 걱정 마."

나는 그날 밤 디킨스와 램의 궁둥이를 번갈아 걷어차는 꿈을 꾸었다. 내가 권 씨의 궁둥이를 걷어차고 권 씨가 내 궁둥이를 걷어차는 꿈을 꾸었다.

아내가 권 씨네에 대해서 갑자기 관심을 보이기 시작했다. 좀 더 정확히 얘기해서 권 씨 부인의 그 금방 쏟아질 것만 같은 아 랫배에 관한 관심이었다. 말투로 볼 때 남자들이 집을 비우는 낮 동안이면 더러 접촉도 가지는 모양이었다. 예정일도 모르더 라면서 아내는 낄낄낄 웃었다. 임신부가 자기 분만 예정일도 몰 라서야 말이 되느냐고 핀잔했더니, 까짓것 알아도 그만 몰라도 그만, 어차피 때가 되면 배 아프며 낳기는 마찬가지라면서 태평 으로 있더라는 것이었다.

권 씨는 여전히 일자리를 구하지 못한 채였다. 일정한 직장이 없으면서도 아침만 되면 출근 복장을 차리고 뻔질나게 밖으로 나가곤 했다. 몸에 붙인 기술도, 그렇다고 타고난 뚝심도 없으면 서 계속해서 공사판 같은 데 나가 막일을 하는 눈치였다. "동주

운아, 노올자아!"하고 둘이 합창하듯이 길게 외치면서 일단 안방까지 들어오는 데 성공한 권 씨의 아이들은 끼니때가 되어도 막무가내로 버티면서 문간방으로 돌아가지 않은 적이 자주 있게 되었다. 문간방의 사정이 심상치 않다는 징조였다. 그렇다고 권 씨나 권 씨 부인이 우리에게 터놓고 도움을 청한 적은 한 번도 없었다. 다만 우리로 하여금 그런 꼴을 목격하고도 도울 마음을 먹지 않으면 도무지 인간이 아니게끔 상황을 최악의 선까지 잠자코 몰고 갈 뿐이었다. 애당초 이 순경이 기대했던 그대로 산타클로스 비슷한 꼴이 되어 쌀이나 연탄 따위를 슬그머니 문간방 부엌에다 넣어주고 온 날 저녁이면 아내는 분하고 억울해서 밥도 제대로 못 먹었다. 임부나 철부지 애들을 생각한다면 그까짓 알량한 선심쯤 아무렇지도 않다는 주장이었다. 하지만 제게 딸린 처자식조차 변변히 건사 못 하는 한 얼간이 사내한테까지 자기 선심의 일부나마 미칠 일을 생각하면 괘씸해서 잠이 안 올 지경이라고 생병을 앓았다. 권 씨가 여간내기 아니라고 속삭이던 게 엊그제인 걸 벌써 잊고 아내는 셋방 잘못 내줬다고 두고두고 자탄하는 것이었다.

남편이 여전히 벌이가 시원찮은 상태에서 권 씨 부인은 어언 해산의 날을 맞게 되었다. 진통이 시작된 지 꽤 오래되는 모양이었다. 아내의 귀띔으로는 점심 무렵이 지나서부터 그런다고 했다. 학교에서 돌아와 저녁을 먹다가 나는 문간방에서 울리는 괴상한 소리를 들었다. 처음에는 되게 몸살을 하듯이 끙끙 앓는 소리로 시작되었다. 그러다가 느닷없이 몸의 어딘가에 깊숙이 칼이라도 받는 양 한차례 처절하게 부르짖고는 이내 도로 잠잠해지곤 하면서 그러기를 몇 번이고 되풀이하는 것이었다. 나로서는 그것이 방을 세 내준 이후로 처음 듣는 권 씨 부인의 목소리였다.

"당신이 한번 권 씰 설득해보세요. 제가 서너 번 얘길 했는데두 무슨 남자가 실실 웃기만 하믄서 그저 염려 없다구만 그러네요."

병원 얘기였다.

"권 씨가 거절하는 게 아니고 돈이 거절하는 거겠지."

아내는 진작부터 해산 준비가 전혀 되어 있지 않음을 더러는 흉보고 또 더러는 우려해왔었다.

"남산만이나 한 배를 갖구서 요즘 세상에 그래 앨 집에서, 그것도 산모 혼자 힘으로 낳겠다니, 아무래두 꼭 무슨 일이 터질 것만 같애요. 달이 다 차도록 기저귀감 하나 장만 않는 여편네나 조산원 하나 부를 돈도 마련이 없는 사내나 어쩜 그리 짝짜꿍인지!"

서둘러 식사를 끝내고 나서 나는 권 씨를 마당으로 불러냈다. 듣던 대로 권 씨는 대뜸 아무 염려 말라면서 실실 웃었다. 마치 곤경에 빠진 나를 극진히 위로해주는 투였다.

"둘째 때도 마누라 혼자서 거뜬히 해치웠거든요."

"우리가 염려하는 건 권 선생네가 아니라 바로 우리를 위해서요. 물론 그럴 리야 없겠지만 만의 일이라도 일이 잘못될 경우난 권 선생을 원망하겠소."

작자가 정도 이상으로 느물거린다 싶어 나는 엔간히 모진 소리를 남기고는 방으로 들어와버렸다. 정히나 어려우면 분만비를 빌려줄 수도 있음을 넌지시 비쳤는데도 작자가 끝내 거절한 것은, 까짓것 변두리 병원에서 얼마 들지도 않을 비용을 빌려 쓴 다음 나중에 갚는 그 알량한 수고를 겁낸 나머지 두 목숨을 건 모험 쪽을 택한 계산속일 거라고 나는 단정해버렸다.

그러나 한결같은 상태로 자정을 넘기고 나더니 사정이 달라졌다. 경산經産치고는 진통이 너무 길고 악착스러운 데 겁이 났던지 권 씨는 통금이 해제되기도 전에 부인을 업고 비탈길을 내려가느라고 한바탕 북새를 떨었다. 북이 북채 위에 업힌 모양으로 권 씨 내외가 우리 집 문간방을 빠져나가는 걸 보는 것만으로도 한 근심 더는 기분이었다. 미역근이나 사놓고 기다리다가 소식이 오면 병원에 가보라고 아내에게 이르고는 출근했다.

오후 수업이 시작된 바로 뒤에 뜻밖에도 권 씨가 나를 찾아왔다. 때마침 나는 수업이 없어 교무실에서 잡담이나 하고 있는 중이어서 수위로부터 연락을 받자 곧장 학교 정문으로 나갈 수가 있었다.

"바쁘실 텐데 이거 죄송합니다."

권 씨는 애써 웃는 낯이었고 왠지 사람이 전에 없이 퍽 수줍어 보였다. 나는 그 수줍음이 세번째 아이의 아버지가 된 데서 오는 것일 거라고 좋은 쪽으로만 해석함으로써 연락을 받는 그 순간에 느낀 불길한 예감을 떨쳐버리려 했다.

"잘됐습니까?"

"뒤늦게나마 오 선생 말씀대로 했기 망정이지 끝까지 집에서 버텼다간 큰일 날 뻔했습니다. 녀석인지 년인진 모르지만 못난 애비 혼 좀 나라고 여엉 애를 멕이는군요."

권 씨는 수줍게 웃으며 길바닥 위에다 발부리로 뜻 모를 글씬 지 그림인지를 자꾸만 그렸다. 먼지가 풀풀 이는 언덕길을 터벌 터벌 올라왔을 터인데도 그의 구두는 놀랄 만큼 반짝거렸다. 나 를 기다리는 동안 틀림없이 바짓가랑이 뒤쪽에다 양쪽 발을 번 갈아가며 문지르고 있었을 것이었다.

"10만 원 가까이 빌릴 수 없을까요!"

밑도 끝도 없이 그는 이제까지의 수줍음이 싹 가시고 대신 도 발적인 감정 같은 걸로 그득 채워진 얼굴을 들어 내 면전에 대 고 부르짖었다. 담배 한 대만 꾸자는 식으로 10만 원 소리가 허 망히도 나왔다. 내가 잠시 어리둥절해 있는 사이에 그는 매우 사나운 기세로 말을 보태는 것이었다.

"수술을 해야 된답니다. 엑스레이도 찍어봤는데 아무 이상이 없답니다. 모든 게 다 정상이래요. 모체 골반두 넉넉허구요. 조 기파수도 아니구 전치태반도 아니구요. 쌍둥이는 더더욱 아니 구요. 이렇게 정상적인데도 24시간이 넘두룩 배가 위에 달라붙 는 경우는 태아가 돌다가 탯줄을 목에 감았을 때뿐이랍니다. 제 기랄, 탯줄을 목에 감았다는군요. 빨리 손을 쓰지 않으면 산모나 태아나 모두 위험하대요."

어색하게 들린 것은 그가 '제기랄'이라고 씹어뱉은 그 대목뿐 이었다. 평상시의 권 씨답지 않은 그 말만 빼고는 그럴 수 없이 진지한 이야기였다. 아니다. 그가 처음으로 점잖지 못한 그 말을 사용했기 때문에 내 귀엔 더욱더 진지하게 들렸을지도 모른다. 나는 한동안 망설이지 않을 수 없었다. 그의 진지함 앞에서 '아아, 그거 참 안됐군요'라든가 '그래서 어떡하죠' 하는 상투적인 말로 섣불리 이쪽의 감정을 전달하기엔 사실 말이지 '10만 원 가까이'는 내게 너무나 큰 부담이었다. 집을 살 때 학교에다 진 빚을 아직 절반도 못 가린 처지였다. 정상 분만비 1, 2만 원 정도라면 또 모르지만 단순히 권 씨를 도울 작정으로 나로서는 거금에 해당하는 10만 원 가까이를 또 빚진다는 건 무리도 이만저만이 아니었다. 뿐만 아니라 집안에서 경제권을 장악하고 있는 아내의 양해도 없이 멋대로 그런 큰일을 저질러도 괜찮을 만큼 나는 자유롭지도 못했다.

"빌려만 주신다면 무슨 짓을, 정말 무슨 짓을 해서라도 반드시 갚겠습니다."

반드시 갚는 조건임을 강조하면서 그는 마치 성경책 위에다 오른손을 얹고 말하듯이 엄숙한 표정을 했다. 하마터면 나는 잊을 뻔했다. 그가 적시에 일깨워주었기 망정이지 안 그랬더라면 빌려주는 어려움에만 골똘한 나머지 빌려줬다 나중에 돌려받는 어려움이 더 클 거라는 사실은 생각도 못 할 뻔했다. 그렇다. 끼니조차 감당 못 하는 주제에 막벌이 아니면 어쩌다 간간이 얻어걸리는 출판사 싸구려 번역 일 가지고 어느 해가에 빚을 갚을 것인가. 책임이 따르는 동정은 피하는 게 상책이었다. 그리고 기왕 피할 바엔 저쪽에서 감히 두말을 못 하도록 야멸치게 굴 필요가 있었다.

"병원 이름이 뭐죠?"

"원산부인곽니다."

"지금 내 형편에 현금은 어렵군요. 원장한테 바로 전화 걸어서 내가 보증을 서마고 약속할 테니까 권 선생도 다시 한번 매달려보세요. 의사도 사람인데 설마 사람을 생으로 죽게야 하겠습니까. 달리 변통할 구멍이 없으시다면 그렇게 해보세요."

내 대답이 지나치게 더디 나올 때 이미 눈치를 챈 모양이었다. 도전적이던 기색이 슬그머니 죽으면서 그의 착하디착한 눈에 다시 수줍음이 돌아왔다. 그는 고개를 좌우로 흔들어 보였다.

"원장이 어리석은 사람이길 바라고 거기다 희망을 걸기엔 너무 늦었습니다. 그 사람은 나한테서 수술 비용을 받아내기가 수월치 않다는 걸 입원시키는 그 순간에 벌써 알아차렸어요."

얼굴에 흐르는 진땀을 훔치는 대신 그는 오른발을 들어 왼쪽 바짓가랑이 뒤에다 두어 번 문질렀다. 발을 바꾸어 같은 동작을 반복했다.

"바쁘실 텐데 실례 많았습니다."

'썰면'처럼 두툼한 입술이 선잠에서 깬 어린애같이 움씰거리더니 겨우 인사말이 나왔다. 무슨 말이 더 있을 듯싶었는데 그는 이내 돌아서서 휘적휘적 걷기 시작했다. 나는 내심 그 입에서 끈끈한 가래가 묻은 소리가, 이를테면, 오 선생 너무하다든가 잘 먹고 잘 살라든가 하는 말이 날아와 내 이마에 탁 들러붙는 순간에 대비하고 있었는지도 모른다. 그래서 그가 갑자기 돌아서면서 나를 똑바로 올려다봤을 때 그처럼 흠칫 놀랐을 것이다.

"오 선생, 이래 봬도 나 대학 나온 사람이오."

그것뿐이었다. 내 호주머니에 촌지를 밀어 넣던 어느 학부형같이 그는 수줍게 그 말만 건네고는 언덕을 내려갔다. 별로 휘청거릴 것도 없는 작달막한 체구를 연방 휘청거리면서 내딛는 한 걸음 한 걸음마다 땅을 저주하고 하늘을 저주하는 동작으로 내 눈에 그는 비쳤다. 산 고팽이를 돌아 그의 모습이 벌거벗은 황토의 언덕 저쪽으로 사라지는 찰나, 나는 뛰어가서 그를 부르고 싶은 충동을 느꼈다. 돌팔매질을 하다 말고 뒤집어진 삼륜차로 달려들어 아귀아귀 참외를 깨물어 먹는 군중을 목격했을 당시의 권 씨처럼, 이건 완전히 나체화구나 하는 느낌이 팍 들었다. 그리고 내가 그에게 암만의 빚을 지고 있음을 퍼뜩 깨달았다. 전셋돈도 일종의 빚이라면 빚이었다. 왜 더 좀 일찍이 그 생각을 못 했는지 모른다.

원산부인과에서는 만단의 수술 준비를 갖추고 보증금이 도착되기만을 기다리고 있었다. 학교에서 우격다짐으로 후려낸 가불에다 가까운 동료들 주머니를 닥치는 대로 털어 간신히 마련한 일금 10만 원을 건네자 금테의 마비츠 안경을 쓴 원장이 바로 마취사를 부르도록 간호원에게 지시했다. 원장은 내가 권 씨하고 아무 척분도 없으며 다만 그의 셋방 주인일 따름인 걸 알고는 혀를 찼다.

"아버지가 되는 방법도 여러 질이군요. 보증금을 마련해 오랬더니 오전 중에 나가서는 여태껏 얼굴 한번 안 비치지 뭡니까."

"맞습니다. 의사가 애를 꺼내는 방법도 여러 질이듯이 아버지 노릇 하는 것도 아마 여러 질일 겁니다."

나는 내 말이 제발 의사의 귀에 농담으로 들리지 않기를 바랐으나 유감스럽게도 금테 안경의 상대방은 한차례의 너털웃음으로 그걸 간단히 눙쳐버렸다. 나는 이미 죽은 게 아닌가 싶게 사색이 완연한 권 씨 부인이 들것에 실려 수술실로 들어가는 걸 거들었다.

생명을 꺼내고 그 생명을 수용했던 다른 생명까지 암냥해서 건지는 요란한 수술치곤 너무도 쉽게 끝났다. 보호자 대기석에 앉아서 우리 집 동준이 놈을 얻을 때처럼 줄담배질로 네 댄가 다섯 대째 불을 붙이고 나니까 울음소리가 들렸다.

"고추예요, 고추!"

수술을 돕던 원장 부인이 나오면서 처음 울음을 듣는 순간에 내가 점쳤던 결과를 큰 소리로 확인해주었다. 진짜 보호자를 상대하듯이 원장 부인이 내게 축하를 보내왔으므로 나 역시 진짜 보호자 입장에서 수고를 치하하지 않을 수 없었다. 잠시 후에 나는 강보에 싸여 밖으로 나오는 권기용 씨의 차남을 대면할 수 있었다. 제 어미 배를 가르고 나온 놈답지 않게 얼굴이 두툼한 것이 속없이 잘도 생겼다. 제왕절개라는 말이 풍기는 선입감에 딱 어울리게끔 목청이 크고 우렁찼다. 병원 건물을 온통 들었다 놓는 억세디억센 놈의 울음소리를 듣는 동안 나는 동준이 놈을 낳던 날의 감격 속으로 고스란히 빠져 들어갔다.

우리 집에 강도가 든 것은 공교롭게도 그날 밤이었다. 난생처음 당해보는 강도였다. 자꾸만 누군가가 내 어깨를 흔들어대고 있었다. 귀찮다고 뿌리쳐도 잠자코 계속 흔들었다. 나를 깨우려는 손의 감촉이 내 식구의 그것이 아님을 퍼뜩 깨닫고 눈을 떴을 때 나는 빨간 꼬마전구 불빛 속에서 복면의 사내를 보았다. 그리고 똑바로 내 멱을 겨누고 있는 식칼의 서슬도 보았다. 술내가 확 풍겼다. 조명 빛깔을 감안해서 붉은빛을 띤 검정 계통의 보자기일 복면 위로 드러난 코의 일부와 눈자위가 나우 취해 있음을 나는 재빨리 간파했다.

"일어나, 얼른 일어나라니까."

나 외엔 더 깨우고 싶지 않은지 강도의 목소리는 무척 낮고 조심스러웠다. 나는 일어나고 싶었지만 도무지 일어날 수가 없었다. 멱을 겨눈 식칼이 덜덜덜 위아래로 춤을 추었다. 만약 강도가 내 목통이라도 찌르게 된다면 그것은 고의에서가 아니라 지나친 떨림으로 인한 우발적인 상해일 것이었다. 무척 모자라는 강도였다. 나는 복면 위의 눈을 보는 순간에 상대가 그 방면의 전문가가 못 됨을 금방 알아차렸던 것이다. 딴에 진탕 마신 술로 한껏 용기를 돋웠을 텐데도 보기 좋을 만큼 큰 눈이 착하게만 타고난 제 천성을 어쩌지 못한 채 나를 퍽 두려워하고 있었다. 술로 간을 키우지 않고는 남의 집 담을 못 넘을 정도라면 강력 범행을 도모하는 사람으로서는 처음부터 미역국이었다.

"일어날 테니까 칼을 약간만 뒤로 물려주시오."

강도는 내가 시키는 대로 했다.

"내놔. 얼른 내노라니까."

내가 다 일어나 앉기를 기다려 강도가 속삭였다.

"하라는 대로 하죠. 허지만 당신도 내가 하라는 대로 해야만 일이 수월할 거요."

잔뜩 의심을 품고 쏘아보는 강도를 향해 나는 덧붙여 말했다.

"집 안에 현금은 변변찮소. 화장대 위에 돼지저금통하고 장롱 서랍 속에 아마 마누라가 쓰다 남은 돈이 약간 있을 거요. 그 밖에 돈이 될 만한 건 당신이 알아서 챙겨 가시오."

강도가 더욱 의심을 두고 경거히 움직이려 하지 않았으므로 나는 시험 삼아 조금 신경질을 부려보았다.

"마누라가 깨서 한바탕 소동을 벌여야만 시원하겠소? 난처해지기 전에 나를 믿고 일러주는 대로 하는 게 당신한테 이로울 거요."

한차례 길게 심호흡을 뽑은 다음 강도는 마침내 결심을 했다는 듯이 이부자리를 돌아 화장대 쪽으로 향했다. 얌전히 구두까지 벗고 양말 바람으로 들어온 강도의 발을 나는 그때 비로소 볼 수 있었다. 내가 그렇게 염려를 했는데도 강도는 와들와들 떨리는 다리를 옮기다가 그만 부주의하게 동준이의 발을 밟은 모양이었다. 동준이가 갑자기 칭얼거리자 그는 질겁을 하고 엎드리더니 녀석의 어깨를 토닥거리는 것이었다. 녀석이 도로 잠들기를 기다려 그는 복면 위로 칙칙하게 땀이 밴 얼굴을 들고 일어나서 내 위치를 흘끔 확인한 다음 본격적인 작업에 들어갔다. 터지려는 웃음을 꾹 참은 채 강도의 애교스러운 행각을 시종 주목하고 있던 나는 살그머니 상체를 움직여 동준이를 잠재울 때 이부자리 위에 떨어뜨린 식칼을 집어 들었다.

"연장을 이렇게 함부로 굴리는 걸 보니 당신 경력이 얼마나 되는지 알 만합니다."

내가 내미는 칼을 보고 그는 기절할 만큼 놀랐다. 나는 사람 좋게 웃어 보이면서 칼을 받아 가라는 눈짓을 보였다. 그는 겁에 질려 잠시 망설이다가 내 재촉을 받고 후닥닥 달려들어 칼자루를 낚아채가지고는 다시 내 멱을 겨누었다. 그가 고의로 사람을 찌를 만한 위인이 못 되는 줄 일찍이 간파했기 때문에 나는 칼을 되돌려준 걸 조금도 후회하지 않았다. 아니나 다를까, 그는 식칼을 옆구리 쪽 허리띠에 차더니만 몹시 자존심이 상한 표정이 되었다.

"도둑맞을 물건 하나 제대로 없는 주제에 이죽거리긴!"

"그래서 경험 많은 친구들은 우리 집을 거들떠도 안 보고 그냥 지나치죠."

"누군 뭐 들어오고 싶어서 들어왔나? 피치 못할 사정 땜에 어쩔 수 없이……"

나는 강도를 안심시켜 편안한 맘으로 돌아가게 만들 절호의 기회라고 판단했다.

"그 피치 못할 사정이란 게 대개 그렇습니다. 가령 식구 중에 누군가가 몹시 아프다든가 빚에 몰려서……"

그 순간 강도의 눈이 의심의 빛으로 가득 찼다. 분개한 나머지 이가 딱딱 마주칠 정도로 떨면서 그는 대청마루를 향해 나갔다. 내 옆을 지나쳐 갈 때 그의 몸에서는 역겨울 만큼 술내가 확

풍겼다. 그가 허둥지둥 끌어안고 나가는 건 틀림없이 갈기갈기 찢긴 한 줌의 자존심일 것이었다. 애당초 의도했던 바와는 달리 내 방법이 결국 그를 편안케 하긴커녕 외려 더욱더 낭패케 만들었음을 깨닫고 나는 그의 등을 향해 말했다.

"어렵다고 꼭 외로우란 법은 없어요. 혹 누가 압니까, 당신도 모르는 사이에 당신을 아끼는 어떤 이웃이 당신의 어려움을 덜어주었을지?"

"개수작 마! 그따위 이웃은 없다는 걸 난 똑똑히 봤어! 난 이제 아무도 안 믿어!"

그는 현관에 벗어놓은 구두를 신고 있었다. 그 구두를 보기 위해 전등을 켜고 싶은 충동이 불현듯 일었으나 나는 꾹 눌러 참았다. 현관문을 열고 마당으로 내려선 다음 부주의하게도 그는 식칼을 들고 왔던 자기 본분을 망각하고 엉겁결에 문간방으로 들어가려 했다. 그의 실수를 지적하는 일은 훗날을 위해 나로서는 부득이한 조처였다.

"대문은 저쪽입니다."

문간방 부엌 앞에서 한동안 망연해 있다가 이윽고 그는 대문 쪽을 향해 느릿느릿 걷기 시작했다. 비틀비틀 걷기 시작했다. 대문에 다다르자 그는 상체를 뒤틀어 이쪽을 보았다.

"이래 봬도 나 대학까지 나온 사람이오."

누가 뭐라고 그랬나. 느닷없이 그는 자기 학력을 밝히더니만 대문을 열고는 보안등 하나 없는 칠흑의 어둠 저편으로 자진해서 삼켜져버렸다.

나는 대문을 잠그지 않았다. 그냥 지쳐놓기만 하고 들어오면서 문간방에 들러 권 씨가 아직도 귀가하지 않았음과 깜깜한 방 안에 어미 아비 없이 오뉘만이 새우잠을 자고 있음을 아울러 확인하고 나왔다. 아내가 잠옷 바람으로 팔짱을 끼고 현관 앞에 서 있었다.

"무슨 일이라도 있었어요?"

"아무것도 아냐."

잃은 물건이 하나도 없다. 돼지저금통도 화장대 위에 그대로 있다. 아무것도 아닐 수밖에. 다시 잠이 들기 전에 나는 아내에게 수술 보증금을 대납해준 사실을 비로소 이야기했다. 한참 말이 없다가 아내는 벽 쪽으로 슬그머니 돌아누웠다.

"뗄 염려는 없어, 전셋돈이 있으니까."

"무슨 일이 있었군요?"

아내가 다시 이쪽으로 돌아누웠다. 우리 집에 들어왔던 한 어리숙한 강도에 관해서 나는 끝내 한마디도 내비치지 않았다.

이튿날 아침까지 권 씨는 귀가해 있지 않았다. 출근하는 길에 병원에 들러보았다. 수술 보증금을 구하러 병원 문밖을 나선 이후로 권 씨가 거기에 재차 발걸음한 흔적은 어디에서도 찾아볼 수 없었다.

그다음 날, 그다음다음 날도 권 씨는 귀가하지 않았다. 그가 행방불명이 된 것이 이제 분명해졌다. 그리고 본의는 그게 아니었다 해도 결과적으로 내 방법이 매우 졸렬했음도 이제 확연히 밝혀진 셈이었다. 복면 위로 드러난 두 눈을 보고 나는 그가 다름 아닌 권 씨임을 대뜸 알아차릴 수 있었다. 밝은 아침에 술이 깬 권 씨가 전처럼 나를 떳떳이 대할 수 있게 하자면 복면의 사내를 끝까지 강도로 대우하는 그 길뿐이라고 판단했었다. 그래서 아무 일도 없었던 듯이 병원에 찾아가서 죽지 않은 아내와 새로 얻은 세번째 아이를 만날 수 있게 되기를 기대했던 것이다. 현관에서 그의 구두를 확인해보지 않은 것이 뒤늦게 후회되었다. 문간방으로 들어가려는 그를 차갑게 일깨워준 것이 영 마음에 걸렸다. 어떤 근거인지는 몰라도 구두 손질의 정도에 따라 그의 운명을 예측할 수도 있지 않았을까 하는 생각이 드는 것이었다. 구두코가 유리알처럼 반짝반짝 닦여 있는 한 자존심은 그 이상으로 광발이 올려져 있었을 것이며, 그러면 나는 안심해도 좋았던 것이다. 그때 그가 만약 마지막이란 걸 염두에 두고 있었다면 새끼들이 자는 방으로 들어가려는 길을 가로막는 그것이 그에게는 대체 무엇으로 느껴졌을 것인가.

아내가 병원을 다니러 가는 편에 아이들을 죄다 딸려 보낸 다음 나는 문간방을 샅샅이 뒤졌다. 방을 내준 후로 밝은 낮에 내부를 둘러보긴 처음인 셈이었다. 이사 올 때 본 그대로 세간이라곤 깔고 덮는 데 쓰이는 것과 쌀을 익혀서 담는 몇 점 도구가 전부였다. 별다른 이상은 눈에 띄지 않았다. 구태여 꼭 단서가 될 만한 흔적을 찾자면 그것은 구두일 것이었다. 가장 값나가는 세간의 자격으로 장롱 따위가 자리 잡고 있을 그런 자리에 아홉 켤레나 되는 구두가 사열 받는 병정들 모양으로 가지런히 놓여 있었다. 정갈하게 닦인 것이 여섯 켤레, 그리고 먼지를 덮어쓴

게 세 켤레였다. 모두 해서 열 켤레 가운데 마음에 드는 일곱 켤레를 골라 한꺼번에 손질을 해서 매일매일 갈아 신을 한 주일의 소용에 당해온 모양이었다. 잘 닦인 일곱 중에서 비어 있는 하나를 생각하던 중 나는 한 켤레의 그 구두가 그렇게 쉽사리 돌아오지 않으리란 걸 알딸딸하게 깨달았다.

권 씨의 행방불명을 알리지 않으면 안 될 때였다. 내 쪽에서 먼저 전화를 걸기는 그것이 처음이자 마지막이었다. 나는 되도록 침착해지려 노력하면서 내게, 이웃을 사랑하게 될 거라고 누차 장담한 바 있는 이 순경을 전화로 불렀다.

(1977)

땔감

1

그런 일이 있을 줄 미리 예감이라도 했던 듯이 아버지는 당최 내키지 않는 표정이었다. 그도 그럴 것이, 내가 알기로는 난생처음 아버지가 저지르려는 나쁜 짓이었으니까.

그때 나는 알고 있었다. 이제부터 아버지와 내가 하려는 일이 일종의 도둑질에 해당된다는 사실을 알고 있었다. 좀더 솔직히 얘기해서 그것은 일종의 도둑질에 해당되는 정도가 아니라 명명백백한 도둑질이 분명하다는 사실도 나는 알고 있었다.

"남에 물건은 터럭 하나라도 건드리는 법이 아니다."

언젠가 주인 모를 밭둑에서 손가락에 피가 맺히게 억세디억센 바랭이 덩굴을 잡아 뜯다가 오동포동 속살이 들어찬 무밭을 보고 불현듯 시장기를 못 이겨 내가 한 뿌리 뽑으려 하자 아버지가 불쑥 던진 말이었다. 그 말이 부끄러움을 모르는 내 식욕에 재를 뿌렸기 때문에 나는 단박에 무르춤해져가지고 말려서 아궁이에 넣을 바랭이를 뜯는 일에 도로 기를 쓰고 매달릴 도리밖에 없었다.

　그런데 무 한 뿌리에 견주면 이제 곧 우리가 훔치게 될 것은 그 북데기로 보나 무엇으로 보나 징역을 살린대도 싸개 났달 게 없을 지경이었다. 아버지도 참 많이 변했다. 어머니를 비롯하여 우리 식구 모두는 아버지의 변모를 하나같이 환영하고 있었다. 아버지의 변모를 안타까워하고 슬퍼하는 사람은 오로지 아버지 혼자뿐이었다. 구름 위로 우뚝 솟은 자기를 두엄자리까지 끌어내리려 음모하는 것들이 바로 우리라고 아버지는 굳게 믿는 눈치였다.

　"든든히 먹어둬라. 사람이 뱃구레가 비면 담력도 자연 허해지는 법이니라."

　밥 덩이를 듬뿍 떠내 그릇에 덜어주면서 아버지가 말했다. 밥이라야 들척지근한 고구마투성이 진떡에 지나지 않는 것이었다. 이삭 바심으로 얻은 싸라기에다 고구마를 놓은 거라고 어머니는 곧잘 터무니없는 소리를 하곤 했는데, 사실은 어머니의 그 우겨대는 소리를 훌렁 뒤집어놓으면 그것이 바로 올바른 순서가 되었다. 다시 말해서 고구마 솥에다 약간의 싸라기를 섞어 지은 밥이었다. 하지만 뭐가 됐건 나는 사양하지 않았다. 아버지의 말이 옳았다. 만약 내 담력이 허해지는 날이면 일을 아주 그르쳐 젬병으로 만들어놓을 염려가 다분했다.

　저녁을 그럭저럭 마쳤다. 아버지는 많이 모자라는 담력을 숭늉 대접을 벌컥벌컥 들이켜 빈 뱃구레를 채우는 것으로 벌충한 다음 곧장 깜깜한 마당으로 내려섰다. 뒤따라 내가 밖으로 나갔을 때 아버지는 이미 출발할 채비를 갖춘 채 어둠 속에서 나를 기다리고 있었다. 아버지가 걸머진 것은 발채를 얹은 본격적인 지게인 데 반해 내 것은 가마니였다. 해거름 전에 아버지가 가마니에 띠를 묶어 멜빵을 달아놓았으므로 나 같은 약질이 짊어지기엔 아주 안성맞춤이었다.

"괜찮으요?"

어머니가 근심스러운 목소리로 물었다.

"하도 오랜만에 져보는 지게라서 어떨까 혔더니 슬슬 옛날 가락이 나올라고 허누만."

누가 들어도 그 과장기를 충분히 눈치챌 수 있게끔 아버지의 목소리는 예사롭지가 않았다. 얼굴 표정을 숨길 수 없는 훤한 달밤이 아니기가 참말 다행이었다.

"들키지 않게 조심허시우."

어머니의 목소리는 한 꺼풀 더 근심스러워졌다. 식구들을 말짱 다 얼어 죽일 작정이냐면서 무섭게 몰아세우던 때와는 딴판으로 정작 아버지와 나를 떠나보낼 임시에 어머니는 걱정도 팔자로 많았다.

"재숫머리 없이 초장부터 그렇게 참깨방정 들깨방정 떠는 법이 아녀!"

아버지가 평소의 그답지 않게 버럭 호통을 쳤다. 들킨다는 것, 들킬지도 모른다는 것은 참으로 곤란한 얘기가 아닐 수 없었다. 신경질을 부리는 정도가 지나친 점으로 미루어 아버지가 내내 속으로 가장 걱정한 것이 무엇인지를 짐작하기는 그다지 어렵지 않았다.

우리는 집을 나섰다. 아버지가 앞장서고 내가 그 뒤를 따랐다. 지척을 분간할 수 없는 어둠이 우리 부자 사이를 자꾸만 갈라놓으려고 덤볐다. 하늘에는 귀 떨어진 조각별 하나 안 보였다.

쌕쌕이처럼 기분 나쁜 휘파람 소리를 지르며 들판을 온통 휩쓸고 오는 바람 끝엔 어김없이 칼날이 들려 있어 목도리를 친친 동여 감았는데도 쩍쩍 갈라지는 아픔이 콧마루와 뺨에서 떠나지를 않았다. 대단한 강추위였다.

"등 뒤에 바싹 붙거라."

바람이 아버지의 목소리를 흉내 내어 내게 말했다. 나는 그 말대로 머리를 잔뜩 숙여 붙이고 바람의 등덜미로 바싹 따라붙었다. 그러자 그것은 바람이 아니었다. 아버지가 내 앞에서 바람의 칼날을 부러뜨려 양옆으로 흘려보내고 있었다. 아버지의 등이 전에 없이 커져서 갑자기 뒤에 매달린 바지게의 넓이하고 거의 비슷할 정도였다.

"춥지야?"

이번에는 아버지가 영락없이 바람의 목소리를 흉내 내었다. 아니라고, 별로 추운 줄 모르겠다고 대답할 참이었다. 그런데 나는 엉겁결에 그만 커다란 실수를 저지르고 말았다.

"예."

"너 못헐 일만 시키는갑다."

아버지는 대번에 풀이 죽었다. 우물쭈물하는 사이에 아버지가 또 말했다.

"얼려 죽이지 않을라고 헌다는 풍신이 이 모냥이구나."

갑자기 고래가 막혀 아무리 불을 처때도 까까중이 이마 씻은 물만큼도 방바닥이 미적지근하지 못했다. 엄동의 한복판에서 졸지에 당한 일이라 방구들을 뜯어고칠 수도 없는 노릇이었다. 아궁이를 손보고 화덕 위에 구멍을 뚫어 손잡이가 긴 고랫당그래로 그을음 덩어리도 대충 긁어내보고 굴뚝도 쑤셔보는 등등으로 별의별 수단을 다 써보았으나 헛수고일 뿐이었다. 한번 막혀버린 고래는 어거지로 욱여넣으려는 불길을 한사코 도로 아궁이 밖으로 내뿜기가 예사였다. 덕분에 식구들은 너나없이 고뿔이 들고 밤마다 고드름똥을 싸느라고 눈을 붙이지 못했다. 솥에다 끓일 게 없는 것도 문제려니와 구들장을 데울 수 없는 것은 더욱 심각한 문제였다.

그럴 무렵에 동네 사람 누군가가 뾰족한 수를 일러주었다. 화력이 유달리 센 청솔가지를 한바탕 기세 좋게 태우다 보면 더러는 저절로 뚫리는 수도 있다는 것이었다. 그 말이 일차로 어머니의 귀에 솔깃하게 들렸던 것이고, 그래서 어머니는 양민증良民證 문제로 직장도 잃은 채 은둔 칩거하며 잔뜩 몸을 사리고 있는 아버지를 형편없이 우유부단하고 무책임한 게으름뱅이로 몰아붙임으로써 마침내 분발시키기에 이르렀던 것이다. 바로 그 청솔가지를 몰래 쳐 오기 위해서 한 집안의 가장인 아버지와 그의 장남인 내가 분연히 나선 길이었다.

원래의 목적지인 소라단까지 우리는 아무 탈 없이, 그야말로 무사히 도착했다. 거리도 상당히 멀 뿐만 아니라 야간 통행은 물론 대낮에 길거리에 나서는 것마저도 아직은 자유롭지 못한 아버지 입장에서 그것은 제법 위험이 따르는 모험이었다. 더구나 거기 소라단은 행방불명된 삼촌을 찾아 아버지 자신이 직접 시체 구덩이를 뒤지고 다닌 적이 있는 유명한 학살터였으므로 밤중에 남의 솔가지를 훔칠 요량으로 살금살금 숨어들어 가는 그 심정이 어떨 것인지는 뻔했다. 다행히도 그 자리에서 삼촌이 시체로 발견되지 않았다 해서 가뜩이나 위축돼 있는 아버지가 크게 위안을 느낄 수는 없었을 것이다.

그럼에도 불구하고 우리는 끝내 소라단에 가지 않으면 안 되었다. 무엇보다도 우리에게 당장 시급한 것이 청솔가지였고, 들판에 자리 잡은 우리 동네에서는 아무래도 거기 이상 만만한 솔숲이 없었고, 그걸 꼭 구하려면 상당한 위험과 고생을 무릅쓰고 거기에 가는 도리밖에 없었던 것이다.

산감山監의 눈을 피해 감시소와는 정반대 쪽으로 으슥한 골짜기에 지게를 받쳐놓은 다음 아버지는 곧 일을 시작했다. 낫이 한 자루뿐이라서 아버지가 솔가지를 치는 동안 나는 멀찌감치 떨어져 망을 보았다. 아무것도 안 보였으나 소리만은 잘 들렸다. 너무 잘 들려서 오히려 미칠 지경이었다. 낫질하는 소리가 바람 소리를 도막도막 자르고 있었다. 그 소리는 먼저 바람을 자르고 다음 산자락을 한쪽서부터 차근차근 썰고 마지막으로 내 가슴에 부딪쳐 와서는 그나마 남아 있던 콩알만 한 담력을 가루로 으깨놓았다.

낫을 맞은 나뭇가지가 비명을 지르면서 땅바닥에 떨어질 때마다 온몸에 소름이 돋았다. 아버지는 작업을 너무 서두르고 있었다. 때문에 들킬 작정으로 일부러 그러는 것처럼 곤히 잠든 소라단을 흔들어 깨우고 있었다. 아버지의 서투른 도둑질 솜씨를 원망하면서 돌을 쪼는 정만큼이나 딱딱 울리는 낫질 소리에 온통 정신을 팔다가 나는 망보기를 자연 게을리해버렸다.

"꿈쩍 마라!"

느닷없이 호통 소리와 함께 전짓불이 아버지를 환하게 사로잡았다. 너무도 놀란 나머지 아버지는 마치 헛불 맞은 노루와도 같이 펄쩍 한차례 뛰는 것 같았다.

"으떤 놈이냐!"

그 소리가 골짜기에 메아리쳐서 금방 되돌아왔다. 으떤 놈이 나아아아!

"불을 꺼야 대답을 허겄네."

눈이 부셔서 고개를 바룰 수가 없는지 아버지는 낫을 쥔 손으로 얼굴을 가렸다. 그 바람에 어찌 보면 대항이라도 할 것 같은 용감한 자세가 되었다.

"잔소리 말고 어서 양민찡이나 끄내!"

여전히 전짓불을 무자비하게 들이댄 채로 사내는 기다란 몽둥이를 휘둘러 위협적으로 좌우의 소나무 둥치를 후려갈기면서 아버지한테 다가섰다.

"자네가 누구간디 내 양민찡을 보자고 그러능가?"

양민증 소리 한마디에 벌벌 떨 줄 알았으나 아버지는 의외로 침착하고 능갈맞게 나오는 것이었다.

"보고도 몰라? 소라 산림감시소 산감님이다."

"없네. 집에다 두고 왔네."

"요놈 자식 좋게 말혀서 안 듣누만. 감시소로 가자!"

"너 이노옴!"

이번에는 아버지가 호통을 쳤다. 그 소리가 또 메아리쳐서 되돌아왔다. 너 이노옴옴옴.

"어려려, 도적놈이 감히 누구더러 뉩데 큰소리여!"

"자식놈 듣는 자리서 얻다 대고 함부로 놈짜를 팡팡 놓느냐!"

"허허허허……"

하도 어이가 없었던지 산감이 한참이나 너털웃음을 쏟아놓았다.

"그렇게 자식 어려운 줄 아는 놈이 자식까장 앞세우고 도적질댕기느냐?"

"어허, 그 도적 소리 고만두지 못허까. 우리 이럴 게 아니라 애나 먼저 보내놓고 단둘이서 죄용히 얘기허세."

"무신 소리! 애도 같이 끌고 가야지."

"자네는 자식도 없능가? 애비가 못 당헐 꼴을 당허는 걸 아무 죄도 없는 자식이 꼭 봐야만 자네 직성이 풀리겄능가?"

"아까부터 이놈이 누구보고 건방구지게 자네, 자네여!"

산감이 언성을 높였다. 그러나 나를 보내고 안 보내는 문제에 대해서는 더 이상 시비를 삼지 않으려는 기색이었다. 아버지가 나 있는 쪽을 어림으로 지목하면서 눈짓을 했다. 빨리 돌아가라는 신호였다. 걸음아 날 살려라고 숲 사이를 빠져 나는 골짜기

아래로 도망치기 시작했다. 산감의 눈이 미치지 않을 곳까지 멀찍이 도망친 다음 아버지를 기다렸다. 나처럼 아버지도 도망쳐 나오기를 이제나저제나 하고 기다리고 있었다.

그렇게 한참을 기다려봐도 아버지는 돌아오지 않았다. 붙잡힌 아버지를 두고 나 혼자만 돌아갈 수 없는 일이었다. 집에 가서 어머니한테 설명할 말이 없는 채로 그 자리를 떠날 수는 없는 노릇이었다. 나는 발소리를 죽이고 아버지가 붙잡혔던 자리로 살금살금 다가가기 시작했다. 만일 거기에 없으면 산림감시소가 있는 맞은편짝 산기슭까지도 가볼 작정이었다.

다행히도 중간에서 아버지를 만났다. 깜깜한 속에서도 나는 아버지가 등에 지게까지 메고 있음을 알았다. 나는 잠자코 아버지의 등 뒤로 돌았다.

"괜찮다. 내가 그냥 지고 가마."

내 몫의 가마니를 내리는 걸 아버지는 허락하지 않았다.

"먼저 돌아가라니께 여태까장 안 가고 어디 있었냐?"

아버지의 힐책에 나는 아무 대꾸도 못 했다. 내가 우물쭈물하고 있는 사이에 아버지는 다시 물었다.

"너도 봤쟈?"

그 말이 뭘 뜻하는 건지 새겨들을 겨를이 없었다. 아버지가 거푸 물어왔기 때문이다.

"아버지가 그 버르장머리 없는 산감 녀석 혼내주는 것 너도 똑똑히 두 눈으로 봤지야?"

나는 머리를 끄덕였다. 아버지의 그 말만은 어김없는 사실이

었다. 산감한테 큰소리치는 걸 분명 내 눈으로 보고 귀로 들었
으니까.

"예."

어두워서 머리를 끄덕이는 걸 못 본 성싶어 나는 소리 내어
대답했다. 그러자 아버지의 목소리에 생기가 돌았다.

"사람이 그렇게 막뵈기로 뎀비는 법이 아니라고 알어듣게 혼
을 내줬더니 나중판엔 잘못했다고 미안허다고 그러드라. 한때
시국을 잘못 만나 운수 불길혀서 그렇지 야밤중에 나무나 허러
댕기는 그런 사람이 아니라고 혔더니 괜찮다고 그냥 가져가시
람서 지게 우에다 얹어까지 주잖겄냐."

그 증거로 아버지가 어깨를 들썩이자 지게에 담긴 청솔가지
가 제꺼덕 대꾸를 했다. 어쩐지 혼자서 도망쳐서 숨어 있길 참
잘했다는 생각이 자꾸만 들었다. 아버지가 산감을 결정적으로
꾸짖는 장면을 못 본 것이 조금도 섭섭지가 않았다.

"집에 가거든 느 에미한티 본 대로 얘기혀도 괜찮다. 아버지
가 산감 녀석 버르장머리 곤쳐놓는 얘기 말이다."

"예."

아버지가 앞장서고 내가 뒤를 따랐다. 귀 떨어진 조각별 하나
안 보이는 깜깜한 밤이었다. 어둠이 자꾸만 우리 부자 사이를
갈라놓으려 덤볐다.

"아버지 등 뒤에 바싹 붙거라."

칼날을 든 바람이 아버지의 목소리를 거의 그대로 흉내 내어
말했다. 나는 바람이 하라는 대로 했다. 그러자 그것은 어느새

바람이 아니었다.

"되게 춥지야?"

이번에는 아버지가 휘파람 같은 바람 소리를 쏙 빼닮게 흉내
내었다.

"예."

엉겁결에 대답하고 나서 나는 내가 또다시 실수를 저질렀음
을 얼른 깨달았다.

2

역驛 구내로 숨어들던 첫날의 그 호된 떨림은 가위 살인적이
었다. 철도경찰이 총을 들고 보초를 서는 판이었다. 입환선 레일
위로 차갑게 내리쏟치는 탐조등 불기둥을 우회하여 자갈 바탕
을 기고 침목과 침목 사이를 건너뛸 때 마구잡이로 벌렁벌렁 노
는 심장을 나로서는 다스릴 재간이 없었다.

"넌마, 소리 내지 마!"

일행의 맨 앞에 있던 우리의 우두머리 길봉이가 갑자기 뒤처
져 내게로 엉금엉금 기어 오더니 이를 갈아붙이는 소리를 했다.
아무런 소리도 낸 기억이 없었으므로 나는 곧바로 항의를 했다.

"내가 언제?"

"이따가 갈 때 보자. 한 번만 더 소리 냈다간 죽여!"

길봉이는 내 눈앞에 주먹을 흔들어 보이면서 다시 낮게 이를

갈았다. 허리춤에 각기 자루 하나씩을 꿰차고 손에는 쇠갈고리를 쥔 채 땅바닥을 벅벅 기는 일행의 꽁무니를 따르는 동안, 그런 일에 난생처음인 나는 엉뚱한 생각을 했다. 정거장으로 석탄을 훔치러 갈 때만은 심장을 꺼내어 집에다 놔둘 수 있다면 얼마나 편리할까.

"너 인마, 소리 내지 말라니까!"

석탄을 잔뜩 실은 무개화차 조금 못 미친 데에서 나는 또 주의를 받았다. 이번에는 내 바로 앞을 기는, 나보다도 한 살이나 덜 먹은 송근이란 녀석한테서였다. 그제야 나는 방금 울린 자갈 구르는 소리가 내 갈고리 끝에서 난 것임을 간신히 알아차렸다.

화차 그늘 속으로 뛰어든 다음부터는 녀석들의 행동이 갑자기 기민해지면서 배짱도 보통이 아니었다. 큰 녀석들은 화차 위로 기어오르고 작은 녀석들은 약간 틈이 벌어진 문을 찾아 갈고리를 쑤셔 넣었다. 특히 그 가운데서도 우리의 우두머리 길봉이의 활약이 가장 돋보였다. 그는 눈 깜짝할 사이에 화차 꼭대기까지 뽀르르 기어 올라가서 탄 더미에다 납작 배를 깔고는 욕심껏 자루 속에다 조개탄을 퍼 담았다. 우선 제 것부터 후딱 채워 아래에서 받아 내리게 하고는 남의 자루까지 떠맡아 처리하기도 했다. 그러는 길봉이를 나는 존경하지 않을 수가 없었다. 도무지 손발이 떨리고 가슴이 두방망이질을 해서 나는 그 속에 뛰어들 엄두도 못 낸 채 다른 아이들이 땅바닥에 흘리는 거나 옆에서 간신히 주워 담는 정도에 그치고 말았다.

첫날 나는 배당을 받지 못했다. 각자 짊어지고 갈 수 있을 만

큰 자루를 채워 안전한 장소까지 운반한 다음에 길봉이가 왕초 자격으로 부하들 개개인에 대한 신임의 정도와 나이에 따른 능력의 개인차를 십분 참작하여 낱낱이 재분배해주는 형식인데, 맨 꼴찌로 내 차례가 당하자 그는 석탄 대신 내 눈두덩을 불이 번쩍 일도록 후려갈기는 것이었다. 그럼에도 불구하고 나는 길봉이를 향한 존경심을 거두지 않았다.

그다음부터 길봉이는 나를 패거리 속에 일절 끼워주지 않았다. 그가 나를 거부하는 한은 어쩔 도리 없는 일이었다. 그의 지휘와 보호 없이 나 혼자서 단독으로 석탄을 훔치러 들어간다는 건 상상도 못 했다. 하루속히 노여움이 풀려 전처럼 다시 그가 관대하게 대해주기만 바라면서 나는 기관차가 선로 위에 흘리고 간 낱알의 석탄 덩이나 코크스를 줍는 것으로 아쉬움을 달랠 도리밖에 없었다.

변함없는 충성을 보인 보람이 있어 마침내 나한테 재차 기회가 주어졌다. 첫날처럼 또 시끄럽게 굴거나 바보짓을 하는 날이면 내 입을 찢어도 좋다는 다짐을 받고서야 길봉이는 마지못해 나를 용납해주었다. 그 은혜에 보답하기 위해서라도 나는 이를 악물고 견디지 않으면 안 되었다.

차츰 횟수가 늘어남에 따라 내 솜씨는 눈에 띄게 달라져갔다. 하루가 다르게 배짱도 두둑해졌을 뿐만 아니라 처음에는 주리를 틀어대는 고문 바로 그것이던 작업이 이젠 그 무엇과도 바꿀 수 없는, 비밀스러운 쾌감을 만끽하는 진진한 모험으로 변했다. 일이 끝난 후에 내게 돌아오는 배당도 다른 녀석들이 시샘하고 선망할 정도로 많아졌다. 능력과 신뢰도에 따라 응분의 보상을 받는 건 너무도 당연하고 공평한 처사였다. 침착하고 그러면서도 약삭빠른 점에서 나를 덮어 누를 사람이 있었다면 그것은 오로지 길봉이 하나 정도였다.

그래서 사변 직전까지 나하고 같은 반이었던 진권이가 제발 좀 끼워줄 수 없느냐고 길봉이한테 알랑방귀를 뀔 때 신출내기 위험하니까 곤란하다고 누구보다 앞장서서 반대한 사람이 바로 나였다. 진권이는 결국 내 제의에 따라 만일의 경우 입을 찢어도 좋다는 맹세 끝에 가까스로 우리 축에 드는 영광을 누리게 되었다.

유난히도 안개가 자우룩한 밤이었다. 화물을 싣고 푸기 위해 이쪽에서 저쪽으로 또는 저쪽에서 이쪽으로 선로를 바꾸느라고 기관차들이 빼액빽 거푸 기적을 뽑으며 푹푹거릴 때 내뿜는 무더기무더기 하얀 증기가 전혀 안 보일 정도로 밤안개가 칙칙했다.

석탄을 때뽀하기엔 아주 안성맞춤인 밤이었다. 우리 사이에 도둑질은 달리 고상한 말로 때뽀라고 불리고 있었다. 실탄을 장전한 카빈총을 들고 섰다가 얼핏 수상쩍은 기척이라도 비칠라치면 마구 허공을 향해 빵빵 쏴대는 신경질투성이 철도경찰을 피하여 조개탄이 실린 무개화차로 접근하는 동안 진권이의 입은 내 수중에 맡겨졌다. 여차만 했다 하면 나는 달려들어 녀석의 주둥이를 찢어놓을 작정이었다.

그러나 진권이는 의외로 잘하는 편이었다. 화차 근처에 바투

다가갈 때까지 아무 일도 벌어지지 않았다. 이제 선로 하나만 타넘고 나면 다음부터는 누워서 떡 먹기였다. 그런데 이때 재수 옴 붙게도 바로 귓가에서 철커덕 소리가 요란하게 울렸다. 멀리서 수동으로 원격조종되는, 우리가 흔히 뿌인또라고 부르는 전철기轉轍機가 휘꺼덕 젖혀지면서 끝이 뾰족한 가동궤조可動軌條가 본궤조에 들러붙는 소리였다. 철커덕 소리와 거의 동시에 진권이란 녀석이 느닷없이 귀청이 째지는 비명을 지르기 시작했다. 기적 소리만큼이나 크고 긴 비명이어서 참으로 낭패스러운 순간이었다.

"아가리 닥쳐, 개새끼야!"

앞쪽에서 길봉이가 이를 갈았다.

"넌마, 소리 지르지 마!"

나 역시 이를 갈았다. 그런데도 녀석은 비명을 그치지 않았다.

"이런 벼엉신 같은 자식!"

주둥이를 닥치게 하려고 나는 녀석 옆으로 불불 기어갔다. 그러자 길봉이가 벌떡 몸을 일으키면서 소리쳤다.

"오늘은 다 틀렸다! 튀자!"

덩달아 나도 몸을 솟구치면서 이렇게 협박했다.

"진권이 너 인마, 이따가 죽는 줄 알어!"

겨우 비명이 멎었다. 하지만 녀석은 다들 똥줄이 당기게 도망치는 판인데도 선로 위에 엎드린 채 죽은 듯이 꼼짝달싹도 하지 않았다. 비로소 의심이 부쩍 들었다. 어쩐지 별안간에 울린 철커덕 소리에 혼이 달아나서 지른 비명만은 아닐지도 모른다는 생각이 어렴풋이 떠올랐던 것이다. 그러나 그때는 이미 길봉이의 꽁무니를 쫓아 나는 정신없이 뛰고 있는 참이었다.

철조망에 뚫린 개구멍을 빠져나온 다음 뒤를 돌아다봤으나 진권이는 끝내 따라오지 않았다. 멀리 북쪽에서 달무리처럼 뿌옇게 테를 두른 전조등前照燈을 밝힌 채 하행 열차가 안개 속을 뚫고 덜커덩덜커덩 내려오고 있었다. 그것이 조금 전에 우리 귓전에서 철커덕 바뀐 선로를 타고 플랫폼으로 돌진할 것임을 그 순간 나는 직감했다.

진권이가 죽었다는 소식이 전해지자 동네가 온통 발칵 뒤집혔다. 떨어져 있던 레일과 레일이 갑자기 들러붙어 하나로 합쳐지는 바람에 그 틈바귀에 발목이 물린 진권이는 거기서 끝내 빠져나올 수가 없었던 것이다.

동네 어른들이 뒤늦게야 떼뭉쳐 정거장으로 달려가봤으나 진권이는 하행 열차가 통과한 뒷자리에 남아 있지 않았다. 진권이는 이미 없어졌으면서도 그 주변에 널려 있었고 주변에 있으면서도 실상은 이미 없어져버렸다.

그날 밤이 늦도록 아버지는 회초리를 들고 내 종아리를 때렸다. 회초리를 일단 내렸다가 다시 드는 그 사이사이에 아버지는 똑같은 말을 골백번이나 되풀이하고 있었다.

"이놈아, 누가 너더러 도둑질허는 자리 따러댕기라고 시키드냐? 느 애비가 시키디야, 느 에미가 시키디야?"

그러다가 아버지는 막판에 가서 회초리를 내 손에 건네주고는 자신의 바짓가랑이를 돌돌 걷어 올리기 시작했다. 놀랍게도 아버지는 소리 한마디 없이 눈물을 흘리고 있었다.

3

이듬해 초봄부터 늦가을에 걸쳐 때아닌 토탄土炭 바람이 우리 동네를 왁자하게 휩쓸었다. 배산盃山 뒤편짝 논바닥에서 나로서는 생전 듣도 보도 못 한 그 희한한 연료가 새로 발견되었기 때문이다.

참으로 알다가도 모를 일이었다. 솥에다 삶을 것도 별로 없는 처지이면서 웬일로 그토록 땔감 때문에 늘 쩔쩔매는 살림을 겪어야만 했는지 도무지 이해가 안 가는 생활이었다.

전쟁이 물러간 지 꽤 오래인데도 그 무렵 아버지는 여전히 새로운 직장을 구하지 못한 채 집에서 빈둥빈둥 세월을 보내고 있었다. 인공 치하에서 있었던 삼촌의 그 되똑 솟은 부역 행위로 말미암아 아버지는 옴치고 뛸 수도 없는 입장이었다. 가뜩이나 옹색스러운 형편에 어려운 일들이 한두 가지가 아니었다.

그런 판국에 얻어들은 토탄 소문은 그냥 무심히 들어 넘기고 말 성질의 것이 아니었다. 북데기에 비해 값이 상대적으로 헐할 뿐더러 야금야금 마디게 타는 것이어서 한바탕 또 요란하게 경제적인 땔감이었다. 비싼 장작은 우리 형편에 그림의 떡인 데다가 풀을 베어다 말려서 때는 일에도 이젠 넌덜머리가 나 있던 참이었다. 그럴 때 아버지 입에서 불쑥 토탄 얘기가 나왔다.

"우리도 식구대로 가서 파 오자."

그날 중으로 아버지는 어디서 기다란 장대를 구해다가 끝을 죽창같이 날카롭게 다듬었다. 그걸로 논바닥을 푹푹 쑤셔보면 어떤 자리가 토탄이 많이 들고 적게 들었는지 고대 알 수 있다는 설명이었다.

"사람은 무신 일이고 머리를 잘 써야 허는 법이니."

아버지는 매우 의기양양했다.

"어따따, 고렇게 머리 잘 쓰는 양반이 오늘날 뜨뜻더운 오뉴월에 토탄이나 파러 댕기게 됐구만이라우?"

언제나 그랬듯이 어머니가 또 입바른 소리를 했으나 아버지는 아무런 대척도 하지 않았다. 다만 좀 가소롭다는 듯이, 어디 한번 두고만 보라는 듯이 희미하게 미소 지을 따름이었다.

끝 간 데 모르게 펼쳐진 배산 뒤쪽 들판에 사람들이 와글와글 들끓고 있었다. 논바닥 여기저기에 수없이 네모반듯한 구덩이가 파져 있고, 그 안에서 삽질로 토탄 덩이를 떠올리는 사람, 그걸 받아서 그릇에 담아 이고 지고 나르는 사람들로 꼭 장 속 같았다.

논임자가 눈치채지 못하게 아버지는 장대로 빈 논바닥을 조심조심 쑤시고 다녔다. 흥정이 이루어지기 전에 속을 파보는 짓을 논임자는 엄격히 금했다. 대충 눈짐작으로 아무 데나 골라잡아야 하는 조건이기 때문에 땅거죽으로만 보아서는 어디가 좋고 나쁜 자린지 알 도리가 없었다. 순전히 재수 나름이었다. 따라서 아버지의 그 독특한 식별 방법은 아무튼 높이 평가받을 만한 것으로 생각되었다. 드디어 흙이 얇게 덮이고 토탄층이 두껍게 깔린 좋은 자리 물색이 끝났다. 아버지는 논임자를 불러다 흥정을 해서 한 평을 샀다. 웃옷을 벗어부치고 아버지와 나는 곧 작업에 착수했다.

우선 네 귀퉁이에 말목부터 지른 다음 삽으로 표토를 벗겨내기 시작했다. 뙤약볕 밑에서 구슬땀을 흘려가며 열중한 보람이 있어 오래지 않아 누런 토탄층이 드러났다. 아버지가 뜨는 삽 위에 베개 덩어리만 한 토탄이 올려지는 첫 순간, 옆에 지켜 앉아 구경하던 어머니와 동생들이 일제히 환성을 올리며 손뼉까지 쳤다. 그것 보라는 듯이, 내가 뭐라고 그러더냐는 듯이 아버지는 만면에 미소를 짓고 있었다.

"역시 사람은 머리를 써야 허는 법이니!"

아닌 게 아니라 아버지는 기다란 죽창 형태의 머리를 잘 써서 결국 성공을 거둔 셈이었다. 다른 사람들이 파는 자리에 비해 얼른 알아볼 수 있게끔 표층이 얇았던 것이다. 그렇게 땡잡는 자린 줄 까맣게 모르고 엉뚱한 데 가서 고생고생 흙을 걷어내기에 허파 살에 물집이 잡히는 불쌍한 사람들을 진정 동정하고 싶어질 지경이었다. 허허벌판 같은 논바닥에 우리 식구들만 외따로 떨어져 있는 셈이었는데, 그렇다고 외롭기는커녕 차라리 한갓지고 풍성스러운 즐거움뿐이었다.

"어디 가서 당신 막걸리나 한 납대기 받아오지그려."

수건으로 얼굴의 땀방울을 훔치며 아버지가 은근히 무리한 부탁을 말했다.

"삽질 조깨 허는 게 무신 베슬이다고 대낮부터 막걸리 노래
는······"

어머니가 구덩이 속으로 하얗게 눈을 흘겼다. 그러나 말은 그
렇게 하면서도 어머니는 한창 기분이 둥둥 뜨던 뒤끝인지라 더
이상 잔소리 없이 인근 마을을 향하고 휭허케 달려갔다.

토탄이란 참으로 묘하게 생겨먹은 종류였다. 겉에서 파내는
것들은 찰흙처럼 몽글고 물컹거리면서 시궁 썩는 냄새를 풍기
는 거무죽죽한 물이 찌걱찌걱 비어져 나왔다. 그러나 구덩이 속
으로 깊이 파 들어갈수록 차차로 물기가 가시면서 갈색을 띤 보
송보송한 진짜 토탄이 나왔다. 틀림없이 몇만 년은 땅속에서 묵
었을 이상야릇한 형태의 나뭇가지들이 모양도 선명하게 노출되
기도 했는데, 그걸 손으로 주무르면 소리도 없이 흙덩이처럼 부
서지곤 했다. 흙도 아니고 석탄도 아닌 그 어중간이었다.

토탄을 삽으로 떠서 구덩이 밖으로 내보내는 작업은 일단 그
렇게 나온 토탄을 집에까지 운반하는 수고에다 견주면 실상 아
무것도 아닌 셈이었다. 아버지를 제외한 모든 식구들이 저마다
한 개씩 토탄 자루를 메고 일렬로 서서 쩽쩽한 뙤약볕 속을 걸
어 먼 길을 몇 왕복이나 하는 사이에 아주 녹초가 돼버렸다. 자
루 자체가 들돌처럼 무겁기도 하거니와 마대 천 사이로 스며 나
오는 걸쭉한 진액과 악취가 땀띠투성이 등덜미로 흘러내리고
코를 찔렀다. 세상에 그런 고역이 어디 다시 있을까.

두 왕복을 하고 나서 나는 갑작스레 복통을 일으켜버렸다. 그
리고 그 복통은 논바닥에 남아서 아버지가 하는 일을 설렁설렁

거드는 동안에 씻은 듯이 스러져버렸다. 아버지는 알맞게 오른 취기에 힘입어 신이야 넋이야 부지런히 삽을 놀렸다.

"쪼깨 기력이 부쳐서 그렇지 노동도 아주 못 혀먹을 노릇은 아니구나."

어느새 그렇게 자신이 붙었는지 아버지는 흰소리를 늘어놓으며 한 삽 듬뿍 퍼서 올렸다. 구덩이 깊이가 벌써 아버지의 허리를 넘어 있었다. 방금 밖으로 내던져진 토탄을 무심코 내려다보다가 나는 약간 이상한 징조를 발견하고는 깜짝 놀랐다. 모르는 사이에 빛깔이 변해 있었기 때문이다. 검누른 빛을 띤 양질의 토탄층이던 것이 어느 겨를에 갑자기 끈적끈적 물기 먹은 저질의 진흙 같은 모양을 덮어쓰고 나오는 중이었다. 너무 일에만 열중한 나머지 아버지는 그와 같은 변화를 전혀 알아차리지 못하는 눈치였다. 내가 마악 입을 열어 그 점을 지적하려는 참인데 때마침 논임자가 뒷짐을 진 채 어슬렁어슬렁 다가왔다.

"이보쇼, 당신 거그서 시방 뭐 허는 게요?"

구덩이 속을 굽어다 보며 논임자가 소리를 꽥 내질렀다.

"뭐 허는 게요라니, 몰라서 묻소?"

삽자루를 세우면서 아버지는 계제에 잠시 쉴 참을 즐길 작정인 듯이 걸어오는 농담을 맞받아 튀길 만반의 자세를 갖추었다.

"내 눈엔 당최 알 수가 없구만. 남에 논 가운데다 조상님 산소라도 뫼실 작정이유? 비싼 밥 묵고 씨잘 디 없이 웬 구덩이는 그리 짚이 파는 게요?"

"예끼 여보슈!"

아버지는 약간 비위가 상한 표정이었다. 아버지가 다시 말했다.

"농담도 유분수지, 산소를 뫼시다니 말이나 되우? 아무리 땅 쥔이라지만 내 돈 내고 내가 산 토탄 내가 파는디 사람이 그러면은 덜 좋은 법이오."

"당신 말이 옳긴 옳으요. 그래, 토탄이나 파랬지 남에 귀헌 논바닥 흙까장 말짱 들어가랬소?"

"흙이라……"

그 순간 아버지의 시선이 구덩이 바닥으로 달꽉 쏟아졌다. 한차례 심호흡인지 한숨인지 끝에 아버지는 허리를 새우등으로 만들었다. 그러곤 손아귀에 진흙 한 줌을 집어 올려 요모조모로 찬찬히도 살피기 시작했다. 그것만으로도 부족해서 아버지는 양손을 싹싹 비벼보다가 코끝에 대고 냄새를 맡아보다가 필경에는 혓바닥으로 핥아 맛까지 확인해보는 것이었다. 아버지는 결국 손에 쥔 걸 무섭게 태질을 치면서 바닥에 털썩 주저앉고 말았다. 정녕코 그것은 토탄이 아니었다. 의심의 여지 없는 진흙이었다.

"팔 만침 팠으면 고만 나오시오. 내년 요맘때는 봄보리가 시퍼렇게 모가지 내밀고 섰을 땅이오."

논임자는 다시 뒷짐을 지고서 어슬렁거리며 멀어져 갔다. 아버지는 숫제 흙 반죽으로 질컥거리는 구덩이 바닥에 늘펀하게 드러눠버렸다. 벌겋게 취기가 기승을 올리는 얼굴이었다. 도무지 말이 없는 채 아버지는 멀거니 하늘만 올려다보고 있었다.

그러는 아버지를 두고 나는 아무 말도 꺼낼 수가 없었다. 다른 자리에서 다른 사람들이 파는 분량의 겨우 3분의 1에나 미칠까 말까 하는 수확이었다. 아버지의 머리가, 아버지의 장대가 바로 아버지 자신을 배반하고 능멸한 결과였다.

"너도 그렇다고 믿냐?"

한참 만에 아버지가 하늘을 상대로 밑도 끝도 없는 질문을 던졌다.

"이 애비가 아무짝에도 쓸모없는 어리석은 인간이라고 믿고 있냐?"

아버지는 다름 아닌 나를 상대로 묻고 있었다. 엉겁결에 나는 전에 자주 들은 풍월을 고대로 옮겨버렸다.

"안 그래요! 시국을 잘못 만나서 운수가 불길혀서 그래요!"

"허허, 고녀르 자석!"

웃었다. 아버지가 피식 웃었다. 내가 아버지를 웃겼다. 장남인 내가 마침내 내 힘으로 아버지를 웃게 만든 것이다.

"너 욜로 좀 들어오니라. 부자지간에 어디 한번 짱짜란히 둔 눠서 하늘이나 구경허자. 요렇게 네모 틀 너머로 보니께 하늘이 여간만 곱들 않구나."

나는 아버지의 분부를 감히 거역할 수가 없었다. 아버지의 눈은 조금도 틀린 데가 없었다. 정말로 하늘은 고왔다. 드높이 매달린 파란 하늘을 소담한 구름 덩이 하나가 한가하게 질러가고 있었다. 아버지 말마따나 네모 틀 안에 가두고 바라보기 때문에 더욱더 곱게 느껴졌는지도 모른다.

"실은 말이다, 시국 탓도 운수 탓도 아니란다. 느이 애비가 아직도 사람이 덜된 탓이란다."

일차로 술내부터 확 다가왔다. 그리고 이차로 아버지의 음성이 귓바퀴에 소곤소곤 감겨왔다. 등덜미를 축축이 적시는 진흙 바닥에 드러누운 채로 나는 아버지의 귀엣말에 무조건 머리부터 끄덕여 보였다.

"자아, 인자 그만 이놈의 조상님 산소 자리 같은 구뎅이서 슬슬 나가보자. 별수 있냐. 손해 본 토탄은 이 애비가 무신 수로든 벌충혀야지. 까짓것 또 땔감이 떨어지는 날이면 내 몸뗑이를 태워서라도 느이들을 따숩게 맹글 작정이다."

아버지가 앞장서서 구덩이 밖으로 기어 나가고 아버지의 장남인 내가 그 뒤를 바짝 따랐다. 아버지의 궁둥이가 내 코앞에서 커다랗게 얼씬거렸다. 구덩이 밖으로 나가기 위해 뱌비작거리는 그 궁둥이의 움직임을 보고 있노라니 갑자기 목구멍이 깝북 잠겨오는 기분이 드는 것이었다.

(1978)

무지개는 언제 뜨는가

건지산 날망에 비를 잔뜩 머금은 먹구름이 그 치렁치렁한 자락을 묵직하게 늘어뜨릴 무렵이면 으레 미친년 하나가 나타나 온 마을을 한바탕씩 휘젓고 다니곤 하였다. 이와 때를 맞추어 논두렁이나 고샅길에서는 수많은 하루살이가 마치 커다란 공처럼 까맣게 떼뭉쳐 우리 키 높이로 빙글빙글 어지러이 맴돌면서 멀리서 들리는 휘파람 같은 소리를 지르곤 하였다. 입을 열고 있으면 하루살이들이 입안으로 톡톡 날아들고 눈을 뜨고 있으면 미친년의 지랄 짓이 희뜩희뜩 잡히곤 하였다.

그렇다. 우리하고 재종간再從間인 동근東根이를 생각할 때마다 맨 먼저 머릿속에 떠오르는 것은 바로 그 미친년의 모습이었다. 그리고 그 미친년이 까맣게 몰고 와서 마을 하늘 위로 주룩주룩 뿌리는 비가 당연히 그다음 순서였다.

"왜 웃어, 형?"

고향에서 이제 막 올라온 참인 동생이 시비를 가리려는 기세로 물었다.

"아니다, 아무것도 아니야."

동생 녀석한테 단단히 책이라도 잡힌 기분이어서 나는 멋쩍게 대답했다. 그러나 동생은 좀처럼 속아 넘어가지 않았다.

"형은 또 그 생각 하는 거지?"

"그 생각이 뭔데?"

"당숙모 말이야."

"어쩔 수 없잖아, 동근인 당숙모하고 끊을 수 없는 사이니까."

말을 마치기도 전에 나는 치신머리없이 거푸 낄낄거렸다.

"실은 말이지, 나도 선산에서 동근이를 처음 만났을 때 자꾸만 그때 일이 떠올라서 웃음을 참느라고 아주 혼이 났어."

동생도 마침내 이렇게 실토를 했다. 그래서 우리 형제는 실로 오래간만에 한참 기분 좋게 낄낄거릴 수가 있었다. 아무 영문도 모르는 아내가 도대체 뭐가 그리 재미있느냐고, 형제끼리만 즐길 게 아니라 자기도 한 다리 끼자고 옆에서 안달을 했다. 그러나 혹 다른 일이라면 몰라도 그때의 그 일만은 아내한테 곧이곧대로 들려줄 수가 없었다.

"아무리 그땐 그랬더라도 이제 얼마 안 있으면 판검사 영감님이 될 사람이니까 그런 기억을 본인한테 되살려줘서는 안 되겠지?"

동생이 말했다. 나는 동생의 말에 일차로 고개를 끄덕거린 다음 곧 이차로 고개를 가로저어 보였다.

"물론 그래야겠지. 판검사 아니라 똥지게꾼한테도 일부러 그런 기억을 상기시켜서 좋을 건 하나도 없어. 허지만 본인이 안 듣는 데서 우리끼리야 뭘……"

집안의 종손인 나를 대신해서 고향에 내려가 종중의 시제時祭에 참석하고 돌아온 동생이 나에게 놀라운 소식을 전했다. 옛날의 천덕꾸러기 동근이가 사법 고시에 최종으로 합격해서 금의환향했다는 이야기였다. 물론 우리네들 서민 입장에서는 사법 고시 합격 소식 그것만으로도 벌써 넉넉히 놀라고 부러워할 만한 일이었다. 사회적으로 판검사 나으리들이 어떤 대접을 받고 있는가를 아는 사람들이면 그렇게 놀라는 것도 사실 당연한 노릇이 아닐 수 없었다.

그러나 내가 느낀 감회는 반드시 그것만은 아니었다. 제법 출세를 한 다음에 그가 맨 처음 찾은 것이 우리 종중이며 더구나 우리 종중의 제사에까지 직접 참여했다는 사실이 나로서는 다른 무엇보다도 그저 놀랍고 신기할 따름이었다. 왜냐하면 그는 우리 문중 사람이 아니었기 때문이다. 정확히 말해서 그는 우리 김씨 가문하고는 인연이 먼 사람이었다. 밤나무 사이에 너도밤나무가 끼어들 수 있는 것이 바로 우리네 호적이었다. 어쩌다보니 호적상으로 우리하고 함께 묶여 있다 해서 근본 핏줄마저 같을 수는 없었다.

"출세했다고 녀석이 잔뜩 뻐기든?"

나는 동생에게 물어보았다.

"별로……"

동생은 일단 대답을 해놓고 나서 바로 그 대답을 수정했다.

"아니야, 뻐기려는 기색이 조금도 없었어. 오히려 그럴 수 없이 겸손한 태도였다고나 할까."

"왔으면 뻐기고 다녀야 옳지, 지가 왜 겸손해?"

나는 약간 화가 나서 동생한테 신경질을 부렸다. 동근이 녀석이 음흉한 속셈으로 자꾸만 내 기대를 배반하는 듯한 느낌이 들기 때문이었다. 녀석이 난데없이 우리 문중을 찾은 것은 오랫동안 김씨 가문에 품어온 복수의 감정을 실천하기 위한 예비 동작임이 틀림없다고 단정하면서 나는 대뜸 시골 농투성이들 앞에서 마냥 거드름을 피우는 장차의 영감님 얼굴부터 상상하고 있었던 것이다.

"형, 나한테 그러지 마. 난 동근이가 아니야."

동생이 웃으면서 말했다.

"맞다. 그래, 넌 동근이가 아니다."

나 역시 웃을 수밖에 없었다.

"난 동근이한테 아무런 유감도 없어. 그 점은 아마 형도 마찬가질 거야. 동근이가 하는 말을 듣고 난 가슴이 홧홧해지는 기분이었어. 모든 것이 다 어머님 덕분이래. 만약 어머님이 없었더라면 저 같은 것은 오늘날 이 세상에 살아남지도 못했을 거래."

"우리 당숙모 얘긴가?"

"그럼 동근이가 어머님이라고 부를 만한 사람이 당숙모 말고 또 있어?"

"당숙모를 지금까지도 어머님이라고 부르고 있다……"

나는 혼잣말로 이렇게 중얼거렸다. 그러자 또다시 옛날이야기에 나오는 원한 많은 각시귀신처럼 긴 머리칼을 너울너울 산발한 채 동네 고샅을 안팎으로 치닫는 미친년의 모습이 시야에 가득 들어차는 것이었다. 그 미친년이 황톳길에다 어지럽게 찍어놓는 족적을 따라서 나는 어느새 기억 속의 고향을 더듬어나가고 있었다.

건지산 날망으로 구름이 몰려들고 있었다. 비가 올 거라는 징조였다. 미친년이 불쑥 뛰쳐나와 우리한테는 외국어나 다름없이 어렵게만 들리는 이상한 고함들을 쉴 새 없이 꽥꽥 내지르면서 맨발로 마을을 종횡무진 치닫기 시작했다. 날만 조금 궂을라치면 영검하게도 미리 알고 쿡쿡 쑤시기 시작하는 외할머니의 신경통과 함께 역시 그것은 오래지 않아 비가 내릴 거라는 징조였다.

조무래기들이 까맣게 몰려들어 미친년을 겹겹으로 에워쌌다. 눈자위를 허옇게 뒤집어 까고 길길이 뛰는 한바탕의 발광 끝에 미친년은 다 허물어져가는 동구 밖 외딴집 토담을 등지고 추욱 늘어져서 앉아 있었다. 풀어 헤친 무명 적삼 새로 꾹 찌르면 펑 소리를 내면서 터질 것만 같은 젖 둔덕이 하얗게 드러나 있었다. 그동안 젖이 퉁퉁 불을 대로 불어서 거지반 가슴 전체가 팽팽한 젖 둔덕이었다.

한 녀석이 달려들어 양손으로 욕심껏 젖통을 움켜쥐고는 꽉 눌렀다. 그러자 서너 줄기의 젖물이 물딱총을 쏘듯이 찍찍 뻗어나와 다른 녀석의 얼굴에 맞았다. 모두들 낄낄거리며 웃었다. 또 다른 녀석이 달려들어 나머지 한쪽 젖통을 붙잡고는 조무래기들을 향해 찍찍 쏘아대기 시작했다. 그 녀석의 입에서는 계속해서 따르르따르르 하고 따발총을 갈기는 소리 흉내가 제법 그럴듯하게 흘러나왔다.

그 야단법석 속에서도 미친년은 꼼짝도 하지 않았다. 조무래기들이 자기한테 무슨 짓을 하든 조금도 상관하지 않고 언제까지 그냥 내버려두는 것이었다. 오직 개개풀린 퀭한 눈을 시커먼 구름자락이 똬리를 틀고 있는 건지산 날망에 멍하니 둔 채로 늘 편하게 토담에 기대어 앉아 있기만 했다.

한 녀석이 미친년의 치맛자락을 들치고 그 속을 들여다보았다. 그에 질세라 모두들 너도나도 각다귀처럼 덤벼들어 아예 치마를 홀렁 걷어 올렸다. 통통한 허벅지가 드러나고, 살결이 뽀얀 그 허벅지 여기저기에 날뛰다가 넘어져서 피가 흐르는 상처들도 보였다. 한 녀석이 빳빳한 보릿대를 미친년의 치마 안쪽으로 집어넣어 꾹꾹 쑤셨다. 그러자 다른 녀석들도 일제히 보릿대 하나씩을 손에 들고는 연방 낄낄거려가면서 미친년의 아랫도리에다 침을 놓았다. 치마 속에다 아무것도 입은 게 없었다. 그래도 그 미친년은 성가시다고 아이들을 물리치려 하지 않았다. 그저 건지산 쪽에다 눈을 멀리 두고 죽은 듯이 앉아만 있는 것이었다.

"요 싹동바가지 없는 시러베 자석들!"

우리 큰당숙이었다. 큰당숙이 뒤쪽에서 버럭 고함을 지르며 뛰어들어 닥치는 대로 아이들을 후려갈기기 시작했다. 아이들은 저마다 뿔뿔이 흩어져 걸음아 날 살려라고 도망쳐버렸다. 그러나 나는 도망칠 수가 없었다. 같이 왔던 동생 동우가 큰당숙의 손에 붙잡혔기 때문이었다. 녀석은 이제 겨우 걸음마 단계를 벗어난 정도라서 다른 애들같이 잽싸게 꽁무니를 뺄 수가 없었던 것이다.

"요런 능지처참헐 놈들이 있나!"

큰당숙이 아직도 동우의 손에 꽉 쥐어진 보릿대를 빼앗아 땅에 던지고는 고무신 발로 짓밟아버렸다.

"동만이 네 이놈!"

큰당숙의 입에서 마침내 내 이름이 불리는 순간 나는 뒷짐 진 손에 그때까지 쥐고 있던 보릿대를 슬그머니 땅으로 떨어뜨렸다. 유달리 몸집이 큰 큰당숙이 성큼 다가서더니 논을 썰고 밭을 갈던 억센 손으로 내 멱살을 무지막지하게 움켜쥐고 앞뒤로 마구 흔들어댔다.

"따른 자석들이 혹 집적거릴라고 뎀비드라도 앞장서서 말려야 헐 놈이 됩데 앞장서서 집적거려?"

눈두덩에서 불이 번쩍 일었다. 파랗게 별이 보이고 노랗게 달이 비쳤다.

"나는 안 혔어라우! 동우만 그렸어라우!"

땅바닥을 대굴대굴 구르면서 나는 한껏 엄살을 피워보았다.

"성도 이렇게 혔다! 성도 이렇게 혔다!"

동우 녀석이 손가락으로 나를 가리키면서 꾹 찌르는 시늉을 해 보였다. 큰당숙의 왁살스러운 손아귀에 끌려 나는 도로 일으켜 세워졌다. 그리고 눈두덩에서 번쩍 이는 불을 또다시 보았다.

나는 그날 밤 아버지한테 죽도록 종아리를 맞아 마치 한 뭇
의 뱀이 칭칭 감긴 듯한 매 자국을 지닌 채 다리를 절름절름 절
면서 큰당숙의 집에 건너가 사죄를 했다. 나는 작은당숙모 앞에
꿇어 엎드려 용서를 빌었다. 깨끗한 옷으로 말끔히 갈아입고 있
어 작은당숙모는 이미 미친년이 아니었다. 하지만 정작 용서를
내려야 할 작은당숙모가 여전히 눈을 멀뚱멀뚱 뜨고 언제까지
고 잠자코 앉아만 있는 바람에 나는 큰당숙이 대신 입을 열 때
까지 주리를 틀리지 않으면 안 되었다.

"그만허면 인자 정신을 채렸을 게다. 일어나서 집으로 가거
라."

작은당숙네는 한때 낮에만 대한민국이고 밤이면 인민공화국
이 되곤 했다는 건지산 아래 가실리로 제금나 살았었다. 그곳
국민학교 선생으로 있다가 빨치산의 공격이 우심해지자 가족을
데리고 도로 30리 템이나 떨어진 우리 동네로 돌아와 본가에서
살면서 건지산에 총소리가 멎는 날만을 기다렸었다. 그러다가
빨치산이 지리산 쪽으로 멀찍이 물러갔다는 소식을 듣고는 서
둘러 봇짐을 꾸려서 우리 마을을 떠난 것이 우리가 그를 본 마
지막 기회였다. 당숙모가 포대기를 대어 업고 간 젖먹이까지 포
함해서 세 명의 재종형제도 그때 우리는 마지막으로 볼 수 있었
다. 물론 그것이 마지막이 되리라곤 아무도 상상을 못 하는 가
운데 그들은 그렇게 홀쩍 떠나버렸다.

나중에 작은당숙네가 일을 당한 후에야 아버지와 큰당숙을
비롯한 친척 어른들은 종가인 우리 집에 모여 탄식과 후회를 나

누며 담배쌈지에서 냄새가 독한 썩초를 꺼내어 종이로 말곤 했다. 시국이 안정될 때까지 학교고 학생이고 돌볼 생각 말고 그냥 본가에 눌러 있으라고 그렇게나 말리는 것도 부득부득 뿌리치고 떠나더니 그예 일을 당하고 말았다는 이야기들이었다. 어른들은 당숙과 재종들이 끔찍스러운 최후를 맞게 될 줄 미리감치 알고 있었던 듯한 말투들을 썼다.

빨치산의 마지막 기습이 있던 날 밤에 가실리의 당숙네 집은 불에 타버렸다. 읍내를 공격하고 물러가던 빨치산의 대부대가 지리산으로 통하는 길목인 가실리 전체를 쑥대밭으로 만들어놓았던 것이다. 결국 당숙하고 재종들은 불길에 휩싸인 집채 속에서 끝내 빠져나오지 못하고 말았다.

날이 밝은 다음에 소식을 듣고 큰당숙이 가실리로 달려가서 구사일생으로 목숨을 건진 당숙모 한 몸뚱이만을 달랑 데려왔다. 마을에 발을 들여놓는 당숙모를 보고 사람들은 대뜸 혀부터 찼다. 실성해버렸다는 것이었다. 아닌 게 아니라 당숙모는 주제꼴이나 하는 짓거리가 말이 아니었다. 암소의 그것만큼이나 부푼 젖통을 두 손바닥으로 나눠 받친 채 실쭉벌쭉 웃다가 꺽꺽 막히는 목쉰 소리로 바싹 마른 시래기 엮음 같은 울음을 너절너절 토하다가 하는 것이었다. 더구나 당숙모는 지독한 똥 냄새를 전신으로 펑펑 풍기고 있었다. 겉으로 보기엔 멀쩡한데도 차마 그쪽으로 코를 두를 수 없을 정도의 정말 지독한 악취였다.

하루가 가고 또 하루가 가면서 큰당숙네 집 안에서 물이 새듯이 소문이 흘러나오기 시작했다. 한밤중에 자다 말고 벌떡 일어

나더니만 작은당숙모가 느닷없이 베개를 품 안에 꽉 끌어안고는 마당을 가로질러 잿간과 변소를 겸한 측간 속으로 뛰어 들어가서는 아무리 괜찮다고 어서 나오라고 밖에서 사정을 해도 막무가내로 버티며 나오지 않더라는 이야기였다. 남편과 자식들이 불에 타 죽던 날 밤에 당숙모는 측간 속에 있었다는 것이었다. 그날따라 공교롭게도 심한 설사가 나서 때마침 똥통 위에 쪼그리고 앉아 있다가 빨치산들이 들이닥치는 모양을 보았다는 것이었다.

당숙과 재종들이 들어 자는 방의 문고리를 빨치산들이 밖에서 걸어 잠근다. 그것만으로는 모자라서 다시 방문에다 버팀목을 받쳐 무슨 수로도 빠져나올 수 없게 만든 다음 집채를 빙 둘러가며 불을 싸지른다. 그동안에 당숙모는 겁에 질려 똥통 속으로 뛰어 들어가서는 간신히 콧구멍만 밖으로 내놓은 채 온몸을 똥물에다 장아찌 담근다……

먼저 웃음을 터뜨린 쪽은 나였다. 그러자 아무 짬도 모르면서 동우 녀석 역시 덩달아 웃기 시작했다. 건넌방에 모여 쑤군거리고 있던 아낙네들이 갑자기 이야기를 뚝 그치더니 내 얼굴을 일제히 쏘아보았다.

"어이구 이 웬수들아, 느이 에미가 그 지경을 당혀도 좋다고 풀풀거리고 웃고만 있거라!"

어머니가 내 뺨을 한 뼘이나 되게 잡아 늘였다. 그럼에도 불구하고 나는 좀처럼 웃음을 그칠 수가 없었다. 내 뇌리에서 당숙과 재종들, 특히 당숙모가 두고두고 가장 애통히 여기는 막내

재종, 당숙이 미처 이름도 지어주기 전에 저세상으로 가버린 젖먹이의 죽음 같은 건 저만큼 뒷전이었다. 똥통 속에 푹 잠겨 가쁜 숨을 헐떡이며 숨어 있는 당숙모의 꼬락서니만이 눈앞에 가득할 뿐이었다. 그날로 동네 조무래기들 사이에서 우리 당숙모는 '똥먹이'라는 별명으로 불리기 시작했다. 똥으로 멱을 감고 나왔다는 뜻이었다.

"그래 집안 어른들은 어떻게 받아들이든?"

때마침 아내가 과일을 깎아 내왔으므로 나는 더 이상 어린 시절의 기억 속에 머물러 있을 수가 없게 되었다.

"뭘 어떻게 받아들여?"

이야기의 단절이 너무 길었던 탓인지 동생은 내 말뜻을 선뜻 알아듣지 못했다. 아니면 빤히 알아듣고도 일부러 그처럼 딴전을 피웠는지도 모른다.

"동근이 말이야."

"으응? 동근이?"

동생은 과일 접시에서 배 한 조각을 포크로 푹 찍어 입에 넣고는 어적어적 깨물었다.

"어떻게 받아들였을 것 같애?"

"말해보라니까."

"처음에야 뭐 물론 떨떠름한 표정들이었어. 그럴 수밖에 없잖아. 자기네가 실컷 구박해서 거의 동네에서 내쫓다시피 한 녀석이 어느 날 갑자기 출세를 해가지고 마치 변 사또한테 용무가 있어서 찾아온 이 도령같이 불쑥 들이닥쳤으니 심정들이 착잡

할 건 당연하지."

"고시 패스한 걸 말하는 게 아냐. 동근이가 우리 문중 제사에 참석한 걸 어른들이 어떻게 생각하더냐 그런 얘기야."

"형 짐작엔 어떻게들 생각했을 것 같애?"

"그렇게 호락호락 반기진 않았을 테지."

"맞았어. 특히나 큰당숙이 그랬어. 그 양반은 지금도 그때 그 당시 일들을 잊을 수가 없는 모양이었어. 13대조 할아버지 산소에 절을 하려고 주욱 늘어서 있는 참인데 동근이가 당연히 그럴 권리라도 있다는 듯이 줄 속으로 끼어드니까 큰당숙이 시제를 중단시키더군."

"그래서 결국 동근인 절을 못 했나?"

"웬걸, 큰당숙이 어른들만 따로 불러 모아놓고는 한참 옥신각신하는 눈치였어. 동근이를 과연 우리 김씨 문중 사람으로 대우할 것이냐 아니냐 하고 갑론을박이 오갔겠지. 허지만 다들 동근이 태도에 위압당하고 말았어. 어쩔 도리 없다는 듯이 결국 큰당숙이 여론에 굴복해버렸지."

"벌써부터 예비 판검사 위엄을 보이든?"

"말투가 꼭 형이 그 자리에 참석했더라면 집안 종손 자격으로 혈통의 순수성을 지키기 위해서 끝끝내 동근이를 배척했을 것 같이 들리는군."

그것만큼은 동생의 속단이었다. 동근이를 두고 느끼는 특별한 악감정 따위는 나에게 없었다. 다만 그를 시제에 끼워주고 안 끼워주고 간에 좌우간 어느 쪽이 됐든 두루 다 어색하게 느껴질 따름이었다.

"허지만 동근이가 하는 양을 직접 목격했더라면 아마 형도 별수 없었을 거야. 그렇게 열심이고 지성스러울 수가 없었어. 말끝마다 우리 어머님 우리 아버님이고 우리 할아버지야. 어디 있는 어느 산소가 몇 대조 할아버지 무덤인지 형은 똑바로 댈 자신 있어?"

참으로 고약한 질문이었다. 금년처럼 피치 못할 사정으로 어쩌다 한번 거르는 경우 말고는 거의 해마다 시제에 참석해왔지만 지금도 어렵기만 한 것이 바로 그 서열에 따라 산소 외는 일이었다. 50여 기에 가까운 봉분들 가운데 그 산소가 그 산소 같고 그 조상이 그 조상만 같아 잠시 어물어물할라치면 으레 어른들로부터 핀잔이 따르곤 했다. 종손이 그런 것조차 모르니 우리 문충공파의 장래가 큰일이라는 것이었다.

"그리고 몇 대조 할아버지가 무슨 벼슬을 지냈는지 형은 알고 있어?"

"동근이가 그런 것까지 알고 있든?"

나는 깜짝 놀라면서 동생에게 반문했다.

"말도 마. 꼭 도면을 들여다보고 얘기하는 것 같더라니깐."

나도 모르게 혀를 내두를 지경이었다. 고향에서 우리하고 함께 자라는 동안에 동근이는 제대로 한 번이고 본때 있게 시제에 참석한 일이 없었다. 아무도 끼워주고 싶어 하는 사람이 없기 때문에 멀리 떨어져 뒷전에 혼자 남아서 뱅뱅 돌다가 시제가 다 끝나고 나서야 우리가 선심 푹 쓰고 나눠 주는 햇밤이나 대추 따위 과일 정도 겨우 얻어먹을까 말까 하는 처지였다. 그런데 만약 우리 조상의 산소나 벼슬의 내력을 조목조목 익힐 기회가 있었다면 그것은 우리 아버지가 종손인 나한테 절을 올리기 전에 구구단을 암기시키듯이 일일이 일러주는 소리를 뒷전에서 귀동냥으로 얻어듣는 바로 그때뿐이었으리라.

그렇게 생각하고 나니 비로소 내 가슴에도 동근이가 보인 정성이 암만이었는지 실감 있게 전달되어 오는 것이었다. 코가 어디 붙고 귀가 어디 붙었는지도 모르는 남의 조상 무덤에 대고 차례로 넙죽넙죽 큰절을 올리는 동근이의 궁둥이가 눈앞으로 커다랗게 확대되어 달려왔다. 어린 시절에 해마다 시제 때만 되면 줄에 끼지도 못하고 멀찌감치 뒷전을 맴돌면서 남의 조상에 관해 그 내력을 소상히 익히는 데 쏟았을 그의 눈물겨운 노력이 그제야 손에 잡히는 듯했다. 사실대로 밝히자면 그의 원래 성은 차씨였다. 어찌어찌 입안에 욱여 넣은 사과 조각이 목구멍에 걸려 넘어가지 않는 바람에 나는 한참이나 애를 먹어야만 했다.

"시숙 어른 중에서 타성바지 양자를 하신 분이 있는 모양이죠?"

눈을 오큼하니 뜨고 조용히 듣고만 있던 아내가 처음으로 참견을 하고 나섰다.

"시집온 후로 고향에 자주는 못 가봤지만 동근이란 시아재는 별루 본 적두 들은 적두 없는 것 같아요."

그래도 여전히 나한테서 아무런 대답도 없자 아내는 이번엔 동생을 상대로 했다.

"어떤 사람예요, 그 동근이란 분?"

"얘길 하자면 아주 길어."

동생을 앞질러 나는 아내에게 말했다.

"아무리 길어두 들을 건 들어야죠."

"그리고 사정이 굉장히 복잡해."

"어차피 저두 이젠 김씨 집안 귀신이 될 거예요. 사정이 복잡하다구 제가 알면 안 되나요?"

아내가 성깔을 돋우려 했다. 그러는 아내를 나는 하루아침에 문중 대소사에 지대한 관심을 쏟기 시작하는 종갓집 맏며느리 본연의 자세로 기특하게 봐주고 싶지는 않았다. 옆에서 듣자 하니 형제끼리 주고받는 이야기가 딴엔 제법 흥미 있게 느껴졌거나 아니면 아내로서 또는 형수로서의 자기 위치가 무시당하고 있다는 기분 때문이었을 것이다.

"당신 육이오 때 몇 살이었지?"

"당신보다 네 살 아래잖아요. 당신 나이 빼기 네 살, 해보세요."

"육이오 때 일을 기억하느냐는 뜻이야."

"그때 기억이라곤 딱 한 가지밖엔 없어요."

그제야 아내의 말씨가 누그러졌다.

"엄마 젖을 빨던 기억이겠죠."

동생 녀석이 제 형수를 놀렸다.

"제가 그때 젖먹이였다면 삼촌도 마찬가지루 젖먹이였게요?"

아내가 말했다.

"형수님하고는 엄연히 주민등록번호 앞대가리가 달라요."

동생이 말했다.

"실은요, 아버지가 두꺼운 솜이불을 머리 위로 덮어씌우는 바람에 덥고 숨이 막혀서 혼난 기억밖에 없어요. 유탄이나 파편이 벽을 뚫고 들어올까 봐 그랬대요."

그처럼 전쟁의 기억이 빈약한 아내를 위해서 나는 또다시 굴속같이 어두운 통로를 더듬어 길고도 복잡한 여행을 떠나지 않으면 안 되었다. 그 여행의 끝에 막다른 골목 같은 동근이가 도사리고 앉아 있었다.

눈자위를 허옇게 뒤집어 까고 귀신처럼 머리를 너풀너풀 풀어 헤뜨린 당숙모가 맨발로 동네 고샅을 온통 휘젓고 다니던 날 밤에 나는 공동 샘 너머 동구 밖 무논에서 자지러지게 울어대는 맹꽁이들의 합창을 들을 수 있었다. 바람 한 점 없는 눅눅한 밤 더위 속에서 모기 떼의 극성이 유난했으며, 초저녁부터 마당가 텃밭머리에서 피워 올리는 모깃불의 연기가 한없이 낮게만 깔리는 바람에 집 안이 온통 생초목을 태우는 매캐한 연기 냄새로 가득했다.

한밤중이었다. 그때까지는 제법 잘 참아온 셈이었으나 날이 훤히 새는 새벽녘까지 견디기엔 아무래도 무리였다. 나는 깜깜한 방 안에서 다리를 이리 꼬고 저리 꼬아가며 마지막 안간힘을 다하다가 마침내는 옆에 누운 외할머니를 깨우고 말았다.

"또 밤똥이냐?"

몇 번 부르지도 않았는데 외할머니는 금방 일어났다. 일어나 앉자마자 외할머니는 먼저 쿨룩쿨룩 기침부터 했다. 외할머니의 목구멍에서 그릉그릉 가래 끓는 소리가 내 숨통을 답답하게 만들었다. 특히 장마철의 날씨와 모깃불이 풍기는 알싸한 흰 연기가 우리 외할머니한테는 대비상이었다. 외할머니는 해수병의 증세를 보이고 있었다. 거기에다 외할머니는 서울서부터 우리 마을까지 장장 7백 리 길을 순전히 두 다리로만 걸어서 피난 나온 그 뒤탈로 얻은 양쪽 무릎 근처의 신경통이 이틀 전에 도져 밤잠을 제대로 못 자는 형편이었다.

"어서 가서 치성부터 디리자."

그러나 외할머니는 뒤늦게야 간신히 이룬 잠을 깨운 나를 털끝만큼도 끙짜놓지 않았다.

"사루마다에다 똥 지리면 할머니가 빨어줄 텨?"

친할머니가 돌아가신 뒤부터 나는 집 안에서 외할머니를 그냥 할머니라고 부르고 있었다. 외할머니 치마꼬리에 매달려 지척조차 분간이 안 가는 시커먼 토방으로 내려가면서 나는 볼멘소리를 해보았다. 그러나 외할머니의 고집을 나로서는 꺾을 재간이 없었다.

"아니다. 접때 디린 치성이 모자라서 그런다."

외할머니는 막무가내로 나를 집 모퉁이로 끌고 갔다. 댑싸리로 엮어 만든 커다란 닭둥우리가 내 키보다 더 높이 벽에 매달려 있었다. 홰대에 늘어앉아 잠자던 닭들이 때아닌 인기척에 놀라 둥우리 안에서 꼬꼬거렸다.

"달기님, 달기님."

타원형의 둥우리 앞에 나를 세워놓고 외할머니는 닭들을 향해 연신 머리를 조아려가며 두 손바닥을 싹싹 비비기 시작했다.

"달기님들이나 밤똥 누지 어디 사람이 밤똥 눈답디어?"

무슨 소린지 알아들었다는 듯이 닭들이 꼬꼬거렸다. 외할머니의 목소리가 두런두런 어둠 속으로 퍼져 나갔다. 그렇게 외할머니가 열심히 치성을 드리는 동안 나는 마개를 막듯이 손바닥으로 똥구멍을 틀어막고는 다리를 쉴 새 없이 비비 꼬면서 경중거렸다.

"가온뎃말 사는 쉰네 외손자 우리 김동만이가 요렇게 비나이다. 오늘 한 번만 더 누고 차후로 다시는 밤똥 누는 일이 없게 달기님이 살펴주사이다. 가온뎃말 김동만이 똥까장 달기님이 맡어서 다 싸주사이다."

이어서 외할머니는 외손자를 통하여 치성의 효험을 보여준 닭들에게 깊이 감사했다. 아닌 게 아니라 지난번에 치성 드린 이후로 나는 사흘 동안 내리 밤똥을 눈 적이 없었다. 그러나 그 효험이란 게 언제나 사나흘 정도를 넘기는 법이 드물었다. 며칠만 지나고 나면 도로 마찬가지가 되곤 했던 것이다.

나는 밤을 무서워하고 있었다. 밤의 어둠을 끔찍이도 무서워하고 있었다. 전쟁이 터진 뒤로 내가 아는 거의 모든 죽음이 밤중에 이루어졌다. 외삼촌의 전사 통지가 온 것도 밤중이었고 삼촌을 마지막으로 본 것도 새벽녘에 가까운 한밤중이었다. 생각만 해도 몸서리쳐지는 강둑 위에서의 학살이나 빨치산의 습격도 대개 야음을 틈타 저질러졌으며 그것에 대한 보복 또한 어둠 속에서 저질러졌다. 새벽은 다만 간밤의 죽음들을 우리에게 똑똑히 확인시키기 위해서만 찾아오는 것 같았다.

할머니가 숨을 거두던 날 밤에 우리 집 초가지붕 위로 픽 하고 박 덩이만 한 주홍색 혼불이 치솟으면서 우리 할머니의 넋이 깜깜한 하늘로 흐느적흐느적 사라지는 광경을 직접 보았노라는 동네 여자의 이야기를 들은 다음부터 나한테는 어느새 꼭 밤똥을 싸야만 하는 버릇이 생겼다. 밤중엔 절대로 혼자서 으슥한 측간 근처엔 얼씬도 말아야지, 말아야지 하고 초저녁부터 단단히 벼르다 보면 으레 아랫배가 쌀쌀 뒤틀리는 통증 때문에 한밤중에 잠에서 깨곤 하는 것이었다.

"그저 달기님만 꽉 믿고 쇤네는 이만 물러갑니다. 가온뎃말 사는 우리 김동만이 부데부데 달기님께서 살펴주사이다."

치성을 다 마치고 외할머니는 닭둥우리를 향하여 세 번 절을 했다. 횃대에 앉은 닭이 꼬꼬거리면서 외할머니더러 너무 염려 말라고 했다.

"달기님, 달기님, 가온뎃말 사는 김동만이 밤똥 안 누게 살펴 주사이다."

외할머니의 권에 따라 나는 차마 떨어지지 않는 입술을 놀려 가까스로 이렇게 빌었다. 그리고 손바닥을 싹싹 비비면서 둥우리를 향해 세 차례 머리를 조아렸다. 닭들이 꼬꼬거리는 소리가 또다시 둥우리 안에서 흘러나왔다.

어디선가 개가 짖고 있었다. 먼저 짖기 시작한 그 개를 뒤따라 여기저기서 다른 개들도 짖어대고 있었다. 나는 똥통 위에 얹은 발판에 앉아 숨 다급한 그 소리를 듣고 있었다. 면사무소 서기에 의해 외삼촌의 전사 통지서가 전달되던 날 밤하고 흡사한 분위기였다. 다른 점이 있다면 그것은 비가 내리고 안 내리는 그런 차이였다.

"할머니 혼자 가지 마!"

외할머니가 울타리에서 따준 연한 호박잎으로 서둘러 밑을 훔친 다음 나는 잠방이를 허리 쪽으로 끌어 올렸다.

"너도 들었냐?"

이때 두억시니 같은 어둠 속에서 외할머니의 목소리가 조용히 흘러나왔다.

"개들이 미쳐서 지랄났어."

나는 외할머니의 치맛자락을 꽉 붙잡고 매달렸다.

"개 말고 따른 소리다. 잘 들어봐라."

외할머니가 조용히 말했다. 그러나 나는 개들이 울부짖는 소리 외엔 아무것도 듣지 못했다. 외할머니는 어떤 보다 더 무시무시한 다른 소리를 지목하고 있음이 분명했다. 이를테면 그것은 외삼촌의 죽음이 확인되던 날 밤에 들리던, 철벅철벅 흙탕물을 튀기는 어지러운 발소리 같은 것이었다. 초저녁에 비해 많이 기세가 꺾인 무논의 맹꽁이들 울음이나 풀벌레 소리가 그것만큼 무섭게 들릴 리는 만무했다.

"아무 소리도 안 들려!"

볼때기로 달라붙는 모기를 손바닥으로 철썩 후려갈기면서 나는 외할머니에게 짜증을 부렸다. 빨리 방으로 들어가자는 뜻이었다. 평소엔 외할머니하고 비교도 안 되게 훨씬 밝은 내 귀가 어떤 특별한 경우엔, 예를 들어 죽음하고 관련되는 어떤 소리를 어둠 속에서 잡아내는 신기한 능력에 있어서는 도무지 외할머니의 귀를 따라갈 수 없다는 사실을 그간의 여러 차례 경험을 통해서 잘 알고 있기 때문에 나는 바로 그 점을 두려워하고 있었다.

"사람 소리다."

기어들고 기어나는 측간 입구에 우두커니 선 채로 외할머니가 중얼거렸다. 그러자 내 귀에도 마침내 문제의 그 소리가 가물가물 잡히기 시작했다.

"누군지 몰라도 시방 숨이 넘어가는 참이다."

그것은 사람의 목숨이 끊어져가는 비명과 신음이었다. 여자의 앙칼진 비명과 남자의 위협에 찬 외침이 눅눅한 밤공기를 타고 멀리서 들려오고 있었다.

"여럿이서 여러 사람 숨을 끊어놓고 있다."

더 지껄일 듯하다가 갑자기 말소리를 뚝 그치더니 외할머니는 나를 덥석 끌어안다시피 하여 방 안으로 허둥지둥 들어갔다. 안에서 문고리를 걸어 잠근 다음 외할머니는 내 머리 위에 홑이불을 들씌워주었다.

"어서 잠이나 자거라."

잠이 올 턱이 없었다. 나는 더위 따위는 어느 겨를에 말짱 다 잊어버리고 오히려 오한에 떨면서 그것이 마을 어디쯤 누구네 집에서 나는 소리인지를 대강만이라도 가늠해보려고 이불 밑에서 안달을 했다. 그러나 당최 짐작조차도 할 수가 없었다.

큰방 문이 조심스럽게 열리는 소리가 마당을 돌아서 사랑채까지 왔다. 드디어 큰방에서도 그 소리를 들은 모양이었다. 잠시 마루 끝에 서서 바깥 동정을 살피는 기색이더니 이내 잽싼 발소리가 사랑채로 다가왔다.

"어머님, 동만이를 큰방에다 재워야겠습니다."

아버지였다. 나는 아버지의 품에 안겨 외할머니와 이모가 자는 사랑방을 떠났다. 아버지의 큰 걸음이 마당을 성큼성큼 건너지르는 그 사이에 나는 잠에서 깬 이웃집들이 어둠 속에서 은밀히 내는 인기척들을 또렷이 느낄 수 있었다. 하지만 어느 한 집, 방 안에 불을 밝히고 밖에 나와 내다보는 사람 하나 없었다. 시국이 시국이니만큼 야밤에 혹 동네에서 예사롭지 않은 일이 벌어지더라도 절대로 함부로 밖에 나와서는 안 된다고 우리는 어른들로부터 누누이 신칙을 받아왔었다.

"누네 집이다요?"

깜깜한 아랫목에서 어머니의 목소리가 파르르 떨려 나왔다.

"솔뫼 차 서방네 집이 맞지라우?"

아버지한테서 아무 말이 없자 어머니는 다시 파르르 떠는 소리를 했다.

"아매 그럴 게여."

그제야 아버지는 마치 신음을 토하듯이 무겁게 말했다.

솔뫼 차 서방네 집!

그때부터 내 몸뚱이가 사정없이 덜덜 떨리기 시작했다. 바로 내 친구 재석이네 집이었다. 틀림없이 재석이가 사는 솔뫼 외딴집 근처였다.

"대관절 얼매나 더 피를 흘려야 이런 놈의 짓거리가 끝날 것인지……"

아버지가 중얼거렸다.

"저물녘부터 소문이 돌드니만 기연시 차 서방네가 절딴이 나누만요."

말을 마치고 어머니가 한숨을 푸욱 껐다. 그 순간 어머니는 하마터면 우리도 당할 뻔했던 지난 일을 머릿속에 떠올리고 있는 듯했다. 그러나 우리 집안은 재석이네와는 여러모로 달랐다. 인근을 통틀어 우리만큼 벌쭉한 집안이 드문 데다가 남의 이목에 거슬릴 만큼 두드러지게 부역한 사람이라곤 삼촌 하나뿐이었다. 더구나 국군 장교로 일선에서 전사한 외삼촌의 어머니가 우리 아버지의 장모로 사랑채에 기거하면서 두 눈을 시퍼렇게 부릅뜨고 방패막이를 해주는 바람에 읍내에서 몽둥이와 연장을 들고 습격을 나온 청년들도 우리 집만은 슬금슬금 피해서 가버렸다. 우리 집의 불행은 다행히도 삼촌 한 사람의 죽음만으로 끝날 수 있었던 것이다.

그런데 재석이네는 사정이 전혀 달랐다. 양념으로 쓸 만한 친척 하나 없이 어디선지 흘러 들어와서는 솔뫼 잿등 밑에다 외딴집을 짓고 차 서방이 남의 집 머슴살이를 하면서 그럭저럭 살았다. 인공 치하가 되자 차 서방은 면당 위원회에 나가 자전거를 타고 한동안 열심히 심부름을 다녔다. 그러다가 인민군이 물러갈 무렵에 차 서방은 갑자기 행방이 묘연해졌다. 그때부터 재석이네 할아버지는 일삼아 동네 집집을 찾아다니다시피 하면서 자기 아들이 읍내에 나갔다가 헌병한테 걸려 국군에 노무자로 끌려갔다고 소문을 퍼뜨렸다. 그러나 재석이네 할아버지의 말을 신용해주는 사람은 아마 마을 전체를 탈탈 털어 재석이네 식구들뿐이었을 것이다.

"아직 다섯 이레도 못 넘은 핏덩이까장 딸렸는디 재석 어메 불쌍혀서 어쩐디야. 속에 든 것은 없어도 사람 하나 음전하고 바느질 솜씨가 기가 맥힌 예펜네디…… 으런 뫼시고 새끼들 키우는 예펜네가 무신 죄가 있다고…… 뭘 안다고…… 응뎅이나 몇 차례 패고 지발 덕분 죽이지만은 말어야 헐 틴디……"

어머니는 거푸 혀를 차고 거푸 한숨을 내쉬었다. 아버지는 아무 말도 하지 않았다. 윗목을 더듬어 담배통을 찾아낸 기색이었지만 성냥을 긋지는 않았다. 아버지는 방문을 살그머니 열고 마루 쪽으로 잠시 머리를 내밀었다가는 도로 닫았다.

"대충 끝난 모냥이네."

아버지의 말은 습격자들이 물러갔을지도 모른다는, 그만 물러갔으면 좋겠다는 그런 뜻이었다. 어느 겨를에 비명 소리는 그쳐 있었다. 마무리라도 지으려는 듯 멀리서 개 짖는 소리가 간간이 들릴 뿐이었다.

"동식이네한티 가봐야겄어."

성냥을 그어 등경걸이에 얹힌 사기 등잔에다 불을 댕기면서 아버지가 말했다.

"동식이도 그 패에 끼었을까라우?"

심지에서 서서히 피어나는 불빛을 받으며 어머니가 가슴이 철렁 내려앉는 얼굴을 했다. 동우 녀석이 어머니의 품 안에서 세상모르고 잠을 자고 있었다.

"무신 소리!"

아버지가 강경한 어조로 말했다.

"내가 살어 있는 한은 우리 집안에서 누구도 고런 짓거리 허는 사람 없어!"

얇은 담배 종이에 썩초를 말아 혓바닥으로 침을 묻혀 입에 물고 아버지는 벌떡 일어섰다.

"동식 애비랑 사람을 모아서 솔뫼로 가봐야지."

거기 끼지도 않았을 동식이네한테는 뭐 하러 가느냐는 어머니의 물음에 아버지는 퉁명스럽게 대꾸했다. 그러자 어머니가 아버지의 바지 자락을 거머잡고 늘어졌다. 날이나 밝은 다음에 나가보든지 말든지 하라는 통사정이었다. 결국 어머니의 당부에 꺾여 아버지는 좀더 시간을 보낸 다음에 나가기로 하고 도로 주저앉았다.

"재석 어메더러 빨리 몸을 피허라고 귀뜸헌 사람도 있었다는 디……"

"나도 들었어, 차 서방네가 동네를 뜰 거라는 소문."

어머니하고 아버지가 가만가만 주고받는 소리를 들으면서 나는 조무래기들과 어울려 실성한 당숙모의 꽁무니를 쫓아다니는 그 사이에 마을 안에서는 불길한 소문이 벌써 파다했었다는 사실을 그제야 겨우 알아차릴 수 있었다.

"머가 못 잊어서 이놈의 바닥을 핑 허니 못 뜨고 미적미적 뭉개다가 그 지경을 당혔을꼬이……"

천행으로 살아남은 가실리 사람 하나가 우리 마을로 친척을 만나러 왔다. 어두워지기 전에 그가 돌아간 다음 마을엔 소문이 나돌기 시작했다. 머리를 크게 다쳐 읍내 병원에서 오래 입원해 있던 다른 가실리 사람 하나가 며칠 전에 오랜 혼몽에서 깨어났는데, 바로 그 사람이 자기가 자신 있게 얼굴을 기억할 수 있는 빨치산 한 명을 친척들한테 일러주었다는 것이다. 면당 위원회의 심부름으로 자전거를 타고 가끔 가실리를 들락거린 적이 있는 차 서방이 그날 들이닥친 공비들 틈에 섞여 있는 걸 얼핏 보았다는 것이다.

사변 전에 중학교를 다니다 중퇴한 동식 형이 가실리에 친척을 가진 친구와 함께 헛간에서 날카롭기가 진짜 쇠창이나 다를 바 없는 기다란 죽창을 다듬다가 큰당숙한테 들켜 치도곤을 맞았다. 그런 일이 있고 나서 마을엔 흉흉한 공기가 감돌았다. 원한에 사무친 가실리 사람들의 습격이 머잖아 있을 거라고들 쑤군거렸다. 집안 아주머니 하나가 이런 소문을 재석 어멈에게 전해주었다. 그러나 재석 어멈은 마땅히 갈 만한 데도 없는데 어떻게 해야 좋을지 모르겠다면서 쫄쫄 쥐어짜고 울기만 하는 것이었다.

띄엄띄엄 흘려놓는 아버지와 어머니의 말소리를 한 두름으로 엮어본다면 대충 이런 이야기가 만들어지는 셈이었다.

늦잠에서 깨었을 때는 비가 주룩주룩 내리고 있었다. 이틀간이나 푹푹 삶는 날씨에 외할머니의 신경통과 당숙모의 광기로이미 충분히 예고되었던 그대로 빗낱이 아주 굵고 그 기세가 대단했다. 굴뚝 연기보다 더 짙은 비구름 저쪽에 자우룩이 가려져있어 건지산 날망이 마치 원래부터 그 자리에 그렇게 없었던 듯이 중동을 싹둑 가위질당한 거나 다름없는 우스꽝스러운 사다리꼴의 모습으로 무수한 빗방울에 의해 무수히 난자당하는 중이었다.

집 안에 남아 있는 사람이라곤 외갓집 식구들뿐이었다. 어머니하고 아버지가 안 보였다. 심지어는 동우 녀석까지도 어디로나갔는지 아침부터 가뭇없었다.

"다들 어디 갔어?"

나는 외할머니한테 물었다.

"솔뫼는 안 갔다."

외할머니가 시침을 뚝 떼고 대답했다.

"에헹, 솔뫼 재석이네 집으로 갔구나!"

늦잠에 곯아떨어져 있다가 나는 하마터면 간밤의 일을 언제그랬더냐는 듯이 잊을 뻔했다.

"솔뫼 근처엔 얼씬도 말거라."

외할머니가 나한테 이렇게 주의를 주었다. 그러나 나는 그 말이 끝나기도 전에 벌써 비를 가릴 만한 물건부터 찾고 있었다.커다란 마대가 벽장 속에서 발견되었다. 나는 마대의 밑바닥 한쪽 모서리를 안으로 쑤셔 넣어 다른 한쪽 모서리와 겹치도록 해서 쌀을 까부는 키 모양으로 만들어 냉큼 머리 위에 둘러쓰고는 억수로 쏟아지는 빗속을 뚫으며 외할머니가 일러준 대로 곧장 솔뫼로 직행했다.

아마 마을 사람 전부가 거기 몰려 있다 해도 지나친 말은 아닐 것이었다. 솔뫼 잿등 밑 재석이네 집 근처에 구경꾼들이 장날을 맞은 읍내 장터만큼이나 벅적거리고 있었다.

"계수씨! 계수씨!"

울타리도 없이, 그래서 울안이라고 할 것도 없는 오두막으로부터 한바탕 거리나 외따로 떨어진 재석이네 측간 앞에 서서 큰당숙이 비를 고스란히 맞고 있었다.

"계수씨! 계수씨!"

큰당숙한테 계수씨라면 그건 작은당숙모였다. 큰당숙은 측간의 거적문 안쪽에 대고 거듭 계수씨만을 애타게 불러댔다. 아버지를 비롯하여 집안의 여러 어른이 측간 주변을 포위하다시피 하고 있었다.

"다아 쓰잘디없는 짓이요. 그러지 말고 어서 나오시요!"

큰당숙의 말에 작은당숙모는 아무런 기척도 나타내지 않았다.

"끄니 저러다가 아 하나만 더 쥑이고 말겠구만. 쯧쯧쯧쯧……"

구경꾼들 틈에 섞여 어머니가 아주 익숙한 솜씨로 혀를 찼다.

"차라리 애저녁에 죽는 게 낫지 그 핏덩이 혼자 달랑 살아서 뭣 헌다요."

집안 재당숙모 되는 진철 어메가 옆에서 어머니에게 이렇게 말했다.

"차라리 쥑이는 짐에 씨까장 말려뿐단 말이지 멀라고 저것은 냉겨놨을꼬."

"누가 아니래유."

"그나저나 저 사람이 참 안됐구만. 오직 자식 생각이 간절했으면 뽈갱이 새끼를 안 내놓겠다고 저 극성일꼬이!"

아낙네들이 끼리끼리 모여 쑤군거리고 있었다. 비에 흠뻑 젖은 아버지가 역시 비에 흠뻑 젖은 큰당숙에게 다가가고 있었다. 아버지와 큰당숙은 잠시 귀엣말을 나눈 다음 둘이서 같이 거적문 앞으로 살금살금 접근해 갔다. 큰당숙의 손이 거적문에 거의 닿으려는 순간, 새되게 부르짖는 외마디 소리가 측간 안에서 빨랫줄처럼 뻗어 나왔다. 그 사품에 아버지와 큰당숙이 마치 어떤 엄청난 힘에 떠다박지름이라도 당한 것같이 냉큼 뒤로 물러섰다. 나는 그때 거적문에 푹 꽂혔던 예리한 낫날이 도로 쑥 빠지면서 측간 안쪽으로 사라지는 모양을 똑똑히 보았다.

올이 굵은 마대 천을 충분히 적시고 난 빗물이 이제 내 머리통과 잔등을 타고 옷 속으로 줄줄이 흘러내리고 있었다. 그래서 나는 이제 쓰고 있으나 마나 한 마대를 아예 벗어버리고 정면으로 비에 맞섰다. 비는 계속해서 줄기차게 내렸다. 빨치산으로 죽은 삼촌을 대신해서 살아 있는 구렁이가 집 안으로 기어들던 그 무렵의 그 비하고 거의 비슷했다. 그렇게 엉망으로 비를 맞으면서도 사람들은 누구 하나 재석이네 오두막을 떠나려 하지 않았다. 나는 더 이상 배가 고파지기 전에 거적문을 들치고 나오는 당숙모의 모습을 보았으면 좋겠다고 생각했다. 아침밥도 못 먹은 채 그냥 뛰어나온 탓으로 내 뱃구레에서 울리는 도랑물 흘러가는 소리가 무척이나 청승맞게 들렸다.

그토록 오래 참고 기다린 보람이 있어 마침내 당숙모가 모습을 드러내었다. 거의 벌거벗은 거나 다름없는 해괴한 차림으로 당숙모는 품에 안긴 갓난애한테 젖꼭지를 물린 채 거적문을 들치고 나와서는 아무 데나 대고 함부로 낫을 휘둘러대기 시작했다. 눈동자가 회까닥 돌아버린 상태였다. 어느 누구도 당숙모에게 접근을 못 하고 엉거주춤 뒤로 물러서기만 했다. 눈자위를 허옇게 뒤집어 깐 채 이를 악물고 낫자루를 휘두르면서 당숙모는 뒷걸음질로 달아나기 시작했다. 벌거벗은 미친년 하나가 이제 때가 되면 틀림없이 잡아먹고 말 갓난애 하나를 품 안에 꽉 끌어안은 채로 장대 같은 빗줄기를 뚫고 건지산 쪽을 향해 한없이 도망쳐 가고 있었다. 뒤쫓는 걸 포기하고 맥없이 돌아서면서 아버지와 큰당숙은 서로 참담하기 이를 데 없는 눈짓을 주고받고 있었다.

"그래서 결국 차 서방 아들을 김씨 집안 양아들로 받아들이기루 어른들 사이에 묵계가 이루어진 셈이군요?"

침을 꿀꺽 삼키고 나서 아내가 말했다.

"그 뒷얘기 역시 털어놓자면 아주 길고 복잡하죠."

동생이 제 형수에게 말했다.

"제아무리 길구 복잡해두 어느새 여기까지 무사히 건너왔잖아요?"

아내는 나에게 뒷얘기를 재촉했다.

"어때, 재미있어? 제법 들을 만해?"

나는 아내를 흘겨보았다.

"벌써 결혼 생활 몇 년인데 왜 저한테 그런 이야기를 한 번도 비치지 않았죠?"

"자랑하고 싶을 만큼 즐거운 이야기는 아니야. 소설책 읽듯이 그렇게 재미로 들어선 안 돼."

아내의 천장 모르게 들뜨려는 마음에다 찬물을 끼얹고 나서 나는 다시 말했다.

"만약 당신 같으면 그 앨 어떻게 했을 것 같애?"

"그야 뭐 물어보나 마나죠. 비록 남의 집 자식이긴 할망정 내 자식처럼 길러야죠, 당연히."

"자기 남편을 죽이고 자기 애들을 죽인 빨갱이 자식인데도?"

"아이 참, 이제 보니 그렇군요. 원수 자식은 원수나 마찬가질 텐데 그럴 수는 없겠죠. 그래 어떻게 처리했어요?"

아내는 갈피를 못 잡고 있었다.

"그런데 당숙모는 끝끝내 그렇게 하고 말았어. 그 바람에 집 안에 말썽이 떠날 날이 없었지."

정말로 그랬다. 하루가 멀다고 집안 어른들이 큰당숙 집에 모여 드잡이 직전에까지 이르는 격렬한 말다툼을 벌이곤 했다. 집안의 크나큰 수치라는 것이었다. 툭하면 여자가 벌거벗고 동네 고샅을 내닫는 것도 문제지만 그보다도 더 큰 문제가 어린애라는 의견들이었다. 가뭄 흉년의 물꼬 싸움만큼이나 험악한 입씨름 끝에 결국 어린애는 떼내어 광주 같은 대처 고아원에 맡기고 당숙모만 친정 동네로 보내버리기로 합의가 되었다.

그러나 당숙모는 친정으로 돌아가지 않았을 뿐만 아니라 끝까지 어린애도 빼앗기지 않았다. 작은당숙모가 깊이 잠든 틈을 노려 밤중에 살그머니 어린애를 빼내려다가 큰당숙모는 팔뚝을 물어뜯기고 손가락이 잘릴 뻔했다. 언젠가는 또 큰당숙이 똥바가지를 뒤집어쓰고 쫓겨 나오기도 했다. 당숙모는 재석이네가 살던 움막에 그대로 눌러앉아 임자 없는 집을 차지하고 살았다.

젖을 빠는 어린애가 생긴 뒤부터 이상하게도 당숙모는 날이 궂으려고 우리 외할머니의 삭신이 영검하게 쑤시기 시작해도 전처럼 그렇게 귀신같이 산발한 채 맨발로 동네를 온통 휘젓고 다니는 버릇은 하지 않게 되었다. 우리는 움막 앞 양지바른 곳에 나앉아 어린애한테 젖을 빨리면서 행복에 겨워 거슴츠레하니 졸린 눈을 하고 있는 당숙모를 자주 목격할 수 있었다.

이젠 좀 잠잠해졌는가 싶던 당숙모의 광기는 이따금 먹을 것이 떨어질 때마다 어김없이 폭발되곤 하였다. 양식을 얻으려고 큰댁에 갈 때는 언제나 어린애를 처억하니 둘러업고 낫을 휴대했다. 말이 좋아서 얻는 것이지 실상은 파랗게 날이 선 낫으로 위협해서 필요한 만큼 빼앗는 것이었다. 홀로된 여자라고 아무도 당숙모를 깔볼 수가 없었다. 당숙모는 우리 집에도 몇 차례 찾아온 적이 있었다. 으레 논이나 밭에서 뭔가 거둬들이고 난 다음이었는데, 그때마다 당숙모는 어김없이 낫자루를 손에 단단히 움켜잡고 있는 것이었다.

동근이는 국민학교에 입학하기 전까지 이름도 없이 자랐다. 우리한테는 그 애가 그저 '똥떡이아들'이었고, 당숙모한테는 언제나 그냥 '어구어구내새끼야'였다. 그 애에게만은 사실상 이름 따위가 필요 없는 생활이었다. 그리고 그때쯤에 이르러서는 그 애가 정녕 우리 당숙모의 아들임을 부정하는 사람이 마을 안에 한 명도 없을 정도가 되었다. 마찬가지로 그 애가 과거 차 서방의 막내아들이었던 사실을 일삼아 기억하는 사람도 별로 없었다.

학교에 들어갈 나이가 되자 당숙모는 동근이를 호적에 올려달라고 큰당숙에게 당당히 요구했다. 그 바람에 한바탕 또 야단법석이 일어났다. 다른 누구보다도 이미 그때는 장가를 들어 가정까지 이룬 어엿한 어른인 동식 형이 가장 맹렬히 반대하고 나섰음은 말할 나위도 없는 일이었다. 만약 작은아버지를 죽인 빨갱이의 자식이 작은아버지의 호적에 오른다면 자기 호적을 파가지고 나가버리겠다면서 동식 형은 입에 거품을 물었다. 차 서방네 일가를 몰살하겠다고 날카롭게 다듬던 그때의 그 죽창이나 다를 바 없는 서슬이 퍼런 말씨였다.

동근이의 입적 문제가 선뜻 결말을 못 보고 있는 그사이에 큰당숙네 집 봉당에서 불이 났다. 불길은 차곡차곡 쌓아 올린 볏단에서 일어나 안방 쪽과 건넌방 쪽을 쌍갈래로 위협했다. 불길 속에서 부지깽이를 손에 든 작은당숙모가 꽥꽥 기성을 질러대며 너울너울 춤을 추고 있었다.

가까스로 불길이 잡힌 다음에 집안 어른들이 우리 집에 모여

회의를 했다. 결국 동근이를 우리 김씨 집안 호적에 올릴 수밖에 없다는 쪽으로 의견이 모아졌다. 당숙모하고 동근이의 사이는 이제 그 무엇으로도 갈라놓을 수 없는 기정사실의 모자지간이었다.

"애비가 뻘갱이였다고 그 자식까장 배냇뻘갱이는 아니겠지."

성냥과 불쏘시개로 쓸 볏단을 손에 든 채 그때까지 곳간 앞에서 버티고 있는 작은당숙모한테 회의 결과를 알려주려고 우리 집을 나서면서 큰당숙이 지껄인 말이었다. 호적에 올리려면 우선 이름이 있어야만 했다. 이렇게 해서 큰당숙의 솜씨로 우리 형제의 항렬자를 딴 동근이라는 이름이 지어졌다.

동근이는 공부를 곧잘 했다. 학기 말이나 학년 말만 되면 당숙모가 동근이의 통신표를 들고 동네 집집을 찾아다녔다. 우리 동근이가 제 아버지를 닮아서 머리가 아주 명민하다는 자랑이 개울을 건너고 언덕을 넘었다. 남의 집 머슴살이로만 돌던 차서방을 염두에 두고 하는 자랑이라면 그것은 터무니없는 이야기였고, 집안에서 가장 머리가 좋기로 소문이 나 일찍이 수재들만 모인다는 사범학교를 나온 우리 작은당숙을 지목해서 하는 말이라면 백번 옳은 이야기였다.

이렇듯 당숙모의 자랑이 한바탕 자지러지고 나면 으레 마을에서는 집집마다 공부가 시원찮은 자식을 닦달할 때 동근이의 이름이 뻔질나게 어른들의 입에 오르내리곤 했다. 동근이보다 뭐가 모자라서 성적이 늘 그 모양이냐는 핀잔을 덕분에 나도 어머니한테 여러 차례 들었다.

동근이가 중학생이 되고 나서 얼마 안 되어 당숙모는 원인 모를 병으로 시름시름 앓다가 세상을 떠났다. 당숙모를 선산에 묻던 날 동근이는 구덩이 속에 뛰어 들어가 한사코 관을 껴안고 나오려 하지 않았다. 살을 찌르고 뼈를 깎는 듯한 울음소리가 선산에 가득했다. 알짜배기 피붙이라도 저만큼 애통해할 수는 없을 거라면서 어머니는 덩달아 눈물을 질금거렸다. 그러잖아도 동근이는 진작부터 보기 드문 효자라는 소문이 마을에 자자했었다.

"동근이 효심이 틀림없이 구천에까장 뻗치겠구만."

좋은 일이 있으나 궂은 일이 있으나 늘 당숙모의 산소를 찾는 동근이를 두고 마을 사람들이 이구동성으로 하는 말이었다. 그러나 억척빼기 보호자가 없어진 마당에 동근이한테 좋은 일이 많을 턱이 없었다. 동근이가 어머니 산소를 찾아가서 한차례씩 서럽게 울고 오는 이유는 대개 동식 형 때문이었다.

당숙모가 제 친어머니인 줄만 알고 자라는 철부지 동근이한테 최초로 솔뫼에서 주워다 기르는 빨갱이 자식임을 일러준 장본인이 바로 동식 형이었다. 그는 당숙모가 죽자마자 큰당숙이 데려다 기르는 동근이를 심히 구박하여 다니던 읍내 중학을 그만두도록 했다.

학교를 중퇴한 후 동근이는 큰당숙 집에서 머슴처럼 부려졌다. 농사를 거들고 산에 나무도 하러 다니고 심지어는 여자들이나 하는 빨래 따위 자질구레한 집안일까지 했다.

이렇게 한 이태가량 온갖 냉대와 구박을 견디며 지내다가 동근이는 어느 날 선산에 가서 눈두덩이 팅팅 부어 눈꺼풀이 감기도록 울고 돌아왔다. 그리고 바로 그날 밤에 큰당숙이 돌아오는 장에 나가 배메기로 내놓을 송아지를 사려고 안방 벽장 속에다 꿍쳐둔 돈을 훔쳐 달아나버렸다. 광주 어느 식당에서 얼핏 보았다는 사람이 있고 면사무소에 나타나 살그머니 호적초본을 떼어 갔다는 소문이 어쩌다 간간이 들릴 뿐, 동근이는 그 후 우리 마을에 한 번도 모습을 나타내지 않았다.

"그동안 어디서 뭘 허고 지냈대?"

나는 동생에게 물었다.

"말도 못 하게 고생이 많았대. 고속버스를 타고 같이 올라오면서 내내 고생담만 들었어. 지금은 좋은 추억거리로 즐기고 있는 눈치긴 했지만 말야. 본인은 그럴지 몰라도 내가 듣기엔 콧날이 찌잉 울리는 얘기들뿐이었어."

"결과적으로 장래가 잘 풀렸으니까 재미있는 추억이 될 수도 있겠지. 그렇게 고생하면서 공부는 또 언제 했지?"

"걔가 워낙 영리했잖아. 고학하면서 중학교, 고등학교를 내리 검정고시로 뚫었대. 제대로 학교에서 배운 건 대학 과정뿐이라나. 그것도 서울에서 가정교사를 하면서 말이지. 그간 안 해본 짓이 없는 모양이야. 시외버스 배차장 청소부 노릇도 하고 열차 속에서 판매원 노릇도 하고 또 뭐라드라……"

"암튼 대단한 일은 대단한 일이군. 그런 환경 속에서 제멋대로 크면서 크게 빗나갈 기회도 숱했을 텐데 말야."

"동근이가 뭐랬는지 알아?"

동우 녀석이 낄낄거렸다.

"저는 합작품이래. 빨갱이가 낳은 자식을 그 빨갱이들한테 불행을 당한 여자가 주워다 길렀으니까 저만큼 운명을 기구하게 타고난 놈도 드물 거라는 거야. 그 이상 어떻게 더 기구할 수가 있냐는 거지. 아마 동근이가 나쁜 길로 들어서지 않고 제 운명을 똑바로 개척해나갈 수 있었던 것도 다 그 덕분일 거야. 일찌감치 큰 고통을 견뎌냈으니까 아무래도 나중에 작은 고통을 이겨내는 것쯤이야 수월했을 거 아니겠어?"

"지금 서울 어디 있다든?"

"사법연수원에 들어가 있대. 아마 내일이나 모레쯤 형한테 연락이 올 거야. 형 소식을 묻길래 전화번호하고 집 약도를 적어줬지."

"동근이가 날 뭘로 보든?"

"무슨 뜻이지, 형?"

동우 녀석이 갑자기 눈을 커다랗게 떴다.

"날 형이라고 정식으로 부르더냐?"

녀석이 픽 하고 실소를 했다.

"난 또 무슨 얘기라구. 나한테도 깍듯이 형님이라고 부르던걸."

하기야 우리 김씨 집안의 5대조 이상 할아버지 무덤에 모조리 돌아가며 절을 했다는 넉살이라면 고향에서 어린 시절을 함께 보낸 나한테 형님 소리 붙이는 일쯤이야 여반장이었으리라.

"형을 만나게 되면 동근인 아마 틀림없이 이렇게 물을 거야.

형님, 비가 그치고 나면 하늘은 어떤 빛깔이 되는지 아십니까?
그리고 그 하늘에 뭐가 뜨는지 아십니까?"

"네가 그걸 어떻게 알지?"

그러자 동우 녀석은 하하하 하고 큰 소리로 웃는 것이었다.

"어떻게 아느냐구? 다아 아는 방법이 있지. 동근이가 나한테
도 똑같은 질문을 던졌거든."

통금 시간이 가깝도록 우리는 어린 시절의 기억을 더듬어가
며 고향을 이야기했다. 그 고향 속에 있으면서 동근이는 국민학
교에 입학할 당시까지 우리에겐 '똥떡이아들'에 지나지 않는 존
재였었고, 정식으로 동근이란 동항렬자 이름으로 우리 집안 호
적에 편입된 뒤에도 종중의 제사엔 끼지를 못했었다.

동생이 밤늦게 제 집으로 돌아간 다음에 아내가 은근히 나에
게 물어왔다.

"그 동근이 시아재 결혼했을까요?"

"모르긴 몰라도 아마 안 했겠지. 고시 공부 하느라고 언제 결
혼할 여가나 있었겠어?"

나는 무심코 대꾸하고 나서 좀 수상쩍은 낌새를 느꼈다.

"그런데 그건 왜 묻지?"

아내는 비윗살도 좋았다.

"제 친구 동생 중에 아주 참한 애가 있거든요. 이담에 봐서 사
람이 쓸 만하다 싶으면 그 애한테 소개시켜줄려구요."

나는 오랫동안 혼자서 동근이를 생각하느라고 쉽사리 잠을
이루지 못했다. 솔직히 얘기해서 동근이가 전혀 대견하지 않은

건 아니었다. 어느 누구보다도 간난 많고 신산스러운 시대를 살면서 사실 그만큼 곱고 바르게 풀리기도 어려울 것이었다. 앞으로 그가 법조계에 몸담게 되면 다른 누구보다도 인간을 정확히 꿰뚫어 보고 선악을 구분하는 기준이 확고할 것임을 나는 의심하지 않았다.

동근이를 생각하는 동안 나는 동근이의 뒤에 후광처럼 드리워진 당숙모의 얼굴을 선연히 느끼고 있었다. 그러나 실례스럽게도 내 머릿속에 떠오르는 당숙모는 벌거벗은 미친년의 몰골을 하고 있었다. 건지산 날망이 시커먼 구름자락으로 칭칭 감길 때면 으레 맨발로 뛰어나와 동네 고샅길을 종횡무진 치닫다가 다 허물어져가는 외딴집 토담에 등을 기대고 픽석 주저앉아 젖몸살로 팅팅 불은 암소의 그것만큼이나 덜렁한 젖통을 적삼 사이로 드러낸 채 허공에 굴리던 그 초점 잃은 당숙모의 눈…… 동네 조무래기들이 각다귀 떼처럼 덤벼들어 젖통을 물딱총 삼고 보릿대로 아랫도리를 꾹꾹 들쑤셔도 그저 잠자코 내버려두던 그 혼 달아나버린 늘펀한 망연자실……

동근이는 바로 그런 당숙모의 젖을 빨고 자라면서 스스로 좌익과 우익의 합작이라고 떳떳이 밝히는 두번째의 생애를 살아갈 수 있었던 것이다.

동우가 다녀간 바로 그 이튿날, 나는 회사에서 돌아와 옷을 갈아입고 있었다. 그때 초인종이 울렸다. 대문을 열러 나간 아내가 어떤 굵직한 남자 목소리하고 몇 마디 간단히 주고받는 소리를 들으면서 나는 어쩌면 동근이가 찾아왔을지도 모르겠다고 막연히 생각했다.

"저 동근입니다, 형님!"

아내를 한 걸음 앞질러 낯선 청년이 마당으로 쑥 들어서면서 이렇게 외쳤다. 나는 그 순간 말문이 꽉 막혀 자기가 김동근임을 자처하는 그 낯선 청년을 우두커니 바라보고만 있었다. 그렇게 한참을 바라보고 있는 그사이에 나는 그가 전혀 낯선 얼굴만은 아니라는 사실을, 전에 어디선가 많이 보았던 얼굴임을, 다시 말해서 절반은 우리 당숙을 닮고 나머지 절반은 우리 당숙모를 닮은 듯한 생김생김임을 차차로 깨닫게 되었다.

"이게 얼마 만이냐……"

나는 뒤늦게 입을 열어 내 재종동생을 맞으면서 그 녀석이 무슨 일로 그처럼 서둘러 나를 찾아왔는지를 얼핏 깨달았다. 녀석은 이제 틀림없이 나한테 이렇게 물을 것이었다.

형님, 비가 그치고 나면 하늘은 어떤 빛깔이 되는지 아십니까? 그리고 그 하늘에 뭐가 뜨는지 아십니까?

(1978)

오늘의 운세

7일 을미(乙未) 말띠. 생로병사를 어찌 지식으로 알쏜가. 사업은 순조롭게 처리. 애정은 눈으로 보면서도 표현 못 하는 입.

나에게 친절을 베푸는 한 구두닦이 소년의 손끝에서 문제의 건물은 망신을 당했다.

"요 근처에선 제일 후진 빌딩이지요."

사족까지 달면서 소년은 업신여기듯 먼발치의 건물을 향해 손가락으로 꾹꾹 찌르는 시늉을 했다. 마치 그만한 충격으로도 그 건물의 벽을 너끈히 허물어뜨릴 수 있다는 식이었다. 아닌 게 아니라 무척이나 낡아 보였다. 주변의 어연번듯한 빌딩들 틈바구니에 끼어 주리틀림을 당하듯 문제의 기영빌딩은 잿빛의 우중충한 모습이었다.

"우리 구역에서 매상이 영 안 오르는 데가 바로 저 기영빌딩이랍니다."

"왜 매상이 안 오르지?"

"왜긴 왜요. 워낙 후진 업체 후진 사람들만 세 들어 있으니까 자기네 구두 하나 때 빼고 광낼 줄도 모르는 거죠."

소년은 친절의 대가를 노골적으로 요구하지는 않았다. 다만 몸에 익은 습관으로 말하는 틈틈이 먼지를 뽀얗게 뒤집어쓴 내 구두코를 탐욕스러운 눈초리로 내려다볼 따름이었다. 그래서 나는 구두 닦는 값에 해당하는 푼돈을 누룽지 밑바닥 같은 소년의 손에 말없이 쥐여주고 돌아서는 것으로 혹시 나한테 떨어질지도 모르는 후진 사람의 혐의를 재빨리 벗어버렸다.

가까이에서 대하는 기영빌딩은 전혀 어울리지 않는 빛깔의 헝겊 조각들로 깁고 또 기워놓은 누더기나 다름없는 꼴이었다. 나는 한쪽 벽면이 온통 잡다한 간판들로 뒤덮이다시피 한 5층짜리 건물을 올려다보면서 길게 한숨을 쉬었다. 기영빌딩 그 자체에 어떤 유감이 있는 것은 아니다. 해수병을 앓는 늙은이 모습의 그 건물하고 나하고는 아무런 상관이 없었다. 나는 다만 그 건물에서 수위로 근무 중이라는 차 씨한테 약간의 용무가 있을 뿐이었다. 설령 그 건물이 폭삭 무너앉거나 불에 탄다 하더라도 그것이 내가 차 씨를 만난 후의 일이라면 나는 별로 상심할 것도 없는 입장이었다.

건물 입구로 들어서자 곧바로 수위실이 눈에 띄었다. 수위실은 1층과 2층의 층계참에 자리 잡고 있었다. 벽을 안쪽으로 파서 한두 사람이 들어앉을 만큼의 공간을 만들어 두 쪽의 창문을 달아놓은 것이 이른바 수위실이었다. 창문 안쪽 침침하고 옹색한 그늘 속에서 바싹 마른 중년의 사내가 층계를 올라오는 나를 유심히 내려다보고 있었다. 마치 창유리 전체를 자신의 안경으로 사용하는 듯 차갑고도 음침한 눈초리였으며, 내 몸뚱이 어딘가에 숨겨져 있을 폭발물이라도 샅샅이 뒤져내려는 듯한 태도였다. 나는 낯선 출입자를 향해 지나친 경계심을 드러내는 중년의 그 수위가 바로 차 씨일지도 모른다고 생각했다. 천천히 층계를 오르면서 나는 양복 안주머니에 손을 넣어 차 씨한테 전할 편지 봉투가 틀림없이 그 속에 들어 있음을 다시금 확인했다.

"저어, 실례합니다마는……"

수위실 창문 앞에 서면서 나는 닫힌 문틈으로 한껏 공손한 말씨를 흘려 넣었다. 실례할 테면 어서 해보라는 투로 상대방은 아무 대꾸도 하지 않았다.

"차상진 씨란 분을 뵈려고 왔는데요."

앉은키의 사내가 선키의 나하고 시선을 맞추려고 상체를 앞으로 기울이며 턱을 바짝 추켜들었다. 나는 살점이 붙어 있어야 할 자리에 광대뼈만이 툭 불거진 사내의 뺨에서 실룩실룩 일어나는 경련을 보았다.

"그분이 여기서 일하신다는 소식을 듣고 찾아왔습니다마는……"

그러자 사내의 모습이 갑자기 내 시야에서 사라졌다. 냉큼 뒷전으로 물러앉는 사내를 상대하기 위해서 나는 허리를 잔뜩 굽히지 않으면 안 되었다. 좁은 공간을 메운 짙은 그늘이 사내의 얼굴을 애매하게 흐려놓았다. 실룩거리는 경련 대신 음산스럽게 번쩍이는 눈빛이 사내를 한층 더 신경질적으로 비치도록 만들고 있었다.

"무슨 일로 찾아오셨습니까?"

잔뜩 뒤집어쓴 담요의 저 안쪽에서 새어 나오는 것처럼 들리는 목소리였다. 아, 이 사람이 바로 차 씨로구나. 나는 가벼운 흥분마저 느끼기 시작했다.

"어떤 사람 부탁을 받고 차상진 씨한테 전해 드릴 게 있어서……"

"무슨 부탁을 받으셨습니까?"

비로소 사내의 목소리는 두꺼운 담요 자락을 걷으면서 카랑카랑한 본색을 드러내었다.

"편지를 전해 드리라고 그러더군요."

"차 씨가 여기 근무하는 줄 선생님은 어떻게 아셨습니까?"

"아이고, 말도 마십시오. 옮겨 다닌 직장마다 수소문하고 다니느라고 한동안 고생깨나 했습니다."

이제 가까스로 그 고생을 면하게 된 기쁨을 나는 무심코 털어놓을 뻔했다. 얼핏 이상한 생각이 든 것은 그때였다. 뭔가 또 일이 잘못되어가는 것 같았다.

"혹시 댁이 차상진 씨가 아니십니까?"

"아닙니다!"

"아니라구요?"

"차 씨는 지금 여기 없습니다."

"그럼 그분은……"

"그 사람은 지금 비번이라서 저 위 관리실에 있을 것입니다. 편지는 여기다 두고 가시면 이따가 제가 대신 전해 주지요."

나는 그 순간 편지에 적힌 험악무쌍의 사연을 머릿속에 떠올렸다. 뿐만 아니라 나는 그 편지를 입수하기까지 내가 겪었던 극적인 과정을 또다시 상기하지 않을 수가 없었다. 발신인 못잖게 나한테는 수신인도 중요했다. 퍼내도 또 퍼내도 다시 차오르는 샘물처럼 그동안 내 호기심을 꾸준히 자극해 나온 것은 오히려 수신인 쪽이었다. 다 붙잡은 거나 다름없는 차 씨를 마지막 순간에 포기하고 기껏 차 씨의 동료에게 편지를 떠맡기면서 돌아서기 위하여 장장 한 달 남짓이나 그 고생을 자초하지는 않았던 것이다.

"그건 좀 곤란한데요."

"왜요?"

사내는 바늘 끝만큼이나 뾰족한 소리로 따지고 들었다. 너무나 지나친 간섭이었다. 출입자를 철저히 확인하는 것이 그의 본분이긴 하지만, 그래도 그렇게까지 꼬치꼬치 캐물을 권한이 그에게 있다고는 생각되지 않았다. 차 씨 본인도 아닌 주제에 스스로 좀 건방지다 생각되진 않소, 당신은? 그러나 나는 혀끝에 뱅뱅 도는 그 말을 차마 입 밖에 낼 수가 없었다.

"꼭 그럴 만한 사정이 있어서 제가 직접 그분을 만나서 제 손으로 전해 드리고 싶습니다."

내 말이 끝나자마자 삐그덕거리는 의자의 신음 소리가 들렸다. 수위실의 천장이 터무니없이 낮다는 사실을 사내는 깜박 잊은 모양이었다. 그는 머리통으로 천장을 쿵 들이받고는 아파할 겨를도 없이 쪽문을 열고 비둘기장 같은 수위실에서 빠져나왔다.

"잠깐만 기다려요, 가서 차 씨를 데려올 테니까!"

내가 미처 무슨 말을 하기 전에 그는 서너 단씩 층계를 건너뛰면서 위층으로 허둥지둥 올라가기 시작했다. 꽤나 별난 구석이 있는 사내였다. 이쪽에서 청하지도 않은 수고를 느닷없이 자진해서 떠맡고 달려가는 변덕스러운 수위의 뒷모습이 시야에서 사라지고 콘크리트 바닥을 쿵쿵 울리는 성급한 발소리만이 남았다. 나는 비로소 무거운 짐이라도 벗은 양 마음이 놓이기 시작했다. 이제 잠시 후면 차 씨를 대면할 수 있으리라. 실로 얼마만의 일인가.

우연한 계제에 어떤 미지의 인물로부터 매우 비정상적인 방법으로 부탁받은 편지를 수취인에게 전하기 위해 그동안에 내가 바친 시간과 정력은 사실 각별한 것이었다. 나도 모르는 사이에 나는 차츰 사립 탐정이 되어가고 있었다. 차 씨는 좀처럼 꼬리를 잡히지 않았다. 내가 조사한 바에 의하면 최근 몇 년 동안 차 씨는 1년에 한두 차례씩 주민등록과 직장을 번갈아 옮겨다닌 것으로 되어 있었다. 그러면서도 추적자가 왈칵 체념해버리기엔 상당한 아쉬움이 남을 만큼 작은 암시들을 손수건처럼 길바닥에 떨어뜨린 채 떠나버리곤 했다. 부주의하게도, 그러나 내 편에서 보자면 무척 다행스럽게도 그가 주변에 남긴 희미한 흔적들을 실마리 삼아 나는 세 군데의 주소지와 직장을 차례로 더듬고 다녀야만 했다. 그가 나한테 마지막으로 발목을 잡힌 곳은 퇴계로에 있는 어떤 주차장이었다. 피차 고생살이하는 박봉의 동료로서 차 씨하고 제법 가까이 지냈었다는 주차장의 김 씨는 차 씨가 어렸을 때 헤어진 고종사촌이라는 내 거짓말을 여간해서 믿으려 하지 않았다. 그러면서도 내 신분을 소상히 확인한 결과 내가 결코 차 씨를 해칠 인물은 아니라는 판단이 섰던지 끝내는 이렇게 넌지시 귀띔해주는 것이었다.

"관철동 뒷골목 어디쯤이라고 그럽디다. 기영빌딩이라는 데를 찾아가보시오."

"정말 고맙습니다."

"그런데 차 씨 그 사람 대관절 어떤 사람이오?"

"그걸 왜 저한테 물으십니까? 반년 가까이나 친하게 지내셨으니까 저보다 오히려 김 씨가 더 잘 아실 텐데요. 말씀드렸다시피 워낙 오랫동안 소식을 모르고 지낸 친척이라놔서 저는……"

"허긴……"

아직도 뭔가 찜찜해하는 표정으로 김 씨는 혼잣말처럼 중얼거렸다.

"사귈수록 다시없이 좋은 사람인 것은 틀림없는데…… 어딘지 모르게 비밀이 많은 사람 같단 말씀이야. 가끔 술 마시고 떠들면서도 자기 과거나 집안 내력 비슷한 얘기는 일절 입초시에 올린 적이 없었거든."

차 씨에 관해서 내가 무슨 말을 할 수 있을 것인가. 편지의 내용으로 미루어 나는 단지 그의 생명이 한 범죄자에 의해 집요하게 위협받고 있다는 사실만을 익히 알 따름이었다. 하지만 그런 일을 차마 주차장의 김 씨한테 발설할 수는 없는 노릇이었다.

출장 업무를 수행하는 중이었다. 신제품 출하에 때맞추어 지역 총판 및 대리점 들을 순회하면서 판촉 활동을 벌이라는 명령이 나한테 떨어졌던 것이다. 출장지는 내 고향이었다. 새로 시판될 우리 회사의 컴포넌트와 종래의 다른 제품들과의 상이점을 알기 쉽게 요령껏 설명해주는 상투적인 임무가 내게 주어졌다. 회사 대 대리점보다는 대리점 대 고객들과의 관계에서 지침으로 사용하기 위한 선전술인 셈이었다. 내가 태어난 곳과 배운 곳들을 돌면서 나는 하이파이의 절반 이하 가격으로 하이파이하고 똑같은 효과를 얻을 수 있는 우리 초미니 컴포넌트의 우수성을 입이 닳도록 떠들어대는 동시에 경쟁사의 유사 제품을 요모조모로 마구 헐뜯고 다녔다.

그날 나는 오전 중으로 정읍에서의 일정을 마치고 오후에 전주행 버스를 탔다. 버스에 오르고 보니 입구 쪽은 입석 승객들로 꽤 붐비는데 이상하게도 안쪽 구석은 한산했다. 나는 통로를 비집고 들어가면서 곧 그 이유를 알았다. 별로 달가울 게 없는 색다른 손님들 때문이었다. 교도관에 의해서 호송되는 두 명의 죄수가 버스 뒷자리를 차지하고 있었다. 일반 승객들은 마치 전염성 세균과의 접촉을 피하듯이 그들로부터 될수록 멀찌막이 떨어져 있으려 했다. 나 역시 푸른 옷에 빡빡 깎은 머리의 그들이 달갑잖기는 매일반이었다. 그럼에도 불구하고 나는 그들 곁에 섰다. 물론 포승줄에 묶인 그들을 상대로 고저음이 완전 분리되는 투웨이 시스템이 어떻고 돌비 시스템의 완벽한 원음 재생이 어떻고 하면서 판촉 활동을 벌일 생각은 추호도 없었다. 나는 다만 멋모르고 들어선 구석자리에서 어마뜨거라고 얼른 되돌아 나오기가 차마 거식해서 내처 눌러 있을 뿐이었다. 어차피 피하기 어려운 상황이라면 기분 따위는 버리고 서서나마 편히 가는 실리 쪽을 택하는 것도 미상불 나쁘지는 않다고 나는 자위했다. 그러면서도 나는 죄수들의 인권은 생각지 않고 일반 버스에 태워 중인환시리에 이송하는 교정 당국의 무신경한 처사에 적잖이 불만을 품었다. 나는 죄수들 쪽엔 전혀 신경 쓰지 않는 척하면서 애써 창밖으로만 시선을 돌렸다.

버스가 출발한 후 한참 지나서였다. 내 혁대 근처를 슬쩍슬쩍 건드리는 팔꿈치의 감촉을 느꼈다. 나는 독사에라도 물린 듯이 소스라치게 놀라면서 아래를 내려다보았다. 내 얼굴을 빤히 올려다보는 죄수의 시선에 나는 다시 한번 놀라지 않을 수 없었다.

"선생님, 미안하지만 담배 한 대만……"

말은 그렇게 하면서도 별로 미안할 것도 없다는 투의 당돌한 태도였다.

"말하지 마!"

교도관이 눈을 곱잖게 뜨면서 죄수한테 주의를 주었다. 나는 엉겁결에 담뱃갑이 든 주머니 속으로 손을 넣었다. 그러자 이번에는 나를 향해 교도관이 말했다.

"줄 필요 없습니다."

어느 장단에 춤을 추어야 좋을지 몰라 내 손은 잠시 허공을 방황했다. 나는 죄수를 보고 한차례 계면쩍게 웃었다. 햇빛을 못 받고 사는 사람답게 그는 얼굴빛이 아주 창백한 데다가 수염마저 까칠했다. 하지만 눈빛 하나는 또랑또랑 살아 있었다. 많이 배운 사람의 풍모는 결코 아니었다. 어느 편이냐 하면, 확신범보다는 잡범 쪽에 훨씬 가까운 인상이었다. 그런데 무엇이 그로 하여금 오랜 질곡의 생활에도 불구하고 그처럼 생기에 찬 눈빛을 지니게 만드는지 나로서는 도통 짐작할 수가 없었다. 그는 몹시 애타게 갈구하는 시선을 내 얼굴로부터 한참이나 거두려 하지 않았다. 교도관의 제지를 무릅써가며 그가 나한테서 기필코 얻어내고자 하는 것이 정녕 한 대의 담배에 불과하다면 나는 그 눈빛을 봐서라도 그의 청을 거절하기가 심히 난감할 판이었다. 바로 그때 그가 눈을 자그마치 세 번이나 끔벅거렸다. 나한테 뭔가 은밀한 신호를 보내고 나서 그는 슬그머니 창문으로 시선을 옮기는 것이었다. 나는 그의 윗도리 한쪽이 천천히 올려지면서 위아래 푸른 옷 사이로 옆구리가 허옇게 드러나는 것을 목격했다. 자신의 때 묻은 셔츠 자락을 내 앞에서 자랑하려는 수작이 아니라는 사실을 나는 이내 알아차렸다. 바지춤 위로 삐주룩이 솟은 편지가 눈에 띄었다. 그것이 무엇을 뜻하는지는 보나마나 뻔했다. 나도 모르게 이골 난 쓰리꾼의 솜씨를 발휘하여 교도관이 눈치채지 못하도록 나는 편지를 잽싸게 빼내었다.

막을 내리듯이 푸른 옷자락을 원상태로 내려 극적인 순간의 허연 긴장을 덮은 다음 그는 아무 일도 없었다는 천연스러운 표정으로 되돌아갔다. 그러나 나는 시침 뼉 떼고 오리발을 내미는 연기에 몹시 서툰 배우인 셈이었다. 차내의 모든 승객이 흘끔흘끔 나만 곁눈질하는 것 같았다. 죄수의 탈주를 돕는 일에 결정적으로 끼어든 것만 같은 심정이었다. 나는 얼굴이 홧홧거리고 가슴이 벌렁벌렁 뛰놀아서 더 이상 견딜 수가 없었다. 나는 시골 버스의 안내양에게 급히 차를 세워달라고 소리쳤다. 어딘지도 모르는 낯선 시골길 위에다 나를 내려놓고 버스가 떠날 때까지, 저놈 잡아라, 하는 외침은 들리지 않았다.

버스가 시야에서 완전히 벗어나기를 기다려 나는 호주머니에서 편지를 꺼냈다. 편지는 두 통이었다. 한 통은 '차상진 귀하'로 되어 있고, 다른 한 통은 '이춘매 앞'에다 뒷면에 '당신을 사랑하는 금철로부터'라고 씌어져 있었다. 우표는 붙어 있지 않았다. 우표가 붙을 자리에 네모 칸이 그려져 있고, 그 안에 볼펜 글씨로 '우표 좀'이라고 또박또박 적혀 있었다. 그 점만 빼고는 편지 겉봉의 형식을 제대로 갖춘 셈이어서 금철 씨 대신 누군가가 그것을 우체통에 집어넣기만 하면 미납으로도 배달이 가능하도록 되어 있었다. 수신인들의 주소가 번지수까지 확실히 적힌 반면에 금철 씨 쪽은 '진주에서'라고 발신지만 겨우 밝히는 정도였다. 나로서는 이해가 안 가는 대목이 있었다. 정읍에 지방법원 지원이 있음을 나는 진작부터 알고 있었다. 버스에서 죄수들하고 처음 맞닥뜨렸을 때 나는 대뜸 어떤 사정이 있어 정읍 지원하고 전주 교도소 사이를 급히 오가는 죄수들이겠거니 생각했었다. 그런데 얼토당토않게 멀리 떨어진 경상도의 진주 땅은 또 뭐란 말인가.

인터폰이 갑자기 소리를 지르기 시작했다. 수위실에 인터폰 장치가 되어 있음을 나는 그제야 알았다. 받는 사람이 아무도 없자 인터폰은 마구 신경질을 부렸다. 나를 대신해서 차 씨를 부르러 간 수위의 친절에 대한 보답으로 다소 주제넘은 감은 없지 않으나 수위 대신 내가 그 성미 급한 인터폰을 달래주고 싶었다. 창문을 열고 안으로 팔을 뻗어 인터폰의 머리를 쓰다듬어 주려다가 문득 이상한 생각이 들어서 그만두고 말았다. 처음부터 거기에 인터폰이 있었다면 근무 중에 자기 자리까지 비워가며 차 씨를 부르러 몸소 올라간 그 수위는 일단 모자라는 사람으로 의심받아 마땅했다.

그리고 보니 수위가 자리를 비우는 시간이 너무 길지 않나 생각되었다. 그럴 수만 있다면 예닐곱 명의 차 씨라도 불러다가 내 앞에 차례로 대령시킬 만한 긴 시간이 무료하게 흘러갔다. 그사이에 틀림없이 외래 방문객으로 보이는 사람이 여럿이나 내 곁을 스쳐 층계를 올라갔다. 그들은 수위가 내 심부름을 간 덕분에 까다로운 확인 절차를 밟지 않고도 수위실 앞을 무사통과할 수가 있었다.

말쑥한 양복 차림의 젊은 남자가 쿵쾅거리는 발소리도 요란하게 층계를 내려왔다. 그는 몹시 화가 난 표정이었다. 수위실 창문을 와락 열어젖뜨리면서 그는 소리쳤다.

"이 작자가 인터폰도 안 받고 도대체 어딜 간 거야!"

수위의 아들뻘 나이밖에 안 되어 보이는 얼굴이었다. 그런데도 평소부터 수위를 몹시 함부로 다루어온 솜씨임에 틀림없었다.

"월부쟁이들 잡상인들 죄다 올려 보내놓고 지가 무슨 배짱으로 월급 받겠다는 거야!"

나는 젊은이의 위세에 한풀 꺾이면서도 행여나 하고 쭈뼛쭈뼛 다가섰다.

"저어…… 차 씨 만나러 온 사람인데요."

"뭐요?"

"차상진 씨라고 혹시……"

"댁은 또 뉘슈?"

나마저도 월부 장수쯤으로 취급하는 눈치였다. 그는 거만스러운 눈초리를 아래위로 견주면서 내 몸무게를 달아보았다.

"아까 여기 계시던 분이 차 씨를 불러오겠다고 그러길래……"

"차 씨를 불러오겠다구요?"

"예, 그래서 그분을 기다리고 있는 중입니다마는……"

"이 시간에 여기 얌전히 앉아 계셔야 할 그분이 바로 당신이 찾는 차 씨요!"

나는 그가 무슨 소리를 지껄이는지 얼른 깨닫지를 못했다.

"차 씨가 돌아오거든 서 부장이 지금 단단히 뿔이 나 있더라고 전해주시오!"

거의 폭언하다시피 나한테 화풀이를 하고 나서 그는 내 곁을 떠났다. 그가 위층으로 급히 올라가는 것을 보고서야 나는 차

씨한테 내가 깨끗이 한판 업어치기당했음을 알아차렸다. 나는
그의 뒤를 쫓아 층계를 뛰어오르기 시작했다.

"이 건물 출입구가 여기 말고 다른 데 또 있습니까?"

어리둥절한 표정으로 그가 나를 돌아다보았다. 나는 숨을 헐
떡이면서 재차 물었다.

"가령 비상계단이라든가 그런 것 말입니다."

그러자 그는 어처구니없다는 듯이 쓴웃음을 짓는 것이었다.

"당신 소방서에서 나온 사람이오?"

9일 정유(丁酉) 말띠. 늦장가 들어서 일면 좋으나 일면 서글
퍼라. 사업은 티끌 모아 태산 이룰 수. 애정 문제 잔소리를 절대
삼갈 것.

출근하는 나를 붙잡고 아내가 아침부터 바가지를 긁어대기
시작했다. 두 바퀴가 달렸는지 네 바퀴가 달렸는지도 모르는 생
면부지의 그 차 씨 때문에 가정생활이 엉망진창이 됐다는 푸념
이었다.

"이젠 제발 좀 단념하세요."

아직도 차 씨의 수렁에 빠져서 허우적거리는 나를 아내는 대
입 학원에 다니는 재수생처럼 딱하게 여기고 있었다.

"당신이 그런다고 뽀나스가 더 나와요, 승진이 앞당겨져요?"

언제부터인가 아내는 밖에 나가서 남편이 벌이는 모든 행위
를 순전히 보너스와 승진 두 가지의 가능성 여부로 타당도를 따

지는 고약한 버릇이 생겼다. 하기야 아내의 주장도 일리는 있었다. 차 씨를 만나 편지를 직접 전함으로써 도대체 나한테 무슨 세속적인 이득이 돌아온단 말인가. 내가 생각해봐도 병적인 집착임이 분명했다.

"독 안에 든 쥐야. 이제 다 붙잡은 거나 다름없어."

그러나 나는 아내가 건네주는 하루치의 용돈을 호주머니에 쑤셔 넣으면서 여전히 희떠운 소리만 늘어놓았다. 비뚤어진 넥타이를 바로잡아주려고 가슴팍에 안길 듯이 다가들면서도 아내의 눈빛은 보너스와 승진에서 벗어나지 못하는 듯했다. 회사와 가정 사이를 노상 시계불알처럼 왔다 갔다 하면서 틀에 찍혀 나오는 국화빵 같은 생활을 영위해나가는 월급쟁이 남편이 마음속으로 매일 무엇을 꿈꾸고 있는지를 안다면 아내는 아마 기절초풍하고도 남으리라. 나는 출근길과 퇴근길에 하루 두 차례씩 어떤 끔찍한 돌발 사고를 만나는 요행을 기대하곤 했다. 나는 아내가 크게 다치거나 죽게 되는 경우를, 혹은 나 자신이 크게 다치거나 죽게 되는 경우를 자주 상상했다. 나는 간첩을 신고하거나 아니면 위험을 무릅써가며 노상에서 소매치기를 붙잡거나 해서 용감한 시민으로 내 이름이 신문지상에 큼지막하게 박혀 나오기를 바랐다. 그간에 판매된 우리 회사의 모든 오디오 제품이 어느 날 일제히 돌아버려서 각 가정에서 제멋대로 행패를, 예를 들자면 롤링 스톤스의 판을 걸었는데 느닷없는 이미자의 목소리가 나오고 분명히 자기 목소리를 녹음한 카세트에서 으흐흐흐 귀곡성이 재생되는 이변이 일어나는 바람에 격렬한 소비자 고발과 함께 반품이 쇄도하고, 그리하여 결국 회사가 도산의 지경에 빠지는 불행을 나는 은근히 기대했다. 뭐라도 좋으니까 제발 사고다운 사고가 발생해서 속이 빤히 들여다보이는 위태위태한 유리그릇 같은 내 평범한 일상이 와장창 깨져주기를 나는 바라마지않았다. 그러면서도 다른 한편으로는 그와 같은 불상사들이 정작 상상 아닌 눈앞의 현실로 어느 날 불쑥 찾아들면 어쩌나 하고 혼자서 전전긍긍하기도 했다.

"편지 사건 이후부터는 당신이 너무 많이 달라졌어요. 예전 같지가 않다구요. 외간 남자 하나가 집 안에 숨어들어서 우리 생활을 낱낱이 지켜보고 낱낱이 상관하는 것 같아서 아주 기분 나빠 죽겠다구요."

현관에서 구두를 신기 직전에 버릇처럼 저고리 안주머니에 손을 넣어 다시 한번 편지가 들어 있음을 확인하는 나를 보고 아내는 불평을 늘어놓았다. 그런 식으로 말하는 아내가 사실은 편지 사건을 우리 집안에 끌어들인 장본인이나 마찬가지였다. 출장을 마치고 집에 돌아와서 두 통의 편지를 꺼내며 그것의 입수 경위를 밝혔을 때 아내는 내 흥분에 찬물을 끼얹었다.

"남의 편지를 몰래 뜯어본다는 건 문화인으로서 할 짓이 못 되잖아요."

그때까지도 나는 편지를 과연 우체통에 넣어야 되느냐 어쩌느냐 하는 문제로 심각한 고민에 빠져 있었던 것이다.

"그렇지만 요번만은 경우가 경우이니만치 상대방이 전혀 눈치채지 못하도록 기술적으로 아주 감쪽같이 처리한다면 문제는 달라질 수도 있을 거예요."

아내의 조심스러운 충고였다. 속으로는 나보다도 오히려 아내 쪽에서 편지 내용에 더 흥미를 느끼고 있었다. 물을 묻혀서 풀기로 봉한 자리를 감쪽같이 뜯어내는 기술적인 일은 손끝이 섬세한 아내의 차지가 되었다. 그리고 각자 자기 취향에 따라 '이춘매 앞'은 아내가, '차상진 귀하'는 내가 먼저 읽기로 순서를 정했다.

편지의 알맹이에 접하는 첫 순간, 정당한 수신자 차 씨가 받아야 할 고통이 내게로 온전히 옮아오는 기분이었다. 달필의 문체에 실린 팽팽한 살의殺意가 서두부터 편지를 핏빛으로 물들이고 있었다. 발신자인 신금철 씨가 잔뜩 겨누는 악의에 찬 흉기는 도처에서 번뜩였다. 그는 원수를 뒤쫓아 이 세상 어디든지, 심지어는 지옥 끝까지라도 기꺼이 따라갈 만반의 준비가 되어 있음을 누이 강조해놓았다. 그와 같은 보복이 정의의 이름으로 이루어지는 심판임을 그는 아울러 강조했다. 그는 다음과 같은 소름 끼치는 예고로써 핏물이 뚝뚝 듣는 편지를 끝맺고 있었다.

아무리 발버둥 치고 도망쳐봤자 너는 헛수고만 할 뿐이다. 앞으로 언젠가 너는 반드시 내 손에 잡히고야 만다. 나는 오직 그날만을 위하여 이 모든 정신적·육체적인 형벌도 달게 참아낼 수가 있다. 나는 단 한 가지 복수만을 위하여 짐승처럼 먹고 짐승처럼 자고 짐승처럼 똥을 눈다. 내 손으로 네놈을 붙잡는 바로 그날 나는 사시미칼로 그 더러운 몸뚱이를 천 조각 만 조각 포를 뜨고야 말 것이다. 두고 봐라, 어떤 일이 있더라도 나는 이 약속을 꼭 지킨다.

나는 차 씨의 심정이 되었다. 나는 차 씨 그 자체가 되었다. 나는 부르르 진저리를 치며 거실 마룻바닥에 편지를 떨어뜨리고 말았다.

"당신, 사시미칼 본 적 있어?"

나는 창밖 어둠을 멍하니 내다보면서 아내에게 물었다.

"그게 대관절 어떻게 생겨먹은 칼이지?"

아내는 아무런 대꾸도 하지 않았다. 놀랍게도 아내는 울고 있었다. 눈물로 빨갛게 토끼눈이 된 채 아내는 편지를 쥔 손을 바들바들 떠는 것이었다.

"그 동네서도 누가 죽어가고 있나? 남의 편지 훔쳐보면서 쫄쫄 눈물까지 쥐어짜다니, 여자가 좀 창피한 줄도 알아야지."

내 것 아닌 차 씨 몫의 처참한 심사를 쫓으려고 나는 입을 헤프게 놀렸다. 아내는 말없이 나한테 편지만 내밀었다. 우리는 편지를 바꿔 읽기 시작했다.

"에그머니나!"

아내의 입에서는 대뜸 비명이 흘러나왔다. 이번에는 아내가 진저리 치고 내가 토끼눈이 될 차례였다.

"이럴 수가 있어요? 사람 탈을 쓰고 정말 이래두 괜찮은 거예요?"

아내가 질겁을 하는 것은 너무도 당연했다. 어떻게 질겁하지 않고 배길 수 있단 말인가. 나는 그것이 동일한 인물에 의해서 씌어진 편지라고는 도무지 믿을 수가 없었다. 먼젓번하고는 전혀 다른 또 하나의 세계가 '이춘매 앞' 속에 거짓말처럼 전개되고 있는 것이었다. 거기서 내가 발견한 것은 다시없이 착하고 다정다감한 남편의 모습이었다. 사랑하는 아내를 불행 속으로 몰아넣은 한때의 과오를 그는 눈물로 참회하고 있었다. 자신이 새사람으로 거듭나는 데 그리스도와 부처님의 가르침이 얼마나 큰 힘이 되었던가를 그는 성경 구절과 법어法語까지 인용해가며 구체적으로 밝히고 있었다. 그는 행복했던 시절의 부부 관계를 산문시에 가까운 명문장으로 절절이 추억하기도 했다. 뿐만 아니라 자식들에 대한 아비로서의 자상함마저 보였다. 사우디로 돈 벌러 간 아빠의 귀국 날짜가 얼마 안 남았다고, 그때 아빠가 비싼 선물 많이 사 가지고 돌아온다고 아이들한테 잘 얘기해달라는 것이었다. 그러면서 그는 출감할 때까지 아이들을 아무쪼록 훌륭한 사람으로 키워달라는 당부도 잊지 않았다.

신금철 씨는 자기 아내한테 보내는 편지의 말미에서 다음과 같이 호소했다.

개전의 정이 뚜렷하고 행형 성적도 우수하다고 해서 교도관들 사이에서 칭찬이 자자하다오. 이대로만 나간다면 아마 내년 삼일절이나 광복절쯤에는 모범수로 풀려날 수 있을 것 같소. 특사까지는 못 받더라도 가석방 정도는 충분히 가능할 거요. 당신

고생시킬 날도 이제는 얼마 안 남았소. 자유의 몸이 되기만 하면 다시는 죄짓지 않고 열심히 일해서 그동안에 당신한테 진 빚 (고생살이시킨 것 말이오) 다 갚고도 당신을 얼마든지 행복하게 만들어줄 자신 있소.

속는 셈치고 제발 요번 한 번만 나를 믿어주구려. 지금의 신금철이는 절대 과거의 신금철이 아니오. 앞으로는 아무도 당신한테 전과자의 마누라라고 손가락질하는 사람 없을 거요. 여보, 제발 나를 버리지 말아요. 당신이 나한테서 도망쳐버리면 나는 단 하루도 살 수가 없소. 죄 많은 남편이 무슨 염치로 면회까지 바라겠소. 제발 편지만이라도 가끔 보내주구려. 내가 이렇게 피눈물로 용서를 빌고 있잖소. 이 편지 받는 즉시 소식 전해주기 바라오.

주님의 품 안에서 위로받기를 빌면서

못난 남편 신금철 서.

우리는 한동안 아무 말도 할 수가 없었다. 먼저 침묵을 물리친 것은 아내였다.

"어떻게 생겼느냐가 중요한 게 아니잖아요. 사시미칼이 설령 바늘보다 작다 해두 결과는 마찬가지예요. 어떻게 이럴 수가 있어요? 어떻게 이렇게 한 인간의 가슴속에 천당하구 지옥이 사이좋게 공존할 수가 있냐구요?"

아내는 몹시 분개했다. 나 또한 전적으로 동감이었다. 그러나 나는 선뜻 어떤 결론을 내리기가 주저스러워졌다.

"진실은 전혀 엉뚱한 구석에 숨어 있을지도 몰라. 신금철이라는 사람이 이만큼 원한에 사무치게 되기까지는 차 씨한테도 뭔가 남다른 과오가 있었을 테지. 그러지 않고서야 어떻게……"

"내 생각은 정반대예요. 자기 마누라 울리는 남편들치구 변변한 사내 하나도 없다구요. 자기 손으로 불행에 빠뜨린 마누라를 마지막 순간까지 감언이설로 속여가면서 또다시 범죄를 꿈꾸다니! 그따위 짓거리는 영영 구원 못 받을 악마들이나 저지르는 죄악이라구요!"

그렇다. 악마 바로 그것이다. 우리 부부는 악마와 천사의 차이점에 관해서, 우리네 인간 본성의 밑바탕에 깔린 악마와 천사의 양면성에 관해서, 그리고 지금 이 세상을 지배하는 것은 악마인가 천사인가 하는 문제를 두고 심각하게 입씨름을 벌였다. 둘 다 일찌감치 비관적인 쪽으로 의견이 기울었는데도 이상하게 토론은 성립되었다. 홀랑 까발려지다시피 한 신 씨에 비해 차 씨나 이 씨에 관해서는 우리 모두 아는 바가 거의 없는 까닭이었다.

극과 극으로 성격이 전혀 판이한 두 통의 편지는 우리 부부의 잠을 많이 갉아먹었다. 그날 밤 늦은 잠자리에 들면서 아내가 먼저 나를 충동질했다.

"우체국 신세질 것 없이 당신이 직접 찾아가서 전하세요. 차 씨를 만나서 자세한 얘길 들어보면 당신도 둘 중에서 어느 쪽이 악만지를 알게 될 거예요. 동물적인 육감은 남자가 여자 절대로 못 따라온다니까요."

편지의 주인공들에 대한 아내의 관심은 정말 대단했다. 차 씨보다도 아내는 같은 여자 입장에서 특히 죄수의 마누라 쪽에 더욱 집착했다. 자기한테도 한 번쯤 그 불쌍한 여자하고 대면할 기회를 만들어달라고 나한테 신신부탁할 정도였다.

그러던 아내가 이제 와서는 제발 그 불길한 편지들일랑 아예 없애버리라고 새롭게 충동질하고 있었다. 악마가 심은 죄악의 씨앗이 아무래도 우리 집안에까지 싹을 틔울 것 같은 방정맞은 예감이 자꾸만 든다는 얘기였다.

회사에 출근해서 책상 위에 일감을 쌓아놓고도 멍하니 앉아만 있는 나를 보고 부장이 슬슬 집적거리기 시작했다.

"아직도 장모님이 많이 편찮으신가? 관상을 보아하니 우리 류 과장께서는 오늘도 틀림없이 조퇴를 신청할 것 같은 예감이 드는구만."

뼈 있는 농담이었다. 나는 뼈 따위엔 둔감한 척하면서 그저 애매하게 웃기만 했다.

"현지처라도 하나 만들어놓고 왔나?"

"무슨 말씀이십니까, 부장님?"

"지난번에 출장 갔다 온 후부터 류 과장 근무 태도가 아무리 봐도 정상이 아니니까 하는 얘기지."

나는 다른 누구보다도 우선 부장네 집 오디오에서부터 롤링 스톤스의 판이 이미자의 판으로 둔갑하는 변고가 생겨주기를 바라마지않았다.

오후 늦게 퇴근하는 길로 곧장 기영빌딩을 찾아가봤으나 역시 허사였다. 예상했던 그대로 차 씨는 온다 간다 말도 없이 근무처를 이탈한 후 내리 이틀째나 무단결근 중이었다.

11일 기해(己亥) 말띠. 달리면서 여물 새기는 백마 격의 신세. 사업은 금색 불변. 애정 문제 손을 잡으며 눈을 맞추면 오케이.

12일 경자(庚子) 말띠. 공을 세워 남에게 넘기니 당장은 허전하나 후일 길함. 애정은 반월성에 달빛만 고요하고 사업은 찬바람 몰아치는 부둣가의 날씨.

연 사흘째였다. 나는 또 허탕 치는 줄만 알았다. 그런데 내 집념이 마침내 상대방의 결심을 꺾은 것일까. 한 선생의 입에 단단히 물려 있던 재갈이 어느 한순간에 스르르 풀리고 말았다.

"따지고 보면 세상에서 그만큼 철두철미 불행을 타고난 사람도 드물 거요. 만나시더라도 부디 상처는 건드리지 말아주시오."

중년의 교육공무원이었다. 그는 차 씨하고 처남 남매지간, 그러니까 이미 고인이 됐다는 차 씨 부인의 오빠이자 차 씨의 신원보증인이었다. 그런 줄도 모르고 나는 한 선생을 처음 만난 자리에서 차 씨가 어렸을 때 헤어진 내 당숙이라고 금세 들통날 거짓말을 늘어놓았었다. 결과적으로 그것은 그렇지 않아도 나를 의혹의 눈초리로 대하던 한 선생의 경계심에 기름을 끼얹은 꼴이 되어 내 본심이 무엇인지를 납득시키는 일에 꼬박이 이

틀을 더 허비하지 않으면 안 되었다.

예수를 팔아넘길 당시에 유다가 지었을 법한 그런 표정이었다. 한 선생은 자기 매제의 주소를 일러주면서 차마 말로는 설명하기 어려운 기묘한 표정을 짓고 있었다.

"정말 감사합니다. 이 은혜는 두고두고 잊지 않겠습니다."

그것이 무슨 결초보은의 대상이기나 한 듯이 나도 모르게 허리가 등신처럼 굽실거려졌다. 이틀 전에 기영빌딩에서 서 부장한테 거의 애걸복걸하다시피 매달려서 가까스로 차 씨의 주소 아닌 신원보증인의 주소나마 동냥할 때도 나는 똑같은 등신의 자세를 취했었다.

"이춘매 씨요? 아하, 그 저승사자 같은 신가의 처 말입니까?"

허실 삼아 한번 물어보는 말에 한 선생은 고개를 세차게 좌우로 흔들었다.

"모릅니다. 알려고 해본 적도 없지만 아마 알 수도 없을 겁니다. 남편이 다섯번째로 감옥에 들어가고 나서 그 여자는 애 둘 데리고 어디론가 훌쩍 사라져버렸답니다."

망건에다 옥관자까지 암낭해서 한꺼번에 얻으려는 건 아무래도 너무 과분한 욕심이리라. 나는 차 씨의 현주소를 수첩 속에다 꼼짝 못 하게 가두어놓는 성과만으로 만족하면서 작별 인사삼아 한 선생에게 다시 한번 고마움을 표했다. 그러자 한 선생도 새로운 사실 한 가지를 나에게 작별 선물로 건네주었다.

"괜찮은 여자였지요. 다섯번째 감옥행을 시키려고 자기 남편한테 결정적으로 불리한 증언을 해서 매제를 도와준 장본인입니다. 자기 자신이 어려운 처지에 있으면서도 신가가 감옥에 들어가 있는 동안에 그 집에 생활비를 보조해주는 등으로 매제가 오래 공을 들여놓은 덕택이었어요. 신가 놈하고 목숨을 걸고 싸워서 매제가 얻어낸 승리가 있다면 그것이 아마 유일한 승리였을 겁니다."

결국 전달이 불가능한 편지 '이춘매 앞'은 찢어 버리든지 불태워 없애든지 해야 할 판이었다. 차 씨의 경우와는 아주 대조적이었다. 차 씨가 번번이 발자국을 남기고 떠나는 어리숙한 도둑이라면 그니는 얄미울 지경으로 냉혹한 완전 범죄자인 셈이었다. 직접 찾아다니면서 확인해본 결과 두 통의 편지에 적힌 주소들은 이미 3, 4년 전의 것임이 밝혀졌다. 차 씨 쪽은 다행히도 동사무소를 통해 추적의 실마리나마 잡혔지만 그니는 뭐가 그리 급했는지 주민등록조차 챙기지 않은 채 그냥 몸뚱이만 빠져나간 후로 아직까지도 종무소식이었던 것이다.

한 선생은 내가 기대했던 만큼 많은 것을 선물하지는 않았다. 처음부터 그는 자신의 입장을 분명히 밝히고 나섰다. 매제를 자극하는 어떤 일에도 자기는 결단코 협조하지 않겠다는 것이었다. 그러면서 나한테도 분명한 태도를 요구했다. 당신은 지금 누구를 위해서 매제를 뒤쫓고 있는가. 매제를 위해서인가, 신가를 위해서인가. 아니면 당신 자신의 호사가로서의 취미를 만족시키기 위해서인가.

어느 누가 인형처럼 가지고 장난쳐도 괜찮을 만큼 자기 매제의 처지가 유복한 상태는 결코 아니라고 힘주어 말하면서 그는 나를 향한 경멸의 기색을 구태여 감추려 하지 않았다. 남의 불행을 자신의 재미로 알고 즐기는 행위는 비열한 인간들이나 할 짓이라고 그는 눈으로 나를 꾸짖고 있었다. 내가 매일 출퇴근길에 돌발 사고나 요행 같은 걸 꿈꾸는 엉뚱한 위인임을 그는 용케도 알아보았던 것이다. 편지를 몰래 뜯어봤다는 사실도 일찌감치 간파하고는 신서개피信書開披가 형법뿐만 아니라 양심의 법칙에도 위배되는 죄악임을 은근히 상기시키기까지 했다. 나는 그가 사람을 잘못 봤음을, 다시 말해서 나는 자식을 유괴당한 부모한테 전화를 걸어, 언제 어디에다 현찰 얼마를 갖다 놓으라고 장난질하는 그런 부류의 저질이 아님을 그에게 설명하느라고 무진장 애를 먹어야 했다.

결국 한 선생의 얼굴에서 경멸의 빛이 사라지긴 했지만, 그렇다고 그 뒤로 친절을 베풀지도 않았다. 그는 내 요청에 응해서가 아니라 그 자신의 의지에 따라 꼭 필요한 내용만을 간단간단히 이야기하고 넘어갔다. 그는 죽은 누이동생의 존재가 생시보다 오히려 사후에 더욱 질기게 맺어주고 있는 자기하고 매제하고의 인연에 대해서 거의 미신에 가까운 으스스한 예감을 품고 있었다. 누이동생이 그랬듯이 매제 또한 그 마귀의 손아귀에서 끝내 헤어나지 못하고 비참한 최후를 맞게 되리라는 것, 자기한테는 매제를 도와 마귀를 물리칠 만한 힘이 없으며, 자기는 다만 최후의 그날까지 매제한테 닥치는 불행을 옆에서 그저 지켜볼 뿐이라는 것…… 등등이었다.

체념에 익숙해진 운명론자의 음울한 목소리로 말미암아 과거의 사건들은 구체성을 잃은 채 매우 추상적인 개념으로 나에게 전달되었다. 차 씨하고 신 씨 사이에 무슨 일이 있었는가. 그들 사이엔 인업因業이 있었다. 이런 식이었다. 한 선생의 표현에 의할 것 같으면, 차 씨와 신 씨 두 사람의 관계는 전생에서부터 이미 예정된 것이며 상극하는 물과 불의 관계는 아직도 끝나지 않은 채 여전히 진행 중이었다. 한 선생이 나에게 질문할 기회를 전혀 허락지 않았기 때문에 내가 할 수 있는 일이란 그가 과거의 사건 위에다 입히는 추상의 옷을 일삼아 벗겨서 내 나름대로 알몸을 들여다보는 작업이 고작이었다.

차 씨는 고생 끝에 자수성가해서 제법 규모가 크고 수지도 맞는 비누 공장을 경영한다. 신 씨가 양가죽을 쓰고 나타나 차 씨의 신임을 얻고 경리 책임자로 들어앉는다. 그는 차 씨 몰래 회사 돈을 적잖이 빼내어 유흥비로 탕진해버린다. 뒤늦게 늑대한테 속은 걸 깨닫고 차 씨는 그를 해고해버린다. 그러자 그는 차 씨의 약점을 빌미잡아 돈을 갈취하기 시작한다. 끊임없는 협박에 견디다 못한 차 씨는 자신의 탈세 사실과 비누 원료로 싼 값에 수입한 우지牛脂를 비싼 값으로 시중에 내다 판 사실을 당국에 자수함과 동시에 그를 고발해버린다. 협박자를 감옥에 보냄으로써 악몽에서 풀려나는 대가로 차 씨는 엄청난 희생을 치른다. 정상이 참작되어 다행히도 실형은 면제받았지만 막중한 벌금을 물게 된 데다가 정상 가동이 어려운 상태에서 빚에 몰려 결국 공장은 문을 닫고 만다.

차 씨는 그만큼 희생을 치른 것으로 사건은 일단락되었거니 생각한다. 그러나 그런 생각이 형편없이 잘못된 것임을 얼마 후에 알게 된다. 끝이 아니라 그것은 겨우 사건의 시작에 불과했던 것이다. 협박자는 형기를 마치고 나오기 무섭게 이번에는 돈이 아니라 사람의 목숨을 요구하기 시작한다. 그는 온갖 교활한 수단을 다 동원하여 차 씨 일가의 생존을 집요하게 위협한다. 해가 갈수록 점점 더 바싹 죄어오는 검은손에 속수무책으로 목을 내맡긴 채 불면증과 노이로제에 시달리던 아내가 맨 먼저 희생당한다. 아내의 자살에 이어 차 씨의 가정은 풍비박산의 지경에 이르게 된다.

어떻게 해서 그렇게까지 될 수가 있단 말인가. 미루어 짐작하기가 그리 어렵지 않은, 아주 단순하고도 명확한 줄거리였다. 그럼에도 불구하고 나는 한 선생의 이야기를 도무지 이해할 수가 없었다. 나는 한 선생하고 헤어져 집으로 돌아가는 택시 속에서 줄곧 이렇게 중얼거리고 있었다. 어떻게 해서 그렇게까지 될 수가 있단 말인가.

문득 시골 버스에서 만났던 죄수의 얼굴이 떠올랐다. 파라핀처럼 핏기 바랜 창백한 얼굴에 섬뜩하리만큼 이상한 광채를 띤 눈빛의 사내였다. 도대체 그 얼굴 그 몸뚱이 어느 구석에 그와 같은 짐승의 의지가 숨어 있다는 것인지, 나는 암만해도 불가사의하게만 느껴질 뿐이었다. 나는 택시 뒷좌석에 앉아 어둠을 뚫고 밤길을 질주하는 헤드라이트의 용기를 보면서 나 자신에게 수없이 묻지 않을 수가 없었다.

한 선생 말마따나 혹은 내 마누라 말마따나 그가 만약 인간의 형상을 꾸미고 이 세상에 온 악마임에 틀림없다면, 그렇다면 세상을 지배하는 것은 마성魔性인가, 신성神性인가. 만약 악의 세력 앞에 너무도 무력한 것이 선의 세력이라면, 그렇다면 우리가 숨을 곳은 과연 어디이며 우리는 오늘날 어느 편에 가담해야 되는가……

13일 신축(辛丑) 말띠. 목전의 이익에 매달려 장래를 내다보지 못하누나. 사업은 뜬구름 잡아두는 격. 애정 문제 갈등 중에 해결책 찾음.

13일 신축(辛丑) 잔나비띠. 좌중의 마음들이 진정되니 서로 다투면 손재 있을 수. 사업은 기적 얻고 애정 문제 소가 불을 만나는 격.

오랜 습관대로 아침에 눈을 뜨자마자 나는 모 일간지에 실린 하루의 운부터 찾아 읽었다. 오늘도 별 볼일 없는, 여느 때나 다름없이 그렇고 그런 하루가 될 것임을 예고해주는 운세였다. 경험에 비추어 그것이 엉터리 점괘인 줄을 나는 오래전부터 익히 알고 있었다. 얼마나 엉터리인가는 내 운하고 아내의 운을 대조해보면 쉽사리 드러나곤 했다. 내 애정은 그럭저럭 재미를 보는 반면에 아내의 애정은 불에 놀란 소처럼 길길이 뛴다든지, 내 가정은 웃음꽃 활짝 피는 화목수인데 똑같은 날 내 아내의 가정은 가지 많은 나무 바람 잘 날 없다는 식이었다.

그런데도 나는 재미 삼아 그것을 열심히 읽어버릇했다. 엉터리임을 확인하기 위해서였다. 무덤덤한 일상 속에서 맞지 않는 점괘를 날마다 확인하는 것도 일종의 재미에 속했다.

더러는 맞을 때도 있었다. 예를 들자면, 문서를 조심하라든가 구설수나 손재수가 있다든가 하는 따위였다. 나쁜 점괘가 맞는 날은 이따금씩 생겼다. 하지만 좋은 점괘는 한사코 맞지 않기로 작심이라도 한 모양이었다.

"그것 봐요. 내가 뭐랬어요? 자기 마누라 속이는 남자치구 악마 아닌 사람 없다구 그랬잖아요?"

아내는 간밤에 이미 했던 소리를 나한테 다시 했다. 보너스와 승진의 가능성 여부로 남편의 행동이 옳은지 그른지를 분별하던 것과 마찬가지로 그니는 여자 쪽에 일방적으로 유리한 기준을 세워 남자의 양심을 재는 고약한 버릇이 있었다.

"한쪽 말만 듣고 송사할 수는 없는 일이지. 양쪽 당사자들을 다 만나보기 전엔 누구도 섣불리 진상을 얘기할 자격이 없어."

나는 하루의 운세가 경고한 대로 목전의 이익에 매달려 먼 장래를 못 보는 어리석음을 범하지 않으려고 노력하면서 내가 접하지 못한 어떤 이면의 진실에 대한 미련을 아직도 버리지 못했다. 나는 두 통의 편지를 또다시 주머니 속에 챙겨 넣었다. 한 달 남짓 주인을 못 찾는 동안에 그것들은 내 손끝에서 녹아나서 봉투 모서리에 너덜너덜 보풀이 일고 구멍이 뚫리기도 했다. 나는 오늘이야말로 남의 편지를 내 주머니에 넣고 출근하는 마지막 날이 되기를 마음으로 빌었다.

관악산의 발치에 납작 엎드려 있는 임곡 마을이었다. 어지간히 빈촌임을 첫눈에 알 수 있는 산동네였다. 상자곽 같은 집들이 슬레이트 모자를 덮어쓴 채 다닥다닥 모여 있는 동네 안으로 꼬불꼬불한 골목길들이 미로처럼 뚫려 있었다. 관악산이 흘려보내는 훈김에 힘입어 가난한 임곡 마을은 그래도 남루를 제법 감추고 사는 듯했다. 마을 가운데를 지나가는 맑은 시냇물과 함께 주위의 짙은 녹음이 도시 변두리에서는 좀처럼 보기 드문 완연한 시골 풍경을 이루고, 잡화 가게 옆 정자나무 그늘 밑에서는 노인들이 왁자하니 윷판까지 벌이고 있었다.

나는 노인들 뒷전에서 윷판을 기웃거리는 한가한 젊은이를 붙잡고 수첩에 적힌 주소가 대충 어디쯤인지를 물었다. 꾀죄죄한 젊은이 대신 윷판의 노인 하나가 불쑥 끼어들었다.

"그 집 누구를 찾소?"

"차상진 씨라고 혹시 아시는지요?"

그러자 윷판이 갑자기 조용해졌다. 노인들은 윷놀이의 동작을 딱 멈추면서 일제히 나를 돌아다보고 있었다.

울타리도 없는 마당으로 들어서면서 차 씨를 찾자 집주인인 듯한 아낙네가 무척이나 당혹스러운 표정을 한 채로 부엌에서 뛰어나왔다. 그니는 내가 아침에 세수를 하고 나왔는지 어쨌는지를 한참 살피고 나서 아무 말 없이 한쪽 팔을 뻗어 세를 내준 구석방을 가리켰다. 그런 다음 내 뒤를 졸래졸래 따라온 동네 조무래기들을 향해 냅다 상스러운 욕지거리를 퍼부어 쫓아버렸다.

차 씨는 직장을 결근한 채 방 안에 틀어박혀 있었다. 그냥 틀어박혀 있다기보다는 내내 손님을 기다리고 있었던 듯한 표정이었다. 그는 밖을 내다보지도 않고 방 안에 누운 채로 나를 맞았다.

"당신이 찾아올 줄 알고 있었지."

차 씨가 나한테 알은체를 했다. 대낮부터 그는 방 안에서 술내를 풍기고 있었다. 닷새 만의 재회인 셈이었다. 한 선생의 귀띔과는 달리 그는 심각하다거나 절박한 구석을 별로 보이지 않았다. 처음 만났을 때보다 오히려 더 안정되고 여유 있어 보이는 표정이었다.

"지난번엔 실례가 많았습니다."

나는 다소 어색스러워하면서 좁은 방 안을 단숨에 둘러보았다. 개어놓은 이부자리와 빈 소주병이 방바닥에서 맨 먼저 눈에 띄었다.

"찌를 텐가, 아니면 목을 조를 텐가?"

말귀를 얼른 못 알아듣고 내가 잠시 어리둥절해 있는 사이에 그는 차분히 가라앉은 어조로 다시 말했다.

"나는 어느 쪽이든 상관없어. 당신이 저지르기 수월하게끔 원하는 대로 해주기로 작정했어."

"어째서 제가 댁을 꼭 죽일 거라고 생각하십니까?"

내 항변을 그는 싸늘한 비웃음으로 일축했다.

"당신은 처음일지 몰라도 난 이런 일이 처음은 아니거든. 그자가 쓰는 수법이라면 이제 뭐든지 다 알고 있어."

"그럼 그자가 댁한테 청부살인까지도 시도했단 말입니까?"

너무도 놀란 나머지 나는 소리를 꽥 지르고 말았다. 한 선생의 입에서 그런 이야기까지는 나온 적이 없었기 때문이다.

"그렇게 감추지 않아도 괜찮아. 벌써 다 알고 있으니까. 연극은 이제 집어치워. 당신도 물론 그자하고 함께 살고 함께 죽기로 맹서하고 의형제를 맺은 교도소 동기겠지?"

기분 나쁜 비웃음이 그의 입가에 계속 머물고 있었다.

"제가 겨우 그런 사람으로밖엔 안 보입니까?"

"악마일수록 더 착한 얼굴을 하고 다닐 필요가 있는 법이야. 난 겉모양만 가지고 사람 속을 판단하지는 않아. 한 번 사람을 잘못 본 실수로 일생을 망친 몸이야. 당신도 잘 알다시피 그자가 겉보기엔 어디 악마처럼 생겼던가? 재작년 봄에 교회 전도사라고 속이고 접근해 와서 내 머리를 망치로 내리친 그 의형제란 청년도 당신 못잖게 신수가 멀쩡한 신사였지."

"저런! 그래서 그 뒤로 어떻게 됐습니까? 한 번 실패하고 나서 그 의형제라는 친구는 다시 안 나타났나요?"

"나는 이제 그자가 조금도 겁나지 않아. 물론 당신도 겁나지 않아."

마치 어떤 사이비 종교의 주문이라도 외듯이 그는 똑바로 드러누운 채 천장 복판을 응시하면서 조용히 중얼거렸다. 나는 그의 한쪽 눈자위가 실룩실룩 경련하는 것을 보았다. 그걸 보고 나는 그의 입에서 비극적인 체험담을 꺼내려고 수고하기보다는 나 자신의 병적인 호기심을 자제하기로 마음먹었다.

"며칠 전에 말씀드린 그대로 저는 그저 편지만 전해드리러 왔을 뿐입니다."

마침내 나는 편지를 꺼냈다. 한 달간을 나하고 함께 지낸 그 편지가 내 손을 떠나기 전에 나는 헤어지는 친구를 생각하는 기분으로 그 안에 적힌 내용들을 다시 한번 상기했다. 그러나 정작 그 편지를 앞으로 내밀 때의 심정은 그의 가슴을 향하여 사시미칼을 들이대는 심정하고도 비슷했다.

"편지도 한두 번 받아본 게 아니야. 그자가 거기다가 무슨 소리를 지껄여놓았는지 안 봐도 난 훤히 다 알아."

그는 여전히 천장에다 시선을 못 박은 채 편지 쪽은 거들떠보지도 않았다. 나는 편지를 그의 팔 가까이로 슬며시 밀쳐놓았다. 그러곤 천천히 입을 열었다.

"실은 말입니다, 회사에서 지방으로 출장을 나갔다가……"

나는 자기소개와 함께 우연히 편지를 입수하게 된 경위를 차근차근 설명하기 시작했다. 상대방을 안심시키려는 진지한 노력에도 불구하고 그는 내 이야기를 별로 귀담아듣는 것 같지도 않았다.

"나는 그자가 조금도 겁나지 않아."

그는 내 말허리를 똑 자르면서 또다시 신심 깊게 주문을 외기 시작했다.

"그냥 지쳤을 뿐이야. 도망 다니는 것도 이젠 아주 진절머리가 나."

더 이상 있어봤자 그를 위해서나 나 자신을 위해서나 아무런 도움도 안 된다는 사실을 나는 그제야 깨달았다. 그가 내 호기심의 나머지 부분을 충족시켜줄 만큼 심신이 건강한 상태가 못 되듯이 나 또한 곤경에 처한 그를 구출하거나 위로해주는 데 사용할 어떤 도구도 수중에 지닌 게 없는 처지였다. 나는 이것이 마지막 질문이다, 생각하고 그에게 물었다.

"이춘매 씨 연락처가 어딘지 혹시 알고 계십니까?"

비로소 그의 시선이 나한테로 돌아왔다. 그는 내 얼굴을 빤히 올려다보면서 야릇한 표정을 지었다. 그런 걸 하필이면 왜 자기한테 묻느냐는 투였다. 나는 아직도 내 수중에 남아 있는 편지 한 통을 꺼내어 그에게 슬쩍 보여주었다.

"신금철 그자가 제 마누라를 애타게 찾는 사연이 적혀 있더군요."

"그러겠지. 세상을 다 뒤져서라도 기필코 찾아내고 싶겠지. 그래야만 제 손으로 제 마누라를 죽일 수도 있을 테니까."

그는 연방 코웃음을 쳤다. 그 여자 이야기가 나오면서부터 그는 이상스럽게도 활기를 띠기 시작했다.

"그럴 줄 미리 알고 쥐도 새도 모르게 멀찌감치 도망치길 잘했지. 아암, 정말 잘한 일이고말고. 붙잡히기만 하는 날이면 그 여자도 여부없이 그자 손에 죽고 말걸. 따지고 보면 그 여자도 나만치나 불행을 타고난 인생이지."

"거처를 아십니까?"

"모르지. 알 턱이 없으니까 내가 이렇게 기분이 좋지. 그 여자는 끝끝내 붙잡히지 않을 거야. 절대로 붙잡힐 여자가 아니야.

그 여자한테다 나는 마지막 희망을 걸고 있어. 제아무리 지독한 악마라 하더라도 더러는 한 번쯤 실패할 때도 있어야 돼."

"처남 되시는 분한테서 얘기 들었습니다. 그 여자를 시켜서 자기 남편한테 결정적으로 불리한 증언을 하게끔 만든 것이 매제가 거둔 유일한 승리라고 그렇게 말씀하시더군요."

때마침 생각난 김에 나는 한 선생을 이용해서 그의 겨드랑이를 살살 긁어주었다. 그러자 그는 누운 자리에서 벌떡 일어나 앉았다.

"그랬었지!"

놀랍게도 그의 눈초리는 비상한 광채마저 띠기 시작했다.

"딱 한 번만이라도 좋으니까 이겨보게 해달라고 빌었지. 한 번만 복수를 하고 나면 열 번을 진 것도 억울하지 않겠다고 생각했어. 힘없는 내가 힘센 악마를 이겨먹을 길이라고는 그 방법뿐이었어. 그래서 그자가 콩밥 먹고 있는 동안에 그 여자한테 잔뜩 공을 들여놓았지. 다른 누구도 아니고 바로 제 식구한테 배반당하는 쓴맛을 보게 만드는 것이 내가 그자한테 할 수 있는 제일 멋진 복수라고 생각했던 거야. 그런데 나는 결국 그것을 해내고야 말았지."

그는 무척 자랑스러워 보였다. 그러나 기쁨은 순간에 그치고 말았다. 그는 곧 웅덩이와도 같은 침울 속으로 급격히 빠져들어 갔다. 나는 짧은 보람을 거쳐 그가 다시 긴긴 좌절로 돌아가는 모습을 보면서 편지를 도로 집어넣었다.

"그자가 자기는 절대로 과거의 신금철이 아니라고, 지금은 새

사람으로 거듭난 신금철이라고 예수님 부처님을 동원해서 자기 마누라한테 맹세해놨더군요."

그 말에 아무런 대꾸도 않는 걸 보고 나는 천천히 일어섰다.

"내년 삼일절 특사 때쯤이면 모범수로 풀려날 거라고 그랬습니다."

"그냥 가는 거요?"

그도 엉거주춤 몸을 일으켰다. 나를 붙잡은 것은 그의 손이 아니라 눈이었다. 그는 몹시 당황한 눈빛으로 내 앞길을 막았다.

"그렇다면 당신은 그 편지를 읽어봤단 말씀이요?"

나한테 대답할 겨를도 주지 않고 그는 거푸 물었다.

"내 편지도 읽었소?"

"미안합니다. 저로서는 그럴 수밖에 없었습니다."

"에이 여보쇼, 그러는 법이 어디 있소!"

이번에는 손으로 나를 붙잡아 방바닥에 도로 주저앉히면서 그 자신도 덩달아 앉았다.

"사리를 알 만하게 생긴 양반이 남의 편지를 중간에서 새치기하다니, 당신은 창피하지도 않소?"

그는 매우 엄격한 표정으로 나를 꾸짖었다. 마당 터진 데 솔뿌리 걱정하는 격이어서 나한테는 그 꾸지람이 자연 농담의 일종으로 들렸다. 내가 피식 웃는 걸 보더니 그는 여태까지의 자세를 와락 무너뜨리면서 갑자기 난생처음 보는 사람을 대하듯 새삼스럽게 멀뚱멀뚱한 눈초리로 쳐다보기 시작했다.

"당신은 정말로 처남이 보내서 온 사람이요? 한 선생이 내 거처를 당신한테 일러줍디까?"

입구린내와 함께 술내가 내 코끝에 확 풍겨왔다. 나는 고개를
연이어 끄덕거렸다.

"그러시다면 더 앉아 있다가 가시오. 쏘주 한 곱뿌 하시겠
소?"

"낮술은 원래 못 하는 편이라서……"

"아, 그래요? 그러시다면 그냥 맨입으로 앉아서 얘기나 서로
나눕시다."

항상 쫓기면서 숨어 지내는 생활의 거대한 외로움이 그처럼
인간의 체온을 그리워하도록 만드는 모양이었다. 그는 일단 붙
들어 앉히는 데 성공한 손님을 무슨 일이 있어도 절대로 놓치지
않을 작정임을 분명히 했다. 나를 인질로 삼듯이 방문 앞을 지
키고 앉아서 그는 묻지도 않은 말에 멋대로 대답하는 것이었다.

"나는 그자를 겁내지 않기로 결심했소. 그리고 그자한테서 더
이상 도망치지도 않기로 작정했소. 내 딴엔 아무리 기를 쓰고
버둥거려봤자 결국 그 마수에서 벗어날 수가 없다는 걸 나중에
야 알았던 거요. 나는 여지껏 내 힘으로 할 수 있는 한은 다아 노
력해본 셈이요. 나는 이제 정말이지 지칠 대로 지쳐버렸소."

그는 잠시 숨을 돌리고 나서 나를 집어삼킬 듯이 노려보았다.

"그런데 지난번엔 어째서 또 비상계단으로 도망쳤느냐고?"

이럴 때는 뭐라고 대꾸해야 좋을까. 내가 멈칫거리는 사이에
그는 다시 말을 이었다.

"그거야 뭐 그자가 무섭기 땜에 그런 것 아니겠소. 이 세상에

서 다른 어떤 짐승보다도, 천재지변보다도 나는 그자를 무서워
하고 있소. 그런데 어째서 또 도망 안 치고 그자를 기다리고 있
느냐고?"

마치 그 대답을 나한테 강요하듯이 그는 다시 한번 나를 무섭
게 노려보았다.

"그거야 뭐 자존심 때문이오. 나한테도 자존심은 아직 살아
있소. 나는 여지껏 그자한테 잘못한 일이 아무것도 없소. 그런
데도 그자는 나를 끝끝내 용서하지 않겠다고, 무슨 수를 써서든
나를 죽이고 말겠다고 별러대고 있소. 내가 그자한테 살해당할
이유가 없는 거나 마찬가지 이치로 나는 그자한테서 도망쳐야
될 아무 이유도 없는 거요. 어차피 내가 그자 손에 꼭 죽어야 될
운명이라면 비굴하게 계속 달아나기만 할 게 아니라 당당하게
기다리고 싶은 거요. 나는 기왕이면 품위 있게 죽고 싶소."

말을 마치고 그는 담배를 찾았다. 그는 이쪽저쪽을 다 뒤져
보았으나 어떤 주머니에서도 담배를 찾아내지 못했다. 나는 그
에게 내 담배를 권하고 불까지 댕겨주었다.

"내 말뜻 이해하시겠소?"

담배 연기가 풀썩풀썩 쏟아지는 입으로 그는 물었다. 나는 전
혀 이해할 수 없으면서도 일단 고개부터 끄덕거려주었다.

"지난 몇 년 동안은 공포심하고 자존심이 나를 번차례로 욕
뵈는 생활이었소. 무섭다가 자존심이 상하고, 또다시 무섭다가
또다시 자존심이 상하고…… 그러는 사이에 나는 왈칵 도망치
는 것도 아니고 그렇다고 또 왈칵 기다리는 것도 아닌 어정쩡한

생활을 할 수밖에 없었소. 그런데 지금은 달라요. 앞으로는 두 번 다시 도망치지 않을 작정이요."

"왜 일방적으로 당하고만 사십니까? 경찰에 구원을 청한다든 지 해서 생명이나 재산을 보호받고 사는 방법도 얼마든지 있을 텐데요?"

나는 모처럼 한번 내 의견을 말해보았다. 그러자 그는 벌컥 화를 냈다.

"그런 어리석은 소리는 당최 내 앞에서 비치지도 마시요! 그런다고 그자가 순순히 물러설 것 같소? 당신은 그래, 그자가 겨우 인간이 만든 법이나 도덕 따위를 겁낼 거라고 생각하시요? 그자는 하늘도, 하늘이 내리는 천벌도 무서운 줄 모르는 놈이요!"

감히 악마를 깔보다니! 이런 말로 그는 나를 공박하고 싶어 하는 눈치였다. 그는 미친 듯이 연기를 빨아들여 순식간에 필터만 남을 정도로 담배의 길이를 줄인 다음 그것을 방바닥에다 아무렇게나 비벼 껐다.

"당신이 생각하는 것보다 그자는 훨씬 더 교활하고 훨씬 더 끈질길 거요. 그자는 여간해서 약점을 잡힌다거나 다치는 법이 없소. 그자는 여간해서 자기가 직접 나서는 법도 없소. 자기는 뒤에 숨어 있으면서 교묘하게 사람을 호려서 하수인으로 부려먹는 거요. 전에 내 집에 불을 지를 때도 그랬고 내 마누라를 정신병에 걸려서 제풀에 죽게 만들 때도 그랬소. 그자가 나한테 슬금슬금 다가와서 내 몸에 손을 댈 때까지는 아무도 그자를 어떻게 할 수가 없소. 그자를 어떻게 할 수 있다면 그때는 이미 내가 그자한테 찔려서 넘어지고 난 다음일 거요. 내가 경찰서 안에나 들어앉아서 살아간다면 혹 모를까, 그러지 않고는 이 세상 어느 누구도 그자 그 손아귀에서 나를 보호할 수가 없단 말이요."

"그렇다면 차 선생은 아무 때고 그자가 다시 나타나서 목숨을 뺏어 가기만 기다리면서 이렇게 속수무책으로 살 수밖에 없단 말입니까?"

나는 너무도 안타까워서 그에게 대들듯이 바싹 다가앉았다.

"그렇지는 않지요."

뜻밖에도 그는 빙긋이 미소를 지었다.

"나도 드디어 한 가지 방법을 찾아냈소. 나는 요즘 그자한테 두번째 복수를 계획하고 있는 중이요."

그는 벌써 그 복수에 성공이라도 거둔 것처럼 한껏 긍지에 차 있는 표정이었다. 나 역시 그 성공에 동참하고 있는 양 깜짝 반가운 기분이었다.

"그것 참 다행이군요. 그런데 그 방법이란 게 어떤 건지 좀 여쭈어봐도 괜찮을까요?"

누가 혹시 엿듣지나 않나 하고 그는 사방을 두리번거렸다. 우리 두 사람 외엔 방 안에 누가 더 있을 턱이 없었다. 그런데도 그는 잠깐 귀 좀 빌리자는 식으로 나를 향해 냄새나는 입을 바싹 들이대었다.

"그자는 그동안에 내가 가진 귀중한 것들을 하나씩 차례차례

뺏어 가버렸소. 이제 나한테 남은 것은 내 목숨뿐이요. 그런데 그자는 마지막으로 하나 남은 그것마저 뺏어 가려고 온갖 수단을 다 동원하고 있소."

그는 기밀 서류를 금고 밑바닥에 깊숙이 감추듯 목소리를 터무니없이 낮추어 소곤거렸다.

"그래서요?"

나는 조바심이 나서 뒷말을 재촉했다.

"그래서는 뭐가 그래서요? 그런 형편이니까 그자 생각으로는 자기가 내 목숨을 노리는 이상 내가 틀림없이 무서워서 벌벌 떨면서 목숨을 뺏기지 않겠다고 아등바등 도망칠 거라고 예상하고 있잖겠소."

"그래서요?"

"그래서 나는 그자 속셈을 거꾸로 이용할 생각이요. 도망치긴커녕 외려 즐거운 맘으로 그자가 원하는 것을 선뜻 내주는 거요. 그자 예상을 완전히 뒤엎어버린다 이거요. 그렇게만 한다면 그자는 제 마누라한테 배반당했을 때만큼이나 쓴맛을 보게 될 것이고, 나는 또 살아서 못 한 세번째 복수를 죽어서 귀신이 돼서라도 본때 있게 할 수가 있잖겠소."

내 방법이 과연 어떠냐는 듯이 그는 득의양양한 표정을 주체하지 못했다. 나는 한동안 벌어진 입을 다물 수가 없었다. 어리석을 정도로 선량한 인간이 악마의 손아귀에서 벗어나기 위해 스스로 자기 목숨을 내맡기는 방법뿐이라고 한다면 그 이상 소름 끼치는 노릇이 달리 또 어디 있단 말인가. 악마는 역시 악마였다. 그로 하여금 그런 계교를 짜내게 만든다는 그것부터가 벌써 악마가 지닌 탁월한 능력이자 선량한 인간들을 마음대로 괴롭힐 수 있는 확실한 자격인 셈이었다.

14일 임인(壬寅) 말띠. 일복이 터져 좋으나 며칠 뒤에 구설 따른다. 사업은 고요한 밤하늘 울리는 종소리. 애정 문제 세월은 흘러 흘러도 변할 줄 모르고.

새벽 잠자리에서 눈을 뜨면서부터 뭔가 평범한 월급쟁이의 밋밋한 일상을 와장창 깨뜨리는 돌발 사고 같은 게 내 신상에 닥칠지도 모른다는 예감이 들기 시작했다. 그것은 간밤의 어수선한 꿈자리에서부터 비롯된 예감이었다. 나는 어떤 사내가 어떤 죄수한테서 부탁받은 편지를 전하려고 나를 뒤쫓아다니는 꿈 때문에 밤새도록 시달림을 당했다.

나는 엉금엉금 일어나서 방 안의 불빛을 꼬마전구에서 밝은 전등으로 바꾸었다. 마침내 내 차례가 왔구나 하는 그런 기분은 맑은 정신이 든 다음에도 쉬이 사라지지 않았다. 그래서 나는 갑작스러운 밝음에 놀라 몸을 뒤척이는 식구들 곁으로 다시 엉금엉금 기어갔다. 막연한 예감이 언젠가 현실로 바뀌고 그 현실이 도무지 피할 수 없는 것이라면 나는 미리감치 내 아내와 내 자식들의 얼굴을 자세히 보아둘 필요가 있었던 것이다.

(1983)

매우 잘생긴 우산 하나

애당초 그것은 그저 단순한 우산일 따름이었다. 접어놓고 봐도 펴 들고 봐도 그랬고, 맨눈으로 봐도 안경을 끼고 봐도 역시 매한가지였다. 우산이란 물건이 본디 그런 속성을 타고났듯이 김달채 씨가 최근에 입수한 그것 또한 거기서 예외일 수는 없는 노릇이었다. 아무리 그것에다 뭔가 특별한 의미를 덧입혀주려 해봤자 깔축없이 그것은 필요할 때 하늘을 가려 옷이 젖지 않게끔 쏟아지는 비를 막기 위한 일종의 생활 용구에 지나지 않았다.

그러던 것이, 어느 때부턴가 갑자기 그것은 주인인 김달채 씨의 흉중에 단순한 우산 이상의 중요한 의미를 띤 채 그들먹히 육박해오기 시작했다. 이를테면 나무 주걱이 하루아침에 놋 주걱으로 확 뒤바뀐 꼴이었다. 그 놀라운 변화에 누구보다 당황한 사람은 물론 달채 씨 자신이었다. 하지만 웬만큼 당황을 거치고 나서 그는 자기 소유의 우산을 우산 아닌 다른 무엇으로, 마치

어떤 첩보 영화 속에 등장하는 기상천외의 신발명 무기쯤으로
여기는 남들의 야릇한 시선에도 차츰 길이 들기 시작했다. 그
리하여 그는 우연한 경로를 통해서 자기 수중에까지 건너온 그
우산을 괄목상대하지 않을 수가 없게 되었으며, 그것이 매우 소
중한 물건임을 확실히 실감하는 과정에서 얻은 커다란 기쁨이
결국 그의 인생행로를 바꾸고 말았다. 아니다. 좀더 정확히 이
야기해서, 그는 일찌감치 운명 지워진 자기 몫의 궤도로부터 멀
리 벗어나서 하마터면 제 것 아닌 남들 몫의 인생을 살아갈 뻔
했다.

우산에 얽힌 거개의 이야기가 흔히 그렇듯이 김달채 씨의 우
산 사건도 부슬비가 적당히 내리는 어느 가을밤에 맨 처음 비극
의 싹이 돋아났다. 그렇다. 정녕 그것은 하나의 사건이었다. 사
건도 이만저만 심각한 사건이 아니라 달채 씨가 지금껏 여일하
게 지켜 나온, 그 언제나 괴어 있는 연못 같던 잔잔한 일상 한복
판에 큼직한 돌덩이를 풍덩 집어 던짐으로써 판에 박힌 고지식
한 생활의 안팎을 송두리째 홀렁 뒤집어놓는 비극적인 사건의
시초였다.

김달채 씨는 퇴근하는 길로 곧장 친구와의 약속 장소인 다방
을 향했다. 일반 버스에서 내려 정류장에서 다방까지 걸어가는
잠깐 동안인데도 한기가 오싹 느껴질 만큼 가을비가 제법 사나
운 기세로 내렸다. 하지만 달채 씨는 그 정도의 빗발에 구태여
우산까지 동원하고 싶지는 않았다. 귀찮아서라기보다는 귀한
친구로부터 뜻밖의 선물로 받은 새 우산을 가급적이면 더 아껴

고이 간직하기 위함이었다.

떨어지는 빗방울을 고스란히 무릅쓰면서 김달채 씨는 변통수 모르는 평소의 생활 습관 그대로 약속 시간 10분 전에 정확히 다방에 당도했다. 후줄근히 젖은 상태로 들어서는 그를 빤히 보고도 카운터의 아가씨는 입에 발린 소리로나마 어서 오시라는 인사 한마디 건네지 않았다. 시간이 이른 탓인지 김영부의 모습은 아직 눈에 띄지 않았다. 사람을 찾느라고 통로에 서서 한참 어정거리는 신참의 손님 곁을 스쳐 지나면서도 종업원 아가씨는 빈말로나마 앉으시라는 친절 한 도막 베풀지 않았다. 번화가에 자리 잡은 꽤 알려진 다방인데도 궂은 날씨 탓인지 분위기는 비교적 한산한 편이었다. 유선방송으로 보내주는 텔레비전 영화를 시청하기 좋은 위치에만 손님들이 듬성듬성 모여 있을 뿐, 빈자리가 많이 눈에 띄었다. 그런데도 달채 씨는 가까운 자리 다 두고 하필이면 맨 구석 쪽 후미진 자리를 골라 앉았다. 워낙 암띠게 타고난 성격 탓이었다. 달채 씨로 하여금 가장 편안한 기분을 느끼게 해주는 것은 언제나 구석자리였다. 직장 안에 있든 직장 밖으로 나와서든 그가 합당한 마음으로 느긋이 머무를 수 있는 자리가 바로 가장 후미진 구석이었다. 누가 시샘하는 눈으로 넘겨다보는 법도 없고 시비 거는 사람 아무도 없는 구석자리야말로 그의 생리에 딱 어울리는 안성맞춤의 공간이었다. 번번이 자신을 겨냥해서 구정물을 끼얹듯 가해오는 사람들의 불친절만 하더라도 그랬다. 오히려 가뭄에 콩 나듯 어쩌다 부딪히는 예기치 못한 친절에 어색해지고 당황해서 어찌할 바

를 모를 정도로 그는 오래전부터 불친절에 익숙해져 있었다. 옷
차림으로 보나 생긴 주제꼴로 보나 6급 지방공무원의 보잘것없
는 신분에 대한 대접으로는 불친절이 당연하다는 식이었다.

"뭘 드시겠어요?"

여자 종업원이 불쑥 물었다. 아마도 잠시 비를 피하려고 의지
간을 찾아 기어든 행인쯤으로 아는 모양이었다. 손수건을 꺼내
어 젖은 머리칼과 옷의 물기를 훔치다 말고 김달채 씨는 먼저
웃음부터 지어 보였다. 친절 봉사의 대민 자세가 어느덧 체질이
되다시피 한 달채 씨는 자신이 관장하는 호적 업무의 절차상 어
떤 잘못된 점을 지적할 때처럼 매우 조심스러운 태도로 젊은 아
가씨를 대했다.

"우선 엽차부터 한잔 주시겠습니까?"

"일행이 있으세요?"

"친구가 금방 나타날 겁니다."

아가씨는 궁둥짝을 좌우로 홰홰 내저으면서 카운터 쪽으로
멀어져 갔다. 손님 앞에서 까닭 없이 건방을 떠는 그니를 마음
으로 용서하면서 김달채 씨는 편안한 자세로 고쳐 앉았다. 그러
자 엉덩이를 짓누르는 압박감이 작대기 모양으로 뻣뻣이 곤두
섰다. 그제야 달채 씨는 아차 싶었다. 바지 뒷주머니에 모신 우
산이 있음을 깜빡 잊었던 것이다. 자신의 엉덩이가 겪는 불편이
야 얼마든지 참아낼 수 있었다. 하지만 자신의 부주의로 귀중한
우산이 곤욕을 치르게 만드는 건 도무지 견딜 수 없는 노릇이었
다. 엉덩이와 의자 틈바구니에 끼여 주리틀림을 당하는 우산의

비명이 귀에 들리는 듯했다. 그는 얼른 뒷주머니에서 우산을 뽑아 탁자 한쪽에다 정중히 모셨다.

진짜배기 가죽 제품하고 얼핏 구분하기 어려울 정도로 정교하게 잘 만들어진 케이스였다. 은은히 윤기를 발하는 까만 모조 가죽의 그 케이스 안에 세 단계로 접힌 문제의 우산이 들어 있었다. 한 뼘 길이가 채 될까 말까 한 자그만 거푸집 안에 장난감도 아닌 명실상부한 우산 한 개가 감쪽같이 숨을 수 있다는 사실이 믿어지지 않을 지경이었다.

김달채 씨는 애정이 듬뿍 실린 눈초리로 케이스의 표면을 한참이나 어루만졌다. 우산에 대해 달채 씨가 느끼는 남다른 애정은 두껍고도 질긴 모조 가죽을 뚫고 내부까지 방사선처럼 침투해서 거기에 들어 있는 가늘디가는 강철의 우산살과 보드라운 천을 언제까지고 일삼아 애무해주고 싶은 심정이었다. 앙증맞고 참하게 생긴 모양이 보면 볼수록 대견스럽고 신기하게 여겨지는 것이었다. 궂은 날씨에 길거리를 다니면서 아무리 사방을 둘러봐도 그런 우산을 가진 사람은 자기밖에 없는 것 같았다.

"어머나, 이게 뭐야?"

탁자 위에 엽차 잔을 내려놓으려던 아가씨의 손놀림이 갑자기 허공에서 정지했다. 놀라움을 나타내는 그니의 시선이 우산 케이스 위에 머물러 있음을 알아채고 김달채 씨는 탁자 위에 타원형으로 놓인 손잡이 끈을 슬그머니 잡아당겨 보물을 손아귀에 감추었다.

"아저씬 뭐 하시는 분이세요?"

처음부터 시건방지게만 굴던 아가씨가 웬일로 갑자기 꾀죄죄한 손님에게 분수에 넘치는 관심을 나타내기 시작하면서 아예 맞은편 좌석에 질펀하니 엉덩이를 부렸다. 새삼스럽게 사람을 다시 평가해야겠다는 표정이었다.

"그건 알아서 뭣에 쓰시려구요?"

김달채 씨는 마치 시민 봉사실에 용무가 있어 찾아온 민원인을 맞이하듯 다방 아가씨의 질문에 성의를 보였다.

"그냥 알구 싶어서요."

"공무원입니다만……"

철딱서니 없는 아가씨의 궁금증을 김달채 씨는 고지식하게 풀어주었다. 그러나 그런 식의 대답은 그니를 전혀 만족시켜주지 못했다.

"그 정도는 저두 벌써 짐작했다구요. 공무원은 어딜 가든 금방 표시가 나걸랑요."

그러면서 그니는 짧고 단정하게 깎인 김달채 씨의 머리 모양에다 잠시 눈을 주었다.

"구청 직원입니다마는……"

김영부를 기다리는 무료한 시간을 뜻밖에도 오도깝스러운 말장난으로 덜어주는 아가씨를 보고 김달채 씨는 이게 웬 떡이냐 싶어 빙긋이 미소를 지었다. 으레 그렇게 대답할 줄 알았다는 듯이 아가씨도 덩달아 탁자 너머로 받은 만큼의 미소를 금세 되돌려 보내왔다.

"아저씨가 구청 직원이란다면 나는 여대 총장이겠네요."

"무슨 말씀입니까?"

"아저씨가 어디 계시는 분인지 내가 한번 알아맞혀볼까요?"

영문을 몰라 김달채 씨가 반편스러운 표정을 짓고 있는 동안 아가씨는 장난기가 듬뿍 담긴 눈동자를 반짝 빛내면서 불룩한 가슴을 탁자 위로 바짝 기울여 왔다.

"아저씬 기관에 계시죠? 그쵸?"

"기관?"

"권력기관에 근무하시는 분이죠? 맞죠?"

"권력기과안?"

일차로 커졌던 김달채 씨의 눈이 이차로 더욱더 휘둥그레졌다.

"죄진 사람들을 잡아다가 찰카닥 쇠고랑을 채우는 직업 말예요. 어때요, 쪽집게죠?"

그 순간 김달채 씨의 표정이 묘하게 일그러졌다. 숨길 수 없는 곤혹을 진땀처럼 흘리면서 달채 씨는 천천히 도리머리를 흔들었다.

"아가씨를 실망시켜서 미안합니다. 출생 신고나 사망 신고, 혼인 신고나 이혼 신고 같은 일이라면 혹시 몰라도 죄인한테 쇠고랑 채우는 권한하고는 눈곱만치도 인연이 없는 사람입니다."

"거짓말!"

그만큼 성의를 다해서 진실을 밝혔음에도 불구하고 나이에 비해 지나치게 짙은 화장을 한 종업원 아가씨는 당최 곧이들으려는 기색이 아니었다.

"아저씬 엉큼쟁이! 그치만 직업이 직업인 만큼 아저씨가 자기 신분을 감추는 그 심정 이해는 하겠어요."

그야말로 갈수록 태산이었다. 자신의 업무가 세속적인 권한 하고는 먼빛으로도 인연이 안 닿는 것인 줄 누구보다 속속들이 아는 김달채 씨로서는 터무니없이 자꾸만 자기를 거지로 변장 하고 고을에 잠입한 암행어사쯤으로 단정해버리는 다방 아가씨 의 소행머리를 거의 악의에 찬 고문에 가까운 가혹한 장난으로 받아들이지 않을 수 없었다. 더군다나 아가씨로 하여금 그런 얼 토당토않은 착각을 불러일으키게끔 만든 책임이 전적으로 자신 의 어리숙한 됨됨이에 있다고 생각하니 더욱더 당황하지 않을 수 없었다.

"아, 아닙니다. 아가씨가 뭔가 크게 오해하고 있는 겁니다. 난 구청에서 호적 계장으로 근무하는 사람입니다. 정말입니다."

"구청 호적 계장님께서 그럼 무전기는 뭣 땜에 짊어지구 다니 시나요?"

"무전기라뇨?"

"여기는 올빼미, 여기는 올빼미, 독수리 나와라, 오바……"

놀라움이 지나쳐 김달채 씨는 까무러칠 지경이었다. 목 안에 생선 가시라도 걸린 사람처럼 달채 씨는 딱 벌어진 입과 무섭도 록 흡뜬 두 눈의 괴상한 표정으로 충격을 표현했다. 그러자 아 가씨가 들고 있던 빈 쟁반 끝으로 달채 씨의 손등을 가볍게 톡 때렸다.

"누가 모를 줄 알구요? 그 아래 감추고 있는 게 올빼미하구 독수리끼리 연락할 때 쓰는 무전기가 아니라면 내 손에 장을 지지겠네요."

비로소 김달채 씨는 탁자 위에 날름 올라앉은 자신의 크고 못생긴 오른손을 내려다보았다. 손바닥으로 다 가리지 못한 우산 케이스의 일부가 천장에서 달빛처럼 가만가만 내려앉는 은은한 조명을 받아 마치 숨 쉬는 생물인 양 까만 윤기를 사방에 흩뿌리고 있는 중이었다.

"이, 이건 무전기가 아닙니다! 이, 이건 말입니다, 우, 우산입니다!"

"무, 무전기가 아니구 우, 우산이라구요?"

김달채 씨의 더듬는 말씨를 고스란히 흉내 내고 나서 아가씨는 한바탕 깔깔거렸다.

"그렇습니다. 이건 비 올 때 쓰는 우산이란 말입니다!"

김달채 씨는 덮고 있던 손바닥을 화투장을 까듯이 확 뒤집어 옆으로 치우면서 어떤 물건인지를 똑똑히 보여주었다. 그러나 딱하게도 아가씨는 모습을 통째로 다 드러낸 우산 케이스를 번연히 눈앞에 두고도 양옆으로 풍성하게 갈라붙인 머리 다발이 출렁거릴 만큼 고개를 세차게 흔들어 보였다.

"저게 만일 무전기가 아니구 우산이란다면 나 역시 비록 다실 미스 진이 아니라 브룩 실즈라구 주장하겠어요."

"브룩 실즈는 또 어떤 겁니까?"

"어마나, 아저씬 여지껏 그런 이름도 못 들어봤어요?"

한심한 인간이라는 듯이, 도무지 말상대가 안 된다는 투로 미스 진은 호들갑을 떨면서 한바탕 또 방자스레 깔깔거리는 것이

었다. 브룩 실즈가 어떤 소용에 닿는 물건인지는 몰라도 하여튼
지 간에 김달채 씨는 탁자 위의 물건이 명백한 우산임을 의심
많은 미스 진에게 증명해 보이기 위해 당장 케이스에서 내용물
을 꺼내어 활짝 펼쳐 들고 싶은 충동을 느꼈다.

"여어, 김 사장!"

그러나 그럴 필요까지는 없게 되었다. 마침내 기다리던 인물
이 등장했기 때문이다. 약속 시간을 20분 가까이나 어긴 주제에
김영부는 낯가죽도 두껍게 다방 출입구에서부터 손을 번쩍 들
고 목청껏 소리를 지르면서 다가왔다. 주객이 완전히 뒤바뀐 꼴
이었다. 뭔가 부탁할 게 있다며 제 쪽에서 먼저 일방적으로 약
속을 정해놓고는 오히려 아쉬운 쪽은 바로 네놈이라는 듯이 영
부 녀석은 지각에 대한 변명 한마디 내비치지 않았다.

"이 아저씨가 글쎄 자기는 구청 호적 계장이래요."

눈은 김달채 씨 쪽으로 흘기고 입은 김영부 씨를 향해 비쭉거
리면서 아가씨가 말했다. 별 웃기는 사람 다 봤다는 말투였다.
물줄기가 흥건히 흐르는 젖은 우산을 의자 옆구리에 붙여 세우
려다 말고 영부 씨는 어리둥절한 표정을 지었다.

"무슨 소리야, 그게?"

"무슨 소린지 호적 계장님한테 직접 물어보세요."

"김 사장도 그런 농담을 할 때가 다 있나?"

졸지에 팔자에도 없는 사장이 된 김달채 씨는 아무런 대꾸도
없이 그저 물끄러미 탁자 위의 우산 케이스만 내려다보았다.

"차는 뭘루……"

"이보라구, 숨이나 좀 돌리고 나서 차를 마시든지 인력거를 마시든지 그러자."

다시 한번 입을 비쭉 내밀어 보이면서 아가씨는 발길을 돌렸다.

"달채야, 너 왜 바퀴벌레 회 쳐 먹은 화상으로 인상만 북북 쓰고 있냐?"

김영부 씨는 자리에 앉자마자 반죽도 좋게 엉너리를 치기 시작했다. 김달채 씨는 여전히 입을 함봉한 채로 잠자코 앉아만 있었다.

"비님이 오시는 날 시내 한복판에서 택시를 잡다 보면 약속 시간에 약간 늦기가 예사지, 꽁생원같이 뭘 그걸 갖구서, 인마……"

"방금 저 아가씨가 그러는데, 나더러 글쎄 기관원 같대."

슬픈 소식을 전하듯 김달채 씨는 매우 침통한 어조로 비로소 말문을 열었다. 우두커니 건너다보는 품이 암만해도 상대가 말귀를 얼른 못 알아듣는 성싶어서 달채 씨는 좀더 구체적으로 슬픔을 나타냈다.

"말하자면 경찰이나 정보 계통에 종사하는 기관원으로 보인다는 거야, 글쎄."

"고 기집애 눈깔이 삐었든갑다. 원 세상에, 그래 그렇게두 시킬 사람이 없어서 하필이면 너 같은 꽁생원 골샌님을 기관원으로 취직시켜?"

말을 마치기 무섭게 김영부 씨는 박장대소해마지않는 것이었다. 다방 아가씨와 면전의 동창생을 함께 얕잡아보고 비아냥거리는 웃음임에 틀림없었다.

"차라리 공공칠 시리즈 제임스 본드 쪽이 너한테는 더 어울리겠다. 도대체 고 기집애가 어떤 특징을 보고 널 기관원으로 알았다더냐?"

"요걸 무전기로 착각했던 모양이야."

그런 따위 착각은 이를테면 우산에 대한 모독 행위나 다름없다고 주장하듯이 탁자 위를 가리키는 김달채 씨의 손끝이 가볍게 떨렸다.

"아니, 이거……"

그제야 색다른 물건이 눈에 띈 모양이었다. 우산 케이스를 들여다보는 김영부 씨의 눈에서 사람의 팔 모양을 닮은 시선 한 줄기가 길게 뻗어 나오는 광경이 보였다.

"진짜 무전기 아냐?"

"영부 니 눈에도 무전기로 뵈냐?"

"인마, 너 이런 거 어디서 훔쳤어?"

우산 케이스를 냉큼 집어 올리면서 김영부 씨는 무슨 큰일이라도 난 것처럼 심각한 표정을 지었다.

"훔치긴…… 그건 우산이야."

"우산이라구?"

김달채 씨의 얼굴과 우산의 얼굴을 한참이나 번갈아 견주어 본 다음 김영부 씨는 갑자기 잽싼 손놀림으로 케이스 뚜껑을 벗겼다. 영부 씨의 손에 덜미를 잡혀 밖으로 끌려나온 것은 어김없는 우산이었다. 3단으로 접혀 깡똥하게 묶인 꼬깃꼬깃한 우산을 눈으로 직접 보면서도 그는 아직도 믿어지지 않는 모양이었다. 그것이 무전기가 아니라는 사실을 실제로 확인해볼 요량으로 끝내 우산을 활짝 펴서 머리 위에 받쳐보기까지 했다. 그의 입에서 낄낄낄 웃음이 흘러나왔다.

"정말 감쪽같구나. 겉만 봐서는 기막히게 똑같이 생겼어. 고기집애가 착각한 것도 무리는 아니었어."

껍데기와 알맹이를 양손에 나눠 든 채 김영부 씨는 연신 감탄해마지않았다. 때마침 미스 진이 쟁반을 들고 오다가 그 꼴을 보고 기겁을 해서 소리쳤다.

"영업을 망쳐놓을 작정이세요? 방 안에서 우산 펴 들면 망조든다는 것두 모르세요?"

영업집에서 특히 강조되는 전래의 금기 사항을 어긴 손님들의 몰지각한 행동에 대한 분노라기보다 그것은 자신의 예상이 보기 좋게 빗나가버린 뜻밖의 결과에 대한 지극한 실망의 표시인 듯했다. 미스 진의 눈에서 쏟아지는 경멸의 빛이 김달채 씨의 얼굴에 우박처럼 따갑게 떨어졌다.

"그래, 니 말이 맞다. 저분은 기관원이시다, 우산으로 범인을 때려잡는 특수 기관원!"

뭐가 그리도 유쾌한지 김영부 씨는 또다시 다방 내부가 떠나가게끔 홍소를 터뜨렸다.

"빨리 그 우산 치우고 차나 주문하세요!"

미스 진의 서슬이 어찌나 퍼렇든지 김달채 씨는 마치 가짜 신

분증으로 기관원 행세를 하다가 들통이 난 그런 기분이 들 지경
이었다. 잘못을 저지른 아이처럼 달채 씨는 얼른 친구의 손에서
우산을 빼앗아 접기 시작했다. 위에서 아래로 차근차근 단계를
밟아 키를 줄여가다가는 마침내 손오공의 여의봉 모양으로 작
아져서 거짓말처럼 케이스 안으로 쏙 숨어버리는 우산의 거동
을 김영부 씨는 지대한 관심으로 내내 지켜보았다.

"그 희한한 우산 어디서 났냐?"

"물 건너온 거야."

"내 우산하고 바꾸자. 내 것두 국산으로는 최고급이라구."

"그건 안 돼!"

친구의 제의를 김달채 씨는 일언지하에 거절했다.

"기병이한테서 선물로 받은 거야."

"조기병이 너한테 이런 선물을 줬다구?"

"기병이가 지난번 유럽 여행을 다녀온 기념으로 준 선물이라
니까."

"조 박사가 무슨 세미난지 심포지엄인지로 또 해외에 나갔다
왔다는 소식은 들었다마는, 어쨌든 사람 참 오래 살고 볼 일이
구나."

김영부 씨는 아직도 반신반의하는 기색이었다. 그가 선물설
을 왈칵 곧이듣지 못하는 것도 무리는 아니었다. 조기병으로부
터 그런 선물을 받으리라고는 애당초 김달채 씨 자신도 상상을
못 했기 때문이다. 그도 그럴 것이, 조 박사는 워낙 노는 물부터
가 6급 주사직의 하위 공무원인 달채 씨하고는 근본적으로 달

랐던 것이다. 동창 관계를 빌미하여 서로 너나들이하며 지낸다 해서 모두 똑같은 친구일 수는 없는 노릇이었다. 중고교 시절에 천재 소리를 듣던 기병이는 일찍이 유학을 떠나 미국에서 눌러 살면서 박사를 둘씩이나 따고 명함이 책받침 크기라도 모자랄 정도로 갖가지 화려한 경력과 실적을 쌓은 다음 그 나이에 벌써 고분자화학인지 뭔지의 세계적인 권위자가 되어 귀국한 저명 인사였다. 비유컨대, 조기병이 태평양을 휘젓고 다니는 거대한 흰긴수염고래라면 김달채 자기는 기껏해야 웅덩이에 갇혀 꼼 지락거리는 한 마리 송사리 푼수에 지나지 않는 존재였다. 그래 서 김달채 씨가 조 박사를 대하는 감정이란 친구 간의 우정이기 보다는 밤하늘에 찬연한 오리온좌를 우러러보는 그런 존경심 이었다.

"그건 그렇고……"

다른 누구도 아닌 조 박사로부터 받은 선물이라면야 어쩔 도 리 없다는 듯 김영부 씨는 우산 바꾸기를 쉽사리 단념해버렸다.

"내 부탁 하나 들어주라."

"수완꾼 김영부가 나 같은 쫄짜한테 부탁이 있다니까 어쩨 좀 겁나는구나."

"말이 거창해서 부탁이지, 실상은 뭐 별것두 아니라구."

김영부 씨의 사촌 동생 하나가 최근에 가정법원에서 이혼 판 결을 받았다. 남편이 외항선원으로 오래 나가 있는 동안에 아내 가 바람이 나서 자식들을 돌보지 않고 가정을 엉망으로 만든 것 이 이혼의 사유였다. 하지만 사촌 동생은 자식들의 장래를 생각해서 재결합 가능성에 한 가닥 희망을 걸고 변심한 아내가 잘못을 뉘우치며 용서를 빌어오기만 눈이 빠지게 기다렸다. 결국 바람난 아내는 개심의 여지가 전혀 없음이 최종적으로 확인되었고, 재결합에 대한 미련이 없어지자 사촌 동생은 그때까지 미루어온 수속을 밟으려 했다. 그런데 웬걸, 호적계의 담당 직원이 서류를 접수조차 하지 않으려고 버티는 것이었다. 행여나 아내가 항복해오지 않을까 해서 차일피일 처리를 망설이는 사이에 어느덧 법원에서 받은 이혼 서류의 유효 기간인 3개월이 훌쩍 지나가버린 탓이었다.

"그 사촌 동생 호적이 우리 구청 관할이란 말이지?"

"그러니까 이렇게 너한테 부탁하는 거잖아. 그 녀석이 징징 쥐어짜길래 우리 호적 계장님 빽만 믿고는 염려 꽉 붙들어매고 형님한테 맡기라고 시퍼렇게 장담해놨지."

영부 녀석은 여전히 별것도 아닌 것처럼 말하고 있었다. 하지만 천만의 말씀이었다. 그것은 별것도 아닌 정도가 아니라 별의 별 것에 해당하는 엄청난 직권 남용 행위였다. 이를테면 그것은 비린 것에 맛을 들인 스님의 파계하고도 견줄 만했다. 신성한, 그리고 마땅히 공명정대하게 다루어야 할, 인간의 근본을 밝히는 최고의 기록인 막중한 호적 업무를 그런 식의 협잡으로 처리한다는 건 김달채 씨의 처지로서는 감히 꿈에도 생각 못 할 범죄였던 것이다.

"그건 곤란해."

"너 방금 뭐라구 읊었냐?"

"절대로 불가능한 일이야!"

김달채 씨는 단호하게 못을 박았다. 그랬음에도 불구하고 아직도 무슨 뜻인지 전혀 납득을 못 하는 표정으로 김영부 씨는 찰거머리 흉내를 내는 것이었다.

"인마, 그런 일은 전적으로 니 소관 사무 아니냐. 가능하고 않고는 니가 펜대 한번 놀리기에 달린 일인데, 동창생한테 그렇게 섭섭하게 거절할 수가 있냐?"

"섭섭해도 별수 없어. 피차 동창생을 위해서는 차라리 섭섭한 쪽이 잘된 일인지도 몰라."

"야 인마, 접수 날짜만 슬쩍 고쳐서 끼워넣으면 간단히 끝날 일을 갖구서 뭘 그렇게 쩨쩨하고 빡빡하게 구냐?"

"내가 아무리 백번 해주고 싶어도 법이 한번 금하면 그것으로 그만이야."

"그것두 핑계라구 대냐? 법을 깔고 앉아서 맘대로 뭉개는 실무 책임자 입에서 그딴 소리가 어떻게 나와?"

"그건 니가 잘못 생각한 거야. 법은 내 엉덩이 밑이 아니고 머리 꼭대기 위에 있으면서 항상 날 지배하고 감시해."

"그럼 내 불쌍한 동생은 그 인정머리 없는 법 덕분에 이혼도 못 하고 재혼도 못 하고 평생을 홀애비로 썩어야 된단 말이냐?"

"그 사람이 원래의 호적 내용대로 조강지처하고 수단껏 재결합하든 이혼 판결을 다시 한번 받아내든 그건 내가 상관할 일이 아니야."

"요번 부탁만 잘 들어준다면 너한테도 서운치 않게 대접할 작정이니까 높은 자리 있을 때 내 체면 한번 살려주라. 동창생 좋다는 게 뭐냐."

"오늘 찻값은 내가 계산할게."

김달채 씨는 일방적으로 먼저 일어섰다. 뒤쫓아 나오면서 김영부 씨는 평생 호적 계장이나 하면서 잘 먹고 잘 살라고 등 뒤에서 목청도 좋게 온갖 악담을 퍼부어댔다. 격분한 나머지 영부 씨는 의리 없는 놈으로 낙인찍어 김달채란 자식을 동창 사회에서 완전히 매장시켜버리겠다고 협박했다. 그러나 입을 다물고 있어서 그렇지 참으로 분기탱천한 쪽은 오히려 김달채 씨였다. 무식한 장사꾼 녀석이 도대체 신성한 호적을 뭘로 알고 저 지랄인가. 자기 자신이 당하는 수모쯤이야 얼마든지 괜찮았다. 문제는 호적의 신성성에 가해지는 끔찍한 모독이었다. 그것의 있고 없음, 그리고 등재 내용의 정확성 여부로 인하여 사람과 짐승의 구분이 가능해진다 해도 과언이 아닐 호적을 마치 장난감 다루듯 함부로 주무르고 터뜨려서 고장을 내도 된다고 믿는 영부 녀석의 그 더럽기 짝이 없는 발상을 달채 씨는 죽는 그날까지 결단코 용서하지 않을 작정이었다.

결과적으로 오랜만에 가진 김영부 씨와의 상면은 형편없는 불화의 관계로 끝나고 말았다. 다만 한 가지 소득이 있었다면, 그것은 우산의 가치를 새롭게 인식하게 된 바로 그 점이었다. 세상 물정에 엔간히 뜨르르한 다방 아가씨와 동창 친구로부터 차례로 무전기라는 오해를 끌어내리만큼 물 건너온 우산이 주목의 대상이 될 수 있다는 사실에 김달채 씨는 크고도 깊은 충격을 받았다.

불청객으로 참석하게 된 자리였다. 귀국 환영연이 베풀어진
다는 소식을 김달채 씨는 구청으로 자동차세 납세필증을 찾으
러 온 조 박사의 운전사한테서 우연히 얻어들었다. 조 박사 부
부가 외유 중일 때 고지된 세금을 대납해준 인연 덕택이었다.
달채 씨는 자랑스러운 동기 동창 조 박사가 자기 관내에 거주하
고 있음을 무쌍의 영광으로 여기고 있었다. 그는 존경하는 친구
를 위해서 구청하고 관련된 모든 자질구레한 심부름을 자진해
서 도맡아 대신해주는 자신의 역할에 남다른 보람을 느끼곤 했
다. 조 박사의 지난번 해외여행만 하더라도 기한이 만료된 여권
을 갱신하는 데 필요한 구청 소관의 서류들을 구비해서 운전사
의 손에 쥐여준 가늠이 있는지라 그는 환영연 소식을 듣고 한동
안 고민하지 않을 수 없었다. 유유상종으로 돈 많고 출세한 소
수의 상류층 동창들끼리만 오붓이 벌이는 술자리인 까닭이었
다. 그런 자리에 초대도 받지 못한 녀석이 불쑥 끼어든다는 건
웬만한 용기나 염치 가지고는 어림도 없는 일이었다. 오래 망설
이고 주저하던 끝에 마침내 그는 환영연이 열리는 요정을 찾아
나서기로 결심했다. 끝까지 모르는 채로 지나가버렸다면 또 모
르되 우연이건 어쨌건 일단 사전에 알아버린 이상 초대장이 안
왔다고 그냥 눈 딱 감고 어물쩍 넘어간다는 건 도무지 친구의
도리가 아니었다. 조 박사의 귀국을 진심으로 환영하는 마음에
는 신분이나 재산상의 구별이 있을 수 없다고 생각했다. 더구나
자기와 조 박사와의 특별한 관계를 감안할 때 자기 이름이 초대

자 명단에서 빠진 것은 조 박사 본인의 의사하고는 아무런 상관도 없는 일일 거라고 그는 지레 단정해버렸다.

고급 관료나 사장, 박사 들만 모여서 부어라 마셔라 질탕하게 노는 자리에 뒤늦게 6급 주사직의 불청객이 꾀죄죄한 모습으로 나타나는 바람에 도도하던 취흥은 순식간에 깨져버렸다. 저마다 김 팍 샜다는 표정으로 비 맞은 장닭처럼 구중중히 젖어서 들어서는 김달채 씨를 돌아다보며 모두들 어떻게 알고 찾아왔을까 의아해하는 기색이었다. 오로지 조 박사 한 사람만을 목표해서 부득부득 무리해가며 찾아온 자리였으므로 다른 사람들의 노골적인 냉대 따위는 애당초 안중에도 없었다. 달채 씨는 가슴에서 우러나는 존경심과 우정의 이름으로 멀고 긴 여행에서 무사 귀국한 조 박사에게 인사를 건넸다. 그리고 해외에 국위를 선양한 조 박사의 활약상을 신문 보도로 접했을 때 느낀 동창으로서의 긍지를 곡진한 말로 덧붙였다.

"미안하다. 오랫동안 자리를 비운 사이에 산더미같이 밀려버린 잔무를 정리하느라고 돌아와서도 너한테 전화 한 통화 걸 여유가 없었어."

조 박사의 말을 듣고 김달채 씨는 불청객일지언정 역시 환영연에 끼어들길 잘했다고 생각했다.

"아니야. 하루를 이틀로 쪼개서 산다는 우리 조 박사 바쁜 생활이야 내가 이해하고도 남잖아. 요 근처를 지나가다가 오전에 황 기사한테서 얼핏 들은 이야기가 생각나서 얼굴이나 한번 보고 가려고 잠깐 들여다봤을 뿐이야."

고개를 떨군 채 중얼중얼 자기 입장을 변명하는 김달채 씨의 눈에 선물 꾸러미가 퍼뜩 보였다. 아마도 친구들에게 나누어 줄 귀국 선물인 듯 은박지로 곱게 포장된 자그만 상자들이 방 안의 사람 숫자만큼 조 박사의 방석 옆에 쌓여 있었다. 선물 꾸러미 위에 무심코 머물던 시선을 허둥지둥 옆으로 옮기는 달채 씨의 낌새를 알아차린 조 박사가 더한층 미안한 표정을 지었다.

"일차는 이 정도로 끝내고 우리 이차를 가자."

미처 김달채 씨가 방 안에 좌정도 하기 전에 중앙 관서의 국장급으로 재직 중인 안치선 씨가 소리쳤다. 그러자 그 말을 받아 건설 회사를 경영하는 이택경 사장이 제격 호기를 뽐냈다.

"이차는 내가 살 테니까 다들 날 따라와!"

"아, 아니야!"

김달채 씨는 깜짝 놀라서 활짝 편 두 손바닥을 마구 휘저어 방 안의 공기 전체를 벽 쪽으로 밀어붙였다.

"나 때문에 괜히 그럴 필요 없어. 조 박사를 봤으니까 난 이만 가보겠어. 나한테 신경 쓰지 말고 어서들 재미있게 놀라구."

붙잡는 사람 아무도 없는데 김달채 씨는 붙잡으려는 손길을 완강히 뿌리치는 시늉을 하면서 퇴장을 서둘렀다. 달채 씨는 방 안에 들어가기 직전에 문설주 옆에 세워두었던 우산을 집어 들었다. 살대가 두 개나 부러져서 접힌 상태인데도 구닥다리 플레어스커트처럼 아랫도리가 저절로 확 벌어지는 낡아빠진 우산이었다. 반쯤 열린 문틈으로 멍하니 밖을 내다보는 조 박사를 향해 눈인사로 얼핏 작별을 고하고 나서 달채 씨는 다리를 재게 놀리기 시작했다. 방 안에서 시방 어떤 말들이 오가고 있을지 짐작하기는 어렵지 않았다. 자신의 눈치 없는 행동을 다투어 흉보고 있을 것이었다. 구청 호적 계장으로 만족하면서 그 이상 어떻게 향상해보겠다는 꿈도 욕망도 없이 제 못난 맛에 그저 어리석음과 고지식함으로만 살아가는 동창 하나를 야들야들한 안주 삼아 한동안 씹을 것이었다. 백로는 백로끼리, 까마귀는 까마귀끼리 어울리는 것이 제격이라는 사실쯤은 그도 익히 알고 있었다. 축하와 환영의 대상이 조 박사만 아니었더라면 따가운 눈총을 무릅쓰고 일부러 찾아갈 필요까지는 없는 술자리였다.

"잠깐만, 달채야!"

자가용 차들이 즐비하게 늘어서 있는 요정 앞마당의 빗속으로 나서면서 잘 펴지지 않는 우산 때문에 애를 먹는 참인데 등 뒤에서 부르는 소리가 들렸다. 돌아다보니 뜻밖에도 조 박사가 아닌가.

"이걸 가져가거라."

조 박사가 빠른 걸음으로 다가와서 김달채 씨의 어깨를 손으로 짚었다.

"네 몫으로 정해진 마땅한 선물도 없고 해서…… 이거라도 어떨까 싶어 뒤쫓아 나왔다."

"웬걸 이런 선물을 나한테까지 다……"

빗속을 부옇게 밝히는 요정 정원의 흐릿한 외등 불빛 밑에서 김달채 씨는 선물의 내용이 무엇인지 알기도 전에 무조건 감격부터 했다.

"여행 중에 독일에서 산 우산이야. 내 손때가 약간 묻은 물건이라서 미안하다만, 내 정표라 생각하고 오해 없이 받아주기 바란다."

김달채 씨의 어깨를 가볍게 한번 툭 친 다음 조 박사는 돌아섰다. 요정 건물 안으로 완전히 사라져 안 보일 때까지 달채 씨는 조 박사의 뒷모습을 눈으로 좇아갔다. 조 박사 저 친구는 역시 존경하지 않고는 못 배길 만큼 훌륭한 인격자야. 아직도 망막에 머물고 있는 조 박사의 잔영을 배웅하느라고 우두커니 요정 출입문을 바라보는 동안 그는 불청객 자격이나마 환영연에 얼굴을 내밀기를 정말 잘했다고 다시 한번 생각했다. 그의 한쪽 손에는 방금 조 박사가 쥐여주고 간 낯선 우산이 들려 있다. 젖은 우산을 급히 집어넣느라고 우격다짐한 탓인지 케이스의 표면에 물기가 축축이 묻어 있었다. 원래의 주인에 의해 이미 사용된 흔적이 역력함에도 불구하고 그는 문제의 우산이 신품이나 진배없는 매우 값진 선물임을 조금도 의심하지 않았다.

조 박사로부터 변치 않을 우정의 상징으로 받은 색다른 선물이 엉뚱깽뚱한 오해를 불러일으키는 바람에 놀라고 당황할 수밖에 없었던 것은 어김없는 사실이지만, 그렇다고 그 다방에서 우산 때문에 겪은 첫번째 체험이 당장 김달채 씨의 생활에 어떤 변화를 주지는 않았다. 모양이야 아무렇든지 간에 우산은 어디까지나 우산일 뿐이듯이 달채 씨는 어제도 오늘도 여전히 6급 주사직의 구청 호적 계장 신분에서 더도 덜도 아니었다. 무전기하고 겉모양새가 엇비슷한 우산을 휴대한 덕분에 잠깐 기관원 대접을 받았다 해서 그의 신분이나 인격 자체까지 기관원하고 비슷하게 변할 수는 없는 노릇이었다. 그는 한결같은 자세로 아침 일찍 출근하고 저녁 늦게 퇴근했다. 그는 일과 중에 한시도 무단 이석하는 법이 없이 진종일 계장석을 지키고 앉아서 점심도 도시락으로 때워가며 성실하고 신중하게 자신의 업무를 처리했다. 목구멍이 포도청이라서 마지못해 에멜무지로 하는 근무가 아니었다. 만약 호적 계장이 되지 못했더라면 인생의 진국이 뭔지도 모르는 채 참으로 허망하고 무의미한 생활로 일관할 뻔했다는 듯이 넘치는 보람을 노래해가며 죽을 둥 살 둥 맹렬히 일감을 향해 덤비는 근무 자세였다. 박봉과 격무에 녹아나는 그를 지탱해주는 기둥은 직책의 중요성에 따르는 긍지였다. 인체에 비유하자면 심장에 해당될 정도로 호적 자체가 모든 인간사와 인생사의 중심을 이루는 근본 바탕일 뿐만 아니라 그토록 중차대한 호적 업무에 관한 지식이라면 전국의 모든 호적 공무원들 가운데서 김달채 자기만큼 해박한 사람도 드물 거라는 자부심으로 그는 갑옷을 해 입고 있었다. 그 같은 자부심의 근거로서 그는 도장의 경우를 내세우고 싶었다. 여타의 모든 계장급, 심지어 그 이상 상급자들까지 다 포함해서 구청장의 도장을 늘 안주머니 깊숙이 넣고 다니면서 필요할 적마다 재량껏 눌러댈 권한을 가진 사람은 구청 전체를 통틀어 구청장 본인과 호적계장인 자기뿐이었다. 또한 각종 민원서류의 맨 마지막 대목인 'XX의 원본과 틀림없음을 증명합니다'에 바로 이어 비록 '達彩'라는 이름 두 자 달랑 새겨진 알량한 서미인書尾印에 지나지 않을망정 구청장 직인과 앞서거니 뒤서거니 취급 책임자의 도장이 찍히는 사람도 호적 계장인 자기뿐이었다. 만약 호적 계장이 있어도 그만 없어도 그만인 별 볼일 없는 자리라면 어떤 쓸개 빠진 제도가 직속상관인 시민 봉사실장마저 제쳐두고 일개 계장의 손아귀에다 구청장의 직인을 전관 사항으로 맡겨놓겠는가.

오랜 공무원 생활을 통해서 김달채 씨가 매양 순탄한 길만을 밟아온 것은 결코 아니었다. 누구에게나 시련의 한때는 있게 마련이듯이 달채 씨도 자부심의 위기를 맞은 적이 몇 차례 있었다. 9급 서기보의 지방공무원으로 관청에 첫발을 들이자마자 맡은 일이 호적 업무였다. 생기는 것 하나 없이 고되기만 하고 민원인들의 원성과 시비만 난무하는 그 일에 어느 정도 재미가 붙고 제법 보람을 느낄 만해지니까 덜컥 새마을과 지도계로 전보되었다. 호적계나 매일반으로 역시 눈먼 봉투 하나 안 들어오는 한데 자리였다. 그 때문에 달채 씨가 인사 조치에 속으로 앙앙불락한 것은 결코 아니었다. 공무원 생활 초기부터 자신의 잔뼈를 여물려준 그리운 호적 업무에 대한 사랑 때문이었다. 권토중래의 날을 꿈꾸며 다음번 인사만 기다리고 있는데 또다시 엉뚱한 민방위과 기획계로 발령이 나버렸다. 번번이 자신의 간절한 소망을 거슬러 적성과 능력을 무시하고 마구잡이로 단행되는 폭력적 인사 조치에 달채 씨는 한때 절망을 느끼기도 했다. 새마을과하고 어금지금으로 민방위과 역시 이른바 물먹는 자리였는데, 달채 씨는 마음을 독하게 다잡아먹고는 맡은 일에 충실하려고 무진장 노력했다. 요긴할 때 손을 잡아 끌어올려줄 이렇다 할 배경도 없고 그렇다고 손금이 닳도록 손바닥 열심히 비비대는 재주도 없는 만고풍상의 달채 씨로서는 오직 열심히 근무해서 상사로부터 인정을 받는 그것만이 희망 부서로 옮길 수 있는 유일한 길이었다. 마치 적자嫡子한테 쫓기고 또 쫓긴 끝에 마지막으로 정착한 변방의 오지에서 머나먼 고토故土의 하늘을 바라보며 달밤에 눈물짓는 서자 신화의 주인공과도 같이 달채 씨는 남들 다 마다하는 호적계를 동경하며 기회를 엿보다가 마침내 숙원을 풀었다. 주임으로 승진됨과 동시에 몽매에도 잊지 못할 호적 업무하고 다시 인연이 맺어졌던 것이다.

김달채 씨로 하여금 우산의 숨은 위력을 실감토록 만들어주는 기회가 며칠 후에 다시 찾아왔다. 역시 우연한 사건을 통해서였고, 그 사건은 지난번과 마찬가지로 비 오는 날에 일어났다. 하늘마저 달채 씨와 우산의 관계를 새삼스레 확인시켜주려는 속셈인지 여느 해에 비해 그해 가을에는 유난히도 궂은 날씨가 잦았고, 그만큼 우산을 사용할 기회도 많아졌다.

퇴근해서 집으로 돌아가는 길이었다. 18평짜리 연립주택 한 채가 전 재산인 김달채 씨는 처자가 있는 집구석으로 기어들기 위해 이제 막 변두리 동네의 어두컴컴한 골목길에 들어서려는 중이었다. 그때였다. 난데없이 터지는 여자의 비명 소리가 달채 씨의 귀청을 날카롭게 후볐다.

"사람 살려요옷!"

김달채 씨는 반사적으로 고개를 돌려 비명이 울린 쪽을 살폈다. 인적이 뜸한 골목길 안쪽에 있으나 마나 한 보안등 하나가 초저녁 졸음에 취해 꾸벅꾸벅 흔들리고 있고, 그 근처 가파른 석축에 찰싹 몸을 붙인 채 시커먼 그림자 몇 개가 어른거렸다. 얼핏 보기에 그것은 비명의 내용과는 전혀 동떨어진 평화로운 풍경처럼 느껴졌다. 친한 친구들끼리 한데 모여 길 가다가 잠깐 시시덕거리며 장난질 치는 장면 같았다. 그러나 다급한 비명이 재차 꼬리를 물었다.

"아저씨, 살려주세요! 불량배들이 절 납치할려구 그래요!"

앳된 소녀의 목소리였다. 이럴 수도 저럴 수도 없는 딱한 상황에 직면한 김달채 씨는 그대로 골목 어귀에 붙박인 채 엉거주춤한 자세를 취했다. 자세히 보니 모두 세 놈이었다. 고교생 아니면 재수생쯤으로 보이는 어린 녀석들이 여학생 하나를 에워싸고는 뭔가 수작을 부리는 참이었다.

"참말인 줄 곧이듣고 저 아저씨가 우릴 야단치시겠다."

한 녀석이 큰 소리로 이렇게 말했다.

"그러게 말야. 납치범으로 오해받기 전에 장난들 그만 치고 어서 여길 떠나자."

다른 녀석이 이렇게 받아넘겼다. 녀석들은 킬킬거리면서 소녀를 끌고 가려 했다. 그러자 소녀는 사지를 버르적거리면서 또다시 애원했다.

"진짜예요! 제발 절 구해주세요, 아저씨!"

진상은 명백해졌다. 나어린 소녀가 위기에 처해 있음을 알아차리는 순간 김달채 씨는 갑자기 암담한 심정에 사로잡혔다. 요즘의 십대 불량배들이 얼마나 겁이 없고 포악한지는 달채 씨도 눈이 있고 귀가 있어 빠삭하게 알고 있었다. 참으로 난처한 사건에 말려들게 된 자신의 운수불길함을 한탄하는 한편 그는 하필이면 왜 힘도 없고 배짱도 없는 사람을 골라 구원을 청하는가 하고 그 여학생을 속으로 원망했다. 다른 시간 다른 장소 다 두고 하필이면 왜 자기가 골목길로 접어드는 것과 때를 맞추어 몹쓸 짓거리를 시작했는지 도무지 불량배들의 소행에 이해가 안 갔다.

"살려주세요! 살려주세요!"

불량배들 손에 끌려가면서 지르는 소녀의 애절한 호소가 비좁은 골목길 안에 낭자하게 깔렸다. 골목길 양쪽에 줄지어 늘어선 주택들은 초저녁 한때의 평온에 싸여 그저 잠잠하기만 했다. 모두들 귓구멍을 틀어막고 있는지 창문을 열고 바깥을 내다보려는 사람 하나 안 보였다. 검은 하늘에서 소리 없이 내리는 가랑비가 김달채 씨의 얼굴에 한 꺼풀 두껍게 입혀진 것이 다름 아닌 죄책감이란 사실을 차갑게 일깨워주었다. 언제까지나 외면만 할 수가 없어 달채 씨는 일정한 간격을 두고 비명의 뒤를 따르기 시작했다. 어떻게 손을 써보겠다는 작정도 없이 그냥 안전거리를 유지하면서 불량배들의 동태를 살피는 것이었다.

"괜히 남의 일에 참견하지 않는 게 좋을걸."

불량배들의 태도가 표변했다. 한 녀석이 획 돌아서면서 김달채 씨를 협박했다. 녀석이 한끝을 손아귀에 감아쥐고 뱅글뱅글 돌리는 기다란 물건은 자전거 체인임에 틀림없었다.

"귀찮게 굴면 요 기집애 얼굴을 부욱 그어버릴 거야!"

다른 한 녀석은 깨진 병 조각을 여학생의 얼굴에 바싹 들이대면서 정나미 떨어지는 소리를 했다. 핑핑 바람 소리가 나도록 체인을 휘두르면서 다가서는 녀석을 보고 김달채 씨는 간이 콩알만 해졌다.

"빨리 꺼지지 않으면 아저씨 얼굴에도 그림을 그려줄 거야."

김달채 씨의 방어 본능이 발동한 것은 바로 그 무렵이었다. 저도 모르게 달채 씨는 손을 바지 뒷주머니로 가져갔다. 가랑비로부터 보호하기 위해 버스 정류장에서부터 아껴둔 우산이 거기 들어 있었다. 그까짓 우산 하나로 흉기를 소지한 불량배들하고 정면 대결을 벌일 생각은 없었다. 다만, 눈앞의 구체적인 위협으로부터 자신을 지켜내자면 맨손보다는 지푸라기 한 개라도 들고 있는 게 유리할 것 같아서 무의식적으로 우산을 뽑아 든 것이었다. 불량배들의 움직임이 갑자기 주춤해졌다. 녀석들은 저희끼리 서로 돌아다보며 이상한 눈짓을 교환했다. 그것을 한꺼번에 일제히 덤벼들어서 방해물을 처치해버리자는 신호로 해석한 나머지 달채 씨는 으스러져라 움켜쥔 우산 케이스를 앞쪽으로 불쑥 내밀고는 온몸을 부들부들 떨기 시작했다. 그런데 바로 그때 천만뜻밖의 사태가 발생했다. 그토록 기세등등하던 불량배들이 궁둥짝으로 비파 소리를 내면서 걸음아 날 살려라 하고 도망치는 것이었다. 너무도 급작스러운 상황의 반전에 달채 씨는 잠시 어리둥절할 수밖에 없었다.

"게 섰거라아!"

뭔가 잔뜩 겁에 질려 달아나는 꼬락서니를 보고 갑자기 용기 백배해진 김달채 씨는 골목 안이 들썩이도록 괄괄을 쳐대면서 불량배들을 맹렬히 추격하기 시작했다.

"요 싸가지 없는 놈들, 게 섰지 못할까아아!"

하지만 젊은 걸음을 따라잡기엔 아무래도 역부족이었다. 김 달채 씨는 발소리만 요란하게 울리는 거짓 추격으로 놈들을 한 바탕 더 겁주고 나서 적당한 대목에서 슬그머니 돌아섰다. 연신 싸가지 없는 놈들 어쩌고저쩌고, 욕지거리를 길바닥에 뿌려가 며 아직도 흥분한 상태로 왔던 길을 되짚어 돌아가는 달채 씨의 눈앞에 누군가가 불쑥 뛰어들었다.

"경찰관 아저씨······"

하마터면 불량배들한테 납치당할 뻔했던 그 여학생이었다. 과연 못된 놈들이 한 번쯤 노릴 법한 예쁜 얼굴임을 어두운 골 목길에서도 한눈에 알아볼 수 있었다.

"구해주셔서 정말 고마워요. 은혜는 잊지 않겠어요."

김달채 씨는 풀무질하듯 가슴을 크게 부풀렸다 꺼뜨리며 심 호흡으로 가쁜 숨결을 다스렸다.

"잠바를 벗어서 비를 막아주겠다면서 글쎄 정류장서부터 치 근덕치근덕 쫓아오잖아요. 경찰관 아저씨가 아니었더라면 큰일 날 뻔했어요."

"방금 너 뭐라구 그랬냐?"

"네?"

그제야 김달채 씨는 사정을 대강 짐작할 수 있었다. 고마우신

경찰관 아저씨가 무슨 뜻으로 묻는 말인지 몰라 당황하는 여학생의 표정이 모든 걸 다 설명해주고 있었다. 흉포스러운 불량배들의 기를 꺾고 겁을 주어 꽁지가 빠지게 줄행랑을 놓도록 만든 놀라운 힘의 정체가 무엇인지를 달채 씨는 비로소 확연히 깨달았다. 그는 우산 케이스를 쥔 오른손을 눈 가까이로 들어 올렸다. 그는 조 박사의 귀국 선물을 감회 어린 눈초리로 새삼스레 찬찬히 살펴보았다. 그런 다음 사회의 안녕과 질서를 늘 염려하는 사람만이 낼 법한 엄격한 목소리로 여학생에게 충고를 던졌다.

"말만 한 처녀가 밤거리를 나다니면 유혹과 위험은 항상 따르는 법이야. 어두워지기 전에 일찍일찍 집에 들어가는 버릇을 들이도록 해!"

김달채 씨가 난생처음의 통쾌한 활약을 통해서 얻은 남성다운 흥분은 비 오는 골목길에서 18평짜리 연립주택까지 막바로 연장되었다. 집 안에 들어서기 무섭게 달채 씨는 아내를 붙들고 전에 없이 들뜬 목청으로 바깥에서 방금 어떤 사건이 있었는지를 소상히 알렸다. 물론 그는 자그마치 넷(그렇다, 그는 분명 넷이라고 주장했다)이나 되는 괴한을 무찌르는 데 결정적인 역할을 한 공로를 자기 자신과 우산에다 공평하게 반분해서 돌리는 미덕도 잊지 않았다.

"픽도 장하기도 하셔라!"

남편의 무용담이 클라이맥스 근처에 이르기도 전에 주옥심 여사는 험한 입버릇으로 판을 여지없이 깨버렸다.

"가짜 무전기에 가짜 기관원 행세로 납치범들을 혼꾸멍내줘서 이제 서울특별시장님께서 우리 김달채 주사님한테 모범 시민상을 내리시겠구만, 홍!"

"여보, 무슨 말을 그렇게 하는 거요?"

"아이 시끄러워요. 그 빌어먹을 우산이 그다지도 신통력이 있다면 어디 한번 무전으로 하느님을 불러내서 월급 좀 올려주고 승진 좀 시켜달라고 통화라도 해보시지."

도무지 말도 안 되는 소리였다. 그러나 평상시에 남편 대하기를 먹다 남긴 보리개떡 보듯 하던 옥심 여사인지라 말도 안 되는 소리를 예사로 퍼 안기는 것이었다. 더구나 출세한 동창으로부터 받은 귀중한 선물이라 해서 문제의 우산을 신줏단지 위하듯 알뜰히도 모시는 남편의 그 지지리도 늘품성 없는 못난이 짓에 이미 신물이 날 대로 나버린 그니였다.

"험한 세상 바르고 성실하게 살려는 남편을 그런 식으로 모욕하면 벌받는 법이오."

"저래서 내가 미친다니깐! 저런 속없는 춘풍이를 남편이라고 믿고 살자니 내가 지레 말라비틀어져서 이 나이에 할망구 소릴 들을 수밖에!"

아닌 게 아니라 주옥심 여사는 쪼글쪼글 시들어서 나이보다 훨씬 더 늙어 보였다. 거기에 비해 김달채 씨의 얼굴은 한갓 하면 품위상의 문제가 있어 그렇지 아직도 제 나이만큼의 생기는 착실히 유지하고 있는 축이었다. 그 점에 늘 배가 아파서 옥심 여사는 모자라는 남편을 만난 죄 하나로 자기는 최소한 10년 이

상을 앉아서 손해 보는 거라고 툭하면 고함질이요 걸핏하면 삿
대질이었다.

"또 시작이로구면. 그만둡시다, 그만둬."

김달채 씨는 일껏 자기 입으로 끄집어낸 무용담을 서둘러 막
설해버리면서 처연스러운 낯꽃을 감추지 못했다. 지금은 살쾡
이같이 사납게 구는 암상스러운 여자이지만, 그니에게도 착하
고 아름답던 시절은 어김없이 있었다. 박복하게도 말단 공무원
하고 인연을 맺는 바람에 살림에 쪼들리고 주위의 괄시에 짓눌
려 오래 부대끼며 지내다 보니 어느새 맘보자기마저 때깔이 변
해서 그처럼 남편한테 종주먹을 대어버릇하는 것이었다. 자신
의 타고난 무능력과 고지식함으로 말미암아 사랑스럽던 아내의
모습이 갈수록 추하게 늙어간다 생각하니 한 무더기 소슬바람
이 달채 씨의 가슴을 황량하게 휩쓸며 지나가는 것이었다.

김달채 씨는 저녁을 먹고 나서 틀에 박힌 생활의 순서와 절차
에 따라 석간신문에 난 크고 작은 기사들을 가로세로 골골샅샅
훑어보고 텔레비전 수상기 안으로 팔짝 뛰어들어 가서 뉴스의
홍수와 인기리에 방영 중인 일일 연속극이 이루는 눈물의 바다
를 한동안 정신없이 헤엄쳐 다녔다. 심상찮은 조짐을 보이는 학
원가의 동향에 연일 뉴스의 초점이 맞추어져 있었으나 대학생
아들을 보려면 아직도 창창한 세월을 넘겨야 하는 달채 씨의 입
장에서는 강 건너 불이었다. 다만 한 가지, 자식 기르는 아비 입
장에서 굳이 시국에 대해 주문할 게 있다면, 그것은 시위를 하
더라도 나라 망쳐먹지 않을 정도로 적당히 하고 진압을 하더라

도 젊은 사람들 장래를 그르치지 않을 범위 안에서 요령껏 해달라는 부탁이었다. 거기에 덧붙여 김달채 집안의 장남이 대학에 입학하기 전까지는 무슨 일이 있더라도 학원 사태의 불씨가 될 만한 제반 문젯거리들을 이 나라에서 흔적도 없이 말끔히 제거해달라고 마지막으로 신신당부하고 싶었다.

불치병을 앓는 아내를 헌신적으로 사랑하고 간호하는 젊은 남편의 이야기를 다룬 연속극에서 커다란 감동을 받아 그대로 가슴에 간직한 채 김달채 씨는 아이들 공부방으로 향했다. 크고 작은 두 녀석이 책상 두 개를 나란히 붙여놓은 옴딱지만 한 방 안에서 한창 공부에 고부라져 있는 중이었다. 뒷전에서 자식들의 기특한 모습을 잠시 지켜본 다음 달채 씨는 연속극의 감동을 고스란히 손끝에 모아 두 개의 뒤통수를 차례로 쓰다듬어주었다. 아비의 기대에 어긋나지 않게 두 녀석은 학년 전체에서 최상위권의 성적을 꾸준히 유지해나가고 있었다. 이놈들아, 더도 말고 덜도 말고 내 친구 조 박사만큼만 훌륭해지거라……

직장에서 돌아온 후 가정에서 치러야 할 모든 행사를 다 끝마친 김달채 씨는 아내가 주방에 머무는 틈을 타서 우산을 들고 살그머니 큰방으로 들어갔다. 자그마치 다섯 명이나 되는 무장 강력범을 퇴치하는 데 빛나는 활약을 한 우산에게 마음의 훈장을 달아주는 자기 혼자만의 행사를 은밀히 즐기기 위함이었다. 성깔깨나 있는 주옥심 여사로부터 가차 없이 지청구를 먹었음에도 불구하고 달채 씨는 아직도 나어린 여학생을 납치의 위험에서 구해주던 당시의 흥분 상태에서 한 치도 벗어나지 못하고 있었다. 호적 업무를 제외한 여타의 모든 일에 무기력하기 짝이 없는 6급 주사직의 자기로 하여금 모처럼 한번 남자다움을 과시하도록 결정적인 도움을 준 그 우산이 보면 볼수록 대견하게 여겨지는 것이었다. 비를 막기 위한 용도 말고 비하고는 전혀 상관없는 다른 엉뚱한 일에도 한몫 단단히 구실할 수 있다는 사실을 몸소 체험한 것이 우산에서 비롯된 그날의 가장 큰 수확이었다. 어쩐지 그것만 몸에 지니고 있으면 마음이 든든해지고 아무 것도 두려울 게 없을 것 같은 기분이었다. 아내가 큰방으로 건너오는 기척이 날 때까지 그는 형광등 불빛에 우산을 비춰 보고 또 비춰 보기를 밤늦도록 계속했다.

그 이튿날은 언제 비를 뿌렸더냐는 듯이 쾌청한 날씨였다. 가을빛이 상큼한 마른 아침인데도 김달채 씨는 출근을 준비하면서 슬쩍 우산을 챙겼다. 코흘리개가 구멍가게에서 알사탕을 훔치듯 어설픈 솜씨로 우산 케이스를 뒷주머니에다 감추는 달채 씨의 수상쩍은 거동이 용케 주옥심 여사의 눈에 발각되었다.

"이구, 저래서 내가 못살겠다니깐!"

회초리를 든 가게 주인한테 쫓기는 아이처럼 김달채 씨는 도시락이 든 가방을 데리고 어마뜨거라 집을 나섰다.

"비 올 때도 아까워서 못 받는 우산, 이 청청한 날에 무슨 멋으로 페차고 나서는고!"

주옥심 여사는 칠칠치 못한 남편의 짓거리를 가만히 참고 보아 넘기지 않았다. 등 뒤에서 졸졸 따라오는 아내의 비아냥거림을 김달채 씨는 침묵으로 퉁기면서도 얼굴이 온통 홍당무가 되었다. 옥심 여사의 억단은 사실 너무 지나친 데가 있었다. 그니의 말대로 달채 씨가 또 어느 눈먼 괴한이나 때려잡았으면 하는 요행수를 바라고 쾌청한 아침에 우산을 휴대한 건 절대 아니었다. 그는 단지 어쩌나 보려고 시험을 해보고 싶었을 뿐이었다. 가짜 무전기의 성능이 대관절 어느 정도인지를 몇 가지 시험을 통해서 확인해볼 필요가 있을 것 같기 때문이었다.

"나 좀 봐요, 이치걸 씨!"

일과 시작 전에 우선 호적 업무의 상머슴 격인 복사기부터 손보고 나서 자기 자리로 돌아온 김달채 씨는 목청을 높여 부하 직원을 불렀다.

"자네 이것도 글씨라고 쓴 건가?"

김달채 씨는 책상 위의 종이 뭉치를 집어 이치걸 씨의 면상에 대고 깃발처럼 마구 흔들어댔다. 여상을 졸업하자마자 고용직으로 들어온 나어린 박 양한테서 방금 전에 되로 받은 핀잔을 달채 씨는 앰한 이치걸 씨한테 말로 뒤집어씌울 심산이었다. 늘 과로에 시달리는 복사기란 놈이 어느 때 갑작스레 또 사보타주를 일으켜 촌각을 다투는 호적 업무를 마비시킬지도 모른다는 노파심 때문에 기계의 구조에 관해서 쥐뿔도 아는 게 없으면서 공연히 이리 집적 저리 집적 건드리다가 박 양한테 된통 눈총을 맞고 말았다. 복사기 당번인 그니는 탈 없이 잘 돌아가는 멀쩡한 기계를 미리감치 손봐준답시고 긁어 부스럼을 만들어서 번번이 고장 내는 계장님의 과잉 의욕에 진작부터 넌더리를 내고 있었다.

"대답이 없는 것은 내 말이 아니꼽다는 뜻인가?"

"워낙 필체가 그런 걸 전들 어떡헙니까."

동사무소에서 구청으로 올라온 지 얼마 안 되는 젊은 이치걸 씨는 노골적으로 볼멘소리를 했다.

"자네 그것도 말이라 하나? 그건 조상 탓이 아니라 자네가 노력이 부족한 탓이야. 저기 저 김 군, 노 씨도 첨에는 자네처럼 토룡체 글씨로 악명을 떨쳤어. 허지만 자기 필체에 문제가 많은 걸 인정한 담부터는 펜 습자 교본 사다 놓고 집에서 죽어라 과외 공부를 해서 오늘날 일류 호적 공무원이 될 수 있었단 말야!"

"노력은 해보겠습니다만……"

"그러구 이건 또 뭐야? 누가 호적에다 건방지게 약자를 사용하랬어? 정자를 모르거든 옥편을 찾아봐야지, 옥편을!"

김달채 씨는 자기 관할 아래 새로 전입해 온 호적들을 정리하면서 그야말로 지렁이 기어간 자국같이 괴발개발 그려낸 이치걸 씨의 필체를 손가락 끝에 물집이 생기도록 낱낱이 지적해주었다.

"도로 갖고 가서 첨부터 다시 작성하도록 해!"

도대체 요즘 학교에서는 학생들에게 어쩌자고 글씨 하나도 똑바로 못 가르쳐서 내보내는 것일까. 김달채 씨는 젊은 사람들의 형편없는 한문 실력과 책임감이 결여된 불성실한 근무 자세를 개탄해마지않았다. 이왕지사 시어미 노릇을 시작한 김에 달채 씨는 백지 한 장을 꺼내어 그 위에다 깨알만 한 글씨로 직원들에게 돌릴 회람을 작성하기 시작했다. 이를테면 그것은 호적

학의 강의 노트였다. 호적학 박사를 자처하는 그가 오랜 실무
체험을 통하여 얻은 풍부한 지식을 부하들에게 전수하기 위한
노력의 일환이었다.

1. 쇠북 종鐘 자와 술잔 종鍾 자를 혼동하지 말고 민원인에게
일일이 확인한 연후에 정확히 구분해서 기입할 것.

2. 길할 길吉 자는 반드시 흙 토土가 아니라 선비 사士 밑에다
입 구口를 앉힐 것……

예를 들자면 이런 식이었다. 김달채 씨는 나라의 장래를 걱정
하는 마음가짐으로 호적 업무에서 자칫하면 실수하기 쉬운 경
우들을 머리에 떠오르는 것부터 차근차근 적어 내려갔다.

호적부는 면도를 싫어한다. 호적의 얼굴에다 절대로 칼을 대
지 말 것!

맨 마지막으로 김달채 씨는 회람의 끝에다 평소에 입버릇처
럼 부르짖는 구호를 격언 삼아 달아놓았다. 처음부터 다시 쓰기
끔찍해서 점 하나 획 하나 틀린 정도는 면도칼로 살살 긁어서 감
쪽같이 눈가림해놓으려는 야비한 술책을 경고하기 위함이었다.

"그게 뭐요, 김 계장?"

어느 겨를에 다가왔는지 바로 등 뒤에서 직속 상사인 이 실장
이 불쑥 말을 걸었다. 김달채 씨는 이제 막 완성을 본 하루치의
강의 교재를 자랑스럽게 내보였다.

"요즘 학사 출신들 실력이 너무 한심해서 제가 개인 레슨을
좀……"

"그것 말고 뒤꽁무니에 권총같이 차고 있는 물건이 뭐냐니

까."

"아, 이거 말씀입니까?"

저도 모르게 김달채 씨의 손이 엉덩이 쪽으로 돌아갔다. 복사기를 점검하느라고 허리를 굽히고 움직일 때 웃옷 끝자락이 말려 올라갔던지 마치 슬쩍 벌어진 치맛자락 사이로 넓적다리가 드러나듯 우산 케이스가 비주룩이 나와 있었다.

"이거 무전깁니다."

김달채 씨의 입에서는 엉겁결에 이런 대답이 흘러나왔다. 이 실장이 어이없다는 표정을 지었다.

"예끼 사람, 농담도 유분수지 세상에 그따위로 생겨먹은 워키토키가 어디 있어?"

"실은 우산입니다."

"맞았어. 난 첫눈에 벌써 우산인 줄 알아봤지. 내 친구 중에 그거하고 똑같이 생긴 우산을 가진 사람을 본 적이 있거든. 그런데 김 계장은 이런 우산 어디서 났소?"

이 실장은 주인의 양해도 없이 남의 주머니에서 우산 케이스를 쑥 뽑아 들었다. 시민 봉사실 안의 수많은 시선이 일제히 이 실장의 손끝으로 집중되었다. 김달채 씨가 아끼던 비장의 우산이 직장에서 최초로 만좌중에 공개되는 순간이었다. 그것을 입수하게 된 경위를 달채 씨는 실장에게 간단히 밝혔다. 그리고 무려 여섯 놈이나 되는 흉악범을 본때 있게 혼내준 간밤의 활약을 약간 수줍음을 띤 가락으로 직장에다 풀어놓았다. 그러자 폭소가 터졌다. 곧이어 문제의 우산이 과연 무전기하고 얼마만큼이나 흡사하게 생겼나를 조목조목 따지는 때아닌 설왕설래가 사방에서 일었다. 거의 대부분의 의견이 겉모양만 얼핏 봐서는 진짜 워키토키하고 구분하기 어렵다는 이야기였다. 그러나 우산과 워키토키 양쪽 모두를 잘 안다고 주장하는 이 실장만은 의견이 달랐다.

"말 같지도 않은 소리! 우선 부피가 달라. 그리고 결정적인 차이로 안테나가 안 보인다는 사실이야. 한번 재미 봤다고 두 번 다시 써먹을 생각은 말아요, 김 계장. 그러다가 재수 없이 나처럼 눈매가 매운 사람한테 걸리면 괜히 큰코다쳐. 자아, 쓰잘데없는 토론일랑 집어치우고 어서 일들이나 시작하라구!"

그날 이후부터 김달채 씨는 퇴근하기 무섭게 뽀르르 집으로 달려가던 묵은 습관을 버리고 밤늦도록 하릴없이 길거리를 배회하면서 시간을 보내는 새로운 습관을 몸에 붙였다. 지하철이나 버스 혹은 공중변소나 포장마차 안에서, 백화점에서 사지도 않을 물건을 흥정하거나 정류장에서 토큰 아니면 올림픽 복권을 사면서, 그리고 행인에게 담뱃불을 빌리거나 더욱 과감하게는 파출소에 들어가 경찰관에게 길을 묻는 시늉을 하는 사이에 마주치는 각계각층의 사람들을 상대로 달채 씨는 실수를 가장하기도 하고 때로는 또렷한 목적의식을 드러내기도 해가며 우산의 존재를 알리기 위해 갖가지 수단과 방법을 다 동원했다. 그런 다음 상대방의 눈에 과연 우산이 어떻게 비치는지, 그리하여 상대방이 우산 임자인 자기를 어떻게 대우하는지 반응을 떠보는 작업을 일삼아 계속해나갔다. 참으로 긴장과 전율이 넘치는 뻐근한 나날이었다. 구청 호적 계장의 직위에 오르기까지 여태껏 전혀 몰랐던 세계가 구청과 자기 집구석 바깥에 따로 있음을 그는 우산을 통해서 비로소 실질적으로 체험할 수가 있었다. 그는 사람들의 반응을 종합해서 몇 가지 결론을 얻어내는 데 성공했다.

첫째는, 진짜 무전기에 익숙한 일부 극소수의 사람들을 제외한 거개의 서민들은 의외로 쉽사리 우산에 속아 넘어간다는 사실이었다.

둘째는, 상대방이 무전기를 지니고 있다고 알아차리는 그 순간부터 사람들의 태도가 확 달라진다는 사실이었다. 일껏 하던 이야기를 뚝 그치거나 얼렁뚱땅 말머리를 돌리는 등으로 지은 죄도 없이 공연히 겁부터 집어먹고는 꾀죄죄한 몰골의 자기한테 갑자기 저자세로 구는 것이었다. 밤늦도록 수고가 많다면서 한사코 술값을 받지 않으려 하던 어떤 포장마차 주인의 경우가 단적인 예였다.

셋째는, 노골적으로 손에 쥐고 보여줄 때보다 그냥 뒤꽁무니에 꿰찬 채 부주의한 몸가짐인 척하면서 웃옷 자락을 슬쩍 들어 케이스의 끝부분만 감질나게 보여주는 편이 오히려 사람들을 놀라게 하는 데 훨씬 더 효과적이고 반응도 민감하다는 사실이었다.

김달채 씨는 그러잖아도 짧은 머리를 더욱 짧게 깎았다. 옷차림도 낡은 양복에서 스포티한 잠바 스타일로 개비했는가 하면 구청 밖에서는 항상 선글라스를 끼고 다녀버릇했다. 달채 씨는 그처럼 달라진 모습으로 짬만 생기면 하릴없이 길거리를 나다니며 청명한 가을날에 우산을 이용해서 사람들을 떠보는 색다른 취미에 점점 깊숙이 빠져 들어가기 시작했다.

때마침 토요일이었다. 전형적인 우리나라의 가을 하늘답게 드높고도 짙푸른 하늘을 창밖으로 올려다보며 유난히도 더디게 지나가는 시간에 조바심치던 김달채 씨는 오전 근무가 끝나기 무섭게 곧장 시내 한복판의 번화가로 진출했다. 오늘도 한 건 올리고 싶다는, 혹은 올려야겠다는 갈급스러운 마음이 달채 씨를 한껏 들뜨도록 만들었다. 그는 시험의 대상을 물색하느라고 사방을 두리번두리번 살피며 토요일 오후의 인파로 붐비는 종로통을 정처 없이 걸었다. 그런 시간에 저마다 바삐 움직이는 행인들 가운데서 누군가 하나를 점찍고 생면부지의 상대방에게 접근해서 수작을 붙인다는 게 그리 손쉬운 노릇은 아니었다.

김달채 씨는 길가 상점의 쇼윈도 내부를 무심코 들여다보다가 난데없는 재채기 소리에 깜짝 놀라 옆을 돌아다보았다. 아가씨 하나가 핸드백에서 손수건을 꺼내어 대로상에서 부끄러운 줄도 모르고 코를 패앵 풀었다. 그러고 보니 재채기를 하는 사람은 한둘이 아니었다. 행인들 중에서 요란한 재채기와 함께 손바닥으로 코언저리를 감싸 쥐고 종종걸음을 치는 모습이 한꺼번에 여럿이나 눈에 띄었다. 그제야 달채 씨의 둔감한 코에도 재채기를 장만하는 맵싸한 공기가 잡히기 시작했다. 그는 비로소 차도를 꽉 메운 채 아까부터 꼼짝도 않고 붙박여 있는 차량들의 행렬에 생각이 미쳤다. 무슨 일이 있음에 틀림없었다. 그리

멀지 않은 곳에서 뭔가 벌어지고 있는 중이라고 생각하자 까닭 모를 흥분과 기대감이 그를 사로잡아버렸다. 한 건 올리는 정도가 아니라 뭔가 이제껏 맛보지 못한 엄청난 보람을 느끼게 될 일대 사건을 만날 듯싶은 예감 때문이었다. 그는 다른 행인들이 종종걸음으로 달아나는 방향과는 정반대편을 향해 정신없이 달려가기 시작했다.

예상했던 그대로의 살벌한 풍경이었다. 깨진 보도블록 조각이나 돌멩이 들이 인도와 차도 가릴 것 없이 사방에 흩어져 나뒹굴고 있었다. 시커먼 그을음 연기를 피워 올리며 불타는 자동차와 창유리가 박살 난 건물도 보였다. 김달채 씨는 주체 못 할 지경으로 쏟아지는 눈물 콧물도 돌볼 겨를 없이 여전히 선글라스를 착용한 채 최루가스에 심하게 오염된 지역을 향해 가까이 접근했다. 중무장한 전경대에 의해 도로가 완전 차단되어 더 이상 접근이 불가능해지자 달채 씨는 구경꾼들 뒷전에서 작은 키를 한껏 발돋움하고는 시위 현장의 분위기를 살폈다. 어디선가 보이지 않는 저쪽 건물 모퉁이에서 어기찬 함성이 아직도 기세를 올리는 중이었다. 사복 경찰관들한테 붙잡혀 끌려오는 학생의 모습이 구경꾼들 어깨 너머로 내다보였다. 달채 씨는 저도 모르는 사이에 앞사람들 틈바귀를 비집고 전면으로 썩 나섰다.

"이봐요, 거기!"

김달채 씨는 창문마다 철망이 쳐진 버스 안으로 학생을 마구 밀어 넣는 사복들을 향해 느닷없이 목청을 높였다.

"아직도 어린애야! 다치지 않게 살살 좀 다뤄!"

어디서 그런 용기가 솟아나는지 김달채 씨 자신도 깜짝 놀랄 지경이었다.

"당신 뭐야?"

옷깃에 비표를 단 사복 차림의 청년 하나가 달려와서 김달채 씨의 가슴을 떼밀었다.

"나 이런 사람이오."

김달채 씨는 엉겁결에 잠바 자락 한끝을 슬쩍 들어 뒷주머니에 꿰찬 우산 케이스를 내보였다. 하지만 상대방 청년은 그런 물건 따위는 애당초 거들떠볼 생심조차 하지 않았다.

"당신도 저 차에 같이 타고 싶어? 여러 소리 말고 빨리 집에나 들어가봐요!"

이른바 닭장차에 어린 학생들과 함께 실리고 싶은 생각은 물론 털끝만큼도 없었다. 옷깃에 비표를 단 청년이 우산을 우산 이상의 것으로 보아주지 않는다면 그건 어쩔 도리 없는 노릇이었다. 김달채 씨는 남의 채마밭에서 무 뽑아 먹다 들킨 아이처럼 무르춤한 꼬락서니가 되어 맥없이 돌아설 수밖에 없었다. 그렇다고 방금 전 비표의 말대로 일찌감치 집구석으로 들어가고 싶은 생각도 없었다. 달채 씨는 전경대의 저지선을 피해서 일부러 골목길과 골목길을 멀리 우회한 끝에 마침내 시위대와 진압대가 대치하고 있는 현장에 도착했다. 한쪽에는 길바닥에 주저앉아 구호를 외치고 노래 부르는 학생들이 있고 다른 한쪽에는 방패를 앞세운 채 무표정한 얼굴로 학생들의 행동을 지켜보는 전경들이 있었다. 돌멩이가 어지러이 널린 완충지대를 사이에 두고 잠시 소강상태를 유지하는 중인 듯했다. 학생들의 구호가 혹시나 텔레비전에서 보고 듣듯이 그렇게 좌경으로 격렬하게 흐르다가 크게 신세를 그르치기라도 하는 날이면 어쩌나 하고 노심초사하면서 달채 씨는 멀찌감치서 사태를 주시했다.

소강상태는 끝나고 곧 격렬한 싸움이 재개되었다. 눈 깜짝할 사이에 돌멩이가 날고 사과탄이 터졌다. 뒤로 밀리기 시작하는 학생들 사이에서 화염병에 불을 댕기는 모습이 얼핏 보였다. 김달채 씨는 그런 움직임을 언제까지고 방관만 할 수가 없어 갑자기 현장으로 뛰어들었다.

"화염병은 안 돼!"

김달채 씨는 앞뒤 생각도 없이 학생들을 향해 마구 달음박질 쳤다. 경고의 의미를 강하게 담은 고함 소리가 등 뒤에서 들려왔다. 달채 씨는 자기 뒤를 쫓아오는, 손에 손에 낱낱이 진짜배기 무전기를 든 사복들을 상대로 자신의 우산 케이스를 흔들며 괜찮다는 몸짓을 지어 보인 다음 다시 학생들 쪽으로 돌아섰다.

"짭새다!"

한 학생이 김달채 씨를 손가락질했다.

"화염병은 절대 던지지 마!"

김달채 씨는 계속 학생들에게 달려가면서 손을 홰홰 내저었다. 달채 씨를 과녁으로 해서 돌멩이들이 새까맣게 날아들기 시작했다. 그중 한 개가 달채 씨의 정강이를 강하게 때렸다. 달채 씨는 구슬픈 비명 소리와 함께 길바닥에 푹 고꾸라졌다. 쓰러진 그의 몸뚱이 여기저기에 돌멩이가 픽픽 떨어졌다.

"밖으로 끌어내!"

누군가가 이렇게 지시하는 소리를 들었다. 김달채 씨는 거구의 장정들한테 양쪽 팔목을 비틀려 끌려가는 그 다급한 상황 속에서도 얼핏 뒤를 돌아다보았다.

"내 무전기…… 내 무전기……"

김달채 씨는 저도 모르게 이렇게 중얼거렸다.

"내 우산…… 내 우산……"

김달채 씨는 신음하듯 다시 이렇게 중얼거렸다. 그토록 신줏단지 모시듯 달채 씨가 아끼던 귀중한 우산이 길바닥에 떨어져 서로 쫓고 쫓기는 젊은이들의 구둣발길에 무수히 짓밟히고 있는 중이었다.

(1987)

쌀

쌀의 정체

부옇게 먼지를 뒤집어쓴 채 기억의 저편 구석에 방치돼 있던 해묵은 삽화 한 토막을 내 뇌리에서 갑작스레 되작여낸 사람은 다름 아닌 내 아내였다. 모처럼 한번 오래간만에 친정 나들이를 다녀온 아내가 웬일로 꼭 벌레라도 씹은 듯한 낯꽃으로 주방에서 말없이 늦은 저녁을 장만하고 있다가 부지불식간에 내뱉은 나직한 중얼거림이 시비의 발단이었다.

"휘유우……"

몹시 심정을 상하게 만드는 무슨 언짢은 문제가 발생했을 경우 아내는 마치 고슴도치와도 같이 신경의 가시를 빳빳이 곤두세우고는 잔뜩 웅크린 채 언제까지고 무작정 버팀으로써 어느 누구의 접근도 완강히 거부해버리는, 참으로 별난 성미를 지니고 있었다. 아무 때라도 제풀에 못된 성깔이 누그러져서 찔렸다 하면 어떤 상대라도 틀림없이 피를 보고야 말 그 날카로운 가시를 스스로 거둬들일 때까지 잠자코 기다려주는 것이 상책인 줄

을 오랜 경험을 통해서 익히 알고 있기 때문에 나는 퇴근 후 그
니로부터 일정한 간격을 유지하면서 내내 무관심을 가장하고
있어야만 했다.

"도대체 그놈의 쌀이란 게 뭐길래……"

하지만 오랜 침묵 끝에 아내의 입에서 긴 한숨과 함께 흘러
나온 그 뜻밖의 중얼거림은 그냥 모른 체하고 들어 넘길 수만은
없는 어떤 수상한 낌새를 나타내고 있었다. 도마 위에서 한바탕
신명 나게 놀아나던 식칼이 갑자기 장단을 멈춘 그 직후라서 더
한층 그렇게 느껴졌는지도 모르겠으나, 아무튼 집 안에 감돌던
만만찮은 적요를 수박통 쪼개듯 쫘악 두 쪽을 내면서 불쑥 치솟
은 아내의 목소리는, 이를테면 예리한 칼날에 손가락이라도 섬
뻑 베였을 경우에나 드러낼 법한 여인들 특유의 호들갑이 연상
되리만큼 뭔가 예사롭지 않은 통증 같은 걸 동반하고 있었던 것
이다.

"쌀. 명사. 나락에서 왕겨를 제거해버린 쌀나무의 열매. 주로
밥이나 떡 따위를 만들거나 또는 술 따위를 빚을 때 주원료로
사용하는 곡식의 일종임."

나는 시치미를 뻑 떼고는 제법 큰 소리로 국어사전 읽는 시늉
을 했다. 그러고 나서 아내가 맛있는 저녁 반찬을 장만하는 동
안 만판 겔러빠진 자세로 거실 소파에 드러누워 대충대충 훑어
보고 있던 석간신문을 한쪽으로 밀치면서 주방 쪽의 눈치를 헬
끔 살폈다. 그랬음에도 불구하고 아내는 나의 엉뚱한 말참견에
끝내 아무런 반응도 나타내지 않았다.

"멥쌀, 찹쌀, 좁쌀, 보리쌀, 율무쌀, 백미, 현미, 경기미, 호남미, 통일벼, 아끼바레, 이천쌀, 여주쌀, 개화미 등등…… 현재 우리나라에서 생산되고 거래되는 쌀의 종류는 매우 다양하고도 복잡함."

거푸 이어지는 나의 엉터리 낱말 풀이에도 아내는 전혀 웃음기를 내비치지 않았다. 질펀한 자세를 허물어뜨려 마침내 윗몸을 곧추 일으켜 세우면서 나는 주방 쪽을 향해 목을 길게 늘여 뺐다. 그 순간 내 시선하고 아내의 시선이 허공에서 딱 맞부딪혀 쨍그랑 소리를 내고 말았다.

"흥, 안 그러면 누가 국어 선생 아니랄까 봐서!"

아내는 도톰한 입술을 연방 비쭉거렸다. 무슨 뚱딴지같은 말장난이냐는 핀잔이 그니의 표정 위에 입술연지의 빛깔로 선명히 묻어나 있었다. 나는 안락한 소파 위에서 즐기던 귀가 직후의 그 들척지근한 게으름을 무척이나 아쉬워하면서 주방을 향해 어슬렁어슬렁 다가갔다.

"자기, 아까부터 왜 그래? 혹시 우리 집안 쌀의 신상에 무슨 심각한 문제점이라도 발생한 거야?"

"……"

"그 빌어먹을 쌀이란 놈이 하나뿐인 우리 마누라를 함부로 또 꼬집고 할퀴고 물어뜯은 모양이지?"

얼굴 근처를 맴돌며 성가시게 구는 파리라도 쫓듯이 아내는 매우 신경질적인 동작으로 도리머리를 했다. 주방 천장에서 은가루처럼 반짝반짝 쏟아져 내리는 형광등 불빛을 사방으로 흩뜨리며 사납게 출렁이는 아내의 긴 생머리를 나는 한참이나 일삼아 지켜보고 있었다.

"옳거니! 그놈의 쌀값이 또 터무니없는 장난질을 쳐서 우리 김경미 여사를 또 가슴 아프게 만들었구나?"

"지금 한유하게 농담이나 하고 있을 때가 아니야!"

"그럼 진담을 말해보라구."

"자기한테는 농담이 진담이잖아. 농담하고 싶은 생각 없어."

"대관절 무슨 일인데 그래?"

"아무것두 아니라니까!"

턱 근처에서 서릿바람이 획획 이는, 쌀쌀맞기 그지없는 대꾸였다. 결코 아무것도 아닌 정도가 아니었다. 아내의 얼굴 한복판에는 그 어떤 어룽더룽한 무늬를 덮어쓴 기다란 물건이 율모기 모양으로 불길하게 칭칭 똬리를 틀고 앉아 있었다.

"지까짓 게 뛰어봤자 쌀값이지, 뭐. 아무 염려 말라구. 내 비록 박봉 남편이긴 하지만 그까짓 쌀가마 정도는 매달 얼마든지 대줄 만큼 충분한 그 뭣이 있는 최재식이니까 말이야."

나는 아내의 등 뒤로 바투 다가섰다. 그런 다음 호젓한 공간에 단둘만 있을 때 삼십대 중반의 부부 사이에서 흔히 행해질 법한 동작으로 아내의 허리통을 뒤쪽에서 답삭 보듬어버렸다. 아내는 채신머리없이 자꾸만 가슴께를 넘보려는 내 손등을 양파를 다루던 젖은 손바닥으로 탁 때렸다.

"좀더 지성인답게 행동할 수 없어, 자기?"

"진상을 자백받기 위해서 이제부터 슬슬 성 고문을 실시하는 중이라구."

내 고문 솜씨가 두려웠던지 아내는 결국 손에 쥔 식칼을 도마 위에다 아무렇게나 던지고 나더니만 또다시 한숨을 푸욱 내쉬었다.

"우리 식구가 먹는 쌀 때문이라면 차라리 괜찮겠어."

"그럼 못 먹는 쌀 때문이란 말인가?"

"우리 얘기가 아니라니까!"

"옳거니, 이제야 겨우 감 잡았다. 바로 우루과이 라운드 얘기구나? 유아르 라운드, 내 말 맞지?"

나는 아내의 허리통에 끼고 있던 깍짓손을 슬그머니 풀었다. 갑자기 등신으로 변한 듯 아내는 맹해진 눈초리로 내 얼굴을 돌아다보았다.

"우리 엄마 아빠 얘기란 말이야."

"뭐야? 당신 엄마 아빠?"

그다음 순번으로 내가 맹해질 차례였다. 나는 쌀이란 물건과 아내의 거듭되는 한숨과 나의 장인 장모 사이를 얼른 긴밀하게 연관 지어 생각할 수 없었던 탓에 몹시 난감한 기분이었다.

"당신 친정집에 무슨 사고가 터졌어?"

아내는 고집스레 입을 꼭 다물고만 있었다. 그 입이 쉽사리 열릴 것 같지 않았기 때문에 나는 같은 의미의 질문을 다른 방식으로 거푸 던져보았다.

"애들 외갓집에 무슨 좋잖은 일이라도 생겼나?"

몹시 느린 몸놀림으로 아내가 나를 향해 돌아섰다. 비로소 정면으로 마주 보게 된 아내의 얼굴에 일어나는 표정의 변화를 나는 두려운 기분으로 읽었다. 내 처갓집에 무슨 변고가 일어났느냐는 세번째 질문이 나한테서 건너가기 전에 아내의 입술이 실룩실룩 움직이기 시작했다.

"엄마가 많이 편찮으시단 말야!"

"뭐라구? 아까는 두 분 모두 별 탈 없이 잘들 지내신다고 그래놓구선."

아내는 개숫물을 쏟아붓듯 싱크대 수챗구멍에다 한 차례 더 걸쭉한 한숨을 토하고 나서 앞치마로 입 아닌 손을 닦았다. 남편을 위해 맛있는 반찬 만들어줄 생각은 이제 말끔히 사라졌는지 그니는 아예 주방을 벗어나 거실로 자리를 옮겼다. 소파에 털썩 주저앉으며 이마에 손을 짚는 그니의 낙담에 겨운 행동을 나는 속수무책으로 멍하니 지켜만 보고 있었다.

"꽤 오래됐대. 벌써부터 많이 편찮으셨는데 우리가 걱정할까봐서 일부러 알리지 않은 거래."

그러고 보니 아내가 친정에 다녀온 지도 퍽 오래되었다. 내가 처가를 방문한 것은 더욱더 까마득한 과거지사였다. 같은 서울 하늘 아래, 팔만 약간 길게 뻗으면 처갓집 대문 초인종에 가 닿으리만큼 가까운 곳에 살면서도 장기간 장인 장모를 찾아뵙지 않은 무심한 사위로서 나는 무슨 수를 써서든 그 난처한 입장에서 우선 벗어나고 볼 필요가 있었다.

"오래 놔둔다고 고름이 살 되는 법 있나. 딸도 자식이고 사위도 자식인데 당연히 알릴 건 알렸어야지. 어차피 언젠가는 저절

로 다 알려질 일을 갖구서 걱정할까 봐 여지껏 쉬쉬했다니, 그
게 도대체 어느 나라……"

"최재식 씨!"

아내의 입에서 날카로운 고함이 터져 나왔다. 그 사품에 나는
얼른 입을 다물어버렸다. 지아비인 나를 아내가 그런 식으로 마
구 부르는 건 걷잡을 수 없이 화가 났을 때 그니가 곧잘 써먹곤
하는, 아주 고약한 수법 가운데 하나였다. 재식이 형 또는 그냥
형, 심지어는 재식이라는 막된 호칭을 앞세우며 바락바락 대드
는 한심스러운 경우마저 이따금 있을 정도였다. 학창 시절에 우
연히 만나 어찌어찌 살림까지 차린 동갑내기 부부들이 이따금
겪는 비극의 한 단면일 것이었다. 입술에 침이나 바르고 얘기하
라고 그니가 다그치기 전에 나는 내뱉다 만 말의 뒷부분을 우물
우물 입안에서 녹여 없애고는 얼른 다른 말로 개비했다.

"어머님이 어디가 어떻게 편찮으시대?"

"자기가 그건 알아서 뭐 하게?"

"경미 언니, 나를 꼭 용서 못 받을 죄인으로 몰아붙여야만 언
니는 직성이 풀리겠어? 내 입으로 꼭 잘못했다는 사과를 받아내
야만 되겠어?"

너무도 어처구니가 없다는 투로 아내는 보일락 말락 쓴웃음
을 양쪽 입아귀에 매달았다.

"별건 아니래. 아빠가 내린 자가 진단으로는 그냥 단순한 노
환이라는 거야. 병석에 누워 있는 엄마나 병구완으로 업을 삼다
시피 하는 아빠는 의외로 담담하고 태평이셔. 애간장이 타서 방

방 뜨는 쪽은 오빠하고 올케언니뿐이야. 내가 보기에도 분명히 증세가 심상찮은 것 같았어."

현대 의학으로는 아무래도 가망이 없는 난치의 중병 중 하나를 아내는 내심 점찍고 있는 눈치였다. 말말끝에 그니는 어머니의 심각한 상태에 관해 몇 마디 우울한 예상을 덧붙였다. 내가 가진 알량한 의학적 상식에 비춰보더라도 일반에 흔히 알려진 말기 위암 증세하고 거반 맞아떨어지는 듯해서 불길한 조짐이 얼핏 느껴졌다.

"사태가 그 지경까지 갔는데도 여지껏 병원 신세를 전연 안 지고 있었단 말이야? 처남도 어지간히 한심스런 위인이구만. 많이 배웠다는 사람이 그래 노인 양반들 옹고집에 언제까지고 질질 끌려가는 것만이 효자 노릇인 줄 아시는 모양이지?"

"글쎄 그게 그렇지가 않단 말이야."

내 말을 귀 아닌 등덜미로 들어가며 아내는 다시 주방 쪽으로 발걸음을 옮기기 시작했다. 싱크대 앞에 서서 그니는 어느새 습관이 돼버린 한숨을 또 기다랗게 내쉬었다. 그니는 방금 자기 입에서 줄줄이 빠져나온 소시지 형태의 한숨 덩어리를 도마 위에 올려놓고는 잘 버린 식칼로 썩둑썩둑 동강을 내기 시작했다.

"답답해 미치겠네. 사실대로 좀 속 시원히 털어놓을 수는 없겠어?"

"내가 혹 이치에 안 닿는 말을 하드래두 절대루 웃지 않겠다구 약속할 수 있어, 자기?"

나는 위아래로 연방 고갯짓까지 곁들여가며 그러마고 단단히 약속했다. 그랬음에도 불구하고 아내는 계속 건성으로 식칼을 다루는 체하면서 한참을 더 망설이는 것이었다.

"정말 맹세하는 거지, 안 웃겠다고?"

"맹세 아니라 맹세 할애비라도 얼마든지 할게."

"엄마 건강 문제는 말이지, 실은 아빠가…… 우리 아빠가 다 알아서 책임지고 고쳐놓겠다구 그러시는 거야."

"아니, 정년 퇴임하신 원로 교육자께서 언제부터 돌팔이 의사로 제이의 인생을 개업하셨지?"

"저 뭣이냐…… 저거 왜 있잖아, 우리 아빠는 쌀을 갖구서 엄마 병을 치료해볼 의향이 있으신가 봐."

"뭘 가지고?"

"……"

"방금 쌀을 가지고 치료한다고 그랬나?"

아내는 묵묵부답으로 잠시 가만히 있었다. 나는 결코 웃지 않았다. 실상은 웃을 여유조차 없었다. 너무도 어처구니가 없는 나머지 다만 입을 한껏 크게 벌린 채 우두커니 서 있을 수밖에 없었다. 그랬는데도 아내는 느닷없이 생트집을 잡기 시작했다.

"거봐, 내가 뭐랬어? 자기가 틀림없이 웃을 거라구 내가 처음부터 벌써 알아맞혔잖아!"

"내가 언제?"

"지금도 우리 엄마 아빨 속으로 맹렬히 비웃고 있으면서 언다대고 함부로 오리발을 내미는 거야?"

아내의 낯꽃은 어느새 새빨갛게 달아올라 있었다. 그니의 되풀이되는 억지에 나는 더욱더 기가 막힐 따름이었다.

"다 안다구! 최재식 씨가 우리 엄마 아빨 얼마나 미워하구 업신여기는지 내가 모를 줄 아니?"

말을 마치기 무섭게 아내는 손에 쥔 식칼을 사납게 놀려 도마 위에 길게 누워 있는 진짜배기 소시지를 마구잡이로 난도질하기 시작했다. 오랜만에 친정을 다녀온 그 후유증으로 말미암아 그니는 전에 없이 신경이 뾰쪽하게 곤두서 있는 상태였다. 그대로 두었다가는 필경 자기 손가락과 소시지의 차이점도 제대로 분별하지 못할 성싶어서 우선 그니의 손에서 흉기를 제거하는 일이 다급해졌다.

"자그만치 10년이야. 10년이면 강산두 변한댔어. 그런데두 최재식 씨는 그 10년 동안에 자기 장인 장모 하나 용서할 만한 아량마저도 못 보이는 꽁생원 중에 꽁생원이라구! 졸장부 중에 졸장부라구!"

나한테 식칼을 빼앗긴 채 빈손이 된 아내는 마침내 눈물이라는 비장의 무기를 마지막 승부수로 사용하기 시작했다. 엔간히도 말썽이 뒤따랐던 우리의 연애 시절까지 시비가 한없이 거슬러 올라갈 태세였다. 아내가 말한 그 10년이란 결혼 기간에다 연애 기간까지 합산한 세월이었다. 이미 강물이 되어 멀리멀리 흘러가버린 과거지사를 새통스럽게 되작여내는 아내의 공박이 전적으로 타당한 내용인 것만은 아니었다. 겨우 절반만 맞고 나머지 절반은 턱없이 틀린 이야기였다. 나는 스웨터 겉면을 통해 뼈마디의 윤곽이 딱딱하게 마치는 아내의 가냘픈 어깨 위에 가만히 손을 얹었다.

"경미한테 부모면 우리 애들한테는 외조부모야. 물론 나한테는 빙부 빙모 되시는 분들이 틀림없고."

젊은 평교사의 처지를 어느 누구보다 속속들이 이해하고 따뜻이 감싸줘야 할 대선배 교육자 위치인데도 당시 장인어른은 우리의 결혼을 마지막 단계까지 한사코 반대했다. 금지옥엽 당신의 소중한 고명딸의 장래를 고생문이 훤한 편모슬하의 가난뱅이 총각 교사한테는 절대로 맡길 수 없노라는 옹고집 때문이었다.

"나도 인간이야. 인간이기 때문에 한때는 그 양반한테 유감이 많았던 것도 사실이야."

어른들의 결사반대를 물리치고 김경미란 여자를 기필코 내마누라로 확보하기 위해서는 비상수단을 동원하는 길밖에 없었다. 노인의 외고집으로도 차마 어쩌지 못할 절박한 상황 속으로 경미를 몰아붙이는 작전이었다. 결국 그 작전은 가문의 체통이랄지 명예 따위를 무엇보다 중시하는 노교장의 혼백을 뒤흔들어 부랴사랴 고명딸의 장래를 결정짓게끔 강박하는 효과를 낳았다. 이를테면 우리의 첫아이 지겸이는 고집불통의 두 노인을 상대로 우리가 최후의 기습 작전을 전개하는 과정에서 당연한 귀결로 얻어진 눈물겨운 열매인 셈이었다.

"허지만 그건 벌써 다 지나간 일이야. 지금은 그때하고 사정이 영 달라졌어. 애 아빠가 된 뒤부터는 말이지, 특히 우리 지영이가 태어나고 나서 딸자식 가진 부모 심정이 어떤 건지를 확실히 깨닫게 된 다음부터는 나 역시 장인어른 입장을 충분히 이해하게 됐단 말이야."

겨우 그런 정도의 해명 아닌 해명으로써 처가 쪽을 겨냥한 나의 해묵은 감정이 아내에 의해 곧이곧대로 용납될 수 있으리라고는 애당초 기대조차 하지 않았다. 나는 다만 아내의 신체 내부 어딘가에 깊숙이 장치돼 있을 고성능 시한폭탄을 찾아내서 그것을 안전하게 분해하려는 한 가지 작업에만 골몰해 있을 따름이었다.

"난 말이지, 먼발치로 처갓집 말뚝만 보고도 너부죽이 큰절을 올리는 애처가는 못 되지만, 그렇다고 또 처갓집 장독대를 때려 부술 만큼 모질고 독한 사위도 못 돼. 친정집 문제로 경미 가슴이 곪으면 내 가슴도 자동 케이스로 함께 곪을 수밖에 없는 공동 운명체란 사실을 피차간에 분명히 기억해둘 필요가 있어. 왜냐하면 나는 김경미의 하나뿐인 남편이고 김경미는 나의 둘도 없는 마누라니까."

나에 대한 아내의 공박이나 마찬가지로 나의 다독거림 또한 절반가량은 본심이요 나머지 절반가량은 입에 발린 말치레였다. 그런데도 그 낯간지러운 다독거림이 묘한 신통력을 발휘함으로써 마치 고양이란 놈이 실컷 장난치다 내버린 털실 뭉치처럼 엉망진창으로 헝클어져 있던 그니의 마음 가닥을 차근차근 풀어놓는 구실을 제법 톡톡히 해냈다. 대개의 경우 그니는 정색을 하고 진심을 토로할 때보다 판에 박힌 말치레로써 듬뿍 양념을 치고 간을 맞춰 내 뜻을 적당히 얼버무릴 때 훨씬 더 말귀를 잘 알아듣곤 하는 별난 성격이었다. 아마도 진국의 말들만 낱낱이 골라서 상을 차리면 오히려 너무 느끼해서 소화를 제대로 못 시키는 민감한 체질 탓인 듯했다.

"그걸 누가 모른대? 나 혼자 속상하고 슬퍼하자니 너무 억울한 생각이 들어서 미친 척하고 자기한테 한번 떼를 써본 거지, 뭐."

마침내 아내가 코맹맹이 소리로 종알거렸다. 그럭저럭 한차례 또 소강상태가 자리를 잡으면서 부부 사이에 어렵사리 휴전이 성립되는 듯했다. 미처 앞치마 끝으로 다 찍어내지 못한 눈물방울이 그니의 속눈썹에 그렁그렁 위태롭게 매달려 있었다.

"자아, 우리 사이에 필요한 절차는 대충 다 밟은 것 같으니까 이제부터는 슬슬 본론으로 들어가기로 하자구. 장모님 중환을 장인어른께서 쌀이란 약을 사용해서 치료하신다는 게 도대체 무슨 뜻이야?"

나는 농익은 과일과도 같은 그 눈물방울을 손끝으로 똑 따냄으로써 아내의 얼굴에서 울음의 흔적을 말끔히 제거했다. 남자가 여자의 눈물을 닦아주는 경우는 대체적으로 닦아주기를 기다리는 여자의 눈물이 남자의 눈앞에 존재하기 때문이리라.

"나중에……"

아내는 약간 쑥스러워하는 투로 배시시 미소를 지어 보였다.

"지금은 별로 말하고 싶은 기분이 아니야. 나중에 기분이 내키면 말해줄게."

"좋아. 기아선상에 허덕이는 남편 각하 민생고부터 우선적으

로 해결해주는 것이야말로 지각 있는 아내로서 당연한 도리겠
지."

마치 독자의 호기심과 궁금증을 잔뜩 부추겨놓고는, 다음 호
에 계속, 하고 넘어가는 인기 연재물의 교활한 수법과도 같이
아내는 나중에라는 말로써 나를 더욱 감질나게 만들었다. 하지
만 나는 이야기의 절정 부분에 해당하는 중요한 대목을 다음 기
회로 미루고자 하는 아내의 심리를 십분 이해할 수 있었다. 그
것은 독자들을 겨냥해서 효과의 극대화를 노리기 위한 고등 술
책이라기보다는 작가 쪽의 신상에 뭔가 피치 못할 사정이 생겼
음을 알리는 통고인 셈이었다.

외가에서 이른 저녁을 먹은 후 귀갓길에 올랐던 두 아이는 오
랜만의 나들이에 흠씬 지친 탓인지 집 안에 들어서기 무섭게 정
신없이 곯아떨어져버렸다. 아내는 일찌감치 친정에서부터 잃어
버린 입맛을 집에 와서도 여전히 되찾지 못한 채 속이 더부룩하
다는 핑계로 나와의 겸상을 끝내 거절했다. 사고무친의 홀아비
신세처럼 나는 별수 없이 독상 차지로 혼자서 늦은 저녁을 때워
야만 했다.

우루과이 라운드와 쌀. 그리고 쌀과 장모의 중환.

마냥 심란해하는 아내를 구슬릴 요량으로 농담 삼아 쌀과 연
관시켜 언뜻 내뱉은 바 있는 그 우루과이 라운드라는 것이 혼자
서 밥을 먹는 동안 마치 무슨 구호라도 되는 양 머릿속에서 내
내 떠나지 않았다. 우루과이 라운드 또는 유아르 라운드란 이름
의 괴상야릇한 찬거리가 아내의 솜씨에 의해 끓이고 볶고 버무

린 형태로 다양하게 조리된 채 식탁 위에 잔뜩 널려 있어 밥 한 숟갈에 유아르 라운드 한 숟갈 뜨고, 또 밥 한 숟갈에 유아르 라운드 한 젓갈 집어 올리고, 하는 꼴이었다.

　본시 신토불이란 말이 정확히 어디서부터 비롯된 것인지 나는 별로 아는 바가 없다. 인간의 몸과 그 인간이 삶의 터전으로 삼는 땅은 도무지 따로따로 떼어 생각할 수 없으리만큼 긴밀한 관계를 맺고 있다는, 대충 그런 뜻을 담은 말일 거라고 막연히 추측하고 있을 따름이다. 내가 그 생경한 낱말을 맨 처음 접한 것은 오래전 어느 일간지에 실린 광고를 통해서였다. 어떤 재벌 기업의 이미지 광고였던 것으로 기억되는데, 대문짝보다 약간 작게 실린 그 광고의 위쪽 절반쯤을 주먹 덩이 크기의 신토불이 넉 자가 한자로 그들먹이 차지하고 있었다. 각종 공해로 말미암아 생태계가 파괴되고 있다, 환경오염이 지구 전체를 병들게 하고 있다, 하나뿐인 지구가 병들면 역시 하나뿐인 인간의 생명도 덩달아 병들게 된다, 그러니 정신들 바짝 차리고 환경보호에 힘쓰자…… 대충 그런 요지의 공익광고였다.

　그 후 우루과이 라운드란 말이 사람들 입에 무수히 오르내리기 시작하면서부터 덩달아 신토불이란 말도 부쩍 자주 등장하게 되었다. 우루과이 라운드와 신토불이가 겉으로는 의초롭게 어깨동무를 한 채 이인삼각의 경주를 벌이고 있는 형국이었다. 그러면서도 속새로는 제각각 다른 방향으로 나아가려고 둘이서 치열한 암투를 계속하고 있었다. 우루과이 라운드가 서쪽을 고집하는 반면 신토불이는 악착같이 동쪽만을 고집하는 것이었

다. 농산물 시장 완전 개방을 주장하는 우루과이 라운드의 위협
에 맞서, 우리 농산물 우리 손으로 지키자는, 농협을 비롯한 여
러 농민 단체의 각종 캠페인에 신토불이가 단골로 등장하기 시
작했다. 농촌문제를 다루는 티브이 토론 프로그램에서도 사회
자나 출연자 가릴 것 없이 신토불이를 화면 속으로 끌어들여 상
석에 모시고는 오로지 그것만이 불한당 같은 우루과이 라운드
의 폭력을 이겨낼 수 있는 우리의 유일한 대안이라고 이구동성
으로 시청자들에게 호소하곤 했다. 그때는 이미 자연과 인간 사
이의 불가분의 관계를 강조하기 위해 등장시켰던 애당초 의도
에서 멀리 벗어나 엉뚱한 목적으로 신토불이가 달리 사용되는
중이었다. 누군가의 주장처럼 본디 그 말이 불가에서 비롯된 일
곱 가지 '불이' 가운데 하나이든 혹은 어느 고명하신 분의 조어
이든 간에 아무튼 최초로 그 말을 지어낸 당사자가 들었다면 자
기 자신도 미처 예측하지 못한 뜻밖의 사태에 지금쯤 아마 당혹
감을 느끼고 있으리라. 아니, 자신의 창작품이 지닌 놀라운 호소
력과 파급 효과를 확인하면서 어쩌면 회심의 미소를 짓고 있을
지도 모를 일이다.

"자네는 유알 라운드를 어떻게 생각허는가?"

지난해 가을 시제를 모시러 오랜만에 고향 선영을 찾았을 때
나를 향해 밑도 끝도 없이 불쑥 던져진 집안 어른의 질문이었
다. 옛날이나 다름없이 농업을 천직 삼아 아직도 여일하게 고향
을 지키며 살아가는 재당숙은 그 문제에 관한 내 견해를 무척이
나 궁금히 여기는 기색이었다.

"글쎄요, 뭐 꼭 어떻게 생각한다기보다는……"

그러나 나는 유감스럽게도 그 문제를 두고 할 말이 별로 없었다. 뭘 좀 알아야 면장을 할 텐데 그것에 관해 아는 것이 별로 없는 처지였다. 어느 정도냐 하면, 농산물 협상을 위한 원탁회의에 어쩌다 그런 이름이 붙게 됐는지조차 이해를 못 하는 수준이었다. 신문이나 텔레비전을 보면 협상은 주로 스위스에서 벌어진다. 그리고 회의에서 완전 개방을 강경하게 밀어붙이는 쪽은 미국이나 호주 등 넓은 땅덩이를 가진 농업 대국들이다. 그런데 무슨 까닭으로 그 원탁회의에 스위스도 아니고 다른 강대국도 아닌 남미의 작은 나라 이름이 붙는 것일까.

"자네, 여태 유알 라운드가 뭣인지도 모르고 사는가?"

재당숙하고 엇비슷한 연배의 사촌 형이 불쑥 옆에서 끼어들었다. 내가 모른다는 사실을 확인하기 위한 질문이라기보다는, 여태껏 그런 것도 모르는 주제에 무슨 자격으로 삼시 세 끼 밥을 꼬박꼬박 축내고 사느냐는 힐난을 담은 질문이었다.

"뭐 꼭 모른다기보다도……"

그 난감한 처지를 나는 웃음으로 얼버무리려 했다. 실제로 우습기도 했다. 나한테는 아직도 서먹서먹하기만 한 그 외래어가 꼬부랑글자 근처에도 가본 적이 없는 시골 농투성이들의 혀끝에서 날렵하게 굴러다니는 모양이 왠지 모르게 비현실적으로 느껴지는 것이었다.

"거참, 별일이네그랴. 농촌서는 요새 똥강아지들도 입만 열었다 허면 멍멍 짖는 소리 대신 유알 라운드를 들멕이는 판국인디, 서울 사는 유식쟁이 조카가 그 유명헌 놈도 몰르고 있다니!"

마침내 재당숙은 나의 더듬수를 무식의 소치로 치부하면서 탄식을 금치 못했다. 참으로 한심하다는 표정이었다.

"죄송합니다."

"우리 조선 팔도 농민 전부가 한목에 몰사 떼죽음을 당허느냐 마느냐 허는 막중헌 문제를 두고 국어 선생인 자네가 국어허고 상관없다고 혀서 여태 모르쇠만 잡고 살어서야 장차 무신 면목으로 에리디에린 학생들을 훈도헐 자격이 있겠는가!"

아버지뻘 나이의 사촌 형은 오랜만에 고향을 찾은 나를 일장 훈시로 호되게 닦달하고 난 다음 머리통을 콱콱 쥐어박는 기세로 정답을 일러주었다.

"유알 라운드가 뭣인고 허면, 쥐약이란 말여, 쥐약! 미국 놈들이 즈그들 땅뎅이 넓다는 유세로 쌀 속에다 쥐약을 몰래 감춰놓고는 그걸 우리더러 무한정 사 먹으라고 마구잽이로 을러메는 중이란 말여, 시방! 우선 먹기는 꽃감이 달드라고, 싼 맛으로 미국 쌀 슬금슬금 사 먹다가 금세 병 걸려 죽게 되는지도 몰르고 당장 그 쥐약 수입을 개방허자고 뎀비는 썰개 빠진 놈들이 대처에는 수두룩벅적허다면서? 미치고 설친 잡탕패 같으니라고! 무역 보복 무서운지만 알었지 내남없이 쥐약들 처먹고 죽어 나자빠진 연후에 이 나라 이 백성한티 무신 비극이 벌어질지는 꿈에도 짐작 못 허는 배냇빙신들 같으니라고! 에잇, 퉤에!"

그만한 상식쯤 이미 알고 있노라고 말대꾸하려다 나는 얼른 그만두었다. 왜냐하면 사촌 형이 방금 입에 올린 그 썰개 빠진 대처 잡탕패 속에 나도 분명히 포함돼 있기 때문이었다.

"오늘 형님한테서 한 수 단단히 배웠습니다."

"재식이 자네, 그러면 못쓰는 법이여! 자네가 언짓적부터 서울특별시민인가? 농사를 몰르고 사는 선생 직업이라고 자기 근본 태생마저 벌써 잊어먹고서야 그게 어디 될성이나 부른 일인가?"

나의 저자세 앞에서 사촌 형은 갈수록 더욱 기고만장해졌다. 창졸간에 쥐약 예찬론자의 누명을 뒤집어쓴 꼴이 된 나는 그 무고한 혐의에 대해 뭐라고 나 자신을 변론해야 좋을지 몰라 실로 난감하기 그지없는 기분이었다. 그동안 제 근본을 잊은 채 가문의 대소사나 고향 마을과 연관된 모든 일에 무관심으로 일관하다시피 해온 서울 재식이란 놈한테 요번 기회에 단단히 싸개통을 주기로 아마도 문중에서 미리감치 공론이 돌아버린 모양이었다.

"그만치 손에다가 쥐여줬으니께 저도 인자는 알어들었겄지."

시제에 참예한 일가붙이 가운데 제일 연장자인 당숙 어른이 점잖게 한말씀 하고 나섰다.

"너무 되게 잡고 메어치면 우리 재식이 조카 골병드네. 집안 어르신들 무섭다고 요담번 시제 때부터 일절 고향 쪽허고 담을 쌓고 발걸음 뚝 끊을지도 몰르니께 대강대강들 허고 끝내두소."

당숙 덕분에 나는 난처한 지경에서 가까스로 벗어날 수 있었다. 시제가 진행되는 동안 나는 분하고 억울한 심정을 주체할 수 없어 당장 서울로 돌아가고 싶었다. 손아랫사람이라고 그만

한 일로 만좌중에 싸개통을 주는 집안 어른들의 행티에 신물이
날 지경이었다.

그러나 공평하게 따질 때 사촌 형의 주장이 아주 엉터리없는
것만은 아니었다. 그동안 내가 근본을 망각한 듯이 고향을 내내
무심히 대해온 것도 사실이고, 우루과이 라운드 파동을 강 건너
불 보듯 대수롭잖게 여기는 도회지 사람들의 그 싸가지 없는 태
도를 그대로 답습하고 있는 것 또한 어김없는 사실이었다. 나
역시 쌀의 생산자가 아니라 소비자 입장이었다. 시골 농촌 태생
이면서도 일찍이 고향 마을을 떠나 지방공무원으로 여러 중소
도시를 전전하다 짧은 생을 마친 아버지 영향으로 농사가 뭔지,
그리고 농사짓는 어려움이 어떤 건지 전혀 모르고 자란 처지였
다. 우루과이 라운드란 괴물이 필경 우리 농민들 숨통을 끊어놓
고 말 거라고 사방에서 아우성치는 소리를 귀가 따갑게 들으면
서도 나는 여전히 쌀의 소비자 입장만을 고수해왔다. 양질의 미
국 쌀을 저렴한 가격으로 대량 수입해 먹는다 해서 우리가 손해
날 일은 아무것도 없는 듯싶었다. 물론 쌀 시장을 완전 개방할
경우에 직면할 여러 가지 심각한 부작용을 전연 모르는 바는 아
니었다. 하지만 쌀 시장을 활짝 열거나 꽉꽉 닫음에 따라 우리
한테 떨어질 이문과 손해를 면밀히 비교한다면 반드시 그처럼
목숨 걸고 반대할 일만은 아니라는 생각이 슬그머니 고개를 들
곤 하는 것이었다. 그 말썽 많은 쌀 때문에 다른 모든 무역 부문
에서 전면적인 보복을 당함으로써 입게 될 국가적 총손실 쪽이
오히려 훨씬 더 심각한 문제라면, 그리고 워낙 강약이 부동인

국제관계에서 어차피 농산물 수입 개방 문제가 피할 수 없는 매라면 일찌감치 미국 놈들 눈치를 봐가며 적당히 맞아주는 편이 차라리 덜 아프지 않을까 하는 미련한 소견이 나를 혼란에 빠뜨리고 있었다. 실인즉슨 재당숙의 질문에 그처럼 얼른 대답을 못하고 한참이나 어물거린 것도 우루과이 라운드에 관해 판무식한 탓이라기보다는 약소국 백성으로서 느끼는 그런 혼란과 설움 탓이 더 큰 셈이었다.

"크으, 역시 우리 한국 사람은 신토불이가 최고라니께!"

시제를 마치고 조상님들 산소 앞에 둘러앉아 음복을 하는 자리에서 사촌 형이 말했다. 그 말을 받아 이쪽 최 씨 저쪽 최 씨, 늙은 최 씨 젊은 최 씨 입들에서 전폭적인 공감을 드러내는 표현들이 푸짐하게 쏟아져 나왔다. 역시 토종이 왕이요 신토불이 이상 좋은 게 세상에 다시없다는 주장들이었다.

"신토불이는 또 무슨 말입니까?"

기왕지사 서울 무식쟁이 취급을 당하는 김에 나는 보복이라도 꾀하는 기분으로 다시 한번 무식하게 굴기로 작정했다. 우루과이 라운드란 것을 자기 방식대로 시원시원히 해석한 바 있는 사촌 형이 이번에는 신토불이에 대해 얼마나 또 독특한 해석을 내릴지 자못 궁금했다.

"허어, 이 사람 조깨 보소이! 엊그저께 돌상 받은 우리 동네 꼬맹이들도 죄다 아는 그 소문난 신토불이를 자네가 여직 몰르고 있었단 말인가?"

사촌 형이 또다시 정색을 하고 나섰다.

"우리 재식이 동상 참말로 큰일 났구만, 큰일! 그런 것도 몰르면서 선생질은 장차 무신 수로 감당헐 작정인가?"

사촌 형은 이미 한심스러운 단계를 지나 내 인생 자체가 심히 불쌍하게 느껴진다는 투로 떠들어댔다. 그는 당장 마시고 죽으라는 식으로 커다란 제기에다 우리 조상님들이 흠향하고 남기신 제주를 철철 흘러넘치도록 꾹꾹 눌러 담아 나에게 강권하다시피 내밀었다. 신토불이의 순수한 우리 쌀로 빚은 청주였다.

"마시면서 자알 듣게. 신토불이로 말헐 것 같으면은, 에에 또, 그 뭣이냐, 우리 한국 사람 체질에 맞는 것은 우리 농산물뿐이다, 요런 말씸이라네. 그러니께 그 뭣이냐, 우리 농산물은 우리가 애용혀야 쓴다, 요런 뜻이기도 허지. 내 말 알어듣겄는가?"

우루과이 라운드와 신토불이는 영원히 화해할 수 없는 앙숙 관계를 맺고 있음이 분명했다. 한쪽이 창이라면 다른 한쪽은 방패였다. 창이 주공격 대상으로 삼는 것도 쌀이고 방패가 최후 순간까지 사수하고자 하는 것 또한 쌀이었다. 한국인의 주식인 쌀, 한국 농업의 주산물인 쌀 문제 때문에 우리 농민들 신경이 얼마나 날카롭게 곤두서 있는지를 나는 그때 오랜만의 귀향 체험을 통해 마치 음복한 제삿술에 대취하듯 몸을 못 가눌 지경으로 흠뻑 실감할 수 있었다. 전형적인 한국 농민에 속하는 내 친척들이 하나같이 드러내는 쌀에 대한 그 놀라운 집착과 애정은 가히 동물적일 정도라서 다른 어떤 이론으로도 그들을 설득할 수 없겠다는 생각이 들었다.

우루과이 라운드와 쌀. 쌀과 신토불이. 신토불이와 우루과이

라운드.

그것들끼리 서로 밀고 당기며 맺고 있는 복잡한 관계를 나는 웬만큼 이해하게 된 셈이었다. 그래서 맨 처음 아내가 더러는 한숨의 형태로, 또 더러는 독백의 형태로 문제의 쌀을 주방 싱크대에다 달꽉 쏟아부었을 때 나는 조건반사처럼 대뜸 우루과이 라운드부터 머리에 떠올릴 수밖에 없었다. 결국 서울에서 태어나 서울에서 자란 아내가 특별히 우루과이 라운드에 대해 적대감을 품을 이유도, 그렇다고 또 우리 쌀의 기구한 운명을 특별히 염려할 이유도 없다는 사실에 생각이 미치긴 했지만, 정작 그보다 더 큰 문제는 다음 일이었다.

쌀과 장모의 중환.

나로서는 도무지 이해가 안 되는 관계였다. 아무리 상상력을 팔모로 뒹굴려 생각해봐도 어렴풋한 짐작조차 떠오르지 않았다. 대관절 사돈의 팔촌만큼도 인연이 안 닿을 듯싶은 그 쌀과 장모의 중환을 한 줄로 이어주고 있는 끈은 무엇일까.

"좀 어때? 아직도 기분이 안 내켜?"

밤참이나 다름없는 남편의 늦은 저녁 식사가 다 끝나기를 기다려 설거지를 하러 나온 아내에게 나는 넌지시 이야기를 채근했다.

"다시는 웃지 않겠다고, 절대로 안 웃는다고 자기 인격을 걸고 약속을 한다면……"

그새 방 안에 틀어박혀 웬만큼 마음을 가라앉히고 나온 아내는 다소 수줍어하는 듯한 낯꽃으로 말꼬리를 우물쭈물 얼버무렸다.

"아깟번에도 안 웃었듯이 이번에도 절대로 안 웃는다. 만에 일이라도 웃을 시는 나 최재식이 당장 성을 갈겠다."

하냥다짐이라도 할 기세인 내 태도를 확인하고서야 아내는 비로소 마음이 동하는 기색이었다.

"그건 그냥 단순한 쌀이 아니야."

"단순한 쌀이 아니라면, 그럼 복잡한 쌀?"

"그거 왜 있잖아, 이북 쌀."

"뭐라구? 이북 쌀?"

나는 순간적으로 내 귀를 의심하지 않을 수 없었다.

"그래, 이북 쌀."

결코 내가 잘못 들은 게 아니었다. 아내는 또랑또랑한 눈빛으로 내 얼굴을 똑바로 바라보고 있었다.

"자긴 벌써 잊었어? 그게 언제 적이더라, 지난 84년 아니면 85년쯤에 우리가 아빠한테 선물한 적이 있는 바로 그 이북 쌀 말이야."

"아하, 그때 그 이북 쌀!"

나는 뒤늦게 감탄해마지않았다.

"그 이북 쌀에다 우리 엄마 아빠는 무슨 특별한 의미 같은 걸 부여하고 있나 봐."

아내의 음성은 여전히 수줍음을 타는 듯 여리고 잔잔하게 들렸다. 하지만 그니의 말이 내게 안겨준 충격은 비수처럼 예리한 신경질을 동반한 새된 고함 소리만큼이나 고약하기 짝이 없는 것이었다.

그때의 그 이북 쌀이라……

과거에 그런 것이 분명히 있기는 있었다. 나한테는 한낱 우스개의 소재에 지나지 않았던 탓에 세월의 달음박질에 떠밀려 기억에서 자연스레 지워져 있었을 뿐이다. 내가 그 이북 쌀 이야기를 듣는 순간 놀라 자빠질 수밖에 없었던 것은, 단순히 아내가 해묵은 사진첩에서 찾아낸 빛바랜 스냅사진 한 장을 내 코앞에 들이댐으로써 나한테서 오랫동안 멀찌막이 떠나가 있던 과거지사 한 토막을 순식간에 원상으로 되돌려놓았기 때문만은 아니었다. 다분히 장난기가 섞여 있던 그때의 그 선물 아닌 선물이 사실상 엄청난 의미를 지닌 채 줄곧 처갓집 어느 구석에 잠복해 있다가 오늘날 매우 엉뚱하고도 심각한 용무를 앞세운 채 두 노인의 생애 말년 한복판으로 다시금 불쑥 뛰어들었다는 그 충격적인 사실 앞에서 나는 잠시 무방비 상태로 멍하니 있을 수밖에 없었던 것이다.

"그 가짜 이북 쌀이 불쌍한 실향민 노인들을 상대로 드디어 조화를 부리기 시작했단 말이지?"

그제야 비로소 나는 현재 처가에서 벌어지고 있는 기괴한 상황을 대충 짐작할 수 있었다. 상상을 훨씬 뛰어넘는 두 노인의 어처구니없는 사고방식과 행동을 도대체 어떻게 해석해야 좋을지 몰라 나는 몹시 당황했다. 점점 더 또렷이 되살아나는 그 당시의 기억을 나는 마치 골동품 다루듯 조심스레 어루만지며 잠시 생각에 잠겨 있다가 급기야 나도 모르게 미친놈처럼 킬킬킬

야릇한 웃음소리를 흘리고 말았다.

"최재식 씨!"

아내의 송곳 끝같이 뾰쪽한 부르짖음이 귀청을 후비고 드는 바람에 나는 그만 찔끔했다. 웃음은 이미 그쳐 있었다. 그런데도 아내는 막다른 골까지 다 가버린 그 살벌한 호칭을 내 면전에 똑바로 겨누면서 나를 남편 아닌 무엇, 남편 이하의 그 무엇으로 마구 취급할 태세였다.

"약속 위반이잖아! 재식 씨, 정말 이러기야? 그러는 형네 집안은 그럼 얼마나 잘났어? 우리 친정집을 그런 식으로 비웃을 자격이 형한테 있다구 생각하는 거야?"

"경미 언니 눈에 비웃는 것으로 비쳤다면, 정말 미안해. 사과하겠어. 허지만 하늘에 맹세코 분명히 말해두겠는데, 내 처갓집을 얕잡아 보고 비웃는 뜻으로 웃은 건 절대 아니라구."

아내의 신경이 병적일 정도로 날카로워진 상태라서 나는 결국 실없는 웃음의 대가를 혹독히 치르지 않으면 안 되었다. 나는 손이 발로 변하리만큼 싹싹 파리 발을 드리고 또 드렸다. 진실이야 어찌 됐든 간에 가정 평화를 위한 일이라면 웬만한 수모쯤은 견딜 각오가 이미 되어 있었다.

"형 같은 저질 인간하곤 이제 영원히 끝장이야! 우리 엄마 아빨 모욕하는 건 바루 김경미를 모욕하는 거야! 애시당초 가짜 이북 쌀로 순진한 노인들을 감쪽같이 속여먹은 게 누군데? 그 따위로 농락해놓구선 지금 와서 그분들을 비웃구 비난할 자격이 있어?"

바로 그때 지겸이가 새된 고함질에 놀라 손으로 눈두덩을 비비대며 어칠비칠 방에서 걸어 나왔다. 오랜만의 외갓집 나들이에 지쳐 고단한 잠에 빠져 있던 그 녀석은 아직도 졸음기에서 온전히 헤어나지 못한 듯 어리뜩한 낯꽃으로 단잠을 망가뜨린 제 엄마를 한참이나 멀거니 올려다보고 있었다. 우선 아들을 안심시키는 일이 급해졌다.

"걱정 마, 지겸아. 별일 아니니까."

아내의 그칠 줄 모르는 신경질은 필경 나어린 지영이의 잠마저 엉망으로 짓부숴놓고 말았다. 궁둥이에 굵은 주사침이라도 꽂힌 푼수로 지영이는 방에서 나오자마자 들입다 울음부터 터뜨렸다. 제 엄마의 신경질을 단숨에 무찌르며 자지러지게 울어대는 딸애를 어르고 달래는 수고 또한 내 차지가 될 게 뻔했다.

"어허 둥개둥개. 뚝 그쳐야지, 뚝!"

나는 딸애를 품에 안은 채 둥개질을 시작했다.

"그래, 우리 지영 공주님은 참 착하기도 하지. 넌 절대로 느이 엄마 저 성깔을 본받아선 안 된다. 알았지? 뚜욱!"

아이들의 갑작스러운 출현 덕분에, 재식아, 하고 날이름으로 마구 불리는 최악의 사태까지 안 간 것이 그나마 다행이었다. 한바탕 거세게 집 안에 몰아닥친 풍파가 그럭저럭 다시 잠재워지는 듯싶었다. 나는 한편으로 지영이에게 둥개질을 계속하면서 다른 한편으로는 지겸이를 상대로 간곡한 당부의 말을 건네는 것도 잊지 않았다.

"지겸아, 너는 장차 커서 장가를 가더라도 같은 캠퍼스 안에

서 사귄 동갑내기 여자한테는 절대로 가지 말아라. 만약에 너마
저 그렇게 된다면 우리 최씨 가문은 부자 두 대에 걸쳐서 그 무
슨 망신이고 비극일 것이냐!"

쌀의 내력

아내는 그것을 84년도 아니면 85년도쯤의 일로 제법 정확히
기억하고 있었다. 내 느낌으로는 그보다 한참 더 까마득한 과거
지사 같았다. 10년도 훨씬 넘는 긴 세월인 듯 그때의 일들이 기
억 속에 어슴푸레한 모양으로 남아 있었다. 하지만 결혼해서 지
겸이를 낳고 건강이 급격히 나빠지는 바람에 별수 없이 교사직
을 그만둔 다음 초보 전업주부 생활을 막 시작한 직후의 일이니
까 아내 쪽의 기억이 보다 더 정확할 것이다. 부부 사이에 쓰잘
데없는 시비로 뭔가 지난 일들을 밑두리콧두리 들그서낼 필요
가 생길 적마다 내 기억보다는 아내의 기억이 항상 정확하다는
사실이 금세 판명되곤 했다. 시간과 장소에 관한 한 특히 더 그
러했다. 예컨대, 우리가 언제 어떤 장소에서 처음 만났던가, 그
때 상대방은 어떤 옷차림을 하고 있었던가, 하는 따위 시시콜콜
한 문제로 건망증에다 무심하기까지 한 남편을 무섭게 닦아세
울 때마다 아내가 종주먹 삼아 불쑥불쑥 들이대곤 하는 그 세미
한 기억력은 사실 소름이 끼칠 지경이었다.
그해 여름, 상상을 초월하는 집중호우로 말미암아 빚어진 엉

뚱한 사건이었다. 한강 지류인 성내천이 범람하면서 서울의 저지대를 흙탕물로 벙벙히 채워버린 엄청난 물난리 때문에 우리는 그때 팔자에 없던 수재민 신세가 되고 말았다. 그러나 명색만 그저 수재민일 뿐 실상은 인명이나 재산상의 피해가 거의 없는, 이를테면 나이롱 수재민인 셈이었다. 오히려 잃은 것보다 얻은 것이 훨씬 더 많았다고 봐야 옳을 해괴한 재난이 뜻밖의 불청객 자격으로 우리 집 초인종을 딩동댕동 울린 것이었다.

그날은 일요일이었다. 때마침 방학 중이기도 했다. 방학 끝 무렵의 아침 시간을 나는 늦잠으로 야금야금 까먹고 있었다. 아내 또한 매한가지였다. 정신분석 쪽에서 사용하는 이른바 '유모의 잠'이란 것이 젊은 아기 엄마의 넋을 온전히 휘어잡고 있었다. 깊이 모를 수렁과도 같은 수면욕 안에 갇혀 아내는 해가 떴는지 달이 떴는지 도무지 모른 채 인사불성이 되어 늦잠에 고부라진 남편 곁에서 잠동무를 계속하는 중이었다. 눈자라기 지겸이에게 한창 젖을 빨리던 시절인지라 피곤에 겨워 한번 잠에 곯아떨어진 아내는 뇌성벽력이 쳐도 전혀 아랑곳하지 않을 판이었다. 결국 아내의 넋을 가사 상태나 다름없는 그 유모의 잠으로부터 끌어낼 수 있는 수단은 오로지 지겸이 녀석의 울음소리 한 가지밖에 없는 셈이었다.

흔히들 신혼의 단꿈이 어떻고 밀월의 재미가 어떻다고 제법 그럴싸한 말들을 하지만, 당시 서울의 변두리 중 변두리인 강동 땅 성내동의 단칸방에서 시작된 우리 부부의 신접살림은 결코 낭만적인 것일 수가 없었다. 결혼식을 올린 지 불과 석 달여 만에 첫애가 태어난 데다가 내 집 마련 계획을 실천한답시고 억척을 떨어 둘이서 이를 악문 채 다달이 곗돈이야 적금이야 무리하게 부어 넣느라 늘 호주머니 사정이 여의치 못했던 탓으로 도무지 젊음의 인생을 즐길 형편이 못 되었다. 전연 비용이 안 드는 늦잠이나 게으름으로 모처럼 맞은 방학과 공휴일을 방 안에서 빈둥빈둥 보내는 그것이야말로 어쩌면 축복받지 못한 혼례를 치른 가난한 신혼부부가 선택할 수 있는 가장 실속 있는 여가 선용 방법이었을지도 모른다.

"새댁! 새대액!"

방문 밖에서 연방 숨넘어가게 불러대는 고함 소리가 용케도 내 잠의 두꺼운 벽을 뚫고 마침내 의식의 가장자리에 와닿았다.

"아니, 여태 자고 있는 거야, 새댁?"

집주인 아주머니의 오도깝스러운 성화에 놀라 나는 가까스로 눈을 떴다. 아주머니는 안으로 잠긴 방문을 거친 손놀림으로 쾅쾅 두들겨대기 시작했다. 셋방살이 가난뱅이 부부한테도 엄연히 사생활이란 게 있고 인권이란 게 존재하는 법이었다. 제아무리 발언권이 센 집주인 자격이라 하더라도 셋방 것들 늦잠까지 훼방을 놓아가며 그처럼 무례하게 군다는 건 분명 상식 밖의 행동이었다.

"식전부터 웬 야단이쇼?"

방문 밖을 겨냥해 나는 완연한 시비조로 대거리했다.

"식전 좋아하시네! 지금이 어느 때라고 아직도 천하태평이야? 큰일 났어요, 큰일!"

"큰일이라뇨?"

"최 선생, 지금 이러고 있을 때가 아니라구요! 빨리 나와보라구요! 물난리 땜에 지금 온 동네가 줄초상이 날 판이라구요!"

그 순간, 나는 잠들기 직전까지 억수로 퍼붓던 간밤의 폭우에 대한 기억을 퍼뜩 되살렸다. 나는 몸을 벌떡 일으키면서 다급한 김에 아내의 엉덩이를 발끝으로 힘껏 걷어찼다.

"물난리래, 물난리!"

내 발부리가 얼얼할 지경으로 되알지게 걷어찼음에도 불구하고 아내의 엉덩이는 남의 살인 양 아무렇지도 않은 모양이었다. 그니는 끙 하는 소리와 함께 옆으로 돌아눕더니만 더듬더듬 손을 놀려 마치 어미 닭이 병아리 품듯 지겸이를 품 안으로 살뜰히 끌어들였다. 그러고는 그것으로 그만이었다. 주섬주섬 옷가지를 챙겨 벗은 몸뚱이 위에다 아무렇게나 걸치는 틈틈이 나는 손을 나누어 아내의 어깨를 마구 흔들어댔다.

"큰일 났어, 큰일! 빨리 일어나라니까!"

그래도 역시 아무런 소용이 없었다. 아내는 아직도 인사불성 상태였다. 죽음과도 같다는 그 유모의 잠을 깨울 수 있는 방법이 퍼뜩 떠올랐다. 나는 지겸이의 엉덩이를 힘껏 꼬집어 녀석을 그예 울려놓고 말았다. 그 울음소리를 듣더니만 아내는 얼른 가슴을 풀어 헤쳐 젖꼭지를 꺼내면서 자식의 입에 물려주려 했다.

"불이야, 불!"

"부울?"

귓구멍 속으로 따갑게 우벼 넣는 대꼬챙이 같은 소리를 듣고

서야 아내는 간신히 눈뚜껑을 열었다. 그러나 불이 뭔지 잘 모르는 여자처럼 아직도 맹한 낯꽃에 흐릿한 눈빛이었다.

"불이 아니고 물난리야! 방금 쾬아줌마가 다녀갔어! 아무래도 사태가 심상찮은 모양이야!"

아내의 시선이 창문 쪽을 향해 느릿느릿 옮아가기 시작했다. 하지만 창문은 의외로 얌전한 상태였다. 닫힌 창문을 덜컹덜컹 흔들어대며 제멋대로 쏟아져 들어오던 간밤의 요란한 빗소리 따위는 전혀 안 들렸다. 물난리에 딱 어울리는 장대 같은 소낙비의 징후는 그 어디에서도 찾아볼 수 없었다. 그럼에도 불구하고 아내는 진종일 들이붓는 집중호우를 지켜보면서 느꼈던 전날의 두려움이 그제야 악몽으로 되살아나는 모양이었다.

"어머나, 아직도 비가……"

"잠꼬대 집어치고 발딱 일어나기부터 해!"

호되게 아내를 윽박지른 다음 나는 지체 없이 밖으로 뛰어나갔다. 예상과는 달리 비는 거의 그쳐 있는 상태였다. 그토록 억수로 쏟아부었으니 하긴 이제 기진할 만도 했다. 잔뜩 찌푸린 하늘은 잠시 뜸을 들이며 호흡을 조절하기 위함인 듯 쉬엄쉬엄 가랑비를 뿌리고 있는 중이었다.

여름 날씨답잖게 서늘한 느낌을 주는 가랑비를 얼굴에 맞으며 내가 마당가에서 최초로 목격한 것은 참으로 놀라운 광경이었다. 영락없이 전쟁이 터진 국경선 근처 마을 같았다. 제각각 큼직큼직한 피난 보퉁이를 한두 개씩 이고 진 채 빗물이 흥건한 골목길을 우왕좌왕 헤매는 동네 주민들의 딱한 행렬이 첫눈에 확 들어왔다. 시시각각 포위망을 좁혀오는 적군의 무자비한 만행을 피해 저마다 살 구멍을 찾아 뿔뿔이 도망치는 듯한 피난민들의 어지러운 발걸음으로 온 동네가 시끌벅적 요란했다.

"빨리 서둘잖고 뭐 하고 있어, 최 선생!"

망연자실한 채 우두커니 서 있는 나를 꾸짖는 집주인 아저씨의 목소리가 등 뒤에서 감때사납게 울렸다.

"정말 저 정도로 심각합니까?"

나는 피난 행렬을 손가락질했다. 아무래도 내 질문이 분수 모르는 농담쯤으로 들린 듯했다. 장년의 고참 철도 공무원인, 맘씨 좋은 집주인은 어처구니없다는 듯 한차례 쓰디쓰게 웃어 보였다.

"갑자기 뚝이 터지는 바람에 성내천이 범람을 시작했대. 저 아래 풍납동 쪽은 지금 완전히 물에 잠겨서 생지옥이래."

그는 어린애들 물놀이에나 사용하는 알록달록한 비닐 튜브에다 양 볼이 미어지도록 입바람을 땡땡히 불어 넣는 중이었다. 어느 구석에서 끄집어냈는지 낡은 플라스틱 욕조 하나가 그의 곁에 덩그러니 놓여 있었다. 아마도 그 우스꽝스러운 물건으로 구명보트 대용을 삼을 심산인 듯했다. 그 알량한 목간통 하나만으로는 아무래도 안심이 안 됐던지 그는 입바람으로 땡땡히 배를 부풀린 여러 개의 비닐 튜브를 그 임시변통의 구명보트 둘레에 붙들어 매는 작업을 서두르고 있었다. 거지반 알몸이나 다름없이 러닝셔츠가 살에 찰싸닥 들러붙은 것도 아랑곳하지 않고 그는 가랑비에 고스란히 젖어가며 물난리에서 살아날 방도를 찾는 일에 잔뜩 고부라져 있었다.

"방금 전에 라지오 들어보니까 한강을 옆에 끼고 있는 저지대
는 몽땅 다 물바다로 변해버렸대. 아까부터 군용 헬기들이 낮게
떠다니면서 물속에 고립된 사람들을 건져 올리고 있어. 정말이
지 이 나이 먹도록 이렇게 끔찍한 물난리는 내 생전 처음 겪는
구만."

잠시 숨을 돌리기 위해 튜브의 공기 주입구에서 입술을 떼면
서 그는 연방 투덜거렸다. 그의 말이 사실임을 입증하듯 한강
쪽에서 헬리콥터 소리가 요란하게 다가왔다. 곧이어 지상의 구
조물들 위를 거의 스칠 듯 낮게 뜬 군용 헬리콥터 한 대가 폭탄
의 위력에 견주리만큼 어마어마한 폭음을 마구잡이로 투하하면
서 순식간에 내 머리 위를 지나 둔촌동 방면으로 사라졌다.

그제야 비로소 나는 사태의 심각성이 어느 정도인지를 눈에
서 불이 번쩍 일도록 실감하기에 이르렀다. 그것은 심각한 정도
가 아니라 대단히 위험천만한 상황이었다. 사태가 그 지경에 이
르기까지 천하태평으로 마냥 늦잠만 처잤던 나 자신의 아둔함
이 생각할수록 한심하게 여겨졌다. 하지만 그따위 자아 반성은
뒷전이었다. 그보다는 우선 자기네 식구들 살아남을 방도부터
먼저 확보한 연후에야 선심 베푸는 체하면서 뒤늦게 셋방 것들
한테 위험을 귀띔해주는 집주인네의 야박스러운 인심이 괘씸하
게 느껴졌다.

"정말 너무들 하십니다!"

나는 집주인 아저씨를 향해 빠른 걸음으로 다가들었다.

"세상에 이런 법이 어딨습니까? 더 좀 일찍 깨워줘서 셋방 것들하고 함께 살아날 방도를 연구하면 동티라도 난답디까? 우리 세 식구 하마터면 고스란히 수중고혼 신세가 될 뻔했잖아요!"

"허어 참……"

내 항의를 받고 늙은 철도 공무원은 하 기가 막힌 나머지 말도 안 나온다는 표정이었다.

"이것 봐요, 최 선생!"

유구무언인 남편을 대신해서 동네 안에 여장부로 소문난 아주머니가 덥석 시비를 가로채고 나섰다.

"말이면 다 말인 줄 아슈? 무슨 말을 그리도 섭하게 하슈? 공일날 아침에 지겸이네만 늦잠 잔 게 아니라우. 우리도 꿈결에 철썩철썩 파도치는 소리를 듣고 깜짝 놀라서는 이게 웬 야단인가 하고……"

"파도치는 소리라니요?"

참으로 기가 꽉 막히는 이야기였다. 아무리 변두리라곤 하지만 그래도 대한민국하고도 자그마치 수도 서울의 시내인데 주택가 한복판에서 파도 소리라니! 이게 대관절 말인가, 막걸리인가.

"여태 잠이 덜 깼수? 최 선생 귀엔 아직도 저 소리가 피아노 치는 소리로 들리시우?"

아주머니가 손을 들어 대문 쪽을 일직선으로 가리켰다. 그제야 비로소 내 귀에도 이상한 소리가 어렴풋이 잡히기 시작했다.

"상전이 벽해가 된다는 옛말이 바로 이런 경울 두고 하는 말인 줄 누가 예전엔 짐작이나 했겠나.”

아저씨는 뱃구레가 띵띵해진 튜브를 욕조 바깥쪽에다 나일론 끈으로 잡아매면서 나더러 들으라고 큰 소리로 중얼거렸다. 아주머니는 옥상으로 통하는 계단을 오르면서 이층 자기네 현관 근처에다 일층 셋방 것들을 겨냥한 불평불만을 물찌똥처럼 찍찍 내깔겼다.

“내 코가 석 잔데도 일부러 두 번씩이나 가이당 오르락내리락하면서 깨울 적엔 귓구멍 꽉 틀어막고 들은 기척도 않던 사람이 인제 와서 무슨 염치로 일찍 안 깨워줬네 어쨌네……”

그토록 핀잔을 바가지로 실컷 얻어먹은 다음에야 나는 정신이 번쩍 들었다. 아, 소리가 들린다! 마침내 내 귀에도 문제의 소리가 또렷이 잡히기 시작했다. 아, 정말 파도 소리가 맞구나! 그것은 깔축없는 파도 소리였다. 바다 가까운 곳에서나 들을 수 있는, 머리에 허연 물너울을 얹은 파도가 차례로 밀려와 바닷가 모래톱을 일삼아 핥아댈 때나 날 법한 소리였다. 서울 시내 주택가에서 찰싹찰싹 파도치는 소리를 실제로 들을 수 있는 현실이 여간해서 믿어지지 않았다.

“죄송합니다, 아저씨.”

“죄송하긴!”

맘씨 고운 철도 공무원은 그 경황 중에도 활짝 웃어 보였다.

“피장파장인걸, 뭐. 눈뜨자마자 우리 마누라가 무슨 말부터 했는지 아나? 우리한테는 알리지도 않고 의리 없이 자기네 식구끼리만 쏘옥 하니 빠져나갔다고 지겸이네를 단단히 원망하는 소리였다네. 아래층이 너무 조용하길래 우리는 지겸이네가 먼저 피난 떠나버린 줄로 착각했거든. 나중에 옆집 애길 들어보니까 새벽부터 재해 대책 공무원들이 골목골목 꿰고 다니면서 빨리들 대피하라고 마이크로 한바탕 고해댔다는데, 우리 식구는 귀가 없어서 그런 소릴 아무도 못 들었지. 그래서 귀 있는 지겸이네만 듣고는 다급한 김에 허둥지둥 먼저 도망친 거라고 생각했다니까는, 글쎄."

다시 한번 활짝 웃으려다 말고 그는 갑자기 정색을 했다.

"아 참, 내 정신 좀 보게. 지금 이러고 있을 때가 아니야. 물이 차올라오는 기세가 처음보다 점점 떨어지는 걸로 봐서 당장 위급한 정도는 아니지만, 그래도 만약은 아무도 모르는 일이니까 미리미리 철저히 대비를 해야지. 시간 없으니까 최 선생도 빨리 서둘러야 된다구!"

정말 그러고 있을 때가 아니었다. 쓸데없는 시비로 허비한 몇 분의 시간이 소매치기한테 털린 돈지갑만큼이나 아깝게 느껴지는 순간이었다.

"우린 어떡해?"

어느새 나타났는지 아내가 내 등 뒤로 바투 붙어 서면서 불쑥 우는소리를 내뱉었다. 큰물에 대한 원색적인 공포감이 아내의 달달 떨리는 목소리에 고스란히 묻어나고 있었다.

"어쩌긴 뭘 어째! 남들처럼 우리도 살길부터 찾고 봐야지!"

툽상스레 쏘아붙이고 나서 나는 급히 대문간으로 내달렸다. 몇 발짝 뛰다 말고 나는 홱 돌아섰다.

"넋 달아난 여자같이 우두커니 서 있지 말고 빨리 서둘러! 귀중품부터 챙겨서 몸에 지니고 말이야!"

그것은 나 스스로 생각하기에도 참으로 유치하기 짝이 없는 발상이었다. 명색이 귀중품이라고 일컬을 만한 물건이 애당초 우리 살림에 있을 턱이 없었다. 기습을 단행하듯 매우 변칙적인 수법으로 결혼식을 올린 처지에 아내가 친정에서 짊어지고 올 값비싼 패물이랄지 혼수 따위는 처음부터 기대 밖의 것이었다. 굳이 꼽는다면 지겸이 백일잔치 때 선물로 들어온 반 돈쭝 아니면 한 돈쭝짜리 금반지 몇 개가 당장 현금으로 바꿀 수 있는 귀중품의 전부인 셈이었다.

대문을 여는 순간, 나는 방금 전까지 청각을 통해서만 접했던 그 파도의 실체를 마침내 내 눈으로 직접 목격할 수가 있었다. 녹슨 철제 대문 하나가 놀랍게도 바다와 뭍의 경계를 이루고 있었다. 싯누런 흙탕물이 성난 몸짓으로 골목길 양옆 담벼락을 후려갈기며 금세라도 덮칠 듯한 기세로 나를 위협했다. 밋밋한 비탈을 낀 오르막이던 동네 골목길이 난데없는 물바다로 변해 어느새 도도한 수면 풍경을 이루고 있었다.

물속에 파묻혀 중간에서 아예 사라져버린 골목길 저 끝 쪽, 그러니까 그곳이 바다가 아니고 땅으로 행세하던 그 전날까지만 해도 동네 어귀에 해당하던 자리에 하얀 뗏목 한 척이 나타났다. 수면 위로 숨이 가빠 보이게 지붕 꼭대기만 간신히 내밀고 있는 건물들하고 감히 키 재기를 하는 듯 뗏목은 느릿느릿 물살을 가르며 몹시 힘겹게 다가왔다. 일가족인 듯 장정 하나에 젊은 여자와 어린애 둘이 타고 있었다. 마치 잠시 후에 나와 내 가족이 몸소 겪게 될 일을 그들의 경우를 통해 미리감치 구경하는 기분이었다. 뗏목이 좀더 가까이 왔을 때 보니 그것은 뗏목이 아니라 한 장의 크고 두툼한 스티로폼이었다.

"어디서들 오시는 길입니까?"

그들이 상륙할 때까지 기다리지 못하고 나는 우렁차게 내뻗는 목청으로 멀리 마중을 나갔다. 그러자 스티로폼 한가운데 오보록이 몰려 있는 아녀자들 뒤편에서 널빤지 조각을 노 삼아 위태롭게 물살을 헤치던 젊은 사내가 나를 무시무시한 눈초리로 노려보았다.

"풍납동 방면인가요?"

"그런 건 알아서 뭐 하게요?"

사내는 물에 젖은 땅 기스락 쪽으로 스티로폼을 밀어붙이면서 몰풍스러운 가락으로 되물었다. 내가 잠시 머뭇거리는 사이에 사내는 널빤지 끝으로 여자의 등을 꾹 찔렀다.

"빨리들 내려!"

위대한 재앙의 신 앞에 영원한 복종을 서약한 신도처럼 젊은 여자는 벌벌 기는 걸음걸이로 두 아이의 손을 잡고 젖은 땅에 첫발을 내디뎠다. 수마의 손아귀에서 일단은 벗어난 셈인데도 그간의 끔찍스러운 기억 때문인지 여자는 여전히 두려움에 떠는 표정이었다.

"지대가 약간 높은 편이라고 이 동네는 뭐 안전할 줄 아슈?"

사내는 갈고랑이가 달린 험악한 시선으로 나를 다시 걸고넘어졌다.

"불과 한 뼘 차이란 말요, 한 뼘 차이! 오늘 오후쯤이면 아마 남산 꼭대기까지 물속에 풍덩 잠기게 될 거요!"

그 와중에 심심파적 삼아 물 구경 나온 얼간망둥이쯤으로 나를 몰강하게 취급하면서 사내는 물독에서 방금 건져낸 생쥐 꼴의 처자식들을 이끌고 그 자리를 횡허케 떠나버렸다. 가장으로서 나 또한 그 사내처럼 내게 딸린 생명들을 보호할 의무가 있었다. 출렁거리는 물결에 떼밀려 땅 기스락 가까운 물에서 건듯건듯 놀아나고 있는 하얀 스티로폼 한 장이 갑자기 노아의 방주만큼이나 크고 튼튼한 구조선으로 느껴졌다.

"빌어먹을, 무슨 나라 꼬락서니가 이 모양이야!"

나는 바짓가랑이를 둘둘 걷어붙인 채 첨벙첨벙 물속으로 들어서면서 연방 투덜거렸다. 해마다 장마철만 닥칠라치면 홍수 예방입네, 재해 대책입네, 하고 입버릇처럼 유비무환을 부르짖으면서 이미 중진국 수준을 뛰어넘어 선진국 대열에 들어섰다는 한 국가의 수도를 어떻게 이 지경으로 망쳐놓을 수가 있단 말인가.

"남산 꼭대기까지 물속에 풍덩 잠기고 나면 그 망망대해 경치 한번 볼만하겠구나, 빌어먹을!"

나라 꼬락서니 한심한 거야 그래도 괜찮은 편이었다. 보다 더 한심한 것은 바로 나 자신이었다. 물난리의 우려를 항상 안고 있는 한강변 저지대에 속한 땅인 줄 사전에 눈치챘음에도 불구하고 방값 싼 맛으로 성내동에 거처를 정할 수밖에 없었던 내

옹색한 처지가 참으로 처량하게 느껴졌다.

"어디서 제법 괜찮은 물건을 구했구만."

대문 밖에서 주워 온 물건을 홧김에 일층 현관 앞에 동댕이치는 나를 보고 집주인 아저씨가 축하를 보내왔다.

"목간통 유람선하고는 물론 격이 다르겠지만, 그래도 어쩌겠습니까. 우두커니 앉아 있다가 물귀신 되는 것보다야 백배 낫겠지요."

헌 욕조를 구명보트로 개조하는 작업을 다 끝마친 늙은 철도 공무원은 나의 가시 돋친 응수를 너그러운 웃음으로 방어했다.

"아직도 화가 덜 풀린 모양인데, 나대로 다 믿는 구석이 있기 땜에 최 선생을 무리하게 깨우지 않았던 거야. 보여줄 게 있으니까 따라와봐."

그는 가뜬한 발걸음으로 앞장서서 계단을 오르기 시작했다. 종종걸음으로 집 안팎을 쏘다니며 연방 호들갑을 떨어대는 부인과는 달리 그의 모습은 아주 여유 만만했다.

"저걸 좀 보라구."

옥상 끝 난간 앞에 먼저 가서 기다리던 그가 말했다. 나는 그가 손짓으로 가리키는 곳을 바라보았다. 그야말로 망망대해였다. 눈에 보이는 것 모두가 그저 물투성이였다. 주택가였던 곳에도 상가였던 곳에도 벙벙히 물이 들어차서 한강까지 시야가 훤히 트여 있었다.

"처음에는 기세가 정말 굉장했지. 단숨에 우리 집까지 물살이 덮칠 것만 같아서 눈앞이 다 캄캄하더라니깐. 그런데 지금은 사정이 많이 달라졌어. 물이 불어나는 것도 한도가 있는 모양이야. 매사는 불여튼튼이라 했으니까 물론 만약의 사태에 철저히 대비는 해야 되겠지. 허지만 이제 위험한 고비를 그럭저럭 넘기지 않았나 싶어."

멀리서 국방색 모터보트들이 싯누런 흙탕의 바다를 누비고 다니며 산호초처럼 물 위에 위태롭게 떠 있는 건물 지붕들에서 조난자들을 옮겨 싣는 광경이 눈에 띄었다.

"천만다행으로 집 뒤편이 제법 높직한 언덕이라서 여차직하면 우리는 내뺄 곳도 있어. 더군다나 우리 집은 이층집이란 말씀이야. 웬만해선 물에 잠길 염려가 없는 위치에서 이렇게 수해 현장을 한눈에 내려다볼 수 있는 것만도 실은 얼마나 행복한 일인지 몰라."

그의 위로는 오히려 내게 역효과만 낳았다. 퍼뜩 다른 동네로 이사를 가야지, 이사를 가야지, 가야지, 하고 나는 속다짐을 되풀이했다. 단 하루를 살더라도 물귀신 될 염려가 없는 안전한 곳에서 처자식을 부양하고 싶었다. 요번 사태만 무사히 넘긴다면 무슨 수를 써서든, 정말 달러 빚을 내서라도 곧바로 셋집을 옮겨버릴 작정이었다.

"비도 그치고 했으니까 어쩌면 오늘 오후부터는 물이 서서히 빠지기 시작할 거야. 옆집 사람들한테도, 좀더 두고 기다려보자고 타일렀지. 성미 급한 몇몇 가구만 빼고는 우리 이웃에서 피난 떠난 사람이 거의 없어."

"생명의 은인이 따로 없군요."

"그런 식으로 자꾸만 비꼬지 말아요, 최 선생."

"진짜로 남산 꼭대기까지 물에 잠기는 줄 알았거든요."

"아직도 완전히 맘을 놓을 단계는 아니니까 최 선생네도 짐을 대충 꾸려서 옥상에다 미리 옮겨놓는 게 좋을 거야."

나는 늙은 철도 공무원을 홍수 설화에 등장하는 어떤 예언자와 동격으로 대접해주기로 마음먹었다. 미증유의 대홍수가 세상을 온통 휩쓰는 그 와중에서 장차 만수위를 이루게 될 지점으로부터 정확히 한 발짝 바로 위쪽 산 중턱에 드러누워 천하태평으로 단잠을 실컷 즐기고 있었다는 그 예언자를 믿듯이 나는 물이 더 이상 불어나지 않을 거라는 늙은 철도 공무원의 예언을 철석같이 믿기로 작정했다.

집주인의 충고대로 피난 보퉁이를 챙기려고 방 안에 들어가 보니 웬걸, 방바닥이 온통 난장판으로 변해 있었다. 방 안에 비치된 모든 가구의 문이며 서랍 따위가 죄다 열린 상태였고, 그 안에 숨어 있던 온갖 구지레한 잡동사니들이 모조리 방바닥으로 끌려 나와 있는 것이었다. 그리고 아내는 넋 달아난 표정으로 그 오방 난장의 한복판에 오도카니 앉아만 있는 것이었다. 귀중품을 챙기라는 남편의 지시에 맞추어 그때까지 아내가 확실히 수습해놓은 거라곤 등에 업은 지겸이하고 가슴에 꽉 끌어안고 있는 사진첩과 편지 뭉치 따위가 고작이었다.

"이 물난리 판에 해묵은 연애편지나 빛바랜 추억 따위가 그렇게도 소중해? 비상식량 대신 그런 것들 삶아 먹으면 배가 부르겠어?"

나는 얀정머리 없이 아내한테 지청구를 먹였다. 단박에 눈자위를 빨갛게 물들이면서 아내는 나를 표독스럽게 노려보았다. 아니나 다를까, 그니의 입술이 실룩실룩 경련을 일으키기 시작했다.

"최재식 씨!"

아내에 대한 지나친 공박이 결국 물난리에 버금가는 또 다른 재앙을 불러들였음을 뒤늦게 깨닫고 나는 부랴사랴 안전지대로 피난 떠날 채비를 했다.

"알았어. 알았다구."

"나 좀 봐, 재식이 형!"

"글쎄 무슨 뜻인지 알았다니깐."

하기야 따지고 보면 아내는 내 지시를 가장 충실히 이행한 셈이었다. 우리 부부한테 현재의 지겸이나 과거의 추억보다 더 귀중한 재산이 뭐가 또 있겠는가. 나는 방바닥에 널린 물건들을 눈에 띄는 족족 이불보로 싸고 가방에 쑤셔 담아 옥상으로 옮기기 시작했다. 먼저 자리를 차지한 집주인 소유의 가재도구들로 옥상은 벌써 초만원을 이루고 있었다.

번갯불에 콩 볶아 먹듯 살림살이를 얼렁뚱땅 대피시키고 나서 나는 돌다리도 두들겨보는 심정으로 다시 질척거리는 마당 흙을 밟았다. 그새 알게 모르게 시나브로 불어난 흙탕물이 어느덧 대문턱을 넘어 마당 중간쯤까지 침범해 있었다. 물이 불어나는 속도가 눈에 띄게 줄어들었다고는 하지만, 그래도 물 높이가 궁극적으로 어디만큼에 다다를지 전혀 예측할 수 없는 상황

이었다. 물가에 잔뜩 쭈그려 앉은 채 들어왔다 나가고 나갔는가
하면 어느새 다시 들어오기를 쉼 없이 되풀이하는 흙탕물의 심
통 사나운 움직임을 일삼아 지켜보면서 나는 인간계를 겨냥한
자연계의 끈덕진 악의 같은 걸 두려운 마음으로 읽고 있었다.

  물은 시간을 두고 꾸준히 불어나 끝내 지하실이 침수되는 소
동을 겪고 말았다. 온갖 오물을 거느린 싯누런 흙탕물이 콸콸
쏟아져 들어와서 지하실 바닥에 쌓인 연탄 더미를 흐너뜨리고
보일러를 덮치는 바람에 집주인과 셋방살이 구분 없이 공평하
게 피해를 입었다. 삽시에 연탄 빛깔의 시커먼 물구덩이로 둔갑
한 지하실에서 늙은 철도 공무원과 젊은 국어 선생은 다만 한
푼어치라도 손해를 줄여보려는 안간힘을 포기한 채 지옥의 심
연과도 같은 암담한 물속만 그저 멍청하니 들여다보고 있을 따
름이었다.

  "어쩔 작정인가?"

  한참 만에 집주인이 입을 열었다.

  "뭘 말입니까?"

  나도 한참 만에 입을 열었다.

  "떠날 텐가, 남아 있을 텐가?"

  "아저씨는요?"

  "나는 끝까지 남아 있을 작정이야. 내 생각을 최 선생한테 강
요하진 않겠어. 어차피 떠날 작정이라면 지금 떠나는 게 좋겠구
만."

  나는 지하실을 그득 메운 시커먼 물살이 천장까지 남은 공간

을 야금야금 먹어치우는 광경을 잠시 지켜보았다.

"아저씨가 남는다면 저도 남겠습니다."

늙은 철도 공무원은 탄가루 반죽으로 엉망이 된 더러운 손바닥을 내 어깨 위에 슬그머니 얹었다.

"뭐라고 할 말이 없구만. 지겸이네한테 집주인 노릇도 제대로 못 한 주제에 이런 고생까지 시켜서 정말 면목이 없네."

늙은 철도 공무원의 예언은 적중했다. 피난길에 오르지 않기를 참 잘했다는 사실이 오래지 않아 밝혀졌다. 일층 우리 방의 바닥을 살짝 적시는 정도에서 마지막 몽니를 부린 다음 물은 오후로 접어들면서 서서히 빠져나가기 시작했다. 우리가 입은 수해는 물에 풀려 물과 함께 지하실에서 사라진 연탄 백여 장과 지하실 구석에 처박아두었던, 못 쓰거나 안 쓰는 가재도구 몇 점을 버린 것이 전부였다. 엄청난 물난리치고는 거의 피해가 없는 거나 다름없는 다행스러운 결과였다.

한강변의 저지대를 휩쓴 그 물난리 체험은 그것으로 모두 마감된 게 아니었다. 겨우 한숨 돌리려는 참인데 웬걸, 다음에는 수재민 구호품들이 줄지어 가가호호를 방문하기 시작했다. 극성스러운 집주인 아주머니가 통반장과 동사무소를 어떻게 구워삶았는지 구호품은 셋방 사는 우리한테까지 골고루 분배되었다. 라면 열 개, 두루마리 휴지 두 통, 합성세제 한 봉지, 밍크 담요 한 장, 그리고 그 밖에 돈도 자그마치 10만 원이나 우리 집을 찾아왔다. 아내와 나는 자다가 얻은 차시루떡 같은 그 구호품들을 수령할 적마다 감격에 겨워 '우리나라 좋은 나라'를 목청껏

제창할 지경이었다.

뿐만이 아니었다. 곧이어 더욱 놀라운 소식이 전해졌다. 남조선의 불쌍한 수재민들을 돕겠다고 북한 정권이 팔소매 걷어붙이고 나섰다는 언론 보도가 우리의 눈을 화등잔만 하게 키워놓았다. 아니할 말로 배꼽 떨어지고 나서 처음 들어보는, 그야말로 기막힌 소식이었다. 나라 전체가 온통 북한의 제안을 화젯거리로 삼아 술렁이고 있었다. 피해 액수야 고하간에 북한이 도와주고 싶어 안달인 그 수재민의 일원이 틀림없는지라 나 역시 비상한 호기심으로 그 기사를 접할 수밖에 없었다.

"최 선생, 괜히 김칫국부터 먼저 마시지 말아요."

학교 안에서는 동료 교사들 대부분이 북한의 진의를 반신반의하는 분위기였다. 아니, 한낱 우스개쯤으로 치부해버리는 냉소적 경향마저 보였다. 이를테면 교감 선생 같은 사람이 가장 대표적인 인물이었다. 분단 이래 오늘날까지 남북 간에 항용 있어왔던 심리전 내지 선전전의 일환에 지나지 않는다는 것이 반공 의식으로 무장한 그의 한결같은 주장이었다.

"교감 선생님 말씀이 백 프로 옳습니다. 그쪽 사람들 표현대로 남조선 인민들 도와줄 만한 여력은 고사하고 우선 진정으로 도와줄 용의나 있는지 당장 그 점부터 의심스럽습니다."

"있긴 뭐가 있겠어, 제 목구멍 풀칠하기도 벅차서 노상 쩔쩔맨다던데. 말하자면 넝마쪽 걸친 거지가 양복 입은 신사한테 한 푼 적선하겠다고 폼 잡고 나서는 격이지."

"그따위 터무니없는 제안을 이쪽에서 결코 받아들일 리가 없다는 지금까지의 경험칙을 계산에 넣고는 밑천 안 드는 말장난으로 한번 걸어보는 수작이 분명하다니까."

부정적인 반응이 대종을 이루는 분위기에서 나이 지긋한 교무주임이 빙긋이 웃는 낯꽃으로 나를 돌아다보았다.

"위대하신 어버이 수령으로부터 장차 크나큰 은혜를 입게 될지도 모르는 남조선 수재민의 한 사람 자격으로 우리 최재식 선생께서도 소감 한말씀 피력해보시지그래?"

교무실 안의 모든 입들이 한목에 너털웃음을 터뜨렸다. 덩달아 나도 웃을 수밖에 없었다.

"제 생각은 이렇습니다. 저쪽에서 어떻게 나오는가 한번 구경이나 해보게 이번 기회에 북한 제의를 우리가 덜컥 받아들였으면 합니다."

"역시 수령님 유혹은 뿌리치기 힘든 모양이로군."

"자꾸만 그러지 마십쇼. 팔자에 없는 수재민이 된 것만도 가뜩이나 서러운 판인데 거교적으로 위문금을 거둬서 부조해주지는 못할망정 저를 그런 식으로 꼭 색안경까지 끼고 바라보셔야만 하겠습니까?"

"최재식 선생 사상 문제는 내가 보증을 서줄 테니까 저쪽에서 주면 안심 팍 놓고 덥석 받으라구."

"눈물겹도록 고맙습니다. 아무튼 제가 하고 싶은 얘기는요, 요번 북한 제의를 우리 정부 당국이 흔연스럽게 수용한다 하더라도 우리가 손해 볼 일은 아무것도 없을 거다, 바로 이 점입니다."

"우리가 쟤네들 전략에 말려드는 셈인데도?"

"아니지요. 설령 그것이 속임수나 말장난에 불과하더라도 결과는 마찬가지지요. 쌀이든 뭐든 보내만 준다면 고맙게 받겠다고 즉각 답장을 띄우는 겁니다. 그런 다음 저쪽에서 어떻게 나오는지 지켜보는 겁니다."

"만약에 그게 빈말이 아니고 실지로 저쪽 사람들이 약속을 덜컥 이행해버린다면?"

"그런다고 주저할 이유가 뭐가 있겠습니까? 무조건 그냥 받고 보는 겁니다. 동포애를 앞세운 북쪽 제의를 허심탄회하게 수용할 줄 아는 남쪽의 아량이 돋보이는 결과가 되겠지요. 뿐만 아니라 그런 일을 계기로 남북 간에 화해 무드가 조성될 수만 있다면 그야말로 금상첨화 아닐까요?"

북한의 제의하고 가장 이해 상관이 깊은 수재민 입장에서 내가 열을 올려 한바탕 떠드는 동안 동료 교사들은 조용히 귀를 빌려주는 아량을 베풀었다. 전쟁을 모르고 자란 젊은 세대 교사의 말에도 일리가 있는 것 같다는 반응들이었다.

북한의 구호품 공세에 누구보다 후끈 달아 있는 사람은 늙은 철도 공무원이었다. 셋방을 잘못 내준 죄로 괜한 고생을 시켰다며 우리 식구만 보면 미안해서 어쩔 줄 모르던 그 맘씨 좋은 아저씨가 엉뚱깽뚱하게도 북한을 등에 업은 채 갑자기 살판난 듯이 기를 펴기 시작했다.

"조오치, 좋아! 어차피 받아먹었다는 소리 들을 바엔 배창자가 터지도록 몽땅 받아먹는 것이 상책이라니깐."

동료 교사들과 마찬가지로 아저씨 또한 반백 년 내내 않던 짓을 다따가 새로 시작하려는 북한의 태도를 왈칵 신용하려 하지 않았다. 하지만 먼저 저쪽에서 자청해서 주겠다는 판에 반대할 이유가 뭐가 있겠냐는 식이었다. 기왕 받을 바에는 가급적이면 많이많이 받아냄으로써 자기 집에 세 든 사람까지 쌀 한 줌이라도 더 차례 가게 된다면 집주인으로서 한결 미안함이 덜어질 듯싶다는 이야기였다.

물난리를 치른 직후 아저씨는 정색을 하면서, 나가겠다는 의사표시만 해오면 하시라도 전셋돈을 뽑아주겠노라고 내게 뜻을 밝힌 바 있었다. 그런데도 나는 선뜻 단안을 내리지 못한 채 이사 계획을 차일피일 미루고 있는 중이었다. 어느 동네로 이사를 간들 지금 아저씨네만큼 양질의 집주인을 만나는 것도 그리 쉬운 일은 아닐 거라는 어림짐작 때문이었다.

"최 서방도 들었지?"

북한의 원조 제의를 수락한다는 정부 당국의 공식 발표가 있던 날이었다.

"방금 그 뉴스 못 봤나?"

발표가 나자마자 나한테 맨 먼저 전화를 걸어온 사람은 뜻밖에도 장인이었다. 강북에서 발산하는 노인 양반의 흥분이 전화선을 타고 단숨에 한강을 건너 강동에 있는 내 귀까지 생생히 다가왔다. 한바탕 어지럽게 돌아가는 시국인지라, 이건 또 웬 날벼락 같은 말씀인가 싶어 나는 순간적으로 긴장하지 않을 수 없었다.

"무슨 뉴스를 말씀하시는지⋯⋯"

"저런, 테레비를 안 보고 있었구먼. 방금 이북 쌀을 받기로 했다는 뉴스가 나왔다네. 축하하네, 최 서방!"

아, 하고 나는 부지불식간에 신음과도 같은 탄성을 토했다. 내심 은근히 바라던 결과임에도 불구하고 막상 장인의 입을 통해서 최초로 그 소식을 접하는 순간 내가 대뜸 느낀 감정은 정녕 기쁨과는 거리가 먼, 기쁨보다 한 발짝 앞서 달려와서 은결든 듯 가슴 한복판에 아리게 자리를 잡아버리는 통증 비슷한 것이었다. 단지 이북 쌀이란 한 가지 이유 때문에 그동안 데면데면한 관계로 일관해왔던 못난 사위한테 그처럼 득달같이 전화를 걸어 때아닌 축하까지 남발하면서 터무니없이 흥분에 겨워 있는 장인의 모습이 눈에 밟혔다. 장인 장모의 고향이 이북이란 사실을 그때만큼 뼈아프게 실감한 적은 과거에 한 번도 없었다.

"잠깐만 기다리게, 최 서방!"

장인의 샛노란 흥분이 귀에서 멀어지는 대신 이번에는 장모의 발그스름한 흥분이 갑자기 전화기 속에 등장해서 한층 더 얼얼하게 내 귓속을 후벼 파기 시작했다.

"나도 지겸이 아범한테 축하의 말을 전하고 싶네! 이 얼마나 놀랍고도 감사하신 축복이고 은총인가!"

축하 위에 축복과 은총까지 겹겹이 포개지는 바람에 나는 더욱더 통증의 무게를 견디기 힘들어졌다.

"뭘요. 두 분 어르신께서 그동안 기도 많이 하신 덕택이지요."

황해도 재령이 두 노인의 고향이었다. 실향민 노인들이 들먹이는 감사의 대상이 어버이 수령 김일성이 아님은 두말할 나위조차 없는 일이었다. 기독교 집안 출신으로 신앙을 지키기 위해 어쩔 수 없이 고향마저 등진 채 북한을 탈출해야만 했던 노부부 입장에서는 반세기 동안 꿈에도 생각지 못했던 이북 쌀이 남한 땅으로 넘어오게 된 역사적인 사건을 전능하신 여호와 하나님의 역사하심과 섭리하심의 결과로 철석같이 믿고 있을 것임이 틀림없었다.

"우리가 이번에 사위 덕 한번 톡톡히 보게 생겼구먼! 수십 년 만에 처음으로 이북 쌀 한번 만져보고 죽게 됐으니 이보다 더 큰 감격이, 이보다 더 큰 감사가 어디 또 있겠는가, 최 서방!"

"휴전선을 사이에 두고 양측에서 이제 겨우 말만 몇 마디 오갔을 뿐인데요, 뭐. 지금까지 남북 간에 흔히 그래왔던 것같이 앞으로 또 어떤 변수가 작용할지 모르니까 아직은 너무 그렇게 좋아 마십시오."

"모르는 소리! 이제 두고 보게나. 요번만큼은 정말 틀림없을 테니까!"

간밤 꿈에 신의 계시라도 받은 듯한 말투였다. 장모는 시퍼렇게 장담해마지않았다.

"최 서방한테 미리 신신당부해둬야겠네. 이북 쌀이 배급되거들랑 양이야 다소간에 우리한테도 꼭 좀 나눠 주게나. 제발 부탁이네!"

말은 그렇게 하면서도 장모의 목소리는 아쉬워서 부탁하는 처지답지 않게 나이보다 훨씬 젊고 생기가 넘쳤다. 마치 물난리를 만나 장차 이북 쌀과 깊은 관련을 갖게 될 전도유망한 청년인 줄 일찍이 내다보고 군말 없이 고명딸의 장래를 내맡긴 선견지명의 부모이기나 한 양 수재민 사위 때문에 스스로 대단한 긍지를 느끼는 목소리였다.

"잠깐만요, 어머님."

철부지 소녀처럼 마냥 달떠 있는 장모를 더 이상 천연덕스레 상대할 수가 없어 나는 잽싸게 달아날 궁리를 했다.

"경미 바꿔드릴게요."

"나야, 엄마."

그새 전화기 곁에 바싹 붙어 앉아 들었기 때문에 쌍방 간에 오가는 통화 내용을 대충 파악하고 있었을 텐데도, 아내의 표정은 시종일관 그저 시큰둥하기만 했다.

"엄마는 그게 뭐가 그리 대단한 선물이라구 그 난리를 치구 그래?"

황해도 재령은 김경미의 고향이 아니었다. 그곳은 어디까지나 김경미 부모의 고향일 뿐이었다.

"사위한테 그 이북 쌀 못 얻으면 당장 굶을 형편인 것처럼 들리니까 화가 나서 그러잖아."

변변히 씨암탉 한번 잡아 먹인 적 없는 지천꾸러기 사위를 상대로 이북 쌀 소식에 턱없이 과민 반응을 보이는 친정 부모의 태도가 영 마땅찮다는 기색이었다. 아니, 병적이리만큼 쌀 문제에 집착하는 심리 그 자체를 도무지 이해할 수 없다는 태도였다.

"알았어. 그만 끊어."

아내는 꽤나 길게 이어지는 친정어머니의 말에 심드렁하게 대꾸했다.

"글쎄 알았다니까 자꾸만 그러네. 그까짓 쌀 나부랭이 뭐 몽땅 다라도 퍼줄 테니까 염려 꽉 붙들어 매서."

바로 그 이튿날부터 쌍을 지어 사위네 집을 찾는 장인 장모의 발걸음이 부쩍 잦아지기 시작했다. 외손주 보고 싶어 또 왔노라면서 노인들은 매번 지겸이의 옷이나 장난감 따위를 선물로 내놓곤 했다. 하지만 미운털이 촘촘히 박힌 사위네 집을 다따가 뻔질나게 출입하는 노인들의 진정한 속셈이 무엇인지는 눈자라기 지겸이마저도 빤히 꿰뚫어 볼 것이었다.

"꼭 우리가 수재당하길 기다렸던 것 같은 말투잖아."

아내는 친정 부모의 갑작스러운 태도 변화와 잦은 출입 모두를 별로 탐탁히 여기지 않았다.

"말두 안 돼. 주님 은혜는 무슨 주님 은혜!"

노인들이 돌아간 다음이면 아내는 으레 빈정거리기를 잊지 않았다. 남편 들으라고 하는 소리였다. 노인들이 우리의 결혼을 끝까지 반대할 수밖에 없었던 표면상의 이유는 종교 문제였다. 믿지 않는 자와 멍에를 함께 메지 말라는 성경의 가르침에 충실히 따르기 위해 그처럼 맹렬히 반대한 것일 뿐, 그 밖에 다른 의도는 전혀 없었노라는 장인 장모의 때늦은 해명이 이북 쌀 꽁무니에 따라붙기도 했다.

"우리 엄마 아빠는 딸네 식구 세 목숨 모두 합친 것보다도 그 알량한 이북 쌀 쪽에다 훨씬 더 비중을 크게 두는 눈치야."

하지만 아내의 생각은 처음부터 달랐다. 단지 상대가 두메산골 한미한 집안 출신인 데다가 편모슬하에 가난뱅이 선생이란 이유만으로 그처럼 결혼을 결사반대한 거라고 아내는 확신하고 있었다. 그에 대한 반발심으로 그니는 최재식이란 인간을 남편으로 취하는 대신 누대에 걸쳐 조상으로부터 물려받은 배내밑음을 과감히 버림으로써 결국 친정 부모의 가슴에 모지락스럽게 대못을 지르고 말았던 것이다.

"설마 그럴 리가 있겠어? 노인 양반들 고향 땅 그리는 심정은 우리 세대 이해를 뛰어넘는 수준일 거야. 향수병이 너무 앞서다 보니까 약간 도를 넘는 대목도 더러 눈에 띄는 거겠지."

어느새 입장이 완전히 뒤바뀌어 있었다. 과거에는 주로 내가 장인 장모를 헐뜯고 아내가 친정 부모를 적극적으로 두남두는 형국이었다. 그런데 어느새 나는 그 어떤 의무감 같은 것에 붙들려 아내가 헐뜯는 장인 장모를 일삼아 역성들기 시작했다. 아내가 넌지시 자기 부모를 험담하는 형식을 취할 때 얼씨구나 하고 섣불리 동조하는 것은 일종의 자살행위가 될 가능성도 있다는 사실을 나는 그간에 치른 값비싼 대가를 통해 속속들이 간파하고 있었다.

"하기야 나도 좀 이해가 안 가는 대목이 있긴 해. 하필이면 왜 쌀이지? 이북에서 원조하겠다는 게 쌀 말고도 옷감이랑 시멘트랑 여러 종류가 있는데 어째서 다른 물건엔 눈곱만치도 관심을 안 보이면서 시종일관 그렇게 두 분 모두 목이 쉬도록 쌀 노래만 합창하시는지 나는 도무지 그 이유를 알다가도 모르겠더라."

노인들이 우리 집에 와서 한나절씩 풀어놓는 이야기보따리는 고향 자랑 일색이었다. 귓구멍이 헐도록 듣고 또 들은 덕분에 나는 꿈에서도 가본 적이 없는 황해도 재령 땅에 관해 마치 현지에서 다년간 굴러먹다 돌아온 한량처럼 웬만한 풍물기쯤은 뜨르르 꿰고 있을 정도였다.

남쪽 저 멀리 수양산에서 최초로 물길을 잡기 시작한 재령강이 북으로 북으로 거슬러 오르다가 그 이름도 아름다운 은파천과 서흥강을 차례로 만나는 곳이 삼강면인데, 거기가 바로 장인 장모의 고향이고, 세 개의 강이 한데 어우러지면서 눈이 모자라서 다 담지 못하리만큼 넓디넓은 재령평야를 끝 간 데 모르게 펼쳐놓는데, 거미줄처럼 관개가 잘돼 있는 탓에 도통 가뭄이 뭔지 모르는 그 기름진 평야에서 해마다 넉넉하게 거둬들이는 소출이 바로 예부터 임금님 수라상에 오르는 진상미로 유명한 재령 쌀이고, 워낙 수량이 풍부해서 사시장철 맑은 물이 도도히 흐르는 재령강을 타고 커다란 배들이 내륙 깊숙한 구석까지 연락부절로 들며 나면서 그림같이 꿈결같이 아름다운 강상 풍경을 연출하는데……

"나중에 우리도 늙으면 그렇게 될까?"

아무 데나 살며시 건드리기만 해도 어린 시절의 꿈이 그 때깔도 영롱하게 톡톡 볼가져 나오는 고향, 두 청춘 남녀를 질긴 끈으로 묶어 부부의 인연을 맺게끔 중매쟁이 노릇을 해준 바로 그 고향 재령을 이야기하는 동안 노인들은 곧잘 자신의 나이를 까먹곤 했다.

"무슨 뜻으로 하는 소리야?"

시공을 훌쩍 뛰어넘어 달빛이 비단 보료처럼 푹신하게 깔린 재령강변에서 사람들 이목을 피해가며 애꿎은 보름달만 화젯거리로 삼곤 하던 그때 당시의 그 기분으로 고스란히 되돌아가기라도 한 듯이 두 노인은 어느새 화색이 감도는 수상쩍은 낯꽃에다 수줍음과 두근거림이 반반으로 엇갈리는 묘한 표정들을 싣고 있었다.

"수십 년간 여일하게 주고받아온 사랑인데 아직도 양에 덜 찼는지 두 분은 지금까지 서로 끔찍하게 사랑하고 계시잖아. 벌써 손자 손녀를 여럿이나 본 노인네들이 자식들 보는 데서 부끄러운 줄도 좀 아셔야지."

뭔가 또 꼬투리를 잡을 셈으로 일순 긴장하는 기색이던 아내의 낯꽃이 금세 부드럽게 풀어졌다. 내 말이 듣기에 과히 싫지는 않은 모양이었다.

"그거야 뭐 순전히 남자 하기에 달린 일이지."

초장에 너무 기운을 뺀 탓일까. 이북 쌀을 기다리다 지친 나머지 노인들은 한동안 안팎 모두 호되게 몸살을 앓았다. 그래서 정작 이북 쌀이 배급될 임시에는 집 안에 틀어박혀 꼼짝도 못한 채 보신하며 지내느라 외손주 보고 싶다는 구실로 문지방이 닳도록 드나들던 사위네 집을 쉽사리 방문할 형편이 못 되었다.

"나왔어. 방금 전에 받았어."

드디어 기다리고 기다리던 북한 구호품이 우리 집까지 무사히 도착했음을 알리는 전화가 학교로 걸려왔다. 눈이 짓무를 지경으로 오래 기다린 것에 비기면 아내의 보고는 오히려 비정하게 느껴지리만큼 간단명료했다. 다분히 실망의 빛을 띤 그니의 말투는 며칠 전부터 풍선처럼 부풀어 있던 나의 흥분에 일찌감치 찬물을 끼얹는 구실을 했다. 이미 휴전선을 넘어온 구호품이 판문점에 하역되는 감격적인 장면을 텔레비전 뉴스에서 본 데다가 금명간에 수재민 가정에 고루 분배될 거라는 보도마저 잇따르던 터라 나는 잔뜩 기대에 싸인 채 그 순간이 오기를 하마하마 고대하던 참이었다.

"일찍 퇴근할 테니까 잘 보관하고 있어. 그리고 아버님한테는 우리가 저녁에 찾아뵐 테니까 그냥 댁에 가만히 계시라고 미리 말씀드려."

나는 일부러 아내와의 통화를 사무적으로 덤덤하게 끝냈다. 그랬는데도 어느새 낌새를 챈 동료들이 내 주위로 우르르 몰려들었다.

"어떻게 된 거야?"

"오늘 나왔대."

"무슨무슨 물건이 얼마얼마씩이나 나왔대?"

"몰라. 거기까진 안 물어봤어."

"이런 싱거운 인간 봤나! 최 선생, 혹시 우리한테도 좀 나눠 달라고 찌그렁이 붙을까 봐 겁나서 그런 식으로 일찌감치 엄살 작전을 펴는 거 아냐?"

그 물음에 나는 아무런 대꾸 없이 그저 웃기만 했다. 그러자 동료들은 서로서로 묘한 눈짓을 주고받으며 각자의 자리로 되돌아갔다. 맞은편 좌석의 박 선생이 테이블 너머로 매우 수상쩍은 미소를 날려 보냈다.

"최 선생 혼자서 마르고 닳도록 잘 먹고 잘 살라구."

이북 쌀 건으로 말미암은 장인 장모의 병환을 구실 삼아 조퇴를 희망하는 내 처지를 교감 선생은 십분 이해해주었다. 나는 수업을 끝내자마자 곧바로 퇴근길에 올랐다.

서둘러 귀가한 남편을 아내는 그다지 곱지 않은 눈초리로 맞이했다.

"밥도 못 해 먹을 저 형편없는 물건을 운반하느라고 나 혼자서 죽을 고생을 다 했단 말이야."

아내는 턱짓으로 방 쪽을 가리켰다. 큼직한 쌀자루 하나가 옹색스러운 단칸 셋방 입구를 제법 그들먹이 가로막고 있었다. 얼핏 눈대중으로 부피를 가늠해보니 반 가마 푼수는 너끈할 것 같았다. 집주인 아주머니와 함께 동사무소까지 나가서 끙끙거리며 그걸 가져왔다는 불평이었다.

"밥도 못 해 먹다니, 그게 무슨 소리야?"

"자기 눈으로 직접 한번 확인해보시지."

나는 내 눈으로 직접 한번 확인해보았다. 질이 매우 떨어지는 쌀이었다. 어느 해 소출인지 몰라도 약간 변색한 데다가 묵은내까지 풍기고 있었다. 아닌 게 아니라 요즘 세상에 그런 쌀 사 먹는 사람 별로 없을 듯싶었다.

"선물이 좀 맘에 안 든다고 그런 식으로 말해선 안 되지. 이북

동포들 정성을 봐서라도 무조건 고맙게 받아야지."

이북 선물은 쌀 말고도 한 가지가 더 있었다. 옛날 옛적에 한
때 유행한 적이 있는 포플린 계통의 면포였다. 올이 굵고 결이
거친 편이며 원색에 가까운 색상이나 단조로운 무늬가 현대적
감각하고는 상당히 동떨어진 것이라서 서너 마 길이의 그 면포
를 대관절 어떤 용처에 써먹어야 좋을지 얼른 묘책이 떠오르지
않았다.

"이래 봬도 자그마치 북한산 물건 아닌가. 물난리 당한 기념
으로 소중하게 보관해야지."

그걸 운반하는 데 들인 수고 때문이라기보다 선물의 품질에
실망해서 볼이 잔뜩 부어 있을 철없는 아내를 적당히 구슬리고
나서 나는 몫을 가르기 시작했다. 쌀과 면포를 각각 3등분했다.
우리 집과 처갓집 몫으로 각각 3분의 1을, 그리고 기타 친척과
교장, 교감에 대한 맛보기 선물용으로 나머지 3분의 1을 몫 지
어놓았다.

"어얼씨구 씨구 들어간다아! 작년에 왔던 각설이이, 죽지도
않고 또 왔네에!"

처갓집에 일찍 다녀올 요량으로 저녁 식사를 서두르는 중이
었다. 느닷없이 대문간께가 왁자지껄 소란해지는가 싶더니만
박 선생 인솔하에 한 무리 교사가 예고도 없이 들이닥쳤다. 축
하주랍시고 소주병을 하나씩 꿰찬 채 들어와 방 안을 빼곡히 점
령해버린 그들은 들입다 자기네한테 생면부지의 이북 구호품들
과 수인사할 기회를 달라고 강력히 요구했다.

"애개개, 이게 전부 다란 말야? 북한산 시멘트도 쌀이랑 동반 월남한 것은 이미 천하 공지의 사실인데, 우리 이러지 말자구, 최 선생!"

쌀이랑 면포하고 통성명 절차를 끝내기 무섭게 박 선생이 완연한 협박조로 나왔다.

"시멘트 경우는 관급 공사 같은 데다 공공사업용으로만 사용할 계획이라는 발표가 있었어."

"그래? 그렇다면 하는 수 없지, 뭐."

그들은 쌀과 면포를 보다 더 찬찬히 살펴보면서 요란한 품평을 주고받기 시작했다. 쌀은 최소한 3년 이상 묵힌 비축미가 틀림없고, 면포는 이불보나 만들어 쓰면 딱 십상이겠다는 중론이 돌았다. 품평회를 마친 다음 그들은 각자 하나씩 지참해 온 비닐봉지를 일제히 꺼내 들었다. 순식간에 뜨더귀판이 벌어졌다. 붙잡아 말리고 어쩌고 할 겨를도 없었다. 저마다 욕심껏 쌀을 담아 비닐봉지의 배를 불리기 무섭게 그들은 축배를 드는 절차마저 까맣게 잊은 채 썰물이 되어 방 안을 빠져나갔다.

"어머나, 이를 어째!"

동료들을 배웅하고 나서 대문간으로 들어서는 순간 아내의 다급한 부르짖음이 뻗쳐왔다. 아내는 혼이 나간 듯 방 안 한가운데 우두망찰한 모습으로 서 있었다.

"못된 놈들 같으니!"

내 입에서도 비명이나 진배없는 부르짖음이 튀어나왔다. 쌀이 안 보였다. 내가 빤히 지켜보는 자리에서 말짱 다 바닥을 내버렸으니까 우리 몫이나 기타 선물용 쌀은 일찌감치 체념한 상태였다. 문제는 처갓집 몫이었다. 따로 보자기에 싸서 방구석에 얌전히 모셔두었던 그 쌀까지 방 안에서 깨끗이 사라져버린 것이다.

"어떤 말째 인간 소행인지는 몰라도 그 쌀 처먹다가 주둥이나 확 삐뚤어지거라, 빌어먹을!"

부앗살이 꼭뒤까지 뻗치는 바람에 나는 건공중에 띄워 마구 저주를 퍼부으면서 주방에 있는 쌀통을 향해 덤벼들었다.

"뭐 하는 거야?"

돌발적인 내 행동을 아내는 뜨악해하는 눈초리로 지켜보고 있었다.

"보면 몰라? 우리 처갓집에 선물할 이북 쌀 제조하는 중이다, 왜!"

나는 이북산 면포를 부욱 찢어 가짜 이북 쌀을 마구 퍼 담기 시작했다. 주인집 아주머니한테 사정을 설명하고 그쪽 이북 쌀을 동냥할 생각도 없잖아 있었다. 하지만 진상미로 유명했다는 그 재령 쌀 수준의 품질을 내심 기대하고 있을 실향민 노인들을 위해서는 어쩌면 차라리 잘된 일인지도 모르겠다는 생각이 얼핏 들기도 했다.

처갓집에서는 편찮은 몸을 떨치고 자리에서 일어난 두 노인이 마치 귀빈이라도 맞이하려는 듯 나들잇벌로 의관을 말쑥이 갖춘 채 우리를 기다리고 있는 중이었다. 아니, 이북 쌀을 기다리고 있었다. 노인들이 예를 갖추어 정중하게 맞이하려는 귀빈은 다름 아닌 이북 쌀이었다. 딸과 외손자의 존재도 안중에 없었다. 백년지객이라는 사위도 다만 귀빈을 모시고 온 하인에 지나지 않았다. 장인 장모는 입과 눈 들을 한데 모아 대뜸 이북 쌀부터 찾았다. 마음 한구석에 찔리는 바가 있어 나는 슬며시 면포부터 먼저 선보였다. 그러나 노인들은 그따위 물건은 거들떠도 안 보았다. 애오라지 이북 쌀만 빨리 내놓으라고 보채는 것이었다.

급조한 가짜 이북 쌀과 두 실향민 노인 사이에 이루어지는 역사적인 해후 장면은 극적이다 못해 괴이쩍기마저 했다. 노인들은 양손으로 욕심껏 퍼 올린 쌀을 마치 모래놀이 하는 어린애들처럼 손가락 새로 줄줄이 흘러내리게 하는 장난질을 몇 차례고 되풀이했다. 그런 다음 쌀 속에다 코끝을 박은 채 킁킁 냄새를 맡아보기도 하고, 쌀을 움켜 뺨에 대고 살살 비비대기도 했다. 혀끝에 대고 쌀의 겉 맛을 살피는가 하면 실제로 입안에 넣고는 조심조심 씹어 그 속 맛을 두고두고 천천히 음미하기도 했다. 마치 보석을 감정하듯이 낱알 몇 개를 집어 올려 일일이 형광등 불빛에 비춰보는가 하면 그것도 모자라 아예 확대경까지 동원해서 쌀알의 표면을 세밀히 관찰하기도 했다. 아무리 너그럽게 잘 봐주고 싶어도 그것은 온전한 사람들이 말짱한 정신으로 벌이는 정상적인 행동이 아닌 것 같았다.

"어떻게 보셨어요?"

마침내 감정 절차를 일찍 끝낸 장모 쪽에서 질퍽하게 젖은 눈을 들면서 먼저 말문을 열었다.

"어떻다고 생각하오?"

장인 역시 벌겋게 충혈된 눈으로 장모를 마주 보면서 얼른 되물었다.

"틀림없지요?"

"그렇소. 틀림없소."

"우리 재령 쌀이 맞지요?"

"맞다니까요. 빛깔로 보나 윤기로 보나 이만한 쌀을 생산해낼 만큼 기름진 땅은 이북 전체를 통틀어서 우리 재령뿐이오."

두 노인은 가짜 이북 쌀을 가운데 놓고 두 손을 힘껏 맞잡았다. 장모의 눈에서 쏟아지는 굵은 눈물방울이 가짜 이북 쌀 위로 뚝뚝 떨어지기 시작했다. 점잖은 은퇴 교육자 체면에 차마 눈물을 비치기가 거식했던지 장인은 얼른 천장 쪽으로 눈길을 돌리면서 공연히 헛기침만 두어 방 놓았다.

"정말 고맙네, 최 서방."

장인이 치사했다.

"고맙긴요. 두 분이서 똑같이 재령 쌀이 틀림없는 것으로 판정을 내리시니까 저 역시도 정말 기분이 좋아지는군요."

"인제는 정말 곧 죽어도 아무 여한이 없을 것 같네. 최 서방 은공은 내 평생 안 잊을라네."

장모가 무릎걸음으로 문치적문치적 다가와 내 손을 와락 부여잡았다.

"은공은 당치도 않은 말씀입니다."

나는 펄쩍 뛰는 시늉을 하면서 넌지시 아내 쪽으로 고개를 돌렸다. 만약 가무스름하게 변색한 데다가 묵은내까지 폴폴 풍기는 그 품질 낮은 진짜배기 이북 쌀을 선물했더라면 어쩔 뻔했느냐, 하는 무언의 시위인 셈이었다. 잠든 지겸이를 품에 안은 채 마냥 심란해하는 낯꽃으로 처음부터 줄곧 친정 부모가 하는 양을 지켜보고 있던 아내는 댓바람에 칠색 팔색을 하면서 내 시선을 황급히 뿌리친 다음 벽면을 향해 고개를 홱 꺾어버렸다. 부모나 남편이나 가릴 것 없이 짝짜꿍이로 벌이는 짓거리들이 도통 마음에 안 든다는 뜻일 것이다.

쌀의 용도

그야말로 지척이 천 리였다. 처갓집에 이르는 길은 예나 이제나 그저 한없이 멀기만 했다. 와병 중인 장모에게 병문안을 드리기 위해 오랜만에 찾아가는 길이라서 그런지 전보다 더욱더 처갓집이 아득하게 느껴지는 것이었다. 쌀을 도구로 사용해서 수상쩍은 병증을 매우 기이한 방식으로 치료하고 있다는 고집불통 두 실향민 노인을 만나 무슨 말로 어떻게 위로해야 좋을지 도무지 대책이 안 서는 상태였다. 벽을 사이에 두고 대화를 나누듯 노인들을 상대로 피차 소통 불가능한 이야기를 일방적으로 건네며 한두 시간 템이나 처갓집에 머물러 있다 올 일을 생각하니 출발도 하기 전에 미리감치 떡심부터 쫙 풀리는 기분이었다.

그때의 그 쌀이 지금껏 온전한 상태로 보존돼 있을까.

두고두고 그 점이 궁금했다. 아내가 미리 챙겨놓은 위문품 가방과 함께 택시에 실려 처갓집을 향하는 동안에도 내 머릿속에서는 쌀의 보관 방법에 대한 의문이 줄곧 떠나지 않았다.

"알 게 뭐야. 방부제를 쓰든지 방충, 방습제를 쓰든지, 하여간에 두 분이 어련히 다 알아서 조치를 취하셨겠지, 뭐."

궁금증이 시키는 대로 집을 나서기 직전에 아내를 붙들고 넌지시 물었을 때 나한테 돌아온 대꾸는 무척이나 쌀쌀맞은 것이었다.

"자그마치 10년 세월이 흘렀어. 설마 10년씩이나 케케묵은 상한 쌀을 가지고 치료에 임하시진 않겠지. 햅쌀이나 다름없는 신선한 쌀이라야 치료 효과도 높을 텐데, 어지간한 지극정성 아니고는 10년간이나 원상에 가깝도록 보존한다는 건 거의 불가능한 일이잖아. 뭔가 틀림없이 그분들 나름대로 비방이 있을 거야."

"나한테 자꾸만 그러기야, 자기? 자기가 엉뚱한 방향으로 호사가 취미를 즐기려는 심리 이면에는 아직두 자기한테 우리 엄마 아빠를 모욕하려는 저의가 다분히 숨어 있다는 증거라구!"

"어이구, 이거 실례 많았습니다, 프로이트 부인."

친정에 다녀온 이후로는 매사에 늘 그런 식이었다. 아내는 다시 한번 면도날 같은 과민 반응을 드러낸 다음 뱃구레가 제법 빵빵한 위문품 가방을 들어 내 가슴을 툭 밀침으로써 내 악취미에 대한 앙갚음을 대신했다. 가방 안에는 두유 한 상자와 북한산 뱀술, 그리고 역시 북한산인 맥주서껀이 들어 있었다. 벌써 며칠째나 제대로 갖추어진 식사를 중단한 채 겨우겨우 두유로 끼니를 삼으며 연명하는 상태인지라 아내는 병석의 친정어머니에게 보낼 위문품을 고르는 데 따로 고심할 필요가 없었다. 소름이 끼치리만큼 이북 쌀에 집착하는 두 노인의 향수병 치료를 보조해줄 또 다른 약제로 북한산 수입품들을 처방한 사람은 그 집안 딸이 아니라 바로 사위였다. 나는 백화점 북한 코너에 진열된 제품이면 값이야 고하간에 무조건 종류별로 한 가지씩 구입하라고 일렀는데, 다른 물건은 구할 수 없었노라면서 아내는 결국 술이라곤 한 모금도 입에 못 대는 독실한 기독교 신자들을 위한 선물로 술 종류만 두 가지나 사 왔던 것이다.

성북동 언덕빼기에 자리 잡은 처갓집에 당도하자마자 나는 대뜸 당혹감부터 느껴야 했다. 내가 예상했던 것과는 집 안 분위기가 영 딴판이었다. 심각한 우환이 드리우는 음울한 그림자 따위는 집 안 어느 구석에서도 전혀 찾아볼 수 없었다. 장인은 실로 오랜만에 처갓집을 방문한 사위를 활짝 웃는 낯꽃으로 따뜻이 맞아주었다. 여느 때나 조금도 다를 바 없는 태평스러운 표정이요 어조였다. 때마침 따로나서 살고 있는 큰처남 부부가 본가에 와 있었다. 그들 역시 때마침 볼일이 있어 근처까지 발걸음을 했던 김에 잠깐 들렀을 뿐이라는 투로 매우 심상한 태도를 취하고 있었다. 오히려 백년지객인 사위 혼자만 긴장하고 당황해서 괜스레 이 눈치 보고 저 눈치 살피기에 급급해 있는 판국이었다.

"그동안 자주 찾아뵙지 못해서 정말 죄만스럽습니다."

나는 우선 사죄의 말부터 앞장세우면서 장모가 자리보전하고 누워 있는 안방으로 발을 들여놓았다. 장모는 앉은 자세로 사위를 맞기 위해 이부자리에서 몸을 일으키려는 무리한 동작을 시도했다.

"아닙니다. 그냥 누워 계십쇼."

장모가 움직이지 못하게끔 나는 재빨리 손을 썼다. 그런 다음 머리를 써서 두어 걸음 사이를 두고 장모로부터 적당히 떨어져 앉음으로써 전해 들은 이야기의 진상을 파악하기에 유리한 염탐꾼의 위치를 확보했다.

"모처럼 찾아온 최 서방을 누운 채로 맞아서 어쩌지?"

"괜찮습니다. 좀 어떠십니까?"

아내한테서 얻어들은 이야기와는 전혀 딴판으로 장모의 모습 어디에서도 별다른 이상 징후를 발견할 수 없었다. 지난날에 비해 눈에 띄게 수척해진 점만 뺀다면 목숨이 경각에 달린 중환의 조짐 따위는 거의 느낄 수 없으리만큼 장모의 용태는 겉보기에 비교적 양호한 편이었다.

"몰라보게 좋아졌지. 최 서방 덕택에 이젠 거의 다 완쾌된 셈이네."

"덕택은 무슨…… 당치도 않으신 말씀입니다."

"아니네. 전능하신 하나님 아버지께서 최 서방을 일찌감치 도구로 사용하셔서 우리 집안에 귀한 선물을 보내주심으로 말미암아 오늘날 내가 이만치라도 건강을 유지할 수가 있게 됐다네.”

사위에 대한 치사가 아니라 그것은 자신이 신봉하는 신을 상대로 한 일종의 신앙고백이었다. 장모는 매우 진지한 어조로 말하면서 목 부위까지 덮여 있던 이불자락을 아래로 밀쳤다. 바로 그 순간, 10년 전에 불신자 사위를 통해 믿음이 독실한 기독교 집안에 전달된 하나님의 선물이 얼핏 모습을 드러냈다. 헝겊 주머니에 담긴 채 장모의 배꼽노리 위에 되똑 얹혀 있는 이북 쌀의 존재를 확인하는 순간, 어린 시절의 기억 한 토막이 퍼뜩 내 뇌리를 스쳤다. 오래전에 돌아가신 할머니 살아생전의 일이었다. 아하, 역시 그랬었구나, 바로 그것이었구나, 하고 나는 속으로 연방 감탄해마지않았다. 쌀로 병을 치료한다는 말을 맨 처음 아내한테서 전해 들은 이후 내가 줄곧 품어온 막연한 추측이 마침내 사실로 밝혀지는 참이었다.

“이런 치료법이 정말 효험이 있습니까?”

나는 장모의 얼굴과 배꼽노리의 쌀 주머니를 번갈아 내려다보며 진지한 어조로 질문했다.

“있다마다!”

병자답지 않게 생기를 담은 또랑또랑한 눈초리로 장모가 나를 빤히 올려다보았다. 괘꽝스럽게도 별의별 엉뚱한 질문을 다 한다는 투였다.

“내 병은 의학 박사보다도 내가 더 잘 알지. 현대 의학으로도 고칠 수 없는 병이라네. 최 서방 눈에는 다소 이상하게 뵐지 모르지만, 이보다 더 좋은 치료법은 없다네. 전에도 똑같은 병을 똑같은 방법으로 치료해서 신기할 정도로 효험을 본 적이 두 차례나 있었거든."

그처럼 탁효가 있다고 부득부득 우기는 데야 나로서는 달리 더 할 말이 없었다. 나는 슬금슬금 물러날 채비를 하면서 기회를 엿보았다.

"똑같은 방법으로 두 차례나 효험을 보셨다니 정말 다행이군요. 이번에도 역시 꼭 효험을 보시기 바랍니다."

"고맙네. 최 서방 정성을 봐서라도 반다시 효험이 있을 것이네."

물론 두 경우 사이에 약간의 차이점은 있었다. 예를 들자면, 과거 속의 우리 할머니는 주문을 외운 반면 현재 속의 장모는 기도를 드리는 그런 차이였다. 그리고 또 한 가지, 쌀을 싸는 방식 또한 달랐다. 할머니는 쌀이 소복이 담긴 사기대접을 하얀 광목천으로 덮고는 대접 밑바닥을 끈으로 질끈 동여 사용했던데 반해 장모는 대접의 도움 없이 쌀을 그냥 보자기로 싸서 주머니처럼 만들어 사용했다. 하지만 그 정도 사소한 차이점만 빼고는 양쪽 방법이 거지반 똑같다고 생각했다.

의원도 없고 약방도 없는 두메산골에서는 무당이 의사 행세를 했다. 무당을 불러들여 푸닥거리를 할 만한 형편도 못 되는 우리 집안에서는 할머니가 의사와 무당 노릇을 한목에 겸했다. 어려서부터 유난히 잔병치레가 잦았던 내가 할머니의 단골 환자였다.

쌀로써 갖가지 병을 다스리는 그 행위를 가리켜 할머니는 으레 '잠밥을 먹인다'고 표현하곤 했다. 잠밥이 정확히 무엇을 뜻하는 말인지는 국어 선생인 나에게도 오랜 세월이 지나도록 여전히 수수께끼로 남아 있었다. 풀어먹여서 병마를 잠재우는 밥이라는 뜻 같기도 하고, 또 민간의 처방을 뜻하는 잡방雜方이 변해서 된 말인 듯싶기도 하지만, 그에 관해 도움을 줄 수 있는 할머니나 어머니가 이미 오래전에 세상을 떠났기 때문에 더 이상 확인할 길이 막막한 처지였다.

아무튼지 간에 귀애하는 손자가 병에 걸렸다 하면 할머니는 부랴사랴 쌀 대접과 광목천부터 챙겨 잠밥 먹일 준비를 시작하곤 했다. 할머니는 아무 병에나 잠밥을 먹여댔다. 신열이 들끓어 온몸이 불덩이처럼 달아오르고 골치가 지끈지끈 팰 때도 잠밥을 먹였다. 배탈이 심해서 속이 온통 뒤틀리고 물찌똥을 찍찍 내깔길 때도 잠밥을 먹였다. 심지어 학교 가기 싫어 꾀병을 앓을 때도 할머니는 어김없이 잠밥을 먹여대곤 했다.

할머니는 손자의 병이 속히 낫기를 바라는 간절한 마음을 목소리에 담아 끊임없이 조상 대감님들을 불러대면서, 새텃말 사는 최씨 문중 우리 재식이란 놈 괴롭히는 몹쓸 병이 씻은 듯이 나아서 부디 무병장수하게끔 도와주십사고 지성으로 빌고 또 빌었다. 그러면서 쌀 대접이 담긴 광목 주머니를 거꾸로 잡고는 아픈 부위를 톡톡톡 가볍게 두드려대거나 살살살 문질러대는 것이었다. 잠밥 먹이기 절차가 오랫동안 계속되는 사이에 내 마음속에는 어느덧 나른한 평안이 깃들이곤 했다. 들끓던 신열도 가뭇없이 물러가고 기승을 부리던 배탈도 슬그머니 잠들었다.

심지어 꾀병마저도 어느새 자취를 감춰버리는 바람에 할머니가 내 엉덩짝을 찰싹 때리면서 완쾌를 선언할 때면 나는 어쩔 도리 없이 학교에 가기 위해 뒤늦게나마 책보를 메고 집을 나설 수밖에 없었다.

행사를 끝마칠 적마다 할머니는 반드시 광목천을 풀어 내 병이 완쾌했음을 알려주는 움직일 수 없는 증거를 내 눈앞에 제시하곤 했다. 행사를 시작하기 전에는 분명히 대접 운두 위로 소복이 솟아 있던 쌀의 높이가 행사 후에는 어느 틈에 운두 아래로 주춤 내려앉아 있는 것이었다. 쌀의 양이 눈에 띄게 줄어든 그 조화를 두고 할머니는 어느 대감님이 오셔서 잠밥을 맛나게 잡숫고 가신 탓이라고 매번 단정적으로 말하곤 했다.

하지만 할머니의 잠밥 먹이기는 어디까지나 옛날하고도 아주 먼 옛날, 의술의 도움을 전혀 기대할 수 없었던 두메산골 암흑천지에서 헐수할수없기 때문에 에멜무지로 벌여야만 했던 미신 행위 아니던가. 그것을 장모의 경우하고 똑같은 차원에서 비교한다는 건 당최 어불성설이었다. 오늘날 대명천지 과학 문명 사회에서 식자깨나 들었다는 분들이, 더군다나 독실한 기독교 신자로 소문난 분들이 전근대적인 미신 행위로 치병을 꾀하리라곤 상상조차 하지 못할 일이었다.

"뭘 이런 걸 다……"

실향민 노인을 위해 큰맘 먹고 준비해 온 위문품을 꺼내 보이자 장인은 약간 난처한 기색으로 어물어물 말했다. 겸양 삼아 괜히 한번 해보는 말치레가 결코 아니었다. 그럴 필요 전혀 없

410

는 일에다 공연한 지출을 했다는 핀잔 비슷한 가락이 장인의 말 가운데 언중유골로 드러나고 있었다.

결국 북한산 뱀술이나 맥주 가지고는 장인의 환심을 사는 데 실패하고 말았다. 주초酒草를 절대 금기시하는 기독교 신앙 때문만도 아닌 듯했다. 오래전 북한이 남한 수재민들에게 위문품을 보내왔을 당시, 같은 이북 물건인데 면포 쪽은 거들떠도 안 보면서 허둥지둥 쌀만 챙기던 그때의 그것하고 일맥상통하는 태도였다. 사위한테 선물로 받은 가짜 이북 쌀을 자그마치 10년 세월이 흐르도록 신줏단지 모시듯 알뜰살뜰히 보관해온 장인이었다. 그만한 정성이라면 비록 마시지는 못할망정 북한산 술들도 기념품 삼아 고이 간직할 법했다. 북한산 가방이나 라디오 같은 공산품이라면 혹시 또 모르겠다. 쌀과 마찬가지로 면포나 술 또한 북한 땅의 흙과 물을 먹고 마시며 자란 생명체로 만들어진 것들 아니던가. 이치가 엄연히 그러함에도 불구하고 장인은 끝내 그것들을 본체만체 외면함으로써 사위의 마음을 섭섭하게 만드는 것이었다.

하기야 근래 들어 간접 교역이든 직접 교역이든 간에 합법적인 경로를 통해 이 땅에 반입된 북한 물건이 어디 뱀술과 맥주뿐이던가. 그새 세상은 참으로 놀랍도록 많이도 변해 있었다. 맨 처음으로 말린 모시조갯살이 들어온 데 이어 석탄, 서적, 화폐, 감자, 가방 등등 각종 북한 물건이 잇따라 들어왔고, 그때마다 그런 소식들이 언론에 크게 소개되기도 했다. 그렇지만 장인 장모가 그런 것들에 남다른 관심을 표명한 흔적은 처갓집 어느 구석에서도 일절 찾아볼 수 없는 형편이었다.

"쌀을 이용해서 병을 치료하신 경험이 전에도 있으셨다면서요?"

어떤 방식으로든 한 번은 꼭 짚고 넘어가야 될 문제다 싶어 나는 살얼음판 위를 걷는 심정으로 조심조심 운을 떼었다.

"믿는 자들에겐 능치 못할 일이 아무것도 없는 법이지."

장인은 성경 구절을 빌려 얼른 긍정을 표시했다.

"장모님 말씀 듣고 저는 솔직히 말해서 약간 당황했습니다. 어떻게 그런 일이 가능할까 하고 말입니다."

"그게 어떤 쌀인지 몰라서 그러나? 그게 어디 보통 쌀인가?"

"예, 물론 이북 쌀이지요."

나는 하마터면 이북 쌀 앞에다 가짜라는 말을 무심코 덧붙일 뻔했다.

"이북 쌀이자 바로 우리 고향 재령 쌀이라네."

"장인어른께서 말씀하시는 그 고향 쌀하고 남한 땅에서 흔히 구할 수 있는 타향 쌀 사이엔 어떤 차이점이 있을까요?"

병석의 장모한테는 차마 들이댈 수 없었던 고약한 질문이 장인 면전에서는 수월하게 잘도 나왔다. 매제의 그런 태도가 아무래도 정도를 지나쳐 완연한 시비조로 비치는 모양이었다. 거실 소파에 함께 자리해 있던 큰처남이 자중할 것을 경고하는 옐로 카드를 눈에 담아 내 코앞에 불쑥 디밀었다. 그것은 결코 반칙이 아니기에 억울한 판정에 불복하겠다는 뜻을 나 또한 눈짓으로 처남에게 전달했다.

"최 서방 같은 젊은 세대가 쌀이 갖고 있는 중차대한 의미를 과소평가하는 건 어쩌면 당연한 노릇인지도 모르지. 그 심정 충분히 이해하네. 허지만 말이네, 우리네 실향민들이 분단 이후 최초로 수중에 들어온 이북 쌀을 두고 느끼는 그 복잡다단한 심회를 최 서방 쪽에서는 아마 도무지 이해할 수 없을 것이네. 암, 이해할 수 없고말고."

내가 또 말대꾸하려는 순간 처남이 재차 옐로카드를 꺼내 들었다.

"그건 그냥 단순한 쌀이 아니야. 고향의 흙과 고향의 물과 고향의 햇볕이 합작해서 빚어낸 최고의 걸작품이고 위대한 창조물이지. 고향 땅의 모든 정기가 한데 어우러져서 결정체를 이룬 것이 바로 고향 쌀이란 것이지."

"북한산 목화나 호프 맥이나 까치살모사도 쌀이랑 마찬가지 아닐까요?"

똑같은 북한의 자연이 만들어낸 걸작품인데 여타의 것들은 치지도외한 채 유독 쌀만 편애하는 그 이유가 무엇인지 나는 꼭 알고 싶었다.

"그따위 너절한 것들을 감히 쌀하고 동격으로 비교하다니!"

마치 내 말이 당신의 인격에 가해진 심각한 모독이라도 되는 양 장인은 몹시 분개한 기색으로 갑자기 언성을 높였다.

"고향 쌀은 고향에서 생산된 단순한 의미의 곡물이 아니야. 고향 쌀은 바로 고향 그 자체야. 우리네 한국인들 심성 속에 깊이 뿌리내리고 있는 쌀에 대한 관념은 거의 종교에 가까울 정도로 신성시의 대상이 되지. 왜냐하면 땅과 쌀과 사람은 제각각 별개의 것이 아니라 서로서로 순환 관계를 이루고 있는 동일체이기 때문이지. 어제의 땅은 오늘의 쌀이 되고, 오늘의 쌀은 오늘의 사람과 한몸을 이루고, 오늘의 사람은 다시 내일의 땅이되는 법이야. 땅이 곧 쌀이고, 쌀은 곧 사람이고, 사람은 곧 땅인 그 오묘한 이치를 최 서방 같은 젊은 세대가 알 턱이 없지. 암, 알 턱이 없고말고."

마치 지진아 제자를 위해 독선생 노릇을 자임하듯 장인은 원로 교육자로서의 실력을 유감없이 발휘해서 사위의 어리석음을 깨우칠 요량으로 한바탕 열변을 토했다. 장인은 다름 아닌 신토불이에 관해서 설명하고 있었다.

"장인어른 말씀을 저도 대충은 알아들은 것 같습니다."

나는 결국 장인 앞에서 두 손을 번쩍 들고 말았다. 결단코 장인의 논리에 승복해서가 아니었다. 논리 이전의, 논리를 뛰어넘는, 쌀에 대한 장인의 그 동물적인 집착심을 나로서는 도저히거스를 수가 없었기 때문이다. 어른에 대한 대접 삼아 꼼짝없이 승복하는 시늉이라도 하는 수밖에 달리 도리가 없는 기묘한 분위기였다.

"자네 장모 병세에 대해서는 어느 누구보다도 내가 속속들이 잘 아네. 현대 의학으로는 당최 고칠 수 없는 난치병이지."

방금 전에 장모가 불렀던 노래를 장인이 곱다시 되읊고 있었다.

"고향 사모하는 마음이 고황에 들어서 생긴 병이니까 고향 땅을 직접 밟아보기 전에는 달리 고칠 방도가 없어. 휴전선 너머 고향을 직접 찾아가는 건 현실적으로 불가능한 일이니까 별수 없이 비상수단이라도 동원할 수밖에. 고향 쌀의 위력을 빌려서 북쪽 저 멀리 떨어져 있는 고향을 이쪽으로 가까이 끌어당기는 그 방법밖에 없어. 자네 처가에서 지금 벌어지고 있는 이 일이 다소 마음에 안 들더라도 너그럽게 이해하려고 노력하는 것이 사위 된 사람으로서 마땅한 도리라고 생각하네."

"이해는 저도 충분히 하고 있습니다. 잠밥을 먹여서 병을 치료하는 걸 어렸을 적에 저도 직접 체험했거든요."

내 말이 장인과 나 사이에 깊이 팬 감정의 골을 웬만큼 메워주기를 기대하면서 나는 다분히 아첨기가 섞인 발언을 했다.

"잠밥을 먹이다니?"

장인의 눈이 휘둥그레졌다.

"예, 옛날에 저희 고향 동네에선 쌀을 이용해서 병을 다스리는 행위를 잠밥을 먹인다고 표현했습니다."

"허어, 그래? 최 서방 고향에서도 쌀로 치병을 했다, 이런 말인가?"

장인이 갑자기 내 이야기에 지대한 관심을 보이기 시작했다. 동석한 큰처남 역시 눈빛을 싹 달리하면서 좀더 자세히 이야기해줄 것을 나에게 당부했다. 그 사품에 공연히 신바람이 나서 나는 제꺽 어린 시절로 되돌아가 할머니 이야기에 고부라지기 시작했다. 나는 손자를 유난히도 귀애하는 한 시골 노파가 한 목에 의사와 무당 두 역할을 겸하면서 입으로는 지성으로 주문을 외우고 손으로는 일삼아 조상대감님들한테 잠밥을 먹임으로써 손자의 병을 말끔히 고쳐놓곤 하던 치료 과정을 소상히 소개했다.

"어머님께서 이 말씀을 꼭 전하라고 하셔서요……"

할 이야기가 아직도 무진장 남아 있는 참인데 갑자기 처남댁이 안방에서 나오면서 내 흥을 바싹 깨뜨려놓았다.

"지겸이 아빠가 방금 얘기한 그것은 미신이래요. 그리고 어머님이 지금 하고 계시는 건 미신이 아니라 정통 기독교 신앙 행위래요. 결국 두 가지는 똑같은 게 아니라는 어머님 말씀이세요."

시어머니의 뜻을 처남댁이 조심스레 대변했다. 장모의 전갈을 듣는 순간 나는 어안이 벙벙해졌다. 옛날의 그 미신 행위와 지금의 이 정통 신앙 행위가 도대체 뭣이 다르단 말인가.

"자네 장모 말이 맞아. 내 말이 바로 그 말이네."

장인이 얼른 맞장구를 쳤다.

"그거하고 이거하고 수단이나 방법은 서로 엇비슷할지 몰라도 목적은 전혀 딴판이지. 쌀을 제물로 바치면서 조상신한테 도움을 청하는 행위는 미신이 분명하네."

장인은 오히려 거꾸로 말하고 있는 느낌이었다. 내가 생각하기로는, 수단은 약간 다를지 몰라도 치병의 목적은 그거나 이거나 매일반인 것 같았다.

"우리는 쌀을 제물로 생각하지 않아. 최 서방을 통해서 40여 년 만에 다시 만져보는 고향 쌀은 말하자면 우리 집안에 은총으로 내려주신 하나님 아버지 선물인 셈이지. 성령 하나님께서 고향 쌀을 눈에 보이는 확실한 통로로 삼아서 어제나 오늘이나 한결같이 우리 집안에 임재하심을 우리는 굳게 믿고 있지. 그래서 그 통로를 적극적으로 활용하면서 우리는 지금 전능하신 하나님하고 열심을 다해서 교통하고 있는 중이라네."

장인 장모의 관계는 그야말로 천생연분에 보리개떡인 셈이었다. 더 이상 할 말이 없어 나는 그만 입을 다물고 말았다. 앞으로도 영원히 벙어리 상태로 지낼 것처럼 나는 입을 굳게 함봉한 채 언제까지고 잠자코 앉아만 있을 작정이었다.

내가 듣기에는, 이 말이 결국 그 말이었다. 장인의 친절한 설명에도 불구하고 나는 미신과 정통 신앙 사이에 유감스럽게도 아무런 차등을 발견할 수 없었다. 이미 오래전에 저세상 사람이 된 할머니와 아직도 살아 숨 쉬면서 안방에 누워 있는 장모 사이의 우열 관계도 도통 느낄 수 없었다. 다만, 독실한 기독교 집안 출신으로서 갖는 자부심이 그런 식으로 미신과의 차별성을 강조하게끔 부추긴 결과라고 생각했다. 내 눈에는 장인 장모의 태도야말로 재래식 미신과 기독교 신앙 사이에 적당히 양다리를 걸친 채 두길마보기를 꾀하는 모습으로 비치는 것이었다. 기독교 전래 이후 이 땅에서 내내 반목하고 적대하던 두 세력이 우리 처갓집에서 만나 서로 의좋게 화해의 악수를 나누고 있는 꼴이었다. 쌀을 쌀 아닌 다른 무엇으로, 이를테면 마땅히 인간의 입으로 들어가야 할 곡물의 의미를 임의로 수정해서 식용 이외의 다른 목적에다 사용한다는 점에서 할머니와 장인 장모는 결국 한통속이었다. 인간이 생명을 유지하는 데 필요한 영양분을 공급하는 그 단순 기능 이상의 어떤 놀라운 신통력이 쌀을 통해 나타난다고 믿는 점에서, 평생 기독교가 뭔지 모르고 살았던 할머니와 기독교의 공기가 아니면 숨조차 제대로 못 쉬는 줄 아는 장인 장모는 사실상 한 치도 다를 게 없었다.

"내일도 아침 일찍 출근해야지?"

어른의 말에 속으로 앙앙불락하는 내 기분을 알아차린 큰처남이 눈치껏 부조해서 나에게 퇴로를 열어주었다. 연방 엉덩이를 뭉그적거리며 하직 인사를 고할 기회만 노리는 참인데, 바로 그때 장인의 입에서 한숨 소리가 기다랗게 흘러나왔다.

"그나저나 하루속히 통일의 날이 와야 할 텐데……"

아, 하고 나는 속으로 탄성을 발했다. 통일의 날이 빨리 와야 한단다. 우와, 방금 우리 장인어른께서 다른 것도 아닌 통일에 관해 언급하셨다. 해가 서쪽에서 뜰 일까지는 아니지만, 그래도 장인의 입에서 흘러나온 통일이란 말이 왠지 예사롭지 않게 들렸다.

"이만 물러가겠습니다."

장인의 통일관에 대해서라면 나도 엔간히 할 말이 많은 사람이었다. 하지만 말해봤자 무슨 소용인가. 내 주장이 계란이라면 장인의 주장은 바위였다. 나는 통일 문제로 장인하고 두 번 다시 다투고 싶지 않았다.

"안녕히 계십시오, 아버님."

내 인사에 장인은 아무런 반응도 드러내지 않았다. 장인은 그저 소파에 깊숙이 들어앉아 벽면만 뚫어져라 응시하고 있었다. 아침저녁 두 차례 세숫물만으로는 다 씻어내지 못할 땟국 같은 외로움이 노안 위에 켜켜이 들러붙어 더께를 이루고 있었다. 천공기를 닮은 장인의 시선에 의해 바야흐로 구멍이 뚫리고 있을 벽면 그 너머는 서울의 북방이었다. 북한산을 지나 한참을 더 올라가면 휴전선에 닿을 것이었다. 빛의 속도와 길동무해서 달리는 시선의 발걸음에 얼마나 더 가혹하게 채찍질을 가해야 장인은 고향인 재령 땅에 다다를 수 있게 될 것인가.

"어디 가서 술이나 한잔합시다."

매제를 배웅하러 대문 밖까지 따라 나온 큰처남에게 말했다. 처가 권속들 가운데 내가 제일 만만히 상대하는 인물이었다.

"큰일 날 소리! 장로 아버님 그 성격 잘 알면서 그래?"

큰처남은 펄쩍 뛰었다. 드넓은 정원이 나무들로 무성하게 잘 꾸며진 어느 부잣집 담을 넘어온 라일락 향기가 비좁은 고샅길을 빽빽이 메우고 있었다. 사방에 봄기운이 완연한 계절이지만 성북동 언덕빼기의 밤공기는 아직도 차갑게만 느껴졌다.

"처남 남매지간에 술 한잔도 맘놓고 못 마실 형편인 줄 미리 알았더라면 애시당초 김경미를 마누라로 점찍지도 않았을 겁니다."

"천하가 다 아는 공처가 주제에 계속 처갓집을 물고 늘어진다면 당장 김경미 여사한테 고자질할 테야."

꽃향기가 코를 찌르는 어둠길을 나란히 걸으면서 큰처남이 내 어깨를 가볍게 밀쳤다. 꽁생원 큰처남을 타락시켜 사탄의 세력으로 끌어들이려는 음모를 일찌거니 단념하면서 나는 서둘러 화제를 바꾸었다.

"우리끼리니까 솔직하게 털어놓읍시다. 위암입니까?"

"무슨 뚱딴지같은 소리야?"

"경미한테 들은 얘기로는 아무래도 장모님 증세가 심상치 않은 것 같던데요. 문제는 노인들이 아니고 바로 형님입니다. 노인들이 중세기적 사고방식을 고집하는데도 형님은 맹종만을 능사로 알면서 언제까지고 그저 수수방관만 하고 계실 작정입니까?"

"최 서방은 쉬운 말을 늘 그런 식으로 어렵게 하는 고질 버릇이 있더라. 그건 그렇고, 원래 내 누이동생 전공은 의학이 아니고 국어교육학이잖아? 언제부터 경미가 의학 쪽에 관심을 갖기 시작했는지 몰라도 그 돌팔이 의사가 내린 진단은 싹 무시해버리라구."

큰처남은 마치 좋은 세월이라도 만난 듯이 밝은 목소리로 크게 웃었다.

"지난번 편찮으셨을 때 내과 전문의로 있는 친구한테 왕진을 부탁한 적이 있었지. 그때 그 친구가 집에까지 찾아와서 어머님을 샅샅이 진찰해보고 내린 최종 결론은, 암종이 아닌 것 같다는 거야."

"전문의 소견으로 아니면 아닌 것이고 기면 긴 것이지, 아닌 것 같다는 애매모호한 진단은 또 뭡니까?"

"첨단 의료 장비로 몸속을 샅샅이 뒤지고 사진 찍는 각종 검사 없이 순전히 가방 하나 들고 왕진 나온 의사 머리로만 내린 진단이니까 그 친구 입장에선 그렇게 말할 수밖에 없었겠지. 아무튼 암종은 아니라니까 크게 걱정할 필요는 없어. 노환에다 과도한 홈씩까지 겹쳐서 약간 심각하게 보일 뿐이지 실상은 위급한 상태가 아니라는 거야.”

“노인들이 밥 짓고 술 빚는 쌀을 갖고서 애들처럼 엉뚱한 장난을 벌이고 있는 줄 그 의사 친구도 알고 있습니까?”

“물론 알고 있지. 제 눈으로 직접 구경까지 했는걸. 그 친구 말로는, 좀 우스꽝스러워 뵈긴 하지만 그것도 그리 나쁜 방법은 아니라는 거야. 일종의 심리요법인데, 과도한 노스탤지어에서 비롯된 홈씩에는 사실 그 이상 효과적인 치료법도 없다는 거야.”

“그 친구분, 돌팔이가 틀림없군요. 만일 저한테 그럴 권한이 주어진다면 그 내과 전문의한테서 당장 의사 자격을 박탈해버리겠습니다.”

“말리지 않을 테니까 기회가 온다면 소신껏 그렇게 해보라구.”

큰처남은 미소를 머금은 채 천천히 도리머리를 해 보였다.

“그렇지만 아마 쉬운 일은 아닐걸. 명문 의대 출신에다 고명하신 의학 박사에다 아주 신망이 높은 원장님이라서 권위가 있으셔.”

“그런데 우리 장모님께서 이번에는 또 무슨 일로 충격을 받아서 그렇게 지독한 홈씩에 걸리셨답디까?”

장모의 수명을 야금야금 갉아먹는 그 몹쓸 회향병懷鄕病의 내력을 돌이켜보면 언제나 한반도의 정치 정세와 맥을 같이해왔다.

"언제는 뭐 어머님이, 얘들아, 나 이번에 무슨 일로 한바탕 또 홈씩 좀 해야 되겠다, 하고 성명서를 발표한 후에 아프셨었나?"

군사분계선으로 남북이 철통같이 막혀 있는 동안은 회향병이고 나발이고 앓을 여가조차 없었다. 그러다 남북회담 대표나 공동선언문 따위가 번차례로 서울과 평양을 오가면서 꽁꽁 얼어붙었던 남북 간에 죽은 사람 콧김만큼의 온기라도 느껴지기 시작하고 군사분계선에 바늘귀만 한 숨통이라도 트일라치면 으레 장모의 그 몹쓸 회향병이 도지곤 했다.

"과거의 예로 볼 때 어머님이 그냥 밑도 끝도 없이 괜히 아프실 리는 없을 테고, 그래도 뭔가 짐작이 갈 만한 계기 같은 건 있지 않을까요? 가령 최근에 나돌았던 전쟁 임박설이라든지……"

지난번에 장모가 한바탕 호되게 회향병을 앓게 된 직접적인 계기는 이산가족 찾기 운동이었다.

"그것 때문에 그러시는 건 아닐 거야."

이북에 공산 정권이 들어선 이후 종교 탄압이 갈수록 극심해지던 무렵, 신앙의 자유를 찾아 가문 전체가 일찌감치 월남했기 때문에 처가 쪽은 친인척 가운데 눈물로 찾지 않으면 안 될 가까운 겨레붙이가 전혀 없었다. 참으로 다행스러운 처지였다. 그럼에도 불구하고 장인 장모는 텔레비전에서 이산가족 찾기 방송이 진행되는 동안 직접 여의도로 달려가 번호판을 든 무수한 실향민 틈서리에 끼어 연일연야 밤샘까지 해가며 마치 당신들의 일이기나 한 듯이 같이 울고 같이 웃으며 감격에 겨운 며칠을 보냈다. 그때 장인 장모가 인파 속을 헤집고 다니며 극성스레 찾으려 했던 사람은 다름 아닌 재령 출신의 동향인이었다.

"아마 이인모 노인 때문일 거야."

아, 그 노인! 남쪽에서는 이인모, 북쪽에서는 리인모로 불리는, 그리고 또 남쪽에서는 미전향 장기 복역수, 북쪽에서는 불굴의 혁명 영웅으로 각각 달리 불리고 달리 평가받는 바로 그 인물!

"이렇다 저렇다 통 말씀이 없으시니까 혹시 내가 잘못 짚었는지도 몰라. 그렇지만 어머님이 시름시름 앓기 시작하신 것하고 이인모 노인이 평양으로 송환된 것하고 시기적으로 거의 일치하거든."

고샅길을 밝히는 보안등이 큰처남 얼굴에 짙은 음영을 드리웠다. 나는 불빛의 조화로 말미암아 실제보다 훨씬 더 과장되게 수심에 잠긴 표정으로 비치는 그를 한 발짝 앞지르면서 골목을 먼저 빠져나갔다.

"듣고 보니 제 생각에도 요번 회향병 원인은 그 사건이 틀림없을 것 같군요, 젠장맞을!"

장모로 하여금 회향병의 극치에 이르게 만든 사건은 뭐니 뭐니 해도 분단 이후 최초로 성사된 남북 고향 방문단 상호 교환일 것이다. 그 당시 처갓집 분위기는 정말 굉장했다. 남과 북으로 나뉘어 생사 여부조차 모른 채 떨어져 살던 피붙이, 살붙이들이 거의 반세기 만에 서울과 평양에서 만나 서로 얼싸안고 뒹

굴며 통곡을 터뜨리는 장면을 텔레비전 화면으로 지켜보면서
장인 장모는 이산가족들의 그 극적인 감정을 자기 자신의 감정
으로 곱다시 수용해버렸다. 노년에 이르도록 실향의 아픔 외에
는 분단 체제에 따른 특별한 고통이나 불편에서 멀찌막이 비켜
나 유족한 인생을 살아온 분들인지라 나는 장인 장모의 그처럼
요란한 반응을 좀처럼 이해할 수 없었다.

"그런데 말입니다, 이인모 노인이 평양으로 되돌아갔다 해서
왜 우리 장모님 마음도 덩달아 그 뒤를 쫓아서 북으로 달려가야
되는지, 형님은 그 이유를 알고 계십니까?"

이인모 노인에게는 엄연히 북에 남겨두고 온 처자가 있었다.
그리고 그에게는 사상 문제가 있었다. 우리 장모하고는 경우가
전혀 달랐다. 황해도 재령 땅에 남겨두고 온 혈육이 아무도 없
는 처지에서, 더구나 반공 의식에 짙게 물든 장모가 그 노인의
일로 침식을 전폐하다시피 격한 반응을 보이는 건 아무래도 감
정의 사치 아니면 낭비쯤으로 비칠 수밖에 없었다.

"글쎄, 안다고 대답하기도 좀 뭐하고, 그렇다고 또 모른다고
대답하자니 그것도 역시 좀 뭐하고……"

큰처남은 곤혹스러운 표정을 지었다. 부모 세대하고 행복하
게 공유할 만한 재령 시절의 추억거리를 다만 한 가지도 수중에
지니지 못한 사람이었다. 내 아내와 매한가지로 큰처남 역시 자
신의 고향은 서울이거니, 하고 생각하면서 여태껏 분단 시대를
살아온 어정쩡한 세대였다.

이런저런 이야기를 주고받으며 걷다 보니 어느 결에 처갓집

에서 멀찌막이 벗어나 있었다. 인적이 거의 끊긴 큰길가에는 꽃 향기 대신 온종일 차량 행렬이 토해놓은 매연의 찌꺼기만이 밤 늦은 시각까지 매캐하게 잔류하고 있었다. 나는 택시를 잡기 위해 인도의 가장자리로 다가서면서 큰처남에게 짐짓 짓궂은 눈초리를 던졌다.

"설마 통일에 대한 열망 때문이라고 대답하실 생각은 아니겠죠?"

"어머님 홈씩이?"

"왜 놀라십니까? 제가 정곡을 찔렀나요?"

"그건 말도 안 돼. 어머님 마음은 이인모 노인을 따라서 평양으로 간 게 아니야. 최 서방도 잘 알잖아."

"말이 안 되기 땜에 제가 이렇게 궁금해하는 거 아닙니까."

"드디어 또 시작이구만. 그러잖아도 조금 전에 집 안에서 그 시비가 왜 안 불거지는가 내심 의아하게 생각했었지."

"장인어른께서 아까 얼핏 한번 비치시던데, 형님은 통일에 관해서 당연히 언급하실 자격이 아버님한테 있다고 믿으십니까?"

큰처남이 냉큼 다가들면서 손바닥으로 내 입술을 덮쳤다. 그런 다음 내 귓전에 대고 소곤거렸다.

"나는 아니야. 나 자신이 최 서방 타깃이 되는 건 억울해. 아버님 대신 날 괴롭히는 건 온당치가 못하단 말이야. 통일 문제로 또다시 최 서방하고 다투고 싶은 생각은 추호도 없으니까 나한테 제발 시비 걸지 말라구. 그리고 아버님한테도 마찬가지야. 그만치 해댔으면 됐지 아직도 뭐가 부족해서 그래? 인제는 그만 아버님을 용서해버리라구."

때마침 운 좋게 빈 택시가 달려왔다.

"형님한테 밝히고 싶은 비밀 하나가 있습니다."

우선 택시부터 세우고 나서 나는 큰처남에게 천천히 말했다.

"사실은 말입니다, 그 이북 쌀, 가짭니다."

"뭐라구?"

"동료 교사들이 떼거리로 몰려와서 배급받은 진짜배기 이북 쌀을 몽땅 다 털어 갔거든요. 그래서 별수 없이 우리 쌀독에서 퍼 담은 이남 쌀을 가짜배기 이북 쌀로 둔갑시켜서 아버님께 갖다 바친 겁니다."

"경미도 그 사실을 알고 있나?"

"물론이지요. 경미 허락도 없이 그런 엄청난 일을 독단으로 저지를 만큼 제가 그렇게 강심장인 줄 아셨습니까? 가짜 이북 쌀 사건에서 경미는 저랑 공범 관계를 맺고 있습니다."

나는 택시 뒷좌석으로 몸뚱이를 욱여넣었다. 큰처남은 잠시 인도 위에 멍청하니 서 있었다. 택시가 막 출발하려는 순간 큰처남이 잽싸게 다가와 차 문을 벌컥 열면서 머리통을 안으로 쑥 들이밀었다.

"부탁이야. 방금 그 가짜 이북 쌀 말인데, 끝까지 우리 셋이서만 아는 비밀로 해줘. 내 말 알아들었지, 최 서방?"

"좀더 생각해보고요."

큰처남과 나 사이에 오가는 이야기의 마지막 부분을 엿들은 늙수그레한 개인택시 운전사가 백미러 속에서 의심에 찬 눈초리로 뒷좌석의 나를 연방 흘끔거리고 있었다. 얼떨결에 붙잡은 그 호랑이 꼬리 같은 이야기를 어떻게 처리해야 좋을지 잠시 난 감해하는 기색이었다.

집을 향해 달리는 택시 안에서 나는 장탄식과 함께 통일이란 말을 입에 올리던 장인을 생각했다. 쇠딱지처럼 덕지덕지 외로 움을 덮어쓴 채 북향 벽면만 하염없이 바라보던 장인의 노안을 눈앞에 떠올렸다. 장인한테 과연 통일을 말할 자격이 있는지 없 는지 내 나름대로 잠시 심사를 했다. 실향민이란 이유 하나만으 로도 장인에게는 통일을 말할 충분한 자격이 있다고 생각했다. 마찬가지로, 실향민이란 바로 그 이유 때문에 장인은 통일에 관 해서 함부로 언급해선 안 된다는 생각이 들기도 했다. 실향민의 한 사람으로 조국의 반쪽인 이남 땅에 넘어와 수십 년간 영위해 온 장인의 생애가 과연 분단 조국의 통일에 이바지하는 것이었 던가, 아니면 통일의 기운을 꺾으며 오히려 분단 현상의 고착화 에 이바지하는 것이었던가, 하는 문제를 한번쯤 반드시 짚고 넘 어갈 필요가 있었다.

"방금 그 말씀이 저한테는 절대로 통일을 해선 안 된다는 주 장으로 들리는 것 같은데요, 아버님?"

어느 해던가, 장인의 생신 잔치 때 나는 처가 권속들이 모두 모인 자리에서 장인하고 한바탕 심하게 논쟁을 벌인 적이 있었 다. 갈수록 뜨겁게 달아오르던 그 무렵의 대통령 선거전과 관련 한 장인의 견해가 다름 아닌 내 표적이 되었다.

"무슨 소린가?"

장인의 낯빛이 대번에 해뜩하게 바래졌다.

"여당 후보가 낙선되고 야당 후보가 당선되면 괜히 혼란만 온다, 이남이 혼란에 빠지면 좋아서 춤출 사람은 이북 김일성뿐이다, 그러니까 야당 후보를 당선시켜선 절대 안 되고 반드시 여당 후보를 당선시켜야 된다, 이런 말씀 아닙니까?"

"그게 뭐가 어쨌단 말인가?"

"논리적 모순이 들여다뵌다는 얘기지요."

"뭐라구?"

"죄송스런 말이지만, 민주정치 즉 혼란, 독재정치 즉 안정이란 그 상투적인 도식부터가 저는 도무지 맘에 안 듭니다. 그 도식을 홀렁 뒤집으면 결과적으로 이북 공산 독재에 효과적으로 대항하기 위해서는 우리 이남에서도 똑같은 독재 체제를 유지해야 된다, 이런 주장이 되겠는데, 그거야말로 전형적인 냉전 논리에 속하지요. 어린 소견일지는 몰라도 냉전 논리를 통해서 통일 문제에 접근한다는 건 말하자면 시베리아 동토같이 꽁꽁 얼어붙은 가슴으로 애인을 불같이 뜨겁게 사랑하겠다는 발상이나 다름없다고 생각합니다. 그런 사랑은 애시당초 불가능한 일이니까 결국 통일을 하지 말자는 이야기나 매일반이 되는 셈이지요."

"감히 이북 독재하고 이남 독재를 똑같은 차원에 놓고 비교하다니!"

마침내 장인의 입에서 노호가 터져 나왔다. 이제 막 강신의 순간을 맞은 노련한 무당의 손에 잡힌 신장대만큼이나 장인의 온몸이 무섭게 떨리기 시작했다. 고명딸의 결혼을 극구 반대할 당시에도 그 정도로 분개하지는 않았었다. 그토록 무시무시하게 화를 내는 장인의 모습을 과거에는 한 번도 본 적이 없었다.

"김일성 일인 독재에 대해서 자네가 뭘 안다고 따따부따하는가? 나는 이북에서 김일성 치하를 몸으로 직접 겪어본 경험자야!"

"그렇게 구상유취로 몰아붙이실 일은 아니라고 생각합니다!"

"자네, 그 말 한번 잘했네. 구상유취지. 암, 구상유취고말고! 공산 정권이 얼마나 백성들을 못살게 구는 지독한 독재 정권인지는 인민공화국에서 단 하루라도 살아본 적이 있는 사람이라면 골수에 사무칠 지경으로 확실히 깨닫게끔 정해져 있어! 과거에 인공 치하를 직접 경험한 세대는 감히 현재의 대한민국 정부하고 북한 정부를 같은 차원에다 놓고 비교하는 따위 망발은 절대로 범하지 않아!"

"물론 아버님 세대 경험은 저도 충분히 이해하고 존중합니다. 허지만 이북 공산당을 직접 경험한 사람만이 한반도 정세를 논하고 통일을 부르짖을 자격이 있는 건 아니잖습니까?"

"저 좀 봐요, 지겸이 아빠!"

주방용 가스가 누출되는 실내에서 함부로 라이터를 다루듯 내 아내의 목소리가 위태위태한 집 안 분위기를 꿰뚫으며 뾰쪽하게 솟아올랐다. 아내가 남들 이목을 의식하면서 그런 식으로 나한테 격식을 갖추어 말할 때는 뭔가 속으로 단단히 벼르는 게 있다는 뜻이었다. 그러나 다른 문제라면 혹시 또 모르겠다. 자그

마치 이것은 통일 문제가 아닌가. 최소한 그 문제만큼은 상대가 제아무리 장인어른이라 할지라도 대접 삼아 무조건 양보만 할 수는 없는 노릇이었다. 나는 남편으로서 체통을 다분히 계산에 넣으면서 제법 위엄을 갖추어 말했다.

"당신이 끼어들 일이 아니니까 잠자코 있어!"

"재식아, 나 너한테 할 말 있어!"

집안 어른들 이목이고 뭐고 아랑곳없이 아내는 호칭의 중간 단계들을 모조리 생략한 채 최후의 막말을 돌팔매처럼 던지고 나서 밖으로 횡허케 나가버렸다. 그 사품에 장인의 생신 잔치는 엉망진창으로 망가지고 말았다. 대경실색해서 부랴부랴 아내를 뒤쫓아 나가려는 나를 큰처남이 뒤에서 답삭 보듬었다. 큰처남은 나를 제쳐놓고 밖으로 나가더니만 우선 자기 누이동생부터 달래서 안으로 들여보낸 다음 매제를 불러냈다.

"뭡니까, 이게!"

나는 앰한 큰처남을 화풀이의 대상으로 삼아 언성을 높였다.

"정말 이래도 괜찮은 겁니까? 명색이 그래도 가장인데, 사내 대장부가 모처럼 한번 처갓집에 왔다가 마누라쟁이 홈그라운드에서 이런 봉변을 당했는데도 그냥 계속 참고 그 여자를 데리고 살아야 됩니까?"

"물론 경미가 저지른 잘못에 대해선 당연히 경미 몫으로 야단을 쳐줘야겠지. 그렇지만 최 서방한테도 문제가 있어. 최 서방 자신이 책임져야 될 몫 역시 만만치가 않단 말씀이야."

"제가 뭘 어쨌게요? 차마 못 할 짓거리라도 저질렀습니까?"

"자네도 한번 생각해보라구. 따지자면 실향민 노인들만큼 서럽고 억울한 인생을 사는 분들도 드물 거야. 북에다 고향을 두고 그 고향 그리워하는 심정으로 평생을 보내다시피 하는 장인 장모가 자네는 측은하지도 않나?"

"저는 뭐 피도 눈물도 없는 놈인 줄 아십니까? 효도 문제하고 대통령 선거나 통일 문제는 엄연히 종류가 다릅니다!"

"물론 다르지. 그렇지만 실향민 출신 장인이 통일 문제를 다소 주관적이고 감정적인 방식으로 다룬다 해서 이성을 가진 자네마저 꼭 그런 식으로 만좌중에 어른한테 면박을 줘야만 옳은가?"

"다소라니요? 다소가 다 뭡니까? 바로 말해서 주관의 결정체고 감정의 화신이지요. 장인어른이야말로 다소 정도가 아니라 순전히 편견이나 선입견으로 똘똘 뭉친 분입니다. 그런 분이야말로 분단 조국에서 통일을 원천적으로 가로막는 최악의 장애 세력이 분명합니다."

"나는 아니야. 나는 절대로 반통일 세력이 아니니까 나한테까지 그렇게 열낼 필요 없다구."

언제나 그렇듯이 워낙 성미가 유한 큰처남은 손사래까지 훼훼 곁들여가며 적당히 꽁무니를 빼려 했다.

"애들 문자로, 짱구 아버지 짱구, 짱구 아들 짱구 아닙니까?"

"실향민 아들이라 해서 통일관이나 정치적 견해마저 다들 실향민 아버지 것을 그대로 답습하란 법은 없어."

너무도 어처구니없는 꺼병이 취급이라고 항변하는 투였다.

큰처남은 쓴웃음을 짓고 있었다. 그러나 나는 기왕 내친걸음에 장인 면전에서 못다 쏟은 가슴속의 말들을 만만한 큰처남을 상대로 만판 퍼부어대고 싶어 거의 안달이 날 지경이었다.

"그렇다면 형님 통일관은 대관절 어떤 겁니까?"

"말하고 싶지 않아. 말하지 않겠어."

"아닙니다. 저는 듣고 싶습니다. 이 자리에서 꼭 들어야만 하겠습니다. 도대체 통일관이란 게 형님한테 있기나 한 겁니까?"

"좀 지나치다 생각되지 않나? 자네 혹시 내가 손윗사람이란 사실을 망각하고 이러는 건 아닌가?"

통일을 향한 장인의 열망 자체를 부정하고 싶지는 않았다. 어느 누구 못지않게 장인은 통일의 그날을 학수고대하고 있었다. 그러나 막상 어떻게 해야 통일을 앞당길 수 있는가, 하는 구체적인 방법론에 부닥뜨리면 갑자기 거대한 모순 덩어리로 돌변하는 것이었다. 이도 반대, 저도 반대, 그저 무작정 반대만을 일삼는 것이었다. 남북 간에 화해와 신뢰 분위기 조성을 위한 그어떤 노력도 말짱 다 무의미하다는 이야기였다. 도무지 믿을 수 없는 집단이며 적화 야욕에 사로잡혀 수단 방법을 가리지 않는 무장 세력인 저들을 상대로 신뢰는 뭐고 화해는 또 뭐냐는 이야기였다. 지금도 오로지 재침 기회만을 노리는 북괴를 상대로 협상을 통해서 뭔가를 이루려는 시도는 어리석기 짝이 없는 생각이라는 주장이었다. 뿐만 아니라 괴뢰 도당이 명명백백하기 때문에 북쪽 정권의 실체를 인정하려는 그 어떤 움직임도 일단 불순한 의도를 의심의 눈초리로 바라봐야 한다는 주장이었다.

장인의 주장에 귀를 기울이고 있노라면 마치 국민학교 반공 교과서 전편을 통독 중인 듯 별안간 숨통이 꽉 죄는 느낌이 들곤 했다.

그렇다면 우리는 통일을 위해서 무엇을 어떻게 해야 되는가. 힘으로 꽉 눌러 벌레처럼 직신직신 밟아버리는 방법 말고 달리 마땅한 방법이 애당초 있을 턱이 없다는 식이었다. 이승만 정권 시대의 북진 통일, 멸공 통일 논리에서 아직 반 발짝도 벗어나지 못한 셈이었다.

북한 정권에 대한 장인의 철두철미한 불신은 으레 남한 정권에 대한 무조건적인 지지로 나타나곤 했다. 민간 독재든 군사 독재든 간에 장인은 전혀 개의치 않았다. 아무런들 이북 공산당보다야 훨씬 양반이고 신사에 가깝다는 이유로 장인은 항상 친정부적이고 친체제적인 입장만을 고수했다. 정권의 불안정이나 약화는 곧 북괴만 이롭게 만들 뿐이라는 이유로 한가하게 정통성을 따지며 현 정부를 뒤흔들려는 모든 세력을 한목에 싸잡아 불순분자라는 비난을 서슴지 않았다. 민주 항쟁도 학원 사태도 마찬가지였다. 재야 운동도 노동쟁의도 깡그리 다 마찬가지였다. 심지어 합법적인 야당 활동마저도 장인의 입에만 걸렸다 하면 좌익 내지 빨갱이 동조 세력이 벌이는 파괴 공작쯤으로 매도 당하기가 일쑤였다.

여태껏 그런 사고방식으로만 일관해온 양반이 고향 쌀을 구실 삼아 느닷없이 통일을 들먹이고 나오다니⋯⋯

"모든 일이 다 잘 풀렸어."

나는 집 안에 발을 들여놓으면서 아내에게 간략하게 경과보고를 했다. 처갓집 나들이에서 밤늦게 돌아온 남편을 아내는 뚱한 표정으로 맞이했다. 그니는 진실과는 약간 거리가 있는 내보고 내용에 도통 관심을 보이지 않았다. 그새 친정으로 전화를 걸거나 아니면 큰오빠로부터 전화를 받아 저간의 사정을 대강 파악하고 있는 눈치였다. 방금 남편이 언급한 그 '모든 일'이 정확히 뭣뭣을 가리키는 건지, 그리고 잘 풀렸다는 말은 또 정확히 어떤 상태를 뜻하는 건지 그니는 더 이상 자세히 알려 하지 않았다.

"대한민국 헌법에는 신앙의 자유가 명시돼 있어."

아무렇게나 훌훌 벗어 던지는 내 옷가지를 주섬주섬 챙기면서 느닷없이 아내가 새퉁스러운 소리를 지껄였다. 기가 막혔다.

"누가 뭐래?"

"나, 요번 주일부터 다시 교회 나가기로 결심했어."

너무도 뜻밖의 통첩이라서 나는 아내의 갑작스러운 변심을 어떻게 받아들여야 좋을지 얼른 대책을 세우지 못했다.

"물론 그럴 리야 없을 테지만, 만에 일이라도 내가 교회 나가는 걸 자기가 가로막는다면 난 바로 그 순간부터 최재식이란 인간을 김경미 남편으로 인정하지 않을 거야."

내가 안방 한가운데 잠시 멍청하니 서 있는 사이에 아내는 야무지게 엄포를 놓고 나서 조용히 거실로 나가버렸다. 꼭 도깨비에 홀린 듯한 기분이었다. 부주의하게도 가짜 이북 쌀의 비밀을 큰처남에게 불쑥 털어놓은 것이 아무래도 마음에 걸려 나는 저기압 상태인 아내를 상대로 말조차 섣불리 붙일 수 없었다. 죽은 최씨 하나가 산 김씨 몇을 어쩐다더라, 하는 전래의 속설이 얼마나 허무맹랑한 소리인가를 나는 그 순간 따귀라도 얻어맞은 푼수로 얼얼하게 확인할 수 있었다.

쌀의 신통력

아무런 예고도 없이 시골 사촌 형이 우리 집으로 불쑥 찾아들었다. 모판을 만들기에 한창 정신없이 바쁠 농번기로 접어들었는데도 가뜩이나 일손 부족으로 허덕이는 농촌을 버려두고 이 골 난 농사꾼이 한유하게 한양 나들이에 나선 그 점이 너무나 뜻밖이라서 사촌 형을 보는 순간 괜스레 가슴이 철렁 내려앉는 기분이었다.

"형님께서 갑자기 서울엔 웬일로……"

"서울이 거 뭣이냐, 내가 와서는 안 되는 땅인가? 사춘 동상 만날라고 온 게 아니라 새텃말 부락 대표 자격으로 고향 사람조깨 만나볼라고 요러코롬 허우단심 찾아오는 질이네."

시작 단계부터 사촌 형은 자못 거창하게 나왔다. 개인 용무가 아니라 어디까지나 공적인 임무를 띠고 출장 나온 귀하신 몸임을 사촌 형은 연거푸 강조했다. 고향 떠나 서울에서 터 잡고 살아가는 출향 인사들을 차례로 방문하고 다니는 중이라 했다.

"최재식 선생은 내가 시번째로 만나보는 우리 고향 사람이

여."

　고향 마을이 배출한 유력 인사들 틈에 내가 끼어 있다는 사실도 나로서는 의외였지만, 그 가운데서도 내 서열이 자그마치 세 번째에 해당한다는 사실은 더더욱 의외였다. 우리 고향 마을의 수준이 어느 정도 한심한 것인지를 잘 말해주는 단적인 예였다.

　"마을에 무슨 중대한 문제라도 생겼습니까?"

　"생겼다마다. 문제도 이만저만 중대헌 문제가 아니지."

　거실 소파에 좌정하자마자 사촌 형은 딥다 신토불이부터 들먹이고 나왔다. 그는 바로 코앞의 문제에 접근하기 위해 한 마장 거리는 족히 에둘러 가는 장황한 화법을 구사하고 있었다. 사촌 형이 들려주는 이야기를 대강 간추리자면, 다른 선진 새마을과 마찬가지로 우리 고향 새텃말에서도 금년도부터 무공해 청결미를 생산하기로 결정을 보았다는 요지였다. 우루과이 라운드의 거센 파고를 지혜롭게 헤쳐나가기 위해서는 농약 안 치고 금비金肥 안 쓰는 유기농법으로 대항하는 길밖에 없다는 쪽으로 마을 주민들의 의견이 모아졌다는 것이다.

　"우리네 한국 농투산이들이 저 코쟁이 놈들을 땅뗑이 넓은 것으로 이겨먹겄는가, 땅심 걸쩐 것으로 이겨먹겄는가? 만약에 저 놈들허고 똑같은 무기로 대항헐라 허다가는 우리는 말짱 다 백전백패여, 백전백패!"

　"지당하신 말씀이십니다."

　"그런디 우리한티도 방도가 아주 없는 건 아니네. 불행 중 다행으로 저놈들한티는 없는 구식 무기를 우리는 아직도 갖고 있단 말이시."

"물론 그러시겠지요."

"최신식 기계 농사만 지어 먹을 줄 아는 저놈들을 상대로 쌈질을 혀서 우리가 이길 수 있고 살어남을 수 있는 방도는 두엄이나 풋거름 듬뿍 쓰고 손으로 메띠기 잡어가며 무공해 청결미를 생산허는 바로 그 옛날식 농법뿐이란 말이시!"

"그러려면 여러모로 어려운 문제점이 많이 따를 텐데요. 글쎄요, 그게 계획대로 잘 진행될 수 있을지 모르겠군요."

"유기농법으로 농사를 통일허기로 부락민들 전체가 합의를 본다는 게 애시당초 떡 먹딧기 쉬운 노릇은 아니었지. 허지만 우리 최씨 문중에서 한목에 와짝 들고일어나서는, 무공해 청결미를 생산허자, 유기농법으로 코쟁이 놈들을 납작코로 맨들자, 요로코롬 주장허는 판에 쌍지팽이 짚고 나서서 반대헐 타성바지가 새텃말에 누가 있겠는가!"

오늘날까지도 거의 집성촌이나 다름없을 정도로 최씨 문중이 인구 분포에서 압도적 다수를 차지하는 마을이니까 전 주민의 합의를 도출하는 데 큰 어려움은 없었으리라.

"제 말은 그게 아니라요, 판로 문제가 걱정된다는 뜻이지요. 농약이나 화학비료를 안 쓸 경우 온갖 병충해하고 사이좋게 뭇갈림을 하는 꼴이 되기 십상일 텐데, 그러자면 자연히 생산비는 많이 들고 소출은 떨어져서 일반미에 비해 가격 경쟁에서 불리해지지 않을까요?"

나는 농사에 관해 제법 알은체를 했다. 그러자 아버지 비슷한 연배의 사촌 형은 자신만만한 표정으로 큰소리쳤다.

"바로 그 문제를 해결허겄다고 내가 시방 요러코롬 부락민들을 대표혀서 불원천리허고 한양으로 올라와설랑은 고향 인물들을 차례차례로 한 명씩 만나보고 있잖은가."

일종의 계약재배 형식이었다. 쌍방 간에 직접 구매 계약을 맺어 미리감치 판로만 확보해놓으면 농민들은 겨우 생산비에 미칠까 말까 하는 그 알량한 수매가나 수매량 때문에 해마다 정부를 상대로 이마에 머리띠 질끈 동여매고 줄다리기 싸움을 벌일 필요가 없게 돼서 좋고, 소비자들은 또 약간 값이 세긴 하지만 안심하고 무공해 청결미를 먹을 수 있게 돼서 좋고, 말하자면 누이 좋고 매부 좋고 덕택에 처남까지 모두 좋은 방향으로 신토불이가 실현될 거라는 주장이었다. 그리고 이제는 우리나라에도 양보다 질을 따지는 중산층이 많아졌기 때문에 무공해라는 확실한 보증만 있으면 가격이 약간 비싼 정도는 그리 큰 문제가 아닐 거라는 이야기였다.

"바로 그 문제 땜시 우리 최재식 선생 협조를 받을라고 내가 요러코롬 찾어왔단 말이네. 말보담도 행동이 중요허니께 우선 자네허고 계수씨가 앞장서서 요 아파트 주민들부텀⋯⋯"

"우리 동네는 워낙 서민층만 모여 사는 소형 아파트촌이라서요, 글쎄요, 그게 약간 좀⋯⋯"

"아파트는 곤란허다 치고, 그러면 핵교 쪽 사정은 으떤가? 그 핵교 선상님들도 말짱 다 서민층은 아니겄지? 즘심시간 같은 때 자네가 선상님들을 한자리에다 불러 모아서 멍석을 깔어만 준다면 그 뒷일은 내가 다 알아서 한번 재주껏 설득을……"

"아, 아닙니다. 굳이 그러실 필요까지는 없습니다."

나도 모르는 사이에 펄쩍 뛰는 시늉이 나오고 말았다. 사촌형은 사뭇 의욕에 불타고 있었다. 다름 아닌 그 지나친 의욕이 나로 하여금 몸을 사리게 만들 정도로 부담스럽게 느껴졌다. 사촌 형은 만일 유기농법으로 생산한 무공해 청결미의 계약 구매를 내 동료들에게 설득할 기회만 주어진다면 교무실 아니라 운동장 조회대 위에 올라서서 일장 연설이라도 뽑으리만큼 각오가 단단히 갖춰져 있는 눈치였다.

"내일이라도 당장 학교에 가서 형님 대신 제가 선생들을 설득해보겠습니다. 설득은 해보는데, 다만……"

"다만 뭣인가? 설득을 허긴 허는디 당최 장담헐 처지는 못 된다, 요런 말인가?"

"뭐 꼭 그렇다기보다는…… 학교는 중산층 동네 근처에 자리 잡고 있어도 선생들은 대부분이 다른 동네 사는 서민층이다 보니까……"

"재식이 동상!"

별안간 사촌 형이 두 눈을 한껏 지릅뜬 채 나를 짯짯이 노려보았다. 점잖게 나올 때는 새텃말 대표 자격이더니 험악하게 나오니까 최씨 집안 손윗사람 자격이었다.

"자네 그러면 못쓰는 법이네. 자네보담 앞선에 만나본 두 사람은 말 끄집어내기 무섭게 대박에 협조를 약조허데. 고향 일이 내 일이고 내 일이 바로 고향 일이라고, 팔소매 걷어붙이고 나서서 백 가마건 2백 가마건 심닿는 대로 성의껏 신청을 받아주겠다고, 애향심을 발휘헐 수 있는 좋은 기회를 주서서 외려 더 고맙고 기운이 난다고 입입마다 찬성험시나 내남없이 다들 좋아라 허데. 그런디 자네는 어째 사람이 그 모냥인가?"

그런 종류 심부름을 마뜩이 여기지 않는 내 속내평을 이미 간파해버린 사촌 형은 심사가 뒤틀릴 대로 뒤틀려 있었다. 내가 아무리 변명을 늘어놓아도 사촌 형은 나를 끝내 용서하려 하지 않았다. 감히 하늘같은 신토불이에 역행하려는 못된 자손이라고, 제 근본도 잊은 채 코쟁이 놈들하고 한통속으로 얼싸절싸 어울려서 우루과이 라운드 밑구멍이나 닦아주려는 역적 같은 인간이 따로 있는 게 아니라고, 바로 재식이 동생이 그런 인간이라고, 온갖 흉측한 소리로만 골라서 마구 비난을 퍼부은 다음 앵돌아앉아버린 사촌 형의 노여움을 달래기 위해 나는 그날 밤 잠들기 전까지 진땀을 자그마치 말가웃가량이나 쏟아야만 했다.

이튿날 아침, 굳이 학교까지 동행하겠다고 부득부득 고집을 피우는 사촌 형을 간신히 떼어놓고 나는 혼자서 출근하는 데 성공했다. 그러나 남들에게 아쉬운 부탁을 하는 데는 워낙 소질을 못 타고난지라 사촌 형과의 약속을 이행할 일을 생각하니 미리감치 심란해졌다.

성내동에서 수해를 당한 후 학교를 벌써 세 차례나 옮겨 다녔기 때문에 그때 나한테서 이북 쌀을 강탈해 간 동료는 현재의 교무실에 한 사람도 없었다. 주인 몫도 안 남기고 그렇게 깡그리

쓸어갈 수 있느냐는 내 항의에 되레 똥뀐 놈이 바람받이에 가서
서는 식으로, 묵은내 펄펄 나는 공짜 쌀 때문에 괜히 입맛만 잡
쳤노라면서, 마포 쪽 수재민들한테는 배천산, 연백산, 재령산 등
등 양질의 이북 쌀이 분배됐다던데 최 선생네 쌀은 어째 그 모
양이냐고 뻔뻔스레 맞서던 동료도, 장난이 좀 지나쳐서 미안하
다고 정중히 사과하던 동료도 전혀 찾아볼 수 없는 학교였다.

"잠깐만, 하 선생."

1교시 수업이 시작되어 갑자기 한산해진 교무실 안에서 알맞
추 한문 담당 하 선생을 발견하고 나는 깜짝 반가워했다. 내 모
자라는 재간으로 어떡하면 생산자와 소비자 간에 튼튼한 직거
래의 다리를 놓아줌으로써 다 함께 신토불이 세상을 이루는 데
일조할 수 있을까, 하고 혼자서 고심하던 참에 때마침 걸어 다
니는 백과사전이란 별명이 붙은 젊은 후배의 모습이 얼핏 눈에
띄었던 것이다.

"날 좀 도와줘야겠어, 하 선생. 쌀에 관해서 뭘 좀 알고 있나?"

"쌀에 관해서 알아서 뭣에 쓰시려구요?"

"으음, 한국인의 식생활 변화에 따른 한국산 미곡의 비극적
운명에 관한 고찰, 뭐 이런 정도 제목으로 논문 한 편 써서 박사
학위나 따볼까 하고 생각 중이거든."

"거참, 듣고 보니 국어교육학에 아주 딱 어울리는 논문 주제
군요."

전공과는 상관없이, 대학을 갓 졸업한 어린 나이에 어울리지
않게끔 모든 분야에 걸쳐 박람강기로 소문이 자자한 하 선생이

한바탕 낄낄거렸다.

"실은 고민거리 하나가 생겼어."

나는 우루과이 라운드와 신토불이 사이에 벌어진 팽팽한 긴장 상태와 적대 관계에 대해 설명하기 시작했다. 그리고 고향마을 대표 자격으로 중차대한 임무를 띠고 급거 상경한 사촌 형과 나 사이에 난처한 약속이 맺어졌던 간밤의 비극에 대해서도 솔직히 털어놓았다.

"선배님, 그런 일이라면 아무 염려 마시고 저한테 맡겨주십시오. 제가 최소한 백 가마 정도는 책임지고 계약을 체결해드릴 자신 있습니다. 생사기로에 서 있는 우리 농촌을 살리자는 마당에 제대로 된 대한민국 국민치고 마다할 자가 누가 있겠습니까."

나보다 오히려 하 선생 쪽에서 더 적극적인 자세로 덤벼들었다. 힘 하나 안 들이고 너무 쉽사리 호언장담을 늘어놓는 품이 어쩐지 좀 불안하게 느껴질 정도였다. 하지만 도움의 손길이 절실히 필요한 나로서는 만일 과년한 딸이 있다면 당장 사위를 삼고 싶을 지경으로 지닐총 좋고 패기 있는 하 선생이 마음에 쏙 들었다.

"말은 고맙지만, 과연 말처럼 그렇게 잘될까?"

"염려 마시라니깐요. 이번 기회에 우루과이 라운드한테 한번 본때를 보여줄 필요가 있습니다. 그 문제에 대해서 거교적으로 공분을 확산시킬 수 있는 좋은 기횝니다. 우루과이 라운드, 그거 아주 고약한 물건입니다. 곡물 제국주의가 어떤 건지 선배님도 아시죠?"

"모르겠는데. 그런 이상한 제국주의도 다 있나?"

"저런! 무공해 청결미 판촉 활동을 돕기 위해서라도 그 정도 상식쯤은 당연히 알고 계셔야 되는데요."

아니나 다를까, 과연 잡학雜學의 대가답게 하 선생은 선배의 무식함을 마치 10년 만에 처음 만나는 죽마고우 대하듯 반가이 맞이했다.

"세계의 곡물 재벌들, 이런 타이틀로 아주 재미있는 번역서가 나와 있지요. 그 책을 읽어보면 곡물 제국주의란 게 얼마나 비열하고 악랄하고 무자비한 물건인지를 몸서리가 나도록 실감할 수 있습니다."

바로 그 순간부터 하 선생은 마빡에 '세계의 곡물 재벌들'이란 타이틀을 붙인 번역서 그 자체로 슬금슬금 변모하기 시작했다.

"인류 역사를 풀어나가는 방법에는 여러 가지가 있을 수 있지요. 전염병의 역사를 연구해서 쥐벼룩이나 이 같은 곤충들이 세계 역사를 어떻게 바꿔놓았는가를 설명하는 것도 그런 방법 중 하나지요. 예를 들자면, 칭기즈칸 군대에 껴묻어 들어간 가공할 페스트균에 의해서 전 유럽의 역사가 어떻게 달라졌는가, 러시아 원정에 나선 나폴레옹 군대를 덮친 발진티푸스의 위력이 유럽의 세력 판도에 어떤 영향을 미쳤는가, 하는 식입니다. 어때요, 재미있지요?"

"사정없이 재미있는걸. 무지막지하게 재미있어. 계속해봐."

청결미 판촉 문제 때문에 앞으로 젊은 후배 교사한테 단단히 지게 될 신세를 염두에 두고 나는 너무너무 재미있어 미칠 지경이라는 투로 호기심 범벅을 가장한 표정을 하 선생 면전에 선사했다.

"처음부터 그러실 줄 알았습니다. 저하고 워낙 말이 잘 통하는 최 선배님이시니깐요."

"우리는 한솥밥을 먹는 동료이자 뜻이 잘 맞는 동지잖아."

"『세계의 곡물 재벌들』이란 책도 말하자면 지구상의 곡물의 역사를 집요하게 추적해나가는 지적 탐험을 통해서 인류 역사를 해석하려는 독창적인 시도 가운데 하나라고 볼 수 있지요. 다만, 그 책에서 주로 거론하는 곡물의 종류가 유감스럽게도 쌀이 아니고 밀이나 옥수수긴 하지만요."

사람 형상을 한 번역서가 스스로 첫 장부터 펼쳐 그 안에 적힌 내용을 나에게 차례차례 읽어주기 시작했다. 번역서는 곡물 재배 기술의 발달이 인간 생활을 어떻게 변화시켰는가를 알려주었고, 곡물의 활발한 국제 교역이 세계경제에 어떤 결과를 가져왔는가를 알려주었고, 곡창지대를 차지하기 위한 피비린내 나는 전쟁들 틈바구니에서 얼마나 많은 인마가 살상되었는가를 알려주었고, 기하급수적인 인구 증가에 따라 곡물의 중요성이 한껏 커지면서 세계적인 곡물 카르텔이 얼마나 막강한 조직력과 영향력을 갖게 되었는가를 알려주었다.

"곡물 카르텔을 결성하고 있는 몇 개의 메이저 그룹이 전 세계인의 밥그릇을 쥐고 좌지우지한다 해도 과언이 아닐 정도지요. 선진 농업국에 속해 있는 요 못돼먹은 것들이 후진 농업국들을 공략할 때 사용하는 이 곡물이란 무기는 사실 핵폭탄 이상으로 가공할 위력을 갖고 있습니다. 요것들은 후진국 백성들 뱃구레를 제 상품으로 채우기 위해서 온갖 수단 방법을 다 동원합니다. 후진국 정부 실력자를 돈으로 매수하거나 미모의 여성을 상납해서 성 추문거리를 만들어 약점으로 악용하기도 하고, 공공칠 영화 뺨치는 첩보전을 벌이기도 하고, 여차하면 자국 정부위세를 등에 업고 후진국 정부에다 압력을 넣거나 심지어 협박도 불사합니다."

"정말 제임스 본드가 따로 없구만."

"요것들은 후진국에 아직도 농업 경쟁력이 살아 있을 때는 무차별 저가 공세를 펼칩니다. 후진국 농업 기반이 붕괴돼서 완전히 나가떨어질 때까지 살인적인 저가 공세는 줄기차게 계속됩니다. 결국 싼 맛에 길들여진 후진국이 자국민 식량을 전적으로 곡물 카르텔에 의존하는 단계까지 가버리면 그 순간부터는 안면을 싹 몰수해버립니다. 그때는 그야말로 부르는 게 값이 되지요. 이미 농업 기반이 붕괴되고 경쟁력을 상실한 후진국 백성들은 식량값이 금값인 줄 뻔히 알면서도 카르텔 상품을 사 먹을 수밖에 없고, 싫어도 어쩔 도리 없이 카르텔하고 출혈 거래를 계속할 수밖에 없게 됩니다. 이쯤 되면 후진국들은 전 국민의 목숨을 카르텔에다 저당 잡힌 채 영원한 곡물 식민지로 전락하게 되고, 카르텔에 속해 있는 메이저 그룹은 사실상 세계를 지배하는 제왕이나 다름없는 무소불위의 존재로 군림하게 되지요."

"막연히나마 어느 정도 짐작은 하고 있었지만 사태가 그 정도로 심각한 상황인 줄은 정말 몰랐네."

"자아, 이만하면 곡물 한 가지만으로도 얼마든지 막강한 세계 제국을 형성할 수 있다는 사실을 선배님도 인정하시겠지요?"

"오늘 하 선생을 지도 교수로 모시고 아주 좋은 강의 들었네."

"선배님도 꼭 한번 읽어보십쇼. 오래전에 출판된 책이라서 아마 시내 대형 서점에나 가야 구하실 수 있을 겁니다."

"그러지."

나는 선선히 대답했다. 그러나 걸어 다니는 백과사전 덕분에 이미 독파를 끝낸 거나 진배없었으므로 그 책을 구하기 위해 일부러 대형 서점까지 원정을 갈 필요성은 전혀 느끼지 못했다.

"이왕지사 공부를 시작한 김에 하 선생한테 한 가지 더 배우고 싶은데, 혹시 쌀을 갖고서 질병을 치료한다는 얘긴 들어본 적 있나?"

그 순간 하 선생 얼굴이 이제 막 피어나는 꽃봉오리처럼 기쁨으로 화사하게 벌어졌다. 역시 박람강기를 자랑하는 잡학사전답게 젊은 한문 선생은 망설일 것도 없이 제격 반응을 보였다.

"우와, 우리 선배님 정말 대단하시다! 국어교육을 전공하신 선배님이 어떻게 그런 것까지 다 아셨습니까?"

"한문 전공 하 선생은 어쩌다가 그렇게 박물군자가 되셨지?"

"그런 걸 가리켜서 도령 신앙이라고 부른답니다."

"도령 신앙? 이 도령, 김 도령, 할 때 그 도령 말인가?"

"그런 뜻이 아니구요, 벼 도稻 자에 신령 영靈 자를 쓰는 바로 그 도령 신앙을 말하는 겁니다."

"그렇다면 쌀에도 영혼이 있다고 믿는단 말인가?"

"정확히 말하자면, 도령 신앙은 사람들이 쌀에 깃들여 있다고 믿는 바로 그 정령의 존재를 숭배의 대상으로 삼는 신앙 행위지요."

"그런 신앙도 다 있었나?"

"쌀 재배 민족 사이에서 오래전부터 행해지던 관념 형태지요. 쌀 아닌 다른 곡물을 재배하는 민족한테도 곡령 관념이란 게 있었는데, 그 분포 지역은 동남아뿐만 아니라 유럽이나 미주도 해당됩니다. 도령 관념은 동남아를 중심으로 한 미작米作 문화권에서 주로 성행했습니다."

"도령 신앙하고 도령 관념은 어떤 차이가 있는가?"

"쌀을 재배하는 민족은 예로부터 쌀을 단순한 곡물이 아니라 인격적 개체로 파악하면서 그 안에 영혼이 깃들여 있다고 믿어 왔습니다. 그래서 쌀을 재배하는 행위는 생존을 목적으로 한 단순한 경제활동 차원이 아니라 어떤 초자연적인 존재하고 깊은 교감을 나누는 일종의 종교적 행위로 신성시하게 된 것이지요. 쉽게 얘기해서, 쌀을 어떤 신통력을 지닌 영물로 바라보는 관념입니다. 이런 관념이 변화해서 결국 신앙의 형태로까지 발전하게 된 겁니다. 그러니까 쌀을 치병 행위에 이용하는 관습은 도령 신앙이 일찍부터 존재했던 미작 문화권 사회에서는 아주 자연스런 현상에 속했기 때문에 어색하거나 이상하게 생각할 이유가 하나도 없습니다."

아무 때라도 내가 불쑥 물어올 경우에 대비해서 미리감치 만단으로 준비해두었던 것처럼 하 선생은 조금도 막힘이 없이 청산유수로 대답했다.

　　"동남아 경우는 그렇다 치고, 그럼 우리나라 경우는 어떤가?"

　　"우리나라 쌀 재배 역사도 자그마치 2천 년이 훨씬 넘습니다. 통일신라 때부터 쌀 생산량이 대폭 증가하면서 그전까지 잡곡들이 주류를 이루던 우리 민족의 식생활 패턴에도 큰 변화가 이루어지기 시작했고, 조선 시대에 들어서면서부터는 쌀이 드디어 잡곡들을 제치고 우리나라 곡물의 왕자 자리를 차지하게 되었지요. 그러니까 우리나라 도령 신앙의 역사도 호남평야 같은 대표적 곡창지대를 중심으로 해서 쌀 재배 역사하고 거의 어깨를 나란히 해왔다고 보는 게 옳겠지요. 그 이상 지식은 저도 아직 쌓질 못해서 선배님께 좀더 상세하게 설명해드릴 수 없는 것이 매우 유감이군요."

　　"하 선생한테도 아직 모르는 게 있었던가?"

　　상대방이 내 말을 비아냥거림으로 받아들이지 않게끔 표정을 세심하게 관리하면서 나는 농담 삼아 물어보았다.

　　"선배님도 원 별말씀을! 아직도 배워야 될 게 너무너무 많습니다. 평생을 공부해도 만족을 모르고 노상 허기를 느끼는 것이 바로 지식에 대한 욕구 아닐까요? 아는 것 빼고는 모두 다 모르는 셈입니다. 예를 들어서, 선배님이 갑자기 왜 도령 신앙 같은 것에 관심을 갖게 되셨는지, 그 이유를 저는 아직도 모르고 있습니다."

하 선생의 유도신문에 걸려 나는 하마터면 내 처갓집에서 현재 벌어지고 있는 그 해괴망측한 상황을 토설할 뻔했다. 나는 이미 목구멍을 빠져나와 혀끝에 날름 올라앉은 '잠밥'이란 단어를 도로 꿀꺽 삼켜버리고 나서 다른 엉뚱한 소리로 얼른 시치미를 떼었다.

　　"도령 신앙에 대해서 긴 얘기를 들려준 사람은 내가 아니고 하 선생이지. 나는 다만 쌀을 갖고서 질병을 치료하는 경우가 있는지 없는지만 물어봤을 뿐이야. 아무튼지 오늘 정말 고마웠어, 하 선생."

　　그 정도 상식이라면 쌀에 관해 그동안 궁금히 여겨왔던 여러 문제가 엔간히 다 해결된 셈이었다. 그런데도 만물박사 하 선생은 쌀에 관한 모든 지식을 마저 다 나에게 전수하고 싶은 열의에 불타는 듯 아직도 뭔가 미진한 기색으로 내 곁을 쉬이 떠나려 하지 않았다. 인제는 그로부터 멀찌감치 벗어나는 일이 무엇보다 급해졌다.

　　"2교시 수업 준비해야지?"

　　"저는 괜찮습니다만……"

　　"그래? 나는 이제부터 슬슬 준비를 시작해야겠는걸."

　　결국 쌀과 관련한 두 갈래의 흐름이 동시에 덤벼들어 나에게 끊임없이 시비를 걸어오고 내 생활을 시시콜콜 간섭하는 바람에 나는 봄철 내내 홍역을 치르다시피 고단한 삶을 영위해야만 했다. 고향 마을의 친척 어른들이 우루과이 라운드에 대항하기 위한 방편으로 갑자기 신토불이의 기치를 높이 내걸고 유기농법을 택하는 바람에 서울의 나까지 덩달아 한동안 부산스럽게 나부대느라 계절의 여왕인지 여왕의 계절인지 하는 그 5월 한 달이 어떻게 지나갔는지도 기억에 없을 정도였다.

내가 떠안게 된 무공해 청결미 판촉이란 짐스러운 과제는 하 선생의 극성스러운 도움 덕분에 그럭저럭 잘 해결이 되었다. 다른 음식물들이 모조리 다 공해 물질투성이인 판국에 달랑 쌀 한 가지만 무공해로 장복해봤자 무슨 소용 있겠냐고 불평하는 목소리가 교무실 안에 없지 않아 있었다. 그러나 곡물 제국주의와 우루과이 라운드를 같은 꿰미에 꿰어 그것들의 무자비한 침략성과 수탈성을 조목조목 밝혀가며, 죽어가는 우리 농촌 우리 손으로 살리자고 애국심에 맹렬히 호소하는 하 선생의 노력에 크게 힘입은 나머지 고향 어른들 앞에서 면피할 만큼의 판촉 성과는 충분히 거둘 수 있었다.

해결되지 않은 과제로 나에게는 아직도 장모의 병환이 남아 있었다. 그것은 해결 불가능한 과제이기도 했다. 장모의 중증 회향병을 다스리는 유일한 처방으로 처갓집에서는 여전히 잠밥을 먹이고 있었다. 그것은 사위인 내가 함부로 관여하고 간섭할 수 없는 불가해한 세계였다. 하 선생이 얘기했던 그 도령 신앙과 처갓집에서 주장하는 정통 기독교 신앙 사이를 멀찌막이 떼어 놓기 위해서 나는 현재 치료용으로 사용 중인 문제의 이북 쌀이 실인즉슨 가짜였다는 사실을 고백하고 싶은 충동에 자주 시달려야 했다. 하지만 인간의 도리로 차마 그럴 수는 없는 노릇이었다. 그렇게 할 경우 그것은 명백히 존속살인에 해당하기 때문이었다. 나의 천인공노할 범죄행위를 미연에 예방하는 데는 아내의 경고가 결정적인 작용을 했다.

"괜히 허튼수작 부리면 가만 안 놔둘 거야. 그러니까 알아서 해! 가짜 이북 쌀이면 어때? 캘리포니아 쌀이면 또 어떻고 안남미면 또 어때? 다아 생각하기 나름이라구. 실상이야 어떻든지 간에 본인이 무조건 그저 진짜 이북 쌀이거니, 하고 믿으면 그만인 거라구. 치료 효과는 바로 그 믿음에서 나오는 거란 말이야."

아내는 그새 많이 변해 있었다. 결혼 이래 나하고 줄곧 같은 길을 함께 걸어온 동반자로서 동지로서의 그 김경미가 이미 아니었다. 친정어머니의 세번째 회향병 투병 생활을 계기로 해서 아내는 결혼과 동시에 잃었던 믿음을 어느 틈에 고스란히 되찾게 되었던 것이다.

교회 다녀올게. 식탁에 아침 차려놨으니까 맛있게 먹어.

신앙의 자유를 들먹이는 아내의 통첩이 있은 후 첫번째 맞은 일요일 아침, 늦잠에서 깨어난 나를 기다리는 것은 화장대 거울에 달라붙어 있는 메모 한 장이었다. 마침내 아내는 자신과의 약속을 지키기 위해 남편을 헌신짝처럼 팽개쳤다. 집 안이 온통 괴괴한 정적 속에 묻혀 있었다. 아이들 기척이 집 안 어느 구석에서도 안 잡혔다. 아내는 혼자가 아니라 신앙이 뭐고 자유가 뭔지 알 턱이 없는 어린 남매까지 데리고 교회로 떠나버렸던 것이다.

"우리 엄마 건강이 며칠 새 몰라보게 좋아지셨어."

오후 느지막이 희색이 만면해서 집에 돌아온 아내가 대뜸 말했다. 아내는 예배가 끝난 후 교회에서 만난 친정 식구들과 함께 성북동 집까지 갔다가 돌아오는 길이었다.

"지난 주일에 봤을 때보다 엄마 건강이 훨씬 더 좋아지셨어."

교회와 친정집을 차례로 다녀온 일요일 오후마다 아내는 똑같은 소리를 매번 되풀이했다. 아내의 입에서는 일요일 대신 주일이란 말을 사용하는 기독교인들의 독특한 습관이 천연덕스레 잘도 흘러나왔다. 뿐만이 아니었다.

"모든 것이 우리 주님이 주시는 은총이고 축복이지. 얼마나 고맙고 감사한 일인지 몰라. 전능하신 하나님께서 치유의 은사를 위해서 우리를 통해 귀한 선물로 보내주신 그 이북 쌀 덕분에 엄마는 이제 곧 교회에 출석할 수 있을 만큼 건강이 빨리 회복될 거라고 믿어."

지난날 그 누군가로부터 많이 들었던 듯한 소리를 아내는 어느새 고스란히 흉내 내고 있었다. 그동안 오랜 냉담의 세월을 거치면서 입은 신앙상의 손실을 단숨에 벌충할 작정인 듯 아내는 내 앞에서 신앙의 자유를 선언한 그 직후부터 무섭게 달라지기 시작했다. 그리고 아내의 그 신앙심은 삽시에 뜨겁게 달아올라 시뻘겋게 달궈진 부젓가락 모양으로 돌변해서 언제나 차가운 피가 웅덩이처럼 괴어 있는 내 심장을 누린내가 펑펑 풍기도록 꾹꾹 지져대는 것이었다.

아, 나는 모르겠다. 참으로 알 수가 없는 일이다. 쌀에 대한 장인 장모의 그 병적인 집착이 조상 전래의 도령 신앙에서 유래한 것인지, 아니면 기독교 신앙에 바탕을 둔 것인지 나로서는 헤아릴 재간이 없다. 옛날 우리 할머니가 그랬던 것처럼 두 노인의 고향 재령산인 양 행세하는, 자그마치 10년씩이나 케케묵은 그 가짜배기 이북 쌀로 믿음을 다해 잠밥을 먹임으로써 아내 말마따나 장모의 회향병이 진짜로 완쾌할 수 있을지 어떨지도 나로서는 당최 알 수가 없다. 만일 통일의 그날이 형편없이 늦어진다면, 만일 그날이 영원히 오지 않는다면, 만일 장모의 여생이 늦어지는 통일의 날만큼이나 오래 지속된다면, 만일 이인모 또는 리인모 노인의 송환 같은 충격적인 사건이 앞으로도 심심찮게 일어난다면 우리 장모님은 두고두고 얼마나 더 많이 회향병을 앓아야 되고, 그럴 적마다 얼마나 더 자주 전능하신 여호와 하나님의 은총 아니면 이북 쌀 속에 깃들인 도령의 그 신통력에 의지해야 될 것인가.

다만, 내가 확실히 알고 있는 한 가지 사실은, 어떤 사람에게는 그냥 뱃구레를 채우기 위해 입안으로 꾸역꾸역 들여보내는 단순한 음식물에 지나지 않는 쌀이 다른 어떤 사람에게는 쌀 아닌 그 어떤 것, 쌀 이상의 그 무엇, 다시 말해서 사람의 영혼 구석구석까지 스며들어 때로는 병을 고치기도 하고 또 때로는 슬픔을 어루만지기도 하다가 종당에는 구원마저 가능케 만들어주는, 놀라운 신통력을 지닌, 영검한 존재로, 초자연적인 존재로 매우 황감하게 받아들여질 가능성도 있다는 바로 그 점이다.

(1993)

윤흥길의 소설에서 진행된 텍스트의 조직 변화 과정 분석

손정수
(문학평론가)

1. 아홉 편의 소설로 놓은 새로운 해석의 징검다리

이 책은 윤흥길의 첫 발표작인 「회색 면류관의 계절」(1968)부터 미완으로 남겨져 있던 『밟아도 아리랑』(1988)을 다시 쓰고 있는 최근의 『문신』(예정된 전체 다섯 권 가운데 2018년 12월 3권까지 출간)에 이르기까지 반세기에 걸친 윤흥길의 소설 세계에서 중요한 지점에 놓인 아홉 편의 중단편을 묶은 것이다.

그동안 그가 써낸 소설들은 주로 분단과 산업화로 인해 발생한 한국 사회의 문제를 포착하여 그것을 극복할 수 있는 방향을 미학적으로 제시했다는 평가를 받아왔다. 이와 같은 동시대의 과제에 대한 소설적 대응으로서의 의미는 어느 정도 희미해져 이제 역사화되었다고 할 수 있지만, 그럼에도 그의 소설은 여러 측면에서 새로운 해석을 낳으며 여전히 문제성을 생산하고 있는 중이다.

이 책에 묶인 아홉 편의 소설은 한편으로 지금까지 쌓아온 그의 소설 세계의 외연과 특징을 확인시켜주는 것이기도 하지만, 다른 한편으로는 새로운 해석을 향해 열려 있다고 판단되는 가능성의 근거이기도 하다. 이 아홉 편의 소설을 징검다리 삼아 작가의 작품 세계 전체를 돌아보는 한편, 새로운 의미화의 싹을 펼쳐 보이는 작업이 곧 해제를 겸한 이 글의 내용이 될 것이다.

2. 유년의 시선에 내재된 패러독스

윤흥길의 초기 소설을 대표하는 두 편의 소설 「황혼의 집」 (1970)과 「집」(1972)은 어린아이의 시점으로 된 이야기라는 공통점을 갖고 있다. 이와 같은 시점의 특징은 「장마」(1973), 「양」 (1974) 등을 포함하여 생각하면 이 시기의 주된 특성이라고 해도 지나치지 않다. 보통 어린아이의 시점이라고 하면 세상의 때가 묻지 않은 순진하고 투명한 것이라 생각할 법한데, 윤흥길 소설 속에 등장하는 아이들은 다소 특이한 성향을 보이고 있다.

언제나 해질녘 — 그것은 몹시 두려우면서도 끈적거리는 흥분과 호기심에 싸여 기다려지는 시간이었다. 때때로 나는 저녁놀에 붉게 타는 경주네 주막집 유리창을 바라보면서 점점 헤어날 수 없는 기괴한 환상에 잠기곤 하였다. 어떤 근거에서 그랬는지 꼬집어 말할 수는 없다. 그러나 나는 처음 보는 순간부터 그 집 주위에 감도는, 뭔가 음습하고 특이한 냄새의 분위기를 대뜸 느꼈던 것이고, 아낙네들의 귀띔에 의하여 나의 이렇듯 막연한 헤아림이 확인된 뒤로는, 내 몸뚱이를 둘둘 말아 올리는 듯한 어떤 신비한 기운의 부축을 받으며 내 두뇌로는 도저히 풀 수 없는 어떤 엽기적인 사건이 다시 한번 그 속에서 일어나기를 은연중에 기대하는 버릇이 생겼다.

　　　　　　　　　―「황혼의 집」(pp. 18~19. 이후 이 책에서 인용할 경우 제목
　　　　　　　　　　　　　　　　　　　　과 쪽수만 밝히기로 한다.)

　낮이 아이들의 시간이고 밤이 어른들의 시간이라면 '황혼'은 그 두 세계의 경계가 순간적으로 해체되는 시간이다. 그 황혼의 시간을 배경으로 흥분과 호기심, 그리고 두려움이 팽팽하게 맞서고 있는 어린 화자의 의식이 위의 인용 부분에 드러나 있다. 새로운 것에 대해 두려움과 호기심을 동시에 '몹시' 절실하게 갖는 것은 어떻게 보면 어린아이이기에 가질 수 있는 특징이 아닐까 싶기도 하다. 그렇게 보면 이 아이는 어른들이 가지고 있는 선입견에서 벗어나 자신의 삶의 국면에 충실한 인물이라고 할 수도 있을 것 같다. 어느 정도 세상에 익숙해지면 두려움도 줄어들고 호기심도 옅어지는 법이니까 말이다.

　그러니까 인식 너머의 세계에 대해 갖는 양가적 태도가 아이의 시선을 규정하고 있는 셈인데, 이렇게 본다면 유년기에 체험한 전쟁이라는 사건은 한국 문학이 한 번은 마주하지 않을 수 없는 불가피한 운명과도 같은 것이었다고 해야 하지 않을까. 그

것은 도저히 그냥 지나칠 수 없는 공동체의 집단적 외상이지만, 그럼에도 여전히 많은 구성원이 그 사건으로 인한 상처를 안고 있는 상황에서는 너무 깊이 건드리기 힘든 사안일 수 있다. 더구나 아직 그 현실적 상황에 대한 충분히 객관적인 이해를 얻기 어려운 처지라면 그와 직접 대면할 때 얻을 수 있는 것은 기껏해야 고통의 쾌감 정도이다. 인식에 대한 열망과 그에 대한 부정이 함께 작동하는 시선에 「황혼의 집」을 비롯한 유년기 전쟁 체험 소설의 발생적 근거가 놓여 있다고 할 수 있다.

물론 어린아이의 시점으로 되어 있다고 하지만, 거기에는 서술하고 있는 현재의 시점이 겹쳐져 있다(한 연구자는 이러한 시점 형식을 1970년대 '성장 서사'의 무의식을 드러내는 장치로 해석하고 있다 ─ 손유경, 「유년의 기억과 각성의 순간 ─ 산업화시대 '성장' '서사'의 무의식에 관한 일고찰」, 『한국현대문학연구』 37, 2012. 8). 그렇지만 현재의 시점은 은폐되어 있고, 그렇기 때문에 간접적·제한적으로만 개입할 수 있다. 그리하여 서사의 전면에 부각되는 것은 어린아이의 관찰적·경험적 차원일 수밖에 없다. 현실과 마주하는 성인들의 세계는 유년의 인물들이 경험하는 가족 관계의 반경까지만 노출된다. 그러니까 이와 같은 시점 형식은 가족 관계 바깥의 현실과 역사를 간접적으로만 드러내기에 적합한 장치라고 할 수 있다.

경계 안쪽에 어머니와 아버지, 그리고 집이 있다. 그 안정된 세계 바깥에 역사와 현실로부터 불어오는 유혹의 바람이 있다. 이 유혹에 맞서 금기가 작동한다. "그 애하고는 가까이도 말고 상대하지도 마라……"(p. 16)나 "경주네 집 근처엔 얼씬도 말라고 어머니는 내게 신신부탁을 했다"(p. 31)와 같은 대목이 그 금지의 표지판을 보여준다. 하지만 경주를 매개로 전해져오는 그 세계의 목소리에 아이는 "제발 그만하라고 말하는 대신 나는 침을 꿀꺽 삼켰다"(p. 13)라는 행동으로 반응한다. '나'가 가장 가깝게 마주하는 것은 경주이지만, 경주는 엄마와 언니들, 그리고 산사람이 된 오빠와 연결되어 있는 대상이다. '나'는 그들의 현실을 울음소리나 웃음소리와 같은 감각, 혹은 풍문과 그에 동반되는 상상을 통해 마주한다. 어린아이의 시점을 전제하고 있기에 그 외부의 세계가 전모 그대로가 아닌 다만 굴절된 이미지로서 경험되는 방식, 그렇지만 아이의 시점에서 그 이미지는 강렬하고도 큰 진폭으로 체험되는 방식이 곧「황혼의 집」의 유년 시점 형식의 특징이라고 할 수 있다.

결국 경주 어머니에게 붙들려 막걸리를 마시고 고주망태가 되었던 '나'를 아버지가 문을 부수고 들어와 데려간다. 집의 인력이 아직 강한 상황에서 유혹은 파문만을 남긴 채 더 이상 지속되지 못한다. "아침에 보니까 경주네 주막집이 폭삭 내려앉아 있었다"(p. 38)라고 서술되는 상황이 그것이다. 그런데「집」에서는 다른 집이 아닌, 바로 우리 집이 붕괴의 대상이 된다. 여기에서 아버지가 구축한 집은 그렇게 튼튼하지 않다. 이와 같은 상황에서도 아이들은「황혼의 집」에서처럼 이성적·현실적인 반응 대신 본능적·신체적인 반응을 보인다.

그러나 우리는 이미 알고 있었다. 우리는 신경통을 앓는 수족으로 하루나 이틀 후의 일기쯤 앞당겨 예감하는 늙은이들처럼 몸의 어느 부분이, 예를 들어 심장이 울렁거리고 자꾸 오줌이 마려워지는 긴장을 견디며 비극을 치를 만반의 준비를 갖추었다. 신변에 접근해오는 위협을 반사적으로 알아차려 재빨리 촉각을 곤두세우는 어떤 하등동물의 생리처럼 우리는 몸을 사리면서 조심스럽게 대기하고 있었다. 어른들의 지혜가 미치지 못하는 으늑한 구석 자리에 엎드려 숨을 할딱이며 우리는 그날이 오기를 끈덕지게 기다렸다. 우리가 기다리고 있다는 사실이 어른들 앞에 탄로 날까 봐 형은 간간이 딴전을 부려 보임으로써 눈가림하는 연기를 아주 멋지게 해냈다.

　　　　　　　　　　　　　　　　　　　　　　　—「집」(pp. 54~55)

집이 철거되기 직전의 상황에서 윤흥길 소설 속의 아이들이 보여주는 태도는 어른들의 선입견에 그대로 부합하는 것이 아니다. 어떤 의미에서 그들의 호기심은 어른들의 비극을 기대하고 있다. 집이 철거되는 사건은 작가의 실제 경험으로부터 유래한 소설 속 장면인데, 작가가 회고하고 있는 그 사건의 모습은 소설 속에서 아이들이 경험하는 양상과는 다소 다른 듯하다.

내 가출의 역사는 초등학교 시절까지 거슬러 올라간다. 어렵게 장만해 그럭저럭 정을 붙이고 살던 초라한 오두막집이 그나마 무허가 판잣집이란 이유로 강제 철거당하는 참혹한 장면을 내 눈으로 직접 목격했다. 그 일로 내 소년 시절의 행복은 순식간에 박살나버렸고, 그때부터 나는 갑자기 조숙해져 우리 집을 무자비하게 허물어뜨린 세상과 불화하기 시작했다.

— 윤흥길, 「자필 이력서」(『내 영혼의 봄날』, 예찬사, 2001, p. 296)

유혹을 벗어나도 되돌아올 집이 없는 곤란한 상황에서 젊은 영혼은 방랑한다. 「집」에는 아버지와 대립하면서 반항적인 행동을 추구하는 형이 등장하지만, 그런 형조차 흥미롭게 바라보는 어린 동생도 있다. 집이 철거되는 사건을 겪으며 갑자기 조숙해져서 세상과 불화하게 된 의식이 형으로 인격화된 것이라면, 그 상황을 기억하고 회상하는 행위를 쾌락으로 간직해온 다른 의식은 소설 속에 동생이라는 다른 인물로 구분되어 기입되어 있다. 이 두 가지 시선이 역설적으로 결합되는 과정에서 전쟁 직후의 유년기를 회상하면서도 사실적 재현에 머무르지 않는 윤흥길 초기 소설의 고유한 개성이 마련될 수 있었다고 하겠다.

3. 「아홉 켤레의 구두로 남은 사내」의 성립 과정

이와 같은 유년의 기억을 가진 인물들이 성장하여 현실 속으로 진입한 이후의 상황을 1970년대 중후반 윤흥길의 소설들에

서 확인할 수 있다. 그 직접적인 연관의 매개는 '집'이다. "돌격
조 갈쿠리에 찍혀서 집이 헐리던 날의 기억을 아무래도 잊을 수
가 없는 거예요"(p. 106)라는 영순의 발언에서 「엄동」(1975)이
「집」을 비롯한 유년의 기억을 담고 있는 세계와 직접적으로 연
결되어 있다는 사실을 추측해볼 수 있는데, 「아홉 켤레의 구두
로 남은 사내」(1977)에서는 그 연관이 또 다른 방식으로 새롭게
설정되어 있다.

철거된 집에 대한 기억을 음화로 간직한 작가에게 광주 대단
지 사건은 그냥 스쳐가는 시사적 문제일 수만은 없었으리라 추
측해볼 수 있다. 어떤 의미에서는 그 사건이 개인의 기억 속에
잠재되어 있던 주관적 차원의 사건을 「집」이라는 소설의 형태
로 소환한 것일 수도 있다. 그렇지만 「아홉 켤레의 구두로 남은
사내」를 두고 보면 결과적으로는 작가가 앞서 구축해놓은 소설
적 구도 내부로 현실이라는 이름의 사건이 마치 짜 맞춘 듯 일
어나는 상황처럼 그의 소설 세계의 변화가 이루어진 것 또한 사
실이다. 어쨌든 집을 매개로 「집」의 아버지와 「아홉 켤레의 구
두로 남은 사내」의 권 씨가 대응되는 관계를 이루고 있는데, 이
맥락에서 두 인물은 선후 관계를 벗어나 상호작용을 통해 서로
영향을 주고받고 있다고 볼 수도 있다. 어쩌면 오 선생이 권 씨
에 대해 갖는 양가적 태도는 단순히 소시민의 이중성에만 근거
하는 것이 아니라 보다 근본적으로 소설 속 아이가 무능한 아버
지에게 느꼈던 양면적 감정에서 그 원형을 발견할 수도 있다.

어쨌든 '성남'을 배경으로 한 「엄동」과 「아홉 켤레의 구두로

남은 사내」에서도 다소 다른 맥락에서 '집'은 여전히 소설의 몸체를 이루고 있다. 그럼에도 「황혼의 집」 「집」의 유년의 세계가 「엄동」 「아홉 켤레의 구두로 남은 사내」의 성년의 세계로 곧장 이어진 것은 아니다. 그 성립의 과정에는 '집' 이외에도 다른 계기들이 함께 작용했다. 윤흥길의 두번째 소설집 『아홉 켤레의 구두로 남은 사내』(1977)가 출간된 직후 발표된 글에서 김현은 그의 초기 소설 세계에서 「아홉 켤레의 구두로 남은 사내」가 갖는 위상을 다음과 같이 밝혀놓은 바 있다.

> 「아홉 켤레의 구두로 남은 사내」에는 윤흥길의 최근의 모든 관심이 집약되어 있다. 「몰매」의 김시철이 오 선생으로 교묘하게 변모되어 있으며, 「내일의 경이」의 문명남이 권 씨로 옮겨져 있을 뿐만 아니라, 소시민이 마조히스트가 되어가는 이유와 지지 않으려는 싸움의 의미가 뚜렷하게 문제로 제기되어 있는 것이다.
> ── 김현, 「생활과 신비 ── 윤흥길의 작품세계」(『한가람』, 1978. 1; 김병익·김현 편, 『윤흥길』, 은애, 1979, p. 59)

"얻어맞는다는 건 제삼자가 옆에서 우려해주는 것만큼 그렇게 고통스럽진 않아. 고통이 아니고 그것은 일종의 황홀이니까"(「내일의 경이」, 『황혼의 집』, 문학과지성사, 2007, p. 296)라고 말하는 문명남에게서는 과연 "숨 돌릴 겨를도 없이 쏟아져 내리는 타격은 차라리 일종의 청량감 같은 것이었다"(「창백한 중년」,『아홉 켤레의 구두로 남은 사내』, 문학과지성사, 1997, p. 294)라고 느끼는 「아홉 켤레의 구두로 남은 사내」 연작(「아홉 켤레의 구두로 남은 사내」를 필두로 하여 연이어 발표된 「직선과 곡선」「날개 또는 수갑」「창백한 중년」 등 네 편을 지칭한다. 각각 시점은 다르지만 내용상으로는 권 씨를 중심으로 하나의 이야기로 연결되어 있다)의 권 씨의 모습을 발견할 수 있다. 그리고 이런 피학적 성향은 앞서 살펴본 바와 같이 멀리는 유년기의 인물들에게서도 이미 발견되고 있었던 것이기도 하다.

그런가 하면 「몰매」에서 늘 품 안에 사직서를 넣고 다니는 시골 국민학교 교사 김시철에게서 윤흥길 소설에 등장하는 교사의 한 판본을 발견할 수 있고, 특히 다방에 흘러들어 온 정체불명의 전과자 주방장에 대한 김시철의 태도에서는 「아홉 켤레의 구두로 남은 사내」의 오 선생이 권 씨를 대하는 방식의 연원을 찾아볼 수도 있다. 또한 산호다방의 손 마담에게서는 「직선과 곡선」에 나오는 양산도집 작부 신양의 모습이 겹쳐지기도 한다.

그런데 사실 「몰매」와 「내일의 경이」만이 아니라 그 이전의 다른 소설들 또한 「아홉 켤레의 구두로 남은 사내」의 전사를 이루고 있다. 가령 「타임 레코더」에는 성남에 있는 학교에서 국어 선생으로 일하는 오석태라는 인물이 등장하는데 우연치고는 공교롭게도 「아홉 켤레의 구두로 남은 사내」에 등장하는 오 선생과 직업과 성이 같다. 그런가 하면 하필 당직을 같이 서면서 오석태와 대립하는 사환 겸 잡역부 김 씨에게서는 「아홉 켤레의 구두로 남은 사내」의 마지막에서 강도 미수를 저지르고 사라졌던 권 씨가 우연히 방직 회사 사장의 차에 치여 그 회사에 취업을 하게 된 사실을 떠올려볼 수 있다. 권 씨의 직책이 바로 '잡역부'이기 때문이다. '밀대'라는 용어도 두 소설에 함께 등장한다. 「타임 레코더」에서 김 씨는 교사들의 문제를 이사장에게 고해바치는 '밀대'로 의심되는데, 「아홉 켤레의 구두로 남은 사내」에서 오 선생은 권 씨의 감시를 부탁하는 이순경에게 자신에게 '밀대' 역할을 하라는 거냐고 반발하며, 「창백한 중년」에서 동림방직의 직원들은 권 씨를 사장의 하수인이라 생각한다. 그런가 하면 '타임 레코더'는 「아홉 켤레의 구두로 남은 사내」 연작에 다시 등장한다. 「창백한 중년」에서 안순덕은 신체검사에서 폐결핵 판정을 받고 해고되고 난 뒤에도 출근하지만 "근태 기록표를 서무과에서 빼가버렸기 때문에 카드를 타임 레코더 속에다 집어넣을 수 없"(「창백한 중년」, p. 291)다. "김 씨를 절대로 미워하지 말고 가능한 한 사랑해보자"(「타임 레코더」, 『황혼의 집』, p. 173)라는 표현에서도 "솔직히 말씀드려서 전 경찰관 입장을 떠나서 한 사람의 인간으로서 권씨를 사랑합니다. 가능하다면 그를 돕고 싶은 심정입니다. 아마 불원간에 오 선생님도 그렇게 되고 말 겁니다"(p. 119)라는 이순경의 말에 "내가 권씨를 사랑하게 되다니, 생각만 해도 끔찍한 일이었다"(p. 119) 생각하는 「아홉 켤레의 구두로 남은 사내」의 오 선생을 떠올릴 수 있다.

한편 「엄동」과 「아홉 켤레의 구두로 남은 사내」 사이에서는 보다 직접적인 연관 관계가 확인된다.

"선생님 근무처가 서울인 모양이죠?"

"그래요. 조그만 출판사에 나가고 있습니다."

전에 성남에서 선생으로 있었다는 얘기 따위는 아예 입 밖에
내비치지도 않았다. 아가씨가 만일 다른 성남 사람들과 똑같이
선생이란 직업을 아주 대단한 것으로 여기고 있다면 그걸 그만
둔 이유까지 구구히 설명하지 않으면 안 된다.

—「엄동」(p. 98)

현재 서울에 있는 출판사에서 근무하고 있는 박이 그에 앞서
성남에서 선생이라는 직업을 가지고 있었다는 사실을 위의 대
화에서 확인할 수 있다. 그곳 사람들이 선생이란 직업을 아주
대단한 것으로 여기는 상황 또한 「아홉 켤레의 구두로 남은 사
내」에 나오는 "그 선생을 대단하게 알고 별종으로 취급하는 사
람들이 다른 한편에는 또 있는 것이다"(p. 130)라는 대목에서도
유사하게 확인되는 장면이다. 이렇게 보면 「엄동」에서 박은 이
후 「아홉 켤레의 구두로 남은 사내」에서 오 선생과 권 씨로 분화
되어 등장하는 원형적 인물이라고 볼 수 있다. 그런가 하면 "과
거를 되기억해내는 과정에서 어쩌지 못할 아픔을 안겨다 주는
저 사건의 그림자"(p. 101)라는 대목에서는 광주 대단지 사건이
간접적으로 「엄동」 속에 등장하고 있기도 하다.

4. 인물 구조의 변화와 그 의미

그런데 「엄동」에서는 「아홉 켤레의 구두로 남은 사내」 연작과 맺고 있는 또 다른 맥락의, 보다 근본적인 연관을 살펴볼 수 있다. 그것은 인물 구도의 측면, 곧 남성 인물을 중심으로 두 여성이 대치하고 있는 구도에서 찾을 수 있다.

「엄동」에서 직장인 출판사가 있는 서울과 집이 있는 성남 사이를 출퇴근하는 박은 폭설이 내린 거리에서 버스를 타고 집으로 돌아가야 하는 처지에 놓여 있다. 일단 무릎맞춤을 하자는 친구의 유혹을 한차례 뿌리친 바 있는데 그 거절 역시 폭설로 인해 귀가가 어려워진 상황을 염두에 둔 것이었다. 그렇지만 우려했던 대로 폭설 때문에 성남으로 돌아갈 수 있는 버스는 운행이 되지 않고, 여기에서 주인공 박의 귀가를 가로막는 두번째 유혹이 발생한다. 박은 버스를 기다리다가 만난 영순이라는 여성과 함께 다방에 들어가게 되는데, 이 상황에서 영순은 끝까지 버스가 다니지 않게 될 경우 자신을 여관에 데려가 재워달라는 뜻밖의 요청을 한다.

이와 같은 상황의 원형을 우리는 「엄동」보다 조금 앞서 발표된 「어른들의 위한 동화」(1974)에서 발견할 수 있다. 무역 회사 경리 사원인 '그'는 예기치 않던 연말 보너스를 받아 아내가 기다리는 집으로 돌아가던 중 어느 순간 낯선 세계로 접어들게 된다. 노예시장이 펼쳐져 있는 그곳에서 '그'는 우여곡절 끝에 유혹적인 외모의 여자 노예를 사서 집에 들어간다. 이런 행동으로 아내에게서 오해를 받고, 아내가 친정으로 떠난 사이 그 여자 노예로 인해 '그'는 생을 탕진하다가 순식간에 늙고 초라한 노예 상인이 되고 만다는 것이 이 소설의 결말이다. 그러니까 아내가 있는 집과 귀로에서 마주친 매혹적인 여성 사이에서 선택을 강요받는 상황이 「어른들을 위한 동화」와 「엄동」에 공통적으로 가로놓여 있는 구조인 셈이다. 「어른들을 위한 동화」에서는 결국 여자 노예의 유혹을 이기지 못한 남성 인물의 파멸로 결말이 이루어졌는데, 그렇다면 「엄동」에서는 어떤 변화가 일어났을까.

박은 집에 돌아갈 걱정도 잠시 잊게끔 어기차고 대담하게 나오는 그 아가씨를 그제야 처음 발견한 기분으로 새삼 주의 깊게 관찰하기 시작했다. 아무리 여자 키라곤 해도 표준에서 훨씬 밑도는 작다란 체구였다. 그리고 아마도 스물 이쪽 아니면 저쪽일 한창 나이치고는 너무 야위어 보이는 가느다란 몸매를 꼭 빌려 입은 듯한 인상의 헐거운 외투가 투박스럽게 감싸고 있어 얼핏 병아리 우장 쓴다는 말이 떠올랐다. 이렇다 할 특징도 없고 화장한 흔적 같은 것도 없으나 꽤 생길 만큼 생긴 축에 드는 얼굴이었다. 하지만 그녀가 지닌 본래의 미를 제치고 깃발처럼 솟은 궁핍의 찌꺼기가 한창 나이의 얼굴에 짙은 음영을 드리우고 있었다. 마치 이화명충에 시달릴 대로 시달려 성숙 이전에 생장을 정지당해버린 초본식물과도 같은 인상이 들었다. 또한 궁핍의 계속이 한 여자의 아름다움을 한쪽서부터 차근차근 먹어 들어 음충스러운 노파로 급속히 변모시켜가는 일관작업의 과정을 도해圖解까지 곁들여 열람하고 있는 기분이어서, 저게 바로 타인의 형식을 빌려 나타난 자화상이 아닌가 하고 박은 섬뜩한 느낌마저 드는 것이었다. 만약 자기가 한때나마 오입이란 걸 염두에 두었더라면 지금쯤 아마 지독한 후회와 죄책감에 빠져 허덕이고 있을 시간이었다.

──「엄동」(pp. 90~91)

위의 장면에서 보는 바와 같이, 박은 영순에게서 자신을 유혹하는 세이렌이나 키르케의 모습이 아니라 오히려 "타인의 형식을 빌려 나타난 자화상"을 바라본다. 그것은 '궁핍'이라는 상황을 매개로 한 동일시와 연민의 감정이 실린 결과이다. 그와 같은 시선은 대상에 대한 성적 욕망을 철회하고 그 자리에 후회와 죄책감의 여지를 설치한다. 「어른들을 위한 동화」에서와는 달리 「엄동」에서 박이 영순이라는 존재로부터 발생하는 유혹에 저항할 수 있는 근거를 여기에서 찾아볼 수 있다.

박과 영순의 관계는 「아홉 켤레의 구두로 남은 사내」 연작 가운데 한 편인 「창백한 중년」에서 권 씨와 안순덕의 관계에 대응되는 것으로 볼 수 있다. 이번에도 두 사람은 다방에서 만나 이야기를 나누고 순덕은 자신의 질병에 대해 함구하는 조건으로 권 씨에게 여관에 갈 수도 있다고 이야기한다. 여기에서도 권 씨는 순덕의 제안에 크게 동요하지 않는데, 그것은 「엄동」에서와 마찬가지로 권 씨에게 순덕은 성적 욕망의 대상이 아니라 오히려 계층적 동질성으로부터 연유하는 연민의 대상이기 때문이다.

이처럼 「엄동」에서 영순은 「아홉 켤레의 구두로 남은 사내」의 안순덕에 대응된다고 볼 수 있는 면이 있고, 그것은 사실이지만, 그럼에도 그것이 전부는 아니며, 오히려 더 중요한 문제는 바로 그와 같은 단순한 대응에서 벗어난 또 다른 관계에 있다. 앞에서 「엄동」의 박이 「아홉 켤레의 구두로 남은 사내」에서 오선생과 권 씨로 분리되어 등장한다고 했는데, 영순 역시 「아홉 켤레의 구두로 남은 사내」 연작에서 안순덕에 대응되는 면이 있을 뿐만 아니라 비록 성별은 다르지만 어떤 측면에서는 오히려 권 씨에 더 가까운 면모를 보여주고 있다.

> 꾀죄죄한 외양을 한 꺼풀 벗었을 때 만좌중에 드러난 그녀의 내부에서는 분명히 건강한 동물성 같은 게 숨 쉬고 있었다. 상대가 뭐가 됐든 그녀에게는 능히 멱줄을 물어뜯고 할퀴기에 충분한 날카로운 송곳니와 발톱이 아직도 퇴화되지 않은 채 신품처럼 번쩍이는 성능으로 고스란히 살아 은밀한 곳에 비장되어 있었다. 그리고 원하는 한 가지를 손에 넣기 위하여 지니고 있던 다른 아홉 가지를 벌써 포기해버린 사람들만이 갖는 저 신지핀 집념과 억척이 곁들여 있었다. 아무나 쉽게 획득할 수 없는 그녀의 그것들은 분명히 축복받은 값진 자산이었다.
>
> ─「엄동」(p. 104)

이와 같은 근접 거리에서의 조명은 「창백한 중년」의 안순덕에게는 일어나지 않았던 일이다. 오히려 왜소하고 초라한 외면에 내재된 어떤 건강성을 확인하는 장면은 권 씨를 관찰하는 오 선생의 시선에서 확인할 수 있었던 특징이다. 이런 시선으로 보면 "한 가지를 손에 넣기 위하여 지니고 있던 다른 아홉 가지를 벌써 포기해버린 사람"이라는 구절 또한 권 씨의 '아홉 켤레 혹은 열 켤레의 구두'를 묘하게 떠올리게 만든다. 이처럼 「엄동」과 「아홉 켤레의 구두로 남은 사내」 연작은 어느 지점에 이르기까지 유사한 행보로 나란히 진행되는 양상을 보이는데, 그렇지만 그 인물들의 관계를 최종적으로 처리하는 방식에서 결정적인 차이를 보이고 있다.

「엄동」에서의 결말은 박이 영순에게서 느낀 계층적 연민의 감정을 끝까지 실현하는 방향으로 진행되지 못한다. 영순에게서 나타난 갑작스러운 태도의 변화와 그에 따른 박의 심경 변화가 그 원인을 제공한 것이다. 소시민의 계층적 조건에도 불구하고 '건강한 동물성'을 보여주던 영순은 갑자기 자신에게 내재된 소시민의 또 다른 부정적 속성을 진심의 형식으로 고백하게 되는데, 언뜻 납득하기 어려워 보일 수도 있는 이런 갑작스러운 태도 변화는 긍정과 부정 양극에서 부유하는 소시민성 가운데 한쪽 극단이 부각된 것에 대한 반작용의 결과로 이해할 수 있다. 그리고 이와 같은 영순의 다른 면모는 박 씨의 또 다른 자기 상을 자극하기에 이른다.

그 순간 박이 느낀 것은 천길 높은 벼랑을 떼떼굴 굴러떨어지는 듯한 감정이었다. 다른 한편으로 그것은 거센 배반감이기도 했다. 가슴속에서는 분노 같은 게 원인도 모르게 부글부글 끓어오르기 시작했다. 그리고 그것은 눈 깜짝할 새 아주 조포粗暴하기 짝이 없는 성욕으로 바뀌었다. 정영순이란 이름의 한 여자를 겨냥했다기보다 그것은 수없이 밟히고 밟혀도 여전히 꿈틀거리는 한 모진 목숨을 보았을 때 느끼는, 거기에 마지막 일격을 가해주고 싶은 충동이나 매한가지 욕구였다. 자기 자신이 느끼기에도 참말 어처구니없고 느닷없는 변화였다. 그러면서도 더 이상 그럴 수 없이 아주 절실한 기분이어서 당장 어쩌지 않으면 속에서 꼭 탈이 날 것만 같았다.

——「엄동」(pp. 106~07)

계층적 연민의 감정은 대상과 거기에 내재된 자신의 속성에 대한 분노로 급작스러운 변화를 겪고, 그것은 다시 박에게 영순에 대한 가학적 성욕을 느닷없이 발생시킨다. 하지만 상황의 변화는 이와 같은 박의 변질된 욕망이 실현되는 상황을 비껴간다. 뒤늦게 성남으로 향하는 버스의 운행이 시작된 것이다. 버스에 오르는 과정에서 실진한 영순을 박은 번거로운 상황에 휘말릴까 두려워 외면하고 결국은 "그저 주위의 모든 것에 부끄럽고 또 부끄러워 더 이상 고개를 바루고 꼿꼿이 서 있기가 차마 무엇했다"(「엄동」, p. 114)라고 느끼는 상태에서 소설은 끝을 맺는다.

「엄동」의 서사 진행 과정에서 발견할 수 있는, 어떤 상황에서 인물들이 겪는 급작스러운 감정, 혹은 의식의 변화는 윤흥길 소설의 인물들이 공통적으로 경험하는 내적 상태라고 할 수 있는데, 「엄동」에서와는 달리 「아홉 켤레의 구두로 남은 사내」에서 이 비약적 감정 변화의 방향은 대상을 가학적으로 부정하는 것이 아니라 오히려 피학적인 방식으로 동화하는 쪽으로 진행된다.

무슨 말이 더 있을 듯싶었는데 그는 이내 돌아서서 휘적휘적 걷기 시작했다. 나는 내심 그 입에서 끈끈한 가래가 묻은 소리가, 이를테면, 오 선생 너무하다든가 잘 먹고 잘 살라든가 하는 말이 날아와 내 이마에 탁 들러붙는 순간에 대비하고 있었는지도 모른다. 그래서 그가 갑자기 돌아서면서 나를 똑바로 올려다봤을 때 그처럼 흠칫 놀랐을 것이다.

"오 선생, 이래 봬도 나 대학 나온 사람이오."

그것뿐이었다. 내 호주머니에 촌지를 밀어 넣던 어느 학부형 같이 그는 수줍게 그 말만 건네고는 언덕을 내려갔다. 별로 휘청거릴 것도 없는 작달막한 체구를 연방 휘청거리면서 내딛는 한 걸음 한 걸음마다 땅을 저주하고 하늘을 저주하는 동작으로 내 눈에 그는 비쳤다. 산 고팽이를 돌아 그의 모습이 벌거벗은 황토의 언덕 저쪽으로 사라지는 찰나, 나는 뛰어가서 그를 부르고 싶은 충동을 느꼈다. 돌팔매질을 하다 말고 뒤집어진 삼륜차로 달려들어 아귀아귀 참외를 깨물어 먹는 군중을 목격했

을 당시의 권 씨처럼, 이건 완전히 나체화구나 하는 느낌이 팍
들었다.

—「아홉 켤레의 구두로 남은 사내」(pp. 164~65)

위의 대목은 아내의 수술비를 빌리러 학교까지 찾아온 권 씨
를 빈손으로 돌려보내는 상황에서 오 선생이 느끼는 감정의 상
태를 서술하고 있는 부분이다. 권 씨가 광주 대단지 사건의 시
위 현장에서 사고로 쏟아진 참외를 향해 달려드는 군중에게서
'나체화'를 목격했을 때처럼, 이 순간 오 선생 역시 권 씨에게
서 유사한 감정의 상태를 경험한다. 그것은 타자를 자기 욕망의
대상으로 삼는 것과 다르게, 오히려 타자의 적나라한 모습을 그
자체로 승인하면서 타자와의 사이에 놓인 간극을 메우는 방향
으로 자신을 소거시키는 것에 가깝다. 그 중간 과정에서의 부침
은 있지만, 「아홉 켤레의 구두로 남은 사내」 연작이 궁극적으로
향하는 곳 역시 바로 이 지점이라고 할 수 있다.

숨 돌릴 겨를도 없이 쏟아져 내리는 타격은 차라리 일종의 청
량감 같은 것이었다. 그것은 안순덕과 박환청과 자기를 잇는 삼
각의 끈을 확인하는 절차이기도 했다. 여태껏 그들과 자기 사이
에 가로놓인 엄청난 허구의 공간이 주먹과 발길 끝에서 조금씩
조금씩 무너져 내리고 있었다. 내가 만약 이 자리에서 저 미치
광이 젊은이한테 타살당하지 않고 살아날 수만 있다면, 하고 권
씨는 가정을 해보았다. 살아난 값을 톡톡히 해야지. 그러기 위

해서는 다른 무엇보다도 먼저 노조 간부들을 만나볼 필요가 있
었다. 그리고 다음 순서로 본사에 가서 사장을 만나는 일도 당
연히 고려에 넣으면서 권 씨는 차츰 의식을 잃어갔다.

—「창백한 중년」(p. 294)

권 씨는 오해에 기인한 청년의 타격을 "일종의 청량감"으로
느끼며 받아들인다. 그는 그것을 그들과 자신이 연결되어 있다
는 사실을 확인하는 절차로 이해하기 때문이다. 그리고 그 과정
에서 "그들과 자기 사이에 가로놓인 엄청난 허구의 공간"이 무
너져 내리고 있다고 느낀다. 이처럼 자신과 타자 사이에 가로놓
인 간극을 해결하는 방식과 방향의 차이에서 「아홉 켤레의 구두
로 남은 사내」가 이전의 소설적 흐름에 이어져 있으면서도 결정
적으로 그것과 단절되는 이유를 발견할 수 있다. 그리고 이 구
조 변화의 과정에서 아내로 상징되는 현실원칙의 반대편에서
주체로 하여금 욕망을 불러일으키는 대상이 「어른들을 위한 동
화」부터 「엄동」을 거쳐 「아홉 켤레의 구두로 남은 사내」에 이르
기까지 성적 유혹의 존재로부터 인간적 연민과 계층적 연대의
존재로 한 단계씩 이행한다는 사실도 더불어 확인할 수 있다.
이러한 변화가 갖는 시대적 의미에 대해 이문구는 일찍이 다음
과 같이 묘파한 바 있다.

찬조 출연자(작품 주인공)가 가난에 찌들 대로 찌들고, 밑천
이라곤 평생 가도 못 팔아먹을 오기 하나뿐인 중년 사내면서도,

이렇듯 작가와 궁합이 잘 맞아준 사주는 여간해서 찾아보기 어렵기 때문이다.

— 이문구,「한 켤레 구두로 산 사내」(『문예중앙』 1978년
여름호;『윤흥길』, p. 169)

이문구에 따르면, 1970년대 작가에게 주된 원조자는 주로 여성, 그것도 '직업적 여성'이었다. "『별들의 고향』에서 온 경아는 최인호 씨에게 별을 여럿 달아주었고,『겨울여자』인 이화는 조해일 씨로 하여금 여러 해 여름을 시원하게 날 수 있도록 돌보아주었으며, 시간팔이로 밤낮 없다가 한 밑천 잡을 만했던 영자가 자신의 전성시대를 낯선 조선작 씨에게 넘겨줄 동안,「삼포 가는 길」에서 만난 백화는 다시 황석영 씨더러「객지」로 낙향하라고 재촉하였고, 드디어 순자가 문을 열고 이정환 씨를『유리별 대합실』로 안내하는 곁에서,『목마 위의 여자』는 김주영 씨로 하여금『위대한 악령』을 시켜 마침내 은행변을 갚도록 뒷바라지하였으니 작가와 작품의 주인공이 이성지합異性之合으로써 일문—門을 이루되, 그 화목스럽기가 실로 그와 같았던 것"(같은 글, p. 167)인데, 윤흥길의 경우는 '창백한 중년' 남성인 권 씨가 그 역할을 대신했던 것이다. 이런 맥락에서 성별의 구분을 부차화시키면서 계층적 조건을 통해 연대를 이루는 소설적 흐름이 더 이후 본격화되는 어떤 징후적 계기로「아홉 켤레의 구두로 남은 사내」 연작이 놓여 있다는 의미를 오디세우스 콤플렉스라고 할 만한 관계의 대상이 여성(이성)으로부터 남성(동성)으로

변화했을 때 발생하는 소설의 효과와 연관시켜 생각해볼 수도 있을 듯하다. 그런 의미에서 윤흥길 소설 내부에서 발생한 변화가 곧 한 시대의 새로운 소설적 흐름을 이끌게 되는 합류 지점에 「아홉 켤레의 구두로 남은 사내」가 놓여 있다고 할 수 있다.

5. 의도와 해석 사이의 낙차

지금까지 살펴본 바와 같이 「아홉 켤레의 구두로 남은 사내」 연작은 이전에 발표된 작품들의 맥락으로부터 형성된 것이면서, 동시에 앞서 발표된 작품들과는 다른 새로운 차원으로 도약하는 면모를 가지고 있다. 그 단절은 무엇보다 소설 내적인 차원에서 인물 구조의 변화를 통해 확인할 수 있었는데, 결과적으로 그와 같은 인물 구조의 변화는 「아홉 켤레의 구두로 남은 사내」로 하여금 이전에 비해 보다 본격적으로 광주 대단지 사건이라는 역사적·시대적 현상을 소설 속에 담아낼 수 있는 조건을 제공하는 데 기여하게 된다.

그렇다면 이전 소설에서는 부분적으로, 간접적으로만 모습을 드러내고 있던 이 사건이 어떻게 「아홉 켤레의 구두로 남은 사내」에서는 갑자기 전면적으로 등장하게 되었을까. 우선 권 씨라는 문제적 인물의 성립이 무엇보다 결정적인 계기가 되었으리라 생각해볼 수 있다. 그런데 윤흥길 소설에서 이 계기가 갖는 의미는 그것이 이념에 의해 제작된 인물형이 아니라 그의 초기 소설 속 인물이 진화하는 과정에서 내적으로 마련된 것이라는 점에서 찾을 수 있다. 그리고 거기에는 작가의 개인적 경험이나 사회적 변화의 과정이 함께 관여하고 있다.

이 점과 관련하여 작가는 예비군 훈련장에서 우연히 광주 대단지 사건에 실제 참여했던 인물을 만나 일부러 술자리까지 만들어서 얘기를 들은 일화를 소개한 바 있다. 그에 따르면 "성남에서 우연히 만난 그를 모체로 하여 서울로 이사 온 후 우리 집 문간방에 세 들어 살던 권 씨를 접붙이는 작업"(「오늘 패배한 내일의 승리자」, 『문학동네 그 옆 동네』, 전예원, 1983, p. 81)을 통해 소설 속 권 씨의 캐릭터가 만들어질 수 있었다. 그리고 그 권 씨의 캐릭터는 이전 소설들에서 부분적으로 그 모습을 드러냈던 광주 대단지 사건이 비로소 전면적으로 소설 속에 도입되는 활짝 열린 현관문 역할을 했던 것이다. 그와 더불어 이전 소설들로부터 흘러온 여러 맥락이 화학적 작용을 하여 안순덕이라는 여성 노동자가 노동 현장에서 사고를 입는 사건을 계기로 권 씨가 새로운 존재의 차원으로 도약하는 일도 일어났다.

여기에서 한 가지 새롭게 발생한 문제는 이렇게 해서 마련된 「아홉 켤레의 구두로 남은 사내」 연작이 작가의 의도나 의지를 초과하여 독자 지평에서 잉여의 의미가 생산, 그리고 확산되는 결과를 낳았다는 사실에 있다. 『아홉 켤레의 구두로 남은 사내』를 출간하면서 작가는 후기에서 다음과 같이 적은 바 있다.

───자기 구제의 수단으로 알고 처음 문학이란 걸 선택했습

니다. 그러다가 문학과 사회와의 유대 문제에 관심을 갖게 되었지요. 결국 진정한 자기 구제는 내가 속해 있는 사회와 그 사회의 구성원들과의 긴밀한 유대감 속에서 그들에게 애정과 관심을 보냄으로써 나와 그들이 동시에 구원받을 수 있는 길을 모색하는 데 있다는 결론을 얻었습니다.

　　── 작가에겐 작가로서의 의무가 있고 시민으로서의 의무가 있다고 봅니다. 시민의 의무와 책임을 저버려서는 안 되지만 그렇다고 작가 고유의 행위인 작품 활동을 폭로 내지는 고발, 개혁 의지의 실현을 위한 수단물로 피스톨처럼 사용해서도 안 될 것 같습니다. 만일 문학이 미학을 외면한 채 이데올로기나 문학 외적인 목적에만 매달릴 경우 예술이 갖는 최대의 기능인 감동을 상실하게 되기 때문입니다.

　　──「후기」(『아홉 켤레의 구두로 남은 사내』, 문학과지성사, 1977, pp. 307~08. 초판의 후기에 실려 있던 이 부분은 개정판에서 삭제된다.)

　여기에서 작가가 어떤 사회적 이념이나 현실 변화의 수단으로 소설을 바라보고 있지 않다는 점을 확인할 수 있다. 책이 출간된 이후에 가진 대담에서도 그는 "고발이나 폭로 쪽이 아니라 그들의 체험을 문학 속에 수용하면서 예술적 감동을 남기고 싶다는 욕심"(김승희, 「토속의 핏줄에서 찾는 화음의 세계」, 『문학사상』 1979년 8월호, p. 414)을 거듭 밝힌 바 있다. 그리고 이와 같은 작가의 욕심은 한편으로 대단히 충실하게 실행된 듯 보이기도 한다.

보아하니 권 씨의 구두 닦기 실력은 보통에서 훨씬 벗어나 있
었다. 사용하는 도구들도 전문 직업인 못잖이 구색을 맞춰 일
습을 갖추고 있었다. 그리고 무릎 위엔 앞치마 대용으로 헌 내
의를 펼쳐 단벌 외출복의 오손에 대비하고 있었다. 흙과 먼지를
죄 털어낸 다음 그는 손가락에 감긴 헝겊에 약을 묻혀 퉤퉤 침
을 뱉어가며 칠했다. 비잉 둘러가며 구두 전체에 약을 한 벌 올
리고 나서 가볍게 솔질을 가하여 웬만큼 윤이 나자 이번엔 우단
조각으로 싹싹 문질러 결정적으로 광을 내었다. 내 보기엔 그런
정도만으로도 훌륭한 것 같은데 권 씨는 거기에 만족하지 않고
계속해서 같은 동작을 반복했다. 그만한 일에도 무척 힘이 드는
지 권 씨는 땀을 흘렸다. 숨을 헉헉거렸다. 침을 퉤퉤 뱉었다. 실
상 그것은 침이 아니었다. 구두를 구두 아닌 무엇으로, 구두 이
상의 다른 어떤 것으로, 다시 말해서 인간이 발에다 꿰차는 물
건이 아니라, 얼굴 같은 데를 장식하는 것으로 바꿔놓으려는 엉
뚱한 의지의 소산이면서 동시에 신들린 마음에서 솟는 끈끈한
분비물이었다.

　　　　　　　　　　　　　—「아홉 켤레의 구두로 남은 사내」(p. 135)

권 씨의 "구두 닦기"를 묘사하고 있는 위의 장면은 소설에서
의미와 표현이 한 발씩 빈틈없이 맞물려 내용과 형식 사이의 균
형이 절묘하게 잡힌 어떤 미학적 경지를 보여준다. 구체적으로

이 대목은 인물의 성격화, '구두'라는 사물의 상징성, 서술의 리듬감 등에서 교과서적인 모범을 보여주고 있다고 할 수 있는데, 전성기의 윤흥길 소설에서는 이런 표현의 명장면들을 그다지 어렵지 않게 발견할 수 있다.

그럼에도 다른 한편으로 「아홉 켤레의 구두로 남은 사내」 연작은 결과적으로 작가의 의도를 초과하는 잉여의 부분을 발생시켰던 것 같다. 그로 인해 작가의 의도와 해석 사이에 간격이 생겨났고, 그것은 그 이후에도 지금까지 지속되고 있는 현상이기도 하다.

어떤 평론가는 "지식인이 갖는 허위의식, 분에 넘치는 허영심의 상징"으로 보기도 했는데 그런 것은 아닙니다. 심리학이나 정신분석학에서 보면 대상심리라는 게 있는데, 현실에서 보상받을 수 없을 때 다른 상징으로 대치하는 것을 말하지요. '자존심' '가치관' '최후까지 양도하지 않고 지키고 싶은 자아' 같은 것의 대상물로서 열 켤레라는 상식적으로 이해가 안 가는 많은 구두를 대입시켰습니다. 어떤 면에서는 권 씨를 희화화하는 효과도 노린 것이죠. 그러므로 구두를 허위의식의 상징물로 보는 것과 "최후의 보루로서 지키고자 하는 자아"로 보는 것은 엄청나게 다른 것이죠. [……] "자아를 버렸다"는 것이지요. 자아를 버렸다는 것은 구체적으로 상황 속에서 완전히 벌거벗은 원시인 같은 본능적 인간으로 변모하고 싶다는 자기 소망이랄까, 밑바닥까지 떨어져보고 싶은 적나라한 의지랄까, 하는 것입니

다. 그러나 구두를 '지식인의 허위의식'으로 보면 구두를 태운
다는 것은 노동 계층을 위한 투사가 되겠다는 것인데 그것은 내
가 이야기하고 싶은 것이 아니에요. 나는 권씨가 적나라한 인간
이 되어 생활에 부단히 부딪혀 나가려고 하는 의지를 그린 것일
뿐입니다.

　　　　　　　　　　　──「토속의 핏줄에서 찾는 화음의 세계」(p. 415)

　권 씨의 행동에서 "소시민적 갈등의 진정성"(성민엽, 「「아홉
켤레의 구두로 남은 사내」 연작의 현재적 의미」, 『아홉 켤레의 구
두로 남은 사내』, p. 317)을 읽어내는 해석이 비교적 작가의 의
도에 가까운 것이라고 할 수 있겠는데, 위의 작가의 반응에서
'구두'의 의미나 권 씨의 행동에 대한 좀더 적극적인 해석이 있
었다는 사실을 확인할 수 있다. 최근에도 「아홉 켤레의 구두로
남은 사내」 연작의 결말에서 '시민성'의 성립을 확인하는 논의
(김경민, 「1970년대 소설에 형상화된 시민성 연구」, 『국어국문학』
169, 2014. 12)도 있었고, 권 씨에게서 나타나는 민중성과 소시
민성의 통합되지 않은 이중성이야말로 이념이 아닌 민중의 실
재를 드러낸 것이라는 의견(이철호, 「민중이라는 심연 ──「아
홉 켤레의 구두로 남은 사내」 연작을 중심으로」, 『상허학보』 50,
2017. 6)도 제시된 바 있다.
　이와 같은 작가의 의도와 해석 사이의 간격을 '리얼리즘의 승
리'라든가 '정치적 무의식'이라는 용어를 빌려와서 설명할 수도
있겠지만, 이 글의 맥락에서는 미학과 현실이라는 상반되는 방

향 사이에 놓인 작가의 선택이라는 관점에서 생각해볼 수도 있지 않을까 싶다. 그러니까 작가의 의식은 미학(문학)의 경계 내에 존재하지만 그럼에도 그 너머의 역사, 현실에 대한 충동적인 호기심을 간직하고 있는 구도인 것이다. 그리고 이 구도는 소설 속 인물의 성향이 역사에 대한 작가의 태도, 선택과 상동 관계를 이루고 있는 상황이라고 할 수도 있다. 그러니까 미학의 경계를 넘어 순간적으로 역사성을 도입하는 현상이 소설 속 인물과 작가에게서 동시에 발생했던 것이다.

6. 미완으로 남은 연작

한편 작가는 여러 차례 「아홉 켤레의 구두로 남은 사내」 연작을 완결하겠다는 계획을 밝힌 바 있다. 다음 인용에서는 그 계획의 구체적인 윤곽까지 확인할 수 있다.

권 씨는 앞으로 근로자들을 위한 투사로서가 아니라, 이기심이라든가 약점을 버릴 수 있는 보다 인간적인 사람으로 그려질 겁니다. 「아홉 켤레…」 연작은 앞으로 장편으로 계속 써나가서 완결 짓고 싶어요. 마지막 완결 편에서는 작가가 직접 나서서 앞에 등장했던 모든 인물들을 차례로 순방하면서 산업사회를 조감하고, 그 노력을 통해 진실을 캐고 싶습니다. 순덕의 애인 박환청 청년이 감옥에 간 것으로 해서, 작가가 우연히 그 청년이 쓴 편지를 입수하고, 그래서 그의 편지를 들고 하나하나 방문해보는 거죠.

—「토속의 핏줄에서 찾는 화음의 세계」(p. 416)

작가가 의도했던「아홉 켤레의 구두로 남은 사내」연작의 완결된 모습은 우선 작가 자신이 소설 속에 등장하는 실험적 형태로 구상되었다는 점에서 특징적이다. 그리고 작가가 소설 속에 등장하게 되는 매개가 연작에서는 안순덕의 애인 역할로 잠시 등장하는 박환청이라는 청년 노동자라는 사실도 밝혀져 있다. 감옥에 간 박환청의 편지를 작가가 입수하고, 그 편지의 수신자를 직접 찾아가는 이야기가 계획의 형식으로 위에 제시되어 있다.

그렇지만 아직까지는 그 완결의 계획이 실현되지 않고 있다. 다만 위의 계획이 부분적으로 실제 수행된 것이「오늘의 운세」(1983)라는 사실은 파악된다. 이 소설에서 직장인인 '나'는 우연히 버스에서 죄수의 편지 두 통을 전달하는 부탁을 받게 되는데, 바로 신금철이라는 이름의 그 죄수가 자신의 아내(이춘매)와 동료(차상진) 앞으로 남긴 편지가 그것이다. 이 사건을 매개로 '나'는 편지 수신자의 한 사람인 차 씨를 어렵게 찾아 만나게 된다. 이 만남은 한편으로 우연히 입수하게 된 죄수의 편지로 인한 것이지만, 다른 한편으로는 내적인 맥락에 근거한 것이기도 하다.

뭐라도 좋으니까 제발 사고다운 사고가 발생해서 속이 빤히 들여다보이는 위태위태한 유리그릇 같은 내 평범한 일상이 와장창 깨져주기를 나는 바라마지않았다. 그러면서도 다른 한편으로는 그와 같은 불상사들이 정작 상상 아닌 눈앞의 현실로 어느 날 불쑥 찾아들면 어쩌나 하고 혼자서 전전긍긍하기도 했다.
—「오늘의 운세」(p. 260)

아내로 상징되는 일상의 규범으로부터 벗어나고자 하는 욕망과 그것이 빚어내는 사건은 「황혼의 집」에서부터 윤흥길 소설의 기본 구도를 이루는 요소였고, 특히 「아홉 켤레의 구두로 남은 사내」에서 권 씨를 통해 극적으로 드러난 바 있다. 두 통의 편지를 통해 상반된 형태로 드러나는 신금철의 양면성을 두고 "어떻게 이럴 수가 있어요? 어떻게 이렇게 한 인간의 가슴속에 천당하구 지옥이 사이좋게 공존할 수 있냐구요?"(「오늘의 운세」, p. 264)라고 반문하는 아내의 발화에서는 「아홉 켤레의 구두로 남은 사내」에서 찰스 디킨스와 찰스 램의 대조를 통한 비유적 표현으로 제시된 소시민성의 양면성의 변주 양상을 확인할 수도 있다.

이처럼 「아홉 켤레의 구두로 남은 사내」 연작의 완결에 대한 계획은 「오늘의 운세」를 통해 굴절되었고, 결과적으로는 작가의 바람에 미치지 못한 채 미완으로 남았다. 그리고 그와 같은 결과는 의도와 해석 지평 사이의 간극이 쉽게 메울 수 없는 상태로 남겨져 있었던 텍스트의 상황과 연관이 있을 것이라 짐작된다. 권 씨를 '근로자들을 위한 투사'가 아니라 '이기심이라든 가 약점을 버릴 수 있는 보다 인간적인 사람'으로 그리겠다는 작가의 의도는 독자의 해석 지평에서 발생한 의미화의 흐름과 끝내 화해되지 못했던 것이다. 그리고 그 결과 「아홉 켤레의 구두로 남은 사내」 연작은 그와 같은 어긋남을 증언하는 소설적 증상으로 지금까지 남아 있다.

7. 소설적 변주의 한 방식

『아홉 켤레의 구두로 남은 사내』 이후 윤흥길은 『무지개는 언제 뜨는가』(1979), 『꿈꾸는 자의 나성』(1987), 『낙원? 천사?』(2003), 『소라단 가는 길』(2003) 등 네 권의 소설집을 더 출간했다. 이 책의 뒷부분에는 이 시기의 특징을 보여주는 소설들이 수록되어 있다.

우선 「무지개는 언제 뜨는가」(1978)가 「장마」에 이어져 있는 소설이라는 사실은 여러 측면에서 입증될 수 있다. 우선 한국 전쟁을 전후하여 펼쳐지는 두 소설 속 사건이 발생하는 공간이 '건지산' 일대라는 점에서 뚜렷한 연결 고리를 찾을 수 있다. 그 리고 또한 「장마」의 화자였던 어린아이의 이름이 '김동만'이었 다는 사실을 떠올려보면 「무지개는 언제 뜨는가」의 화자의 이 름이 '김동만'이라는 사실 역시 우연한 일치는 아닐 것이다.

나는 밤을 무서워하고 있었다. 밤의 어둠을 끔찍이도 무서워하고 있었다. 전쟁이 터진 뒤로 내가 아는 거의 모든 죽음이 밤중에 이루어졌다. 외삼촌의 전사 통지가 온 것도 밤중이었고 삼촌을 마지막으로 본 것도 새벽녘에 가까운 한밤중이었다. 생각만 해도 몸서리쳐지는 강둑 위에서의 학살이나 빨치산의 습격도 대개 야음을 틈타 저질러졌으며 그것에 대한 보복 또한 어둠 속에서 저질러졌다. 새벽은 다만 간밤의 죽음들을 우리에게 똑똑히 확인시키기 위해서만 찾아오는 것 같았다.

—「무지개는 언제 뜨는가」(pp. 220~21)

국군으로 참전하여 사망한 외삼촌의 전사 통지, 그리고 빨치산 삼촌의 방문 등은 「장마」에 등장하는 중요한 사건이었는데, 위에서 보는 것처럼 그 기억이 「무지개는 언제 뜨는가」에 다시 등장하고 있어 두 소설 사이의 연속성을 소설 속 사건의 차원에서도 증명해주고 있다. 그런가 하면 "빨치산으로 죽은 삼촌을 대신해서 살아 있는 구렁이가 집 안으로 기어들던 그 무렵의 그 비하고 거의 비슷했다"(p. 231)는 대목 역시 「장마」의 한 부분을 기억의 형식으로 재현하고 있는 부분이다. 이처럼 「무지개는 언제 뜨는가」는 「장마」와 상호 텍스트적 관계에 놓여 있는 세계라는 사실을 확인할 수 있으며, 당연히 두 소설은 분단이라는 주제 의식에서도 일맥상통하는 면모를 보여준다.

다만 어린아이의 시점으로 형상화된 「황혼의 집」「집」「장마」 등에는 그 서사의 특성상 상황에 대한 현실적·객관적 파악의

범위가 제한되어 있고, 그에 따라 소설 속에 전쟁이 등장하고, 지명 등 공간적 지표가 드러난다고 하더라도 기본적으로는 아이가 경험하는 제한적 시공간, 그러니까 객관적 좌표가 결여된 주관적 시공간일 수밖에 없다. 그에 비해 회상을 포함하면서도 인물들이 성장한 이후의 시점이 기본 구조를 이루고 있는「무지개는 언제 뜨는가」의 '건지산'과 그를 배경으로 한 전쟁은 보다 객관적인 지평 속에 놓여 있다. 이 '건지산'은『밟아도 아리랑』(『문신』),『낫』(1995) 등의 공간적 배경이기도 하다는 점에서 이후 역사적 무대로 확장되기도 한다. (마찬가지 원리로「황혼의 집」의 정읍,「땔감」(1978)의 소라단 등의 공간은 이후 장년의 인물들이 고향을 찾아 어린 시절의 기억을 차례로 펼치는『소라단 가는 길』에서 보다 객관화된 상황 속에서 형상화된다.)

「무지개는 언제 뜨는가」에서 분단 문제의 극복을 상징적으로 처리하고 있는 방식은 윤흥길 소설에서 그다지 낯선 것은 아니다. 우선 태생적으로든 어떤 사건의 충격에 의해서든 윤흥길 소설에는 온전한 정신을 갖지 못한 인물이 어떤 전형성을 가지고 등장해왔다.「양」의 윤봉,「그것은 칼날」(1977)의 똥필(동필),『밟아도 아리랑』(『문신』)의 춘풍(신춘복) 등의 인물이 그들인데,「무지개는 언제 뜨는가」의 작은당숙모 역시 이 계보에 속하는 인물로 볼 수 있다. 이 온전한 사회적 이성을 갖지 못한 존재인 작은당숙모가 자신의 가족을 말살한 원수의 자식인 동근이를 살려내고 키워낸 사연에서 우리는 사회적·역사적 상흔을 치유할 수 있는 힘으로 모성을 제시하는,『에미』(1982)에서 뚜렷하게 나타났던 윤흥길 소설의 한 방식을 다시 확인할 수 있다. 그리고 그렇게 해서 성장한 '똥먹이아들' 동근이의 상황이 다음과 같이 요약적으로 제시되는 대목에서 이 소설의 주제는 그리 어렵지 않게 간취된다.

"저는 합작품이래. 빨갱이가 낳은 자식을 그 빨갱이들한테 불행을 당한 여자가 주워다 길렀으니까 저만큼 운명을 기구하게 타고난 놈도 드물 거라는 거야. 그 이상 어떻게 더 기구할 수가 있냐는 거지. 아마 동근이가 나쁜 길로 들어서지 않고 제 운명을 똑바로 개척해나갈 수 있었던 것도 다 그 덕분일 거야. 일찌감치 큰 고통을 견뎌냈으니까 아무래도 나중에 작은 고통을 이겨내는 것쯤이야 수월했을 거 아니겠어?"

——「무지개는 언제 뜨는가」(p. 239)

이와 같은 소설적 주제는 분단 문학에 대한 작가의 다음과 같은 생각과 그대로 부합하는 것이기도 하다.

한 작가로서 내가 할 수 있는 일은 오직 외국에서 수입된 이데올로기에 묻어 들어온 총포의 그늘에 가려진 인간적인 진실을 규명하고, 우리 민족 고유의 토속적이고 전통적인 정서를 통하여 부단히 동질감을 확인하는 일에 의해 우리가 원했던 것도 아니며 거기에 적절히 대비하지도 못했던 외국제 이데올로기 때문에 나날이 심화되어가는 남과 북의 이질화 현상을 극복해가는 작업에 나름으로 힘을 다하는 일뿐이다.

　　　　　　　　　　—「고통의 가치」(『문학동네 그 옆동네』, p. 161)

　한편 작은당숙모의 '낫'은 "어떤 특징적인 물건이나 관행을 붙잡아서 보다 일반적이고 추상적인 함축을 갖게 하는 득의의 기법"(황종연, 「인간적 친화를 꿈꾸는 소설의 역정」, 『작가세계』 1993년 여름호, p. 36)의 계보에 이어져 있는 사물이다. 대표적으로 「아홉 켤레의 구두로 남은 사내」 연작에 나오는 권 씨의 '구두'를 들 수 있고, 『완장』(1983)에서 임종술의 '완장', 그리고 『낫』에서 배낙철의 '낫' 등 역시 그와 같은 기능을 담당하고 있다.

　문제의 낫은 일개 연장의 자격에 머물지 않고 신체의 일부를 이루는 배낙철의 분신처럼 느껴질 정도였다. 어떤 목적을 위한 수단이 아니라 그 낫은 소유자의 잔혹한 의지를 고스란히 웅변하는 끔찍스런 상징물처럼 느껴지기도 했다.

　　　　　　　　　　　　　　　—『낫』(문학동네, 1995, p. 292)

　넓게 보면 추상적 함축을 가진 사물이라는 점에서 공통되지만 개별적으로는 각 작품의 맥락에서 고유한 기능을 수행한다고 볼 수 있다. 「매우 잘생긴 우산 하나」(1987)에서 6급 주사직의 구청 호적 계장인 김달해 씨의 '우산'은 멀리는 「내일의 경이」에서 기관원을 사칭하는 문명남의 '선글라스'와 유사한 기능을 수행하고 있다. 『완장』에서의 '완장' 역시 일찍이 「장마」
의 "수복이 되어 완장을 두르고 설치던 삼촌"(「장마」, 『황혼의
집』, p. 78)에게서 그 발생적 기원을 확인할 수 있다.

8. 분단 문제의 소설적 진화

   이처럼 「무지개는 언제 뜨는가」가 윤흥길 소설의 맥락을 비
교적 온건하게 수용·변주하면서 「무제霧堤」(1978)와 더불어 분
단 소설의 한 국면을 보여주고 있다면, 「쌀」(1993)의 경우는 윤
흥길 소설 세계에서 분단 문학의 문제를 새로운 궤도 위에 올려
놓은 작품으로 평가될 수 있다.

   표면적으로 「쌀」은 「장마」 이래 분단 문제를 처리하는 윤흥
길 소설의 방식을 답습하고 있는 듯 보이기도 한다. 1980년대 중
반 서울에서 발생한 수해 사건을 계기로 북한에서 보낸 구호품
의 수혜자가 된 화자 부부는 실향민인 장인, 장모 부부의 요청에
의해 구호품의 일부인 그들 고향의 '쌀'을 전달한다. 그렇지만
그 과정에서 일어난 소동으로 인해 "급조한 가짜 이북 쌀과 두
실향민 노인 사이에 이루어지는 역사적인 해후 장면"(p. 401)을
연출하기도 했다. 그런데 지금 회향병에 시달리는 장모가 다시
금 그 문제의 '쌀'을 치료의 수단으로 집착하고 있는 상황이다.
농경 사회의 전통에서 쌀로써 갖가지 병을 다스리는 행위는 '잠
밥 먹이기'나 '도령稻靈 신앙'이라는 용어를 통해 확인되는 풍습

이며, 이와 같은 전통적 풍습은 「장마」에서 분단 상황을 극복하는 방식으로 제시된 바도 있다. 그런데 「쌀」에서는 그와 같은 전통적 태도에 대해 다소 다른 입장이 개진되고 있다.

쌀을 쌀 아닌 다른 무엇으로, 이를테면 마땅히 인간의 입으로 들어가야 할 곡물의 의미를 임의로 수정해서 식용 이외의 다른 목적에다 사용한다는 점에서 할머니와 장인 장모는 결국 한통속이었다. 인간이 생명을 유지하는 데 필요한 영양분을 공급하는 그 단순 기능 이상의 어떤 놀라운 신통력이 쌀을 통해 나타난다고 믿는 점에서, 평생 기독교가 뭔지 모르고 살았던 할머니와 기독교의 공기가 아니면 숨조차 제대로 못 쉬는 줄 아는 장인 장모는 사실상 한 치도 다를 게 없었다.

—「쌀」(pp. 417~18)

이와 같은 비판적 태도는 「장마」에서 '나'의 아버지가 할머니의 신앙에 대해 갖는 태도와의 거리를 보여주고 있다. 거기에서는 다음처럼 그와 같은 전통적 풍습과 가치에 대한 존중이 이루어지고 있었기 때문이다.

동생의 귀환이 거의 불가능하리란 걸 빤히 알면서도 노인 양반의 주장에 감히 거역할 수 없는 괴로움, 그러면서도 울며 겨자 먹기로 열심히 따르는 척해야만 되는 괴로움, 아버지는 그걸 말하고 있었다. 할머니의 신앙과 모성애가 한때 우리를 감

동시켜 점쟁이의 예언에 다소간 기대를 걸어보도록 충동한 게 사실이라고는 해도, 결코 그것을 액면 그대로 믿어서가 아니었다. 거기에는 노인 양반을 절대로 실망시키지 않겠다는 조심스런 배려가 들어 있었다. 아버지는 기대 뒤에 올 절망을, 그리고 절망 뒤에 올 무서운 결말을 일찍부터 예감하고 있었다. 최선을 다하면서 그저 가는 데까지 무작정 가볼 따름이었다.

——「장마」(p. 119~20)

그런데 「쌀」에서는 전통적 풍습에 대한 존중이 더 이상 유효하게 이루어지고 있지 않아 보인다. 전통적 풍습을 통한 상징적인 해결 방식은 분단의 극복이 당위로서 제시되어 있지만 현실적으로 해결하기 어려운 상황에서 가능한 한 가지 미학적 처리 방식으로 유효성을 가졌던 것인데, 「쌀」에서는 그와 같은 상징적 극복의 방식에 대한 분석이 나타나 있어 바야흐로 그 국면의 시효가 끝나가고 있다는 사실을 보여주고 있다. 그와 같은 현실적 태도가 가장 직접적으로 드러나는 것은 장인과의 논쟁을 거치고 난 뒤 사위인 '나'에게 떠오르는 다음과 같은 생각을 통해서이다.

통일을 향한 장인의 열망 자체를 부정하고 싶지는 않았다. 어느 누구 못지않게 장인은 통일의 그날을 학수고대하고 있었다. 그러나 막상 어떻게 해야 통일을 앞당길 수 있는가, 하는 구체적인 방법론에 부닥뜨리면 갑자기 거대한 모순 덩어리로 돌변하는 것이었다.

—「쌀」(p. 432)

이렇게 보면 「쌀」은 윤흥길 소설에서 이전과는 다른 성향을 간직한 소설이라고 할 수 있을 듯하다. 상징적 극복으로 처리하지 않고 모순 그 자체와 마주하는 위와 같은 결말에서 그 변화를 확인해볼 수 있다.

9. 변화와 지속

끝으로 이러한 변화에 아내와 남편의 관계 변화가 병행하고 있다는 사실에 주목해볼 수 있다. 앞서 살펴본 바와 같이 아내와 남편, 그리고 그 관계 외부의 타자로 이루어진 인물의 구도는 윤흥길 소설에서 빈번하게 등장하면서 하나의 원형적 구조를 이루고 있다. 그럼에도 불구하고 아내는 이름조차 부여받지 못한 채 관계의 그늘에서 아내라는 역할로서만 존재해왔다. 이 책에 수록된 소설들에서는 「매우 잘생긴 우산 하나」에 이르러서야 아내에게도 이름(주옥심)이 생겨난다. 「쌀」에서 아내는 이름(김경미)뿐만 아니라 교사라는 직업도 가지게 된다. 이와 같은 소설 속 여성의 위상의 변화가 현실을 바라보는 관점의 변화에 대응되는 것은 아닐까 생각해볼 수 있다.

이와 같은 방식으로 작가는 자신이 구축해온 궤도의 연장선상에서 현실의 변화와 마주하며 글쓰기를 지속해오고 있다. 앞에서 언급했듯이 작가는 최근 『문신』을 완성하는 작업을 수행하고 있다. 이와 같은 방향은 그가 젊은 시절 한 대담에서 "내 작품 속에 역사를 도입하고 싶다. 영웅이나 위인의 역사가 아니라 수난받는 시민의 역사를"(「토속의 핏줄에서 찾는 화음의 세계」, p. 420)이라고 밝힌 창작의 방향이기도 하다. 그 방향을 끝까지 완성하고자 하는 작가의 의욕에 밝은 기운이 깃들어 완미한 결말이 맺어지게 되기를 기대한다.